诗词同韵

党学谦 编著

四川大学出版社
SICHUAN UNIVERSITY PRESS

图书在版编目（CIP）数据

诗词同韵 / 党学谦编著. — 成都 : 四川大学出版社，2024.5

ISBN 978-7-5690-6498-8

Ⅰ. ①诗… Ⅱ. ①党… Ⅲ. ①诗词格律－基本知识－中国 Ⅳ. ① I207.21

中国国家版本馆 CIP 数据核字（2023）第 243719 号

书　　名：诗词同韵
　　　　　Shici Tongyun
编　　著：党学谦

选题策划：陈　蓉
责任编辑：陈　蓉
责任校对：刘一畅
装帧设计：墨创文化
责任印制：王　炜

出版发行：四川大学出版社有限责任公司
　　　　　地址：成都市一环路南一段 24 号（610065）
　　　　　电话：（028）85408311（发行部）、85400276（总编室）
　　　　　电子邮箱：scupress@vip.163.com
　　　　　网址：https://press.scu.edu.cn
印前制作：四川胜翔数码印务设计有限公司
印刷装订：四川省平轩印务有限公司

成品尺寸：170mm×240mm
印　　张：36.5
插　　页：4
字　　数：690 千字

版　　次：2024 年 5 月 第 1 版
印　　次：2024 年 5 月 第 1 次印刷
定　　价：148.00 元

扫码获取数字资源

四川大学出版社
微信公众号

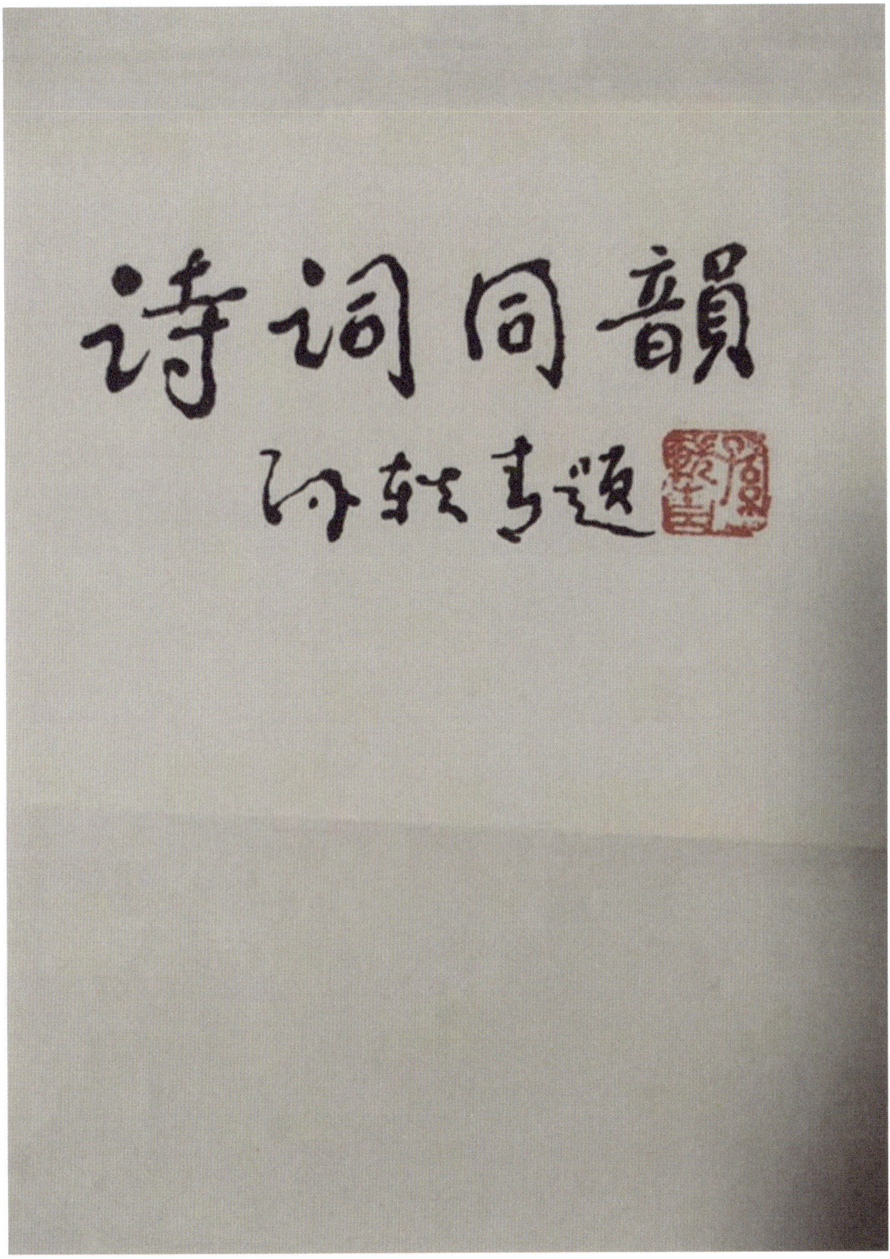

2007 年孙轶青先生（时任中华诗词学会会长）为本书题写书名，曾用于 2008 年初版封面。

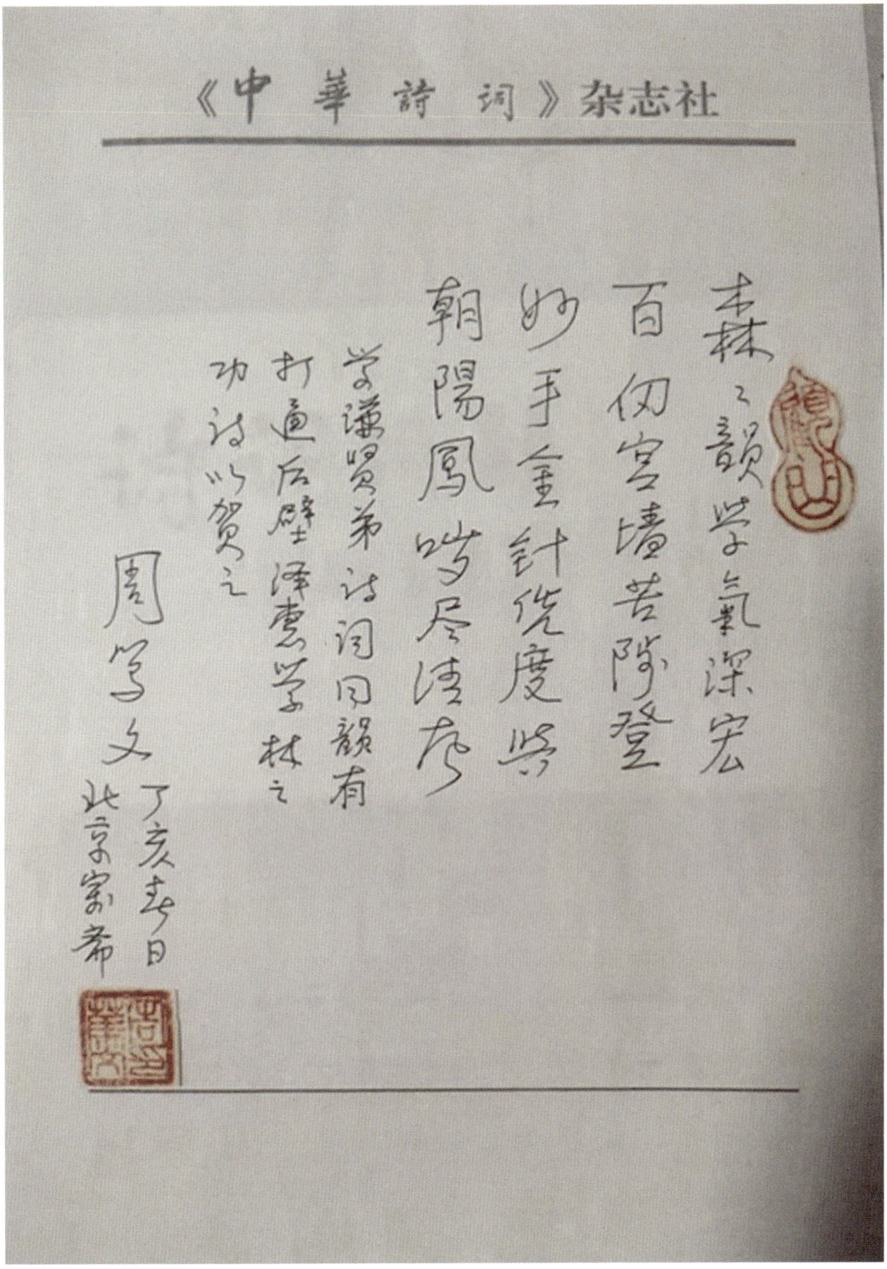
《中華詩詞》杂志社

森森韻學氣深宏
百仞宮墻苦陟登
妙手金針憑度與
朝陽鳳鳴盡清聲

学谦贤弟诗词同韵有打通后壁译意学林之功诗以贺之

周笃文
丁亥春日
北京寓斋

2007 年周笃文先生（时任中华诗词学会顾问）为本书题诗。

《诗词同韵》原序[①]

王充闾

新时期以来，营口市的诗词创作，一路飙升，飞速发展，无论是从诗人队伍的规模，还是作品的数量、质量来看，已经雄踞辽宁省各市的前列，甚至在全国也占有一席之地，这可说是不争的事实，只要披览一番定期出版的诗词刊物《旧体诗词》，便自然会认同这一结论。

这种成就的取得，首先应该归功于这里深厚的文学资源，亦即有数量可观的乐此不疲且卓有成就的诗人和诗词爱好者；有一批热爱这项事业、甘于为之献身的优秀的文学组织人才；当然也有历史上、客观方面的有利条件——这里文化土壤深厚，有丰厚的文化积淀，有沈延毅、吕公眉、陈怀等颇具影响力的当代著名学者、诗人的带动；而当政的领导又肯于提倡，乐于参与，一向给予有力的支持和扶植。这主客观两大方面、四大要素，对于营口市诗词事业的发展起了决定性的作用，套用过去“四美具、二难并”的说法，大概还说得过去。

同文学的整体发展一样，诗词的发展也有一个规律性的现象，即创作达到一定高度之后，必然提出从理论上加以阐释、总结、概括，以便上升到新的境界。这种理论上的升华，既包括从审美意识、文学观念、艺术追求的视角，对诗词发展进程、诗词创作规律、诗人创作道路和理论批评成果等方面进行比较宏观的研究，也可以是关于诗歌流派、体类、风格、韵律，以及摛采、调声、属对、病累等方面的探索。当前，全国诗词界许多学者、诗人都在这方面进行了成功的实践，我的诗友党学谦同志就是其中一位。这本学术著作《诗词同韵》，是他经过多年苦

① 王充闾先生为本书所作序言，初版时题作《序》。此次再版重印，用此题以示区别。

心研究所取得的可喜成果。

研究如何押韵是一门学问。押韵规则是诗词格律的重要组成部分。然而，世上一定是先有诗词，然后才出现韵书的。因为韵书是从诗词中总结出来的。故而在韵书产生之前，诗词本身就起着韵书的作用。

自魏李登编出《声类》，晋吕静编出《韵集》，齐梁周颙、沈约总结出四声，隋陆法言编定《切韵》以来，韵书代出。传至今天，声名最著者，莫过于《平水韵》。

《平水韵》产生于十三世纪，是金代的官韵书。出现既晚，又不属正统，唐诗宋词都产生在《平水韵》之前，为什么《平水韵》会有这么大的影响呢？

一是它继承了传统。《平水韵》把旧有韵书中注明“同用”的韵部归并起来，而不是另起炉灶，使原有的规则仍然完好保留。因此，王力先生说：“若说唐宋诗人用韵是依照《平水韵》的，虽然在历史上说不过去，而在韵部上却大致不差。”（《汉语诗律学》，上海教育出版社1962年版第41页）

二是它减少了韵目。《平水韵》之前通行的《广韵》有二百零六韵，而《平水韵》只一百零六韵，韵目几乎减掉一半，使作诗的人大大减少了背诵的麻烦和苦恼。

三是它反映了规律。无韵书的时代，押韵规则藏在《诗经》、楚辞、汉乐府、六朝诗歌中；韵书产生之后，这些规则集中体现于《平水韵》。这是以孔夫子为代表的历代学者一代接一代地不懈探索的结果。《平水韵》一出现，神州大陆，地不分汉南漠北，人不分汉回满蒙，诗人们很快便乐于遵从。

然而，学问又总是不断充实、完善、发展的。以《词林正韵》为代表的词韵韵书的出现，将一百零六韵的《平水韵》进一步归并为十九部，前十四部包括平、上、去三声，后五部为入声，相当于平、上、去、入共四十七韵。这是诗韵史上的又一次重大进步。然而，《词林正韵》仅是填词的工具书，只能处于《平水韵》的从属地位。而《词林正韵》距今又一百五十年矣，学谦同志勘核历代用韵始末，考察当今诗坛现状，认为写诗填词可以共用一种韵书，基本上可以统一于《词林正韵》。因此，他以《词林正韵》为经，以《平水韵》为纬，对《词林正韵》过去一直没有名字的十九个韵部，一一予以命名并重新排序，加以注释和阐述，潜心撰写出《诗词同韵》一书，实为诗韵史上值得重视的一件事情。

学谦同志长期从事机关工作，幼怀聪颖，敏而好学，古文基础很好，尤长于旧体诗词，二十世纪九十年代初曾出版诗词集《自注嘤鸣轩诗稿》。作为一位业余从事学术研究的诗人，能为诗词界贡献出这样一部学术力作，实属难能可贵。说到它的学术价值，我觉得至少有以下三个方面：

首先，该书妥善地解决了押韵上的继承与创新的关系问题。

押韵讲究平仄，仄声包括入声，这是中国诗歌从未中断的传统。当今诗坛承认平仄而忽视入声，是对传统缺乏深刻认识的表现。今天如果取消了入声，将使后人无法弄懂古代诗歌的押韵规则。《诗词同韵》不仅承认入声，而且韵目完全采自《平水韵》，连韵目的序号也与《平水韵》基本一致，充分体现了作者对传统的继承与尊重。

至于创新，作者在其自序中认为，在于解决了《词林正韵》的十九个韵部有序无名的问题且比词韵更灵活。我以为，最大的创新还是他不仅赞成诗词同韵的主张，而且写出了一部书，为这一主张作出了有理有据的论证。作者崇古而不泥古。在押韵问题上，他既坚持承认入声，坚持讲究平仄，又在此前提下，主张只要听起来顺耳，完全可以打破韵部界限。例如主张尤韵的“浮”字可与七虞部通押，歌韵的“他”字可与六麻部通押等，甚至提出在i、ü互押的问题上，旧体诗词不妨向新诗学习。

对于某些先贤大家在用韵上的不规范现象，他敢于提出批评，例如在论及方言干扰时，他严肃指出：“受方言混押之影响，有些唐宋大家也不免偶一为之。如杜甫的《彭衙行》和欧阳修的《菱溪大石》，竟然真文元寒删先六韵通押。这种情况，均不可效法。”（见《死不了的十三元》一章）“这种方言扰乱押韵规则的倾向，尽管难以避免，也不应成为合理存在的借口，更不能加以提倡。因为它既不符合《平水韵》和《词林正韵》，也不符合国家推行的普通话语音标准。”（见《九真的无奈》一章）作者这种既从实际出发，又坚持维护诗韵严肃性的态度，是十分可贵的。

其次，该书以严谨的治学精神对诗词用韵规则进行了全面诠释。

诗韵是诗词格律中比较难于掌握的内容，其中有许多令人困惑的东西。例如东冬与庚青蒸，元寒删先与覃盐咸，真文与侵，为什么要分为两部？江阳为什么很少通押？如何体会支韵中迟、基、追等字的押韵感？佳麻支三韵中的“涯”字读音有何区别？“初、无”等字为什么能与“虚、区”等字互押？佳韵是如何与支微齐灰麻各韵通押的？十三元到底该不该“死”？诸如此类的问题，作者都不是简单地凭主观直觉轻下结论，而是从追寻每一字的韵母或反切注音入手，然后，通过钩稽浩繁的典籍，查找前辈名家用同一韵部写的诗词作品进行验证，最后得出结论性的东西。这种边学习边提高总结的做法，可嘉可信。

最后，该书兼有工具书的客观性和论说文字的可读性。

古代的韵书，大体上同今天字典一类的工具书差不多。本书除在各韵部中对多音兼多韵多义的字，逐一加了简注外，还在各韵部之后分别附有大量前人用该韵写的诗词名篇，作为立论的依据，使人看后也能得出与作者一致的结论。以上两项内容，资料性极强，充分体现了作者立场的客观性，使本书兼有了字典和分韵诗词读本两种功能。尤其值得重视的是，在每部韵字之前，各有一篇文笔流畅、兴味盎然的论说文字，大大增强了本书的可读性，我相信每位读者都将从中获益。

以上拉杂写来，作为我研习这部学术著作的体会。至于《诗词同韵》之得失，相信自有方家慧眼明鉴。但使我国数千年诗艺不替，诗运长新，实为我与学谦同志共同之心愿。

时维甲申五月，序于沈水之阳。

往圣之绝学

——《诗词同韵》再版自序

本书所谓诗韵，独指《平水韵》；所谓词韵，独指《词林正韵》。

传统的韵书中，最重要、最有名气的，莫过于《平水韵》。

《平水韵》产生于宋金末年，距今已过去将近八百年了。当代人，包括作诗的人，多不熟悉它的韵目名称，《平水韵》似乎快要成为绝学了。

《平水韵》是最终定型的官韵书。

在宋代之前，科举考试中被取作官韵的韵书是私人著作。

在宋代，韵书由饱学之士奉诏修成，由至高无上的皇帝敕命颁发，是谓官韵书。

官韵书的性质和修订过程，使其具有了神圣色彩和权威地位。后人如果修订，也应采用一样的程序，否则，合法性和信誉度就要受到质疑。

宋代从开国之初的宋太宗太平兴国二年（977 年），到宋仁宗景祐四年（1037 年），六十年间，先后五次颁布了五种官韵书：《雍熙广韵》《韵略》《大宋重修广韵》《集韵》《礼部韵略》，统称《广韵》。而二百年之后出现的两部《平水韵》，也分别由金国朝廷和南宋朝廷颁布。

金正大六年（1229 年）颁布的《平水新刊礼部韵略》（王文郁编），在山西平水刻板印行，简称《平水韵》；南宋淳祐十二年（1252 年）颁布的《壬子新刊礼部韵略》，因其编者刘渊是平水人，也简称《平水韵》。两书都是对北宋《礼部韵略》的修订。

《平水韵》的这两次颁行，将宋初以《广韵》为代表的旧韵书（含《礼部韵略》）的韵目由二百零六个修订为一百零六个，缩减几近一半。

这是诗韵史上带有根本性质的重大改革。

两部《平水韵》的细微差别是，王氏《平水韵》把“拯韵”并到“迥韵”中，刘氏《平水韵》则保留“拯韵”。这显然不重要。而值得重视的，是以下两点：

第一，南宋是北宋的延续。从《广韵》到《平水韵》，尽管中间隔了二百五十余年，但朝廷还是同一个。以往，《唐韵》修订《切韵》，《广韵》再修《切韵》，都是后世修订前朝，韵目数相对稳定，增改无多。而《平水韵》对《礼部韵略》的修订，是本朝修订本朝，韵目大幅度缩减。这在严酷的皇权时代，由后代子孙否定先皇的陈规，是冒着极大风险的。因此，《平水韵》的出现异常珍贵，是宋代对音韵史的一大贡献！

第二，金代对韵书的贡献更应该被重视、被肯定。宋、金两国是当时中华大地上并列的两大政权。金国《平水韵》早于南宋《平水韵》二十三年。两个并列、对立的政权，先后颁布了基本相同的韵书，使《平水韵》的价值在当时超出了一国的界限，权威色彩倍增。金国综合国力远强于南宋，同样对中华文明作出了辉煌的贡献。

《平水韵》对后世影响巨大。

《平水韵》诞生不久，金、宋两国相继退出历史舞台，但他们的官韵书《平水韵》却保留下来了。元代的《韵府群玉》（阴时夫编），明代的《诗韵辑略》（潘恩编）、《诗韵辑要》（李攀龙编），清代的《佩文韵府》（张玉书等编），都是对《平水韵》的一再认可。尤其是清廷，从根本上说与金国本是同一民族所建政权，康熙朝颁布的《佩文韵府》等于是对老祖宗《平水韵》的重新肯定。道光年间戈载所著十九个韵部的词韵专书《词林正韵》，里面保留了《平水韵》的全部名称及序号，实质是变相的《平水韵》，相当于诗词同韵。

《平水韵》不是凭空产生的。产生《平水韵》的大前提，是中国诗歌的充分发展。即使从最早出现韵书的三国和晋代算起，与历史上第一部诗歌总集《诗经》比较起来，两者也相隔一千三百多年。所以说，历史上一定是先有诗歌、后有韵书的，而不是先有韵书，然后诗人遵照韵书去作诗。不是的。不是韵书规范了诗歌，而是诗歌孕育、催生了韵书。成熟的诗歌，是韵书产生的基础土壤和先决条件。《平水韵》不会产生在没有诗歌的地方，也不会产生在诗歌刚刚萌芽的时间和地点。没有诗经、楚辞、汉乐府，就不会有韵书的出现；没有乐府诗歌和陶渊明的出现，没有唐诗宋词的高度发展，也不会产生《平水韵》。在没有韵书的年代，诗经、楚辞、汉魏六朝乐府，就是韵书；对于《平水韵》来说，唐诗、宋词也相当于韵书。

《平水韵》也是诗词研究的指导用书。清代学者方玉润所著《诗经原始》，就是用《平水韵》而不是用《广韵》来衡量《诗经》的用韵。

以词韵代替诗韵，是我编写《诗词同韵》的动因。但书成之后，我的主张已明确表达为“继承《平水韵》《词林正韵》优良而久远的用韵传统”（见原版《自序》）。今日再版，尤觉押韵是一门源远流长的往圣绝学。七百多年来，《平水韵》大行其道的原因，不再是靠它原有的权威性，而是靠后来学者敬畏传统、“为往圣继绝学”的治学精神。

本书为什么要再版呢？

首先，我想说：《诗词同韵》并不是要创造一种新的诗韵体系。因为诗韵和词韵本是一码事，故称“诗词同韵”；又因为词韵来源于诗韵，故“诗词”可以而且应当“同韵”。拙著不过是把《平水韵》和《词林正韵》又变着法儿地重复了一遍而已。“述而不作”，此之谓欤？读者们亦可把拙著看作《平水韵》《词林正韵》的读后感。

一般地讲，《平水韵》并不是一部书而是一个体系、一个系统。元明清以来的韵书（包括《词林正韵》）持续对其进行补充、完善；当代则可以利用电脑技术整理《平水韵》和《词林正韵》的韵字表。本书充分利用前人的学术成果，查找《康熙字典》《辞源》《中华大字典》《汉语大词典》的韵部注释，参考《辞海》《汉语诗律学》（王力著）、《诗经词典》（向熹编著）等著述，对一字多韵、多韵多义的字作了尽量简要的注释，目的是帮助学诗的人正确使用这种字。这一点，在本书《凡例》中已有说明。

其次，我想说：“诗词同韵”的提法，最初我是从孙临清同志（中华诗词学会教育中心研修班导师）那里听来的。他对我说：用词韵代替诗韵，基本上差不多。我是第一次听到这样简洁、明确的表述，因与自己所想暗合，一下子就记住了。后来在《中华诗词》杂志上，也看到类似的观点。这次再版，除挖补、订正原书中的疵误，补充新的例证外，大的框架，一如其旧。

因小女和女婿在四川大学工作，故将再版事宜委托他们联系四川大学出版社，免去了我万里奔波的辛苦。四川大学出版社大力支持并提出了很好的改进意见，我十分感谢。

党学谦

2021 年 8 月 8 日

目　录

（四）一东部与八庚部的区别

一东二冬可以不必细分，但东冬与庚青蒸却不能不分。如果创作中出现了这种混淆，就是出韵。出韵是大忌，如唐人雍裕之有一首《柳絮》诗云：

无风才到地，有风还满空（东）。
缘渠偏似雪，莫近鬓毛生（庚）。

这种东韵与庚韵通押的现象，极其罕见，不足为训。那么如何区分东冬与庚青蒸呢？

用《汉语拼音方案》分析，一东二冬的韵母基本上是 ong（含 iong，下同），只有少数字的韵母是 eng。这些少数字的特点是：

1. 音节为 feng 的字，均属一东或二冬。

2. 音节为 weng 的字，属一东。

3. “逢”字，冬韵。以“逢”字为基本字组成的字，如蓬、篷等，属一东。缝字，并属一东二冬。

4. “蒙”字和以它为基本字组成的字，如濛、曚、朦等，属一东。

5. “瞢”字，既属一东，又属十蒸。

6. “疼”字，既属二冬，又属十蒸。

也有少数韵母为 ong 的字，不属一东二冬，而属八庚九青十蒸，其特点是：

1. 音节为 jiong 的字，如坰、扃等，属九青。

2. 荣、嵘、蝾三字，属八庚。

3. “弘”字和以“弘”“厷”为基本字组成的字中，弘、肱属十蒸，泓、闳、吰、宏属八庚；但“雄”字属一东。

4. 音节为 hong 的字，轰、訇属八庚，薨属十蒸；但哄、烘属一东。

5. 觥、琼、茕、兄四字属八庚。

一东二冬如此，对应的上声一董二肿、去声一送二宋，也大致如此，个中规律，不难寻求。文后所附名家诗词，可以参读。

（1991 年 10 月 15 日）

一东部用字表

平声

［东］东璁聪葱罿虫螅崇鏦种㓻艟丛匆充忡憧冲漴潨翀骢蝀涷沨工攻功釭赣躬公宫弓玒渱荭哄虹吽篊舼䂬嵸烘洪鸿洚讧红硿崆箜倥空涳珑龙栊聋砻蛩拢眬昽咙泷笼胧庞癃泷窿𧙗隆哝袯𦬊穹穷融戎肜狨绒骁菘崧嵩娀桐瞳曈同峒铜穜筒僮仝艟童恫洞潼燑通芎雄熊鬃棕纵中盅忠䡘嵏螽衷䙰终

（以上字韵母为 ong、iong）

丰酆枫风疯沣沨冯讽缝蒙曹矇蠓朦朦懞懵濛蠭芃蓬篷逢翁

（以上字韵母为 eng）

［简注］

罿 chōng，又读 tóng，并属冬韵。

鏦 cōng，又，初江切，并属江韵。

种 chóng，姓。又读 zhǒng，见肿韵；又读 zhòng，见宋韵。

憧 chōng，并属冬韵；又，徒弄切，并属送韵。

漴 chóng，［漴漴］象声词。又，丑江切，见江韵。又读 zhuàng，见绛韵。

蝀 dōng；又，赌动切，并属董韵；多贡切，并属送韵。

攻 gōng，并属冬韵。又，古送切，并属送韵。

釭 沽红切；又，古冬切，并属冬韵。又读 gāng，并属江韵。

赣 gōng，斗笠。又读 gǎn，见感韵。

哄 hōng，众声同发。又读 hǒng，见冬韵。

吽 hōng，佛教咒语用词。又读 óu，见尤韵；又读 hǒu，见有韵。

讧 胡公切，音洪；又读 hòng，并属送韵；又，胡江切，并属江韵。

舼 hóng，船。又读 qióng，见冬韵。

鸿 hóng，大雁。又读 hòng，见董韵。

洚 hóng，又读 jiàng，并属绛韵。

空 kōng，空虚、天空等义。又读 kòng，见送韵。

倥 kōng，［倥侗］蒙昧无知貌。又读 kòng，见董韵。

茏 lóng，并属冬韵。

拢 卢东切，音隆，又读 lǒng，并属董韵。

笼 lóng，笼子；包罗、笼罩。又读 lǒng，见董韵。

庞 lóng，［庞庞］高大强壮貌。《诗・小雅・车攻》："四牡庞庞，驾言徂东。"又读 páng，见江韵。

泷 lóng，又读 shuāng，并属江韵。

䘒 lóng；又，力董切，并属董韵；直陇切，并属肿韵。

恫 tōng，痛苦，哀伤。又读 dòng，见送韵。

洞 tóng，①［澒洞］，弥漫，汹涌；②地名用字，如洪洞县。又读 dòng，见送韵。

瞳 tóng；又，菟绛切，并属绛韵。

峒 tóng，［崆峒］山名，宁夏、河南各一。又读 dòng，见送韵。

筒 徒红切，管状器物，此义今读 tǒng。又读 dòng，见送韵。

中 zhōng，中间、里面等义。而《康熙字典》《汉语大字典》俱云：中酒之中，亦可读平声。苏轼诗："公特未知其趣耳，臣今时复一中之。"又读 zhòng，见送韵。

䖳 粗从切，又读 zǒng，并属董韵。

丰 fēng，敷空切，豐之简体。丰收，富饶。又，敷容切，见冬韵。

风 fēng，空气流动现象。又读 fèng，见送韵。

沨 féng，［沨沨］形容风声、水声等。又读 fán，见咸韵。

冯 féng，姓。又读 píng，见蒸韵。

讽 方冯切，又读 fěng，并属送韵。

缝 féng，以针线连缀，并属冬韵。又读 fèng，见宋韵。

瞢 méng，莫中切；又，武登切，并属蒸韵。又读 mèng，并属迥韵、径韵。

幪 méng，巾；覆盖。又读 měng，见董韵。

懜 méng，无知貌。又读 mìng，见董韵。

蝱 méng，龟兆。又读 máo，见肴韵；又读 móu，见尤韵。

逢 péng，［逢逢］鼓声。又读 féng，见冬韵。

［**冬**］冬舂玐琮苁枞罿重傭从冲憧悰淙攻恭龚蚣釭供哄茏龙跜醲哝秾侬脓浓襛农跫蛩邛蛬笻舡艭瑢茸蓉榕镕溶容褣松忪淞凇佟彤哅凶兇胸匈恟汹讻墉颙喁噰嗈镛佣臃鳙痈庸鄘雍饔慵邕踪钟鬷宗纵

（以上字韵母为 ong、iong）

丰封葑蜂峰锋逢烽缝疼

（以上字韵母为 eng）

［简注］

罿 chōng，又读 tóng，并属东韵。

重 chóng，①重复，②量词。又读 zhòng，见宋韵。

傭 ①chōng，公正。见《诗·小雅·节南山》。②yōng，“佣”之繁体。

从 cóng，跟随，听从；介词。又读 zòng，见宋韵。

憧 chōng，并属东韵。又，徒弄切，并属送韵。

淙 cóng。又，士江切，并属江韵。

攻 gōng，并属东韵。又，古送切，并属宋韵。

釭 古冬切；又，沽红切，并属东韵。又读 gāng，并属江韵。

供 gōng。又读 gòng，并属送韵。

哄 居容切，音恭，诳骗。今读 hǒng。

茏 lóng，并属东韵。

跫 qióng。又，立勇切，音恐，并属肿韵；枯江切，音腔，并属江韵；区玉切，音曲，并属沃韵。

舼 qióng，小船。又读 hóng，见东韵。

溶 róng。又，尹竦切，并属肿韵。

凇 sōng。又，苏弄切，并属送韵。

雍 yōng，和睦、和谐等义。又，於用切，见宋韵。

纵 zōng，竖，直，与横相对。又读 zòng，见宋韵。

丰 fēng，敷容切。又，符风切，并属东韵。容貌丰满美好。丰姿、丰仪之丰，不可繁化为“豐”。

葑 fēng，芜菁。又读 fèng，见宋韵。

逢 féng，相遇。又读 péng，见东韵。

缝 féng，以针线连缀，并属东韵。又读 fèng，见宋韵。

疼 徒冬切，音彤；又读 téng，并属蒸韵。见《中华大字典》。

上声

［**董**］董动硐蝀懂汞嗊鸿倥孔拢笼襱駷桶捅炋偬总

（以上字韵母为 ong）

琫菶唪蠓幪懵蓊滃

（以上字韵母为 eng）

［简注］

蝀 赌动切；又，多贡切，并属送韵；又读 dōng，并属东韵。

鸿 hòng，［鸿洞］虚空混沌貌。［鸿濛］东方之野，日出之处。又读 hóng，见东韵。

倥 kǒng，［倥偬］繁巨、困苦等义。又读 kōng，见东韵。

拢 lǒng；又，卢东切，并属东韵。

笼 lǒng，竹箱。又读 lóng，见东韵。

襱 力董切。又，直陇切，并属肿韵。又读 lóng，并属东韵。

嵸 zǒng。又，祖从切，并属东韵。

唪 běng，①大笑。②［唪唪］茂盛貌，《诗·生民》：“瓜瓞唪唪。”又读 fěng，见肿韵。

幪 měng，［幪幪］茂盛貌。《诗·大雅·生民》：“禾役穟穟，麻麦幪幪。”又读 méng，见东韵。

懵 měng，不明。又读 méng，见东韵。

［肿］肿宠珙巩栱拱跫恐垄襱陇冗氄耸怂竦悚拥踊蛹俑溶涌甬恿勇壅尰踵种冢

（以上字韵母为 ong、iong）

奉唪捧

（以上字韵母为 eng）

［简注］

跫 立勇切，音恐。又读 qióng，并属冬韵。又，枯江切，音腔，江韵；区玉切，音曲，沃韵。

襱 直陇切。又，力董切，并属董韵。又读 lóng，并属东韵。

拥 委勇切。今读 yōng。

溶 尹竦切。又读 róng，并属冬韵。

壅 委勇切。又，於用切，并属宋韵。今读 yōng。

种 zhǒng，种子、种族等义。又读 zhòng，见宋韵。又读 chóng，见东韵。

唪 fěng，高声念诵。又读 běng，见董韵。

去声

［送］送铳栋蝀峒筒冻恫洞湩贡攻赣㺬蕻澒讧鞚控空哢弄凇痛恸憧中仲众粽

（以上字韵母为 ong）

风凤讽梦瓮

（以上字韵母为 eng）

［简注］

蝀 多贡切。又，睹动切，并属董韵。又读 dōng，并属东韵。

峒 dòng，山洞。又读 tóng，见东韵。

筒 dòng，洞箫。又读 tǒng，见东韵。

恫 dòng，恐惧。又读 tōng，见东韵。

洞 dòng，洞穴。又读 tóng，见东韵。

攻 古送切，音贡。又读 gōng，并属东韵、冬韵。

赣 gòng，赏赐。又读 gàn，见勘韵。

讧 hòng。又，胡公切，并属东韵；胡江切，并属江韵。

空 kòng，空闲，缺少。又读 kōng，见东韵。

凇 苏弄切。又读 sōng，并属冬韵。

憧 徒弄切。又读 chōng，并属东韵、冬韵。

中 zhòng，击中、考取、患上等义。《康熙字典》《汉语大字典》俱云：中兴之中，亦可读仄声。并举杜甫五律《喜达行在所三首（其三）》为例："今朝汉社稷，新数中兴年。"又读 zhōng，见东韵。

风 fèng，吹风，教化。又读 fēng，见东韵。

讽 fěng；又，方冯切，音风，并属东韵。

［宋］宋俸共供颂讼诵统用雍壅重种从纵综

（以上字韵母为 ong、iong）

葑俸缝

（以上字韵母为 eng）

［简注］

供 gòng。又读 gōng，并属冬韵。

雍 於用切，九州之一。又读 yōng，见冬韵。

壅 於用切。又，委勇切，并属肿韵。今读 yōng。

重 zhòng，轻之反义。又读 chóng，见冬韵。

种 zhòng，栽种。又读 zhǒng，见肿韵；又读 chóng，见东韵。

从 zòng。①同宗次于至亲者，称“从”；②随行；③随从者，称“仆从”。又读 cóng，见冬韵。

纵 zòng，放任、舍弃、即使等义。又读 zōng，见冬韵。

综 子宋切。今读 zōng。

葑 fèng，菰根，即茭白根。又读 fēng，见冬韵。

缝 fèng，缝合处，裂隙。又读 féng，见东韵、冬韵。

诗词例证

（一）古诗

东韵古诗：

喓喓草虫，趯趯阜螽。未见君子，忧心忡忡。

——《诗经·召南·草虫》

灵皇皇兮既降，猋远举兮云中。
览冀州兮有余，横四海兮焉穷？
思夫君兮太息，极劳心兮忡忡！

——［战国］屈原《九歌·云中君》

生当作人杰，死亦为鬼雄。至今思项羽，不肯过江东。

——［宋］李清照《夏日绝句》

冬韵古诗：

鲁道有荡，齐子**庸**止。既曰庸止，曷又**从**止。

——《诗经·齐风·南山》

陇暮风恒急，关寒霜自浓。枥马夜方思，边衣秋未重。
潜师夜接战，略地晓摧锋。悲笳动胡塞，高旗出汉墉。
勤劳谢功业，清白报迎逢。非须主人赏，宁期定远封。
单于如未系，终夜慕前踪。

——［南朝·梁］萧纲《雁门太守行》

挂席几千里，名山都未逢。泊舟浔阳郭，始见香炉峰。
尝读远公传，永怀尘外踪。东林精舍近，日暮空闻钟。

——［唐］孟浩然《晚泊浔阳望庐山》

东冬通押的古诗：

有兔爰爰，雉离于罿（东、冬）。我生之初，尚无庸（冬）。
我生之后，逢此百凶（冬），尚寐无聪（东）。

——《诗·王风·兔爰》

胡笳本自出胡中（东），缘琴翻出音律同（东）。
十八拍兮曲虽终（东），响有余兮思未穷（东）。
是知丝竹微妙兮均造化之功（东），
哀乐各随人心兮有变则通（东）。
胡与汉兮异域殊风（东），
天与地隔兮子西母东（东）。
苦我怨气兮浩于长空（东），
六合虽广兮受之应不容（冬）。

——［汉］蔡琰《胡笳十八拍》

乌者种有二，名同性不同（东）。鸴小者慈孝，鸴大者贪庸（冬）。
鸴大命又长，生来十余冬（冬）。物老颜色变，头毛白茸茸（冬）。
飞来庭树上，初但惊儿童（东）。老巫生奸计，与乌意潜通（东）。
云此非凡鸟，遥见起敬恭（冬）。千岁乃一出，喜贺主人翁（东）。
祥瑞来白日，神圣占知风（东）。阴作北斗使，能为人吉凶（冬）。
此乌所止家，家产日夜丰（东）。上以致寿考，下可宜田农（冬）。
主人富家子，身老心童蒙（东）。随巫拜复祝，妇姑亦相从（冬）。
杀鸡荐其肉，敬若禋六宗（东）。乌喜张大鸴，飞接在虚空（东）。
乌既饱膻腥，巫亦飨甘浓（冬）。乌巫互相利，不复两西东（东）。
日日营巢窟，稍稍近房栊（东）。虽生八九子，谁辨其雌雄（冬）。
群雏又成长，众鸴逞残凶（冬）。探巢吞燕卵，入簇啄蚕虫（东）。
岂无乘秋隼，羁绊委高墉（冬）。但食乌残肉，无施搏击功（东）。
亦有能言鹦，翅碧鸴距红（东）。暂曾说乌罪，囚闭在深笼（东）。
青青窗前柳，郁郁井上桐（东）。贪乌占栖息，慈乌独不容（冬）。
慈乌尔奚为，来往何憧憧（东）。晓去先晨鼓，暮归后昏钟（冬）。
辛苦尘土间，飞啄禾黍丛（东）。得食将哺母，饥肠不自充（东）。

主人憎慈乌，命子削弹弓（东）。弦续会稽竹，丸铸荆山铜（东）。
慈乌求母食，飞下尔庭中（东）。数粒未入口，一丸已中胸（冬）。
仰天号一声，似欲诉苍穹（东）。反哺日未足，非是惜微躬（东）。
谁能持此冤，一为问化工（东）。胡然大觜乌，竟得天年终（东）。

——［唐］白居易《和〈大觜乌〉》

御史骢马行山东（东），马蹄到处膏露浓（冬）。
洗排泰岱砺邹峄，吹青汉柏秦皇松（冬）。
少陵南池久寂沉，夕阳惨淡荒波红（东）。
庙之祏之绘而塑，牢之餮之鼎以钟（冬）。
雕镌鳞羽动笋虡，梁桷翚翮相飘冲（东）。
挥毫蘸墨作碑版，百金一字尤坚工（东）。
板桥居士读不厌，卧看三日铺秋茸（冬）。
颇闻岁时爱祷祀，荡猪割雉陈虾鳙（冬）。
茌梨青桃海獐鹿，杨梅橘柚南柑封（冬）。
以其余闲作杂剧，燕姬越女黄娘踪（冬）。
相随太白着宫锦，潞州别驾调羹饔（冬）。
金元院本久退舍，秦箫湘瑟清鱼龙（冬）。
神灵飘飘侑而喜，苇花之外云之中（东）。
愿从先生乞是剧，选伶编谱琳琅宫（东）。

——［清］郑燮《御史沈椒园先生新修南池建少陵书院并作杂剧侑神令岁时歌舞以祀》

送韵古诗：

阮公虽沦迹，识密鉴亦洞。沉醉似埋照，寓词类托讽。
长啸若怀人，越礼自惊众。物故不可论，途穷能无恸。

——［南朝·宋］颜延之《阮步兵》

董肿送宋通押的古诗：

何天之龙（通“宠”）（肿），敷奏其勇（肿）。
不震不动（董），不戁不竦（肿），百禄是总（董）。

——《诗·商颂·长发》

郎作十里行，侬作九里送（送）。拔侬头上钗，与郎资路用（宋）。

——［南朝·齐］释宝月《估客乐》

（二）近体诗

东韵近体诗：

楚塞三湘接，荆门九派通。江流天地外，山色有无中。
郡邑浮前浦，波澜动远空。襄阳好风日，留醉与山翁。

——［唐］王维《汉江临泛》

春雨暗暗塞峡中，早晚来自楚王宫。
乱波分披已打岸，弱云狼藉不禁风。
宠光蕙叶与多碧，点注桃花舒小红。
谷口子真正忆汝，岸高瀼滑限西东。

——［唐］杜甫《江雨有怀郑典设》

时难年荒世业空，弟兄羁旅各西东。
田园寥落干戈后，骨肉流离道路中。
吊影分为千里雁，辞根散作九秋蓬。
共看明月应垂泪，一夜乡心五处同。

——［唐］白居易《望月有感》

一道残阳铺水中，半江瑟瑟半江红。
可怜九月初三夜，露似真珠月似弓。

——［唐］白居易《暮江吟》

二十年来万事同，今朝歧路忽西东。
皇恩若许归田去，晚岁当为邻舍翁。

——［唐］柳宗元《重别梦得》

去年今日此门中，人面桃花相映红。
人面不知何处去，桃花依旧笑春风。

——［唐］崔护《题都城南庄》

昨夜星辰昨夜风，画楼西畔桂堂东。
身无彩凤双飞翼，心有灵犀一点通。
隔座送钩春酒暖，分曹射覆蜡灯红。
嗟余听鼓应官去，走马兰台类转蓬。

——［唐］李商隐《无题》

林暗草惊风，将军夜引弓。平明寻白羽，没在石棱中。

——［唐］卢纶《塞下曲》

横看成岭侧成峰，远近高低各不同。
不识庐山真面目，只缘身在此山中。（首句用冬韵）

——［宋］苏轼《题西林壁》

死去元知万事空，但悲不见九州同。
王师北定中原日，家祭无忘告乃翁。

——［宋］陆游《示儿》

漫漫平沙走白虹，瑶台失手玉杯空。
晴天摇动清江底，晚日浮沉急浪中。

——［宋］陈师道《十七日观潮》

毕竟西湖六月中，风光不与四时同。
接天莲叶无穷碧，映日荷花别样红。

——［宋］杨万里《晓出净慈寺送林子方》

一竿潇洒玉玲珑，湘圃淇园在眼中。
过客莫嫌枝叶少，才多枝叶便多风。

——［明］金湜《题延庆寺画竹》

半壁东南三楚雄，刘郎死去霸图空。
尚余遗业艰难甚，谁与斯人慷慨同。
塞上秋风悲战马，神州落日泣哀鸿。
几时痛饮黄龙府，横揽江流一奠公。

——孙中山《挽刘道一》

大江歌罢棹头东，邃密群科济世穷。
面壁十年图破壁，难酬蹈海亦英雄。

——周恩来《大江歌罢》

天安门外竞呼嵩，朵朵葵花尽向东。
卅载光华昭日月，八方黎庶受帡幪。
龙漦祸去河图出，蛟浦冰销海道通。
共勉长征新步伐，鹏程万里趁雄风。

——王力《七律》

冬韵近体诗：

不知香积寺，数里入云峰。古木无人径，深山何处钟。
泉声咽危石，日色冷青松。薄暮空潭曲，安禅制毒龙。

——［唐］王维《过香积寺》

紫袖红弦明月中，自弹自感暗低容。
弦凝指咽声停处，别有深情一万重。（首句用东韵）

——［唐］白居易《夜筝》

来是空言去绝踪，月斜楼上五更钟。
梦为远别啼难唤，书被催成墨未浓。
蜡照半笼金翡翠，麝熏微度绣芙蓉。
刘郎已恨蓬山远，更隔蓬山一万重。

——［唐］李商隐《无题》

洛阳城里见秋风，欲作家书意万重。
复恐匆匆说不尽，行人临发又开封。（首句用东韵）

——［唐］张籍《秋思》

早被婵娟误，欲妆临镜慵。承恩不在貌，教妾若为容。
风暖鸟声碎，日高花影重。年年越溪女，相忆采芙蓉。

——［唐］杜荀鹤《春宫怨》

解道芙蓉胜妾容，故来江上采芙蓉。
檀郎何事偏无赖，不看芙蓉却看侬。

——［明］沈野《采连曲》

东冬通押的近体诗：

寥落古行宫，宫花寂寞红（东）。白头宫女在，闲坐说玄宗（冬）。

——［唐］元稹《行宫》

凤尾香罗薄几重（冬），碧文圆顶夜深缝（冬）。
扇裁月魄羞难掩，车走雷声语未通（东）。
曾是寂寥金烬暗，断无消息石榴红（东）。
斑骓只系垂杨岸，何处西南待好风（东）。

——［唐］李商隐《无题》

汉川修竹贱如蓬（东），斤斧何曾赦箨龙（冬）。
料得清贫馋太守，渭滨千亩在胸中（东）。

——［宋］苏轼《筼筜谷》

市井怀珠玉，往来人未逢（冬）。乘肩娇小女，邂后此生同（东）。
养性霜刀在，阅人清镜空（东）。时时能举酒，弹镊送飞鸿（东）。

——［宋］黄庭坚《陈留市隐》

已背齐盟强自雄（东），便应割据守关中（东）。

如何宴罢鸿门去，却觅彭城小附庸（冬）。

——［清］郑燮《咏史》

风雨飘摇日，余怀范爱农（冬）。华颠萎寥落，白眼看鸡虫（东）。
世味秋荼苦，人间直道穷（东）。奈何三月别，遽尔失畸躬（东）。

——鲁迅《哀范君》

忧患元元忆逝翁（东），红旗缥缈没遥空（东）。
昏鸦三匝迷枯树，回雁兼程溯旧踪（冬）。
赤道雕弓能射虎，椰林匕首敢屠龙（冬）。
景升父子皆豚犬，旋转还凭革命功（东）。

——叶剑英《远望》

（三）词

东韵词：

深院静，小庭空，断续寒砧断续风。
无奈夜长人不寐，数声和月到帘栊。

——［南唐］李煜《捣练子令》

群芳过后西湖好，狼籍残红。
飞絮濛濛，垂柳阑干尽日风。

笙歌散尽游人去，始觉春空。
垂下帘栊，双燕归来细雨中。

——［宋］欧阳修《采桑子》

晓朦胧，前溪百鸟啼匆匆。
啼匆匆，凌波人去，拜月楼空。

旧年今日东门东，鲜妆辉映桃花红。
桃花红，吹开吹落，一任东风。

——［宋］贺铸《忆秦娥》

冬韵词：

江头日日打头风，憔悴归来邴曼容。
郑贾正应求死鼠，叶公岂是好真龙。

孰居无事陪犀首，未办求封遇万松。

却笑千年曹孟德，梦中相对也龙钟。（首句用东韵）

——［宋］辛弃疾《瑞鹧鸪·乙丑奉祠归舟次馀干赋》

东冬通押的词：

江南忆，其次忆吴宫（东）。
吴酒一杯春竹叶，吴娃双舞醉芙蓉（冬）。
早晚复相逢（冬）。

——［唐］白居易《忆江南》

多少恨，昨夜梦魂中（东）。
还似旧时游上苑，车如流水马如龙（冬）
花月正春风（东）。

——［南唐］李煜《望江南》

林花谢了春红（东）。太匆匆（东）。
无奈朝来寒雨晚来风（东）。

胭脂泪，留人醉，几时重（冬）。
自是人生长恨水长东（东）。

——［南唐］李煜《相见欢》

多情多感仍多病，多景楼中（东）。
尊酒相逢，（冬）乐事回头一笑空（东）。

停杯且听琵琶语，细撚轻拢（东）。
醉脸春融（东）。斜照江天一抹红（东）。

——［宋］苏轼《采桑子》

草际鸣蛩，（冬）惊落梧桐（东）。
正人间天上愁浓（冬）。
云阶月地，关锁千重（冬）。
纵浮槎来，浮槎去，不相逢（冬）。

星桥鹊驾，经年才见，
想离情别恨难穷（东）。
牵牛织女，莫是离中（东）。
甚霎儿晴，霎儿雨，霎儿风（东）。

——［宋］李清照《行香子》

把酒祝东风（东），且共从容（冬）。

垂杨紫陌洛城东（东）。
总是当时携手处，游遍芳丛（东）。

聚散苦匆匆（东），此恨无穷（东）。
今年花胜去年红（东）。
可惜明年花更好，知与谁同（东）。

——［宋］欧阳修《浪淘沙》

长松（冬），
之风（东）。
如公（东），
肯余从（冬）。
山中（东）。
人心与吾兮谁同（东）。
湛湛千里之江，上有枫（东）。
噫送子于东（东），
望君之门兮九重（冬）。
女无悦己，谁适为容（冬）。

不龟手药，或一朝兮取封（冬）。
昔与游兮皆童（东），
我独穷兮今翁（东）。
一鱼兮一龙，（冬）
劳心兮忡忡（东）。
噫命与时逢（冬）。
子之所食兮万锺（冬）。

——［宋］辛弃疾《醉翁操·顷予从廓之求观家谱……以为山中盛事云》

不见南师久，谩说北群空（东）。
当场只手，毕竟还我万夫雄（东）。
自笑堂堂汉使，得似洋洋河水，依旧只流东（东）。
且复穹庐拜，会向藁街逢（冬）。

尧之都，舜之壤，禹之封（冬）。
于中应有一个半个耻臣戎（东）。
万里腥膻如许，千古英灵安在，磅礴几时通（东）。

胡运何须问，赫日自当中（东）。

——［宋］陈亮《水调歌头·送章德茂大卿使虏》

滚滚长江东逝水，浪花淘尽英雄（东）。
是非成败转头空（东）。
青山依旧在，几度夕阳红（东）。

白发渔樵江渚上，惯看秋月春风（东）。
一壶浊酒喜相逢（冬）。
古今多少事，都付笑谈中（东）。

——［明］杨慎《临江仙》

惜别多思，伤时有泪，内讧外侮交讧（东）。
世局堪惊，前车可惧，同胞何事懵懵（东）?
感此独心忡（东）。羡中流先我，破浪乘风（东）。
半月比肩，一时分手叹匆匆（东）。

从今劳燕西东（东）。
算此行归国，立起疲癃（东）。
智欲萌芽，权犹未复，期君力挽颓风（东）。
化痼学应隆（东）。仗粲花莲舌，启聩振聋（东）。
唤起大千姊妹，一听五更钟（冬）。

——秋瑾《望海潮·送陈彦安孙多琨二姊归国》

送韵词：

曾宴桃源深洞，一曲清歌舞凤。
长记别伊时，和泪出门相送。
如梦，如梦，残月落花烟重。

——［后唐］李存勖《忆仙姿》

董肿送宋通押的词：

离棹逡巡欲动（董），
临极浦，故人相送（送）。
去住心情知不共（宋）。
金船满捧（肿）。

——［五代］孙光宪《上行杯》

凉夜沉沉花漏冻（送），

攲枕无眠，渐听荒鸡动（董）。
此际闲愁郎不共（宋），
月移窗罅春寒重（宋）。

忆共锦裯无半缝（宋），
郎似桐花，妾似桐花凤（送）。
往事迢迢徒入梦（送），
银筝断绝连珠弄（送）。

——［清］王士祯《蝶恋花》

挥手片云飞，顿足群山动（董）。
乍一回眸秋水明，摇鬓春花弄（送）。

人世乱悲欢，俯仰千场梦（送）。
凝对恒河不尽流，兄弟恩情重（宋）。

——赵朴初《卜算子·观苏拉·曼辛的古典印度舞》

一东部平仄通押的词：

月仄金盆堕水，雁回醉墨书空（东）。
君诗秀绝雨园葱（东），想见衲衣寒拥（肿）。

蚁穴梦魂人世，杨花踪迹风中（东）。
莫将社燕笑秋鸿（东），处处春山翠重（宋）。

——［宋］黄庭坚《西江月》

第二章　三韵合一说二萧

《平水韵》将萧韵列在“下平声”第二部，故习惯上称萧韵为二萧。《词林正韵》把它与三肴四豪合并，列在第八部。

萧韵字数大约等于肴、豪二韵字数之和。这是因为《平水韵》的二萧是由《广韵》萧、宵二韵合并而成的。《平水韵》并四为三，《词林正韵》又合三为一，最简单的理由是，属于这个范围内的字，发音听起来十分和谐。

（一）萧肴豪三韵的区别

一般地讲，近体诗用韵要将萧、肴、豪区分开来，不可混用。但三韵字数较多，仅凭记忆，任何聪明的人要把它们区分清楚，都是不易办到的。

用《汉语拼音方案》分析，萧韵的韵母以 iao 为主 ao 为辅，肴韵的韵母以 ao 为主 iao 为辅，豪韵的韵母只有 ao 没有 iao。

凡读音为 biāo、diāo、liáo、miáo、piāo、qiáo、ráo、tiáo、yāo 的字，均属萧韵。

凡读音为 pāo、páo、xiáo 的字均属肴韵（“袍”字除外，属豪韵）。

凡读音为 cáo、dāo、gāo、háo、láo、sáo、tāo、zāo 的字，均属豪韵。

从字形结构特点分析，以“乔”“焦”“尞”和“䍃”为基本字的字，如骄、桥、蕉、礁、谯、燎、镣、僚、遥、瑶，等等，均属萧韵；以“包”“交”“爻”为基本字的字，如泡、胞、胶、茭、肴、崤，等等，均属肴韵；以“曹”“高”“匋”为基本字的字，如艚、糟、篙、膏、萄、掏，等等，均属豪韵。

以上分析，只是大略而已。实际上，分清是很难的。如“蛲”“铙”“猱”三字，都读 náo，却分属三韵。

（二）二萧部与十一尤部的联系

还有个别字，韵母虽是 ao 或 iao，却不属于萧、肴、豪韵，而属尤韵。常见的有彪、矛二字。这是古今语音变化的结果。彪字的反切标音为必幽切，韵母应是 ou；矛字的反切标音为莫浮切，浮字为房尤切，可推知矛字的韵母也应是 ou。《诗·秦风·无衣》云："岂曰无衣，与子同袍。王于兴师，修我戈矛，与子同仇。""矛"字前与豪韵的"袍"字相押，后与尤韵的"仇"字相押，介于两韵中间，而划归尤韵。同时也证明，"矛"字可以如"茅""毛"等字那样，与"袍"相押。

（三）独押与通押

萧、肴、豪之间的界限，比东、冬之间为严。这是从近体诗的角度看。《红楼梦》第五十回写黛玉、宝钗、湘云、探春等十几人在芦雪庭争联即景诗，共用萧韵 35 字。联到第 34 字时，宝钗对湘云说："你有本事，把二萧的韵全用完了，我才服了你。"小姐们联的是五言排律，无一出韵。当然，这全是曹雪芹的本事。元稹的五言排律《江边四十韵》，用的则是肴韵，更属不易。豪韵的例子，有许浑的七律《登洛阳故城》、卢纶的五绝《塞下曲》、秋瑾的七绝《对酒》等。

但是，由于萧、肴、豪在特点和听觉上难以分清，三韵在近体诗中的通押现象也是存在的。如元代倪瓒的七绝《题郑所南兰》云：

秋风兰蕙化为茅（肴），南国凄凉气已消（萧）。
只有所南心不改，泪泉和墨写离骚（豪）。

三个韵脚分属三韵。倪瓒还有两首独押萧韵的七绝：

松陵第四桥前水，风急犹须贮一瓢。
敲火煮茶歌白苎，怒涛翻雪小停桡。

——《绝句》

姑苏城外短长桥，烟雨空濛又晚潮。
载酒曾经此行乐，醉乘江月卧吹箫。

——《烟雨中过石三绝》

这位倪先生还有一首独押萧韵的词《江城子·感旧》。这说明他是很懂得诗韵的，前面那首《题郑所南兰》应是有意为之。还有李商隐、龚自珍、黄遵宪等人，也写过萧、肴、豪通押的近体诗。

填词历来萧、肴、豪不分。三韵通押的词远远超过三韵各自独押的词。尤其在仄声，独押某韵的几乎没有，大量的词都是数韵通押的（可参阅本章"诗词例证"部分）。

萧、肴、豪三韵最早在《诗经》中也是根本不分的。"投我以木桃，报之以琼瑶"是豪萧通押，"棘心夭夭，母氏劬劳"是萧豪通押，"防有鹊巢，邛有旨苕；谁俯予美，心焉忉忉”是肴、萧、豪通押，“昼尔于茅，宵尔索绹”是肴、豪通押。类似例子，《诗经》中比比皆是。由此可见，萧、肴、豪的分离完全是后来人为的。直至南北朝时期，距离《诗经》时代已过了一千多年，萧、肴、豪不分的情况依然如故。如谢灵运的《从游京口北固应诏》，就是萧韵的超、镳、椒、潮、昭、苗、谣，肴韵的巢，与豪韵的高、皋、桃通押的。

今天写诗，对待萧、肴、豪三韵，可以实行两种办法：一是写古诗、填词三韵通押，写近体诗三韵各自独押；二是不论古诗、近体诗、词，都可以三韵通押。两种办法前人都实践过。

（1991 年 10 月 1 日）

二萧部用字表

平声

［**萧**］萧标杓藨猋摽镖镳穮儦膘飆麃瀌骠超朝晁怊潮弨劭碉蛁蛁貂雕鲷凋弴刁蕉椒礁蟭噍鹪僬焦鷦徼燋浇娇骄聊鹩撩瞭嘹蟟嶛镣僚獠飉瘳料憭憀燎潦漻镠膋寮寥缭辽苗鹋描锚猫挠蛲藨彯瓢飘摽嘌僄漂嫖趫鞒荞荍桥橇樵撬翘瞧跷峤锹乔侨劁憔荛桡饶娆哨艘韶怊烧卲髫苕苕挑龆跳蜩岧铫鞗鞗佻朓鲦条恌调祧迢霄橚枵硝肖削道哓鸮呺蟏蛸嚣销箫儵魈枭歊潇消熇宵骁绡瑶珧葽要轺摇尧喓吆峣夭侥邀徭飖繇遥鹞腰谣窑陶妖媱姚幺招昭钊

［**简注**］

杓 biāo，斗柄三星。又读 dí，见锡韵；又读 sháo，见药韵；又，多啸切，见啸韵。

摽 biāo，击，挥。又读 biào，见筱韵、啸韵。

麃 biāo，①［麃麃］勇武貌，盛多貌。②通“穮”。又读 páo，见肴韵；又读 piǎo，见筱韵。

骠 biāo，黄白色的马。又读 piào，见啸韵。

劭 初尧切，又读 shào，并属啸韵。

噍 jiāo，声音急促。又读 jiào，见啸韵；又读 jiū，见尤韵。

徼 jiāo，①剿窃，②激励。又读 yāo，招致，求，亦萧韵。又读 jiào，见啸韵。

鹩 liáo；又，力照切，并属啸韵。

撩 liāo；又，朗鸟切，并属筱韵；力吊切，并属啸韵。

瞭 怜萧切，又读 liǎo，并属筱韵。

嘹、**镣** liáo，洛萧切；又，力吊切，并属啸韵。

僚 liáo，官吏。又读 liǎo，见筱韵。

獠 liáo，①打猎，②凶恶。又读 lǎo，见巧韵，皓韵。

飉 liáo，[飉唳] ①风声，②迅疾貌，③声音清越。又读 liú，见尤韵；又读 liù，见宥韵。

瘳 怜萧切，音聊，又读 chóu，并属尤韵。

料 怜萧切，又读 liào，并属啸韵。

憭 liáo，[憭栗] 凄怆。又读 liǎo，见筱韵。

燎 liáo，①火炬，②烧、烫、照亮等义。又读 liǎo，见筱韵；又读 liào，见啸韵。

潦 liáo，①水名，即辽河；②水火烫伤。又读 láo，见豪韵；又读 lǎo，见皓韵。

漻 liáo，清寂，虚空。又，下巧切，见巧韵。又读 liú，见尤韵；又，力救切，见宥韵。

缭 liáo；又，朗鸟切，并属筱韵；力照切，并属啸韵。

猫 māo，眉镳切；又，谟交切，并属肴韵。

挠 náo，并属豪韵；又，奴巧切，并属巧韵。

摽 piāo，又读 biāo，击，弹奏。又读 biào，见筱韵、啸韵。

僄 抚昭切，音飘，又读 piào，并属啸韵。

漂 piāo，物在水面。又读 piǎo，见筱韵。又读 piào，见啸韵。

嫖 piāo，又读 piào，并属啸韵。[嫖姚] 勇健轻捷貌。又读 piáo，邪淫，亦属萧韵。

撬 牵幺切，今读 qiào。

翘 qiáo，鸟尾长羽，举起，首饰。又读 qiào，见啸韵。

峤 qiáo，又读 jiáo，并属啸韵。

桡 ráo，船桨。又读 náo，见肴韵。又，女教切，见效韵。

娆 ráo，妍丽。又读 rǎo、yǎo，见筱韵。

哨 相邀切，又读 shào，并属啸韵。

艘 sāo，并属豪韵，又读 sōu。

慅 sāo；又，采老切，并属皓韵。

烧 shāo，①燃，②体温发热。又读 shào，见啸韵。

卲 时饶切，又读 shào，并属啸韵。

苕 tiáo，草名。又读 diào，见啸韵；又读 dí，见锡韵。

挑 tiāo，肩担、拨弄。又读 tiǎo，见筱韵。又读 tāo，见豪韵。

跳 徒聊切，今读 tiào。

蜩 tiáo，蝉。又读 diào，见啸韵。

鲦 tiáo，又读 yóu，并属尤韵，鱼名。又读 chóu，见尤韵。

铫 tiáo，古兵器。又读 yáo，①古农具，②姓。亦萧韵。又读 diào，见啸韵。

朓 吐雕切，又读 tiǎo，并属筱韵、啸韵。

调 tiáo，协调、调整、演奏等义。又读 diào，见啸韵。

肖 xiāo，衰微、渺小。又读 xiào，见啸韵。

削 xiāo，寂静，安详。又读 qiào，见啸韵；又读 xuē，见药韵。

蛸 xiāo，［螵蛸］螳螂的卵块。又读 shāo，见肴韵。

嚣 xiāo，喧哗，轻狂，跋扈。又读 áo，见豪韵。

熇 xiāo，热气。又读 hè，见药韵。又，呼木切，见屋韵。又，火酷切，见沃韵。

要 yāo，邀请。又读 yào，见啸韵。

摇 yáo；又，弋照切，并属啸韵。

夭 yāo，①茂盛，②灾祸，③［夭夭］美盛、安舒貌。又读 yǎo，见筱韵；又读 ǎo，见皓韵。

侥 yáo，［僬侥］古国名、族名。又读 jiǎo，见筱韵；又读 jiào，见啸韵。

繇 yáo，①茂盛貌，②通“谣”“摇”“遥”，③姓。又读 yóu，见尤韵。

鹞 馀招切，音遥，野鸡。又读 yào，见啸韵。

陶 yáo，［皋陶］舜之臣名。又读 táo，见豪韵；又读 dào，见号韵。

［肴］肴坳凹苞枹胞包轈抄钞嘲巢鄛嘺教茭艽蛟咬嘐镠胶鲛交鸡郊姣窌茆茅牦猫媌蝥蝥梎呶铙怓匏抛掊跑咆刨炰爮狍庖麃炮泡硗骹敲鄗鞘梢捎蛸筲艄弰硗哮髇骹烋虓猇搴淆崤爻肴抓啁

［简注］

坳 āo，又读 ào，并属效韵。

凹 āo；又，乌洽切，并属洽韵。

枹 bāo，木名。又读 fú，见虞韵；又房尤切，见尤韵。

钞 chāo；又，初教切，并属效韵。

教 jiāo，①传授知识，②使、让。又读 jiào，见效韵。

艽 jiāo，[秦艽] 草名。又读 qiú，见尤韵。

咬 jiāo，［咬咬］禽音。又读 yāo，亦肴韵，［咬哇］繁细之音。又读 yǎo，见巧韵。

姣 jiāo，又读 jiǎo，并属巧韵、效韵。

窌 liáo，深空之貌。又读 jiào，见效韵。又读 liù，见宥韵。

牦 máo，并属豪韵。

猫 māo，谟交切；又，眉镳切，并属萧韵。

蟊 máo；又读 móu，并属尤韵。义同：食苗根虫。又读 méng，见东韵。

蝥 máo，①［斑蝥］昆虫名，②同"蟊"，又读 móu，见尤韵。又读 wú，见虞韵。

桡 náo，弯曲。又，女教切，见效韵。又读 ráo，见萧韵。

掊 薄交切，又读 póu，并属尤韵，扒、掘。又读 pǒu，见有韵。

跑 ①páo，兽类以脚刨地。②薄交切，急走，今读 pǎo。

刨 páo，①挖、掘。②薄交切，又读 bào，并属效韵，义同：削平木料的工具。

麃 páo，通"狍"。又读 biāo，见萧韵；又读 piǎo，见筱韵。

炮 páo，①烧烤，②中药制法之一。又读 pào，见效韵。

泡 pāo、páo，①浮沤，水泡，②水名。又读 pào，见效韵。

硗 qiāo；又，轻皎切，并属筱韵。

敲 qiāo；又，苦教切，并属效韵。

鄗 qiāo，山名，在河南荥阳。又读 hào，见皓韵。

蛸 shāo，［蟏蛸］一种小蜘蛛。又读 xiāo，见萧韵。

哮 xiāo；又，许教切，音孝，并属效韵。

抓 侧交切；又，侧绞切，并属巧韵；阻教切，并属效韵。今读 zhuā。

啁 zhāo，［啁哳］声音细碎繁杂。又读 zhōu，见尤韵。又读 diào，见啸韵。

［**豪**］豪璈敖聱獒鳌嗸摮鳌熬遨鹜嗷嚣厫鏖翱爊滶隞褒槽曹操嘈螬艚漕叨舠魛忉裯刀槖橰篙皋高膏羔糕蒿壕嚎号嗥嚎毫濠尻劳醪捞唠蟧崂痨涝潦牢髦芼酕毛牦旄挠猱猱袍搔艘臊飉骚缫櫜焘韬萄騊梼稻桃挑掏饕啕叨韬逃慆洮涛淘滔弢陶駣绦绹遭糟

［简注］

嶅 áo；又，鱼到切，音傲，并属号韵。

嚣 áo，①忧愁。②［嚣嚣］众多之状，见《诗·小雅·十月之交》；自得貌，见《诗·大雅·板》。又读 xiāo，见萧韵。

操 cāo，持握、从事、弹奏，动词。又，七到切，见号韵。

裯 dāo，短衣。又读 chóu，见尤韵。

膏 gāo，油脂。又读 gào，见号韵。

号 háo，大声哭叫。又读 hào，见号韵。

捞 lāo；又，郎到切，并属号韵。

劳 láo，①做工，②疲劳，穷苦。又读 lào，见号韵。

涝 láo，①大浪，②水名，即潦水。又读 lào，见号韵。

潦 láo，水名，关中八水之一，入渭水。又读 liáo，见萧韵；又读 lǎo，见皓韵。

牦 máo，并属肴韵。

芼 máo，野菜或水草。又读 mào，见号韵。

挠 náo，并属萧韵；又，奴巧切，并属巧韵。

艘 sāo，并属萧韵，又读 sōu。

纛 徒刀切；又读 dào，并属皓韵、号韵；又读 dú，并属屋韵、沃韵。

焘 tāo，又读 dào，徒到切，并属号韵。

韬 tāo，藏弓于袋。又读 tào，见号韵。

挑 tāo，［挑达］往来自由貌；轻薄貌。又读 tiāo，见萧韵；又读 tiǎo，见筱韵。

陶 táo，瓦器，姓。又读 yáo，见萧韵；又读 dào，见号韵。

上声

［筱］筱表摽裱赵掉矫侥皦皎敫缴纠剿蓼瞭僚憭燎嫽了缭藐杪眇秒渺缈茑鄡鸟袅嫋醥殍瞟麃漂缥硗悄愀扰娆绕少袑绍挑朓窱晓皛小杳殀鷕夭舀窅窈嫢找兆旐沼肇

［简注］

摽 biào，并属啸韵，坠落。又读 biāo，见萧韵。

赵 ① diào，锋利。《诗·良耜》：“其镈斯赵。”②zhào，姓。

掉 diào，徒了切。又，徒吊切，并属啸韵。又，女角切，并属觉韵。

侥 jiǎo，希图、企求。又读 yáo，见萧韵；又读 jiào，见啸韵。
缴 jiǎo，交纳。又读 zhuó，见药韵。
纠 jiǎo，［窈纠］安舒貌，见《诗·月出》。又读 jiū，见有韵。
蓼 liǎo，草名。又读 lù，见屋韵。
瞭 liǎo；又，怜萧切，并属萧韵。
僚 liǎo，美好貌。《诗·月出》：“佼人僚兮。”又读 liáo，见萧韵。
憭 liǎo，明白，明了。又读 liáo，见萧韵。
燎 liǎo，烧烤。又读 liào，见啸韵；又读 liáo，见萧韵。
缭 朗鸟切；又，力照切，并属啸韵；又读 liáo，并属萧韵。
麃 piǎo，毛羽变色。又读 biāo，见萧韵；又读 pǎo，见肴韵。
漂 piǎo，洗涤衣物。又读 piāo，见萧韵。又读 piào，见啸韵。
硗 轻皎切，又读 qiāo，并属肴韵。
娆 rǎo，烦扰、扰乱。又读 yǎo，［娆娆］柔弱貌，亦筱韵。又读 ráo，见萧韵。
少 shǎo，数量小。又读 shào，见啸韵。
挑 tiǎo，挑战，挑逗。又读 tiāo，见萧韵；又读 tāo，见豪韵。
朓 tiǎo，并属啸韵；又，吐彫切，并属萧韵。
夭 yǎo，短命。又读 ǎo，见皓韵；又读 yāo，见萧韵。

［**巧**］巧拗鲍饱吵炒搅摎铰笅佼狡姣绞獠漻茆昴卯泖挠稍咬抓爪

［**简注**］
拗 ǎo，折断。又读 ào，见效韵。又读 niù，见有韵、屋韵。
摎 jiǎo，［摎蓼］搜索。又读 jiū，见尤韵。
姣 jiǎo，并属效韵；又读 jiāo，并属肴韵。
獠 lǎo，古族名，并属皓韵。又读 liáo，见萧韵。
漻 下巧切，①清，②潭。又读 liáo，见萧韵。又读 liú，见尤韵；又，力救切，见宥韵。
挠 奴巧切，又读 náo，并属萧韵、豪韵。
稍 山巧切；又，所教切，并属效韵。今读 shāo。
咬 yǎo，用牙叼、啃东西。又读 jiāo、yāo，见肴韵。
抓 侧绞切；又，阻教切，效韵；又，侧交切，肴韵。今读 zhuā。

［晧］晧媪夭燠袄媪葆抱保堡鸨宝褓草慅慅纛捣稻倒岛道祷槁杲颢稿缟昊镐皞鄗灏浩滈好考栲拷熇老栳獠潦瑙碯脑恼扫燥嫂讨藻枣早造皂澡蚤

［简注］

晧 胡老切，今读 hào，光亮，洁白。

媪 ǎo，传说中的兽名。又读 yūn，见文韵。

夭 ǎo，幼小的动植物。又读 yāo，见萧韵；又读 yǎo，见筱韵。

燠 乌晧切；又，乌到切，并属号韵；又读 yù，并属屋韵。

堡 bǎo，城堡，堡垒；有围墙的村镇。《康熙字典》注：“转音普。”

慅 采老切，又读 sāo，并属萧韵。

纛 dào，杜晧切；又，大到切，并属号韵；又，徒刀切，并属豪韵；又读 dú，并属屋韵、沃韵。

倒 dǎo，跌倒、败落等义。又读 dào，见号韵。

鄗 hào；又，呵各切，并属药韵。古地名，在山东蒙阴西北。又读 qiāo，见肴韵。

好 hǎo，坏的反义。又读 hào，见号韵。

熇 kǎo，干枯。又读 hè，见药韵。

獠 lǎo，古族名，并属巧韵。又读 liáo，见萧韵。

潦 lǎo，①雨水大貌，②积水。又读 liáo，见萧韵；又读 láo，见豪韵。

燥 zào，苏老切，音嫂；又，先到切，并属号韵。

造 zào，昨早切。又，七到切，并属号韵。

去声

［啸］啸摽莜杓芍掉吊蜩啁铫钓窎调醮轿髃噍嗷叫峤侥皭徼爝灂鹩嘹嘐镣疗廖料燎缭庙妙尿票剽僄漂嫖骠鞘翘削峭俏窍诮哨少烧召邵卲劭眺粜朓肖笑要摇耀曜鹞窔罂照窔诏

［简注］

摽 biào，并属筱韵。坠落。又读 piāo，见萧韵。

莜 diào，竹编除草农具。又读 tiáo，见萧韵；又读 dí，见锡韵。

杓 多啸切，又读 dí，并属锡韵。标的。又读 biāo，见萧韵；又读 sháo，见药韵。

掉 diào，徒吊切。又，徒了切，并属筱韵。又，女角切，并属觉韵。

蜩 diào，［蜩蟉］龙掉头貌。又读 tiáo，见萧韵。

啁 diào，调笑、恢谐。今读 tiáo。又读 zhāo，见肴韵；又读 zhōu，见尤韵。

铫 diào，［铫子］一种可烧水的器具。又读 tiáo、yáo，见萧韵。

调 diào，①调动，②曲调。又读 tiáo，见萧韵。

噍 jiào，①嚼，②［噍类］活的人或动物。又读 jiāo，见萧韵；又读 jiū，见尤韵。

峤 jiào，又读 qiáo，并属萧韵。

侥 jiào，［侥侥］急行貌。又读 jiǎo，见筱韵；又读 yáo，见萧韵。

皭 jiào；又，即约切，并属药韵。

徼 jiào，①巡查，②边境，③小路。又读 jiāo、yāo，见萧韵。

潐 jiào，涂漆。又读 zhuō，见觉韵。

鹩 力照切，又读 liáo，并属萧韵。

嘹 力吊切，音料；又读 liáo，并属萧韵。

蟉 liào，［蜩蟉］龙掉头貌。又读 liú，见尤韵、有韵。

镣 力吊切，又读 liáo，并属萧韵。

疗 力照切，今读 liáo。

廖 liào；又，力救切，并属宥韵。

料 liào；又，怜萧切，并属萧韵。

燎 liào，①照明，②夜猎，③柴薪。又读 liǎo，见筱韵；又读 liáo，见萧韵。

缭 力照切；又读 liáo，见萧韵。又，朗鸟切，并属筱韵。

僄 piào；又，抚昭切，音飘，并属萧韵。

漂 piào，色彩鲜明。又读 piāo，见萧韵。又读 piǎo，见筱韵。

嫖 piào，又读 piāo，并属萧韵。［嫖姚］勇健轻捷貌。又读 piáo，见萧韵。

骠 piào，骠骑将军。又读 biāo，见萧韵。

翘 qiào，向上举，女子脚。又读 qiáo，见萧韵。

削 qiào，①刀剑，②以袖笼手。又读 xiāo，见萧韵。又读 xuē，见药韵。

哨 shào；又，相邀切，并属萧韵。

少 shào，年纪小。又读 shǎo，见筱韵。

烧 shào，①野火，②彩霞。又读 shāo，见萧韵。

召 ①shào，古邑名，周初召公始封地。②zhào，叫来。

卲 shào；又，时饶切，并属萧韵。

劭 shào；又，初尧切，并属萧韵。

朓 tiǎo，并属筱韵；又，吐彫切，并属萧韵。
肖 xiào，①类似，仿效；②绘画或雕塑。又读 xiāo；见萧韵。
要 yào，重要。又读 yāo，见萧韵。
摇 弋照切，又读 yáo，并属萧韵。
鹞 yào，一种鸷鸟。又，余招切，见萧韵。

［**效**］效坳拗趵铇豹刨爆踔钞教酵较觉窖姣窌貌桡闹淖疱炮泡敲稍孝校哮乐棹抓啅罩笊

［**简注**］
坳 ào，又读 āo，并属肴韵。
拗 ào，不顺口、弯曲等义。又读 ǎo，见巧韵。又读 niù，见有韵、屋韵。
趵 bào，水向上涌。又读 bō，见觉韵。
铇 bào，通“刨①”。见下一条。
刨 ①bào，木工器具；又，薄交切，并属肴韵，义同。②páo，见肴韵。
爆 bào，火裂。又读 bó，见觉韵。
踔 丑教切，又读 chuō，并属觉韵。
钞 初教切，又读 chāo，并属肴韵。
教 jiào，教化、教育、宗教等义。又读 jiāo，见肴韵。
较 jiào，比较，考核。又读 jué，见觉韵。
觉 jiào，①睡醒，②睡眠。又读 jué，见觉韵。
姣 后教切，jiǎo，并属巧韵；又读 jiāo，并属肴韵。
窌 jiào，地窖。又读 liáo，见肴韵。又读 liù，见宥韵。
桡 女教切，曲木。又读 náo，见肴韵。又读 ráo，见萧韵。
炮 pào，爆炸式物器。又读 páo，见肴韵。
泡 pào，①水泉，②浸泡。又读 pāo、páo，见肴韵。
敲 苦教切，又读 qiāo，并属肴韵。
稍 所教切，音哨；又，山巧切，并属巧韵。今读 shāo。
哮 许教切，音孝；又读 xiāo，并属肴韵。
乐 yào，喜爱。又读 yuè，见觉韵。又读 lè，见药韵。
棹 zhào，船桨。又读 zhuō，见觉韵。
抓 阻教切；又，侧绞切，并属巧韵；又，侧交切，并属肴韵。今读 zhuā。
啅 zhào，喧噪，吵扰。又读 zhuó，见觉韵。

［号］号鳌奡噢傲奥懊燠澳菢报暴操糙纛焘翱到蹈帱倒盗悼导陶告部诰膏耗好靠犒劳捞涝嫪瑁耄芼冒毷帽媢瞀埽氉韬套躁噪造簉慥灶燥

［简注］

号 hào，号令、称号等义。又读 háo，见豪韵。

鳌 鱼到切，音傲，又读 óo，并属豪韵。

噢 ào，［噢咿］喧叫吸饮声。又读 yǔ，见麌韵。

奥 ào，深奥、深处等义。又读 yù，见屋韵。

懊 ào，悔恨。又读 yù，见屋韵。

燠 乌到切；又，乌皓切，并属皓韵；又读 yù，并属屋韵。

澳 ào，①洗涤，②港湾。又读 yù，见屋韵。

操 七到切，品德、举动、琴曲，名词。又读 cāo，见豪韵。

糙 七到切，今读 cāo。

纛 dào，大到切；又，杜皓切，并属皓韵；又，徒刀切，并属豪韵；又读 dú，并属屋韵、沃韵。

焘 dào，又读 tāo，并属豪韵。

帱 dào，覆盖。又读 chóu，见尤韵。

倒 dào，颠倒，反而。又读 dǎo，见皓韵。

陶 dào，［陶陶］驱驰貌。《诗·郑风·清人》："驷介陶陶。"又读 táo，见豪韵。又读 yáo，见萧韵。

告 gào，告诉、报告等义。又读 gù，见沃韵。

膏 gào，滋润；用油膏涂饰。又读 gāo，见豪韵。

好 hào，喜爱。又读 hǎo，见皓韵。

劳 lào，慰问。又读 láo，见豪韵。

捞 郎到切，又读 lāo，并属豪韵。

涝 lào，雨多成灾。又读 láo，见豪韵。

瑁 mào；又，莫佩切，并属队韵；莫沃切，并属沃韵。

芼 mào，拔取。又读 máo，见豪韵。

冒 mào，侵犯，假充，升起。又读 mò，见职韵。

瞀 mào；又，亡遇切，并属遇韵；迷浮切，并属尤韵；莫候切，并属宥韵；墨角切，并属觉韵；莫卜切，并属屋韵。

韬 tào，臂套。元稹《阴山道》诗："从骑爱奴丝布衫，臂鹰小儿云锦韬。群臣利己要差僭，天子深衷空悯悼。"又读 tāo，见豪韵。

造 zào，七到切。又，昨早切，并属皓韵。

燥 zào，先到切。又，苏老切，音嫂，并属皓韵。

诗词例证

（一）古诗

萧韵古诗：

清人在消，驷介麃麃。二矛重乔，河上乎逍遥。

——《诗经·郑风·清人》

郁郁涧底松，离离山上苗。以彼径寸茎，荫此百尺条。
世胄蹑高位，英俊沉下僚。地势使之然，由来非一朝。

——［晋］左思《咏史八首》

王尊奉汉朝，灵关不惮遥。高岷长有雪，阴栈屡经烧。
轮摧九折路，骑阻七星桥。蜀道难如此，功名讵可要。

——［南朝·陈］阴铿《蜀道难》

朝进东门营，暮上河阳桥。落日照大旗，马鸣风萧萧。
平沙列万幕，部伍各见招。中天悬明月，令严夜寂寥。
悲笳数声动，壮士惨不骄。借问大将谁，恐是霍嫖姚。

——［唐］杜甫《后出塞五首》

晚荷犹展卷，早蝉遽萧嘹。露叶行已重，况乃江风摇。
炎夏火再伏，清商暗回飙。寄言抱志士，日月东西跳。

——［唐］元稹《遣兴十首（其一）》

俯数银州帆，远接崖门湖。树木郁葱葱，衣被峰岩峣。

——董必武《游崖门返舟中望凤山龙子塔》

肴韵古诗：

湖南无村落，山舍多黄茆。淳朴如太古，其人居鸟巢。
牧童唱巴歌，野老亦献嘲。泊舟问溪口，言语皆哑咬。
土俗不尚农，岂暇论肥硗。莫徭射禽兽，浮客烹鱼鲛。
余亦罘罝人，获麋今尚苞。敬君中国来，愿以充其庖。
日入闻虎斗，空山满咆哮。怀人虽共安，异域终难交。
白水可洗心，采薇可为肴。曳策背落日，江风鸣梢梢。

——［唐］常建《空灵山应田叟》

豪韵古诗：

鳏惸心所念，简牍手自操。何言符竹贵，未免州县劳。
赖是馀杭郡，台榭绕官曹。凌晨亲政事，向晚恣游遨。
山冷微有雪，波平未生涛。水心如镜面，千里无纤毫。
直下江最阔，近东楼更高。烦襟与滞念，一望皆遁逃。

——［唐］白居易《初领郡政衙退登东楼作》

名节重泰山，利欲轻鸿毛。所以古志士，终身甘缊袍。
胡椒八百斛，千载遗腥臊。一钱付江水，死后有余褒。
苟图身富贵，朘剥民脂膏。国法纵未及，公论安所逃。
作诗寄深意，感慨心忉忉。

——［明］于谦《无题（其一）》

萧肴豪通押的古诗：

硕鼠硕鼠，无食我苗（萧）。三岁贯女，莫我肯劳（豪）。
逝将去女，适彼乐郊（肴）。乐郊乐郊，谁之永号（豪）。

——《诗经·魏风·硕鼠》

美人赠我金错刀（豪），何以报之英琼瑶（萧）。
路远莫致倚逍遥（萧），何为怀忧心烦劳（豪）。

——［汉］张衡《四愁诗》

玉玺诫诚信，黄屋示崇高（豪）。
事为名教用，道以神理超（萧）。
昔闻汾水游，今见尘外镳（萧）。
鸣笳发春渚，税銮登山椒（萧）。
张组眺倒景，列筵瞩归潮（萧）。
远岩映兰薄，白日丽江皋（豪）。
原隰荑绿柳，墟囿散红桃（豪）。
皇心美阳泽，万象咸光昭（萧）。
顾己枉维絷，抚志惭场苗（萧）。
工拙各所宜，终以返林巢（肴）。
曾是萦旧想，览物奏长谣（萧）。

——［南朝·宋］谢灵运《从游京口北固应诏》

海风吹沙如卷涛（豪），高为陀碛深为壕（豪）。
筑垒其上严周遭（豪），名王专居气振豪（豪）。

肉食湩饮田为遨（豪），八月草白风飚飚（萧）。
马食草实轻骨毛（豪），加弦试弓复置櫜（豪）。
今日不乐心慅慅（萧），什什伍伍呼其曹（豪）。
银黄兔鹘明绣袍（豪），鹧鸪小管随鸣鞘（豪）。
背孤向虚出北皋（豪），海东之鸷王不骄（萧）。
锦韝金镞红绒绦（豪），按习久蓄思一超（萧）。
——［元］虞集《金人出塞图》

筱韵古诗：

忧心悄悄，愠于群小。觏闵既多，受侮不少。静言思之，寤辟有摽。
——《诗经·邶风·柏舟》

春眠不觉晓，处处闻啼鸟。夜来风雨声，花落知多少。
——［唐］孟浩然《春晓》

岱宗夫如何，齐鲁青未了。造化钟神秀，阴阳割昏晓。
荡胸生层云，决眦入归鸟。会当凌绝顶，一览众山小。
——［唐］杜甫《望岳》

皓韵古诗：

如何我王，不思守保。不惟履冰，以继祖考。
——［汉］韦孟《讽谏诗》

回车驾言迈，悠悠涉长道。四顾何茫茫，东风摇百草。
所遇无故物，焉得不速老。盛衰各有时，立身苦不早。
人生非金石，岂能长寿考？奄忽随物化，荣名以为宝。
——［汉］《古诗十九首》

人亦有言，忧令人老。嗟我白发，生一何蚤。
长吟永叹，怀我圣考。曰仁者寿，胡不是保。
——［三国·魏］曹丕《短歌行》

寻真误入蓬莱岛，香风不动松花老。
采芝何处未归来，白云遍地无人扫。
——［宋］魏野《寻隐者不遇》

啸韵古诗：

羁心积秋晨，晨积展游眺。孤客伤逝湍，徒旅苦奔峭。
石浅水潺湲，日落山照曜。荒林纷沃若，哀禽相叫啸。

遭物悼迁斥，存期得要妙。既秉上皇心，岂屑末代诮。
目睹严子濑，想属任公钓。谁谓古今殊，异代可同调。

——［南朝·宋］谢灵运《七里濑》

独坐幽篁里，弹琴复长啸。深林人不知，明月来相照。

——［唐］王维《竹里馆》

效韵古诗：

楚客醉孤舟，越水将引棹。山为两乡别，月带千里貌。
羁谴同缯纶，幽僻闻虎豹。桂林寒色在，苦节知所效。

——［唐］王昌龄《送任五之桂林》

筱巧皓啸效号通押的古诗：

言既遂矣，至于暴矣（号）。
兄弟不知，咥其笑矣（啸）。
静言思之，躬自悼矣（号）。

——《诗经·卫风·氓》

月出照兮（啸），佼人燎兮（啸）。
舒夭绍兮（筱），劳心慅兮（皓）。

——《诗经·陈风·月出》

晨风飘歧路，零雨被秋草（皓）。倾城远追送，饯我千里道（皓）。
三命皆有极，咄嗟安可保（皓）。莫大于殇子，彭聃犹为夭（筱）。
吉凶如纠缠，忧喜相纷绕（筱）。天地为我垆，万物一何小（筱）。
达人垂大观，诫此苦不早（皓）。乖离即长衢，惆怅盈怀抱（皓）。
孰能察其心，鉴之以苍昊（皓）。齐契在今朝，守之与偕老（皓）。

——［晋］孙楚《征西官属送于陟阳候作诗》

吾富有钱时，妇儿看我好（皓）。吾若脱衣裳，与吾叠袍袄（皓）。
吾出经求去，送吾即上道（皓）。将钱入舍来，见吾满面笑（啸）。
绕吾白鸽旋，恰似鹦鹉鸟（筱）。邂逅暂时贫，看吾即貌哨（啸）。
人有七贫时，七富还相报（号）。图财不顾人，且看来时道（皓）。

——［唐］王梵志《吾富有钱时》

长空卷玉花，汀洲白浩浩（皓）。雁影不复见，千崖暮如晓（筱）。
渔翁寒欲归，不记巴陵道（皓）。坐睡船自流，云深一蓑小（筱）。

——［元］陈孚《江天暮雪》

（二）近体诗

萧韵近体诗：

挂席东南望，青山水国遥。舳舻争利涉，来往任风潮。
问我今何适，天台访石桥。坐看霞色晚，疑是赤城标。

——［唐］孟浩然《舟中晚望》

金谷园中柳，春来似舞腰。那堪好风景，独上洛阳桥。

——［唐］李益《洛桥》

岁暮阴阳催短景，天涯霜雪霁寒宵。
五更鼓角声悲壮，三峡星河影动摇。
野哭千家闻战伐，夷歌数处起渔樵。
卧龙跃马终黄土，人事音书漫寂寥。

——［唐］杜甫《阁夜》

夫因兵死守蓬茅，麻苎衣衫鬓发焦。
桑柘废来犹纳税，田园荒尽尚征苗。
时挑野菜和根煮，旋斫生柴带叶烧。
任是深山更深处，也应无计避征徭。（首句用肴韵）

——［唐］杜荀鹤《山中寡妇》

折戟沉沙铁未销，自将磨洗认前朝。
东风不与周郎便，铜雀春深锁二乔。

——［唐］杜牧《赤壁》

自古逢秋悲寂寥，我言秋日胜春朝。
晴空一鹤排云上，便引诗情到碧霄。

——［唐］刘禹锡《秋词二首》

春江一曲柳千条，二十年前旧板桥。
曾与美人桥上别，恨无消息到今朝。

——［唐］刘禹锡《柳枝词》

梦泽悲风动白茅，楚王葬尽满城娇。
未知歌舞能多少，虚减宫厨为细腰。（首句用肴韵）

——［唐］李商隐《梦泽》

为有云屏无限娇，凤城寒尽怕春宵。
无端嫁得金龟婿，辜负香衾事早朝。

——［唐］李商隐《为有》

自作新词韵最娇，小红低唱我吹箫。
曲终过尽松陵路，回首烟波十四桥。

——［宋］姜夔《过垂虹》

四海疲攻战，余生寄寂寥。花残从雨打，蓬转任风飘。
有兴歌长野，无言立短桥。敝庐犹在眼，殊觉路途遥。

——［金］段成已《和答木庵英粹中》

一击车中胆气豪，祖龙社稷已惊摇。
如何十二金人外，犹有人间铁未销。（首句用豪韵）

——［元］陈孚《博浪沙》

千里长征不惮遥，解鞍明日问归桡。
真如谢朓宣城路，南浦新林过板桥

——［明］杨慎《于役江乡归经板桥》

一夜北风紧，开门雪尚飘。入泥怜洁白，匝地惜琼瑶。
有意荣枯草，无心饰萎苗。价高村酿熟，年稔府粱饶。
葭动灰飞管，阳回斗转杓。寒山已失翠，冻浦不闻潮。
易挂疏枝柳，难堆破叶蕉。麝煤融宝鼎，绮袖笼金貂。
光夺窗前镜，香粘壁上椒。斜风仍故故，清梦转聊聊。
何处梅花笛，谁家碧玉箫。鳌愁坤轴陷，龙斗阵云销。
野岸回孤棹，吟鞭指灞桥。赐裘怜抚戍，加絮念征徭。
坳垤审险夷，枝柯怕动摇。皑皑轻趁步，剪剪舞随腰。
苦茗成新赏，孤松订久要。泥鸿从印迹，林斧或闻樵。
伏象千峰凸，盘蛇一径遥。花缘经冷结，色岂畏霜凋。
深院惊寒雀，空山泣老鸮。阶墀随上下，池水任浮漂。
照耀临清晓，缤纷入永宵。诚忘三尺冷，瑞释九重焦。
僵卧谁相问，狂游客喜招。天机断缟带，海市失鲛绡。
寂寞对台榭，清贫怀箪瓢。烹茶水渐沸，煮酒叶难烧。
没帚山僧扫，埋琴稚子挑。石楼闲睡鹤，锦罽暖亲猫。
月窟翻银浪，霞城隐赤标。沁梅香可嚼，淋竹醉堪调。
或湿鸳鸯带，时凝翡翠翘。无风仍脉脉，不雨亦潇潇。
欲志今朝乐，凭诗祝舜尧。

——［清］曹雪芹《红楼梦·芦雪庵即景联句》

金屋何曾贮阿娇，安心蓬户伴渔樵。
赠予宛转情千缕，偿汝零星泪一瓢。

偕老愿终来世约，独栖甘度可怜宵。
休言再觅同心侣，岂复人间有二乔。

——［清］李渔《断肠诗哭亡姬乔氏》

春雨楼头尺八箫，何时归看浙江潮？
芒鞋破钵无人识，踏过樱花第几桥。

——苏曼殊《本事诗·春雨》

肴韵近体诗：

背郭堂成荫白茅，缘江路熟俯青郊。
桤林碍日吟风叶，笼竹和烟滴露梢。
暂止飞乌将数子，频来语燕定新巢。
旁人错比扬雄宅，懒惰无心作解嘲。

——［唐］杜甫《堂成》

官借江边宅，天生地势坳。敧危饶壤构，迢递接长郊。
怪鹏频栖息，跳蛙颇混淆。总无篱缴绕，尤怕虎咆哮。
停潦鱼招獭，空仓鼠敌猫。土虚烦穴蚁，柱朽畏藏蛟。
蛇虺吞檐雀，豺狼逐野麃。犬惊狂浩浩，鸡乱响嘐嘐。
濩落贫甘守，荒凉秽尽包。断帘飞熠耀，当户网蟏蛸。
曲突翻成沼，行廊却代庖。桥横老颠枿，马病裛刍茭。
一一床头点，连连砌下泡。辱泥疑在绛，避雨想经崤。
相顾忧为鳖，谁能复系匏。誓心来利往，卜食过安爻。
何计逃昏垫，移文报旧交。栋梁存伐木，苫盖愧分茅。
金埒排黄荻，琅玕衮翠梢。花砖水面斗，鸳瓦玉声敲。
方础荆山采，修椽郢匠铇。隐锥雷震蛰，破竹箭鸣骹。
正寝初停午，频眠欲转胞。囷圆故薄禄，厨敞备嘉肴。
各各人宁宇，双双燕贺巢。高门受车辙，华厩称蒲梢。
尺寸皆随用，毫厘敢浪抛。篾馀笼白鹤，枝剩架青鸡。
制榻容筐在，施关拒斗筲。栏干防汲井，密室待持胶。
庭草佣工薙，园蔬稚子掊。本图闲种植，那要择肥硗。
绿柚勤勤数，红榴个个抄。池清漉螃蟹，瓜蠹拾搬蝥。
晒篆看沙鸟，磨刀绽梅鲛。罗灰修药灶，筑垛阅弓弰。
散诞都由习，童蒙剩懒教。最便陶静饮，还作解愁嘲。

近浦闻归棹，遥城罢晓铙。王孙如有问，须为并挥鞘。

——［唐］元稹《江边四十韵》

黄沙风卷半空抛，云动阴山雪满郊。
探水人回移帐就，射雕箭落著弓抄。
鸟逢霜果饥还啄，马渡冰河渴自跑。
占得高原肥草地，夜深生火折林梢。

——［辽］赵延寿《塞上》

功名蝴蝶梦，家计鹧鸪巢。世事灯前戏，人生水上泡。

——［明］唐寅《偶成》

春来依旧草堂坳，小语喃喃似解嘲。
笑我不如双燕子，逼天烽火自营巢。

——［清］王尚辰《见燕》

豪韵近体诗：

月黑雁飞高，单于夜遁逃。欲将轻骑逐，大雪满弓刀。

——［唐］卢纶《塞下曲》

昨夜风开露井桃，未央前殿月轮高。
平阳歌舞新承宠，帘外春寒赐锦袍。

——［唐］王昌龄《春宫曲》

自小刺头深草里，而今渐觉出蓬蒿。
时人不识凌云木，直待凌云始道高。

——［唐］杜荀鹤《小松》

禾黍离离半野蒿，昔人城此岂知劳。
水声东去市朝变，山势北来宫殿高。
鸦噪暮云归古堞，雁迷寒雨下空壕。
可怜缑岭登仙子，犹自吹笙醉碧桃。

——［唐］许浑《登洛阳故城》

碧玉妆成一树高，万条垂下绿丝绦。
不知细叶谁裁出，二月春风似剪刀。

——［唐］贺知章《柳枝词》

诸葛大名垂宇宙，宗臣遗像肃清高。
三分割据纡筹策，万古云霄一羽毛。
伯仲之间见伊吕，指挥若定失萧曹。

运移汉祚终难复，志决身歼军务劳。

——［唐］杜甫《咏怀古迹五首（其一）》

世上岂无千里马，人中难得九方皋。
酒船鱼网归来是，花落故溪深一篙。

——［宋］黄庭坚《过平舆怀李子先时在并州》

青海天山战未鏖，即今尘暗旧戎袍。
风高乍觉弓声劲，霜冷初增酒兴豪。
未办大名垂宇宙，空成恸哭向蓬蒿。
灞亭老将归常夜，无奈人间儿女曹。

——［宋］陆游《野饮夜归戏作》

西来秋兴日萧条，昨夜新霜缉缊袍。
开遍菊花残蕊尽，落余寒水旧痕高。
萧萧官树皆黄叶，处处村旗有浊醪。
老补一官西入洛，幸闻山水颇风骚。（首句用萧韵）

——［宋］张耒《赴官寿安泛汴》

老去有余业，读书空作劳。时闻夜虫响，每伴午鸡号。
久静能忘病，因行当出遨。胡为良自苦，膏火自煎熬。

——［宋］吕本中《读书》

萧萧行李戛弓刀，踏雪行人过虎牢。
广武山川哀阮籍，黄河襟带控成皋。
身经戎马心逾壮，天入风霜气更豪。
横槊赋诗男子事，征西谁为谢诸曹。

——［金］李汾《雪中过虎牢》

贫士瓶无一斗醪，愁来拟和屈平骚。
琼林醉倒英雄队，一展生平学钓鳌。

——［明］唐寅《贫士吟十首（其一）》

一夜山中雨，林端风怒号。不知溪水长，只觉钓船高。

——［明］偰逊《山雨》

月落江天黑，长风正怒号。灵鸡寒失次，别雁暝呼曹。
击柝征人起，鸣机织妇劳。所思千里隔，十二碧峰高。

——［明］贝琼《寒夜》

千舶东南提举使，九边茶马驭戎韬。
但须重典惩群饮，那必奇淫杜旅獒。

周礼刑书周诰法，大宛苜蓿大秦艘。
欲师夷技收夷用，上策惟当选节旄。

——［清］魏源《寰海十章》

不惜千金买宝刀，貂裘换酒也堪豪。
一腔热血勤珍重，洒去犹能化碧涛。

——秋瑾《对酒》

万郊怒绿斗寒潮，检点新泥筑旧巢。
我是江南第一燕，为衔春色上云梢。（首句用萧韵）

——瞿秋白《江南第一燕》

华东战局看神变，陕北军机运妙韬。
更喜雨来催麦熟，成功日近乐陶陶。

——陈毅《孟良崮战役》

萧肴豪通押的近体诗：

湘波如泪色漻漻（萧），楚厉迷魂逐恨遥（萧）。
枫树夜猿愁自断，女萝山鬼语相邀（萧）。
空归腐败犹难复，更困腥臊岂易招（萧）。
但使故乡三户在，彩丝谁惜惧长蛟（肴）。

——［唐］李商隐《楚宫》

汉家天马出蒲梢（肴），苜蓿榴花遍近郊（肴）。
内苑只知含凤嘴，属车无复插鸡翘（萧）。
玉桃偷得怜方朔，金屋妆成贮阿娇（萧）。
谁料苏卿老归国，茂陵松柏雨萧萧（萧）。

——［唐］李商隐《茂陵》

秋心如海复如潮（萧），但有秋魂不可招（萧）。
漠漠郁金香在臂，亭亭古玉佩当腰（萧）。
气寒西北何人剑，声满东南几处箫（萧）。
斗大明星烂无数，长天一月坠林梢（肴）。

——［清］龚自珍《秋心三首》

拔地摩天独立高（豪），莲峰涌出海东涛（豪）。
二千五百年前雪，一白茫茫积未消（萧）。

——［清］黄遵宪《日本杂事诗》

人妖颠倒是非淆（肴），对敌慈悲对友刁（萧）。

咒念金箍闻万遍，精逃白骨累三遭（豪）。
千刀当剐唐僧肉，一拔何亏大圣毛（豪）。
教育及时堪赞赏，猪犹智慧胜愚曹（豪）。

——郭沫若《看孙悟空三打白骨精》

（三）词

萧韵词：

兰烬落，屏上暗红蕉。
闲梦江南梅熟日，夜船吹笛雨萧萧。
人语驿边桥。

——［唐］皇甫松《梦江南》

一叶凌波，十里驭风，烟鬟雾鬓萧萧。
认得兰皋琼佩，水馆冰绡。
秋霁明霞乍吐，曙凉宿霭初消。
恨微颦不语，少进还收，伫立超遥。

神交冉冉，愁思盈盈，断魂欲遣谁招。
犹自待、青鸾传信，乌鹊成桥。
怅望胎仙琴叠，忍看翡翠兰苕。
梦回人远，红云一片，天际笙箫。

——［宋］张孝祥《雨中花》

江村烟雨暗萧萧。涨寒潮，送轻桡。
目断京尘，何日听鸾箫。
金雀觚棱千里外，指天际，碧云深，魂欲飘。

薰炉灶，愁烟尽销。酒孤斟，谁与招。
满怀情思，任吟笺赋笔难描。
惆怅山风，吹梦老秋宵。
绿漾湖心波影阔，终待到，借垂杨，月半桥。

——［元］刘埙《西湖明月引·用白云翁韵送客游行都》

窗前翠影湿芭蕉。雨潇潇，思无聊。
梦入故园，山水碧迢迢。
依旧当年行乐地，香径杳，绿苔饶。

沉香火底坐吹箫。忆妖娆，想风标。
同步芙蓉，花畔赤阑桥。
渔唱一声惊梦觉，无觅处，不堪招。

——［元］倪瓒《江城子·感旧》

豪韵词：

襄阳古道灞陵桥，诗兴与秋高。
千古风流人物，一时多少雄豪。

霜清玉塞，云飞陇首，风落江皋。
梦到凤凰台上，山围故国周遭。（首句用萧韵）

——［金］完颜璹《朝中措》

井蛙瀚海云涛，醯鸡日远天高。
醉眼千峰顶上，世间多少秋毫。

——［金］元好问《清平乐·太山上作》

萧肴豪通押的词：

参差烟树霸陵桥（萧），风物尽前朝（萧）。
衰杨古柳，几经攀折，憔悴楚宫腰（萧）。

夕阳闲淡秋光老，离思满蘅皋（豪）。
一曲阳关，断肠声尽，独自上兰桡（萧）。

——［宋］柳永《少年遊》

扑面征尘去路遥（萧），香篝渐觉水沉销（萧）。
山无重数周遭碧，花不知名分外娇（萧）。

人历历，马萧萧（萧），旌旗又过小红桥（萧）。
愁边剩有相思句，摇断吟鞭碧玉梢（肴）。

——［宋］辛弃疾《鹧鸪天·东阳道中》

送客吴皋（萧）。正试霜夜冷，枫落长桥（萧）。
望天不尽，背城渐杳，离亭黯黯，恨水迢迢（萧）。
翠香零落红衣老，暮愁锁、残柳眉梢（肴）。
念瘦腰（萧）。沈郎旧日，曾系兰桡（萧）。

仙人凤咽琼箫（萧）。
怅断魂送远，九辩难招（萧）。

醉鬟留盼，小窗剪烛，歌云载恨，飞上银霄（萧）。
素秋不解随船去，败红趁、一叶寒涛（豪）。
梦翠翘（萧）。怨鸿斜过南谯（萧）。

——［宋］吴文英《惜黄花慢》

一片春愁待酒浇（萧），
江上舟摇（萧），楼上帘招（萧）。
秋娘渡与泰娘桥（萧），
风又飘飘（萧），雨又萧萧（萧）。

何日归家洗客袍（豪）？
银字笙调（萧），心字香烧（萧）。
流光容易把人抛（肴），
红了樱桃（豪），绿了芭蕉（萧）。

——［宋］蒋捷《一剪梅·舟过吴江》

酾酒椎牛诧里豪（豪）。临流觞咏赋时髦（豪）。
纷纷世态浮云变，草草生涯断梗漂（萧）。

愁不寐，夜难朝（萧）。广陵散曲屈平骚（豪）。
从今有耳都休听，且复高歌饮楚醪（豪）。

——［金］段克己《鹧鸪天》

北国风光，千里冰封，万里雪飘（萧）。
望长城内外，惟余莽莽，大河上下，顿失滔滔（豪）。
山舞银蛇，原驰蜡象，欲与天公试比高（豪）。
须晴日，看红妆素裹，分外妖娆（萧）。

江山如此多娇（萧），引无数英雄竞折腰（萧）。
惜秦皇汉武，略输文采，唐宗宋祖，稍逊风骚（豪）。
一代天骄，成吉思汗，只识弯弓射大雕（萧）。
俱往矣，数风流人物，还看今朝（萧）。

——毛泽东《沁园春·雪》

筱巧皓啸效号通押的词：

东城渐觉风光好（皓），縠皱波纹迎客棹（效）。
绿杨烟外晓寒轻，红杏枝头春意闹（效）。

浮生长恨欢娱少（筱），肯爱千金轻一笑（啸）。

为君持酒劝斜阳，且向花间留晚照（啸）。

——［宋］宋祁《玉楼春》

花褪残红青杏小（筱），
燕子飞时，绿水人家绕（筱）。
枝上柳绵吹又少（筱），天涯何处无芳草（皓）。

墙里秋千墙外道（皓），
墙外行人，墙里佳人笑（啸）。
笑渐不闻声渐悄（筱），多情却被无情恼（皓）。

——［宋］苏轼《蝶恋花》

三年流落巴山道（皓），破尽青衫尘满帽（号）。
身如西瀼渡头云，愁抵瞿塘关上草（皓）。

春盘春酒年年好（皓），试戴银幡判醉倒（皓）。
今朝一岁大家添，不是人间偏我老（皓）。

——［宋］陆游《木兰花·立春日作》

片片蝶衣轻，点点猩红小（筱）。
道是天公不惜花，百种千般巧（巧）。

朝见树头繁，暮见枝头少（筱）。
道是天公果惜花，雨洗风吹了（筱）。

——［宋］刘克庄《卜算子》

渺渺啼鸦了（筱）。
亘鱼天，寒生峭屿，五湖秋晓（筱）。
竹几一灯人做梦，嘶马谁行古道（皓）。
起搔首、窥星多少（筱）。
月有微黄篱无影，挂牵牛数朵青花小（筱）。
秋太淡，添红枣（皓）。

愁痕倚赖西风扫（皓）。
被西风、翻催鬓鬒，与秋俱老（皓）。
旧院隔霜帘不卷，金粉屏边醉倒（皓）。
计无此，中年怀抱（皓）。
万里江南吹箫恨，恨参差白雁横天杪（筱）。
烟未敛，楚山杳（筱）。

——［宋］蒋捷《贺新郎·秋晓》

遗著薪传，复盆景照（啸）。故人几辈常萦抱（皓）。
争鸣齐放又听闻，复兴文艺时期到（号）。

何用担忧，不须徒恼（皓）。自由民主谁都晓（筱）。
讴歌盛德此心同，讥弹亦为期其好（皓）。

——叶圣陶《踏莎行·第四次文代会致祝》

风雨送春归，飞雪迎春到（号）。
已是悬崖百丈冰，犹有花枝俏（啸）。

俏也不争春，只把春来报（号）。
待到山花烂漫时，她在丛中笑（啸）。

——毛泽东《卜算子·咏梅》

二萧部平仄通押的词：

凤额绣帘高卷，兽环朱户频摇（萧）。
两竿红日上花梢（肴），春睡厌厌难觉（效）。

好梦狂随飞絮，闲愁浓胜香醪（豪）。
不成雨暮与云朝（萧）。又是韶光过了（筱）。

——［宋］柳永《西江月》

梅岭烟宵（萧）。正南枝意懒，北蕊香饶（萧）。
甚因催燕睇，底事趁鸿遥（萧）。
头番消息恰春朝（萧）。
蓼汀杏梁，青云换巢（肴）。
离亭柳，漫绾线，系人兰棹（效）

思悄（筱），波渺渺（筱）。
箫鼓月明，何处长安道（皓）?
洗手谙姑，画眉询婿，三日情怀应恼（皓）。
新妇无端置车帷，故山还许寻芳草（皓）。
珠瀛清，者襟期，两地都晓（筱）。

——［清］邓廷桢《换巢鸾凤·少穆留镇两粤，
而余承乏三江，临行赋此》

第三章　险韵三江

《平水韵》中，三江是个险韵，所含二十几个字中，又有半数不属常用字。通常，佳韵、肴韵、咸韵也被视为险韵，但它们所含字数均比江韵多许多。三江可算是险韵中的险韵了。

三江与邻韵七阳同属词韵第二部，韵母都是 ang（含 iang、uang），读音洪亮，诗人们乐于使用。但两韵界限分明，这与一东二冬的情况大不一样。

（一）江韵独用的情况

唐以前的古诗中，用江韵的诗找不到例子，唐以后也极少。而在近体诗中，倒可以找到一些，因为用险韵作诗，特别是用龙、泷、釭等生僻字作韵脚，往往被视为才华的显露。如苏东坡的七绝《书双竹湛师房》：

暮鼓朝钟自击撞，闭门孤枕对残釭。
白灰旋拨通红火，卧听萧萧雪打窗。

东坡还有一首江韵《满庭芳》，实属不易：

三十三年，今谁存者，算只君与长江。
凛然苍桧，霜干苦难双。
闻道司州古县，云溪上、竹坞松窗。
江南岸，不因送子，宁肯过吾邦。

摐摐，
疏雨过，风林舞破，烟盖云幢。
愿持此邀君，一饮空缸。
居士先生老矣，真梦里、相对残釭。
歌声断，行人未起，船鼓已逢逢。

王安石有题为《金陵怀古四首》的七律，均以江、降、窗、缸为韵脚，几乎是步韵，十分有名，足见其学识与才华。（见“诗词例证”部分）

但是，不论诗词，江韵是少而又少的。原因就在于三江是个险韵。

（二）阳韵独用的情况

相比之下，阳韵则是宽韵中的宽韵，阳韵诗词比比皆是。刘邦的《大风歌》是，曹丕的《燕歌行》是，鲍照的《代出自蓟北门行》、谢朓的《暂使下都夜发新林至京邑赠西府同僚》、李白的七绝《客中作》、杜甫的七律《闻官军收河南河北》、李商隐的七律《无题二首》之二，皆是。苏东坡还有一首用阳韵填的《满庭芳》：

蜗角虚名，蝇头微利，算来着甚干忙。
事皆前定，谁弱又谁强。
且趁闲身未老，尽教我，些子疏狂。
百年里，浑教是醉，三万六千场。

思量，
能几许？忧愁风雨，一半相妨。
又何须抵死，说短论长。
幸对清风皓月，苔茵展，云幕高张。
江南好，千钟美酒，一曲满庭芳。

（三）江阳很少通押的原因

江韵极险而阳韵极宽，正是这两个原因，江阳很少通押：一来诗人们怕受“出韵”的指摘；二来七阳韵宽，选择的余地大，诗人们也用不着故意去犯规。

（四）江阳通押的情况

江阳通押的古诗出现得很晚，也很难查找。笔者只找到一个例子，附于文后。倒是在近体诗中，有些诗人利用首句可押邻韵的便利，较早地尝试了江阳的通押。如北宋王禹偁的《泛吴淞江》：

苇蓬疏薄漏斜阳（阳），半日孤吟未过江（江）。
唯有鹭鸶知我意，时时翘足对船窗（江）。

与此相反，杨万里有一首阳韵七绝《瓦店雨作》，首句却是江韵：

斜风吹雨打船窗，一阵疏来一阵忙。
听作山斋声点滴，不知作客在山阳。

在近体诗中，真正打破江阳壁垒的，是毛泽东。其诗曰：

钟山风雨起苍黄（阳），百万雄师过大江（江）。
虎踞龙蟠今胜昔，天翻地覆慨而慷（阳）。
宜将剩勇追穷寇，不可沽名学霸王（阳）。
天若有情天亦老，人间正道是沧桑（阳）。

——《七律·人民解放军占领南京》

至于在词中打破江阳壁垒而实行通押的，则是在词产生后不久。因为词起于民间，又不受科考限制。如南唐冯延巳的《采桑子》，就是在阳韵中插进了一个江韵的“双”字。

花前失却游春侣，极目寻芳。
满眼悲凉，
纵有笙歌亦断肠。

林间戏蝶梁间燕，各自双双。
忍更思量，
绿树青苔半夕阳。

苏东坡明显爱用江阳韵填词。他最著名的两首《江城子》，“老夫聊发少年狂”这首独用阳韵，“十年生死两茫茫”这首却是江阳通押。清人王渔洋的“含笑指鸳鸯，花时日日双”（《菩萨蛮·咏清溪遗事画册同其年程邨作》），江阳通押十分自然。毛泽东的“烟雨莽苍苍，龟蛇锁大江”（《菩萨蛮·黄鹤楼》）也是一个著名的例子。

在仄声里面，与江韵对应的讲韵和绛韵，字数更少，加在一起也没有江韵多。因此，讲、绛独押或通押的诗词十分难找。即使是与阳韵对应、字数较多的养韵和漾韵的诗词，不论独押或通押，也很少见。

（五）值得注意的几个特殊字

江韵和阳韵中有少数常用字，读音与今日的普通话不一致而含义相同。这些字可分为四类：

1. 普通话只读第四声，而在诗韵中平仄两属，如“撞”“忘”“望”“障”等字。

2. 普通话只读一声或二声，而在诗韵中也平仄两属，如“飏”“鞅”等字。

3. 普通话读第四声，在诗韵中却属平声而不属去声，如“框”“眶”等字。

4. 普通话有平仄两种读音，各有不同含义，而诗韵却不论含义如何，只有平声一种读音，如“场”“岗”等字。

（2001年4月25日）

三江部用字表

平声

［江］江邦梆纵撞噇幢锹漴淙窗杠扛矼缸釭讧茳豇龙咙驰娏庞逄跫腔羫舣泷双舡降桩

［简注］

撞 传江切，又读 zhuàng，并属绛韵。

幢 chuáng，①旌旗，②佛教的一种标帜，③［幢幢］下垂、回拖、晃动、高耸等貌。又读 zhuàng，见绛韵。

锹 初江切，又读 cōng，并属东韵。

漴 丑江切，雨疾下。又读 zhuàng，见绛韵；又读 chóng，见东韵。

淙 士江切，又读 cóng，并属冬韵。

杠 gāng，①床前横木，②桥梁。又读 gàng，见绛韵。

釭 gāng；又读 gōng，并属东韵、冬韵。

讧 胡江切；又，胡公切，音洪，并属东韵；又读 hòng，并属送韵。

庞 páng，高，大，面庞。又读 lóng，见东韵。

跫 枯江切，音腔；又读 qióng，并属冬韵；又，立勇切，并属肿韵；区玉切，并属沃韵。

泷 shuāng，又读 lóng，并属东韵。

降 xiáng，服也。又读 jiàng，见绛韵。

［阳］阳昂肮卬帮彭场藏菖苌苍昌尝常裳瞠长偿倡伥徜舱仓创鸧肠鲳猖床疮阊怆沧娼嫦珰当铛筜裆坊芳枋肪鲂方邡房防妨珖桄光罡岗冈刚钢伉胱亢洸纲璜黄荒桁杭磺夯蝗喤吭篁篁皇遑行徨艎航鳇凰颃盲慌惶

潢湟煌隍媓蘲僵将螿浆姜疆缰框匡劻抗眶筐狂康恇慷糠琅莨桹榔硠量
踉螂锒稂筤狼廊阆羹粮凉浪梁粱良郎莽芒茫铓邙忙囊娘雱磅螃乓傍彷
膀旁滂玱墙蔷樯枪抢跄蹡蜣呛锵羌强戕斨嫱壤攘嚷穰瓤瀼禳鹩丧霜
鹴礵殇伤觞商孀桑颡骦塘鞺搪堂棠螳螗镗膛唐糖溏汤王尪亡望忘汪芗
相厢镶香箱襄庠翔湘祥详缃骧乡鞅杨殃扬旸央鸯秧佯徉飏疡羊翔烊炀
泱洋璋樟臧赃獐伥庄章彰鄣粻妆装漳张牂嫜障

［简注］

肮 āng，［肮脏］不洁。又读 kǎng，见养韵。

彭 bāng，［彭彭］众多貌。《诗经·载驱》：“行人彭彭。”又读 péng，见庚韵。

场 cháng，又读 chǎng。

藏 cáng，保藏，贮藏，动词。又读 zàng，见漾韵。

苍 cāng，青色，灰白色。又读 cǎng，见养韵。

瞠 他郎切，音汤；又，抽良切，音伥，并属阳韵；又读 chēng；并属庚韵；又，耻孟切，撑去声，并属敬韵。

长 cháng，短之反义。又读 zhǎng，见养韵。又读 zhàng，见漾韵。

倡 chāng，古时表演艺人。又读 chàng，见漾韵。

创 chuāng，①创伤，②砍，砍除。又读 chuàng，见漾韵。

怆 初良切，音昌，又读 chuàng，并属漾韵。

当 dāng，相当、担当、应当、抵挡等义。又读 dàng，见漾韵。

铛 ①dāng，耳饰，象声词。②tāng，象声词，一种古代兵器，鼓声。又读 chēng，见庚韵。

枋 fāng，木名；木桩。又读 fǎng，见漾韵；又读 bǐng，见敬韵。

邡 fāng，又读 fǎng，并属漾韵。

妨 fáng；又，敷亮切，并属漾韵。

桄 guāng，［桄榔］一种乔木。又读 guàng，见漾韵。

岗 gāng，同“冈”；今又读 gǎng。

伉 gāng，刚正。又读 kàng，见漾韵。

亢 gāng，咽喉。又读 kàng ，见漾韵。

洸 guāng，①威武貌，②水名。又读 huàng，见养韵。

桁 háng，刑械；浮桥。又读 hàng，见漾韵；又读 héng，见庚韵。

吭 háng，咽喉，险要之地；嗓音。又读 hàng，并属漾韵，义同。又读 kēng，吭声，吱声，应属庚韵。

行 háng，队列、排列等义。又，下浪切，见漾韵。又读 xíng，见庚韵；又读 xèng，见敬韵。

慌 huāng，急忙貌。又读 huǎng，见养韵。

将 ①jiāng，扶助，携带；即将；在“将军”一词中的读音。② qiāng，请。又读 jiàng，见漾韵。

抗 胡郎切，又读 kàng，并属漾韵。

桄、**眶** 俱曲王切，今俱读 kuàng。

慷 kāng；又，口朗切，并属养韵；又，口浪切，并属漾韵。

量 liáng，测量；商量、思量的量。又读 liàng，见漾韵。

踉 liáng，［跳踉］①跳跃；②嚣张跋扈。又读 liàng，见漾韵。

阆 láng，又读 làng，并属漾韵。

羹 láng，［不羹］春秋楚城名。又读 gēng，见庚韵。

凉 liáng，热之反义。又读 liàng，见漾韵。

浪 láng，［沧浪］古水名；［浪浪］泪流貌或水流声。又读 làng，见漾韵。

莽 莫郎切，音茫，见《康熙字典》《中华大字典》；又读 mǎng，并属养韵；又，莫补切，并属麌韵。

傍 páng，旁边，别的。又读 bàng，见漾韵；又读 bēng，见庚韵。

膀 páng，膀胱。又读 bǎng，见养韵。

旁 páng，旁边，别的。又读 bēng，见庚韵。

枪 qiāng，兵器名。又读 chēng，见庚韵。

抢 qiāng，又读 qiǎng，并属养韵。

跄 qiāng，行有节奏貌；起舞；用头撞。又读 qiàng，见漾韵。

强 qiáng，强盛、坚强。又读 qiǎng，见养韵；又读 jiàng，见漾韵。

壤 如阳切，肥土。史游《急就章》：“击亲侩厩库东厢，屏厕溷浑粪土壤。”又读 rǎng，并属养韵。

攘 ráng，排斥，侵夺。又读 rǎng，见养韵。

嚷 各种字典、辞典均未标明韵属。《汉语大字典》：“rǎng，或读 rāng。”《中华大字典》：“读如壤”。

穰 ráng，又读 rǎng，并属养韵。

瀼 ráng，［瀼瀼］浓露貌；波涛开合貌。又读 ràng，见漾韵；又读 nǎng，见养韵。

丧 sāng，死亡。又读 sàng，见漾韵。

颡 苏郎切，音桑，又读 sǎng，并属养韵。

王 wáng，国君。又读 wàng，见漾韵。

望、**忘** 武方切，又读 wàng，并属漾韵。

相 xiāng，①质地，本质；②副词。又读 xiàng，见漾韵。

鞅 yāng；又，倚两切，并属养韵。

央 yāng，①中心，②终尽。③［央央］声音和谐。《诗经·载见》："和铃央央。"又读 yīng，见庚韵。

飏 yáng；又，弋亮切，并属漾韵。

炀 yáng，金属熔化。又读 yàng，见漾韵。

障 诸良切，又读 zhàng，并属漾韵。

上声

［讲］讲玤棒蚌港耩项缿

［养］养盎蒡榜膀绑苍厂敞鳖惝昶荡党谠昉仿纺迋犷广晃幌駫慌恍滉洸沆谎蒋桨奖肮慷两俩魉烺朗裲莽蟒漭曩瀼抢镪襁强壤攘嚷穰爽搡上晌赏嗓颡倘傥躺惝淌帑枉网罔魍往惘想橡响像象享鲞飨块鞅仰痒丈掌黨长脏仉奘涨驵

［简注］

盎 àng，倚朗切；又，鸣浪切，并属漾韵。

榜 bǎng，录取名单；公开张贴的文告。又读 bēng，见庚韵；又，北孟切，见敬韵。

膀 bǎng，肩膀。又读 páng，见阳韵。

犷 guǎng；又，居猛切，并属梗韵。

苍 cǎng，［苍莽］又作"莽苍"，一碧无际貌。又读 cāng，见阳韵。

党 dǎng，①姓；②党项，古民族名；③黨（dǎng）的简化字。①②义项，不可繁化为"黨"。

慌 huǎng，［慌惚］模糊不清；心神不定。又读 huāng，见阳韵。

洸 huàng，［洸洸］水流汹涌貌。又读 guāng，见阳韵。

肮 kǎng，［肮脏（zǎng）］，同［骯髒］，刚直倔强貌。又读 āng，见阳韵。

慷 口朗切；又，口浪切，并属漾韵；又读 kāng，并属阳韵。

莽 mǎng；又，莫补切，并属麌韵；又，莫郎切，音茫，并属阳韵。

瀼 nǎng，①水流貌；②地名用字。又读 ráng，见阳韵；又读 ràng，见漾韵。

抢 qiǎng；又读 qiāng，并属阳韵。

强 qiǎng，勉强。又读 qiáng，见阳韵；又读 jiàng，见漾韵。
壤 rǎng；又，如阳切，并属阳韵。
攘 rǎng，乱。又读 ráng，见阳韵。
嚷 各种字典、辞典均未标明韵属。《汉语大字典》："rǎng，或读 rāng。"《中华大字典》："读如壤"。
穰 rǎng，又读 ráng，并属阳韵。
上 shǎng，①声调之一；②向上，动词。又读 shàng，见漾韵。
颡 sǎng；又，苏郎切，音桑，并属阳韵。
鞅 倚两切，又读 yāng，并属阳韵。
黨 ① zhǎng，姓，不可简化为"党"。②dǎng，政党、亲族，今简化为"党"。
长 zhǎng，生长；首长。又读 cháng，见阳韵。又读 zhàng，见漾韵。
脏 zǎng，［肮（kǎng）脏］刚直倔强貌。又读 zàng，见漾韵。

去声

［绛］绛杠洚降幢巷撞幢淙戆

［简注］
杠 gàng，"槓"的简体，粗棍。又读 gāng，见江韵。
洚 jiàng，又读 hóng，并属东韵。
降 jiàng，沉落。又读 xiáng，见江韵。
幢 菟绛切，又读 tóng，并属东韵。
撞 zhuàng；又，传江切，并属江韵。
幢 zhuàng，①舟车帷幔，②建筑物的量词。又读 chuáng，见江韵。
淙 zhuàng，水冲击。又，丑江切，见江韵；又读 chōng，见东韵。

［漾］漾盎傍谤张畅唱倡鬯创怅怆砀挡当宕枋舫放邡访妨桄桁吭行笐匠酱将强弶圹抗旷贶伉亢邝况慷炕诓诳纩辆量晾踉喨亮悢阆凉浪谅酿跄懹瀼让丧上尚趟烫王旺望忘妄相向饷样飏恙怏炀藏葬杖帐账幛嶂长仗胀脏瘴壮状涨障

［简注］
盎 àng，鸣浪切；又，倚朗切，并属养韵。
傍 bàng，靠近，沿着。又读 páng，见阳韵；又读 bēng，见庚韵。
倡 chàng，首先提议。又读 chāng，见阳韵。

创 chuàng，始造、建造。又读 chuāng，见阳韵。

怆 chuàng，又，初良切，音昌，并属阳韵。

当 dàng，恰当、当作、当时、抵押等义。又读 dāng，见阳韵。

枋 fǎng，筏；通“舫”。又读 fāng，见阳韵；又读 bǐng，见敬韵。

邡 fǎng，又读 fāng，并属阳韵。

妨 敷亮切，又读 fáng，并属阳韵。

桄 guàng，器物上的横木。又读 guāng，见阳韵。

桁 hàng，晾衣服的架子或横杆。又读 háng，见阳韵；又读 héng，见庚韵。

吭 hàng，嗓音；咽喉，要地。又读 háng，并属阳韵，义同。又读 kēng，吭声、吱声，应属庚韵。

行 hàng，①排行，辈份。②［行行］刚强貌。又读 háng，见阳韵；又读 xíng，见庚韵；又读 xìng，见敬韵。

将 jiàng，将帅；率领。又读 jiāng、qiāng，见阳韵。

强 jiàng，倔强。又读 qiāng，见阳韵；又读 qiǎng，见养韵。

抗 kàng；又，胡郎切，并属阳韵。

伉 kàng，匹敌、强健等义。又读 gāng，见阳韵。

亢 kàng，高；飞举。又读 gāng，见阳韵。

慷 口浪切；又，口朗切，并属养韵；又读 kāng，并属阳韵。

诓 渠放切，今读 kuāng。

诳 居况切，今读 kuáng。

量 liàng，①测量用的器具；②限量、容量、力量的量。又读 liáng，见阳韵。

踉 liàng，［踉跄（qiàng）］倾迭貌。又读 liáng，见阳韵。

阆 làng，又读 láng，并属阳韵。

凉 liàng，置物于某处，使之降温。又读 liáng，见阳韵。

浪 làng，波浪。又读 láng，见阳韵。

跄 qiàng，急赴。又读 qiāng，见阳韵。

瀼 ràng，流入江河的山溪水。又读 ráng，见阳韵；又读 nǎng，见养韵。

丧 sàng，失去。又读 sāng，见阳韵。

上 shàng，上方，高处；首长。又读 shǎng，见养韵。

王 wàng，为王，统治。又读 wáng，见阳韵。

望、**忘** wàng；又，武方切，并属阳韵。

相 xiàng，观察；状貌；大臣。又读 xiāng，见阳韵。

飏 弋亮切，又读 yáng，并属阳韵。

炀 yàng，焚烧、照明、炽盛等义。又读 yáng，见阳韵。

藏 zàng，贮物之地；所藏之物；佛教经典。又读 cáng，见阳韵。

长 zhàng，多，余，如“长物”。又读 zhǎng，见养韵。又读 cháng，见阳韵。

脏 zàng，①心脏；②不洁，此义今读 zāng。又读 zǎng，见养韵。

障 zhàng；又，诸良切，并属阳韵。

诗词例证

（一）古诗

江韵古诗：

我诗如曹郐，浅陋不成邦。公如大国楚，吞五湖三江。
赤壁风月笛，玉堂云雾窗。句法提一律，坚城受我降。
枯松倒涧壑，波涛所舂撞。万牛挽不前，公乃独力扛。
诸人方嗤点，渠非晁张双。但怀相识察，床下拜老庞。
小儿未可知，客或许敦厐。诚堪婿阿巽，买红缠酒缸。

——［宋］黄庭坚《子瞻诗句妙一世乃云效庭坚体盖退之戏效孟郊樊宗师之比以文滑稽耳恐后生不解故次韵道之》

东风初度野梅黄，醉我东山云雾窗。
只今相逢暮春月，夜床风雨翻寒江。
人生离合几春事，霜雪行侵青鬓双。
大梁一官且归去，酒肠云梦吞千缸。（首句用阳韵）

——［金］蔡松年《小饮邢嵓夫家因次其韵》

阳韵古诗：

蒹葭苍苍，白露为霜。所谓伊人，在水一方。
溯洄从之，道阻且长。溯游从之，宛在水中央。

——《诗经·秦风·蒹葭》

民亦劳止，汔可小康。惠此中国，以绥四方。无纵诡随，以谨无良。

——《诗经·大雅·民劳》

与天地兮同寿，与日月兮同光。哀南夷之莫吾知兮，旦余济乎江湘。

——［战国］屈原《涉江》

大风起兮云飞扬，威加海内兮归故乡，安得猛士兮守四方！

——［汉］刘邦《大风歌》

秋木萋萋，其叶萎黄。有鸟处山，集于苞桑。
养育毛羽，形容生光。既得升云，上游曲房。
离宫绝旷，身体摧藏。志念抑沉，不得颉颃。
虽得委食，心有徊徨。我独伊何，改往变常。
翩翩之燕，远集西羌。高山峨峨，河水泱泱。
父兮母兮，道里悠长。呜呼哀哉，忧心恻伤。

——［汉］王昭君《怨旷思惟歌》

秋风萧瑟天气凉，草木摇落露为霜。
群燕辞归雁南翔，念君客游思断肠。
慊慊思归恋故乡，君何淹留寄他方？
贱妾茕茕守空房，忧来思君不敢忘，不觉泪下沾衣裳。
援琴鸣弦发清商，短歌微吟不能长。
明月皎皎照我床，星汉西流夜未央。
牵牛织女遥相望，尔独何辜限河梁。

——［三国·魏］曹丕《燕歌行》

床前明月光，疑是地上霜。举头望明月，低头思故乡。

——［唐］李白《静夜思》

挽弓当挽强，用箭当用长。射人先射马，擒贼先擒王。
杀人亦有限，列国自有疆。苟能制侵陵，岂在多杀伤。

——［唐］杜甫《前出塞九首》

往昔十四五，出游翰墨场。斯文崔魏徒，以我似班扬。
七龄思即壮，开口咏凤凰。九龄书大字，有作成一囊。
性豪业嗜酒，嫉恶怀刚肠。脱略小时辈，结交皆老苍。
饮酣视八极，俗物都茫茫。东下姑苏台，已具浮海航。
到今有遗恨，不得穷扶桑。王谢风流远，阖庐丘墓荒。
剑池石壁仄，长洲荷芰香。嵯峨阊门北，清庙映回塘。
每趋吴太伯，抚事泪浪浪。枕戈忆勾践，渡浙想秦皇。
蒸魚闻匕首，除道哂要章。越女天下白，鉴湖五月凉。
剡溪蕴秀异，欲罢不能忘。归帆拂天姥，中岁贡旧乡。

气劘屈贾垒，目短曹刘墙。忤下考功第，独辞京尹堂。
放荡齐赵间，裘马颇清狂。春歌丛台上，冬猎青丘旁。
呼鹰皂枥林，逐兽云雪冈。射飞曾纵鞚，引臂落鹙鸧。
苏侯据鞍喜，忽如携葛强。快意八九年，西归到咸阳。
许与必词伯，赏游实贤王。曳裾置醴地，奏赋入明光。
天子废食召，群公会轩裳。脱身无所爱，痛饮信行藏。
黑貂不免敝，斑鬓兀称觞。杜曲晚耆旧，四郊多白杨。
坐深乡党敬，日觉死生忙。朱门任倾夺，赤族迭罗殃。
国马竭粟豆，官鸡输稻粱。举隅见烦费，引古惜兴亡。
河朔风尘起，岷山行幸长。两宫各警跸，万里遥相望。
崆峒杀气黑，少海旌旗黄。禹功亦命子，涿鹿亲戎行。
翠华拥吴岳，螭虎啖豺狼。爪牙一不中，戎兵更陆梁。
大军载草草，凋瘵满膏肓。备员窃补衮，忧愤心飞扬。
上感九庙焚，下悯万民疮。斯时伏青蒲，廷争守御床。
君辱敢爱死，赫怒幸无伤。圣哲体仁恕，宇县复小康。
哭庙灰烬中，鼻酸朝未央。小臣议论绝，老病客殊方。
郁郁苦不展，羽翮困低昂。秋风动哀壑，碧蕙捐微芳。
之推避赏从，渔父濯沧浪。荣华敌勋业，岁暮有严霜。
吾观鸱夷子，才格出寻常。群凶逆未定，侧伫英俊翔。

——［唐］杜甫《壮游》

人生不相见，动如参与商。今夕复何夕，共此灯烛光。
少壮能几时，鬓发各已苍。访旧半为鬼，惊呼热中肠。
焉知二十载，重上君子堂。昔别君未婚，儿女忽成行。
怡然敬父执，问我来何方。问答乃未已，驱儿罗酒浆。
夜雨剪春韭，新炊间黄粱。主称会面难，一举累十觞。
十觞亦不醉，感子故意长。明日隔山岳，世事两茫茫。

——［唐］杜甫《赠卫八处士》

兔丝附蓬麻，引蔓故不长。嫁女与征夫，不如弃路旁。
结发为君妻，席不暖君床。暮婚晨告别，无乃太匆忙。
君行虽不远，守边赴河阳。妾身未分明，何以拜姑嫜。
父母养我时，日夜令我藏。生女有所归，鸡狗亦得将。
君今往死地，沉痛迫中肠。誓欲随君去，形势反苍黄。
勿为新婚念，努力事戎行。妇人在军中，兵气恐不扬。

自嗟贫家女，久致罗襦裳。罗襦不复施，对君洗红妆。
仰视百鸟飞，大小必双翔。人事多错迕，与君永相望。

——［唐］杜甫《新婚别》

田家少闲月，五月人倍忙。夜来南风起，小麦覆垅黄。
妇姑荷箪食，童稚携壶浆。相随饷田去，丁壮在南冈。
足蒸暑土气，背灼炎天光。力尽不知热，但惜夏日长。
复有贫妇人，抱子在其傍。右手秉遗穗，左臂悬敝筐。
听其相顾言，闻者为悲伤。家田输税尽，食此充饥肠。
今我何功德，曾不事农桑。吏禄三百石，岁宴有余粮。
念此私自愧，尽日不能忘，

——［唐］白居易《观刈麦》

三日入厨下，洗手作羹汤。未谙姑食性，先遣小姑尝。

——［唐］王建《新嫁娘》

客中有老树，枝叶郁苍苍。东枝近檐屋，西枝过邻墙。
两枝不相顾，剪伐谁护将？感此伤我怀，苦乐须同尝。

——［清］郑燮《怀舍弟墨》

红日初升，其道大光；河出伏流，一泻汪洋；
潜龙腾渊，鳞爪飞扬；乳虎啸谷，百兽震惶；
鹰隼试翼，风尘翕张；奇花初胎，矞矞皇皇；
干将发硎，有作其芒；天戴其苍，地履其黄；
纵有千古，横有八荒；前途似海，来日方长。
美哉我少年中国，与天不老，
壮哉我少年中国，与国无疆！

——梁启超《少年中国说》

江阳通押的古诗：

雁湫之瀑烟苍苍（阳），
中条之瀑雷硠硠（阳），
匡庐之瀑浩浩如河江（江），
惟有天台之瀑不奇在瀑奇石梁（阳）。
如人侧卧一肱张（阳），
力能撑开八万四千丈，放出青霄九道银河霜（阳）。
我来正值连朝雨，两崖逼束风愈怒。

…………

语罢月落山茫茫（阳），
但觉石梁之下烟苍苍（阳），
雷硠硠（阳），
挟以风雨浩浩如河江！（江）

——［清］魏源《天台石梁雨后观瀑歌》

养漾通押的古诗：

空山不见人，但闻人语响（养）。返景入森林，复照青苔上（漾）。

——［唐］王维《鹿柴》

入山已三日，登顿遂真赏（养）。霜磴滑难践，阳崖曦乍晃（养）。
穿漏深竹光，冷翠引孤往（养）。冥搜灭众闻，百泉同一响（养）。
蔽谷境尽幽，跻巅瞩始爽（养）。小阁俯江湖，目极但莽苍（养）。
坐深香出院，青霭落池上（漾）。永怀白侍郎，愿言脱尘鞅（养）。

——［清］厉鹗《晓登韬光绝顶》

（二）近体诗

江韵近体诗：

南京久客耕南亩，北望伤神坐北窗。
昼引老妻乘小艇，晴看稚子浴清江。
俱飞蛱蝶元相逐，并蒂芙蓉本自双。
茗饮蔗浆携所有，瓷罂无谢玉为缸。

——［唐］杜甫《进艇》

残灯无焰影幢幢，此夕闻君谪九江。
垂死病中惊坐起，暗风吹雨入寒窗。

——［唐］元稹《闻乐天授江州司马》

霸祖孤身取二江，子孙多以百城降，
豪华尽出成功后，逸乐安知与祸双。
东府旧基留佛刹，后庭余唱落船窗。
黍离麦秀从来事，且置兴亡近酒缸。

天兵南下此桥江，敌国当时指顾降。
山水雄豪空复在，君王神武自难双。

留连落日频回首，想像余墟独倚窗。
却怪夏阳才一苇，汉家何事费罂缸。

地势东回万里江，云间天阙古来双。
兵缠四海英雄得，圣出中原次第降。
山水寂寥埋王气，风烟萧飒满僧窗。
废陵坏冢空冠剑，谁复沾缨酹一缸。

忆昨天兵下蜀江，将军谈笑士争降。
黄旗已尽年三百，紫气空收剑一双。
破堞自生新草木，废宫谁识旧轩窗。
不须搔首寻遗事，且倒花前白玉缸。

——［宋］王安石《金陵怀古四首》

春日融融好渡江，声威已使贼心降。
千寻铁锁宁防险，万艘楼船等步矼。
民运展开人济济，妖氛洗去水淙淙。
红旗插到琼州岛，寰宇欢腾无吠尨。

——钱来苏《大军渡江》

阳韵近体诗：

愁人夜独伤，灭烛卧兰房。只恐多情月，旋来照妾床。

——［南朝·梁］萧纲《夜夜曲》

白发三千丈，缘愁似个长。不知明镜里，何处得秋霜。

——［唐］李白《秋浦歌》

兰陵美酒郁金香，玉碗盛来琥珀光。
但使主人能醉客，不知何处是他乡。

——［唐］李白《客中行》

剑外忽传收蓟北，初闻涕泪满衣裳。
却看妻子愁何在，漫卷诗书喜欲狂。
白日放歌须纵酒，青春作伴好还乡。
即从巴峡穿巫峡，便下襄阳向洛阳。

——［唐］杜甫《闻官军收河南河北》

回乐峰前沙似雪，受降城外月如霜。
不知何处吹芦管，一夜征人尽望乡。

——［唐］李益《夜上受降城闻笛》

重帏深下莫愁堂，卧后清宵细细长。
神女生涯原是梦，小姑居处本无郎。
风波不信菱枝弱，月露谁教桂叶香。
直道相思了无益，未妨惆怅是清狂。

——［唐］李商隐《无题二首》（其一）

蓬门未识绮罗香，拟托良媒益自伤。
谁爱风流高格调，共怜时世俭梳妆。
敢将十指夸织巧，不把双眉斗画长。
苦恨年年压金线，为他人作嫁衣裳。

——［唐］秦韬玉《贫女》

城上高楼接大荒，海天愁思正茫茫。
惊风乱飐芙蓉水，密雨斜侵薜荔墙。
岭树重遮千里目，江流曲似九回肠。
共来百粤文身地，犹自音书滞一乡。

——［唐］柳宗元《登柳州城楼寄漳汀封连四州刺史》

桐乡山远复川长，紫翠连城碧满隍。
今日桐乡谁爱我，当时我自爱桐乡。

——［宋］王安石《封舒国公》

乱条犹未变初黄，倚得东风势便狂。
解把飞花蒙日月，不知天地有清霜。

——［宋］曾巩《咏柳》

东风袅袅泛崇光，香雾空濛月转廊。
只恐夜深花睡去，故烧高烛照红妆。

——［宋］苏轼《海棠》

四顾山光接水光，凭栏十里芰荷香。
清风明月无人管，并作南楼一味凉。

——［宋］黄庭坚《鄂州南楼书事四首》

春残何事苦思乡，病里梳头恨髮长。
梁燕语多终日在，蔷薇风细一帘香。

——［宋］李清照《春残》

耕犁千亩实千箱，力尽筋疲谁复伤。
但愿众生皆得饱，不辞羸病卧残阳。

——［宋］李纲《病牛》

梅雪争春未肯降，骚人搁笔费评章。
梅须逊雪三分白，雪却输梅一段香。（首句用江韵）

——［宋］卢梅坡《雪梅》

黄尘行客汗如浆，少住侬家漱井香。
借与门前磐石坐，柳阴亭午正风凉。

——［宋］范成大《田园杂兴》

星轺渺渺下南邦，剑匣书囊动晓装。
六代烟花迎节钺，一江波浪涌文章。
云边保障开钟阜，天下军储仰建康。
赤旱于今忧不细，披图何以绘流亡。（首句用江韵）

——［清］郑燮《上江南大方伯晏老夫子》

廿四桥边草径荒，新开小港透雷塘。
画楼隐隐烟霞远，铁板铮铮树木凉。
文字岂能传太守，风流原不碍隋皇。
量今酌古情何限，愿借东风作小狂。

——［清］郑燮《扬州》

飒爽英姿五尺枪，曙光初照演兵场。
中华儿女多奇志，不爱红装爱武装。

——毛泽东《为女民兵题照》

诗情未尽在苏杭，幽绝札兰天一方。
深浅翠屏山四面，迴环碧水柳千行。
牛羊点点悠然去，凤蝶双双自在忙。
处处泉林看不厌，绿城徐入绿村庄。

——老舍《蒙东部纪游·札兰屯》

山河环带气堂堂，百丈洪炉百炼钢。
莫讶春风归燕早，新栽杨柳万千行。

——老舍《包头颂五首》

水仙纯洁蜡梅香，红烛迎春乐未央。
二十四番风信里，百花齐放好春光。

——丰子恺《辛丑春节》

家有姣妻匹夫死，世无好友百身戕。
男儿脸刻黄金印，一笑心轻白虎堂。
高太尉头耿魂梦，酒葫芦颈系花枪。

天寒岁暮归何处，涌血成诗喷土墙。

——聂绀弩《林冲题壁》

江阳通押的近体诗：

饮茶粤海未能忘（阳），索句渝州叶正黄（阳）。
三十一年还旧国，落花时节读华章（阳）。
牢骚太盛防肠断，风物长宜放眼量（阳）。
莫道昆明池水浅，观鱼胜过富春江（江）。

——毛泽东《和柳亚子先生》

东道恩深敢淡忘，中原龙战血玄黄（阳）。
名园容我添诗料，野史凭人入短章（阳）。
汉彘唐猫原有恨，唐尧汉武讵能量（阳）。
昆明湖水清如许，未必严光忆富江（江）。

——柳亚子《次韵奉和毛主席惠诗》

昌言吾拜心肝赤，养士君倾醴酒黄（阳）。
陈亮陆游饶感慨，杜陵李白富篇章（阳）。
离骚屈子幽兰怨，风度元戎海水量（阳）。
倘遣名园长属我，躬耕原不恋吴江（江）。

——柳亚子《叠韵寄呈毛主席一首》

（三）词

江韵词：

圣世贤公子，符节镇名邦。
褰帷一见丰表，无语已心降。
永日风流高会，佳夕文字清欢，香雾湿兰釭。
四座皆豪逸，一饮百空缸。

指呼间，谈笑里，镇淮江。
平安千里烽燧，卧听报云窗。
高帝无忧西顾，姬公累接东征，勋业世无双。
行捧紫泥诏，归拥碧油幢。

——［金］王寂《水调歌头·上南京留守》

阳韵词：

手里金鹦鹉，胸前绣凤凰。偷眼暗形相。
不如从嫁与，作鸳鸯。

——［唐］温庭筠《南歌子》

老夫聊发少年狂，左牵黄，右擎苍。
锦帽貂裘，千骑卷平冈。
为报倾城随太守，亲射虎，看孙郎。

酒酣胸胆尚开张，鬓微霜，又何妨。
持节云中，何日遣冯唐。
会挽雕弓如满月，西北望，射天狼。

——［宋］苏轼《江城子·密州出猎》

树绕村庄，水满陂塘。倚东风，豪兴徜徉。
小园几许，收尽春光。有桃花红，李花白，菜花黄。

远远苔墙，隐隐茅堂。飏青旗，流水桥旁。
偶然乘兴，步过东冈。正莺儿啼，燕儿舞，蝶儿忙。

——［宋］秦观《行香子》

为子死孝，为臣死忠，死又何妨。
自光岳气分，士无全节，君臣义缺，谁负刚肠。
骂贼睢阳，爱君许远，留得声名万古香。
后来者，无二公之操，百炼之钢。

人生翕欻云亡。好烈烈轰轰做一场。
使当时卖国，甘心降虏，受人唾骂，安得流芳。
古庙幽沉，遗容俨雅，枯木寒鸦几夕阳。
邮亭下，有奸雄过此，仔细思量。

——［宋］文天祥《沁园春》

如此红妆，不见春光。向菊前莲后才芳。
雁来时节，寒沁罗裳。正一番风，一番雨，一番霜。

兰舟不采，寂寞横塘。强相依，暮柳成行。
湘江路远，吴苑池荒。恨月蒙蒙，人杳杳，水茫茫。

——［明］高启《行香子·芙蓉》

江阳通押的词：

十年生死两茫茫（阳），
不思量（阳），自难忘（阳）。
千里孤坟，无处话凄凉（阳）。
纵使相逢应不识，尘满面，鬓如霜（阳）。

夜来幽梦忽还乡（阳）。
小轩窗（江），正梳妆（阳）。
相顾无言，惟有泪千行（阳）。
料得年年肠断处，明月夜，短松冈（阳）。

——［宋］苏轼《江城子·乙卯正月二十日夜记梦》

宰相巍巍坐庙堂（阳），
说着经量，便要经量（阳）。
那个臣僚上一章（阳），
头说经量，尾说经量（阳）。

轻狂太守在吾邦（江），
闻说经量，星夜经量（阳）。
山东河北久抛荒（阳），
好去经量，胡不经量（阳）。

——［宋］醴陵士人《一剪梅》

养漾通押的词：

黄金榜上（漾），偶失龙头望（漾）。
明代暂遗贤，如何向（漾）？
未遂风云便，争不恣狂荡（养）？
何须论得丧（漾）。
才子词人，自是白衣卿相（漾）。

烟花巷陌，依约丹青屏障（漾）。
幸有意中人，堪寻访（漾）。
且恁偎红倚翠，风流事平生畅（漾）。
青春都一饷（漾）。
忍把浮名，换了浅斟低唱（漾）。

——［宋］柳永《鹤冲天》

花底忽闻敲两桨（养），逡巡女伴来寻访（漾）。
酒盏旋将荷叶当（漾）。
莲舟荡（养），时时盏里生红浪（漾）。

花气酒香清厮酿（漾），花腮酒面红相向（漾）。
醉倚绿阴眠一晌（养），
惊起望（漾），船头阁在沙滩上（漾）。

——［宋］欧阳修《渔家傲》

三江部平仄通押的词：

世事一场大梦，人生几度秋凉（阳）。
夜来风叶已鸣廊（阳），看取眉头鬓上（漾）。

酒贱常愁客少，月明多被云妨（阳）。
中秋谁与共孤光（阳），把盏凄然北望（漾）。

——［宋］苏轼《西江月·黄州中秋》

第四章　品四支

（一）何谓“品”？

四支不同于一东二萧三江。

第一，一东部（包括二冬）的韵母主要是 ong（含 iong，下同），包括少量的 eng；二萧部（包括三肴四豪）的韵母只有 ao（含 iao，下同）；三江部（包括七阳）的韵母只有 ang（含 iang、uang，下同）。四支则不同，韵母有 i，有 ei（含 uei，下同），有 er，还有“－i”（zh、ch、sh、r、z、c、s 的韵母），并且个别字的韵母还是 ia、ai、e、ü，比东萧江三部复杂得多。

第二，东萧江三部是封闭型的，即韵母是 ong 的字，基本上都属一东部；韵母是 ao 的字，都属二萧部；韵母为 ang 的字，都属三江部。而韵母为 i、ei、－i 的字，并不都属于支韵，也不一定分属微韵、齐韵和灰韵，其中有相当多的字属于质、陌、锡、职、缉等入声韵。

第三，不论是单独的支韵诗，还是支微齐灰（半）韵通押的诗，读起来都有一种说不出来的韵味。这正是本文所要着重叙说的。请先读一下唐人写的两首五律：

流落征南将，曾驱十万师。罢归无旧业，老去恋明时。
独立三边静，轻生一剑知。茫茫江汉上，日暮欲何之。

——刘长卿《送李中丞归汉阳别业》

几行归塞尽，念尔独何之。暮雨相呼失，寒塘欲下迟。
渚云低暗度，关月冷相随。未必逢矰缴，孤飞自可疑。

——崔涂《孤雁》

两首唐诗，用的都是四支韵。但是，第一首听来很顺耳，第二首就不大顺耳。这是为什么呢？

众所周知，押韵的奥妙全在韵脚音节的韵母。韵母相同，听起来就顺耳，反之，则可能顺耳，也可能不顺耳，或不大顺耳。这不大顺耳，即似押似不押的情况，需慢慢品味，方能体会其押韵的感觉。好比喝茶，初尝似苦，喝一会儿之后，就品出点味道来了；又好比饮酒，不同的酒有不同的特点，只有去品，才知其妙。

第一首诗，韵脚韵母相同，故顺耳。第二首诗，韵脚“之”“迟”“随”“疑”的韵母分别为－i、－i、ei、i，即是说，四个韵脚的韵母有三种，所以押韵感就不如第一首强，听起来不大顺耳；然而，细品起来，却有一种特殊的押韵感。

（二）复杂的韵母

一个韵部之内的字，韵母不一致，特别是与韵目用字不一致，这是四支韵的显著特点。－i、i、ei 三种韵母的字，数量都不少。

支韵为何把韵母不同的字划为一部？第一，古人划分韵部时，并没有拼音字母 a、e、i、u 这样的辅助工具，也没有注音符号ㄞㄟㄠㄡ可作参考，大约是一边凭听觉辨别，一边参考前人所写之诗，从中寻找押韵的规律；第二，古今字音有变化，今天听起来不押韵或不大押韵的字，当时则可能押韵感很强；第三，地域、方言使然，今日吴楚燕晋蜀粤读音不一，古时当然也不一，甚至差别更大，吴地押韵的字，燕地读来很可能不谐听。

不过，古人毕竟是聪明的，他们不懈地探索，终于编出了一部反映诗歌押韵规律的韵书——《平水韵》。千百年来，地不分南北东西，人不分汉满蒙回，所有的诗人都不得不认真地面对它、遵守它。

实际上，按拼音的韵母分类并非简单易行。因为韵母相同的字好办，韵母不同的字并非一定不押韵。尤其像四支韵这种似押非押的情况，需要慢慢地、细细地品味，更是拼音字母所无法规范的。

微韵、齐韵亦可作如是观。微韵字的韵母有 ei，也有 i，没有－i；齐韵字亦然。

灰韵字却有些特殊，韵母有 ei 和 ai（含 uai，下同）两种。词韵把韵母为 ai 的字划出去，只留下韵母为 ei 的字与支微齐三韵通押，标为灰（半）；另一半，与佳（半）韵合为一部。故本节不细论灰韵，留待“十灰”一节里说。

既然支微齐灰（半）四韵的韵母都含有 ei，支微齐三韵的韵母都含有 i，那么我们识别某字属某韵，就无法简单地凭韵母去划分。请看下面两首五绝：

山中相送罢，日暮掩柴扉。
春草明年绿，王孙归不归。

——［唐］王维《送别》

美人卷珠帘，深坐颦蛾眉。
但见泪痕湿，不知心恨谁。

——［唐］李白《怨情》

两诗韵脚的韵母都是 ei，但第一首押微韵，第二首却押支韵。是不是有点奇怪？

（三）韵母 er

还得说一说韵母 er。

没有一首诗词是单独由以 er 为韵母的字作韵脚的，一是因为这类字太少，二是因为其发音特殊。除非搞文字游戏，一首诗如果韵脚全为 er，不仅单调，而且难听。然而，从听觉上辨别，er 又与其他任何韵母都不押韵。《中华新韵》将其独立编为一个韵部，大概即出于此种考虑。

诗韵中，把韵母 er 归入四支（含纸韵、寘韵），原因在于：

第一，这些字的反切标音，均与支韵有关。如：儿，如之切；而，人之切；耳，忍止切；尔，忍氏切；二，而至切。

第二，er 的读音与 ei 略相近。品一下，二者似乎有一定的押韵感。既然悲、吹、追、危等字属支韵，儿、而等字亦可归支韵。

（四）各种诗体对支微齐灰的使用情况

我们今天在四支部所遇到的种种困惑，古人肯定也遇到过。当他们面对前人作品中常常出现的这种情形，一定也会发出同样的疑问。让我们分别看一下古诗、近体诗和词中的情形。

从浩瀚的诗海中寻找独押支微齐灰各韵以及对应的仄声韵的诗词，并不很难，有关例证可参阅本章“诗词例证”部分。为节省篇幅，这里侧重探寻四支部各韵通押的情形。

蒹葭萋萋（齐），
白露未晞（微）。
所谓伊人，在水之湄（支）。

——《诗经·秦风·蒹葭》

余幼好此奇服兮（齐），
年既老而不衰（支）。
带长铗之陆离兮（齐），

冠切云之崔嵬（灰）。

——［战国］屈原《涉江》

凤兮凤兮从我栖（齐），
得托孳尾永为妃（微）。
交情通体心和谐（佳），
中夜相从知者谁（支）。
双翼俱起翻高飞（微），
无感我思使余悲（支）。

——［汉］司马相如《琴歌》

少年十五二十时（支），步行夺得胡马骑（支）。
射杀山中白额虎，肯数邺下黄须儿（支）。
一身转战三千里，一剑曾当百万师（支）。
汉兵奋迅如霹雳，虏骑崩腾畏蒺藜（齐）。
卫青不败由天幸，李广无功缘数奇（支）。

——［唐］王维《老将行》

上面四首古诗，有出自《诗经》《楚辞》，有汉诗、唐诗，支微齐灰通押的现象很常见。有的古诗，甚至支微齐佳灰通押，如上面司马相如诗中的第三句韵脚“谐”，就属佳韵。可见，把支微齐灰四韵严格分开，完全是人为的结果。

近体诗中，四韵通押的现象比古诗少，是韵书成为科考的金科玉律所致。诗人们一般只能利用首句通押的便利，偶一为之。如罗隐的七绝《感弄猴人赐朱绂》：

十二三年就试期（支），五湖烟月奈相违（微）。
何如学取孙供奉，一笑君王便着绯（微）。

倒是贺知章那首著名的《回乡偶书》，把支韵的“衰”字夹在两个灰韵字的中间：

少小离家老大回，乡音无改鬓毛衰。
儿童相见不相识，笑问客从何处来。

贺写此诗时，已经告老还乡了，科考、官场、诗坛都对他失去了约束力。请注意，这里的“来”字，属灰韵的另一半。这首诗，实际上是支灰通押，而不是支灰（半）通押。但是，像这样大胆出格的诗，实在太少了。清代学者沈德潜认为这首诗的“衰”字应为“摧”字。果然如此，这就是一首纯粹的灰韵诗了。他的看法也许是对的。

还有贾岛、杜牧以及宋元以来的少数诗人也写过少量的数韵通押的近体诗。如杜牧的七绝《题木兰庙》：

弯弓征战作男儿（支），梦里曾经与画眉（支）。
几度思归还把酒，拂云堆上祝明妃（微）。

鲁迅的七律《无题（惯于长夜过春时）》也打破了近体诗不通押的束缚：

惯于长夜过春时（支），挈妇将雏鬓有丝（支）。
梦里依稀慈母泪，城头变幻大王旗（支）。
忍看朋辈成新鬼，怒向刀丛觅小诗（支）。
吟罢低眉无写处，月光如水照缁衣（微）。

但是通押多存在于支微齐三韵之间，三韵与灰（半）通押的近体诗是罕见的。填词中，独押某韵和四韵通押两种现象并存，这里也只举通押的例子：

风压轻云贴水飞（微），
乍晴池馆燕争泥（齐）。
沈郎多病不胜衣（微）。

沙上未闻鸿雁信，
竹间时听鹧鸪啼（齐）。
此情惟有落花知（支）。

——［宋］苏轼《浣溪沙》

瑶草一何碧，春入武陵溪（齐）。
溪上桃花无数，花上有黄鹂（支）。
我欲穿花寻路，直入白云深处，浩气展虹霓（齐）。
只恐花深处，红露湿人衣（微）。

坐白石，倚玉枕，拂金徽（微）。
谪仙何处，无人伴我白螺杯（灰）。
我为灵芝仙草，不为朱唇丹脸，长啸亦何为（支）。
醉舞下山去，明月逐人归（微）。

——［宋］黄庭坚《水调歌头》

汉中开汉业，问此地、是耶非（微）？
想剑指三秦，君王得意，一战东归（微）。
追亡事，今不见，但山川满目泪沾衣（微）。

落日胡尘未断，西风塞马空肥（微）。

一编书是帝王师（支），小试去征西（齐）。
更草草离筵，匆匆去路，愁满旌旗（支）。
君思我，回首处，正江涵秋影雁初飞（微）。
安得车轮四角，不堪带减腰围（微）。

——［宋］辛弃疾《木兰花慢》

还有的词，与古诗一样，支微齐灰佳（半）通押，如：

问花花不语，为谁落，为谁开（灰）。
算春色三分，半随流水，半入尘埃（灰）。
人生能几欢笑，但相逢，樽酒莫相推（灰）。
千古幕天席地，一春翠绕珠围（微）。

彩云回首暗高台（灰）。
烟树渺吟怀（佳）。
拼一醉留春，留春不住，醉里春归（微）。
西楼半帘斜日，怪衔春燕子却飞来（灰）。
一枕青楼好梦，又教风雨惊回（灰）。

——［元］梁曾《木兰花慢》

佳（半）更多的是与灰韵通押。因此，有关佳（半）的话题，留待与其关系更密切的“六麻”“十灰”两节中谈。

词韵把支微齐灰（半）合为一部，大大放宽了押韵规则，但也有遗憾的地方，那就是把灰韵分为两半，增添了新的限制。如果遵词韵填词，灰韵岂不是得分开使用吗？为此，应恢复灰韵的完整性，既可以写灰韵诗，也可以填灰韵词。就是说，有两种词，一种是支微齐灰（半）通押的词，一种是纯灰韵的词。因为这也是先贤们早已做过的事情了。例如辛弃疾的《水调歌头·盟鸥》就是用完整的灰韵填的：

带湖吾甚爱，千丈翠奁开。
先生杖屦无事，一日走千回。
凡我同盟鸥鹭，今日既盟之后，来往莫相猜。
白鹤在何处，尝试与偕来。

破青萍，排翠藻，立苍苔。

窥鱼笑汝痴计，不解举吾杯。
废沼荒丘畴昔，明月清风此夜，人世几欢哀。
东岸绿荫少，杨柳更须栽。

回、杯属词韵第三部［支微齐灰（半）］，开、猜、来、苔、哀、栽属词韵第五部［佳（半）灰（半）］，但在诗韵里，都属十灰韵。如果我们片面理解《词林正韵》的分法，这样的好词就会被判为“不合格”。实际上，这种词是最标准的。不过，有关灰韵的话题，笔者只能写到此处为止，更多的话应在“十灰”一节里谈。

比较一下，古诗用韵最宽，不仅支微齐灰可以通押，灰韵是完整的，而不是灰（半），还时常与佳韵通押；近体诗用韵较严，支微齐很少通押，三韵与灰或灰（半）通押的几乎没有；词的用韵，与古诗相仿。

与支微齐灰（半）对应的仄声韵部通押的例证，附于文后，供参阅。

（2001 年 5 月）

四支部用字表

平声

［**支**］支玼坻墀茌茨磁持摛雌眵踟螭匙蚳嗤辞篪笞魑鸱疵痴差糍鹚慈瓷池祠词迟蚩媸絺驰墒斯蓍莳葹析鬴厮撕提师时蛳思私筛偲伺徙鲥狮飔施澌诗褷司尸鸤丝鸶绝髭趑芝菑枝栀鸩祗辎鼒赀鲎觜訾蜘吱只嗞嵫锱知仔卮肢胝脂氏耔觯咨资粢姿兹孳滋治淄之谘祗孜缁

（以上字韵母为－i）

基剞畸羁犄箕肌饥居姬璃蔆蒡蔾蓠醨鹂郦厘蜊罹梨犁篱貍鲡离漓褵骊蠡劙缅缡蘼醾靡劘糜縻麋罙猕弥跜呢怩尼妮琵坯埤枇丕邳比披毗蚍罴帔铍秠伾仳脾貔狉疲裨陴皮驱纰琪琦耆其萁期欺綦芪蕲棋桤碕奇攲欹軝歧跂踦蜞岐崎锜倛僛伎鳍疧麒旗淇祺衹祁骐骑鼇熹熙曦嘻咥哦巇镵牺郗僖郗羲鸂禧诶嬉屎圯夷颐医匜厓遗蛇咿噫崖嶷贻移簃迤仪伊胰疑鸃猗饴痍怡涯漪宜庨袆诒姨彝

（以上字韵母为 i）

悲碑卑鹎陂椎槌榱吹垂锤箠倕衰炊陲而鸸咒儿胹洏规皈街龟妫摀呐麾

隳亏逵夔葵躨岿馗窥骙累羸嫘缧楣嵋湄眉郿蕤葳睢虽傩谁隋随绥推萎
蝼唯帷委逶倭危痿惟为潍绣维栭揣锥隹骓骓

（以上字韵母为 ei、uei、er）

［简注］

坻 chí，水中高地；蚁鼠洞口的土堆；殿阶。又读 dǐ，见荠韵。

差 cī，［参差］长短不齐貌。又读 chā，见麻韵；又读 chà，见祃韵；又读 chāi，见佳韵。

莳 shí，［莳罗］又名小茴香。又读 shì，见寘韵。

析 sī，相支切，①草名，形似燕麦，②地名用字，辽宁省海城市有析木镇。又读 xī，见锡韵。

釃 ①shī；又，所绮切，纸韵；又，山於切，音蔬，鱼韵；又，所寄切，寘韵。义同：斟，过滤。此义今多读作 shāi。②lí，薄酒。

撕 sī，扯裂。又读 xī，见齐韵。

提 shí，［提提］群飞貌，《诗经 • 小弁》：“归飞提提。”又读 tí，见齐韵。

思 sī，考虑、怀念；悲也。又读 sì，见寘韵。又读 sāi，见灰韵。

筛 霜夷切，又读 shāi，并属佳韵。

偲 sī，切磋勉励。又读 cāi，见灰韵。

伺 新兹切，音斯；又读 sì、cì，并属寘韵。

徙 sī，古国名。又读 xǐ，见纸韵。

施 ①shī，铺设，实行。②施与，此义又读去声，音翅，并属寘韵，如元稹《遣悲怀》：“衣裳已施行看尽”。③又读 yì，见寘韵。

司 sī，又读 sì，并属寘韵。

菑 zī，①开垦，②刚开垦一年的土地。又读 zì，见寘韵。

砥 旨夷切；又读 dǐ，轸视切，并属纸韵；典礼切，并属荠韵。

鮆 zī，又读 jì，并属荠韵。

觜 zī，①猫头鹰的毛角，②二十八宿之一。又读 zuǐ，见纸韵。

訾 zī，又读 zǐ，并属纸韵。

只 zhī，①助词，②仅。异体字作“衹”，不可繁化为“隻”。又读 zhǐ，并属纸韵，义同。又见陌韵。

仔 zī，［仔肩］责任，担负。又读 zǐ，见纸韵。又读 zǎi，见贿韵“崽”字注。

氏 zhī，古时音译用字，如月氏、阏氏。又读 shì，见纸韵。

耔 津之切，音兹，又读 zǐ，并属纸韵。

觯 zhī，又读 zhì，并属寘韵。

治 直之切，又读 zhì，并属寘韵。

饥 jī，居夷切；又，居依切，并属微韵。

居 jī，①相当于“乎”。《诗经·柏舟》：“日居月诸，胡迭而微？”②无义。《诗经·十月之交》：“择有车马，以居徂向。”又读 jū，见鱼韵。

郦 吕之切，又读 lì，并属锡韵。

梨、**犁** lí，良旨切；又，怜题切，并属齐韵。

离 lí，分别。又读 lì，见寘韵、霁韵。

蠡 lí，瓢；肤浅。又读 lǐ，见荠韵。

靡 mí，分散，损耗。又读 mǐ，见纸韵。

劘 mí，分而下垂貌。又读 mó，见歌韵。

尼 ní，尼姑。又读 nǐ，见质韵。

坯 pī；又，芳杯切，并属灰韵。

比 pí，[皋比] 即虎皮。又读 bǐ，见纸韵。

披 pī，开，散。又，普靡切，见纸韵。

帔 pī，又读 pèi，并属寘韵。

秕 频脂切，音毗；又读 bǐ，并属纸韵。

仳 pí，[仳倠] 古丑女名。又读 pǐ，见纸韵。

裨 pí，今又读 bì。

耆 qí，六十岁。读 zhǐ，见纸韵。

其 qí，代词。又读 jī，疑问助词，用于句末。《诗经·庭燎》：“夜如何其？夜未央。”亦支韵。又读 jì，见寘韵。

跂 qí，脚多一趾，分叉貌。又读 qǐ，见纸韵。

伎 qí，[伎伎] 疾而舒貌。《诗经·小弁》：“鹿斯之奔，维足伎伎。”又读 jì，见纸韵。

骑 qí，跨坐。又读 jì，见寘韵。

咥 虚其切，又读 xì，并属未韵、寘韵、质韵。义同：大笑。又读 dié，见屑韵。

呬 xī，又读 xì，并属寘韵。

镌 xī，又读 huī，并属齐韵。

诶 xī，叹声，强笑。又读 āi，见灰韵。

屎 xī，［殿屎］痛苦呻吟，见《诗经·板》。又读 shǐ，见纸韵。

遗 yí，遗失、抛弃等义。又读 wèi，见寘韵。

蛇 yī，［委蛇］曲折前进；［蛇蛇］轻率貌或大言欺人貌。又读 shé，见歌韵、麻韵。

噫 yī，并属微韵；又读 yì，并属纸韵、寘韵。义同：叹词。又读 ài，见卦韵。又见职韵。

厓 鱼羁切，音宜；又读 ái、yái、yá，并属佳韵。

崖 鱼羁切，音宜；又读 yái、yá，并属佳韵。

涯 鱼羁切，音宜；又读 yái，并属佳韵；又读 yá，并属麻韵。

嶷 yī，山名。又读 nì，见职韵。

迤 yí，［逶迤］曲折绵延貌。又读 yǐ，见纸韵；又读 tuō，见歌韵。

猗 yī，叹词，助词。又读 yǐ，见纸韵。

诒 yí，留传，赠与，通“贻”。又读 dài，见贿韵。

陂 ① bēi，山坡。②pí，地名用字。又读 pō，见歌韵。又读 bì，见寘韵。

吹 chuī，风动拂物，动词。又读 chuì，见寘韵。

衰 所追切，今读 shuāi。

而、鸸、胹、洏 俱人之切，今读 ér。

唲 如支切，今读 ér。［嚅唲］强笑顺从貌。又读 wā，见佳韵。

儿 如之切，“兒”的简体，今读 ér，孺子也；兒，又读 ní，见齐韵。

街 均窥切，音规；又，居膎切，音皆，并属佳韵。今读 jiē。

龟 guī，一种爬行动物。又读 qiú，见尤韵。

岿 kuī，并属微韵，又读 kuǐ，并属纸韵、尾韵、寘韵。

馗 kuí，又，巨鸠切，并属尤韵。

累 léi，绳索；拘系。又读 lěi，见纸韵；又读 lèi，见寘韵。

推 tuī，川锥切；又，他回切，并属灰韵。

倭 wuī，［倭迟］曲折遥远貌，又读 wō，见歌韵；又读 wǒ，见哿韵。

为 wéi，做，当作，变成；作为，行为。又读 wèi，见寘韵。

萎 wēi，又读 wěi，并属贿韵。

唯 wéi，听任，希望。又读 wèi，见纸韵。

委 wēi，［委蛇］雍容自得貌。又读 wěi，见纸韵。

揣 zhuī，捶击。又读 chuǎi，见纸韵。

［微］微贲菲霏非蜚腓肥淝扉诽妃飞绯騑归挥辉晖徽翚岿韦违葳薇威围畏帏巍闱湋

（以上字韵母为 uei）

玑鞿机矶叽几饥讥畿圻俟颀旂祈豨晞唏稀希欷狶浠噫依衣沂

（以上字韵母为 i）

［简注］

贲 féi，姓。又读 bì，见寘韵；又读 fén，见文韵；又读 bēn，见元韵。

菲 fēi，芳菲。又读 fěi，见尾韵。

蜚 fēi，①［蜚廉］亦作“飞廉”，古人名，秦远祖；②通“飞”。又读 fěi，见尾韵。

诽 甫微切，又读 fěi，并属尾韵。

岿 kuī，并属支韵；又读 kuǐ，并属纸韵、尾韵、寘韵。

畏 於非切，音威，又读 wèi，并属未韵。

几 jī，几乎。又读 jǐ，见纸韵、尾韵。

饥 jī，居依切；又，居夷切，并属支韵。

俟 qí，［万俟］姓。又读 sì，见纸韵。

欷 xī；又，许既切，并属未韵。

噫 yī，并属支韵；又读 yì，并属纸韵、寘韵。义同：叹词。又读 ài，见卦韵。又见职韵。

衣 yī，服装。又读 yì，见未韵。

［齐］齐萞箆狴堤鞮低氐羝诋缔枅赍乩跻稽嵇笄齑鸡藜梨黧犁黎迷谜麛霓輗蜺倪兒鲵猊泥鼙鞞砒批鈚萋栖妻挤畦蛴嵠脐悽恓凄荑醍梯提题蹄啼稊鹈緹绨绨梯西醯撕携嘶蹊螇镳鼷傒兮奚豀粞溪鸂犀翳猰

（以上字韵母为 i）

圭邽鲑闺袿刲奎睽蝰

（以上字韵母为 uei）

［简注］

萞、箆 俱边兮切，今读 bì。

狴 边迷切，又读 bì，并属荠韵。

诋 杜奚切，又读 dǐ，并属荠韵。

缔 杜溪切，音题；又读 dì，并属纸韵、寘韵、霁韵。

枅 jī；又，经天切，并属先韵。

稽 jī，停留，查核。又读 qǐ，见荠韵。

梨、**犁** lí，怜题切；又，良脂切，并属支韵。

谜 mí；又，莫计切，并属霁韵。

霓 ní；又，研计切，并属霁韵；倪结切，并属屑韵。

蜺 ní；又，五结切，并属屑韵。

倪 ní，小孩。又读 nì，见霁韵。

兒 ní，①弱小貌，②姓。又读 ér，见支韵。

泥 ní，泥土。又读 nǐ，见荠韵；又读 nì，见霁韵。

批 pī；又，普弭切，并属纸韵；蒲结切，并属屑韵。

妻 qī，男子的配偶。又读 qì，见霁韵。

挤 笺西切，音齐；又读 jǐ，并属荠韵、霁韵。

提 tí，垂手拿着。又读 shí，见支韵。

缇 tí；又，士礼切，并属荠韵。

缔 杜溪切，音题；又读 dì，并属纸韵、寘韵、霁韵；

撕 xī，［提撕］教导，振作。又读 sī，见支韵。

携 xī，又读 xié。

嘶 先齐切，音西，今读 sī。

镌 xī，又读 huī，并属支韵。

翳 烟齐切，又读 yì，并属霁韵。

猰 烟齐切；又，壹计切，并属霁韵；又读 yà，并属黠韵。

鲑 guī，北半球溯河性鱼类；又，河豚的别称。又，户佳切，见佳韵。

［**灰（半，指韵母为** ei、uei **的这一半）**］灰杯磪摧崔催缞堆磓敦瑰茴廖虺蛔回迴徊鮰恢恛洄诙盔樬魁悝隗檑雷擂罍镭玫莓枚梅霉镅脢煤媒坯培醅呸赔裴锫俳胚陪萑推颓魋隤桅嵬偎煨隈

（另一半见“十灰”部）

［**简注**］

摧 cuī，推挤，折断。又读 cuò，见个韵。

敦 duī，①蜷缩貌，②治理，③比试。又读 duì，见队韵；又读 dūn，见

元韵；又读 dùn，见愿韵；又读 tuán，见寒韵。

虺 huī，［虺隤］疲极而病。又读 huǐ，见尾韵。

徊 huí，又读 huái。

隗 kuí，又读 wěi，并属贿韵。

擂 léi，研磨，敲击。又读 lèi，见队韵。

莓 méi；又，母亥切，并属贿韵；莫代切，并属队韵。

坯 芳杯切，又读 pī，并属支韵。

徘 péi，又读 pái。

推 tuī，他回切；又，川锥切，并属支韵。

嵬 wéi；又，五罪切，并属贿韵。

上声

［**纸**］纸耻此齿哆仳侈泚褫耜士柿釃豕死是史兕矢舐仕使仳俟似氏市痔恃汜涘阤视祀屎巳弛阤始姒驶秄址耆茝芷枳梓柂旨指止訾紫茈畤跱趾只峙雉秭第仔徵豸籽沚庤滓祉咫姐姊子

（以上字韵母为-i）

比鄙罢秕俾彼匕妣婢砥缔技掎跽伎几麂己妓纪理李逦里俚鲤裡娌履芈靡敉沵弭嬭薿柅拟你旎妳譺圮否批披仳痞玘起芑杞跂屺企绮葸蓰喜嬉徙玺屣苢苡椅齮蚁噫迤倚舣猗旖已矣以

（以上字韵母为 i）

揣棰捶珥耳饵尔迩洱弭轨晷跪簋氿诡宄姽癸毁烜燬頍揆跬峞藟累诔垒美渼蕊蘼髓水苅委唯鲔湇觜嘴

（以上字韵母为 ei、uei、er）

［**简注**］

哆 chǐ；又，敕加切，麻韵；昌者切，马韵；丑亚切，祃韵；典可切，哿韵。义同：张口貌，放荡。又读 duō，［哆嗦］发抖貌，应属歌韵。

釃 所绮切；又，所寄切，寘；山於切，鱼韵；乂读 shī，支韵。义同：斟，过滤。此义今多读作 shāi。又读 lí，见支韵。

俟 sì，等待。又读 qí，见微韵。

氏 shì，姓氏。又读 zhī，见支韵。

瘆 shǐ，①众多貌，②放纵。又读 tān，见寒韵。
屎 shǐ，粪便。又读 xī，见支韵。
弛 shǐ，今又读 chí。
耔 zǐ；又，津之切，音兹，并属支韵。
耆 zhǐ，致使、进献等义。又读 qí，见支韵。
茝 zhǐ，即白芷，通“芷”。又读 chǎi，见蟹韵。
訾 zǐ，又读 zī，并属支韵。
只 zhǐ，又读 zhī，并属支韵，助词；仅。以上义涵不可繁化为“隻”。又见陌韵。
雉 zhì，直几切；又，直利切，并属寘韵。
仔 zǐ，仔细的仔。又读 zī，见支韵。又读 zǎi，见贿韵“崽”字注。
徵 zhǐ，五音之一。不可简化为“征”。又读 zhēng，见蒸韵。
秄《中华大字典》：读若子。
姐 zī，［乡姐］汉代少数民族，属陇西羌。又读 jiě，见马韵。又读 jù，见御韵。
比 bǐ，比较、比喻。又读 pí，见支韵。
罢 补靡切；又，部买切，并属蟹韵；又读 bà，并属祃韵。
秕 bǐ；又，频脂切，音毗，并属支韵。
俾 bǐ，使。又读 pì，见霁韵。
砥 dǐ，轸视切；又，典礼切，并属荠韵；旨夷切，并属支韵。
绨 dì，并属寘韵、霁韵；又，杜溪切，音题，并属齐韵。
伎 jì，杂技。又读 qí，见支韵。
几 jǐ，①［几几］装饰美，盛貌。②小桌子，此义今读 jī。又见尾韵。又读 jī，见微韵。
履 两几切，音里，今读 lǚ。
靡 mǐ，倒下、衰弱、没有等义。又读 mí，见支韵。
否 pǐ，阻隔、困穷、贬抑、非议等义。又读 fǒu，见有韵。
批 普弭切，又读 pī，并属齐韵；又，蒲结切，并属屑韵。
披 普靡切，［披靡］震伏貌。又读 pī，见支韵。
仳 pǐ，离别。又读 pí，见支韵。
跂 qǐ，翘脚站立；耸立貌。又读 qí，见支韵。
徙 xǐ，迁居，流放。又读 sī，见支韵。
噫 yì，并属寘韵；又读 yī，并属支韵、微韵。义同：叹词。又读 ài，见卦韵。又见职韵。

迤 yǐ，地势延斜。又读 yí，见支韵；又读 tuō，见歌韵。

猗 yǐ，连接，攀折，倚靠，偏斜。又读 yī，见支韵。

揣 初委切；又，都果切，并属哿韵。量度、探求等义。此义今读 chuǎi。又读 zhuī，见支韵。

捶 之累切，今读 chuí。

珥、耳、饵、洱、駬 俱忍止切，今读 ěr。

尔、迩 俱忍氏切，今读 ěr。

烜 huǐ，火。又读 xuǎn，见阮韵。

揆 求癸切，今读 kuí。

岿 kuǐ，并属尾韵、寘韵，又读 kuī，并属支韵、微韵。

累 lěi，积聚。又读 lèi，见寘韵；又读 léi，见支韵。

垒 lěi，壁垒，堆砌。又读 lǜ，见质韵。

靃 suǐ，［靃靡］随风披拂貌。又读 huò，见药韵。

唯 wěi，①应答词，②［唯唯］顺随而行貌。又读 wéi，见支韵。

委 wěi，顺随、委任、放置等义。又读 wēi，见支韵。

觜 zuǐ，鸟嘴。又读 zī，见支韵。

［**尾**］尾菲榧匪蜚斐篚朏悱诽垝鬼虺岿玮苇韪伟亹炜娓

（以上字韵母为 uei）

虮几岂

（以上字韵母为 i）

［**简注**］

菲 fěi，微薄。又读 fēi，见微韵。

蜚 fěi，①蜻类小飞虫，②传说中的怪兽，③［蜚蠊］蟑螂。又读 fēi，见微韵。

诽 fěi；又，甫微切，并属微韵。

虺 huǐ，①毒蛇，②［虺虺］雷声。又读 huī，见灰韵。

岿 kuǐ，并属纸韵、寘韵，又读 kuī，并属支韵、微韵。

亹 wěi，［亹亹］勤勉貌。又读 mén，见元韵。

几 jǐ，问多少。又见纸韵。又读 jī，见微韵。

［**荠**］荠髀狴陛坻柢砥抵骶邸底诋阺挤鮆鲚泲济醴鳢澧礼蠡眯米洣泥

祢稽启棨体缇洗

［简注］

狴 bì；又，边迷切，并属齐韵。

坻 dǐ，山坡。又读 chí，见支韵。

砥 dǐ，典礼切；又，轸视切，并属纸韵；旨夷切，并属支韵。

诋 dǐ；又，杜奚切，并属齐韵。

挤 jǐ，并属霁韵；又，牋西切，音齐，并属齐韵。

鲨 jì，又读 zī，并属支韵。

济 jǐ，水名。又读 jì，见霁韵。

蠡 lǐ，①器受蚀欲绝貌，②指彭蠡湖。又读 lí，见支韵。

眯 mǐ，灰尘入目。又读 mì，见寘韵。

泥 nǐ，［泥泥］沾濡貌，叶初生貌。又读 ní，见齐韵；又读 nì，见霁韵。

稽 qǐ，叩头至地。又读 jī，见齐韵。

缇 士礼切，音体，又读 tí，并属齐韵。

洗 xǐ，洗涤。又读 xiǎn，见铣韵。

［贿（半，指韵母为 ei 的这一半）］贿琲蓓倍璀漼熣悔傀蕾磊儡每浼馁腿萎嵬猥隗罪

（另一半见“十灰”部）

［简注］

琲 bèi，并属队韵。

悔 huǐ，呼罪切；又，荒内切，并属队韵。

萎 wěi，又读 wēi，并属支韵。

嵬 五罪切，又读 wéi，并属灰韵。

隗 wěi，又读 kuí，并属灰韵。

去声

［寘］寘豉刺翅厕赐佽饎啻次炽瑟示肆寺莳酾事殖思嗜嗣四笥侍伺弑饲泗试谥司驷志菑贽挚鸷轾至致眦踬帜置智雉稚值自觯恣痣渍治字织

（以上字韵母为－i）

贲毖赑畀奰鼻庇闷诐臂避鄪陂地缔垍其芰觊冀季肸悸洎寄记塈暨忌骥
骑莉莅吏哩詈利俐猁离眯秘泌腻譬淠屁器企弃咥戏屃戏薏懿鹝勚易噫
劓义食饐肄意施议谊异缢

（以上字韵母为 i）

鞴备被萃吹出瘁悴粹翠怼二贰咡佴柜恚蒉匮喟岿篑馈愧累率类泪魅寐
媚帔辔瑞璲檖帅睡祟穗襚遂燧邃隧遗喂位伪为诿醉惴坠缒

（以上字韵母为 ei、uei、er）

［简注］

寘 zhì，置的异体字。又读 tián，见先韵。

刺 cì，七赐切；又，七迹切，并属陌韵。

厕 旧读 cì，今读 cè。

瑟 疏吏切，音驶；又，所栉切，并属质韵。今读 sè。

莳 shì，栽植。又读 shí，见支韵。

釃 所寄切；又，所绮切，纸韵；山於切，鱼韵；又读 shī，支韵。义同：斟，过滤。此义今多读作 shāi。又读 lí，见支韵。

殖 shì，骨殖。又读 zhí，见职韵。

思 sì，情绪，意志；悲也。又读 sī，见支韵。又读 sāi，见灰韵。

伺 sì、cì；又，新兹切，音斯，并属支韵。

司 sì，又读 sī，并属支韵。

菑 zì，①直立的枯木，②围墙。又读 zī，见支韵。

眦 zì，疾智切；又，在诣切，并属霁韵；七懈切，并属卦韵。

踬 zhì，陟利切；又，职日切，并属质韵。

雉 zhì，直利切；又，直几切，并属纸韵。

值 直吏切，又读 zhí，并属职韵。

觯 zhì，又读 zhī，并属支韵。

治 zhì；又，直之切，并属支韵。

织 zhì，染丝织成的彩帛，名词。又读 zhī，见职韵。

贲 bì，①卦象之一，②文饰、褒美，③美盛貌。又读 féi，见微韵；又读 fén，见文韵；又读 bēn，见元韵。

鼻 毗至切，今读 bí。

陂 bì，危险，又读 pí、bēi，见支韵；又读 pō，见歌韵。

缔 dì，并属纸韵、霁韵；又，杜溪切，音题，并属齐韵。

其 jì，助词，用于代词“彼”的后。《诗经·候人》：“彼其之子，不称其服。”又读 qí、jī，见支韵。

肸 巨至切；又，显结切，并属屑韵；又读 xī，并属质韵、物韵。

塈 jì，又读 xì，并属未韵。

骑 jì，坐骑，一人一马。又读 qí，见支韵。

离 lì，失去。《中庸》：“道也者，不可须臾离也。”此义并属霁韵。又读 lí，见支韵。

眯 mì，梦魇。又读 mǐ，见荠韵。

泌 mì，又读 bì，并属质韵。

淠 pì，舟行貌；［淠淠］茂盛貌。又读 pèi，见泰韵。

咥 xì，大笑，并属未韵、质韵。又，虚其切，支韵。义同。又读 dié，见屑韵。

戏 xì，又读 xī，并属支韵。

戏 xì，游戏。又读 hū，见虞韵。

薏 yì，於记切；又，乙力切，并属职韵。

易 yì，容易，难之反义。又见陌韵。

噫 yì，并属纸韵；又读 yī，并属支韵、微韵。义同：叹词。又读 ài，见卦韵。又见职韵。

食 yì，人名用字。又读 shí，见职韵。

施 yì，蔓延。又，施智切，音翅，亦寘韵。惠与，施舍。此意亦读 shī，见支韵。

吹 chuì，吹奏活动（名词）。又读 chuī，见支韵。

出 尺类切；又读 chū，并属质韵。

二、贰 俱而至切，今读 èr。

咡、佴 俱仍吏切，今读 èr。

蒉 kuì，草编的筐；草鞋。又读 kuài，见卦韵、队韵。

喟 kuì；又，苦怪切，并属卦韵。

岿 kuǐ，并属纸韵、尾韵；又读 kuī，并属微韵。

累 lèi，拖累、劳累。又读 lěi，见纸韵。又读 léi，见支韵。

率 力遂切，音类；又读 lǜ，并属质韵。楷模、率领等义。此义今读 shuài。又见质韵。

帔 pèi，又读 pī，并属支韵。

帅 所类切；又，所律切，并属质韵。今读 shuài。

遗 wèi，赠送。又读 yí，见支韵。

为 wèi，因为，为了（介词）。又读 wéi，见支韵。

［**末**］未蕡芾蜚翡狒痱沸费贵卉汇讳蔚畏喂胃味魏猬渭谓尉熨慰纬

（以上字韵母为 uei）

既气乞汽呬欷饩塈衣毅

（以上字韵母为 i）

［简注］

蕡 fèi，又读 fén，并属文韵、元韵。

芾 fèi，［蔽芾］树木茂盛貌。又读 fú，见物韵。

沸 fèi；又，敷勿切，并属物韵。

蔚 wèi，茂盛，华美。又读 yù，见物韵。

畏 wèi；又，於非切，音威，并属微韵。

尉 wèi，官名。又读 yù，见物韵。

熨 wèi，中医的一种疗法。又读 yù，见物韵。

乞 qì，给予。又读 qǐ，见物韵。

呬 xì，并属寘韵、质韵；又，虚其切，并属支韵。义同：大笑。又读 dié，见屑韵。

欷 许既切，又读 xī，并属微韵。

塈 xì，又读 jì，并属寘韵。

衣 yì，穿衣。又读 yī，见微韵。

［**霁**］霁蔽薜睥币闭敝弊髲嬖髢蒂杕棣睇螮蝃第帝弟递禘谛娣缔髻蓟挤穧偈祭剂济讦计际继荔丽厉励砺捩唳蛎俪例疠离粝戾隶谜睨倪泥睥俾媲契砌妻揭锲憩愒替薙殢嚏悌涕剃楔裼屜系细艺枻霓殪曀翳呓曳猘瘞裔泄诣羿

（以上字韵母为 i）

掣傺婿世贳誓逝势噬锈筮澨眦制猘滞毳

（以上字韵母为 -i）

毳脆桂蹶刿鳜彗慧蕙惠嘒蟪篲袂芮睿蚋锐帨岁税说卫赘啜缀

（以上字韵母为 ei）

［简注］

闭 bì；又，必结切，并属屑韵。

髢 他计切；又，思积切，音惜，并属陌韵。今读 dí。

棣 dì，木名。又读 dài，见队韵。

缔 dì，并属纸韵、寘韵；又，杜溪切，音题，并属齐韵。

髻 jì，发结。又见质韵。

挤 jǐ，并属荠韵；又，牋西切，音齐，并属齐韵。

偈 jì，佛经中的唱颂词。又读 jié，见屑韵。

济 jì，渡河。又读 jǐ，见荠韵。

讦 居例切，又读 jié，并属月韵、屑韵。

捩 lì，关键。又读 liè，见屑韵。

离 lì，失去，并属寘韵。又读 lí，见支韵。

粝 lì；又，郎达切，并属曷韵。

谜 莫计切，又读 mí，并属齐韵。

倪 nì，倾斜。又读 ní，见齐韵。

泥 nì，①用泥固封；②拘执、迷恋。又读 ní，见齐韵；又读 nǐ，见荠韵。

俾 pì，［俾倪］城上矮墙；同“睥睨”。又读 bǐ，见纸韵。

契 qì，①雕刻，②契约，③［契丹］古族名。并属物韵。又读 qiè、xiè，见屑韵。

妻 qì，嫁给。又读 qī，见齐韵。

揭 qì，撩衣过河。《诗经·匏有苦叶》：“深则厉，浅则揭。”又读 jiē，见月韵、屑韵。

锲 结计切，音契，又读 qiè，并属屑韵。

愒 qì，休息。《诗经·民劳》：“汔可小愒。”又读 kài，见泰韵。

枻 yì；又，细列切，并属屑韵。

霓 研计切，音诣，又读 ní，并属齐韵；又，倪结切，并属屑韵。

翳 yì；又，烟奚切，并属齐韵。

曳 旧读 yì，今读 yè。

猰 壹计切；又，烟齐切，并属齐韵；又读 yà，并属黠韵。

泄 yì，①水名，②众多貌，③鼓翼貌，④懈怠。又读 xiè，见屑韵。

掣 尺制切，又读 chè，并属屑韵。

婿 苏计切，音细，今读 xù。

贳 shì；又，式夜切，并属祃韵。

逝 shì；又，食列切，并属屑韵。

铩 所例切；又，所拜切，并属卦韵；所八切，并属黠韵、屑韵。今读 shā。

眦 zì，在诣切；又，疾智切，并属寘韵；七懈切，并属卦韵。

蹶 guì，动乱；撼动；感动。又读 jué，见月韵。

鳜 guì，又名桂鱼。又读 jué，见月韵。

说 shuì，向人献计或进言。又读 shuō，见屑韵。

畷 zhuì；又，陟劣切，并属屑韵。

［**泰（半，指韵母为** ei、uei **的这一半）**］乂拔贝狈兑袯哕会浍桧刽浍绘荟酹茷霈肺旆浿沛蜕驳蕞最

（另一半见“十灰”部）

［**简注**］

乂 ài，惩戒。又读 yì，见队韵。

拔 bèi，草木生枝叶。又，蒲拨切，见曷韵。

哕 huì，［哕哕］象声词。又读 yuì，见月韵。

会 huì 相见。又读 kuài，见十灰部泰韵。

浍 huì，［汪浍］水深广貌。［浍貊］古族名。又读 huò，见曷韵。

桧 guì，木名；又读 huì，人名。又，古外切，见十灰部泰韵；又，古活切，并属曷韵。

刽 guì；又，古外切，见十灰部泰韵；又，古活切，并属曷韵。

茷 pèi，茗。又，北末切，见曷韵。

肺 pèi，［肺肺］茂盛貌。又读 fèi，见队韵。

旆 pèi；又，蒲掇切，并属曷韵。

浿 pèi，［浿浿］飘动貌。又读 pì，见寘韵。

［**队（半，指韵母为** ei、uei **的这一半）**］队琲辈背邶悖焙褙啐倅焠淬綷碓敦憝对吠肺废晦喙秽悔诲愦溃磓擂耒瑁抹昧痗妹内珮配佩碎谇退褪硊乂刈晬

（另一半见“十灰”部）

［**简注**］

琲 bèi，并属贿韵。

悖 bèi；又，蒲没切，并属月韵。

敦 duì，①古器物名，②通“憝”。又读 duī，见灰韵；又读 dūn，见元韵；又读 dùn，见愿韵；又读 tuán，见寒韵。

肺 fèi，呼吸器官。又读 pèi，见泰韵。
悔 huǐ，荒内切；又，呼罪切，并属贿韵。
擂 lèi，比武。又读 léi，见灰韵。
瑁 莫佩切；又，莫沃切，并属沃韵；又读 mào，并属号韵。
褪 tuì，掉颜色。又读 tùn，见愿韵。
硙 wèi，①石磨，②磨碎。又读 ái，见灰韵。
乂 鱼肺切，今读 yì，割草、杀、治理等义。又读 ài，见泰韵。
刈 鱼肺切，今读 yì。

诗词例证

（一）古诗

支韵古诗：

南有樛木，葛藟**累**之。乐只君子，福履**绥**之。
——《诗经·周南·樛木》

鹿斯之奔，维足伎伎。雉之朝雊，尚求其雌。
譬彼坏木，疾用无枝。心之忧矣，宁莫之知。
——《诗经·小雅·小弁》

田彼南山，芜秽不治。种一顷豆，落而为萁。
人生行乐耳，须富贵何时。
——［汉］杨恽《拊缶歌》

我生之初尚无为，我生之后汉祚衰。
天不仁兮降乱离，地不仁兮使我逢此时。
干戈日寻兮道路危，民卒流亡兮共哀悲。
烟尘蔽野兮胡虏盛，志意乖兮义节亏。
对殊俗兮非我宜，遭恶辱兮当告谁？
笳一会兮琴一拍，心愤怨兮无人知。
——［汉］蔡琰《胡笳十八拍》

东越河济水，遥望大海涯。钓竿何珊珊，鱼尾何簁簁。
行路之好者，芳饵欲何为。
——［三国·魏］曹丕《钓竿行》

军国多所需，切责在有司。有司临郡县，刑法竞欲施。
供给岂不忧，征敛又可悲。州小经乱亡，遗人实困疲。
大乡无十家，大族命单羸。朝餐是草根，暮食仍木皮。
出言气欲绝，意速行步迟。追呼尚不忍，况乃鞭扑之。
邮亭传急符，来往迹相追。更无宽大恩，但有迫促期。
欲令鬻儿女，言发恐乱随。悉使索其家，而又无生资。
听彼道路言，怨伤谁复知。去冬山贼来，杀夺几无遗。
所愿见王官，抚养以惠慈。奈何重驱逐，不使存活为。
安人天子命，符节我所持。州县忽乱亡，得罪复是谁。
逋缓违诏令，蒙责固其宜。前贤重守分，恶以祸福移。
亦云贵守官，不爱能适时。顾惟孱弱者，正直当不亏。
何人采国风，吾欲献此辞。

——［唐］元结《春陵行》

少奇老亦奇，天命早已知。幼年学马列，辩证启新思。
献身于革命，群运见英姿。人山人海里，从容作导师。
真理寻求得，平生能坚持。为民作勤务，劳怨均不辞。
党中作领袖，大公而无私。群众欣爱戴，须臾不可离。
修养称楷模，党员作范仪。今年虽半百，胜利已可期。
再活五十年，亲奠共产基。

——朱德《贺少奇五十寿辰》

微韵古诗：

日居月诸，胡迭而微。心之忧矣，如匪浣衣。
静言思之，不能奋飞。

——《诗经·邶风·柏舟》

肃肃我祖，国自豕韦。黼衣朱黻，四牡龙旗。

——［汉］韦孟《讽谏诗》

种豆南山下，草盛豆苗稀。晨兴理荒秽，带月荷锄归。
道狭草木长，夕露沾我衣。衣沾不足惜，但使愿无违。

——［晋］陶渊明《归园田居》

慈母手中线，游子身上衣。临行密密缝，意恐迟迟归。
谁言寸草心，报得三春晖。

——［唐］孟郊《游子吟》

山石荦确行径微，黄昏到寺蝙蝠飞。
升堂坐阶新雨足，芭蕉叶大栀子肥。
僧言古壁佛画好，以火来照所见稀。
铺床拂席置羹饭，疏粝亦足饱我饥。
夜深静卧百虫绝，清月出岭光入扉。
天明独去无道路，出入高下穷烟霏。
山红涧碧纷烂漫，时见松枥皆十围。
当流赤足蹋涧石，水声激激风吹衣。
人生如此自可乐，岂必局束为人鞿。
嗟哉吾党二三子，安得至老不更归。

——［唐］韩愈《山石》

齐韵古诗：

兹山亘百里，合沓与云齐。隐沦既已托，灵异居然栖。
上干蔽白日，下属带回溪。交藤荒且蔓，樛枝耸复低。
独鹤方朝唳，饥鼯此夜啼。渫云已漫漫，夕雨亦凄凄。
我行虽纡组，兼得寻幽蹊。缘源殊未极，归径窅如迷。
要欲追奇趣，即此凌丹梯。皇恩竟已矣，兹理庶无暌。

——［南朝·齐］谢朓《游敬亭山》

寂寞天宝后，园庐但蒿藜。我里百余家，世乱各东西。
存者无消息，死者为尘泥。贱子因阵败，归來寻旧蹊。
久行见空巷，日瘦气惨凄。但对狐与狸，竖毛怒我啼。
四邻何所有，一二老寡妻。宿鸟恋本枝，安辞且穷栖。
方春独荷锄，日暮还灌畦。县吏知我至，召令习鼓鞞。
虽从本州役，内顾无所携。近行止一身，远去终转迷。
家乡既荡尽，远近理亦齐。永痛长病母，五年委沟溪。
生我不得力，终身两酸嘶。人生无家别，何以为蒸黎。

——［唐］杜甫《无家别》

灰（半）韵古诗：

黄鹄参天飞，半道郁徘徊。腹中车轮转，君知思忆谁。

黄鹄参天飞，凝翮争风回。高翔入玄阙，时复乘云颓。
（首句俱用微韵）

——［南朝］清商曲辞《黄鹄曲四首》

支微齐灰通押的古诗：

青青园中葵（支），朝露待日晞（微）。
阳春布德泽，万物生光辉（微）。常恐秋节至，焜黄华叶衰（支）。
百川东到海，何时复西归（微）。少壮不努力，老大徒伤悲（支）。

——［汉］相和歌辞《长歌行》

西北有高楼，上与浮云齐（齐）。交疏结绮窗，阿阁三重阶（佳）。
上有弦歌声，音响一何悲（支）。谁能为此曲，无乃杞梁妻（齐）。
清商随风发，中曲正徘徊（灰）。一弹再三叹，慷慨有余哀（灰）。
不惜歌者苦，但伤知音稀（微）。愿为双鸿鹄，奋翅起高飞（微）。

［此诗通押范围超出支微齐灰（半），包括属于灰韵另一半的“哀”字，也包括佳韵的“阶”字］

——汉《古诗十九首》

秋风起兮佳景时（支），吴江水兮鲈鱼肥（微）。
三千里兮家未归，恨难得兮仰天悲（支）。

——［晋］张翰《思吴江歌》

梁上有双燕，翩翩雄与雌（支）。衔泥两椽间，一巢生四儿（支）。
四儿日夜长，索食声孜孜（支）。青虫不易捕，黄口无饱期（支）。
嘴爪虽欲敝，心力不知疲（支）。须臾十来往，犹恐巢中饥（微）。
辛勤三十日，母瘦雏渐肥（支）。喃喃教言语，一一刷毛衣（支）。
一旦羽翼成，引上庭树枝（支）。举翅不回顾，随风四散飞（微）。
雌雄空中鸣，声尽呼不归（微）。却入空巢里，啁啾终夜悲（支）。
燕燕尔勿悲，尔当返自思（支）。思尔为雏日，高飞背母时（支）。
当时父母念，今日尔应知（支）。

——［唐］白居易《燕诗示刘叟》

今年粳稻熟苦迟（支），庶见霜风来几时（支）。
霜风来时雨如泻，杷头出菌镰生衣（微）。
眼枯泪尽雨不尽，忍见黄穗卧青泥（齐）。
茅苫一月陇上宿，天晴获稻随车归（微）。
汗流肩赪载入市，价贱乞与如糠粞（齐）。
卖牛纳税拆屋炊，虑浅不及明年饥（支）。
官今要钱不要米，西北万里招羌儿（支）。
龚黄满朝人更苦，不如却作河伯妇。

——［宋］苏轼《吴中田妇叹》

纸韵古诗：

鲂鱼赪尾，王室如毁。虽则如毁，父母孔迩。(首句用尾韵)

——《诗经·周南·汝坟》

步出齐城门，遥望荡阴里。里中有三墓，累累正相似。
问是谁家子，田疆古冶子。力能排南山，文能绝地纪。
一朝被谗言，二桃杀三士。谁能为此谋，国相齐晏子。

——［汉］相和歌辞《梁甫吟》

洞房昨夜春风起，遥忆美人湘江水。
枕上片时春梦中，行尽江南数千里。

——［唐］岑参《春梦》

春种一粒粟，秋收万颗子。四海无闲田，农夫犹饿死。

——［唐］李绅《悯农》

寘韵古诗：

蠢尔戎狄，狡焉思肆。虞我国眚，窥我利器。
岳牧虑殊，威怀理二。将无专策，兵不素肄。

——［晋］潘岳《关中诗（二）》

五都矜财雄，三川养声利。百金不市死，明经有高位。
京城十二衢，飞甍各鳞次。仕子飘华缨，游客竦轻辔。
明星晨未稀，轩盖已云至。宾御纷飒沓，鞍马光照地。
寒暑在一时，繁华及春媚。君平独寂寞，身世两相弃。

——［南朝·宋］鲍照《咏史》

十年磨一剑，霜刃未曾试。今日把示君，谁有不平事。

——［唐］贾岛《剑客》

霁韵古诗：

力拔山兮气盖世，时不利兮骓不逝。
骓不逝兮可奈何，虞兮虞兮奈若何！

——［汉］项羽《垓下歌》

皇赫斯怒，爰整精锐。命彼上谷，指日遄逝。
亲奉成规，稜威遐厉。首陷中亭，扬声万计。

——［晋］潘岳《关中诗（九）》

纸尾荠贿寘未霁泰队通押的古诗：

东临碣石，以观沧海（贿）。水何澹澹，山岛竦峙（纸）。
树木丛生，百草丰茂；秋风萧瑟，洪波涌起（纸）。
日月之行，若出其中；星汉灿烂，若出其里（纸）。
幸甚至哉，歌以咏志（寘）。

——［汉］曹操《观沧海》

嬴氏乱天纪（纸），贤者避其世（霁）。黄绮之商山，伊人亦云逝（霁）。
往迹浸复湮，来径遂芜废（队）。相命肄农耕，日入从所憩（霁）。
桑竹垂馀荫，菽稷随时艺（霁）。春蚕收长丝，秋熟靡王税（霁）。
荒路暧交通，鸡犬互鸣吠（队）。俎豆犹古法，衣裳无新制（霁）。
童孺纵行歌，斑白欢游诣（霁）。草荣识节和，木衰知风厉（霁）。
虽无纪历志，四时自成岁（霁）。怡然有余乐，于何劳智慧（霁）。
奇踪隐五百，一朝敞神界（卦）。淳薄既异原，旋复还幽蔽（霁）。
借问游方士，焉测尘嚣外（泰）。愿言蹑轻风，高举寻吾契（霁）。

［此诗并与卦韵通押，如同《古诗十九首（西北有高楼）》的支微齐灰与佳通押。］

——［晋］陶渊明《桃花源诗》

君自故乡来，应知故乡事（寘）。来日绮窗前，寒梅着花未（未）。

——［唐］王维《杂诗》

大鹏飞兮振八裔（霁），中天摧兮力不济（霁）。
余风激兮万世（霁），游扶桑兮挂石袂（霁）。
后人得之传此（纸），仲尼亡兮谁为出涕（霁）。

——［唐］李白《临终歌》

骅骝食粟石每既（未），立仗归来汗如洗（荠）。
脱羁展转聊自恣（寘），落花尘土随身起（纸）。
君不见春雷起蛰龙欠伸，雾拥云蒸九河水（纸）。

——［元］虞集《题衮尘骝图》

人生孰无死（纸），贵得死所耳（纸）。父得为忠臣，子得为孝子（纸）。
含笑归太虚，了我分内事（寘）。大道本无生，视身若敝屣（纸）。
但为气所激，缘悟天人理（纸）。恶梦十七年，报仇在来世（霁）。

神游天地间，可以无愧矣（纸）。

——［明］夏完淳《狱中上母诗》

后人观古书，每随己境地（寘）。譬如广场中，环看高台戏（寘）。
矮人在平地，举头仰而企（纸）。危楼有凭栏，刘桢方平视（纸）。
做戏非有殊，看戏乃各异（寘）。矮人得意归，自谓见仔细（霁）。
楼上人闻之，不觉笑喷鼻（寘）。

——［清］赵翼《闲居读书》

朝寄平安语，暮寄相思字（寘）。驰书迅已极，云是君所寄（寘）。
既非君手书，又无君默记（寘）。虽署花字名，知谁钳缗尾（尾），
寻常并坐语，未遽悉心事（寘）。况经三四译，岂能达人意（寘）。
只有班班墨，颇似临行泪（寘）。门前两行树，离离到天际（霁）。
中央亦有丝，有丝两头系（霁）。如何君寄书，断续不时至（寘）。
每日百须臾，书到时有几（尾）。一息不相闻，使我容颜悴（寘）。

——［清］黄遵宪《今别离》

主人有猢狲，钟爱情最异（寘）。跳踯惟所忻，饮食惟所嗜（寘）。
恃宠乃渐骄，时毁屋中器（寘）。主人善为原，谓其解游戏（寘）。
积久势益横，肆行无所忌（寘）。怒掠主人须，攫伤主人鼻（寘）。
主人无如何，怂恿加馃饵（纸）。忽闻有猴师，弄猴在酒肆（寘）。
千金为聘来，规矩请尝试（寘）。猴师感其恩，诱掖至再四（寘）。
猢狲大不然，见之则裂龇（寘、霁）。入其竿木场，倾其衣裳笥（寘）。
每欲加鞭捶，时有主人庇（寘）。师乃谢主人，敢辞黄金赐（寘）。
教诲良非难，晚矣复何事（寘）。

——［清］于华春《猢狲行》

（二）近体诗

支韵近体诗：

海上生明月，天涯共此时。情人怨遥夜，竟夕起相思。
灭烛怜光满，披衣觉露滋。不堪盈手赠，还寝梦佳期。

——［唐］张九龄《望月怀远》

红豆生南国，春来发几枝。愿君多采撷，此物最相思。

——［唐］王维《相思》

三年谪宦此栖迟，万古惟留楚客悲。
秋草独寻人去后，寒林空见日斜时。
汉文有道恩犹薄，湘水无情吊岂知。
寂寂江山摇落处，怜君何事到天涯。

——［唐］刘长卿《长沙过贾谊宅》

翰林江左日，员外剑南时。不得高官职，仍逢苦乱离。
暮年逋客恨，浮世谪仙悲。吟咏留千古，声名动四夷。
文场供秀句，乐府待新词。天意君须会，人间要好诗。

——［唐］白居易《读李杜诗集因题卷后》

塞北梅花羌笛吹，淮南桂树小山词。
请君莫奏前朝曲，听唱新翻杨柳枝。

——［唐］刘禹锡《杨柳枝词》

二月江南花满枝，他乡寒食远堪悲。
贫居往往无烟火，不独明朝为子推。

——［唐］孟云卿《寒食》

几度见诗诗总好，及观标格过于诗。
平生不解藏人善，到处逢人说项斯。

——［唐］杨敬之《赠项斯》

嫁得瞿塘贾，朝朝误妾期。早知潮有信，嫁与弄潮儿。

——［唐］李益《江南曲》

劝君莫惜金缕衣，劝君惜取少年时。
花开堪折直须折，莫待无花空折枝。（首句用微韵）

——［唐］杜秋娘《金缕衣》

君王城上竖降旗，妾在深宫那得知。
十四万人齐解甲，更无一个是男儿。

——［后蜀］花蕊夫人徐氏《述国亡诗》

竹外桃花三两枝，春江水暖鸭先知。
蒌蒿满地芦芽短，正是河豚欲上时。

——［宋］苏轼《惠崇春江晓景》

水光潋滟晴方好，山色空蒙雨亦奇。
欲把西湖比西子，淡妆浓抹总相宜。

——［宋］苏轼《饮湖上初晴后雨》

一夕轻雷落万丝，霁光浮瓦碧参差。

有情芍药含春泪，无力蔷薇卧晓枝。

——［宋］秦观《春日五首》

正是香魂跌碎时，和烟和雨诉相思。
自传别趣邀莺听，似说春愁与蝶知。
委地金钗惊小玉，凌波环珮动西施。
恼他前夜楼头笛，紫韵红腔苦替吹。

——［清］于华春《落花声》

写作心情与世移，江山如画墨淋漓。
句成尽写工农事，不作灯前儿女诗。

——钱昌照《七绝二首》

微韵近体诗：

阳关万里道，不见一人归。唯有河边雁，秋来南向飞。

——［北周］庾信《重别周尚书》

杨柳青青着地垂，杨花漫漫搅天飞。
柳条折尽花飞尽，借问行人归不归。

——［隋］无名氏《送别诗》

东皋薄暮望，徙倚欲何依。树树皆秋色，山山惟落晖。
牧人驱犊返，猎马带禽归。相顾无相识，长歌怀采薇。

——［唐］王绩《望野》

长江悲已滞，万里念将归。况属高风晚，山山黄叶飞。

——［唐］王勃《山中》

别路云初起，离亭叶正飞。所嗟人异雁，不作一行归。

——［唐］七龄女《送兄》

落日松风起，还家草露晞。云光侵履迹，山翠拂人衣。

——［唐］裴迪《华子岗》

杨柳渡头行客稀，罟师荡桨向临圻。
惟有相思似春色，江南江北送君归。

——［唐］王维《送沈子福归江东》

越王句践破吴归，义士还乡尽锦衣。
宫女如花满春殿，只今惟有鹧鸪飞。

——［唐］李白《越中览古》

悲莫悲兮生别离，登山临水送将归。

武昌无限新栽柳，不见杨花扑面飞。（首句用支韵）

——［唐］武昌妓《续韦蟾句》

苑外江头坐不归，水精宫殿转霏微。
桃花细逐杨花落，黄鸟时兼白鸟飞。
纵饮久判人共弃，懒朝真与世相违。
吏情更觉沧洲远，老大悲伤未拂衣。

——［唐］杜甫《曲江对酒》

千家山郭静朝晖，日日江楼坐翠微。
信宿渔人还泛泛，清秋燕子故飞飞。
匡衡抗疏功名薄，刘向传经心事违。
同学少年多不贱，五陵衣马自轻肥。

——［唐］杜甫《秋兴八首》（其三）

草木知春不久归，百般红紫斗芳菲。
杨花榆荚无才思，惟解漫天作雪飞。

——［唐］韩愈《晚秋》

江涵秋影雁初飞，与客携壶上翠微。
尘世难逢开口笑，菊花须插满头归。
但将酩酊酬佳节，不用登临恨落晖。
古往今来只如此，牛山何必独沾衣。

——［唐］杜牧《九日齐山登高》

梦里青春可得追，欲将诗句绊余晖。
酒阑病客惟思睡，蜜熟黄蜂亦懒飞。
芍药樱桃俱扫地，鬓丝禅榻两忘机。
凭君借取法界观，一洗人间万事非。（首句用支韵）

——［宋］苏轼《送春》

经年尘土满征衣，特特寻芳上翠微。
好水好山看不足，马蹄催趁月明归。

——［宋］岳飞《池州翠微亭》

齐韵近体诗：

独游千里外，高卧七盘西。山月临窗近，天河入户低。
芳春平仲绿，清夜子规啼。浮客空留听，褒城闻曙鸡。

——［唐］沈佺期《夜宿七盘岭》

打起黄莺儿，莫教枝上啼。啼时惊妾梦，不得到辽西。(首句用支韵)

——［唐］金昌绪《春怨》

黄四娘家花满蹊，千朵万朵压枝低。
留连戏蝶时时舞，自在娇莺恰恰啼。

——［唐］杜甫《江畔独步寻花七绝句》

霜黄碧梧白鹤栖，城上击柝复乌啼。
客子入门月皎皎，谁家捣练风凄凄。
南渡桂水缺舟楫，北归秦川多鼓鼙。
年过半百不称意，明日看云还杖藜。

——［唐］杜甫《暮归》

宜阳城下草萋萋，涧水东流复向西。
芳树无人花自落，春山一路鸟空啼。

——［唐］李华《春行寄兴》

孤山寺北贾亭西，水面初平云脚低。
几处早莺争暖树，谁家新燕啄春泥。
乱花渐欲迷人眼，浅草才能没马蹄。
最爱湖东行不足，绿杨阴里白沙堤。

——［唐］白居易《钱塘湖春行》

灰（半）韵近体诗：

葡萄美酒夜光杯，欲饮琵琶马上催。
醉卧沙场君莫笑，古来征战几人回。

——［唐］王翰《凉州词》

牧马久惊侵禹域，蛰龙无术起风雷。
头颅肯使闲中老，祖国宁甘劫后灰。

——秋瑾《柬志群》

支微齐灰通押的近体诗：

破却千家作一池（支），不栽桃李种蔷薇（微）。
蔷薇花落秋风起，荆棘满亭君自知（支）。

——［唐］贾岛《题兴化园亭》

箨落长竿削玉开（灰），君看母笋是龙材（灰）。
更容一夜抽千尺，别却池园数寸泥（齐）。
(此诗用的灰韵，是灰韵的“另一半”)

——［唐］李贺《昌谷北园新笋》

头上花枝照酒卮（支），酒卮中有好花枝（支）。
身经两世太平日，眼见四朝全盛时（支）。
况复筋骸粗康健，那堪时节正芳菲（微）。
酒涵花影红光溜，争忍花前不醉归（微）。

——［宋］邵雍《插花吟》

不知谁唱《白铜鞮》（齐），杨柳村南即大堤（齐）。
欸乃一声风断续，打鱼人背夕阳迟（支）。

——［明］沈明臣《渔村夕照》

蒲子花开莲叶齐（齐），闻郎船已过巴西（齐）。
郎看明月是侬意，到处随郎郎不知（支）。

——［明］王廷相《巴人竹枝歌》

蝴蝶花开蝴蝶飞（微），鹧鸪草长鹧鸪啼（齐）。
庭前种得相思树，落尽相思人未归（微）。

——［清］伍瑞隆《竹枝词》

九嶷山上白云飞（微），帝子乘风下翠微（微）。
斑竹一枝千滴泪，红霞万朵百重衣（微）。
洞庭波涌连天雪，长岛人歌动地诗（支）。
我欲因之梦寥廓，芙蓉国里尽朝晖（微）。

——毛泽东《答友人》

（三）词

支韵词：

斑竹枝，斑竹枝，泪痕点点寄相思。
楚客欲听瑶瑟怨，潇湘深夜月明时。

——［唐］刘禹锡《潇湘神》

有客经巫峡，停桡向水湄。
楚王曾此梦瑶姬，一梦杳无期。

尘暗珠帘卷，香销翠幄垂。
西风回首不胜悲，暮雨洒空祠。

——［前蜀］李珣《巫山一段云》

凤枕鸾帷。二三载，如鱼似水相知。
良天好景，深怜多爱，无非尽意依随。

奈何伊。恣性灵、忒煞些儿。
无事孜煎，万回千度，怎忍分离。

而今渐行渐远，渐觉虽悔难追。
漫恁寄消寄息，终久奚为。
也拟重论缱绻，争奈翻覆思维。
纵再会，只恐恩情，难似当时。

——［宋］柳永《驻马听》

疏雨池塘见，微风襟袖知。
阴阴夏木啭黄鹂。
何处飞来白鹭立移时。

易醉扶头酒，难逢敌手棋。
日长偏与睡相宜。
睡起芭蕉叶上自题诗。

——［宋］贺铸《南歌子》

微韵词：

西塞山前白鹭飞，桃花流水鳜鱼肥。
青箬笠，绿蓑衣，斜风细雨不须归。

——［唐］张志和《渔父》

波渺渺，柳依依。
孤村芳草远，斜日杏花飞。
江南春尽离肠断，蘋满汀洲人未归。

——［宋］寇准《江南春》

有情风万里卷潮来，无情送潮归。
问钱塘江上，西兴浦口，几度斜晖。
不用思量今古，俯仰昔人非。
谁似东坡老，白首忘机。

记取西湖西畔，正暮山好处，空翠烟霏。
算诗人相得，如我与君稀。
约他年，东还海道，愿谢公雅志莫相违。
西州路，不应回首，为我沾衣。

——［宋］苏轼《八声甘州·寄参寥子》

重过阊门万事非，同来何事不同归。
梧桐半死清霜后，头白鸳鸯失伴飞。

原上草，露初晞，旧栖新垄两依依。
空床卧听南窗雨，谁复挑灯夜补衣。

——［宋］贺铸《半死桐》

齐韵词：

晴川落日初低，惆怅孤舟解携。
鸟向平芜远近，人随流水东西。
白云千里万里，明月前溪后溪。
独恨长沙谪去，江潭春草萋萋。

——［唐］刘长卿《谪仙怨》

馆娃宫外邺城西，远映征帆近拂堤。
系得王孙归意切，不关芳草绿萋萋。

——［唐］温庭筠《杨柳枝》

山下兰芽短浸溪，松间沙路净无泥。
萧萧暮雨子规啼。

谁道人生无再少，门前流水尚能西。
休将白发唱黄鸡。

——［宋］苏轼《浣溪沙·游蕲水清泉寺寺临兰溪溪水西流》

支微齐灰（半）通押的词：

深画眉（支），浅画眉（支）。
蝉鬓鬅鬙云满衣（微）。阳台行雨回（灰）。

巫山高，巫山低（齐）。
暮雨潇潇郎不归（微），空房独守时（支）。

——［唐］白居易《长相思》

金钗钗上缀芳菲（微），海棠花一枝（支）。
刚被蝴蝶绕人飞（微），
拂下深深红蕊落，污奴衣（微）。

——［五代］敦煌曲子词《鱼美人》

孟姜女，杞梁妻（齐），
一去燕山更不归（微）。

造得寒衣无人送，不免自家送征衣（微）。

——［五代］敦煌曲子词《捣练子》

红满枝（支），绿满枝（支），
宿雨厌厌睡起迟（支），
闲庭花影移（支）。

忆归期（支），数归期（支），
梦见虽多相见稀（微），
相逢知几时（支）。

——［五代］冯延巳《长相思》

梦后楼台高锁，酒醒帘幕低垂（支）。
去年春恨却来时（支），
落花人独立，微雨燕双飞（微）。

记得小蘋初见，两重心字罗衣（微）。
琵琶弦上说相思（支）。
当时明月在，曾照彩云归（微）。

——［宋］晏几道《临江仙》

寒雀满疏篱（支），争抱寒柯看玉蕤（支）。
忽见客来花下坐，惊飞（微）。
踏散芳英落酒卮（支）。

痛饮又能诗（支），坐客无毡醉不知（支）。
花尽酒阑春到也，离离（支）。
一点微酸已着枝（支）。

——［宋］苏轼《南乡子·梅花词和杨元素》

登山临水送将归（微），悲莫悲兮生别离（支）。
不用登临怨落晖（微），昔人非（微），
惟有年年秋雁飞（微）。

——［宋］辛弃疾《忆王孙》

歌罢尊空月坠西（齐）。
百花门外，烟翠霏微（微）。
绛纱笼烛照于飞（支）。
归去来兮，归去来兮（齐）。

酒入香腮分外宜（支）。
行行问道，还肯相随？（支）
娇羞无力应人迟（支）。
何幸如之，何幸如之（支）。

——［宋］辛弃疾《一剪梅》

独立苍茫醉不归（微）。
日暮天寒，归去来兮（齐）。
探梅踏雪几何时（支）。
今我来思，杨柳依依（微）。

白石冈头曲岸西（齐）。
一片闲愁，芳草萋萋（齐）。
多情山鸟不须啼（齐）。
桃李无言，下自成蹊（齐）。

——［宋］辛弃疾《一剪梅·游蒋山呈叶丞相》

好恨这风儿（支），催俺分离（支）。
船儿吹得去如飞（微）。因甚眉儿吹不展，叵耐风儿（支）。

不是这船儿（支），载起相思（支）。
船儿若念我孤恓（齐），
载取人人篷底睡，感谢风儿（支）。

——［宋］石孝友《浪淘沙》

瘦绿添肥，病红催老，园林昨夜春归（微）。
深院东风，轻罗试着单衣（微）。
雨余门掩斜晖（微）。
看梅梁，乳燕初飞（微）。
荷钱犹小，芭蕉渐长，新竹成围（微）。

何郎粉淡，荀令香销，紫鸾梦远，青鸟书稀（微）。
新愁旧恨，在他红药栏西（齐）。
记得当时（支），水晶帘，一架蔷薇（微）。
有谁知（支），
千山杜鹃，无数莺啼（齐）。

——［明］杨基《夏初临》

落花如梦凄迷（齐），麝烟微（微），
又是夕阳潜下小楼西（齐）。

愁无限，消瘦尽，有谁知（支）。
闲教玉笼鹦鹉念郎诗（支）。

——［清］纳兰性德《相见欢》

小苑闲窗，细雨初晴，日射朱扉（微）。
正疏梅几点，粉妖红姹，幽香满径，天澹云微（微）。
莫打游蜂，还邀绛蝶，海燕今朝归不归（微）。
春如醉，甚东风恶劣，碎搅花飞（微）。

明知不怪风吹（支），奈不怨东风却怨谁（支）？
且落英细扫，藏诸砚匣，残枝一剪，供在书帷（支）。
昨夜三更，灯昏月淡，铁马檐前说是非（微）。
全无谓，到飘零残褪，妒甚光辉（微）。

——［清］郑燮《沁园春·落梅》

纸韵词：

我已多情，更撞着多情的你。
把一心，十分向你。
尽他们，劣心肠，偏有你。
共你，
风了人，只为个你。

宿世冤家，百忙里，方知你。
没前程，阿谁似你。
坏却才名，到如今，都因你。
是你，
我也没星儿恨你。
（此词独用你字为韵，谓独木桥体）

——［宋］石孝友《惜奴娇》

寘韵词：

尊前一曲歌，歌里千重意。
才欲歌时泪已流，恨应更、多于泪。

试问缘何事，不语痴如醉。
我亦情多不忍闻，怕和我、添憔悴。

——［宋］杜安世《卜算子》

纸尾荠賄寘未霁泰队通押的词：

风乍起（纸），吹皱一池春水（纸）。
闲引鸳鸯香径里（纸），手挼红杏蕊（纸）。

斗鸭阑干独倚（纸），碧玉搔头斜坠（寘）。
终日望君君不至（寘），举头闻鹊喜（纸）。

——［五代］冯延巳《谒金门》

我住长江头，君住长江尾（尾）。
日日思君不见君，共饮长江水。（纸）

此水几时休，此恨何时已（纸）。
只愿君心似我心，定不负相思意（寘）。

——［宋］李之仪《卜算子》

伫立危楼风细细（霁），
望极春愁黯黯生天际（霁）。
草色烟光残照里（纸），无言谁会凭栏意（寘）。

拟把疏狂图一醉（寘），
对酒当歌强乐还无味（未）。
衣带渐宽终不悔（队），为伊消得人憔悴（寘）。

——［宋］柳永《蝶恋花》

昨夜因看蜀志（寘）。笑曹操孙权刘备（寘）。
用尽机关，徒劳心力，只得三分天地（寘）。
屈指细寻思，争如共刘伶一醉（寘）。

人世都无百岁（霁）。少痴呆、老成尪悴（寘）。
只有中间，些子少年，忍把浮名牵系（霁）。
一品与千金，问白发、如何回避（寘）。

——［宋］范仲淹《剔银灯·与欧阳公席上分题》

纷纷坠叶飘香砌（霁）。夜寂静，寒声碎（队）。
真珠帘卷玉楼空，天淡银河垂地（寘）。
年年今夜，月华如练，长是人千里（纸）。

愁肠已断无由醉（寘）。酒未到，先成泪（寘）。
残灯明灭枕头攲，谙尽孤眠滋味（未）。
都来此事，眉间心上，无计相违避（寘）。

——［宋］范仲淹《御街行·秋日怀旧》

塞下秋来风景异（寘），衡阳雁去无留意（寘）。
四面边声连角起（纸）。
千嶂里（纸），长烟落日孤城闭（霁）。

浊酒一杯家万里（纸），燕然未勒归无计（霁），
羌管悠悠霜满地（寘）。
人不寐（寘），将军白发征夫泪（寘）。

——［宋］范仲淹《渔家傲》

碧云天，黄叶地（寘）。秋色连波，波上寒烟翠（寘）。
山映斜阳天接水（纸）。芳草无情，更在斜阳外（泰）。

黯乡魂，追旅思（寘）。夜夜除非，好梦留人睡（寘）。
明月楼高休独倚（纸）。酒入愁肠，化作相思泪（寘）。
（注意，此词韵脚上的“外”字，属泰韵的另一半。）

——［宋］范仲淹《苏幕遮》

候馆梅残，溪桥柳细（霁）。草熏风暖摇征辔（寘）。
离愁渐远渐无穷，迢迢不断如春水（纸）。

寸寸柔肠，盈盈粉泪（寘）。楼高莫近危栏倚（纸）。
平芜尽处是春山，行人更在春山外（泰）。

——［宋］欧阳修《踏莎行》

甚矣吾衰矣（纸）。
怅平生、交游零落，只今余几（纸）。
白发空垂三千丈，一笑人间万事（寘）。
问何物，能令公喜（纸）。
我见青山多妩媚，料青山，见我应如是（纸）。
情与貌，略相似（纸）。

一尊搔首东窗里（纸）。
想渊明、停云诗就，此时风味（未）。
江左沉酣求名者，岂识浊醪妙理（纸）。
回首叫、云飞风起（纸）。

不恨古人吾不见，恨古人不见吾狂耳（纸）。
知我者，二三子（纸）。

——［宋］辛弃疾《贺新郎·邑中园亭……亲友之意云》

有得许多泪（寘），更闲却许多鸳被（寘）。
枕头儿、放处都不是（纸），旧家时，怎生睡（寘）。

更也没书来，那堪被雁儿调戏（寘）。
道无书，却有书中意（寘），排几个，人人字（寘）。

——［宋］辛弃疾《寻芳草·调陈莘叟忆内》

四支部平仄通押的词：

为米折腰，因酒弃家，口体交相累（寘）。
归去来，谁不遣君归（微）?
觉从前皆非今是（纸）。
露未晞（微）。
征夫指予归路，门前笑语喧童稚（寘）。
嗟旧菊都荒，新松暗老，吾年今已如此（纸）。
但小窗容膝闭柴扉（微），
策杖看、孤云暮鸿飞（微）。
云出无心，鸟倦知还，本非有意（寘）。

噫（支）！归去来兮（齐）！
我今忘我兼忘世（霁）。
亲戚无浪语，琴书中、有真味（未）。
步翠麓崎岖，泛溪窈窕，涓涓暗谷流春水（纸）。
观草木欣荣，幽人自感，吾生行且休矣（纸）。
念寓形宇内复几时（支）。
不自觉、皇皇欲何之（支）。
委吾心、去留谁计（霁）。
神仙知在何处，富贵非吾愿，
但知临水登山啸咏，自引壶觞自醉（寘）。
此生天命更何疑，且乘流、遇坎还止（纸）。

——［宋］苏轼《哨遍》

浮云护月，未放满朱扉（微）。
鼠摇暗壁，萤度破窗，偷入书帏（支）。

秋意浓，闲伫立，庭柯影里（纸）。
好风襟袖先知（支）。

夜何其（支）。
江南路绕重山，心知谩与前期（支）。
奈向灯前堕泪，肠断萧娘，旧日书辞（支）。
犹在纸（纸）。雁信绝，清宵梦又稀（微）。

——［宋］周邦彦《四园竹·秋怨》

万事云烟忽过，百年蒲柳先衰（支）。
而今何事最相宜（支）。宜醉宜游宜睡（寘）。

早趁催科了纳，更量出入收支（支）。
乃翁依旧管些儿（支），管竹管山管水（纸）。

——［宋］辛弃疾《西江月·示儿曹以家事付之》

天涯除馆忆江梅（灰）。
几枝开（灰），使南来（灰）。
还带余杭春信到燕台（灰）。
准拟寒英聊慰远，隔山水，应销落，赴诉谁（支）。

空恁遐想笑摘蕊（纸）。
断回肠，思故里（纸）。漫弹绿绮（纸）。
引三弄，不觉魂飞（微）。
更听青笳，哀怨泪沾衣（微）。
乱插繁花须异日，待孤讽，怕东风，一夜吹（支）。
［此词中的灰韵是完整的灰韵，而不是灰（半）。］

——［宋］洪皓《江梅引》

第五章　五歌的韵母

湖光秋月两相和，潭面无风镜未磨。
遥望洞庭山水色，白银盘里一青螺。

——［唐］刘禹锡《七绝·望洞庭》

禁门宫树月痕过，媚眼惟看宿鹭窠。
斜拔玉钗灯影畔，剔开红焰救飞蛾。

——［唐］张祜《七绝·赠内人》

鼙鼓渔阳为翠娥，美人若在肯休戈。
马嵬一死追兵缓，妾为君王拒贼多。

——［清］赵翼《七绝·古来咏明妃杨妃者多失其平戏作》

词韵由诗韵归并而成，每部含数韵，如前文东冬为一部，萧肴豪又为一部，江阳为一部，支微齐灰（半）又为一部，而五歌则独为一部。而且歌韵诗词听起来都很顺耳，不像支微齐灰等韵写的诗词，需要通过“品”，才能领略其中的韵味。上面三首著名的七绝就是用歌韵写成的。如此说来，五歌的韵母应该没什么复杂的。

其实不然。

（一）五歌的韵母种类多，而且韵属复杂

五歌的韵母虽然听起来很押韵，但在写法上有五种：o、e、uo、ie、üe，主要是 o、e、uo 三种。这说明，第一，韵母不同的字，不见得不押韵；第二，机械地按韵母划分韵部是不切实际的。

但是，反过来推论，以为凡是韵母为 o、e、uo、ie、üe 的字，都属于歌韵，就大谬不然了。在歌韵字之外，还有三种情况：

(1) 属六麻韵。如车、爹、奢、些、赊、佘、畲、斜、耶、椰、揶、邪、爷、遮等字。还有嗟、蛇二字，并属歌麻二韵。原来，古时候，歌麻是在一起的，麻韵分出来时，把这些字也带了过去。歌麻分离的具体过程，可参阅本书“六麻”一节。在歌麻分离的过程中，还有他、它二字本应分离出来，划归麻

韵，却仍保留在歌韵。其原因，下面将专门说明。

（2）属九佳韵。如皆、喈、秸、街、痎、湝、阶、鞋、偕、膎、鲑、谐等字。这些字的古音或方音，韵母原本是 ai（uai），所以归在佳韵。具体可参阅本书“十灰”一节。

麻佳二韵对应的仄声各韵中，亦有上述情形，例不赘举。

（3）属入声各韵。这种字最多，相当于歌韵字的数倍，分属觉、药、陌、职、物、月、曷、屑、叶、合等韵。如剥、拨、泼、摸、伯、帛、沫、陌、迫、魄等，韵母为 o；割、搁、蛤、喝、得、德、额、格、革、合、舌、泽等，韵母为 e；郭、说、捉、脱、夺、国、活、浊、获、阔、沃等，韵母为 uo；揭、鳖、切、贴、歇、别、蝶、洁、铁、灭、业等，韵母为 ie；曰、阙、缺、觉、绝、学、鹊、阕、月、悦、越等，韵母为 üe。

可见，五歌的韵母一点也不简单。特别是入声字，本书最末五篇是专门论述的章节。

（二）“他、它、她”三字的韵属及使用情况

他、它二字为什么属于歌韵？这涉及字音的古今变化问题。汉字的读音，古今不大一样，这容易理解。问题在于，古时的读音，今人如何知道？一没有留声机，二没有拼音字母，要判断某字的古音，又不能想当然，怎么办？好在古人留下了反切标音法。所谓反切，即用两个汉字给一个汉字注音，类似今日国音字母或拼音字母的注音方法。第一个汉字相当于声母，第二个汉字表示韵母、声调及韵属。他、它二字的反切标音，俱为汤何切，或托何切，音拖，用汉语拼音字母表示，似应读 tuō，韵母为 uo，故划归歌韵。这种读音，笔者家乡的邻村也有，读为 tē，与“拖”字的读音近似。在古今诗词中，他、它二字入韵并不少见，如：

不敢暴虎，不敢冯河。
人知其一，莫知其他。

——《诗经·小雅·小旻》

人害其上，兽恶网罗。
惟有贫贱，可以无他。
歌以言之，富贵忧患多。

——［魏］嵇康《秋胡行》

君歌且休听我歌，
我歌今与君殊科。

一年明月今宵多，
人生由命非由他。
有酒不饮奈明何。

——［唐］韩愈《八月十五日夜赠张功曹》

珠泪纷纷湿绮罗，少年公子负恩多。
当初姊妹分明道，莫把真心过与他。
子细思量着，淡薄知闻解好么。

——敦煌曲子词《抛球乐》

南国秋深可奈何，手持红豆几摩挲。
累累本是无情物，谁把闲愁付与他。

——王国维《七绝·红豆词》

上述诗词的时间跨度非常大，最早的《诗经》大约成书于公元前五世纪，最晚的王国维是近代人，相隔近两千五百年，而这些作品中的“他”字，都读 tuō 或 tē。

其实，至晚在宋代，他字就有了 tā 的读音，只是受诗韵的限制，才被迫待在歌韵中。如刘克庄有一首咏牡丹的《昭君怨》，就有“若比广陵花，太亏他”之句。这里的“他”指牡丹，因此也可以用“它”代替。那时，女字旁的“她”字还没有现在的讲法和读音，倘若今人咏牡丹，多半是要用“她”的。

她，子野切，应读 jiě，音姐，属马韵，本义为姐姐或母亲。今则专指称同辈女性，被用作女性第三人称代词，失去了“姐”字读音和含义，也不再被用指母亲，读音亦与“他”字相同。那么，她字的韵属，也应与“他”字相同。

明代徐渭有一首七绝《题风鸢图》，也是用他字与麻韵通押的：

偷放风鸢不在家，先生差伴没处拿。
有人指点春郊外，雪下红衫就是他。

“它”字与麻韵通押，有清人丁澎一首《长相思》为证：

郎采花，妾采花。
郎指阶前姊妹花，道侬强似它。

红薇花，白薇花。
一树开来两样花，劝郎莫似它。

词中的“它”字，如果是今人填词，极可能会写成“她”字。

类似词作，还有宋人程垓的《愁倚栏》、谢枋得的《沁园春》等。

他、它二字在押韵中的用法，可以给我们两点启迪：

1. 除入声字外，韵母相同的字，可以分别在平仄声内互相押韵，即使它们不属于同一韵部。例如“他”字，虽不属麻韵，却完全可与麻韵通押。我们应该学习前人这种通权达变的精神。类似情况，在其他韵部还会遇到。

2. 某些字今天的读音，与同韵部多数字的读音不甚协调，但仍可以互相押韵，因为它们毕竟属同一韵部。例如“他”字，仍可与歌韵字相押。这样做不算食古不化，而是严守格律。

（三）“托”字的启示

他、它二字既属歌韵，又可与麻韵相押，就如同一个字属于两个韵部。近代词人张尔田有一首《浣溪沙》可以给我们更新的启迪：

着意人前晕翠螺，
娇多贪要不成歌。
长裙出水碾新荷。

斗帐罢熏添古刺，
香轮催发响摩托。
月明归路奈君何。

这也是一首歌韵词，下阕韵脚上用了一个入声字——托。遍查韵书、辞典，托字均不另属平声。张词这样以入作平是不是有些出格？难道名家就可不受格律的约束吗？其实，两者都不是。张词在这里不是单独使用托字，而是用“摩托”一词。这是一个外来语的音译读法，而外来语是无所谓平上去入的。为了不违背格律，“摩托”亦可写成“摩陀”“摩驮”等，把“托”字变为平声字。但最初的翻译家们使用的是“托”字，并已被广泛接受与认同，张氏当然懂得其中的道理。因此，张氏此词并未破坏格律，倒可以启迪我们总结出这样一个道理：诗词韵脚如果需要使用音译外来词时，可以根据韵脚用字的韵母及其声调来重新确定其韵属。

（四）关于“大”字

还有一个“大”字，属去声个韵。其情况也如同“他”字，应属祃韵。因其古音为吐卧切，音唾，故划归个韵。文后附有个韵古诗、个韵词和辛词《西江月》各一例，可以参读。笔者认为，用“大”字作韵脚时，也可以参照

“他”字的实际用法，与个、祃二韵相押均可。

（五）歌韵诗词较少的原因

五歌不是险韵、窄韵，但自古以来，用歌韵写成的诗词却较少。因为除去歌、波、过、多、罗、何、河、梭、和、螺、蛾等常用字外，其余的字虽非生僻，却很难派上用场。吾乡清末诗人于华春有三首题为《春柳》的七律，限用阿、何、蓑、婆、么五字步韵，足见其才华非凡：

摇曳春光满涧阿，东风无力奈愁何。
到二三月成图画，拖几重烟隐钓蓑。
青眼不防留过客，黄金可许赠贫婆。
问渠栽向苏堤后，一种眉痕为底么。

相思万缕挂中阿，卖尽春愁值几何。
残月倒悬浑是梦，典衣新染绿于蓑。
遮栏山店留行客，涂抹江城学阿婆。
莫怪垂青常向我，本来眼底不幺么。

深青浅碧挂山阿，撒遍春光可奈何。
折一两枝人送别，带千条雨客披蓑。
西湖鹅酒邀苏小，北里莺声唤梦婆。
不识谁将眉式画，应嫌细叶太幺么。

用仄声哿、个二韵写成的诗词更为少见。找到的几首，已附于文后。

（2001年8月20日）

五歌部用字表

平声

［歌］歌玻菠番波瑳磋搓艖蹉嵯矬痤瘥多莪硪睋蛾哦吪峨囮鹅俄讹阿娥婀埚哥戈过锅驹娲荷菏呵禾盉和何河诃嗟迦珂苛茳柯轲蝌髁稞科疴窠牁萝螺啰罗逻锣箩僇骡蘑么磨劘摩魔挪哪傩那娜难坡皤繁皤鄱婆陂颇茄枷伽瘸挼趖蓑莎梭唆蛇傞挲娑坨酡拖跎鼍迤佗他沱它陀她纥驮驼莴倭猧涡窝靴

［简注］

番 bō，［番番］勇武貌。又，补过切，见个韵；又读 fān，见元韵；又读 pān，见寒韵。

瑳 cuō；又，此我切，并属哿韵。

磋 cuō；又，千个切，并属个韵。

瘥 cuó；又，子邪切，并属麻韵。义同：疫病；牵累。又读 chài，见卦韵。

硪、**峨** 俱读 é；又，五可切，并属哿韵。

阿 ē，①大的丘陵，②水边，③枉曲、曲从。又读 ā，见麻韵、洽韵，又读 ě，见哿韵。

婀 ē，［媕婀］依违取容，犹豫不决。又，倚可切，见哿韵。

过 guō，①经过，②通过，③过错，④姓，⑤古国名。又读 guò，见个韵。

牁 gē，又读 jiā，并属麻韵。

娲 guō，又读 guāi，并属佳韵；又，古华切，并属麻韵。

荷 hé，莲。又读 hè，见哿韵。

和 hé，①声相应。晋张华《轻薄篇》：“墨翟且停车，展季犹咨嗟。淳于前行酒，雍门坐相和。孟公结重关，宾客不得蹉。”②和谐、和平等义。又读 hè，见个韵。

嗟 jié，并属麻韵，叹声。又读 jiè，见祃韵。

迦 居伽切，又读 jiā，并属麻韵。

轲 kē；又，口我切，并属哿韵；口个切，并属个韵。

髁 kē；又，苦卧切，并属个韵；又读 kuà，并属马韵。

逻 luó；又，郎佐切，并属个韵。

么 mó；又，母果切，并属哿韵。

磨 mó，研磨、磨擦等义。又读 mò，见个韵。

劘 mó，削、割、磨；切磋、迫近。又读 mí，见支韵。

哪 né，①语气助词，②［哪吒］神话人物。又，乃个切，见个韵。

傩 nuó；又，乃可切，并属哿韵。

那 nuó，①多、安闲貌、美好等义；②奈何的合音；③何。苏轼《纵笔三首》：“一笑那知是酒红”。陆游《书愤》：“早岁那知世事艰。”又读 nuǒ，见哿韵。又读 nà，见个韵。

娜 囊何切，人名用字，今读 nà。又，奴可切，见哿韵。

难 nuó，茂盛貌。《诗经·隰桑》：“其叶有难。”又读 nán，见寒韵；又读 nàn，见翰韵。

繁 pó，白色；姓。又读 fán，见元韵。

陂 pō，［陂陀］倾斜不平。又读 pí、bēi，见支韵；又读 bì，见寘韵。

颇 pō；又读 pǒ，并属哿韵、个韵。

茄 qié，一种菜蔬。又读 jiā，见麻韵。

枷 求迦切，音伽；又读 jiā，并属麻韵。

莎 suō，①莎草，②树名，③凋谢。又读 shā，见麻韵。

蛇 shé，徒河切；又，时遮切，并属麻韵，一种爬行动物。又读 yí，见支韵。

拖 tuō；又，待可切，并属哿韵；他佐切，并属个韵。

迤 tuō，［迤逗］挑逗、勾引。又读 yí，见支韵；又读 yǐ，见纸韵。

佗 ①tuō，通“他”“它”。②tuó，［佗佗］体态优美。又读 tuò，见个韵。

他、它 俱托何切，今俱读 tā。

她 tā，与他相对，女性第三人称代词。又，子野切，见马韵。

沱 tuó，江河的支流。又读 duò，见哿韵。

驮 tuó，以畜载物。又读 duò，见个韵。

倭 wō，古称日本。又读 wǒ，见哿韵；又读 wēi，见支韵。

上声

［**哿**］哿播跛簸瑳脞鬌埵垛跺哆躲朵舵爹亸惰沱堕隓硪阿婀騀果蜾笴舸裹荷伙火祸坷棵可轲颗锞蓏蠃蠃裸么嬷傩婐那娜叵笸颇駊琐唢锁椭拖妥我倭婑炧左坐

［简注］

哿 gě，称许、赞叹。《左传·昭公八年》：“哿矣能言。”

播 补火切；又，补过切，并属个韵。今读 bō。

簸 bǒ，使用簸箕的动作。又读 bò，见个韵。

瑳 此我切，又读 cuō，并属歌韵。

哆 典可切；又，敕加切，麻韵；又，昌者切，马韵；丑亚切，祃韵；又读 chǐ，纸韵。五韵义同：张口貌、放荡。又读 duō，［哆嗦］发抖貌，应属歌韵。

爹 徒可切；又，陟邪切，并属麻韵。今读 diē。

沱 duò，［淡沱］风光明净貌。又读 tuó，见歌韵。

硪、峨 五可切，又读 é，并属歌韵。

阿 ě，通“婀”，柔美貌。《诗经·隰桑》：“隰桑有阿。”又读 ē，见歌韵。

婀 倚可切，［婀娜］柔美貌。又读 ē，见歌韵。

笴 gě，古我切；又，古旱切，并属旱韵。

荷 hè，担承。又读 hé，见歌韵。

棵、颗 俱苦果切，今俱读 kē。

可 kě，许可。又读 kè，见陌韵。

轲 口我切；又，口个切，并属个韵；又读 kē，并属歌韵。

么 母果切，又读 mó，并属歌韵。

嬷 忙果切，今读 mó。

傩 乃可切，又读 nuó，并属歌韵。

那 nuǒ，①如何，怎么，通“哪”；②［无那］即无奈。又读 nuó，见歌韵。又，奴个切，见个韵。

娜 奴可切，［娜娜］柔弱貌，今读 nuó。又读 nà，见歌韵。

颇 pǒ，并属个韵；又读 pō，并属歌韵。

拖 待可切；又，他佐切，并属个韵；又读 tuō，并属歌韵。

倭 wǒ，［倭堕］发髻前倾貌。又读 wō，见歌韵。又读 wēi，见支韵。

灺 xiè，待可切；又，似也切，并属马韵。

去声

［个］个播簸番莝磋摧挫锉剉剁驮饿缚过和货贺堁轲髁课骒逻磨哪愞懦糯那破颇些大唾佗卧踒涴佐做作座

［简注］

播 补过切；又，补火切，并属哿韵。今读 bō。

簸 bò，［簸箕］一种筛扬谷物的器具。又读 bǒ，见哿韵。

番 补过切，又读 fān，并属元韵，义同：①更替，②量词，③旧时称西部少数民族。又读 bō，见歌韵；又读 pān，见寒韵。

磋 千个切，又读 cuō，并属歌韵。

摧 cuò，铡草，通“莝”。又读 cuī，见灰韵。

驮 duò，①载物之畜，②量词。又读 tuó，见歌韵。

缚 符卧切；又，符镬切，并属药韵。今读 fù。

过 guò，①经过，②通过，③过错。又读 guō，见歌韵。

和 hè，应和、以诗酬答等义。此义亦为平声。又读 hé，见歌韵。

轲 口个切；又，口我切，并属哿韵；又读 kē，并属歌韵。

髁 苦卧切，音课；又读 kē，并属歌韵；又读 kuà，并属马韵。

逻 郎佐切，又读 luó，并属歌韵。

磨 mò，石磨，磨粉用具。又读 mó，见歌韵。

哪 乃个切，疑问代词，今读 nǎ。又读 né，见歌韵。

愞 nuò；又，而兖切，并属铣韵。

懦 nuò；又，汝朱切，音儒，并属虞韵。

那 奴个切，今读 nà，与“这”相对。又读 nuǒ，见哿韵，又读 nuó，见歌韵。

颇 pǒ，并属哿韵；又读 pō，并属歌韵。

些 suò①语气词，②辞赋代称，③［些些］风雨声。又读 xiē，见麻韵。

大 吐卧切，小的反义，今读 dà。又读 dài，徒盖切，见泰韵。

佗 tuò，施加。《诗经·小弁》：“舍彼有罪，予之佗也。”又读 tuō、tuó，见歌韵。

踠 wò，手足扭伤。又读 wǎn，见阮韵。

做 zuò；又，租去声，并属遇韵。

作 zuò，通“做”。又见药韵。又读 zǔ，见御韵。

诗词例证

（一）古诗

歌韵古诗：

江有沱。之子归，不我过。不我过，其啸也歌。

——《诗经·召南·江有汜》

与女沐兮咸池，晞女发兮阳之阿。
望美人兮未来，临风怳兮浩歌。

——屈原《少司命》

泛楼船兮济汾河，横中流兮扬素波。
箫鼓鸣兮发棹歌，欢乐极兮哀情多，

少壮几时兮奈老何。

——［汉］刘彻《秋风辞》

对酒当歌，人生几何。譬如朝露，去日苦多。

——［魏］曹操《短歌行》

遥看孟津河，杨柳郁婆娑。我是虏家儿，不解汉儿歌。

——［北朝］横吹曲辞《折杨柳歌辞》

大道直如发，春日佳气多。五陵贵公子，双双鸣玉珂。

——［唐］储光羲《洛阳道》

张生手持石鼓文，劝我试作石鼓歌。
少陵无人谪仙死，才薄将奈石鼓何。
周纲陵迟四海沸，宣王愤起挥天戈。
大开明堂受朝贺，诸侯剑佩鸣相磨。
蒐于岐阳骋雄俊，万里禽兽皆遮罗。
镌功勒成告万世，凿石作鼓隳嵯峨。
从臣才艺咸第一，拣选撰刻留山河。
雨淋日炙野火燎，鬼物守护烦㧑呵。
公从何处得纸本，毫发尽备无差讹。
辞严义密读难晓，字体不类隶与科。
年深岂免有缺画，快剑砍断生蛟鼍。
鸾翔凤翥众仙下，珊瑚碧树交枝柯。
金绳铁索锁纽壮，古鼎跃水龙腾梭。
陋儒编诗不收入，二雅褊迫无委蛇。
孔子西行不到秦，掎摭星宿遗羲娥。
嗟余好古生苦晚，对此涕泪双滂沱。
忆昔初蒙博士征，其年始改称元和。
故人从军在右辅，为我度量掘臼科。
濯冠沐浴告祭酒，如此至宝存岂多。
毡包席裹可立致，十鼓只载数骆驼。
荐诸太庙比郜鼎，光价岂止百倍过。
圣恩若许留太学，诸生讲解得切磋。
观经鸿都尚填咽，坐见举国来奔波。
剜苔剔藓露节角，安置妥帖平不颇。
大厦深檐与盖覆，经历久远期无他。

中朝大官老于事，讵肯感激徒媕婀。
牧童敲火牛砺角，谁复著手为摩挲。
日销月铄就埋没，六年西顾空吟哦。
羲之俗书趁姿媚，数纸尚可博白鹅。
继周八代争战罢，无人收拾理则那。
方今太平日无事，柄任儒术崇丘轲。
安能以此上论列，愿借辩口如悬河。
石鼓之歌止于此，呜呼吾意其蹉跎。

——［唐］韩愈《石鼓歌》

仙客五六人，月下斗婆娑。散影若云雾，遗音杳江河。
其一起楚舞，一起作楚歌。双执铁如意，击碎珊瑚柯。
一人夺执之，睨者一人过。更舞又一人，相向屡傞傞。
一人独抚掌，身挂青薜萝。夜长天籁绝，宛转愁奈何。

——［宋］谢翱《铁如意》

长洪斗落生跳波，轻舟南下如投梭。
水师绝叫凫雁起，乱石一线争磋磨。
有如兔走鹰隼落，骏马下注千丈坡。
断弦离柱箭脱手，飞电过隙珠翻荷。
四山眩转风掠耳，但见流沫生千涡。
崄中得乐虽一快，何异水伯夸秋河。
我生乘化日夜逝，坐觉一念逾新罗。
纷纷争夺醉梦里，岂信荆棘埋铜驼。
觉来俯仰失千劫，回视此水殊委蛇。
君看岸边苍石上，古来篙眼如蜂窠。
但应此心无所住，造物虽驶如余何。
回船上马各归去，多言譊譊师所呵。

——［宋］苏轼《百步洪二首》

昔予老友音五哥，书法峭崛含婀娜。
笔锋下插九地裂，精气上与云霄摩。
陶颜铸柳近欧薛，排黄铄蔡凌颠坡。
墨汁长倾四五斗，残毫可载数骆驼。
时时作草恣怪变，江翻龙怒鱼腾梭。
与予饮酒意静重，讨论人物无偏陂。

众人皆言酒失大，予执不信嗔伪讹。
大致萧萧足风范，细端琐碎宁为苛。
乡里小儿暴得志，好论家世谈甲科。
音生不顾辄嚏唾，至亲戚属相矛戈。
逾老逾穷逾怫郁，屡颠屡仆成蹉跎。
革去秀才充骑卒，老兵健校相遮罗。
群呼先生拜于地，坌酒大肉排青莎。
音生瞪目大欢笑，狂鲸一吸空千波。
醉来索笔索纸墨，一挥百幅成江河。
群争众夺若拱璧，无知反得珍爱多。
昨遇老兵剧穷饿，颇以卖字温釜锅。
谈及音生旧时事，顿足叹恨双涕沱。
天与人才好花样，如此行状应不磨。
嗟予作诗非写怨，前贤逝矣将如何。
世上才华亦不尽，慎勿咤叱为幺魔。
此等自非公辅器，山林点缀云霞窝。
泰岱嵩华自五岳，岂无别岭高嵯峨。
大书卷帙告诸世，书罢茫茫发浩歌。

——［清］郑燮《音布》

哿韵古诗：

有杕之杜，生于道左。彼君子兮，噬肯适我。

——《诗经·唐风·有杕之杜》

心犹豫而狐疑兮，欲自适而不可。
凤凰即受诒兮，恐高辛之先我。

——屈原《离骚》

个韵古诗：

农功各已收，岁事得相佐。为欢恐无及，假物不论货。
山川随出产，贫富称小大。置盘巨鲤横，发笼双兔卧。
富人事华靡，彩绣光翻座。贫者愧不能，微挚出舂磨。
官居故人少，里巷佳节过。亦欲举乡风，独唱无人和。

——［宋］苏轼《馈岁》

排波大如山，渡船小如簸。撑篙出中流，云黑大风作。

风将船掀腾，船将人扬播。人翻卷秋蓬，船飞旋如磨。
忽而搁浅沙，舱底石横磋。忽而上林巅，舵牙树平挫。
蛟龙喜跃从，死生须臾过。誓心万善盟，呼佛众生破。
幸脱百丈涛，已经一日饿。稽首厥角崩，满船叩天贺。

——［清］于华春《渡河遇风》

（二）歌韵近体诗

客游经岁月，羁旅故情多。近学衡阳雁，秋分俱渡河。

——［北周］庾信《和侃法师》

凉风起天末，君子意如何。鸿雁几时到，江湖秋水多。
文章憎命达，魑魅喜人过。应共冤魂语，投诗赠汨罗。

——［唐］杜甫《天末怀李白》

玉楼天半起笙歌，风送宫嫔笑语和。
月殿影开闻夜漏，水晶帘卷近秋河。

——［唐］顾况《宫词》

望断平时翠辇过，空闻子夜鬼悲歌。
金舆不返倾城色，玉殿犹分下苑波。
死忆华亭闻唳鹤，老忧王室泣铜驼。
天荒地变心虽折，若比伤春意未多。

——［唐］李商隐《曲江》

尽道丰年瑞，丰年事若何。长安有贫者，为瑞不宜多。

——［唐］罗隐《雪》

翰墨场中老伏波，菩提坊里病维摩。
近人积水无鸥鹭，时有归牛浮鼻过。

——［宋］黄庭坚《病起荆江亭即事》

六尺匡床障皂罗，偶留微罅失讥诃。
一蚊便搅一终夕，宵小原来不在多。

——［清］赵翼《一蚊》

老子栽花百种多，清晨担卖下前坡。
三间古屋无儿女，换得鲜鱼供阿婆。

——［清］郑燮《长干里》

东风催异客，南浦唱骊歌。转眼人千里，消魂梦一柯。
星离成恨事，云散奈愁何。欣喜前尘影，因缘文字多。

——周恩来《送蓬仙兄返里有感》

断头今日意如何，创业艰难百战多。
此去泉台招旧部，旌旗十万斩阎罗。

——陈毅《梅岭三章》

（三）词

歌韵词：

四十年来家国，三千里地山河。
凤阁龙楼连霄汉，玉树琼枝作烟萝。
几曾识干戈？

一旦归为臣虏，沉腰潘鬓消磨。
最是仓皇辞庙日，教坊犹奏别离歌。
垂泪对宫娥。

——［南唐］李煜《破阵子》

云一緺，玉一梭，淡淡衫儿薄薄罗，
轻颦双黛螺。

秋风多，雨相和，帘外芭蕉三两窠，
夜长人奈何？

——［南唐］李煜《长相思》

攻书学剑能几何？争如沙塞骋偻罗。
手持绿沉枪似铁，明月，
龙泉三尺斩新磨。

堪羡昔时军伍，谩夸儒士德能多。
四塞忽闻狼烟起，问儒士，
谁人敢去定风波。

——敦煌曲子词《定风波》

归去来兮，吾归何处，万里家在岷峨。
百年强半，来日苦无多。
坐见黄河载闰，儿童尽楚语吴歌。
山中友，鸡豚社饮，相劝老东坡。

云何，
当远去，人生底事，来往如梭。

待闲看秋风，洛水清波。
好在堂前细柳，应念我，莫剪柔柯。
仍传语、江南父老，时与晒渔蓑。

——［宋］苏轼《满庭芳》

一轮秋影转金波，飞镜又重磨。
把酒问姮娥，被白发欺人奈何！

乘风好去，长空万里，直下看山河。
斫去桂婆娑，人道是清光更多。

——［宋］辛弃疾《太常引·建康中秋夜为吕潜叔赋》

咄咄书空唤奈何，自怜身世转蹉跎。
长卿已倦秋风客，坡老休嗔春梦婆。

朝梵夹，暮渔蓑，闲中岁月易消磨。
谁言白发无根蒂，只为穷愁种得多。

——［清］宋琬《鹧鸪天》

一室病维摩，且喜闲庭掩雀罗。
煮药翻书浑有味，呵呵，
老子无愁世则那。

莽莽旧山河，谁向新亭泪点多。
惟有鹧鸪声解道，哥哥，
行不得时可奈何。

——［清］文廷式《南乡子》

个韵词：

听兮清珮琼瑶些，明兮镜秋毫些。
君无去此，流昏涨腻，生蓬蒿些。
虎豹甘人，渴而饮汝，宁猿猱些。
大而流江海，覆舟如芥，君无助、狂涛些。

路险兮山高些。予块独处无聊些。
冬槽春盎，归来为我，制松醪些。
其外芬芳，团龙片凤，煮云膏些。
古人兮既往，嗟予之乐，乐箪瓢些。
（此词属独木桥体，同时押句中韵，又叫长尾韵，即“些”字前一字也是韵脚，押二萧部韵。）

——［宋］辛弃疾《水龙吟》

万万余车，白面一和。调饼圆成，彷似天来大。
混沌蒸熟，恰好则一个。顺手拈来，看是谁嚼破。

——［元］高道宽《挂金索》

哿个通押的词：

晚妆初过（个），沉檀轻注些儿个（个）。
向人微露丁香颗（哿），
一曲清歌，暂引樱桃破（个）。

罗袖裛残殷色可（哿），杯深旋被香醪涴（个）。
绣床斜凭娇无那（哿），
烂嚼红茸，笑向檀郎唾（个）。

——［南唐］李煜《一斛珠》

谁伴明窗独坐（哿），和我影儿两个（个）。
灯烬欲眠时，影也把人抛躲（哿）。
无那（哿），无那（哿），好个恓惶的我（哿）。

——［宋］向滈《如梦令》

石马沉烟，银凫蔽海，击残哀筑谁和（个）。
旗亭沽酒处，看大艑风樯峨轲（哿）。
元龙高卧（个）。便冷眼丹霄，难忘青琐（哿）。
真无那（哿）。冷灰寒柝，笑谈江左（哿）。

一笴（哿），
能下聊城，算不如呵手，试拈梅朵（哿）。
苕鸠栖未稳，更休说山居清课（个）。
沉吟今我（哿）。只拂剑星寒，欹瓶花妥（哿）。
清辉堕，望穷烟浦，数星渔火（哿）。

——［清］文廷式《翠楼吟》

我梦扬州，便想到扬州梦我（哿）。
第一是隋堤绿柳，不堪烟锁（哿）。
潮打三更瓜步月，云荒十里虹桥火（哿）。
更红鲜、冷淡不成团，樱桃颗（哿）。

何日向，江村躲（哿）。何日上，江楼卧（个）。
有诗人某某、酒人个个（个）。
花径不无新点缀，沙鸥颇有闲功课（个）。
将白头、供作折腰人，将毋左（哿）。

——［清］郑燮《满江红·思家》

五歌部平仄通押的词：

堂上谋臣尊俎，边头将士干戈（歌）。
天时地利与人和（歌）。燕可伐欤曰可（哿）。
今日楼台鼎鼐，明年带砺山河（歌）。
大家齐唱大风歌（歌）。不日四方来贺（个）。

——［宋］刘过《西江月》

秀骨青松不老，新词玉佩相磨（歌）。
灵槎准拟泛银河（歌），剩摘天星几个（个）。
奠枕楼头风月，驻春亭上笙歌（歌）。
留君一醉意如何（歌），金印明年斗大（个）。

——［宋］辛弃疾《西江月·寿范南伯知县》

第六章　六麻的麻烦

麻韵的韵母为 a（含 ia、ua，下同），由之组成的字，音节洪亮又悦耳，如花、家、沙等。用麻韵写成的绝句，往往给人以鲜明深刻的印象，使人乐于诵读。如杜牧的《泊秦淮》：

烟笼寒水月笼沙，夜泊秦淮近酒家。
商女不知亡国恨，隔江犹唱后庭花。

韩翃的“春城无处不飞花”，刘禹锡的“旧时王谢堂前燕，飞入寻常百姓家”，杜牧的“霜叶红于二月花”，刘方平的“虫声新透绿窗纱”，这些脍炙人口的诗句，押的都是麻韵。

不过，麻韵中有相当多的字，韵母却是 e（含 ie，下同），如车、爹、嗟、奢、些、赊、佘、畲、斜、耶、椰、揶、邪、爷、遮等。其中，除斜字又读 xiá，邪字在“琅邪”一词中读 yá，奢字作姓氏解时读 shá，爹字反切标为陟邪切之外，其馀的字，无论怎样品味，也无法与家、花、沙、麻等字押韵，并且无法从反切标音中去探求其原始读音与 a 的联系。倒好像，这些字划归歌韵更合适。上声马韵、去声祃韵中，同样也有许多字是这种情况。

六麻为什么会有这种麻烦的现象呢？

（一）麻韵与虞（鱼）、歌二韵的关系

原来，在先秦两汉乃至魏晋时期，麻韵与歌韵是不分的，或者说是两韵原为一韵。有学者研究认为，《诗经》一书共有三十个韵部，其名为：

之职蒸幽觉 冬宵药侯屋 东鱼铎阳支
锡耕脂质真 微物文歌月 寒缉侵叶谈

其中并无麻韵，亦无与麻韵相近的佳韵。后来以及今天属于麻韵的字，在当时，一些与鱼韵（含平水韵中的虞韵，下同）读音很近，另一些与歌韵读音很近。

1. 鱼韵的痕迹，今天在车、呱、家等字的读音上还残留着

车又读 jū，属鱼韵；呱、家又读 gū，属虞韵。《战国策·齐策四》载，冯煖初客孟尝君，三弹其剑而歌曰：“长铗归来乎，食无鱼。”“长铗归来乎，出无车。”“长铗归来乎，无以为家。”就是典型的一例。这三段歌，以“乎、鱼、车、家”为韵。“家”，这里是对母亲的尊称，读 gū。

《诗经·卫风·木瓜》云：“投我以木瓜，报之以琼琚。”瓜、琚为韵，用《平水韵》衡量，相当于麻韵和鱼韵通押，这在今天是不可思议的，在当时却是鱼韵内部的事情。

有女同车，颜如舜华。
将翱将翔，佩玉琼琚。
彼美孟姜，洵美且都。

——《诗经·郑风·有女同车》

祈父，予王之爪牙。
胡转予于恤，靡所止居。

——《诗经·小雅·祈父》

上面两节诗，前者“车、华、琚、都”为韵，后者“牙、居”为韵，都是这种情况。还有，汉光武帝刘秀年轻时留二语明志：“仕宦当作执金吾，娶妻当得阴丽华。”实际上是两句韵语，吾、华为韵，在今天相当于鱼、麻通押，而在先秦，则同属鱼韵。

在仄声韵中，同样如此。如《诗经·邶风·燕燕》首章：

燕燕于飞，差池其羽。
之子于归，远送于野。
瞻望弗及，泣涕如雨。

又如屈原的《国殇》中有句云：

霾两轮兮絷四马，
援玉枹兮击鸣鼓。
天时怼兮威灵怒，
严杀尽兮弃原野。

用《平水韵》来衡量，马、野属上声马韵，羽、雨、鼓属上声麌韵，怒属去声遇韵。这在今天来看是不可思议的，但在先秦时代却属同一韵部——鱼韵。当然，那时的读音与现在肯定不一样。

2. 在歌韵中的例子

不绩其麻，
市也婆娑。

——《诗经·陈风·东门之枌》

东门之池，可以沤麻。
彼美淑姬，可与晤歌。

——《诗经·陈风·东门之池》

鱼丽于罶，鲿鲨。
君子有酒，旨且多。

——《诗经·小雅·鱼丽》

物其多矣，
维其嘉矣。

——《诗经·小雅·鱼丽》

先秦之后，鱼、麻互押的现象渐少，歌、麻互押的现象却依然存在。例如：

灵芝生河洲，动摇因洪波（歌）。
兰荣一何晚，严霜瘁其柯（歌）。
哀哉二芳草，不植太山阿（歌）。
文质道所贵，遭时用有嘉（麻）。
绛灌临衡宰，谓谊崇浮华（麻）。
贤才抑不用，远投荆南沙（麻）。
抱玉乘龙骥，不逢乐与和（歌）。
安得孔仲尼，为世陈四科（歌）。

——［汉］郦炎《见志诗》

当然，汉代尚无韵书产生，麻韵仍在歌韵中。三国时曹植的《远游篇》，也是麻韵与歌韵相押：

远游临四海，俯仰观洪波（歌）。
大鱼若曲陵，乘浪相经过（歌）。
灵鳌戴方丈，神岳俨嵯峨（歌）。
仙人翔其隅，玉女戏其阿（歌）。
琼蕊可疗饥，仰漱吸朝霞（麻）。

昆仑本吾宅，中州非吾家（麻）。
将归谒东父，一举超流沙（麻）。
鼓翼舞时风，长啸激清歌（歌）。
金石固易弊，日月同光华（麻）。
齐年与天地，万乘安足多（歌）。

晋惠帝元康中有京洛童谣云："南风起兮吹白沙，遥望鲁国何嵯峨，千年髑髅生齿牙。"也是歌韵的峨字与麻韵的沙、牙相押。

南朝宋文学家颜延之的乐府诗《秋胡行》有一节用的是歌韵，其中也杂一"华"字：

勤役从归愿，反路遵山河。
昔辞秋未素，今也岁载华。
蚕月观时暇，桑野多经过。
佳人从所务，窈窕援高柯。
倾城谁不顾，弭节停中阿。

在仄声韵中，则是马韵和哿韵通押。如：

悬景无停居，忽如驰驷马（马）。
倾耳怀音响，转目泪双堕（哿）。
生存无会期，要君黄泉下（马）。

——［晋］傅玄《饮马长城窟行》

应该指出，像这种歌、麻互押，哿、马互押的现象，并非仅有上述所引几例，而是那时的通例，与其说这是歌、麻通押，哿、马通押，不如说两种字都属于歌韵更准确，因为在隋代《切韵》产生之前，只有歌韵。三国时嵇康的《秋胡行》，晋代张华的《轻薄篇》，陆机的《从军行》，张翰的《杂诗》，谢混的《游西池》，陶潜的《拟古》，都是如此。

这种现象到南北朝后期才基本上没有了，隋代陆法言编《切韵》时，麻韵正式从歌韵中独立出来。但是，为数不少的原来属于歌韵的字却也随了过来，只有嗟、蛇二字既属麻韵又属歌韵。

了解了上述过程，我们对麻韵中有那么多韵母为 e 的字就不奇怪了。原来它们曾经统统属于歌韵。以前，车、奢、遮等与华、家、麻押韵，我们认为那是歌麻通押，其实，那是歌韵内部的事；现在，就变成麻韵内部的事了。例如：

敕勒川，阴山下（马）。
天似穹庐，笼盖四野（马）。
天苍苍（阳），
野茫茫（阳），
风吹草低见牛羊（阳）。

——［北朝·齐］杂歌谣辞《敕勒歌》

这首诗的前半部，下、野为韵，两字在当时同属歌韵；用《切韵》《平水韵》衡量，两字就同属马韵了。

其实，这些韵母为 e 的字，今天依然可以划归歌韵（在仄声则是哿韵、个韵）。为什么硬要划在麻韵（仄声则为马韵、祃韵）呢？为什么不可以使之同时属于歌韵——就像嗟、蛇二字那样呢？六麻的麻烦还真不小。

还有他、它、大三个字，本应从歌韵中划归六麻部，却没有划过来，仍属五歌部。这是事情的另一面。具体请参阅“五歌”一章。

（二）佳韵的韵母主要是 ai，而不是 a

与六麻划在一部的九佳（半），是指韵母为 a 的这一半。只是这一半字数太少。本表列出的 12 个字，其中 7 个并属麻韵（叉、哇、蛙、洼、娃、娲、涯），只剩下佳、哯、厓、睚、崖 5 个字。当我们心安理得地把这些字与麻韵合为一部后，不要忘了，佳韵也是《平水韵》中独立的一部。这些字更经常、更合法地与另一半韵母为 ai（含 uai，下同）的字相押。例如：

天心底是巧安排，似恐春光被雪埋。
月印疏枝开画本，雾喷香气入诗牌。
巢由出世清方好，松菊论交淡更佳。
莫怪阿侬花下立，要教清梦与他谐。

——［清］于华春《梅花》

杨诚斋的七绝《初入淮河（其一）》，也是一首佳韵诗，只是首句用了邻韵——麻韵的沙字：

船离洪泽案头沙，人到淮河意不佳。
何必桑乾方是远，中流以北即天涯。

此诗尾韵涯字并属麻韵，因此亦可将此诗看作佳、麻通押的诗。

其实，佳韵的主要韵母是 ai，其中大部分字被划在了另一半，与灰韵通押。划在这一半的，韵母也应如此。如厓、睚、崖、涯四字，旧读俱为 yái，因此亦可与灰韵通押。在仄声中，与佳韵对应的蟹韵，无一字可与六麻部仄声通押，故全划归十灰部；卦韵的这一半，字更少，只有 9 个，其中杷、话二字并属祃韵，卦、尬、挂、诖、褂、画、话 7 字的古音韵母亦是 ai，故又与蟹、贿、泰、队通押（详见“十灰”一章）。

这样一算，佳（半）的 12 个字中，7 个（叉、哇、洼、蛙、娃、娲、涯）与麻韵共有，9 个（佳、叉、哇、洼、娃、厓、睚、崖、涯）与灰韵通押；卦（半）10 个字中，两个（杷、话）与祃韵共有，7 个（卦、尬、挂、诖、褂、话、煞）与十灰部仄声通押。佳卦二韵这一半的独立性丧失殆尽，蟹韵则全部“独立”到另一半去了，无一字属此部。清代学者查培继编的《词学全书》中所附《词韵》，干脆让佳韵全部与十灰（半）合并，而让六麻独立为一部，显然是有道理的。

六麻与九佳（半）无论独用还是通押，除去上面提到“麻烦”之处，都十分谐听。例如：

桃之夭夭，灼灼其华。
之子于归，宜其室家。（麻韵）

——《诗经·周南·桃夭》

燕人美兮赵女佳，
其室则迩兮限层崖。（佳韵）

——［晋］傅玄《吴楚歌》

小庭幽圃绝清佳，爱此常教放吏衙。
雨后双禽来占竹，秋深一蝶下寻花。
唤人扫壁开吴画，留客临轩试越茶。
野兴渐多公事少，宛如当日在山家。（麻韵。首句用佳韵）

——［宋］文同《七律·北斋雨后》

寒甃千寻汲井花，病身一浴不胜佳。
追凉不得浑闲事，烧眼生憎半幅霞。（佳、麻通押）

——［宋］杨万里《七绝·暮热游荷池上》

玉京曾忆昔繁华，万里帝王家。
琼林玉殿，朝喧弦管，暮列笙琶。

花城人去今萧索，春梦绕胡沙。

家山何处，忍听羌笛，吹彻梅花。（麻韵）

——［宋］赵佶《眼儿媚》

病起萧萧两鬓华，
卧看残月上窗纱。
豆蔻连梢煎熟水，莫分茶。

枕上诗书闲处好，
门前风景雨来佳。
终日向人多酝藉，木犀花。（佳、麻通押）

——［宋］李清照《摊破浣溪沙》

（三）麻韵中韵母为 e 的字的特殊作用

斜字读 xiá、邪字读 yá 的时候，诗也是很好听的。尤其是斜字，近体诗中使用频率极高。

西征登陇首，东望不见家。
关树抽紫叶，塞草发青芽。
昆明当欲满，蒲萄应作花。
流泪对汉使，因书寄狭邪。

——［南朝·梁］沈约《有所思》

舟子夜离家，开舲望月华。
山明疑有雪，岸白不关沙。
天汉看珠蚌，星桥视桂花。
灰飞重晕阙，蓂落独轮斜。
（这首诗实际上是一首五律。可见近体诗早在南北朝后期就已萌芽了。）

——［北周］庾信《舟中望月诗》

夔府孤城落日斜，每依北斗望京华。
听猿实下三声泪，奉使虚随八月槎。
画省香炉违伏枕，山楼粉堞隐悲笳。
请看石上藤萝月，已映洲前芦荻花。

——［唐］杜甫《七律·秋兴》

更深月色半人家，北斗阑干南斗斜。
今夜偏知春气暖，虫声新透绿窗纱。

——［唐］刘方平《七绝·月夜》

春城无处不飞花，寒食东风御柳斜。
日暮汉宫传蜡烛，轻烟散入五侯家。

——［唐］韩翃《七绝·寒食》

雨里鸡鸣一两家，竹溪村路板桥斜。
妇姑相唤浴蚕去，闲看中庭栀子花。

——［唐］王建《七绝·雨过山村》

朱雀桥边野草花，乌衣巷口夕阳斜。
旧时王谢堂前燕，飞入寻常百姓家。

——［唐］刘禹锡《七绝·乌衣巷》

远上寒山石径斜，白云生处有人家。
停车坐爱枫林晚，霜叶红于二月花。

——［唐］杜牧《七绝·山行》

去年相送，余杭门外，飞雪似杨花。
今年春尽，杨花似雪，犹不见还家。

对酒卷帘邀明月，风露透窗纱。
恰似姮娥怜双燕，分明照，画梁斜。

——［宋］苏轼《少年游》

邪字除在“琅邪”一词中读 yá，其古音亦应读 yá。何以见得？邪字通琊，琅邪亦作“琅琊”；邪字亦通铘、釾，故春秋时名剑莫邪亦作“镆铘”“镆釾”。“釾”字左形右声，明显应读 yá。可见，邪、琊、铘、釾皆同音也。“些”字，反切标为写邪切，故也可读 xiá。

若邪，一作“若耶”；揶揄，又作“邪揄”。可见，邪、耶、揶三字也是同音字。

冯梦龙《古今笑》中有这样一则笑话：

马都督老而无牙，郭定襄戏曰：“昨闻邻妇哭甚哀。”马问：“何哭？”郭曰：“其妇丧夫，抚孤哭曰：‘痛汝没爷儿。’”

这是拿没牙一事开对方的玩笑，但不说“没牙”，而说“没爷”，则语带双关，达到了取笑对方没“牙”的目的。可知牙、爷同音，爷亦读 yá。

斜字，今天多读 xié，反切标音为“徐嗟切，音邪”。明白了上面的邪字读 yá，就对斜字读 xiá 不会奇怪了。二十世纪六十年代，笔者读初中时，听物理老师讲“斜面”这一课时，斜字就读 xiá，当时没有一个学生表示诧异，老师也不予解释，似乎理所当然。

斜、邪、耶、爷、些、揶、琊、铘、釾两种读音，一种字义。推而广之，车、嗟、奢、蛇、赊、佘、畲、椰、遮、姐、且、社、写、冶、也、野、者、舍、榭、借、鹧等字，也完全应该有两种读法，韵母既可以是 e，也可以是 a。当然，这只是笔者的一种分析。诗韵所以把它们划在麻韵中，也许是为了下面两个目的：

（1）尊重历史，不割断历史联系。翻开先秦两汉魏晋直至南北朝前期一千多年的诗歌典籍，这些字始终伴随着麻韵。既然前贤告诉我们，诗歌押韵可以这样押，就一定是有道理的。

（2）打破韵律的单调。清一色的同一韵母相押，固然悦耳，但难免有单调、平淡之弊。诗韵里许多韵部都有类似麻韵的情况，盖出于打破单调的考虑。如支、微、鱼、虞、齐、佳、灰、元、歌以及入声各韵。打破了单调和平淡，就使诗获得了奇崛、古硬的生气。

有了这样的认识，我们就不必深究这些字的读音了，再来读这种诗词，就会有一种新的感觉。例如：

丘中有麻，
彼留子嗟。

——《诗经·王风·丘中有麻》

戎羯逼我兮为室家，
将我行兮向天涯。
云山万重兮归路遐，
疾风千里兮扬尘沙。
人多暴猛兮如虺蛇，
控弦被甲兮为骄奢。
两拍张弦兮弦欲绝，
志摧心折兮自悲嗟。

——［汉］蔡琰《胡笳十八拍》

相逢狭路间，道隘不容车。
不知何年少？夹毂问君家。

——汉乐府《相逢行》

春晚驾香车，交轮碍狭斜。
所恐帷风入，疑伤步摇花。
含羞隐年少，何因问妾家。

青楼临上路，相期竟路赊。

——［南朝·梁］刘遵《相逢狭路间》

可怜白鼻騧，相将入酒家。
无钱但共饮，画地作交赊。

——［北朝］乐府《高阳乐人歌》

闻道玉门犹被遮，应将性命逐轻车。
年年战骨埋荒外，空见蒲桃入汉家。

——［唐］李颀《古从军行》

朝避猛虎，夕避长蛇；
磨牙吮血，杀人如麻。
锦城虽云乐，不如早还家。
蜀道之难，难于上青天，
侧身西望长咨嗟。

——［唐］李白《蜀道难》

禹庙空山里，秋风落日斜。
荒庭垂橘柚，古屋画龙蛇。
云气嘘青壁，江声走白沙。
早知乘四载，疏凿控三巴。

——［唐］杜甫《五律·禹庙》

山上层层桃李花，云间烟火是人家。
银钏金钗来负水，长刀短笠去烧畲。

——［唐］刘禹锡《竹枝词》

人言落日是天涯，望极天涯不见家。
已恨碧山相阻隔，碧山还被暮云遮。

——［宋］李觏《七绝·乡思》

乱峰重叠水横斜，村舍依稀在若耶。
垂老渐能分菽麦，全家合得住烟霞。
催风笋作低头竹，倾日葵开卫足花。
雨玩山姿晴对月，莫辞闲澹送生涯。

——［清］赵执信《七律·村舍》

腻粉琼妆透碧纱，
雪休夸。
金凤搔头坠鬓斜。

发交加。

倚看云屏新睡觉，
思梦笑。
红腮隐出枕函花，
有些些。

——［后蜀］张泌《柳枝》

簌簌衣巾落枣花，
村南村北响缫车。
牛衣古柳卖黄瓜。

酒困路长惟欲睡，
日高人渴漫思茶。
敲门试问野人家。

——［宋］苏轼《浣溪沙》

顺便说一下，东坡的另一首《浣溪沙》中也用了“车”字，却属鱼韵：

万顷风涛不记苏，
雪晴江上麦千车。
但令人饱我愁无。

翠袖倚风萦柳絮，
绛唇得酒烂樱珠。
尊前呵手镊霜须。

（四）麻佳支三韵中的“涯”字

涯字使用率较高，分属麻、佳、支三韵，有三种不同的读音，而讲法、含义却无分别。以下面三首词中的“天涯”一词为例。

相与说乘槎，
无计留他。
春花夜月尽鸣笳。
只有青青双眼在，曾见繁华。

飘泊向天涯，
何处吾家。

浮萍知否是杨花。
自恨不如枝上鸟，犹自喳喳。

——［明］徐石麟《浪淘沙》

这里的涯字，属麻韵。宜加切，读 yá。

南皋小亭台，
薄有山花取次开。
寄语多情熊少府，
晴也须来，
雨也须来。

随意且衔杯，
莫惜春衣坐绿苔。
若待明朝风雨过，
人在天涯，
春在天涯。

——［元］虞集《南乡一剪梅》

此词的韵脚除涯字外，均属十灰韵，显然涯字属佳韵，读 yái，宜佳切。

驿管吹芦叶，都亭舞柘枝。
相逢风雪满淮西。
记得去年残烛照征衣。

曲水东流浅，盘山北望迷。
长安书远寄来稀。
又是一年秋色到天涯。

——［清］毛奇龄《南柯子》

此词属支微齐通押，衣、稀属微韵，西、迷属齐韵，枝、涯属支韵。涯字，鱼羁切，音宜。

（五）“打”字的启示

檐前雨罢，
一阵凄凉话。
城上老乌啼哑哑，
街鼓已经三打。

这是清代陈维崧词《清平乐》的上片，十分谐听。但，四个韵脚却依次分属祃、卦、马、梗四个韵部。前三韵，互押不成问题；而“打”为“都挺切”，音顶，属梗韵，却也与之通押。这说明，机械地理解诗韵词韵是没道理的；在仄声部，只要不是入声，如果从听觉上辨别是很谐听的字，就可以通押。前面，歌韵的“他、它”二字可与麻韵通押；现在，梗韵的“打”字，又与马、祃、卦韵通押。同时也说明，打字的读音早已不读“顶”了，而是与我们今天的口语读音无异。这种例证，文后还附有王鹏运、朱彝尊各一首《满江红》。

（六）再谈歌麻通押

前人在诗词中留下大量的 a 与 e 通押的范例，值得我们很好体味。

在南北朝以前，歌、麻合韵，有歌无麻；四声说和《切韵》产生之后，歌、麻分开。但麻韵内部依然留有历史的影子。但唐以后，也有少数诗人词家偶尔效仿古人，故意搞一下歌麻通押。如苏轼有一首寄给其弟苏辙的《守岁》诗云：

欲知垂尽岁，有似赴壑蛇（麻、歌）。
修鳞半已没，去意谁能遮（麻）。
况欲系其尾，虽勤知奈何（歌）。
儿童强不睡，相守夜欢哗（麻）。
晨鸡且勿唱，更鼓畏添挝（麻）。
坐久灯烬落，起看北斗斜（麻）。
明年岂无年，心事恐蹉跎（歌）。
努力尽今夕，少年犹可夸（麻）。

全诗八韵，以麻韵为主，杂入了歌韵的何、跎二字；同时，诗人有意选择遮、斜等字和并属歌韵的蛇字进入韵脚，使八韵中韵母为 e 的字占了多数。因此，全诗依然比较谐听。

又如宋代陈傅良有两首佳、麻通押的七律《用前韵招蕃叟弟》，其第二首的首句利用邻韵通押的便利，也使用了歌韵的“何”字：

落花风雨奈愁何，愁亦不应缘落花。
尚可流觞追曲水，底须占鹏似长沙。
无人晤语乌乌落，为我食贫楼笋佳。
休说关河无限恨，腹非空怒道旁蛙。

辛弃疾有三首《江神子》，是不折不扣的歌、麻通押：

一川松竹任横斜（麻），
有人家（麻），
被云遮（麻）。
雪后疏梅，时见两三花（麻）。
比着桃源溪上路，风景好，不争多（歌）。

旗亭有酒径须赊（麻），
晚寒些（麻），
怎禁他（歌）。
醉里匆匆，归骑自随车（麻）。
白发苍颜吾老矣，只此地，是生涯（麻）。

——《博山道中书王氏壁》

簟铺湘竹帐笼纱（麻），
醉眠些（麻），
梦天涯（麻）。
一枕惊回，水底沸鸣蛙（麻）。
借问喧天成鼓吹，良自苦，为官哪（歌）？

心空喧静不争多（歌），
病维摩（歌），
意云何（歌）。
扫地烧香，且看散天花（麻）。
斜日绿阴枝上噪，还又问，是蝉么（歌）？

——《闻蝉蛙戏作》

两轮屋角走如梭（歌），
太忙些（麻），
怎禁他（歌）。
拟倩何人，天上劝羲娥（歌）。
何似从容来少住，倾美酒，听高歌（歌）。

人生今古不消磨（歌），
积教多（歌），
似尘沙（麻）。
未必坚牢，划地事堪嗟（歌、麻）。

莫道长生学不得，学得后，待如何（歌）。

——《侍者请先生赋词自寿》

仄声韵的情况，与平声相似，举一返三，即可知个中曲折。

（2001 年 7 月 29 日）

六麻部用字表

平声

［**佳（半，指韵母为 a 的这一半）**］佳叉哇蛙哾洼娃娲厓睚崖涯

（另一半见“十灰部”）

［**简注**］

佳 jiā；又，居膎切，音街。

叉 楚佳切，又读 chā，并属麻韵。

哇、洼、蛙、娲、娃 并属麻韵。

哾 wā，婴儿语声。又读 ér，见支韵。

厓、崖 yá，又读 yái；又，鱼羁切，并属支韵。

睚 yá，又读 yái；又，五懈切，并属卦韵；又，鱼驾切，音讶，并属祃韵。

涯 yái，又读 yá，并属麻韵；又，鱼羁切，并属支韵。

［**麻**］麻阿芭豝吧笆疤巴垞茬苴茶靫楂查槎杈搽嗏哆嵖艖岔瘥差叉呱瓜騧緺花桦划虾哗哈华骅枷珈嘉茄葭枷猳跏笳伽舸瘕痂家加袈迦荂夸胯姱蟆嘛吗痲妈拿琶葩杷钯爬舥莎砂沙鲨裟纱哇蛙蜗洼娃娲瑕椵蕸霞假遐琊芽桠枒牙雅鸦哑呀蚜岈伢衙丫涯樝柤揸喳吒咱咤笯渣

（以上字韵母为 a）

砗车爹嗟婼奢蛇赊佘畲阇邪些斜耶椰揶釾铘爷遮

（以上字韵母为 e）

［**简注**］

阿 ā，吴语呼人之发声词，如阿姐阿妹等，并属洽韵。又读 ē，见歌韵。又读 ě，见哿韵。

苴 chá，枯草。又读 jū，见鱼韵；又读 zū，见虞韵。

靫 chā，又读 chāi，并属佳韵。

哆 敕加切；又，昌者切，马韵；丑亚切，祃韵；典可切，哿韵；又读 chǐ，纸韵。义同：张口貌；放荡。又读 duō，［哆嗦］发抖貌，应属歌韵。

岔 初牙切，又读 chà，并属祃韵。

瘥 子邪切，又读 cuō，并属歌韵，义同：病。又读 chài，见卦韵。

差 chā，①“差别”一词中的读音。②减法的结果。又读 chà，见祃韵；又读 chāi，见佳韵；又读 cī，见支韵。

叉 chā；又，楚佳切，并属佳韵。

呱 guā，又读 gū，并属虞韵。

娲 古华切；又读 guāi，并属佳韵；又读 guō，并属歌韵。

桦 户花切，又读 huà，并属祃韵。

划 huá，小船；以桨拨水行船。又，胡麦切，见陌韵。

哈 hā，笑声。又读 hǎ，见马韵；又读 shà，见洽韵。

华 huá，中华、华丽等意。又读 huà，见祃韵。

茄 jiá，荷梗。又读 qié，见歌韵。

枷 jiā；又，求伽切，并属歌韵。

伽 具牙切，又读 qié，并属歌韵。

舸 jiā，又读 gē，并属歌韵。

瘕 居牙切，音嘉，又读 jiǎ，并属马韵、祃韵。

家 jiā，居室、家庭。又读 gū，见虞韵。

迦 jiā，又，居伽切，并属歌韵。

荂 kuā，又读 fū，并属虞韵。

胯 苦瓜切，又读 kuà，并属祃韵；苦故切，并属遇韵。

妈 mā，《康熙字典》：“俗读若马，平声，称母。”又，莫补切，音姥，并属麌韵。

杷 pá，［枇杷］木名。又读 bà，见祃韵、卦韵。

莎 shā，［莎鸡］虫名。又读 suō，见歌韵。

哇、**洼**、**蛙**、**娲**、**娃** 并属佳韵。

蜗 古华切，音瓜，今读 wō。

假 xiá，何，为什么。《诗经·维天之命》：“假以溢我?”又读 jiǎ，见马韵；又读 jià、xià，见祃韵；又读 gé，见陌韵。

雅 ①yā，同“鸦”“丫”；②yá，通“伢”。又读 yǎ，见马韵。

哑 yā，象声词。又读 yǎ，见马韵；又读 yà，见祃韵；又读 è，见陌韵。

涯 yá，又读 yái，并属佳韵；又，鱼羁切，并属支韵。

挝 ①zhuā，击、打。②wō，［老挝］国名。

吒 zhā，又读 zhà，并属祃韵。

咱 zá，又，子葛切，并属曷韵。今读 zán。

咤 陟加切，又读 zhà，并属祃韵。

车 chē，又读 jū，并属鱼韵。

爹 陟邪切，音雅；又，徒可切，并属哿韵。今读 diē。

嗟 jié，并属歌韵，叹声。又读 jiè，见祃韵。

婼 人奢切；又，如支切，并属支韵。今读 ruò。义同：［婼羌］古国名，今新疆一县名。又读 chuò，见药韵。

奢 ①床斜切，shá，姓。②式车切，shē，奢侈。

蛇 shé，时遮切；又，徒河切，并属歌韵，一种爬行动物。又读 yí，见支韵。

畲 shē，火耕。又读 yú，见鱼韵。

阇 shé，又读 dū，并属虞韵。

邪 xié，似嗟切，又读 yá，不正；［琅邪山］一在山东胶南县南，一在安徽滁县西南。又读 xú，见鱼韵。

些 写邪切，今读 xiē，细小，少量等义。又读 suò，见个韵。

斜 xiá，徐嗟切。①不正，今读 xié；②地名用字：陈涛斜，在咸阳。又，余遮切，音耶，亦麻韵，地名用字：斜谷，褒斜道，在甘肃。

上声

［马］马把哆姹剐寡踝哈槚贾嘏斝假瘕髁玛蚂码厦耍傻洒瓦下夏雅哑娅鲊痄

（以上字韵母为 a）

扯姐她乜且惹喏捨社写泻灺野冶也者赭这

（以上字韵母为 e）

［简注］

哆 昌者切；又，丑亚切，祃韵；又，敕加切，麻韵；又，典可切，哿韵；又读 chǐ，纸韵。五韵义同：张口貌，放荡。又读 duō，［哆嗦］发抖貌，应属歌韵。

踝 胡瓦切，今读 huái。

哈 hǎ，姓。又读 hā，见麻韵；又读 shà，见洽韵。

贾 jiǎ，姓。又读 gǔ，见麌韵。

椵 jiǎ，又读 gǔ，并属麌韵。

假 jiǎ，真的反义。又读 jià、xià，见祃韵；又读 xiá，见麻韵；又读 gé，见陌韵。

瘕 jiǎ，并属祃韵；又，居牙切，并属麻韵。

髁 kuà；又，苦卧切，并属个韵；又读 kē，并属歌韵。

瓦 wǎ，陶制建筑覆盖物。又读 wà，见祃韵。

下 亥雅切，下处，名词。又读 xià，见祃韵。

夏 xià，亥雅切；又，亥驾切，并属祃韵。

雅 yǎ，正；高雅；诗六义之一。又读 yā、yá，见麻韵。

哑 yǎ，嗓音嘶哑、哑巴等义。又读 yà，见祃韵；又读 yā，见麻韵；又读 è，见陌韵。

娅 yǎ，［娅姹］明媚。又读 yà，见祃韵。

鲊 zhǎ，咸鱼，腌制食物。又读 zhà，见祃韵。

姐 jiě，姐姐。又读 jù，见御韵。又读 zǐ，见纸韵。

她 子野切，音姐，义同“姐”。今读 tā，见歌韵。

乜 弥也切，今读 miē。

且 qiě，姑且，而且等义。又读 jū，见鱼韵。

惹 rě，触动、牵扯等义；又读 ruò，见药韵。

喏 rě，尔者切；又，俗酌切，并属药韵。

灺 xiè，似也切；又，待可切，并属哿韵。

野 yě；又，演女切，音与，并属语韵。

去声

［卦（半，指韵母为 a 的这一半）］ 卦杷尬挂诖褂絓画话煞

（另一半见“十灰部”）

［简注］

卦 guà；又，古卖切。

杷 bà，并属祃韵，义同：①器物的柄，②通“耙”。又读 pá，见麻韵。

尬 古拜切，今读 gà。

挂、诖、褂 俱古卖切，今俱读 guà。
絓 guà，又读 guāi，并属佳韵。
画 huà；又，胡麦切，并属陌韵。
话 huà，户快切，音绘；又，胡化切，并属祃韵。
煞 所卖切，音晒。今读 shā、shà，并属黠韵。

［祃］祃耙坝靶杷霸罢灞弝哆侘岔差汊衩诧桦化华话稼价假瘕嫁架驾跨胯骂帕怕卡嗄啥瓦下夏吓暇罅亚迓睚哑稏讶娅榨蜡蚱吒咤乍鲊炸诈

（以上字韵母为 a、ia、ua）

藉唶嗟借偌赦贳厍射舍猞麝榭卸谢夜蔗柘嗻炙鹧

（以上字韵母为 e、ie）

［**简注**］
祃 mà，古代行军于所止处祭神。
杷 bà，并属卦韵，义同：器物的柄；通“耙”。又读 pá，见麻韵。
罢 bà，又，部买切，并属蟹韵；补靡切，并属纸韵。
哆 丑亚切；又，昌者切，马韵；又，敕加切，麻韵；又，典可切，哿韵；又读 chǐ，纸韵。五韵义同：张口貌；放荡。又读 duō，［哆嗦］发抖貌，应属歌韵。
岔 chà；又，初芽切，并属麻韵。
差 chà，缺少。又读 chā，见麻韵；又读 chāi，见佳韵；又读 cī，见支韵。
桦 huà；又，户花切，并属麻韵。
华 huà，①［华山］西岳；②姓。又读 huá，见麻韵。
话 huà，胡化切；又，户快切，音绘，并属卦韵。
价 jià，价格，繁体为“價”。又读 jiè，见十灰部卦韵。
假 ① jià，请假、假期等义。②xià，美好，赞许。《诗经·假乐》：“假乐君子。”又读 jiǎ，见马韵。又读 xiá，见麻韵。又读 gé，见陌韵。
瘕 jiǎ，并属马韵；又，居牙切，并属麻韵。
胯 kuà；又，苦瓜切，并属麻韵；苦故切，并属遇韵。
帕 pà，手帕。又读 mò，见黠韵。
卡 qiǎ，又读 kǎ，并属合韵。
瓦 wà，盖瓦。又读 wǎ，见马韵。
下 xià，下降，动词。又，亥雅切，见马韵。

夏 xià，亥驾切；又，亥雅切，并属马韵。

暇 xià，今读 xiá。

吓 xià，又读 hè，并属陌韵。

睚 鱼驾切，音讶；又，牛解切，音懈，并属卦韵；又读 yāi，并属佳韵。今读 yá。

哑 yà，叹词。又读 yā，见麻韵；又读 yǎ，见马韵。又读 è，见陌韵。

娅 yà，连襟，又读 yǎ，见马韵。

蜡 zhà，祭名。又读 là，见合韵；又读 qù，见御韵。

吒 zhà，又读 zhā，并属麻韵。

咤 zhà；又，陟加切，并属麻韵。

蚱 zhà；又，侧格切，并属陌韵。

鲊 zhà，海蜇。又读 zhǎ，见马韵。

炸 zhà，爆裂。又读 zhá，见黠韵。

藉 jiè，草垫；通“借”；抚慰。又读 jí，见陌韵。

唶 jiè；又，资昔切，音积，并属陌韵。赞叹词。又读 zè、jí，见陌韵。

嗟 jiè，［咄嗟］形容时间极短，犹呼吸之间。又读 jié，见麻韵、歌韵。

借 jiè；又，资昔切，音积，并属陌韵。

贳 式夜切，又读 shì，并属霁韵。

射 ①shè；又，食亦切，并属陌韵。用弓发箭。②yè，［射干］药草名。

麝 shè；又，食亦切，并属陌韵。

炙 之夜切，又读 zhì，并属陌韵。

诗词例证

（一）古诗

歌麻通押的古诗：

末世多轻薄，骄代好浮华（麻）。志意既放逸，赀财亦丰奢（麻）。
被服极纤丽，肴膳尽柔嘉（麻）。童仆余粱肉，婢妾蹈绫罗（歌）。
文轩树羽盖，乘马鸣玉珂（歌）。横簪刻玳瑁，长鞭错象牙（麻）。
足下金薄履，手中双莫邪（麻）。宾从焕络绎，侍御何芬葩（麻）。
朝与金张期，暮宿许史家（麻）。甲第面长街，朱门赫嵯峨（歌）。
苍梧竹叶清，宜城九酝醝（歌）。浮醪随觞转，素蚁自跳波（歌）。

美女兴齐赵，妍唱出西巴（麻）。一顾倾城国，千金不足多（歌）。
北里献奇舞，大陵奏名歌（歌）。新声逾激楚，妙妓绝阳阿（歌）。
玄鹤降浮云，鳣鱼跃中河（歌）。墨翟且停车，展季犹咨嗟（歌、麻）。
淳于前行酒，雍门坐相和（歌）。孟公结重关，宾客不得蹉（歌）。
三雅来何迟，耳热眼中花（麻）。盘案互交错，坐席咸喧哗（麻）。
簪珥或堕落，冠冕皆倾斜（麻）。酣饮终日夜，明灯继朝霞（麻）。
绝缨尚不尤，安能复顾他（歌）。留连弥信宿，此欢难可过（歌）。
人生若浮寄，年时忽蹉跎（歌）。促促朝露期，荣乐遽几何（歌）？
念此肠中悲，涕下自滂沱（歌）。但畏执法吏，礼防且切磋（歌）。

——［晋］张华《轻薄篇》

麻韵古诗：

阶蕙渐翻叶，池莲稍罢花。高树北风响，空庭秋月华。
寸心怀是夜，寂寂漏方赊。抚弦乏欢娱，临觞独叹嗟。
凄怆户凉入，徘徊栏影斜。无为淹戚里，见就还田家。

——［南朝·梁］何逊《秋夕仰赠从兄寘南》

子房未虎啸，破产不为家。沧海得壮士，椎秦博浪沙。

——［唐］李白《经下邳圯桥怀张子房》

师干久不息，农为兵兮民重嗟。
骚然县宇，土崩水溃，畹中无熟谷，垄上无桑麻。
王春判序，百卉茁甲含葩。
有客避兵奔游僻，跋履险阨至三巴。
貂裘蒙茸已敝缕，鬓发蓬舥。
雀惊鼠伏，宁遑安处，独卧旅舍无好梦，更堪走风沙。
天人一夜剪瑛琭，诘旦都成六出花。
南亩未盈尺，纤片乱舞空纷拏。
旋落旋逐朝暾化，檐间冰柱若削出交加。
或低或昂，小大莹洁，随势无等差。
始疑玉龙下界来人世，齐向茅檐布爪牙。
又疑汉高帝，西方未斩蛇。
人不识，谁为当风杖莫邪。
铿锵冰有韵，的皪玉无瑕。
不为四时雨，徒于道路成泥柤。

不为九江浪，徒为汩没天之涯。
不为双井水，满瓯泛泛烹春茶。
不为中山浆，清新馥鼻盈百车。
不为池与沼，养鱼种芰成霅霅，
不为醴泉与甘露，使名异瑞世俗夸。
特禀朝澈气，洁然自许靡间其迩遐。
森然气结一千里，滴沥声沉十万家。
明也虽小，暗之大不可遮。
勿被曲瓦，直下不能抑群邪。
奈何时逼，不得时在我目中，倏然漂去无余些。
自是成毁任天理，天于此物岂宜有忒赊。
反令井蛙壁虫变容易，背人缩首竞呀呀。
我愿天子回造化，藏之韫椟玩之生光华。

——［唐］刘叉《冰柱》

我亦爱名马，骐骥与骝骅。剑马求不得，狂歌走天涯。

——续范亭《国难日有感》

马韵古诗：

雪逐春风来，过集巫山野。澜漫虽可爱，悠扬讵堪把。
问君何所思，昔日同心者。坐须风雪霁，相期洛城下。

——［南朝·梁］吴均《咏雪》

朝发桂兰渚，昼息桑榆下。与君同拔蒲，竟日不成把。

——［南朝］清商曲辞《拔蒲》

陶尽门前土，屋上无片瓦。
十指不沾泥，鳞鳞居大厦。

——［宋］梅尧臣《陶者》

或言严本庄，蒙庄之后者。或言汉梅福，君之妻父也。

——［明］袁宏道《严陵（其四）》

祃韵古诗：

六龙安可顿，运流有代谢。时变感人思，已秋复愿夏。
淮海变微禽，吾生独不化。虽欲腾丹溪，云螭非我驾。
愧无鲁阳德，回日向三舍。临川哀年迈，抚心独悲咤。

——［晋］郭璞《游仙诗》

马卦（半）祃通押的古诗：

前不见古人，后不见来者（马）。
念天地之悠悠，独怆然而涕下（祃）。

——［唐］陈子昂《登幽州台歌》

陈家豆酒名天下（马），朱家之酒亦其亚（祃）。
史甥亲挈八升来，如椽大卷令吾画（卦）。

——［明］徐渭《又图卉应史甥之索》

桥坏竿系绳，水浅牛可跨（祃）。牛背度溪人，须眉绿如画（卦）。

——［清］查慎行《青溪口号》

（二）近体诗

麻韵近体诗：

雨里鸡鸣一两家，竹溪村路板桥斜。
妇姑相唤浴蚕去，闲着中庭栀子花。

——［唐］王建《雨过山村》

故人具鸡黍，邀我至田家。绿树村边合，青山郭外斜。
开轩面场圃，把酒话桑麻。待到重阳日，还来就菊花。

——［唐］孟浩然《过故人庄》

梁园日暮乱飞鸦，极目萧条三两家。
庭树不知人去尽，春来还发旧时花。

——［唐］岑参《山房春事》

秋丛绕舍似陶家，遍绕篱边日渐斜。
不是花中偏爱菊，此花开尽更无花。

——［唐］元稹《菊花》

定定住天涯，依依向物华。寒梅最堪恨，长作去年花。

——［唐］李商隐《忆梅》

紫泉宫殿锁烟霞，欲取芜城作帝家。
玉玺不缘归日角，锦帆应是到天涯。
于今腐草无萤火，终古垂杨有暮鸦。
地下若逢陈后主，岂宜重问后庭花。

——［唐］李商隐《隋宫》

南枝才放两三花，雪里吟香弄粉些。

淡淡着烟浓着月，深深笼水浅笼沙。

——［宋］白玉蟾《早春》

伞幄垂垂马踏沙，水长山远路多花。
眼中形势胸中策，缓步徐行静不哗。

——［宋］宗泽《早发》

岸旁几曲住人家，浅屿排门种荻花。
纵使秋声常索索，断无司马听琵琶。

——［宋］岳珂《东坝以里沿岸人家皆对门植苇……》

黄金无足色，白璧有微瑕。求人不求备，妾愿老君家。

——［宋］戴复古《寄兴》

小桃无主自开花，烟草茫茫带晚鸦。
几处败垣围故井，向来一一是人家。

——［宋］戴复古《淮村兵后》

梅子留酸软齿牙，芭蕉分绿与窗纱。
日长睡起无情思，闲看儿童捉柳花。

——［宋］杨万里《闲居初夏午睡起》

白头老媪簪红花，黑头女娘三髻丫。
背上儿眠上山去，采桑已闲当采茶。

——［宋］范成大《夔州竹枝歌九首》

昼出耘田夜绩麻，村庄儿女各当家。
童孙未解供耕织，也傍桑阴学种瓜。

——［宋］范成大《夏日田园杂兴十二绝》

黄梅时节家家雨，春草池塘处处蛙。
有约不来过夜半，闲敲棋子落灯花。

——［宋］赵师秀《约客》

大道青楼望不遮，年时系马醉流霞。
风前带是同心结，杯底人如解语花。
下杜城边南北路，上阑门外去来车。
匆匆觉得扬州梦，检点闲愁在鬓华。

——［清］黄景仁《感旧（其一）》

刚过草地到巴阿，无那西风日未斜。
且喜境界新耳目，不虞粮秣少胡麻。

——林伯渠《长征》

妻老孤孙弱，长沙我有家。寄书长不达，传说被搜查。
报国何年迈，思乡觉路赊。尺书望转寄，借以慰天涯。

——徐特立《送董老赴京六首》

珍重三民精义在，五星赤帜遍中华。
有田耕者家家足，无产劳工处处嘉。
合辙自然符马列，论功当得轶华拿。
重将礼运临风读，遥拜金陵献一花。

——郭沫若《纪念孙中山》

佳（半）麻通押的近体诗：

细看物理愁如海，遥想朋从眼欲花（麻）。
逆水鱼儿冲断岸，贪泥燕子堕危沙（麻）。
百年乔木参天上，一昔平芜着处佳（佳）。
行乐不妨随邂逅，我无官守似蚯蛙（佳、麻）。

——［宋］陈傅良《用前韵招蕃叟弟》

（三）词

麻韵词：

九曲黄河万里沙，浪淘风簸自天涯。
如今直上银河去，同到牵牛织女家。

——［唐］刘禹锡《浪淘沙》

惆怅梦余山月斜，孤灯照壁背窗纱，小楼高阁谢娘家。
暗想玉容何所似，一枝春雪冻梅花，满身香雾簇朝霞。

——［五代］韦庄《浣溪沙》

春未老，风细柳斜斜。
试上超然台上看，半壕春水一城花。
烟雨暗千家。

寒食后，酒醒却咨嗟。
休对故人思故国，且将新火试新茶。
诗酒趁年华。

——［宋］苏轼《望江南·超然台作》

东南形胜，江吴都会，钱塘自古繁华。
烟柳画桥，风帘翠幕，参差十万人家。
云树绕堤沙。怒涛卷霜雪，天堑无涯。
市列珠玑，户盈罗绮，竞豪奢。

重湖叠巘清嘉。
有三秋桂子，十里荷花。
羌管弄晴，菱歌泛夜，嬉嬉钓叟莲娃。
千骑拥高牙。乘醉听箫鼓，吟赏烟霞。
异日图将好景，归去凤池夸。

——［宋］柳永《望海潮》

南国本潇洒，六代浸豪奢。
台城游冶，襞笺能赋属宫娃。
云观登临清夏，璧月留连长夜，吟醉送年华。
回首飞鸳瓦，却羡井中蛙。

访乌衣，成白社，不容车。
旧时王谢，堂前双燕过谁家。
楼外河横斗挂，淮上潮平霜下，樯影落寒沙。
商女篷窗罅，犹唱后庭花。

（此词于非韵脚处——洒、冶、瓦、社、夏、夜、谢、罅、下、挂，作者运用了同部平仄通押的方法，洵属难得。）

——［宋］贺铸《台城游》

懒向青门学种瓜，只将渔钓送年华。
双双新燕飞春岸，片片轻鸥落晚沙。

歌缥渺，舻呕哑。酒如清露鲊如花。
逢人问道归何处，笑指船儿此是家。

——［宋］陆游《鹧鸪天》

春犹浅，柳初芽。杏初花。
杨柳杏花交影处，有人家。

玉窗明，暖烘霞。小屏上、水远山斜。

昨夜酒多春睡重，莫惊他。

（尾韵他字属歌韵，此词将他字与麻韵通押，可见至少在南宋时，他字已有了 tā 的读音。）

——［宋］程垓《愁倚阑》

佳（半）麻通押的词：

人影窗纱（麻），是谁来折花（麻）。
折则从他折去，知折去、向谁家（麻）。

檐牙（麻），枝最佳（佳）。折时高折些（麻）。
说与折花人道，须插向、鬓边斜（麻）。

——［宋］蒋捷《霜天晓角》

人间尘断，雨外风回，凉波自泛仙槎（麻）。
非郭还非野，闲莺燕、时傍笑语清佳（佳）。
铜壶花漏长如线，金铺碎、香暖檐牙（麻）。
谁知道、东园五亩，种成国色天葩（麻）。

主人汉家龙种，正翩翩迥立，雪纻乌纱（麻）。
歌舞承平旧，围红袖、诗兴自写春华（麻）。
未知三斗朝天去，定何似、鸿宝丹砂（麻）。
且一醉、朱颜相庆，共看玉井浮花（麻）。

——［宋］赵彦端《五彩结同心》

马韵词：

千古李将军，夺得胡儿马。
李蔡为人在下中，却是封侯者。

芸草去陈根，笕竹添新瓦。
万一朝家举力田，舍我其谁也。

——［宋］辛弃疾《卜算子》

一年寒尽也。问秦沙、梅放未也。
幽寻者谁也。有何郎佳约，岁云除也。
南枝暖也。正同云、商量雪也。
喜东皇，一转洪钧，依旧春风中也。

香也。骚情酿就，书味熏成，这些情也。
玉堂深也。莫道年华归也。
是循环、三百六旬六日，生意无穷已也。
但丁宁，留取微酸，调商鼎也。
（此词独用也字为韵，称独木桥体）

——［宋］方岳《瑞鹤仙·寿岳提刑》

马卦（半）祃通押的词：

一带江山如画（卦），风物向秋潇洒（马）。
水浸碧天何处断，霁色冷光相射（祃）。
蓼屿荻花洲，掩映竹篱茅舍（祃）。

云际客帆高挂（卦），烟外酒旗低亚（祃）。
多少六朝兴废事，尽入渔樵闲话（卦）。
怅望倚层楼，寒日无言西下（祃）。

——［宋］张昪《离亭燕》

短衣匹马清秋，惯曾射虎南山下（马）。
西风白水，石鲸鳞甲，山川图画（卦）。
千古神州，一时胜事，宾僚儒雅（马）。
快长堤万弩，平冈千骑，波涛卷，鱼龙夜（祃）。

落日孤城鼓角，笑归来，长围初罢（祃）。
风云惨淡，貔貅得意，旌旗闲暇（祃）。
万里天河，更须一洗，中原兵马（马）。
看鞬橐呜咽，咸阳道左，拜西还驾（祃）。

——［金］王渥《水龙吟》

风帽尘衫，重拜倒、朱仙祠下（马）。
尚仿佛、英灵接处，神游如乍（祃）。
往事低徊风雨疾，新愁黯淡江河下（祃）。
更何堪、雪涕读题诗，残碑打（梗）。

黄龙指，金牌亚（祃）。
旌旆影，沧桑话（卦）。
对苍烟落日，似闻悲咤（祃）。
气奋蛟鼍澜欲挽，悲生笳鼓民犹社（马）。

抚长松，郁律认南枝，寒涛泻（马）。

——［清］王鹏运《满江红·朱仙镇谒岳鄂王祠敬赋》

玉座苔衣，拜遗像、紫髯如乍（祃）。

想当日，周郎陆弟，一时声价（祃）。

乞食肯从张子布，举杯但属甘兴霸（祃）。

看寻常、谈笑敌曹刘，分区夏（祃）。

南北限，长江跨（祃）。楼橹动，降旗诈（祃）。

叹六朝割据，后来谁亚（祃）。

原庙尚存龙虎地，春秋未辍鸡豚社（马）。

剩山围、衰草女墙空，寒潮打（梗）。

——［清］朱彝尊《满江红·吴大帝庙》

六麻部平仄通押的词：

有恨不随流水，闲愁惯逐飞花（麻）。

梦魂无日不天涯（佳、麻），醒处孤灯残夜（祃）。

恩在难忘销骨，情含空自酸牙（麻）。

重重叠叠剩还他（歌），都在淋漓罗帕（祃）。

——［明］高濂《西江月·题情》

第七章　u、ü 同韵的七虞

鱼、虞通押不同于东、冬通押。东冬的主要韵母 ong（iong），与辅助韵 eng（ing、ueng）之间，押韵感很强，而鱼、虞内部的两种韵母——u 和 ü，相互间的押韵感并不强，鱼、虞通押把 u、ü 同韵的问题掩盖了。

（一）u、ü 同韵的原因

u、ü 同韵，类似四支的 i、-i、ei 互押，得慢慢地、费力地品上一品，才能体会其中的押韵感。在方言中，北方常把“收入”读成“收玉”；南方有的把“主要”读成“举要”，“读书”读成“读须”，当此情形，大概就模糊了 u、ü 之间的差别。

其实，u、ü 的通押，大半是由于声母混淆所致。不同方言区的人们，往往使舌尖音 z（zh）、c（ch）、s（sh）、r 与舌面音 j、q、x、y 相混，而舌尖音只能与 u 相拼，不能与 ü 相拼，如果硬拼，z、c、s、r 就变成了 j、q、x、y；反之，舌面音只能与 ü 相拼，不能与 u 相拼，如果硬拼，j、q、x、y 就变成了 z、c、s、r。这样，那些分不清舌尖音、舌面音的地方，便往往把猪、初、书、如，读成驹、区、须、于，使本来不太押韵的 u 和 ü，变成了 u、ü 一体，u、ü 不分，于是便 u、ü 同韵了。

还有一个例子，可以使我们体会 u、ü 同韵的关系。文言虚词“诸”，相当于“之于”合音，又相当于“之乎”合音。按普通话读音，“之乎”为“诸”，好理解，“之于”为“诸”则不易理解。不过，南方人把“诸葛亮”叫“居葛亮”，这里的“诸”字，恰好是“之于”合音。如此说来，“之乎”“之于”都读“诸”，则“乎”“于”为同音字，是无疑问的；那么，u、ü 也应该同音、同韵的。

u、ü 同韵，也可从古汉语中找出证据。古人不识拼音，但汉语中有吾、余、予三字同声同义，都是“我”的自称用字。虞韵的吾，即相当于 u；鱼韵的余、予，即相当于 ü。先秦无虞韵，虞韵包括在鱼韵中。故知，吾、余、予三字，为义、韵、声皆同的同音字。

鱼、虞、语、麌、御、遇六个韵目名称用字，韵母都是ü，为什么没有韵母为u的字呢？一是六个字的古音不一定与今天相同，说不定某个字古音韵母就是u；二是《广韵》中原有模、姥、暮三个韵目用字，韵母正是u，全被《平水韵》分别并入了虞、麌、遇三韵。

（二）七虞部与十一尤部的关系

韵书出现于诗歌大量产生之后、有人研究之时。最早的韵书为魏李登的《声类》和晋吕静的《韵集》（均已亡佚），这时，距离《诗经》定稿已七八百年了。只是在齐梁间周颙、沈约区分了平上去入四声之后，才有了隋代陆法言《切韵》的诞生和后来韵书的不断改进。然而，古今语音的变化，方言的复杂，用任何一种韵书去衡量，都难免有后生笑前贤的嫌疑。以鱼、虞韵为例，先秦时代，鱼、虞与麻同韵（见“六麻”一节）；秦之后，鱼、虞与麻同韵的现象没有了，却出现了鱼、虞与尤通押的现象。例如：

日出东南隅，照我秦氏楼。
秦氏有好女，自名为罗敷。
罗敷喜采桑，采桑城南隅。
青丝为笼系，桂枝为笼钩。
头上倭堕髻，耳中明月珠。
湘绮为下裙，紫绮为上襦。
行者见罗敷，下担捋髭须。
少年见罗敷，脱帽著帩头。
耕者忘其犁，锄者忘其锄。
来归相怨怒，但坐观罗敷。

这是汉乐府《陌上桑》的第一段，韵脚隅、敷、珠、襦、须属虞韵，锄属鱼韵，尤韵的楼、钩、头，散夹在其中。

谈笑未及竟，左顾敕中厨。
促令办粗饭，慎莫使稽留。
废礼送客出，盈盈府中趋。
送客亦不远，足不过门枢。
取妇得如此，齐姜亦不如。
健妇持门户，亦胜一丈夫。

这是汉乐府《陇西行》的后半部分，韵脚厨、趋、枢、夫属七虞，如属六鱼，而留字则属十一尤。

这种现象当然是不规范的，也许在当时，鱼、虞、尤本来属于一个韵部。汉之后，这种现象也不见了。然而，以《切韵》为标志的诗韵产生之后，却有少数本应属七虞部的字被划入了十一尤部，这些字以及一些本来属于十一尤部的字，仍然不时地与七虞部相押。例如：

1. “孚”和以“孚”为基本字组成的一些字，读音均为 fú，隶属的韵部却不一其中，孚、俘、郛、孵、稃属七虞，粰、蜉、烰、浮、桴、琈属十一尤，罦、莩并属虞尤二韵。上述字中，浮字的使用频率最高，如杜甫的五律《登岳阳楼》：

昔闻洞庭水，今上岳阳楼。
吴楚东南坼，乾坤日夜浮。
亲朋无一字，老病有孤舟。
戎马关山北，凭轩涕泗流。

毛泽东词《沁园春·长沙》也押尤韵，上阕末句：“怅寥廓，问苍茫大地，谁主沉浮。”听起来也不甚谐调。这就可以看出，诗韵的约束力有多么强大，明明浮字应划归六鱼或七虞，却偏偏让它属于尤韵。我佩服郑板桥先生，他在五律《招隐寺访旧》中，敢于依据浮字的实际读音，让它与虞韵通押了一回：

禅房精笔砚，窗又碧纱糊。
吮墨情温细，吟诗味澹腴。
茶枪新摘蕊，莲露旋收珠。
小盏烹涓滴，青光浅浅浮。

2. “不”和以“不”为基本字组成的字。其中读 fú 的芣、罘，读 fóu 的紑、虾，俱属尤韵，但不常用。最常见的不、否二字，情况则比较复杂。

(1)“不”字有四种情况。

其一，读 bù，物韵，否定词，很难用在韵脚上。

其二，读 fóu，尤韵。①姓。②鸟名。③疑问语气助词。例如陶渊明诗《游斜川》，五言十韵，押尤韵，即有“不”字：

开岁倏五日，吾生行归休。
念之动中怀，及辰为兹游。
气和天惟澄，班坐依远流。

弱湍驰文鲂，闲谷矫鸣鸥。
迥泽散游目，缅然睇曾丘。
虽微九重秀，顾瞻无匹俦。
提壶接宾侣，引满更献酬。
未知从今去，当复如此不？
中觞纵遥情，忘彼千载忧。
且极今朝乐，明日非所求。

又如南北朝诗僧释宝月的《估客乐四曲》中的第三曲，也是如此：

大艑珂峨头，何处发扬州。
借问艑上郎，见侬所欢不？

其三，读 fū，虞韵。①花萼。②疑问语气助词。如汉乐府《陌上桑》：

秦氏有好女，自名为罗敷。
罗敷年几何？二十尚不足，十五颇有余。
使君谢罗敷，宁可共载不？
罗敷前置辞，使君一何愚！
使君自有妇，罗敷自有夫。

汉乐府《陇西行》：

顾视世间人，为乐甚独殊。
好妇出迎客，颜色正敷愉。
伸腰再拜跪，问客平安不？
请客北堂上，坐客毡氍毹。

上两首诗中的“不”字，用法与白居易诗句“晚来天欲雪，能饮一杯无”的“无”字相同，与朱庆馀诗句“妆罢低声问夫婿，画眉深浅入时无”的“无”字也相同。倘读 bú 或 bù，则与今人口语无异。

其四，读 fǒu，通“否”，详见下文。

（2）“否”字读音有二。一为 pǐ，上声纸韵，作穷困、阻隔等义解，如成语“否极泰来”。二为 fǒu，上声有韵，疑问语气词，古籍中时作“不”。然而，这个否字却偏偏喜欢与七虞部的仄声各韵通押。请读两首辛词。第一首在本韵，第二首与七虞部仄声通押：

渡江天马南来，几人真是经纶手。

长安父老，新亭风景，可怜依旧。
夷甫诸人，神州沉陆，几曾回首。
算平戎万里，功名本是，真儒事，公知否？

况有文章山斗，
对桐阴，满庭清昼。
当年堕地，而今试看，风云奔走。
绿野风烟，平泉草木，东山歌酒。
待他年，整顿乾坤事了，为先生寿。

——《水龙吟·甲辰岁寿韩南涧尚书》

千古江山，英雄无觅，孙仲谋处。
舞榭歌台，风流总被雨打风吹去。
斜阳草树，寻常巷陌，人道寄奴曾住。
想当年，金戈铁马，气吞万里如虎。

元嘉草草，封狼居胥，赢得仓皇北顾。
四十三年，望中犹记，烽火扬州路。
可堪回首，佛狸祠下，一片神鸦社鼓。
凭谁问，廉颇老矣，尚能饭否？

——《永遇乐·京口北固亭怀古》

像第二首辛词这样的例子不是偶然的一两首，而是十分常见的。如五代冯延巳的两首《鹊踏枝》，韦庄的《应天长》，北宋晏几道的《归田乐》，周邦彦的《苏幕遮》，南宋张元干的《贺新郎》，姚宽的《生查子》，袁去华的《瑞鹤仙》《安公子》，姜夔的《永遇乐》，吴文英的《莺啼序》，刘辰翁的《兰陵王》《永遇乐》，张炎的《月下笛》，元代张可久的《百字令》，清代顾贞观的《金缕曲》，王鹏运的《点绛唇》，陈廷焯的《蝶恋花》，等等，都是如此。

3. 亩、母、牡、负、妇、阜、富字，似应属语麌御遇各韵，却均属有宥二韵。然而，陆游有一首押本部仄声韵的词《感皇恩》，韵脚上却用了“亩”字：

小阁倚空秋，下临江渚（语）。
漠漠孤云未成雨（麌）。
数声新雁，回首杜陵何处（御）。
壮心空万里，人谁许？（语）

黄阁紫枢，筑坛开府（麌）。
莫怕功名欠人做（遇）。
如今熟计，只有故乡归路（遇）。
石帆山脚下，菱三亩（有）。

可见，“亩”字亦类似“浮”字，可以依据实际读音与七虞部相押。在此类问题上，应学张水部、陆放翁、郑板桥的样子，不必拘泥于诗韵或词韵。

更早些的例子，可找到白居易著名的《琵琶行》，发现有韵的妇字，与语、麌、御、遇各韵的字相押：

自言本是京城女（语），家在虾蟆陵下住（御）。
十三学得琵琶成，名属教坊第一部（麌）。
曲罢曾教善才服，妆成每被秋娘妒（遇），
五陵年少争缠头，一曲红绡不知数（遇）。
钿头银篦击节碎，血色罗裙翻酒污（遇）。
今年欢笑复明年，秋月春风等闲度（遇）。
弟走从军阿姨死，暮去朝来颜色故（遇）。
门前冷落鞍马稀，老大嫁作商人妇（有）。
商人重利轻别离，前月浮梁买茶去（御）。

4.“后”字，属去声宥韵。金代段克己有一首《渔家傲》，却使“后”字像“否”字那样，与七虞部仄声各韵互押了起来：

诗句一春浑漫与（语），
纷纷红紫俱尘土（麌）。
楼外垂杨千万缕（麌），
风落絮（御），
栏杆倚遍空无语（语）。

毕竟春归何处所（语），
树头树底无寻处（御）。
惟有闲愁将不去（御），
依旧住（遇），
伴人直到黄昏后（宥）。

“否”字可与七虞部仄声混押，“后”字这样做就有理由了，因为它们同属尤韵仄声部，韵母也相同。不过，“否”字的混押十分常见，已达到约定俗成、见怪不怪的程度；而“后”字的混押，则很少见。可见诗家对这种混押还是不甚认可的。

（三）“醉”字与本部通押说明什么

康有为有一首押七虞部仄声韵的《蝶恋花》，韵脚上却用了一个“醉”字：

记得珠帘初卷处（御），
人倚阑干，被酒刚微醉（寘）。
翠叶飘零秋自语（语），
晓风吹堕横塘路（遇）。

词客看花心意苦（麌），
坠粉零香，果是谁相误（遇）。
三十六陂飞细雨（麌），
明朝颜色难如故（遇）。

“醉”字属寘韵，可与纸、尾、荠、贿、未、霁、泰、队等韵通押，而与本部毫不搭界。南海先生为什么要这样写呢？请看明代王夫之（号船山）、文征明（号衡山）的两首词，可从中寻求其中的缘由：

斜月横，疏星炯（迥）。
不道秋宵真永（梗）。
声缓缓，滴泠泠（青）。
双眸未易扃（青）。

霜叶坠（寘），
幽虫絮（御）。
薄酒何曾得醉（寘）。
天下事，少年心（侵），
分明点点深（侵）。

——王夫之《更漏子·本意》

桂花浮玉，正月满天街，夜凉如洗（荠）。
风泛须眉并骨寒，人在水晶宫里（纸）。
蛟龙偃蹇，观阙嵯峨，缥缈笙歌沸（未）。
霜华满地，欲跨彩云飞起（纸）。

记得去年今夕，酾酒溪亭，淡月云来去（御）。
千里江山昨梦非，转眼秋光如许（语）。
青雀西来，嫦娥报我，道佳期近矣（纸）。
寄言俦侣，莫负广寒沉醉（寘）。

——文征明《念奴娇·中秋对月》

船山词《更漏子》属平仄韵转换格，下片前三韵“坠、絮、醉”为韵，属寘韵（坠、醉）与御韵（絮）互押；衡山词《念奴娇》则让语韵“许”字与御韵的“去”字和纸、荠、寘、未各韵相押。按诗词的押韵规则，这两首词同南海词一样，显然是“出格”的，但从听觉上辨别，押韵感上却无障碍。这一点，在新体自由诗里更为常见。

在新诗中，u、ü 通押的现象极少，常常是 i、ü 通押。这是新诗与旧体诗在用韵上的一个明显不同。例如：

空空旷旷的黑夜里（i），
窗外是狂风暴雨（ü）；
壁上悬着一件马皮（i），
是她惟一的伴侣（ü）。
亲爱的父亲，你今夜
又流离在哪里（i）？
你把这匹骏马杀掉了，
我又是凄凉，又是恐惧（ü）！

——冯至《蚕马》

请清道夫来打扫街衢（ü），
请搬运车来搬去垃圾（i）。

——艾青《黎明的通知》

我小小的年纪没注意（i），
这饭碗打了可哪里去（ü）？

立逼着把娘卖到朱家地（i），
半夜里赶来了个黑毛驴（ü）。

我给你放羊三年还有余（ü），
算来算去还欠你的（i）。

——张志民《死不着》

填词一般不受诗韵的限制，只要上口顺耳即可，甚至可用方言押韵，除承认入声外，与新诗无异。请读下面这首纯粹出自民间的敦煌曲子词《鹊踏枝》：

叵耐灵鹊多谩语（语），
送喜何曾有凭据（御）。
几度飞来话捉取（麌），
锁向金笼休共语（语）。

比拟好心来送喜（纸），
谁知锁我在金笼里（纸）。
欲他征夫早归来，
腾身却放我向青云里（纸）。

论者多认为此词属上下片分押两仄韵体，其实，证诸别首同名敦煌曲子词，亦可认为此词属上下片同韵体，只不过使用了方言押韵，而又恰好上下片各用了不同韵部的字罢了。例如下面这首《鹊踏枝》，也是敦煌曲子词，就独押一个大的韵部——十九锡部：

独坐更深人寂寂（锡），
忆念家乡，路远关山隔（陌）。
塞雁飞来无消息（职），
教儿牵断心肠忆（职）。

仰告三光珠泪滴（锡），
教他耶娘，甚处传书觅（锡）？
自叹宿缘作他邦客（陌），
辜负尊亲虚劳力（职）。

船山词，坠、絮、醉为韵，絮的韵母为 ü，坠、醉的韵母为 ui，含有 i，拖腔读来，仿佛 ü、i 相押。而在诗词中，ü 又与 u 同韵，于是 i、ui 通过 ü 而与 u 相押了。这就是南海词里面“醉”字与雨、语、苦、故、处、误、路等字相押的原因。至于衡山词，许、去的韵母皆为 ü，与洗、里、沸、起、矣、醉等字相押，毫无听觉障碍。爱写旧体诗词的人，在这一点上不妨学学新诗，学学船山先生和衡山先生，学学敦煌曲子词，因为 i、ü 相押，听来确实顺耳。当然，u、ü 可继续互押，但最好还是不要搞到 i（-i）、u 互押的地步（如南海词），因为那样不但违背诗韵词韵，而且听起来也不顺耳。

写到这里，笔者想起润之词《菩萨蛮·大柏地》的首节两韵，也恰恰是这样的："赤橙黄绿青蓝紫（纸），谁持彩练当空舞（麌）。"探其因由，当与南海、船山、衡山所为是一致的。

还有一个"履"字，情形与"醉"字相仿。履，两几切，读如里，纸韵，可与寘韵的"醉"字通押。但白居易诗《步东坡》却让"履"字与御遇各韵通押起来：

朝上东坡步，夕上东坡步（遇）。
东坡何所爱，爱此新成树（遇）。
种植当岁初，滋荣及春暮（遇）。
信意取次栽，无行亦无数（遇）。
绿阴斜景转，芳气微风度（遇）。
新叶鸟下来，萎花蝶飞去（御）。
闲携斑竹杖，徐曳黄麻履（纸）。
欲识往来频，青芜成白路（遇）。

这说明：

（1）"履"字至晚在唐代就有了今天 lǚ 的读音。

（2）除入声外，在不打破平仄界限的前提下，只要听起来顺耳，不同韵部之间，有些字，有时是可以任意互押的。

以上只论及仄声韵部。在平声方面，笔者也发现一例：

不通言语异邦居（鱼），走马看花愧浅知（支）。
热闹文明夸富丽，紧张生活斗新奇（支）。
得天独厚非关命，迁地为良信有之（支）。
彼是此非凭直觉，感情激动少沉思（支）。

——董必武《旅居美国旧金山杂诗五首》

近体诗首句用邻韵向属通例，但支韵的邻韵为微、齐、灰三韵，鱼韵是虞韵的邻韵。"居"字有 jī、jū 两种读音。读 jī 时，属支韵，或为语气助词，或无义；读 jū 时，属鱼韵，有住、住处等义。董老诗中的"居"字，显系后者，属鱼韵。因此，此诗不属首句用邻韵，而是鱼、支通押，可以看作向新诗学习，搞 i、ü 通押的一例。

（四）“多”字与本部的通押

女词人柳如是有一首鱼、虞通押的小令《梦江南》，韵脚上有一“多”字：

人去也，人去梦偏多。
忆昔见时多不语，而今偷悔更生疏。
梦里自欢娱。

“多”属歌韵，为什么能与鱼、虞二韵相押？前文已谈及，先秦时虞（含鱼）韵与麻韵是不分的，如《诗经·卫风·木瓜》云：“投我以木瓜，报之以琼琚。”同时，歌韵与麻韵也是不分的，如《诗经·陈风·东门之枌》云：“东门之池，可以沤麻。彼美淑姬，可与晤歌。”这样，通过麻韵的中介作用，歌韵与虞韵就通押上了。柳词显然是有意仿古。七百年后，她的本家柳亚子先生也这样掉过书袋，而且一次写了两首：

同气连枝德未孤（虞），当年五柳岂殊科（歌）。
率初憔悴抟霄死，愁对而翁访旧图（虞）。

绝忆分湖访旧图（虞），留题人物半黄垆（虞）。
老成凋谢青年起，喜汝多情伴聂娥（歌）。
——柳亚子《示犹子宗棠二首棠为从弟公望次子伴怡春北来诣余者》

但，这种押韵形式，还是不效仿为好。

（五）鱼、虞二韵的关系

最后，六鱼和七虞间的关系，也应考察一下。大体上是：古诗鱼、虞不分，因为鱼、虞分开是隋唐以后的事，隋唐以后的古诗也因袭了这一规则。近体诗则将鱼、虞分得较清，有时首句搞通押，全诗鱼、虞通押的情形极少。其实，完全不必这样死板，连尤韵的“浮”都可以与虞韵通押，有韵的“否”“亩”，宥韵的“后”，纸韵的“履”，甚至寘韵的“醉”，都可以与语、麌、御、遇各韵通押，为什么鱼、虞之间不可以放胆通押呢？词的情况与古诗相似，纯粹独押一韵的，笔者仅找到秦观的那首《鹊桥仙》，独押遇韵。估计出于偶然。又，词喜用仄声韵，佳篇琳琅，数量上十倍于平声鱼、虞为韵的词不止。

要之，鱼、虞间的关系，类似东、冬，文后举例可以参阅。

（2001年10月9日）

七虞部用字表

平声

［鱼］鱼琚趄苴椐醵砠车据且睢罝狙疽沮裾居鶋蘧椈閭驴璩璖籧蕖磲蛆镰籧胠渠祛袪墟邪虚歔蝑嘘徐谞胥虗玙欤龉舆舁艅余畬狳旟於瘀渔淤誉妤予

（以上字韵母为 ü）

著樗摴躇蜍锄篨储滁初屠除胪庐茹如挐帤璩蔬䴓梳摅舒疏练纾书菹猪潴潴诸

（以上字韵母为 u）

［简注］

苴 jū，①大麻的雌株或子实，②填塞、包裹等义。又读 zū，见虞韵；又读 chá，见麻韵。

醵 求於切，又读 jù，并属御韵；又，极虐切，并属药韵。

车 jū，又读 chē，并属麻韵。

且 jū，①众多貌，恭谨貌，②语气词，③人名、地名用字。又读 qiě，见马韵。

据 jū，［拮据］艰难困顿。又读 jù，见御韵。

狙 jū；又，七虑切，并属御韵。

沮 jū，古水名。又读 jǔ，见语韵；又读 jù，见御韵。

居 jū，住，住处。又读 jī，见支韵。

镰 qú，金银耳环。又读 jù，见语韵、御韵。

邪 xú，缓慢，通“徐”。《诗经·北风》：“其虚其邪。”又读 xié、yá，见麻韵。

嘘 xū；又，虚去切，并属御韵。

谞 xū；又，写与切，并属语韵。

胥 xū，察看，互相，都、皆，语气助词等。又读 xǔ，见语韵。

欤 yú；又，余吕切，并属语韵；又，羊茹切，音豫，并属御韵。

龉 牛居切，音鱼，又读 yǔ，并属语韵；又，讹胡切，并属虞韵。

畬 yú，已耕作三年的熟田。又读 shē，见麻韵。

於 yú，同“于”。又读 wū，见虞韵。

瘀 yū；又，依据切，并属御韵。

誉 以诸切，又读 yù，并属御韵。

予 yú，①我，②介词 、连词。又读 yǔ，见语韵。

著 chú，［著雍］岁阳名，十干中戊的别称。又读 zhù，见御韵；又读 zhuó，见药韵。

躇 chú；又，丈吕切，语韵；又，迟据切，御韵。义同：［踌躇］犹豫、进退、徘徊貌。又读 chuó，见药韵。

储 直鱼切，今读 chǔ。

屠 chú，［休屠］古县名。又读 tú，见虞韵。

除 ① chú，台阶，去掉。②shū，［除月］四月的别名。又读 zhù，见御韵。

茹 rú；又，人渚切，并属语韵；又，人恕切，并属御韵。

如 rú；又，人恕切，并属御韵。

釃 山於切，音蔬；又读 shī，支韵；又，所绮切，纸韵；又，所寄切，寘韵。义同：过滤，斟。此义今多读作 shāi。又读 lí，见支韵。

疏 shū，①疏浚、分散、生疏等义，②姓。又读 shù，见御韵。

纾 shū；又，上与切，并属语韵。

菹 zū，①腌菜，②肉酱，古代酷刑，③枯草，④芭蕉。又读 jù，见御韵。

［**虞**］虞蒟捄拘俱痀娵驹趋区瞿氍岖躯鼩衢臞朐鸲劬癯驱需盱吁呴须媭讶姁瑜圩于盂迂萸楰榆雩揄禺愚嵎竽臾俞觎逾腴愉羭渝窬褕谀隅娱纡

（以上字韵母为 ü）

逋晡铺橱厨殂蹰徂貙刍雏粗都嘟阇玞麸夫芙荂荋莩柎桴枹敷不扶趺跗蚨罦钛稃篚符俘孚郛肤孵凫鄜瓿涪辜鸪呱酤菇菰咕蛄罛箍觚沽姑家孤瑚壶葫胡鹕醐瓠蝴呼幠乎朊猢狐糊湖沍滹弧戏枯刳骷垆蒌芦栌轳卢颅鸬胪舻鲈炉泸墓摹模谟嫫篓奴驽孥莆蒲葡菩蒲酺铺脯匍痡嚅蠕醹儒懦濡襦臑缛苏酥枢杸殊输毹殳姝荼菟酴跿图稌徒途駼瘏涂屠骆无圬芜恶杇梧巫吾龉吴蜈呜峿铻鼯乌邬於污洿诬螯毋珠苴茱株硃蛛铢朱邾租侏洙诹诛

（以上字韵母为 u）

［简注］

蒟 权俱切；又读 jǔ，并属麌韵、遇韵。

捄 jū，盛土于器。又读 qiú，见尤韵。

俱 jū，恭於切，今读 jù。

痀 jū，又读 gōu，并属尤韵。

区 qū，划分、区域、小等义。又读 ōu，见尤韵。

驱 qū；又，区遇切，并属遇韵；又，祛尤切，音丘，并属尤韵。

吁 xū，又读 yù，并属遇韵。

呴 匈于切；又读 xǔ，火羽切，并属麌韵；又，吁句切，并属遇韵。

讦 xū，大。《诗经·溱洧》："询讦且乐。"又读 xǔ，见麌韵。

圩 yú，又读 wéi。

揄 yú，抽、举、拖等义。又读 yóu，见尤韵。

粗 cū；又，徂古切，并属麌韵。

阇 dū，又读 shé，并属麻韵。

荂 fū，又读 kuā，并属麻韵。

柎 fū，花萼。又读 fǔ，见麌韵；又读 fù，见遇韵。

桴 fú；又，缚谋切，并属尤韵。

枹 fú；又，房尤切，并属尤韵。鼓槌。又读 bāo，见肴韵。

不 fū，①花萼；②疑问语气助词。又读 fōu，见尤韵；又读 fǒu，见有韵；又读 bù，见物韵；又，必墨切，见职韵。

跗 fū，脚背。又读 fù，见遇韵。

罦 fú；又，缚谋切，并属尤韵。

铁 fū，又读 fǔ，并属麌韵。

簠 甫无切，又读 fǔ，并属麌韵、遇韵。

瓿 冯无切；又，蒲口切，并属有韵；蒲侯切，并属尤韵。今读 bù。

涪 fú；又，房尤切，并属尤韵。

呱 gū，又读 guā，并属麻韵。

酤 gū；又，侯古切，并属麌韵；古暮切，并属遇韵。

家 gū，女之尊称。又读 jiā，见麻韵。

瓠 hú，又读 hù，并属遇韵，葫芦。又读 huò，见药韵。

朊 hū，去骨的干肉，大块的鱼肉。又读 wǔ，见麌韵。

沍 hú，水漫。又读 hù，见遇韵。

戏 hū，［於戏］同"呜呼"。又读 xì，见寘韵。

蒌 龙珠切；又陇主切，并属麌韵；又读 lóu，并属尤韵。

墓 蒙晡切，又读 mù，并属遇韵。

摹、**嫫** 俱莫胡切，今俱读 mó。

谟 mó；又，莫故切，并属遇韵；又，末各切，并属药韵。

模 ①莫胡切，今读 mó，榜样、模仿。②mú，模型、模样。

莆 pú，［莆田］福建县名。又读 fǔ，见麌韵。

酺 pú；又，蒲故切，并属遇韵。

铺 pū，①门首衔环物，②陈设，③通“痡”。又读 pù，见遇韵。

脯 pú，胸部。又读 fǔ，见麌韵。

蠕 rú；又，乳兖切，音软，并属铣韵。

醹 rú；又，而主切，并属麌韵。

懦 汝朱切，音儒，又读 nuò，并属个韵。

孺 rú；又，而遇切，并属遇韵。

枢 shū，枢纽、中心等义。又读 ōu，见尤韵。

菟 tú，［於菟］楚人称虎。又读 tù，见遇韵。

屠 tú，杀。又读 chú，见鱼韵。

恶 wú，哪里，怎么。又读 wù，见遇韵；又读 è，见药韵。

龉 讹胡切，音吾，又读 yǔ，并属语韵；又，牛居切，并属鱼韵。

峿 wú，山名。又读 yǔ，见麌韵。

邬 wū；又，于五切，并属麌韵；依据切，并属御韵。

於 wū，叹词。又读 yú，见鱼韵。

污 wū；又，乌路切，并属遇韵。

洿 wū，①水池，②低洼、污秽等义。又读 hù，见麌韵。

蝥 wú，蛛蝥，即蜘蛛。又读 máo，见肴韵；又读 móu，见尤韵。

苴 zū，用白茅编的草席。又读 jū，见鱼韵。

诹 遵须切，又读 zōu，并属尤韵。

窬 yú；又，徒侯切，并属尤韵；大透切，并属宥韵。

上声

［**语**］语躇苣莒巨榉拒龃虡距咀钜鐻秬筥炬沮举讵梠吕稆侣旅膂籹女
芧醑叙鲊序糈溆湑谞许胥绪蘌与欤敔龉圉圄野屿籞予

（以上字韵母为 ü）

楮楚杵础处褚浒茹汝抒暑墅黍鼠所瘺纾煮苎杼贮伫俎羜渚诅阻纻

（以上字韵母为 u）

［简注］

语 yǔ，说话、语言等义。又读 yù，见御韵。

躇 丈吕切；又，迟据切，御韵；又读 chú，鱼韵。义同：［踌躇］犹豫、进退、徘徊貌。又读 chuò，见药韵。

镓 jù，臼许切，音巨；又，居御切，并属御韵。义同：乐器名。又读 qú，见鱼韵。

沮 jǔ，阻止、颓丧等义。又读 jù，见御韵；又读 jū，见鱼韵。

女 nǔ，男子的对称。又读 nù，见御韵。

谞 写与切，又读 xū，并属鱼韵。

许 xǔ，许可。又读 hǔ，见麌韵。

胥 xǔ，小吏。又读 xū，见鱼韵。

欤 余吕切；又，羊茹切，音豫，并属御韵；又读 yú，并属鱼韵。

龉 yǔ；又，牛居切，并属鱼韵；讹胡切，并属虞韵。

野 演女切，音与，又读 yě，并属马韵。

予 yǔ，①给，②赞许。又读 yú，见鱼韵。

处 chǔ，居住、交往、处理等义，动词。又读 chù，见御韵。

茹 人渚切；又，人恕切，并属御韵；又读 rú，并属鱼韵。

抒 神与切，今读 shū。

所 爽阻切，今读 suǒ。

纾 上与切，音墅，又读 shū，并属鱼韵。

诅 zǔ，壮所切；又，庄助切，并属御韵；遵遇切，并属遇韵。

［**麌**］麌聚蒟椇枸踽矩窭嵝偻褛缕取龋栩煦咻呴讦诩瑀雨噳噢峿禹伛俣愈庾瘐宇窳羽

（以上字韵母为 ü）

簿部补粗堵杜睹赌肚莆树甫辅抚拊黼铁篚俯頫父釜斧脯腑府腐滏弣鼓瞽古嘏酤贾盬蛊罟钴牯估臌股羖诂琥楛虎唬岵怙洿沪户扈祜许苦蒌橹掳撸卤虏噜鲁莽姥妈砮弩努埔圃剖普浦溥谱醹乳竖数土吐武鹉瓿五午迕舞伍仵侮庑邬庑妩柱料拄主麈祖组

（以上字韵母为 u）

［简注］

麌 yǔ，雄鹿。

蒟 jǔ，并属遇韵；又，权俱切，并属虞韵。

枸 jǔ，即枳椇。又读 gǒu，见有韵；又读 gōu，见尤韵。

窭 jù，贫陋、破旧等义。又读 lóu，见尤韵。

嵝 lǚ，［岣嵝］山名。又读 lǒu，见有韵。

偻 lǚ，又读 lóu，并属尤韵。

取 qǔ；又，此苟切，并属有韵。

煦 xǔ，又读 xù，并属遇韵。

咻 xǔ，吹气使暖。又读 xiū，见尤韵。

呴 xǔ，火羽切；又，吁句切，并属遇韵；又，匈于切，并属虞韵。

讶 xǔ，［讶讶］广大貌。又读 xū，见虞韵。

雨 yǔ，天降之水。又读 yù，见遇韵。

噢 yǔ，［噢咻（xǔ）］抚慰病痛声。又读 ào，见号韵。

峿 yǔ，［岖峿］山势起伏貌。又读 wú，见虞韵。

粗 徂古切，又读 cū，并属虞韵。

莆 fǔ，［萐莆］传说中一种神异的草。又读 pú，见虞韵。

柎 fǔ，乐器名。又读 fù，见遇韵；又读 fū，见虞韵。

鈇 fǔ，又读 fū，并属虞韵。

簠 fǔ，匪父切；又，芳遇切，并属遇韵；又，甫无切，并属虞韵。

脯 fǔ，干肉、干果。又读 pú，见虞韵。

嘏 gǔ，又读 jiǎ，并属马韵。

酤 侯古切；又，古暮切，并属遇韵；又读 gū，并属虞韵。

贾 gǔ，商人。又读 jiǎ，见马韵。

估 果五切，今又读 gū。

洿 hù，深。又读 wū，见虞韵。

许 hǔ，［许许］象声词。又读 xǔ，见语韵。

蒌 陇主切；又，龙珠切，并属虞韵；又读 lóu，并属尤韵。

擼 郎古切，今读 lū。

噜 笼五切，今读 lū。

莽 满补切，音姥；又读 mǎng，并属养韵；又，莫郎切，并属阳韵。

姥 mǔ，婆婆，老妇。又读 lǎo，外祖母，应属皓韵。

妈 莫补切，音姥；又读 mā，并属麻韵。

醹 而主切，又读 rú，并属虞韵。

剖 芳武切；又，普后切，并属有韵。今读 pōu。

数 shǔ，计算、称说、责备等义。又读 shù，见遇韵；又读 cù，见屋韵、沃韵；又读 shuò，见觉韵。

吐 tǔ，使物从口中出来。又读 tù，见遇韵。

迕 wǔ，又读 wù，并属遇韵。

朊 wǔ，厚、盛等义。又读 hū，见虞韵。

邬 于五切；又，依据切，并属御韵；又读 wū，并属虞韵。

枓 zhǔ，方形勺。又读 dǒu，见有韵。

去声

［御］御躇菹醵据遽踞锯镰倨狙沮姐虑滤女去觑呿蜡嘘絮蓣礜鸒邬饫瘀誉澦语欤预豫驭

（以上字韵母为 ü）

处茹如薯曙署庶疏恕翥著助箸作诅除

（以上字韵母为 u）

［简注］

躇 迟据切，又，丈吕切；语韵；又读 chú，鱼韵。义同：［踌躇］犹豫、进退、徘徊貌。又读 chuò，见药韵。

菹 jù，沼泽。又读 zū，见鱼韵。

醵 jù；又，求於切，并属鱼韵；又，极虐切，并属药韵。

据 jù，倚凭、依据等义。又读 jū，见鱼韵。

镰 jù，居御切；又，臼许切，并属语韵。义同：古乐器名。又读 qú，见鱼韵。

狙 七虑切，又读 jū，并属鱼韵。

沮 jù，湿润。又读 jǔ，见语韵；又读 jū，见鱼韵。

姐 jù，骄纵。嵇康《幽愤诗》：“恃爱肆姐。”又读 jiě，见马韵。又读 zǐ，见纸韵。

女 nù，以女嫁人。又读 nǚ，见语韵。

蜡 qù，［蜡氏］周代官名。又读 zhà，见祃韵；又读 là，见合韵。

嘘 虚去切，又读 xū，并属鱼韵。

邬 依据切；又，于五切，并属麌韵；又读 wū，并属虞韵。

瘀 依据切，又读 yū，并属鱼韵。

誉 yù；又，以诸切，并属鱼韵。
语 yù，告诉，告诫。又读 yǔ，见语韵。
欤 羊茹切，音豫；又，余吕切，并属语韵；又读 yú，并属鱼韵。
处 chù，场所、地方。又读 chǔ，见语韵。
茹 人恕切；又，人渚切，并属语韵；又读 rú，并属鱼韵。
如 人恕切，又读 rú，并属鱼韵。
疏 shù，奏章、注疏。又读 shū，见鱼韵。
著 zhù，明显，撰述。又读 chú，见鱼韵。又读 zhuó，见药韵。
作 zǔ，通“诅”，请神加祸于人。《诗·荡》：“侯作侯祝。”又读 zuò，见个韵、药韵。
诅 zǔ，并属语韵、遇韵。
除 zhù，给予。《诗经·天保》：“何福不除？”又读 chú、shū，见鱼韵。

［**遇**］遇蒟具句飓惧屦屡娶趣驱酗煦呴芋雨吁喻伛寓裕谕妪

（以上字韵母为 ü）

埠布酺捕步哺佈怖醋厝措蠹镀度渡妒斁赴柎副跗咐赋赙篰傅仆付鲋讣袝附驸故酤顾固崮锢痼雇瓠护互護沍濩冱戽胯库袴裤绔璐露辂路鹭赂簬潞莫墓暮募慕谟怒酺铺孺素树戍嗉傃数塑愫澍溯诉堍菟吐兔坞雾恶捂晤噁遌迕务悟忤焐污寤误瞀婺骛蛀铸做住胙炷注祚诅驻

（以上字韵母为 u）

［**简注**］
蒟 jǔ，并属麌韵；又，权俱切，并属虞韵。
句 jù，语句。又读 gōu，见尤韵。
驱 区遇切，又读 qū，并属虞韵；又，祛尤切，音丘，并属尤韵。
煦 xù，又读 xǔ，并属麌韵。
呴 xǔ，吁句切；又，火羽切，并属麌韵；又，匈于切，并属虞韵。
雨 yù，下雨。又读 yǔ，见麌韵。
吁 yù，又读 xū，并属虞韵。
酺 蒲故切，音步，又读 pú，并属虞韵。
厝 仓故切，又读 cuò，并属药韵。
措 仓故切，今读 cuò。
度 dù，长度、制度、传授等义。又读 duó，见药韵。

斁 dù，败坏。又读 yì，见陌韵。

柎 fù，涂附。又读 fǔ，见麌韵；又读 fū，见虞韵。

副 fù；又，敷救切，并属宥韵。义同：次、贰。又，芳福切，见屋韵；又读 pì，见职韵。

跗 fù，［俞跗］古代名医。又读 fū，见虞韵。

簠 fǔ，芳遇切；又，匪父切，并属麌韵；又，甫无切，并属虞韵。

仆 fù；又，敷救切，并属宥韵；又读 pū、pú，并属屋韵、沃韵。

酤 古暮切；又，侯古切，并属麌韵；又读 gū，并属虞韵。

瓠 hù，又读 hú，并属虞韵，葫芦。又读 huò，见药韵。

濩 hù，布散。又读 huò，见药韵。

冱 hù，凝结、寒冷等义。又读 hú，见虞韵。

胯 苦故切；又，苦瓜切，并属麻韵；又读 kuà，并属祃韵。

莫 mù，①植物名，嫩茎叶可食，全草入药。《诗经·汾沮洳》："言采其莫。"②"暮"的古字。又读 mò，见药韵。

墓 mù，又，蒙晡切，并属虞韵。

谟 莫故切，又读 mó，并属虞韵；又，末各切，并属药韵。

酺 蒲故切，又读 pú，并属虞韵。

铺 pù，①店铺，②地段，如"三十里铺"。又读 pū，见虞韵。

濡 而遇切，又读 rú，并属虞韵。

数 shù，数目、命运等义。又读 shǔ，见麌韵；又读 cù，见屋韵、沃韵；又读 shuò，见觉韵。

菟 tù，通"兔"；［菟丝］草名。又读 tú，见虞韵。

吐 tù，呕吐。又读 tǔ，见麌韵。

恶 wù，憎厌。又读 wū，见虞韵；又读 è，见药韵。

遌 wù，相遇。又读 è，见药韵。

迕 wù，又读 wǔ，并属麌韵。

污 乌路切，又读 wū，并属虞韵。

瞀 亡遇切；又读 mào，号韵；又，迷浮切，尤韵；又，莫候切，宥韵；又，莫卜切，屋韵；又，墨角切，觉韵。义同。

做《字汇》："租去声。"（《康熙字典》）又读 zuò，并属个韵。

胙、**祚** 俱昨误切，今俱读 zuò。

诅 zǔ，遵遇切；又，壮所切，并属语韵；又，庄助切，并属御韵。

诗词例证

（一）古诗

鱼韵古诗：

生儿不用识文字，斗鸡走马胜读书。
贾家小儿年十三，富贵荣华代不如。
能令金距期胜负，白罗绣衫随软舆。
父死长安千里外，差夫持道挽丧车。

——［唐］民谣《神鸡童谣》

虞韵古诗：

良时不再至，离别在须臾。屏营衢路侧，执手野踟蹰。
仰视浮云驰，奄忽互相逾。风波一失所，各在天一隅。
长当从此别，且复立斯须。欲因晨风发，送子以贱躯。

——［汉］李陵《与苏武诗三首》

势家多所宜，咳唾自成珠。被褐怀金玉，兰蕙化为刍。
贤者虽独悟，所困在群愚。且各守尔分，勿复空驰驱。
哀哉复哀哉，此是命矣夫。

——［汉］赵壹《疾邪诗》

鱼虞通押的古诗：

出其闉阇（虞），有女如荼（虞）。虽则如荼（虞），匪我思且（鱼）。
缟衣茹藘（鱼），聊可与娱（虞）。

——《诗经·郑风·出其东门》

昔有霍家奴（虞），姓冯名子都（虞）。依倚将军势，调笑酒家胡（虞）。
胡姬年十五，春日独当垆（虞）。长裾连理带，广袖合欢襦（虞）。
头上蓝田玉，耳后大秦珠（虞）。两鬟何窈窕，一世良所无（虞）。
一鬟五百万，两鬟千万余（鱼）。不意金吾子，娉婷过我庐（鱼）。
银鞍何煜耀，翠盖空踟蹰（虞）。就我求清酒，丝绳提玉壶（虞）。
就我求珍肴，金盘脍鲤鱼（鱼）。贻我青铜镜，结我红罗裾（鱼）。

不惜红罗裂，何论轻贱躯（虞）。男儿爱后妇，女子重前夫（虞）。
人生有新旧，贵贱不相逾（虞）。多谢金吾子，私爱徒区区（虞）。
——［汉］辛延年《羽林郎》

孟夏草木长，绕屋树扶疏（鱼）。众鸟欣有托，吾亦爱吾庐（鱼）。
既耕亦已种，时还读我书（鱼）。穷巷隔深辙，颇回故人车（鱼）。
欢然酌春酒，摘我园中蔬（鱼）。微雨从东来，好风与之俱（虞）。
泛览周王传，流观山海图（虞）。俯仰终宇宙，不乐复何如（鱼）。
——［晋］陶渊明《读山海经》

长安城头头白乌（虞），夜飞延秋门上呼（虞）。
又向人家啄大屋，屋底达官走避胡（虞）。
金鞭断折九马死，骨肉不待同驰驱（虞）。
腰下宝玦青珊瑚，可怜王孙泣路隅（虞）。
问之不肯道姓名，但道困苦乞为奴（虞）。
已经百日窜荆棘，身上无有完肌肤（虞）。
高帝子孙尽隆准，龙种自与常人殊（虞）。
豺狼在邑龙在野，王孙善保千金躯（虞）。
不敢长语临交衢，且为王孙立斯须（虞）。
昨夜东风吹血腥，东来橐驼满旧都（虞）。
朔方健儿好身手，昔何勇锐今何愚（虞）。
窃闻天子已传位，圣德北服南单于（虞）。
花门剺面请雪耻，慎勿出口他人狙（鱼）。
哀哉王孙慎勿疏，五陵佳气无时无（虞）。
——［唐］杜甫《哀王孙》

昔我去草堂，蛮夷塞成都（虞）。今我归草堂，成都适无虞（虞）。
请陈初乱时，反复乃须臾（虞）。大将赴朝廷，群小起异图（虞）。
中宵斩白马，盟歃气已粗（虞）。西取邛南兵，北断剑阁隅（虞）。
布衣数十人，亦拥专城居（鱼）。其势不两大，始闻蕃汉殊（虞）。
西卒却倒戈，贼臣互相诛（虞）。焉知肘腋祸，自及枭獍徒（虞）。
义士皆痛愤，纪纲乱相逾（虞）。一国实三公，万人欲为鱼（鱼）。
唱和作威福，孰肯辨无辜（虞）。眼前列杻械，背后吹笙竽（虞）。
谈笑行杀戮，溅血满长衢（虞）。到今用钺地，风雨闻号呼（虞）。
鬼妾与鬼马，色悲充尔娱（虞）。国家法令在，此又足惊吁（虞）。
贱子且奔走，三年望东吴（虞）。弧矢暗江海，难为游五湖（虞）。

不忍竟舍此，复来剃榛芜（虞）。入门四松在，步屧万竹疏（鱼）。
旧犬喜我归，低回入衣裾（鱼）。邻里喜我归，沽酒携胡芦（虞）。
大官喜我来，遣骑问所须（虞）。城郭喜我来，宾客隘村墟（鱼）。
天下尚未宁，健儿胜腐儒（虞）。飘摇风尘际，何地置老夫（虞）。
于时见疣赘，骨髓幸未枯（虞）。饮啄愧残生，食薇不敢余（鱼）。

——［唐］杜甫《草堂》

东坡春向暮，树木今何如（鱼）。漠漠花落尽，翳翳叶生初（鱼）。
每日领童仆，荷锄仍决渠（鱼）。划土壅其本，引泉溉其枯（虞）。
小树低数尺，大树长丈余（鱼）。封植来几时，高下齐扶疏（鱼）。
养树既如此，养民亦何殊（虞）。将欲茂枝叶，必先救根株（虞）。
云何救根株，劝农均赋租（虞）。云何茂枝叶？省事宽刑书（鱼）。
移此为郡政，庶几甿俗苏（虞）。

——［唐］白居易《东坡种花》

小妇年十二，辞家事翁姑（虞）。未知伉俪情，以哥呼阿夫（虞）。
两小各羞态，欲言先嗫嚅（虞）。翁令处闺阁，织作新流苏（虞）。
姑令杂作苦，持刀入中厨（虞）。切肉不成块，磊魂登盘簠（虞）。
作羹不成味，酸辣无别殊（虞）。析薪纤手破，执热十指枯（虞）。
翁曰是幼小，教导当徐徐（鱼）。姑曰幼不教，长大谁管拘（虞）。
恃其桀傲性，将欺颓老躯（鱼）。恃其骄纵资，吾儿将伏蒲（虞）。
今日肆詈辱，明日鞭挞俱（虞）。五日无完衣，十日无完肤（虞）。
吞声向暗壁，啾唧微叹吁（虞）。姑云是诅咒，执杖持刀铻（虞）。
汝肉尚可切，颇肥未为癯（虞）。汝头尚有发，薅尽为秋壶（虞）。
与汝不同生，汝活吾命殂（虞）。鸠盘老形貌，努目真凶屠（虞）。
阿夫略顾视，便嗔羞耻无（虞）。阿翁略劝慰，便嗔昏老奴（虞）。
邻舍略探问，便嗔何与渠（鱼）。嗟嗟贫家女，何不投江湖（虞）。
江湖饱鱼鳖，免受此毒荼（虞）。嗟哉天听卑，岂不闻怨呼（虞）。
人间为小妇，沉痛结冤诬（虞）。饱食偿一刀，愿作牛羊猪（鱼）。
岂无父母来，洗泪饰欢娱（虞）。岂无兄弟问，忍痛称姑劬（虞）。
疤痕掩破襟，秃发云病疏（鱼）。一言及姑恶，生命无须臾（虞）。

——［清］郑燮《姑恶》

虞韵古诗：

浮舟横大江，讨彼犯荆虏。武将齐贯甲，征人伐金鼓。
长戟十万队，幽冀百石弩。发机若雷电，一发连四五。

——［魏］曹丕《饮马长城窟行》

翻手为云覆手雨，纷纷轻薄何须数。
君不见管鲍贫时交，此道今人弃如土。

——［唐］杜甫《贫交行》

锄禾日当午，汗滴禾下土。谁知盘中餐，粒粒皆辛苦。

——［唐］李绅《悯农》

君王有意诛骄虏，椎破铜山铸铜虎。
联翩三十七将军，走马西来各开府。
南山伐木作车轴，东海取鼍漫战鼓。
汗流奔走谁敢后，恐乏军兴污资斧。
保甲连村团未遍，方田讼谍纷如雨。
尔来手实降新书，抉剔根株穷脉缕。
诏书恻怛信深厚，吏能浅薄空劳苦。
平生学问止流俗，众里笙竽谁比数。
忽令独奏凤将雏，仓卒欲吹那得谱。
况复连年苦饥馑，剥啮草木啖泥土。
今年雨雪颇应时，又报蝗虫生翅股。
忧来洗盏欲强醉，寂寞空斋卧空瓶。
公厨十日不生烟，更望红裙踏筵舞。
故人屡寄山中信，只有当归无别语。
方将雀鼠偷太仓，未肯衣冠挂神武。
吴兴丈人真得道，平日立朝非小补。
自从四方冠盖闹，归作二浙湖山主。
高踪已自杂渔钓，大隐何曾弃簪组。
去年相从殊未足，问道已许谈其粗。
逝将弃官往卒业，俗缘未尽那得睹。
公家只在霅溪上，上有白云如白羽。
应怜进退苦皇皇，更把安心教初祖。

——［宋］苏轼《寄刘孝叔》

御韵古诗：

松下问童子，言师采药去。只在此山中，云深不知处。

——［唐］贾岛《寻隐者不遇》

浩气还太虚，丹心照千古。生平未报国，留作忠魂补。

——［明］杨继盛《就义诗》

遇韵古诗：

岩岩钟山首，赫赫炎天路。高明曜云门，远景灼寒素。
昂昂累世士，结根在所固。吕望老匹夫，苟为因世故。
管仲小囚臣，独能建功祚。人生有何常，但恐年岁暮。
幸托不肖躯，且当猛虎步。安能苦一身，与世同举厝。
由不慎小节，庸夫笑我度。吕望尚不希，夷齐何足慕。

——［汉］孔融《杂诗》

孤鸿海上来，池潢不敢顾。侧见双翠鸟，巢在三珠树。
矫矫珍木巅，得无金丸惧。美服患人指，高明逼神恶。
今我游冥冥，弋者何所慕。

——［唐］张九龄《感遇》

语麌御遇通押的古诗：

硕鼠硕鼠（语），无食我黍（语）。三岁贯女（语），莫我肯顾（遇）。
逝将去女（语），适彼乐土（麌）。乐土乐土（麌），爰得我所（语）。

——《诗经·魏风·硕鼠》

汩余若将不及兮，恐年岁之不吾与（语）。
朝搴阰之木兰兮，夕揽洲之宿莽（麌）。
日月忽其不淹兮，春与秋其代序（语）。
惟草木之零落兮，恐美人之迟暮（遇）。
不抚壮而弃秽兮，何不改乎此度（遇）。
乘骐骥以驰骋兮，来吾道夫先路（遇）。

——屈原《离骚》

忆我少壮时，无乐自欣豫（御）。猛志逸四海，骞翮思远翥（御）。
荏苒岁月颓，此心稍已去（御）。值欢无复娱，每每多忧虑（御）。
气力渐衰损，转觉日不如（御）。壑舟无须臾，引我不得住（遇）。

前途当几许，未知止泊处（御）。古人惜寸阴，念此使人惧（遇）。

——［晋］陶渊明《杂诗》

妾有罗衣裳，秦王在时作（遇）。为舞春风多，秋来不堪著（御）。

——［唐］崔国辅《怨词》

云阳上征去，两岸饶商贾（御）。吴牛喘月时，拖船一何苦（麌）。
水浊不可饮，壶浆半成土（麌）。一唱督护歌，心摧泪如雨（麌）。
万人凿磐石，无由达江浒（语）。君看石芒砀，掩泪悲千古（麌）。

——［唐］李白《丁都护歌》

朝食三斗葱，暮饮三斗醋（遇）。宁受此酸辛，莫行岁晚路（遇）。
丈夫少壮日，忍穷不自恕（御）。乘除冀晚泰，乃复逢变故（遇）。
经年岳阳楼，不见宫南树（遇）。辞巢已万里，两脚未遑住（遇）。
水落君山高，洞庭秋已素（遇）。浮云易归岫，远客难回顾（遇）。
飘然一瓶锡，未知所挂处（御）。寂寞短歌行，萧条远游赋（遇）。
学道始恨晚，为儒孰非腐（麌）。乾坤杳茫茫，三叹出门去（御）。

——［宋］陈与义《别岳州》

（二）近体诗

鱼韵近体诗：

无事乌程县，蹉跎岁月余。不知芸阁吏，寂寞竟何如?
远水浮仙棹，寒星伴使车。因过大雷岸，莫忘几行书。

——［唐］李冶《寄校书七兄》

猿鸟犹疑畏简书，风云常为护储胥。
徒令上将挥神笔，终见降王走传车。
管乐有才原不忝，关张无命欲何如。
他年锦里经祠庙，梁父吟成恨有余。

——［唐］李商隐《筹笔驿》

娉娉袅袅十三余，豆蔻梢头二月初。
春风十里扬州路，卷上珠帘总不如。

——［唐］杜牧《赠别》

竹帛烟销帝业虚，关河空锁祖龙居。
坑灰未冷山东乱，刘项原来不读书。

——［唐］章碣《焚书坑》

北阙休上书，南山归敝庐。不才明主弃，多病故人疏。
白发催年老，青阳逼岁除。永怀愁不寐，松月夜窗虚。

——［唐］孟浩然《岁暮归南山》

山行不用瘦藤扶，度石穿云意自徐。
夜过西岩投宿处，满身风露竹扶疏。（首句用虞韵）

——［宋］刘一止《访石林》

江村归日暮，桑柘半成墟。唯有蓬蒿色，青青满故庐。

——［清］邢昉《避兵还舍率题壁间》

虞韵近体诗：

太乙近天都，连山接海隅。白云回望合，青霭入看无。
分野中峰变，阴晴众壑殊。欲投人处宿，隔水问樵夫。

——［唐］王维《终南山》

手风慵展八行书，眼暗休寻九局图。
窗里日光飞野马，案头筠管长蒲卢。
谋身拙为安蛇足，报国危曾捋虎须。
举世可能无默识，未知谁拟试齐竽。

——［唐］韩偓《安贫》

几年无事傍江湖，醉倒黄公旧酒垆。
觉后不知新月上，满身花影倩人扶。

——［唐］陆龟蒙《和袭美春夕酒醒》

功盖三分国，名成八阵图。江流石不转，遗恨失吞吴。

——［唐］杜甫《八阵图》

绿蚁新醅酒，红泥小火炉。晚来天欲雪，能饮一杯无？

——［唐］白居易《问刘十九》

洞房昨夜停红烛，待晓堂前拜舅姑。
妆罢低声问夫婿，画眉深浅入时无。

——［唐］朱庆馀《闺意献张水部》

泽国江山入战图，生民何计乐樵苏。
凭君莫话封侯事，一将功成万骨枯。

——［唐］曹松《己亥岁》

寒雨连江夜入吴，平明送客楚山孤。

洛阳亲友如相问，一片冰心在玉壶。

——［唐］王昌龄《芙蓉楼送辛渐》

野水纵横漱屋除，午窗残梦鸟相呼。
春风日日吹香草，山北山南路欲无。(首句用鱼韵)

——［宋］王安石《悟真院》

爆竹声中一岁除，春风送暖入屠苏。
千门万户曈曈日，总把新桃换旧符。

——［宋］王安石《元日》

三友原来共一图，缘何不见老松孤。
梅花向竹低声道，他上秦邦作大夫。

——［清］于华春《题画》

无情未必真豪杰，怜子如何不丈夫。
知否兴风狂啸者，回眸时看小於菟。

——鲁迅《答客诮》

鱼虞通押的近体诗：

微官共有田园兴，老罢方寻隐退庐（鱼）。
栽种成阴十年事，仓黄求买万金无（虞）。
先生卜筑临清济，乔木如今似画图（虞）。
邻里亦知偏爱竹，春来相与护龙雏（虞）。

——［宋］苏轼《傅尧俞济源草堂》

百姓归周老，三年待鲁儒（虞）。世方随日化，身已要人扶（虞）。
玉几虽来晚，明堂讫授图（虞）。心知死诸葛，终不羡曹蜍（鱼）。

——［宋］陈师道《丞相温公挽词》

狐裘卧载锦驼车（鱼），酒醒冰髭结乱珠（虞）。
三尺马鞭装白玉，雪中画字草军书（鱼）。

——［宋］陆游《雪中忽起从戎之兴戏作》

青衫匹马万人呼（虞），幕府当年急急符（虞）。
愧我明珠成薏苡，负君赤手缚於菟（虞）。
观书老眼明如镜，论事惊人胆满躯（虞）。
万里云霄送君去，不妨风雨破吾庐（鱼）。

——［宋］辛弃疾《送别湖南部曲》

（三）词

鱼韵词：

红叶村西夕照余，黄芦滩畔月痕初。
轻拨棹，且归欤，挂起渔竿不钓鱼。

——［元］吴镇《渔父》

著罢南华一卷书，放情秋水自如如。
却将仁义等蘧庐。

千驷万钟无足贵，箪瓢藜藿有赢余。
气吞八极隘堪舆。

——［元］沈禧《浣溪沙》

虞韵词：

目断烟波青有无，霜凋枫叶锦模糊。
千尺浪，四腮鲈，诗筒相对酒葫芦。

——［元］吴镇《渔父·至元二年秋八月梅花道人戏作渔父四幅并题》

四野接平芜。一曲清溪似画图。
燕子日长溪馆静，菰蒲。
风洒轩窗暑气无。

林叟话樵苏。相送东桥日已晡。
啼鸟不知人禁酒，葫芦。
教我提来那处沽。

——［元］谢应芳《南乡子·过王景逸溪居》

竹槛云窗古画图，烟堤花坞小蓬壶。
昼长人静鸟相呼。

玄璧光浮铜雀研，紫绵香冷博山炉。
半敧高枕当人扶。

——［元］邵亨贞《浣溪沙·暮春杂兴》

鱼虞通押的词：

倾国倾城恨有余（鱼），几多红泪泣姑苏（虞）。

倚风凝睇雪肌肤（虞）。

吴主山河空落日，越王宫殿半平芜（虞）。
藕花菱蔓满重湖（虞）。

——［五代］薛昭蕴《浣溪沙》

凤髻金泥带，龙纹玉掌梳（鱼）。
走来窗下笑相扶（虞），
爱道画眉深浅入时无（虞）。

弄笔偎人久，描花试手初（鱼）。
等闲妨了绣工夫（虞），
笑问鸳鸯两字怎生书（鱼）。

——［宋］欧阳修《南歌子》

壮岁旌旗拥万夫（虞），锦襜突骑渡江初（鱼）。
燕兵夜娖银胡簶，汉箭朝飞金仆姑（虞）。

追往事，叹今吾（虞），春风不染白髭须（虞）。
却将万字平戎策，换得东家种树书（鱼）。

——［宋］辛弃疾《鹧鸪天》

身在燕山近帝居（鱼），归心日夜忆东吴（虞）。
斟美酒，鲙新鱼（鱼），除却清闲总不如（鱼）。

——［元］管道升《渔父词》

少日飞腾，湖海奇胸，风云壮图（虞）。
把人间远道，看为咫尺，眼前实地，认作虚无（虞）。
酾酒中天，振衣千仞，尘世烟霞有几区（虞）。
君山下，见洞庭清浅，欲问麻姑（虞）。

故吾只是今吾（虞）。已深愧当年大丈夫（虞）。
怅川流不息，直如逝者，天风高举，更有谁欤（鱼）。
鼎鼐何功，江山多幸，长铗归来食有鱼（鱼）。
神仙事，笑临邛道士，还在洪都（虞）。

——［元］许有壬《沁园春·飞吟亭和白玉蟾韵》

遇韵词：

纤云弄巧，飞星传恨，银汉迢迢暗渡。
金风玉露一相逢，便胜却人间无数。

柔情似水，佳期如梦，忍顾鹊桥归路。
两情若是久长时，又岂在朝朝暮暮。

——［宋］秦观《鹊桥仙》

语麌御遇通押的词：

花非花，雾非雾（遇），夜半来，无明去（御）。
来如春梦不多时，去似朝云无觅处（御）。

——［唐］白居易《花非花》

槛菊愁烟兰泣露（遇），
罗幕轻寒，燕子双飞去（御）。
明月不谙离恨苦（麌），斜光到晓穿朱户（麌）。

昨夜西风凋碧树（遇），
独上高楼，望尽天涯路（遇）。
欲寄彩笺兼尺素（遇），山长水阔知何处！（御）

——［宋］晏殊《蝶恋花》

含羞整翠鬟，得意频相顾（遇）。
雁柱十三弦，一一春莺语（语）。

娇云容易飞，梦断知何处（御）。
深院锁黄昏，阵阵芭蕉雨（麌）。

——［宋］欧阳修《生查子》

庭院深深深几许（语），
杨柳堆烟，帘幕无重数（遇）。
玉勒雕鞍游冶处（御），楼高不见章台路（遇）。

雨横风狂三月暮（遇），
门掩黄昏，无计留春住（遇）。
泪眼问花花不语（语），乱红飞过秋千去（御）。

——［宋］欧阳修《蝶恋花》

雾失楼台，月迷津渡（遇）。桃源望断无寻处（御）。
可堪孤馆闭春寒，杜鹃声里斜阳暮（遇）。

驿寄梅花，鱼传尺素（遇），砌成此恨无重数（遇）。
郴江幸自绕郴山，为谁流下潇湘去（御）。

——［宋］秦观《踏莎行》

天接云涛连晓雾（遇），星河欲转千帆舞（麌）。
彷佛梦魂归帝所（语），闻天语（语），殷勤问我归何处（御）。

我报路长嗟日暮（遇），学诗谩有惊人句（遇）。
九万里风鹏正举（语），风休住（遇），蓬舟吹取三山去（御）。

——［宋］李清照《渔家傲》

常记溪亭日暮（遇），沉醉不知归路（遇）。
兴尽晚回舟，误入藕花深处（御）。
争渡（遇），争渡（遇），惊起一滩鸥鹭（遇）。

——［宋］李清照《如梦令》

梦绕神州路（遇）。
怅秋风，连营画角，故宫离黍（语）。
底事昆仑倾砥柱，九地黄流乱注（遇）。
聚万落千村狐兔（遇）。
天意从来高难问，况人情，老易悲难诉（遇）。
更南浦，送君去（御）。

凉生岸柳催残暑（语）。
耿斜河、疏星淡月，断云微度（遇）。
万里江山知何处，回首对床夜语（语）。
雁不到，书成谁与（语）。
目尽青天怀今古，肯儿曹恩怨相尔汝（语）。
举大白，听金缕（麌）。

——［宋］张元干《贺新郎》

驿外断桥边，寂寞开无主（麌）。
已是黄昏独自愁，更著风和雨（麌）。

无意苦争春，一任群芳妒（遇）。
零落成泥碾作尘，只有香如故（遇）。

——［宋］陆游《卜算子·咏梅》

更能消几番风雨（麌），
匆匆春又归去（御）。
惜春长怕花开早，何况落红无数（遇）。
春且住（遇）。
见说道，天涯芳草无归路（遇）。

怨春不语（语）。
算只有殷勤画檐蛛网，尽日惹飞絮（御）。

长门事，准拟佳期又误（遇）。
蛾眉曾有人妒（遇）。
千金纵买相如赋，脉脉此情谁诉（遇）。
君莫舞（麌）。
君不见玉环飞燕皆尘土（麌）。
闲愁最苦。（麌）
休去倚危栏，斜阳正在烟柳断肠处（御）。

——［宋］辛弃疾《摸鱼儿》

东风夜放花千树（遇），更吹落，星如雨（麌）。
宝马雕车香满路（遇）。
凤箫声动，玉壶光转，一夜鱼龙舞（麌）。

蛾儿雪柳黄金缕（麌），笑语盈盈暗香去（御）。
众里寻他千百度（遇）。
蓦然回首，那人却在，灯火阑珊处（御）。

——［宋］辛弃疾《青玉案》

七虞部平仄通押的词：

醉里且贪欢笑，要愁那得功夫（虞）。
近来始觉古人书（鱼），信着全无是处（御）。

昨夜松边醉倒，问松我醉何如（鱼）。
只疑松动要来扶（虞），以手推松曰去（御）。

——［宋］辛弃疾《西江月》

释氏禅经律论，儒家传记诗书（鱼）。
老君三六部真符（虞）。止论一心两字。（寘）

了得一明心地，诸余土苴何须（虞）。
忘形忘气总归虚（鱼）。到此实非譬喻。（遇）
（此词上片末韵用字属寘韵，超出七虞部范围）

——［元］牧常晁《西江月》

断潮流月去，柁楼碎语，侵晓挂帆初（鱼）。
一行沙上雁，又被西风，吹影落江湖（虞）。

红墙渐远，拂征衣，自叹清臞（虞）。
最凄凉，疏萍剩梗，飘泊意何如（鱼）。

愁余（鱼）！
黄花旧经，修竹吾庐，是离魂来处（御）。
料此后、诗边酒冷，梦里灯孤（虞）。
停船莫近投书浦，况路长，容易无书（鱼）。
归便早，今年总负鲈鱼（鱼）。

——［清］项廷纪《三犯渡江云》

第八章　八庚与方言

（一）八庚部与一东部的异同

八庚部有两点类似一东部。第一，东部的韵母以 ong（iong）为主、eng 为辅；而庚部的韵母以 eng（ing）为主、ong（iong）为辅，第二，一东二冬难以区别，八庚九青十蒸也难以区别。如：晴、情、清属八庚，青、蜻却属九青；莹、茔、营、萦属八庚，萤、荧却属九青；莺鹰都是禽鸟，读音亦同，却分属庚、蒸两韵。

两部的最大不同是：八庚部中有一些字的韵母，既不是 eng（ing），也不是 ong（iong），而是 en（in、ün）；一东部则无此现象。如，庚韵的桢、贞、侦、祯，蒸韵的矜，梗韵的皿，迥韵的肯，敬韵的聘，径韵的孕。这些字，以普通话读音来衡量，似应属九真部各韵更合适。

为什么会有这种现象呢？原因有二：

1. 古今字音变化所致

上面所列的 9 个字，古音或旧读与今天不一样。桢、贞、祯的反切标音，俱为陟盈切；桢、侦、祯旧读 zhēng；矜，旧读 jīng；皿为武永切，肯为苦等切，聘为匹正切，孕为以证切。

古今读音不一致的，还有打、浜二字。打，都挺切，音顶，故属梗韵；浜，布耕切，似应读“崩”，故属庚韵。

2. 方言影响所致

正是这一原因，自古以来，用八庚部平仄各韵写成的诗词，时有九真部和十二侵部、十三元部的字杂入其中。杂入较多时，几乎分不出主次。请看下面这些诗词：

陈留人物后，疑有隐屠耕。
斯人岂有徒，满腹一杯羹。
婷婷小家子，与翁同醉醒。
薄暮行且歌，问之讳姓名。

子岂达者欤，槁竹聊一鸣。
老生何所因，稍稍声过情。
闭门十日雨，吟作饥鸢声。
诗书工发冢，刀笨得养生。
飞走不同穴，孔突不暇黔。

这是北宋陈师道的平韵古诗《陈留市隐者》。全诗九韵，前八韵为庚青通押，第九韵“黔”字，属盐韵或侵韵。

子身转脱然，于我一何忍（轸）。
相期白首欢，岂意娱俄顷（梗）。
当时携手处，一一苦追省（梗）。
伸纸见遗墨，检奁得零粉（吻）。
衣绽何人补，书乱惟自整（梗）。
亦有庭院花，独赏不成景（梗）。
一昨致盆兰，三日叶枯殒（轸）。
似我同心人，寿命吝不永（梗）。
郁陶对暗壁，泪苦繁星陨（轸）。
天乎何困余，江海吊寒梗（梗）。
有生有忧患，此味今再领（梗）。

这是晚清陈衡恪的仄韵古诗《春绮卒后百日往哭殡所感成》。全诗十一韵，顷、省、整、景、永、梗、领属八庚部的梗韵，而忍、殒、陨、粉属九真部的轸韵和吻韵。

七里严滩绕富春，压篷青重乱山横。
桐江水似离心曲，一片风帆万橹声。

这是清人蒋士铨的七绝《七里泷》，二四句押庚韵，首句却用了真韵的“春”字。

雪魂冰花凉气清，曲栏深处艳精神。
一钩新月风牵影，晴送娇香入画庭。

这是明人沈周的七绝《栀子花诗》，一四句庚青通押，第二句却用了真韵的“神”字。

竹里风生月上门（元）。

理秦筝（庚），
对云屏（青）。
轻拨朱弦，恐乱马嘶声（庚）。
含恨含娇独自语，今夜约，太迟生（庚）。

斗转星移玉漏频（真）。
已三更（庚），
对栖莺（庚）。
历历花间，似有马蹄声（庚）。
含笑整衣开绣户，斜敛手，下阶迎（庚）。

这是五代词人和凝的两首《江城子》。第一首，庚、青通押，首句却用了十三元的“门”字；第二首，押庚韵，首句却用了真韵的“频”字。

院落深沉，池塘寂静（梗）。
帘钩卷上梨花影（梗）。
宝筝拈得雁难寻，篆香消尽山空冷（梗）。

钗凤斜欹，鬓蝉不整（梗）。
残红立褪慵看镜（敬）。
杜鹃啼月一声声，等闲又是三春尽（轸）。

这是南宋洪迈的词《踏莎行》，属仄声梗、敬通押，而尾韵“尽”字却属轸韵。

但是像下面宋末张炎的这首《忆旧游·登蓬莱阁》，就难说是以庚青蒸为主了：

问蓬莱何处，风月依然，万里江清（庚）。
休说神仙事，便神仙纵有，即是闲人（真）。
笑我几番醒醉，石磴扫松阴（侵）。
任狂客难招，采芳难赠，且自微吟（侵）。

俯仰成陈迹，叹百年谁在，栏槛孤凭（蒸）。
海日生残夜，看卧龙和梦，飞入秋冥（青）。
还听水声东去，山冷不生云（文）。
正目极空寒，萧萧汉柏愁茂陵（蒸）。

看上片，似真、侵通押，又有一庚韵的“清”字；看下片，似青、蒸通押，又有一文韵的“云”字。八个韵脚，庚、青、蒸与真、文、侵各占一半，平分秋色。

脸霞红印枕（寝）。
睡觉来，冠儿还是不整（梗）。
屏间麝煤冷（梗）。
但眉峰压翠，泪珠弹粉（吻）。
堂深昼永（梗）。
燕交飞、风帘露井（梗）。
恨无人与说相思，近日带围宽尽（轸）。

重省（梗）。
残灯朱幌，淡月纱窗，那时风景（梗）。
阳台路迥（迥）。
云雨梦，便无准（轸）。
待归来，先指花梢教看，却把心期细问（问）。
问因循过了青春，怎生意稳（阮）。

这是南宋陆淞的《瑞鹤仙》，十三个韵脚，本部（梗迥）七韵，轸、吻、阮、问、寝六韵。像上述这种现象虽不十分常见，亦非十分难找。尤其是在填词中，更为严重。平声韵的，如宋代柳永的《引驾行》，刘过的《六州歌头》，张炎的《满庭芳》《声声慢》，近代秋瑾的《鹧鸪天》；仄声韵的，如宋代姜夔的《湘月》，史达祖的《双双燕》，李曾伯的《青玉案》，张炎的《摸鱼子》，清代顾贞观的《双双燕》，许宗衡的《百宜娇》，都是如此。从中可以看出，词的用韵宽于诗。

但是，无论如何，这种现象是不规范的，也是不应提倡的。它是一种以方言搅乱诗韵的倾向，既背离诗韵、词韵，也背离普通话的标准发音。

（二）平仄两读而字义相同的字

八庚部有一部分字具有平仄两种读音，而其义相同。这与我们日常使用的普通话是不一样的。这些字是：

婧，并属庚韵、敬韵；
莹，并属庚韵、径韵；
狰，并属庚韵、梗韵；
瞑、溟，并属青韵、迥韵、径韵；
暝、听、廷，并属青韵、径韵；

莛、醒，并属青韵、迥韵；
町，并属青韵、迥韵、铣韵；
惺，并属青韵、梗韵；
絚、凭，并属蒸韵、径韵。

这种状况，提高了创作的自由度，习惯于普通话读音的作者，容易忽略这一点。其中，听、醒、凭三字，使用频率较高。如上节所举陈师道诗《陈留市隐者》中的第六句“与翁同醉醒”，就是“醒”读平声的例子；张炎词《忆旧遊》下片首韵“栏槛孤凭”，就是“凭”读平声的例子。下面再看“醒”“凭”读仄声的例子：

水调数声持酒听，
午醉醒来愁未醒。
送春春去几时回，临晚镜，
伤流景，
往事后期空记省。

沙上并禽池上暝，
云破月来花弄影。
重重帘幕密遮灯，风不定，
人初静，
明日落红应满径。

这是北宋张先的仄韵词《天仙子》，上下片的首韵——“听、暝”二字，显然是仄声；第二句中两个“醒”字，第一个可平可仄，第二个在韵脚上，显然是仄声。

过春社了，度帘幕中间，去年尘冷。
差池欲住，试入旧巢相并。
还相雕梁藻井，
又软语商量不定。
飘然快拂花梢，翠尾分开红影。

芳径。
芹泥雨润。
爱贴地争飞，竞夸轻俊。
红楼归晚，看足柳昏花暝。

应自栖香正稳，
便忘了、天涯芳信。
愁损翠黛双蛾，日日画栏独凭。

这是南宋史达祖的仄韵词《双双燕》，尾韵“凭”字，显系仄声。同时，下片的“看足柳昏花暝”，“暝”字在韵脚上，也应读仄声。

下面再举“听”字读平仄声各一例：

昨夜寒蛩不住鸣。
惊回千里梦，已三更。
起来独自绕阶行。
人悄悄，帘外月胧明。

白首为功名。
旧山松竹老，阻归程。
欲将心事付瑶筝。
知音少，弦断有谁听。

这是岳飞的《小重山》，脍炙人口，押平声韵，“听”字自然是平声。

百啭千声随意移，山花红紫树高低。
始知锁向金笼听，不及林间自在啼。

这是同样脍炙人口的欧阳修的七绝《画眉鸟》，“听”字在第三句末尾，自然须读仄声，否则就不能算是一首律绝。

（三）并、胜二字的平仄辨析

“并”“胜”二字的平仄，也需格外注意。

并，作地名和姓氏解时，为平声；作一起、并列、兼并等义解时，亦平亦仄。作仄声读的例子如：

龙头舴艋吴儿竞，
笋柱秋千游女并。
芳洲拾翠暮忘归，秀野踏青来不定。

行云去后遥山暝，
已放笙歌池院静。
中庭月色正清明，无数杨花过无影。

这是宋人张先的《木兰花》，押仄声韵，“并”字显然系仄声。

作平声读的例子如：

秦亡草昧，刘项起吞并。
鞭寰宇，驱龙虎，扫欃枪，
斩长鲸。
血染中原战，视余耳，皆鹰犬，平祸乱，归炎汉，势奔倾。
兵败月明，
风急旌旗乱，刁斗三更。
共虞姬相对，泣听楚歌声。
玉帐魂惊，
泪盈盈。

这是宋人李冠《六州歌头》的上片，按词牌子的要求，韵脚上的“并”字，只能读平声。

胜，作“尽”和“经得起”解时，为平声；作名胜和首饰的一种——方胜解时，为仄声；作胜过、超过解时，各种词典上均注为仄声径韵，而证诸近体诗，则读平声亦可。请看韩愈、王安石的两首七绝：

天街小雨润如酥，草色遥看近却无。
最是一年春好处，绝胜烟柳满皇都。

——韩愈《早春呈水部张十八员外》

一陂春水绕花身，花影妖娆各占春。
纵被春风吹作雪，绝胜南陌碾成尘。

——王安石《北陂杏花》

“胜”字在两首诗的同一位置，只有读作平声，才符合七绝格律的要求。

（四）一种有规律的现象

八庚部的押韵状况大体上呈现这样的状态：古诗用韵较宽，独押一韵的较少，尤其是独押蒸、迥、敬、径韵的古诗，十分罕见，而庚、青、蒸通押，梗、迥、敬、径通押，十分常见；近体诗情况正好相反，庚、青、蒸独押是通例，通押是个别的；词的情况则与古诗相同。这种情形，在萧、肴、豪部，支、微、齐、灰部，鱼、虞部，都存在；在后面的真、文部，佳、灰部，元、寒、删、先部，覃、盐、咸部，也存在。这是一条普遍规律。

（2001 年 12 月 4 日）

八庚部用字表

平声

［庚］庚榜兵傍旁并浜祊屏绷缾珵琤城埕赪枨枪柽橙酲成盛撑呈瞠蛏铛程伧脭宬诚裎町瞪耕埂更赓鹒羹珩蘅横桁哼衡亨鹌荆茎睛晶蜻鲸京旌惊精粳婧颈坑硁铿令萌甍甿明虻黾盟鸣名盲氓柠狞坪彭苹枰棚楟砰硼平抨搒拼拚蟛乒膨烹怦澎评弸菁檠擎轻晴黥倾卿勍情清声生甥笙鼪牲狌行猩饧娙骍瑛璎莹茔营英䓨莺萦樱楹撄嘤央罂婴鹦籯迎盈赢嬴潆濴瀛媖缨正丁桢贞峥钲铮筝侦征鲭狰争怔祯

（以上字韵母为 eng、ing）

觥翃轰吰铜訇闳浤泓浤紘黉宏纮琼蔓茕惸荣蝾嵘兄

（以上字韵母为 ong、iong）

［简注］

榜 bēng，［榜檠］矫正弓弩的器具。又，北孟切，见敬韵。又读 bǎng，见养韵。

傍 bēng，［傍傍］忙急貌。又读 páng，见阳韵；又读 bàng，见漾韵。

旁 bēng，［旁旁］形容马强壮有力。《诗经·清人》："介驷旁旁。"又读 páng，见阳韵。

并 bīng，①地名用字，姓。②交并、吞并、并列等义，此义亦读 bìng，并属敬韵。

浜 布耕切，今读 bāng。

屏 bīng，［屏营］惶惧貌，彷徨貌。又读 píng，见青韵；又读 bǐng，见梗韵。

枪 chēng，［欃枪］彗星。又读 qiāng，见阳韵。

盛 chéng，用器具装东西。又读 shèng，见敬韵。

瞠 chēng；又，他郎切，音汤，抽良切，音伥，并属阳韵；又，耻孟切，撑去声，并属敬韵。

铛 chēng，古代炊器，似锅而三足，如茶铛、药铛。又读 dāng、tāng，见阳韵。

伧 旧读 chéng，今读 cāng。

裎 chéng，①裸体，②系玉珮的带子。又读 chěng，见梗韵。

盯 dīng；又，张梗切，并属梗韵；又，猪孟切，并属敬韵。

瞪 宅耕切，又读 dèng，并属径韵。

埂 居行切，音庚，又读 gěng，并属梗韵。

更 gēng，变更；夜间计时单位。又读 gèng，见敬韵。

羹 gēng，肉汤食。又读 láng，见阳韵。

横 héng，竖的反义。又读 hèng，见敬韵。

桁 héng，门、梁、窗上之横门。又读 háng，见阳韵；又读 hàng，见漾韵。

鶄 jīng，咨盈切，音精，䴔鶄，鸟名。又，仓经切，音青，见青韵。

蜻 jīng，［蜻蛚］蟋蟀的别称。又读 qīng，见青韵。

婧 咨盈切，音精，又读 jìng，并属敬韵。

颈 吉城切，又读 jǐng，并属梗韵。

令 líng，①使、假使，②复姓“令狐”用字。又读 lìng，见敬韵。

黾 méng，［黾塞］古九大要塞之一。又读 mìng，见梗韵；又读 miǎn，见铣韵；又读 mǐn，见轸韵。

盲 武庚切，今读 máng。

氓 méng，民众。又读 máng，用于“流氓”一词，应属阳韵。

柠 níng；又，拏梗切，并属梗韵。

彭 péng，姓。又读 bāng，见阳韵。

平 píng，平坦、平安等义。又读 pián，见先韵。

拼 北萌切，今读 pīn。

拚 北萌切，今读 pīn，同“拼”。又读 biàn，见霰韵；又读 fèn，见问韵。又读 fān，见元韵。

菁 qīng，又读 jīng，并属青韵。

檠 qíng，又读 jìng，并属梗韵。灯架，借指灯。又见敬韵。

行 xíng，走，将要。又读 xìng，见敬韵；又读 háng，见阳韵；又读 hàng，见漾韵。

猩 xīng，师庚切；又，桑经切，并属青韵。

娙 xíng，丘耕切；又，五刑切，并属青韵。

莹 yíng；又，乌定切，并属径韵。

央 yīng，［央央］鲜明貌。《诗经·六月》：“白旆央央”。又读 yāng，见阳韵。

迎 yíng，迎接、逢迎、面对等义。又读 yìng，见敬韵。

正 zhēng，①正月，②箭靶。又读 zhèng，见敬韵。

丁 zhēng，［丁丁］伐木声。又读 dīng，见青韵。

桢、**贞**、**侦**、**祯** 俱陟盈切，读 zhēng，今俱读 zhēn。

征 zhēng，远行、讨伐等义。又，“徵”的简体，见蒸韵。

狰 zhēng；又，疾郢切，并属梗韵。

轰 hōng；又，呼迸切，横去声，并属敬韵。

［**青**］青玎丁叮钉仃疔订菁泾经玲聆苓柃棂醽零軨拎龄蛉囹铃伶舲瓴鸰翎羚泠灵蓂榠瞑暝螟铭溟冥嫇甹咛宁荓萍軿帡俜瓶洴屏娉姘鶄蜻鲭莛霆厅町蜓听廷筳停鼮亭庭汀渟婷绖刑型形邢馨荥醒硎星钘腥猩惺娙陉萤荧滎

（以上字韵母为 eng、ing）

坰扃駉

（以上字韵母为 iong）

［**简注**］

丁 dīng，①天干第四位，②从事某种工作的人，③当、逢，④姓。又读 zhēng，见庚韵。

钉 dīng，钉子。又读 dìng，见径韵。

订 唐丁切，音庭；又读 dìng，并属迥韵、径韵。

菁 jīng，又读 qīng，并属庚韵。

零 líng，完整的反义。又读 lián，见先韵。

拎 郎丁切，今读 līn。

瞑 míng；又读 mǐng，并属迥韵、径韵。

暝 míng，又读 mìng，并属径韵。

溟 míng，小雨迷濛。又读 mǐng，见迥韵。

宁 níng，安定。又读 nìng，见径韵。

屏 píng，遮蔽物，遮蔽。又读 bīng，见庚韵；又读 bǐng，见梗韵。

姘 普丁切，今读 pīn。

鶄 qīng，仓经，音青，鶄鹤，鸟名。又，咨盈切，音精，见庚韵。

蜻 qīng，蜻蜓。又读 jīng，见庚韵。

莛 tíng；又，徒鼎切，并属迥韵.

町 tīng；又读 tǐng，并属迥韵；又，他典切，并属铣韵。
蜓 tíng，蜻蜓。又读 diǎn，见铣韵。
听 tīng；又，他定切，并属径韵。
廷 tíng；又，徒径切，并属径韵。
汀 tīng，水域平地。又读 tìng，见径韵。
馨 旧读 xīng，今读 xīn。
醒 xīng，又读 xǐng，并属迥韵。
猩 xīng，桑经切；又，师庚切，并属庚韵。
惺 xīng；又，息井切，并属梗韵。
娙 xíng，五刑切；又，丘耕切，并属庚韵。
荧 yíng；又，户茗切，并属迥韵。
滢 yíng；又，乌迥切，并属迥韵。

［**蒸**］蒸掤崩冰噌嶒称乘偁惩塍澄曾承烝层蹬簦登灯登絙恒姮兢矜菱棱楞崚棱鲮凌淩陵绫瞢凝能鬅堋砯凭冯朋鹏殑扔仍陾鬙昇升僧胜渑绳甏藤膡縢滕腾籐疼誊兴蝇膺鹰应增磳罾矰徵症憎鄫缯烝

（以上字韵母为 eng、ing）

肱薨鞃弘

（以上字韵母为 ong）

［**简注**］

称 chēng，①量物重，②声言、假托，③名声、名。又，昌孕切，今读 chèn，见径韵。
乘 chéng，①升、趁等义，②大乘、小乘，佛语。又读 shèng，见径韵。
澄 chéng，清澈。又读 dèng，见径韵。
蹬 dēng，踩，踏。又读 dèng，见径韵。
絙 gēng，又读 gèng，并属径韵。
恒 héng，长久。又读 gèng，见径韵。
矜 旧读 jīng，今读 jīn。
棱 léng，四方木。又读 lèng，见径韵。
楞 léng，①通“棱”；②楞严，梵语；③失神貌，此义又读 lèng。
瞢 méng，武登切；又，莫中切，并属东韵。又读 mèng，并属迥韵、径韵。
凝 níng；又，牛孕切，并属径韵。
凭 píng；又，皮证切，并属径韵。
冯 píng，①［冯冯］象声词，②通“凭”。又读 féng，见东韵。

扔 rēng，又，而证切，并属径韵。

胜 shēng，①经得起，力能担；②尽；③胜过、超过。又读 shèng，见径韵。

渑 shéng，古水名，川、鲁各一，在川者又名绳水。又读 miǎn，见铣韵。

螣 téng，［螣蛇］神蛇。又读 tè，见职韵。

疼 téng，徒登切，音腾；又，徒冬切，音彤，并属冬韵。据《中华大字典》。

兴 xīng，起也。又读 xìng，见径韵。

应 yīng，①该当，②承受，③地名。又读 yìng，见径韵。

徵 zhēng，简体作“征”，召聘、赋税、证明、征引等义。又见庚韵。又读 zhǐ，见纸韵。

症 zhēng，腹中结块之病。又读 zhèng，见径韵。

上声

［**梗**］梗丙邴秉饼炳怲屏逞裎骋打耿埂哽鲠绠璟静井境檠警柠景儆靖痉憬阱颈矿犷岭领冷黾蜢皿艋猛拧苘顷请眚省幸荇杏倖悻惺影郢颖颍瘿整盯睁狰

（以上字韵母为 eng、ing）

冏永

（以上字韵母为 ong）

［**简注**］

屏 bǐng，蒙蔽、抑止、排斥等义。又读 bīng，见庚韵；又读 píng，见青韵。

裎 chěng，对襟单衣。又读 chéng，见庚韵。

打 都挺切，音顶，今读 dǎ。

埂 gěng；又，居行切，音庚，并属庚韵。

檠 jìng，又读 qíng，并属庚韵。灯架，借指灯。又见敬韵。

柠 拏梗切，又读 níng，并属庚韵。

颈 jǐng；又，吉城切，并属庚韵。

矿 古猛切，今读 kuàng。

犷 居猛切；又读 guǎng，并属养韵。

黾 mǐng，蟾蜍类动物。又读 méng，见庚韵。又读 miǎn，见铣韵。又读 mǐn，见轸韵。

皿 武永切，今读 mǐn。
请 qǐng，请求、邀请等义。又读 qìng，见敬韵。
惺 息井切，又读 xīng，并属青韵。
盯 张梗切；又，猪孟切，并属敬韵；又读 dīng，并属庚韵。
睁 疾郢切，今读 zhēng。
狰 疾郢切，又读 zhēng，并属庚韵。

［迥］鞞酊顶鼎戥等订到肯茗瞢酩瞑溟謦珽莛梃挺町铤颋艇醒涬婞荧滢拯

（以上字韵母为 eng、ing）

迥褧颎炅泂炯

（以上字韵母为 iong）

［简注］
订 dìng，并属径韵；又，唐丁切，音庭，并属青韵。
肯 苦等切，今读 kěn。
茗 mǐng，今读 míng。
瞢 mèng，忙肯切；又，母亘切，并属径韵；又读 méng，并属东韵、蒸韵。
瞑 mǐng，母迥切；又，莫定切，并属径韵；又读 míng，并属青韵。
溟 mǐng，［溟涬］自然之气浑茫状，亦作"涬溟"。又读 míng，见青韵。
莛 徒鼎切，又读 tíng，并属青韵。
町 tǐng，又读 tīng，并属青韵；又，他典切，并属铣韵。
醒 xǐng，又读 xīng，并属青韵。
荧 户茗切，又读 yíng，并属青韵。
滢 乌迥切，又读 yíng，并属青韵。

去声

［敬］敬柄榜枋摒病并迸瞠更横轰靓檠镜獍竟竞净婧劲令命孟聘碰倩
庆清请盛晟圣行性姓硬映迎正政挣盯帧郑诤

（以上字韵母为 eng、ing）

敻诇咏泳

（以上字韵母为 iong）

［简注］
榜 北孟切，今读 bàng，船桨。又读 bǎng，见养韵；又读 bēng，见庚韵。

枋 bǐng，把柄。又读 fāng，见阳韵；又读 fǎng，见漾韵。
并 bìng，兼并、一同等义。与併、並、竝字义同。与平声“并”字含义部分相同，参见庚韵。
瞠 耻孟切，撑去声；又读 chēng，并属庚韵；又，他郎切，音汤；又，抽良切，音伥，并属阳韵。
更 gèng，再、又、愈等义。又读 gēng，见庚韵。
横 hèng，专横、凶暴、意外等义。又读 héng，见庚韵。
轰 呼迸切，音横去声，又读 hōng，并属庚韵。
檠 jìng，有脚的盘碟。又读 qíng，见庚韵；又见梗韵。
婧 jìng；又，子盈切，并属庚韵。
劲 jìng，今又读 jìn。
令 lìng，①名词，如法令、节令、县令、小令；②形容词，美好、敬称。又读 líng，见庚韵。
聘 匹正切，今读 pìn。
倩 qìng，①女婿，②请；又读 qiàn，见霰韵。
请 qìng，朝会名。汉制，春曰朝，秋曰请。又读 qǐng，见梗韵。
盛 shèng，兴旺、盛大等义。又读 chéng，见庚韵。
行 xìng，行为。又读 xíng，见庚韵。又读 háng，见阳韵。又读 hàng，见漾韵。
迎 yìng，迎娶。又读 yíng，见庚韵。
正 zhèng，偏之反义。又读 zhēng，见庚韵。
挣 zhèng，用力摆脱。今有时读 zhēng，如“挣扎”，仍属敬韵。
盯 猪孟切；又，张梗切，并属梗韵；又读 dīng，并属庚韵。

［径］径蹭秤称矴碇磴瞪蹬嶝钉锭镫腚饤憕澄定订凳邓亘恒絙胫迳另棱瞢瞑暝佞凝泞宁凭罄磬綮扔嵊乘剩胜听廷汀兴莹媵孕应滢赠锃甑症证

［简注］
称 昌孕切，今读 chèn，相当、符合。又读 chēng，见蒸韵。
瞪 dèng；又，宅耕切，并属庚韵。
蹬 dèng，踏阶。又读 dēng，见蒸韵。
钉 dìng，把钉子打入物体内的动作。又读 dīng，见青韵。

澄 dèng，使液体变清。又读 chéng，见蒸韵。
订 dìng，并属迥韵；又，唐丁切，音庭，并属青韵。
亘 古邓切，今读 gèn。
恒 gèng，月上弦。《诗经·天保》："如月之恒。"又读 héng，见蒸韵。
縆 gèng，又读 gēng，并属蒸韵。
棱 lèng，田梗。又读 léng，见蒸韵。
瞢 mèng，母亘切；又，忙肯切，并属迥韵；又读 méng，并属东韵、蒸韵。
瞑 mǐng，并属迥韵；又读 míng，并属青韵。
暝 mìng，又读 míng，并属青韵。
凝 牛孕切，又读 níng，并属蒸韵。
宁 nìng，副词，助词。又读 níng，见青韵。
凭 皮证切，又读 píng，并属蒸韵。
扔 而证切，又读 rēng，并属蒸韵。
乘 shèng，①兵车，②兵车的量词。又读 chéng，见蒸韵。
胜 shèng，①胜利、胜过，②名胜，③首饰。又读 shēng，见蒸韵。
听 他定切，又读 tīng，并属青韵。
廷 徒径切，又读 tíng，并属青韵。
汀 tìng，小水，细流。又读 tīng，见青韵。
兴 xìng，①高兴、兴致，②诗六义之一。又读 xīng，见蒸韵。
莹 乌定切，又读 yíng，并属庚韵。
孕 以证切，音媵，今读 yùn。
应 yìng，①答和，②星名，③乐器名。又读 yīng，见蒸韵。
症 zhèng，病象。又读 zhēng，见蒸韵。

诗词例证

（一）古诗

庚韵古诗：

猗嗟**名**兮，美目**清**兮，仪既**成**兮。
终日射侯，不出**正**兮，展我**甥**兮。

——《诗经·齐风·猗嗟》

越汉国兮入胡城，亡家失身兮不如无生。
毡裘为裳兮骨肉震惊，
羯膻为味兮枉遏我情。
鞞鼓喧兮从夜达明，胡风浩浩兮暗塞营。
伤今感昔兮三拍成，衔悲畜恨兮何时平？

——［汉］蔡琰《胡笳十八拍》

羽檄如流星，虎符合专城。喧呼救边急，群鸟皆夜鸣。
白日曜紫微，三公运权衡。天地皆得一，澹然四海清。
借问此何为，答言楚征兵。渡泸及五月，将赴云南征。
怯卒非战士，炎方难远行。长号别严亲，日月惨光晶。
泣尽继以血，心摧两无声。困兽当猛虎，穷鱼饵奔鲸。
千去不一回，投躯岂全生。如何舞干戚，一使有苗平。

——［唐］李白《古风》

扬州江七无书名，予独爱其神骨清。
欧阳体质褚性情，藐姑冰雪光莹莹。
如皋姜七无画名，予独爱其坚秀明。
梧桐月夜仙娥婬，如闻叹息微微声。
二子才思原纵横，二子学术原峥嵘。
天南万里诸髦英，俯首听命无衡争。
板桥道人孤异行，昌羊别嗜颠倒倾。
独推书画众目瞠，寻诸至理还平平。
庙堂若荐牺刚骍，二子应列丹刻楹。
大章箫韶咸池鸣，景王无射休噌吰。
即今别调吹竽笙，世间破列琵琶筝。
我来山左尘沙并，春风夜雨思乔莺。
穷达遇合何足营，望君刻苦孤迈征。
江书姜画悬皋枨，欧干卞璧湘秋蘅。
或予谬鉴双目盲，请呼老秃嗤残伧。
（此诗句句押韵，属柏梁体）

——［清］郑燮《江七姜七》

青韵古诗：

兵书久闲习，征战数曾经。讲戎平乐观，学戏羽林亭。

西征度疏勒，东驱出井陉。牧马滨长渭，营军毒上泾。
平云如阵色，半月类城形。羽书封信玺，诏使动流星。
对岸流沙白，缘河柳色青。将幕恒临斗，旌门常背邢。
勋封瀚海石，功勒燕然铭。兵势因麾下，军图送掖庭。
谁怜下玉箸，向暮掩金屏。

——［北朝·周］王褒《从军行》

善鼓云和瑟，常闻帝子灵。冯夷空自舞，楚客不堪听。
苦调凄金石，清音入杳冥。苍梧来怨慕，白芷动芳馨。
流水传潇浦，悲风过洞庭。曲终人不见，江上数峰青。

——［唐］钱起《省试湘灵鼓瑟》

天地有正气，杂然赋流形。下则为河岳，上则为日星。
于人曰浩然，沛乎塞苍冥。皇路当清夷，含和吐明庭。
时穷节乃见，一一垂丹青。

——［宋］文天祥《正气歌》

蒸韵古诗：

捄之陾**陾**，度之薨**薨**。筑之登**登**，削屡冯**冯**。
百堵皆**兴**，鼛鼓弗**胜**。

——《诗经·大雅·绵》

晷度随天运，四时互相承。东壁正昏中，涸阴寒节升。
繁霜降当夕，悲风中夜兴。朱火青无光，兰膏坐自凝。
重衾无暖气，挟纩如怀冰。伏枕终遥夕，寤言莫予应。
永思虑崇替，慨然独拊膺。

——［晋］张华《杂诗》

须如猬毛磔，面如紫石棱。
丈夫出门无万里，风云之会立可乘。
追奔露宿青海月，夺城夜踏黄河冰。
铁衣度碛雨飒飒，战鼓上陇雷凭凭。
三更穷虏送降款，天明积甲如丘陵。
中华初识汗血马，东夷再贡霜毛鹰。
群阴伏，太阳升。胡无人，宋中兴。
丈夫报主有如此，笑人白首篷窗灯。

——［宋］陆游《胡无人》

庚青蒸通押的古诗：

俟我于**庭**乎而（青），充耳以**青**乎而（青），
尚之以琼**莹**乎而（庚）！

——《诗经·齐风·著》

嘤其**鸣**矣（庚），求其友声（庚）。
相彼鸟矣，犹求友声（庚）。
矧伊人矣，不求友生（庚）。
神之**听**之（青），终和且平（庚）。

——《诗经·小雅·伐木》

驾飞龙兮北征（庚），邅吾道兮洞庭（青）。
薜荔柏兮蕙绸，荪桡兮兰旌（庚）。
望涔阳兮极浦，横大江兮扬舲（青）。

——屈原《九歌·湘君》

三王德弥薄。惟后用肉刑（青）。太苍令有罪。就递长安城（庚）。
自恨身无子。困急独茕茕（庚）。小女痛父言。死者不可生（庚）。
上书诣阙下。思古歌鸡鸣（庚）。忧心摧折裂。晨风扬激声（庚）。
圣汉孝文帝。恻然感至情（庚）。百男何愦愦。不如一缇萦（庚）！

——［汉］班固《咏史》

惟彼方兮远阳精（庚），阴气凝兮雪夏零（青）。
沙漠壅兮尘冥冥（青），有草木兮春不荣（庚）。
人似兽兮食臭腥（青），言兜离兮状窈停（青）。
岁聿暮兮时迈征（庚），夜悠长兮禁门扃（青）。
不能寐兮起屏营（庚），登胡殿兮临广庭（青）。
玄云合兮翳月星（青），北风厉兮肃泠泠（青）。
胡笳动兮边马鸣（庚），孤雁归兮声嘤嘤（庚）。
乐人兴兮弹琴筝（庚），音相和兮悲且清（庚）。
心吐思兮胸愤盈（庚），欲舒气兮恐彼惊（庚）。
含哀咽兮泪沾颈（庚），家既迎兮当归宁（青）。
临长路兮捐所生（庚），儿呼母兮啼失声（庚），
我掩耳兮不忍听（青）。
追持我兮走茕茕（庚），顿复起兮毁颜形（青）。
还顾之兮破人情（庚），心怛绝兮死复生（庚）。
（此诗属柏梁体）

——［汉］蔡琰《悲愤诗（二）》

骥子跼且鸣（庚），铁阵与云平（庚）。汉家嫖姚将，驰突匈奴庭（青）。
少年斗猛气，怒发为君征（庚）。雄戟摩白日，长剑断流星（青）。
早出飞狐塞，晚泊楼烦城（庚）。虏骑四山合，胡尘千里惊（庚）。
嘶笳振地响，吹角沸天声（庚）。左碎呼韩阵，右破休屠兵（庚）。
横行绝漠表，饮马瀚海清（庚）。陇树枯无色，沙草不常青（青）。
勒石燕然道，凯归长安亭（青）。县官知我健，四海谁不倾（庚）。
但使强胡灭，何须甲第成（庚）。当令丈夫志，独为上古英（庚）。

——［南朝·齐］孔稚珪《白马篇》

兰若生春夏，芊蔚何青青（青）。幽独空林色，朱蕤冒紫茎（庚）。
迟迟白日晚，嫋嫋秋风生（庚）。岁华尽摇落，芳意竟何成（庚）？

——［唐］陈子昂《感遇》

客行新安道，喧呼闻点兵（庚）。借问新安吏，县小更无丁（青）。
府帖昨夜下，次选中男行（庚）。中男绝短小，何以守王城（庚）。
肥男有母送，瘦男独伶俜（青）。白水暮东流，青山犹哭声（庚）。
莫自使眼枯，收汝泪纵横（庚）。眼枯即见骨，天地终无情（庚）。
我军取相州，日夕望其平（庚）。岂意贼难料，归军星散营（庚）。
就粮近故垒，练卒依旧京（庚）。掘壕不到水，牧马役亦轻（庚）。
况乃王师顺，抚养甚分明（庚）。送行勿泣血，仆射如父兄（庚）。

——［唐］杜甫《新安吏》

估客无住著，有利身则行（庚）。出门求火伴，入户辞父兄（庚）。
父兄相教示，求利莫求名（庚）。求名莫所避，求利无不营（庚）。
火伴相勒缚，卖假莫卖诚（庚）。交关但交假，本生得失轻（庚）。
自兹相将去，誓死意不更（庚）。一解市头语，便无乡里情（庚）。
鍮石打臂钏，糯米吹项瓔（庚）。归来村中卖，敲作金玉声（庚）。
村中田舍娘，贵贱不敢争（庚）。所费百钱本，已得十倍赢（庚）。
颜色转光静，饮食亦甘馨（青）。子本频蕃息，货赂日兼并（庚）。
求珠驾沧海，采玉上荆衡（庚）。北买党项马，西擒吐蕃鹦（庚）。
炎洲布火浣，蜀地锦织成（庚）。越婢脂肉滑，奚僮眉眼明（庚）。
通算衣食费，不计远近程（庚）。经营天下遍，却到长安城（庚）。
城中东西市，闻客次第迎（庚）。迎客兼说客，多财为势倾（庚）。
客心本明黠，闻语心已惊（庚）。先问十常侍，次求百公卿（庚）。
侯家与主第，点缀无不精（庚）。归来始安坐，富与王者勍（庚）。
市卒醉肉臭，县胥家舍成（庚）。岂惟绝言语，奔走极使令（庚）。

大儿贩材木，巧识梁栋形（青）。小儿贩盐卤，不入州县征（庚）。
一身偃市利，突若截海鲸（庚）。钩距不敢下，下则牙齿横（庚）。
生为估客乐，判尔乐一生（庚）。尔又生两子，钱刀何岁平（庚）！

——［唐］元稹《估客乐》

山木多蓊郁，兹桐独亭亭（青）。叶重碧云片，花簇紫霞英（庚）。
是时三月天，春暖山雨晴（庚）。夜色向月浅，暗香随风轻（庚）。
行者多商贾，居者悉黎氓（庚）。无人解赏爱，有客独屏营（庚）。
手攀花枝立，足蹋花影行（庚）。生怜不得所，死欲扬其声（庚）。
截为天子琴，刻作古人形（青）。云待我成器，荐之于穆清（庚）。
诚是君子心，恐非草木情（庚）。胡为爱其华，而反伤其生（庚）？
老龟被刳肠，不如无神灵（青）。雄鸡自断尾，不愿为牺牲（庚）。
况此好颜色，花紫叶青青（青）。宜遂天地性，忍加刀斧刑（青）？
我思五丁力，拔入九重城（庚）。当君正殿栽，花叶生光晶（庚）。
上对月中桂，下覆阶前蓂（青）。汎拂香炉烟，隐映斧藻屏（青）。
为君布绿阴，当暑荫轩楹（庚）。沉沉绿满地，桃李不敢争（庚）。
为君发清韵，风来如叩琼（庚）。泠泠声满耳，郑卫不足听（青）。
受君封植力，不独吐芬馨（青）。助君行春令，开花应清明（庚）。
受君雨露恩，不独含芳荣（庚）。戒君无戏言，剪叶封弟兄（庚）。
受君岁月功，不独资生成（庚）。为君长高枝，凤凰上头鸣（庚）。
一鸣君万岁，寿如山不倾（庚）。再鸣万人泰，泰阶为之平（庚）。
如何有此用，幽滞在岩坰（青）？岁月不尔驻，孤芳坐凋零（青）。
请向桐枝上，为余题姓名（庚）。待余有势力，移尔献丹庭（青）。

——［唐］白居易《答桐花》

楚王疑忠臣，江南放屈平（庚）。晋朝轻高士，林下弃刘伶（青）。
一人常独醉，一人常独醒（青）。醒者多苦志，醉者多欢情（庚）。
欢情信独善，苦志竟何成（庚）。兀傲瓮间卧，憔悴泽畔行（庚）。
彼忧而此乐，道理甚分明（庚）。愿君且饮酒，勿思身后名（庚）。

——［唐］白居易《效陶潜体诗十六首》

穷山候至阳气生（庚），百物如与时节争（庚）。
官居荒凉草树密，撩乱红紫开繁英（庚）。
花深叶暗辉朝日，日暖众鸟皆嘤鸣（庚）。
鸟言我岂解尔意，绵蛮但爱声可听（青）。
南窗睡多春正美，百舌未晓催天明（庚）。

黄鹂颜色已可爱，舌端哑咤如娇婴（庚）。
竹林静啼青竹笋，深处不见唯闻声（庚）。
陂田绕郭白水满，戴胜谷谷催春耕（庚）。
谁谓鸣鸠拙无用，雄雌各自知阴晴（庚）。
雨声萧萧泥滑滑，草深苔绿无人行（庚）。
独有花上提葫芦，劝我沽酒花前倾（庚）。
其余百种各嘲哳，异乡殊俗难知名（庚）。
我遭谗口身落此，每闻巧舌宜可憎（蒸）。
春到山城苦寂寞，把盏常恨无娉婷（青）。
花开鸟语辄自醉，醉与花鸟为交朋（蒸）。
花能嫣然顾我笑，鸟劝我饮非无情（庚）。
身闲酒美惜光景，惟恐鸟散花飘零（青）。
可笑灵均楚泽畔，离骚憔悴愁独醒（青）。

——［宋］欧阳修《啼鸟》

梗韵古诗：

白日沦西阿，素月出东岭。遥遥万里辉，荡荡空中景。
风来入房户，中夜枕席冷。气变悟时易，不眠知夕永。
欲言无余和，挥杯劝孤影。日月掷人去，有志不获骋。
念此怀悲凄，终晓不能静。

——［晋］陶渊明《杂诗》

寒月沉沉洞房静，真珠帘外梧桐影。
秋霜欲下手先知，灯底裁缝剪刀冷。

——［唐］白居易《空闺怨》

西郊莽迢递，川树凝烟景。雨过落红蕖，斜阳半江冷。
蝉鸣山欲暗，雁去天逾永。孤客对萧条，应嗟镜中影。

——［明］高启《陈氏秋容轩》

敬韵古诗：

去时儿女悲，归来笳鼓竞。借问行路人，何如霍去病。

——［南朝·梁］曹景宗《光华殿侍宴赋竞病韵》

举世轻寒酸，穷骨谁相敬。如何严州城，亦以严为姓。

——［明］袁宏道《严陵》

梗迥敬径通押的古诗：

麟之定（径），振振公姓（敬）。

——《诗经·周南·麟之趾》

阳春二三月，诸花尽芳盛（敬）。持底唤欢来，花笑莺歌咏（梗）。

——［南朝］清商曲辞《西乌夜飞》

石梁度空旷，茅屋临清炯（迥）。俯窥娇饶杏，未觉身胜影（梗）。

嫣如景阳妃，含笑堕宫井（梗）。怊怅有微波，残妆坏难整（梗）。

——［宋］王安石《杏花》

云霞堕西山，飞帆拂天镜（敬）。谁开一窗明，纳此千顷静（梗）。

寒蟾发淡白，一雨破孤迥（迥）。时邀竹林交，或尽剡溪兴（径）。

扁舟还北城，隐隐闻钟磬（径）。

——［宋］程俱《豁然阁》

溪上行吟山里应（径），山边闲步溪间影（梗）。

每应人语识山声，却向溪光见人性（敬）。

溪流自漱溪不喧，山鸟相呼山愈静（梗）。

野鸡伏卵似养丹，睡鸭栖芦如入定（径）。

人生何必学臞仙，我行自乐如散圣（敬）。

无人独赋溪山谣，山能远和溪能听（径）。

——［宋］林希逸《溪上谣》

（二）近体诗

庚韵近体诗：

委翠似知节，含芳如有情。全由履迹少，并欲上阶生。

——［南朝·梁］庾肩吾《咏长信宫中草》

烽火照西京，心中自不平。牙璋辞凤阙，铁骑绕龙城。

雪暗凋旗画，风多杂鼓声。宁为百夫长，胜作一书生。

——［唐］杨炯《从军行》

谁家玉笛暗飞声，散入春风满洛城。

此夜曲中闻折柳，何人不起故园情。

——［唐］李白《春夜洛城闻笛》

李白乘舟将欲行，忽闻岸上踏歌声。

桃花潭水深千尺，不及汪伦送我情。

——［唐］李白《赠汪伦》

好雨知时节，当春乃发生。随风潜入夜，润物细无声。
野径云俱黑，江船火独明。晓看红湿处，花重锦官城

——［唐］杜甫《春夜喜雨》

江草日日唤愁生，巫峡泠泠非世情。
盘涡鹭浴底心性，独树花发自分明。
十年戎马暗南国，异域宾客老孤城。
渭水秦山得见否，人经疲病虎纵横。

——［唐］杜甫《愁》

杨柳青青江水平，闻郎江上唱歌声。
东边日出西边雨，道是无晴却有晴。

——［唐］刘禹锡《竹枝词》

依依袅袅复青青，勾引春风无限情。
白雪花繁空扑地，绿丝条弱不胜莺。

——［唐］白居易《杨柳枝词八首》

离离原上草，一岁一枯荣。野火烧不尽，春风吹又生。
远芳侵古道，晴翠接荒城。又送王孙去，萋萋满别情。

——［唐］白居易《赋得古原草送别》

雁尽书难寄，愁多梦不成。愿随孤月影，流照伏波营。

——［唐］沈如筠《闺怨》

独怜幽草涧边生，上有黄鹂深树鸣。
春潮带雨晚来急，野渡无人舟自横。

——［唐］韦应物《滁洲西涧》

十岁裁诗走马成，冷灰残烛动离情。
桐花万里丹山路，雏凤清于老凤声。

——［唐］李商隐《韩冬郎即席为诗相送，一座尽惊，他日余方追吟“连宵侍坐徘徊久”之句，有老成之风，因成二绝寄酬，兼呈畏之员外》

本以高难饱，徒劳恨费声。五更疏欲断，一树碧无情。
薄宦梗犹泛，故园芜已平。烦君最相警，我亦举家清。

——［唐］李商隐《蝉》

多情却似总无情，惟觉尊前笑不成。

蜡烛有心还惜别，替人垂泪到天明。

——［唐］杜牧《赠别》

夜久无眠秋气清，烛花频剪欲三更。
铺床凉满梧桐月，月在梧桐缺处明。

——［宋］朱淑贞《秋夜》

梅子黄时日日晴，小溪泛尽却山行。
绿阴不减来时路，添得黄鹂四五声。

——［宋］曾几《三衢道中》

四月清和雨乍晴，南山当户转分明。
更无柳絮因风起，唯有葵花向日倾。

——［宋］司马光《客中初夏》

雨洗东坡月色清，市人行尽野人行。
莫嫌荦确坡头路，自爱铿然曳杖声。

——［宋］苏轼《东坡》

一曲清歌一束绫，美人犹自意嫌轻。
不知织女萤窗下，几度抛梭织得成。(首句用蒸韵)

——［宋］蒨桃《呈寇公》

早岁君王记姓名，只今憔悴客边城。
青衫犹是鹓行旧，白发新从剑外生。
古戍旌旗秋惨淡，高城刁斗夜分明。
壮心未许全消尽，醉听檀槽出塞声。

——［宋］陆游《醉中感怀》

秋风十驿望台星，想见冰壶照座清。
零雨已回公旦驾，挽须聊听野王筝。
三朝元老心方壮，四海苍生耳已倾。
白发故人来一别，却归林下看升平。(首句用青韵)

——［宋］魏泰《荆门别张天觉》

南北驱驰报主情，江花边月笑平生。
一年三百六十日，多是横戈马上行。

——［明］戚继光《马上作》

衙斋卧听萧萧竹，疑是民间疾苦声。
些小吾曹州县吏，一枝一叶总关情。

——［清］郑燮《潍县署中画竹呈年伯包大中丞括》

青韵近体诗：

天下伤心处，劳劳送客亭。春风知别苦，不遣柳条青。

——［唐］李白《劳劳亭》

潮满冶城渚，日斜征虏亭。蔡洲新草绿，幕府旧烟青。
兴废由人事，山川空地形。后庭花一曲，幽怨不堪听。

——［唐］刘禹锡《金陵怀古》

龙池赐酒敞云屏，羯鼓声高众乐停。
夜半宴归宫漏永，薛王沉醉寿王醒。

——［唐］李商隐《龙池》

银烛秋光冷画屏，轻罗小扇扑流萤。
天阶夜色凉如水，坐看牵牛织女星。

——［唐］杜牧《秋夕》

夜合花开香满庭，夜深微雨醉初醒。
远书珍重何曾达，旧事凄凉不可听。
去日儿童皆长大，昔年亲友半凋零。
明朝又是孤舟别，愁见河桥酒幔青。

——［唐］窦叔向《夏夜宿表兄话旧》

锦衣红夺彩霞明，侵晓春游向野庭。
不识农夫辛苦力，骄骢踏烂麦青青。（首句用庚韵）

——［五代］孟宾于《公子行》

腰间羽箭久凋零，太息燕然未勒铭。
老子犹堪绝大漠，诸君何至泣新亭。
一身报国有万死，双鬓向人无再青。
记取江湖泊船处，卧闻新雁落寒汀。

——［宋］陆游《夜泊水村》

蒸韵近体诗：

咫尺愁风雨，匡庐不可登。只疑云雾窟，犹有六朝僧。

——［唐］钱珝《江行无题》

龙盘虎踞树层层，势入浮云亦是崩。
一种青山秋草里，路人唯拜汉文陵。

——［唐］许浑《途经秦始皇墓》

从来系日乏长绳，水去云回恨不胜。

欲就麻姑买沧海，一杯春露冷如冰。

——［唐］李商隐《谒山》

清时有味是无能，闲爱孤云静爱僧。
欲把一麾江海去，乐游原上望昭陵。

——［唐］杜牧《将赴吴兴登乐游原》

飞来峰上千寻塔，闻说鸡鸣见日升。
不畏浮云遮望眼，自缘身在最高层。

——［宋］王安石《登飞来峰》

杉竹清阴合，闲行意有凭。凉生初过雨，静极忽归僧。
虫迹穿幽穴，苔痕接断棱。翻思深隐处，峰顶下层层。

——［宋］保暹《秋径》

衰发萧萧老郡丞，洪州又看上元灯。
羞将枉直分寻尺，宁走东西就斗升。
吏进饱谙箝纸尾，客来苦劝摸床棱。
归装渐理君知否，笑指庐山古涧藤。

——［宋］陆游《自咏示客》

黄帽传呼睡不成，投篙细细激流冰。
分明旧泊江南岸，舟尾春风飐客灯。（首句用庚韵）

——［宋］姜夔《除夜自石湖归苕溪》

苑墙曲曲柳冥冥，人静山空见一灯。
荷叶似云香不断，小船摇曳入西陵。（首句用青韵）

——［宋］姜夔《湖上寓居杂咏》

庚青蒸通押的近体诗：

此马非凡马，房星本是星（青）。
向前敲瘦骨，犹自带铜声（庚）。

——［唐］李贺《马诗》

才近中秋月已清（庚），鸦青幕挂一团冰（蒸）。
忽然觉得今宵月，元不粘天独自行（庚）。

——［宋］杨万里《八月十二夜诚斋望月》

二百年来一老生（庚），白头落魄到西京（庚）。
疲驴狭路愁官长，破帽青衫拜孝陵（蒸）。
亭长一抔终马上，桥山万岁始龙迎（庚）。

当时事业难身遇，凭仗中官说与听（青）。

——［明］徐渭《恭谒孝陵》

得失无心总不惊（庚），秋来偏动故乡情（庚）。
平常窗外梧桐雨，不似今宵不耐听（青）。

——［明］李祯《夜雨》

生平四十老柴荆（庚），此日麻鞋拜故京（庚）。
谁使山何全破碎，可堪翦伐到园陵（蒸）。
牛羊践履多新草，冠盖雍容半旧卿（庚）。
歌泣不成天已暮，悲风日夜起江声（庚）。

——［清］魏禧《登雨花台》

山深时有百虫鸣（庚），攲枕危楼酒半醒（青）。
忽地西风催落叶，急呼镫起听秋声（庚）。

——［清］郭麐《宿灵鹫山家》

又去吴淞作海行（庚），万流回首只凄清（庚）。
樯灯倒照鲛人出，天幕低张渔火明（庚）。
远客一舟同契阔，归航三日过零丁（青）。
逢山便就帆师问，不报东南近有兵（庚）。

——［近代］黄节《海夜》

（三）词

庚韵词：

夜饮东坡醒复醉，归来仿佛三更。
家童鼻息已雷鸣。
敲门都不应，倚杖听江声。

长恨此身非我有，何时忘却营营。
夜阑风静縠纹平。
小舟从此逝，江海寄余生。

——［宋］苏轼《临江仙·夜归临皋》

醉里挑灯看剑，梦回吹角连营。
八百里分麾下炙，五十弦翻塞外声。
沙场秋点兵。

马作的卢飞快，弓如霹雳弦惊。

了却君王天下事，赢得生前身后名。
可怜白发生。

——［宋］辛弃疾《破阵子·为陈同甫赋壮词以寄之》

长恨复长恨，裁作短歌行。
何人为我楚舞，听我楚狂声。
余既滋兰九畹，又树蕙之百亩，秋菊更餐英。
门外沧浪水，可以濯吾缨。

一杯酒，问何似，身后名。
人间万事，毫发常重泰山轻。
悲莫悲生离别，乐莫乐新相识，儿女古今情。
富贵非吾事，归与白鸥盟。

——［宋］辛弃疾《水调歌头》

青韵词：

海角飘零。叹汉苑秦宫，坠露飞萤。
梦里天上，金屋银屏。歌吹竞举青冥。
问当时遗谱，有绝艺、鼓瑟湘灵。
促哀弹，似林莺呖呖，山溜泠泠。

梨园太平乐府，醉几度春风，鬓变星星。
舞破中原，尘飞沧海，飞雪万里龙庭。
写胡笳幽怨，人憔悴、不似丹青。
酒微醒。对一窗凉月，灯火青荧。

——［宋］吴激《春从天上来·会宁府遇老姬善鼓瑟自言梨园旧籍因感而赋此》

太一沧波下酒星，露醽秘诀出仙扃。
情知天上莲花白，压尽人间竹叶青。

迷晚色，散秋馨，兵厨晓溜玉泠泠。
楚江云锦三千顷，笑杀灵均语独醒。

——［金］李治《鹧鸪天·中秋同遗山饮倪文仲家莲花白醉中赋此》

蒸韵词：

春幡细缕春缯，春闺一点春灯。
自是春心缭乱，非干春梦无凭。

——［五代］欧阳炯《清平乐》（下片）

庚青蒸通押的词：

苹叶软，杏花明（庚），画船轻（庚）。
双浴鸳鸯出绿汀（青），棹歌声（庚）。

春水无风无浪，春天半雨半晴（庚）。
红粉相随南浦晚，几含情（庚）。

——［五代］和凝《春光好》

秦亡草昧，刘项起吞并（庚）。
鞭寰宇，驱龙虎，扫欃枪（庚），斩长鲸（庚）。
血染中原战，视余耳，皆鹰犬，平祸乱，归炎汉，势奔倾（庚）。
兵散月明，风急旌旗乱，刁斗三更（庚）。
共虞姬相对，泣听楚歌声（庚）。
玉帐魂惊（庚），泪盈盈（庚）。

念花无主，凝愁苦，挥雪刃，掩泉扃（青）。
时不利，骓不逝，困阴陵（蒸），叱追兵（庚）。
喑呜摧天地，望归路，忍偷生（庚）。
功盖世，成闲纪，见遗灵（青）。
江静水寒烟冷，波纹细，古木凋零（青）。
遣行人到此，追念益伤情（庚），胜负难凭（蒸）。

——［宋］李冠《六州歌头》

长淮望断，关塞莽然平（庚）。
征尘暗，霜风劲，悄边声（庚）。黯销凝（蒸）。
追想当年事，殆天数，非人力，
洙泗上，弦歌地，亦膻腥（青）。
隔水毡乡，落日牛羊下，区脱纵横（庚）。
看名王宵猎，骑火一川明（庚），
笳鼓悲鸣（庚），遣人惊（庚）。

念腰间箭，匣中剑，空埃蠹，竟何成（庚）。

时易失，心徒壮，岁将零（青）。渺神京（庚）。
干羽方怀远，静烽燧，且休兵（庚）。
冠盖使，纷驰骛，若为情（庚）。
闻道中原遗老，常南望，翠葆霓旌（庚）。
使行人到此，忠愤气填膺（蒸）。有泪如倾（庚）。

——［宋］张孝祥《六州歌头》

拆桐花烂漫，乍疏雨，洗清明（庚）。
正艳杏烧林，缃桃绣野，芳景如屏（青）。
倾城（庚），
尽寻胜去，骤雕鞍绀幰出郊坰（青）。
风暖繁弦脆管，万家竞奏新声（庚）。

盈盈（庚），斗草踏青（青）。人艳冶，递逢迎（庚）。
向路傍往往，遗簪堕珥，珠翠纵横（庚）。
欢情（庚），
对佳丽地，信金罍罄竭玉山倾（庚）。
拚却明朝永日，画堂一枕春酲（庚）。

——［宋］柳永《木兰花慢》

盼行程（庚），数行程（庚）。秋满江湖客自惊（庚），
滩声杂雨声（庚）。

话难凭（蒸），梦难凭（蒸）。水驿人稀错报更（庚），
荒鸡不肯鸣（庚）。

——［清］吴绮《长相思》

梗韵词：

缺月挂疏桐，漏断人初静。
谁见幽人独往来，缥缈孤鸿影。

惊起却回头，有恨无人省。
拣尽寒枝不肯栖，寂寞沙洲冷。

——［宋］苏轼《卜算子·黄州定慧院寓居作》

梗迥敬径通押的词：

乍暖还轻冷（梗），风雨晚来方定（径）。
庭轩寂寞近清明，残花中酒，又是去年病（敬）。

楼头画角风吹醒，（迥）入夜重门静（梗）。
那堪更被明月，隔墙送过秋千影（梗）。

——［宋］张先《青门引》

凤舞团团饼（梗）。恨分破，教孤令（敬）。
金渠体净，只轮慢碾，玉尘光莹（径）。
汤响松风，早减了二分酒病（敬）。

味浓香永（梗）。醉乡路，成佳境（梗）。
恰如灯下，故人万里，归来对影（梗）。
口不能言，心下快活自省（梗）。

——［宋］黄庭坚《品令·茶词》

红莎绿蒻春风饼（梗），趁梅驿，来云岭（梗），
紫桂岩空琼窦冷（梗）。
佳人却恨，等闲分破，缥缈双鸾影（梗）。

一瓯月露心魂醒（迥），更送清歌助清兴（径）。
痛饮休辞今夕永（梗）。
与君洗尽，满襟烦暑，别作高寒境（梗）。

——［金］党怀英《青玉案》

八庚部平仄通押的词：

宝髻松松挽就，铅华淡淡妆成（庚）。
青烟翠雾罩轻盈（庚），飞絮游丝无定（径）。

相见争如不见，有情何似无情（庚）。
笙歌散后酒初醒（青），深院月斜人静（梗）。

——［宋］司马光《西江月》

第九章　九真的无奈

本书立意使用《平水韵》原有的排序和称谓，如一东（含冬）、二萧（含肴豪）、三江（含阳）、四支［含微齐灰（半）］、五歌、六麻［含佳（半）］、七虞（含鱼）、八庚（含青蒸）、十灰［含佳（半）］、十一尤、十二侵、十三元（含寒删先）、十四盐（含覃咸）、十六叶（含物月曷黠屑）、十七洽（含合）。但是对真文二韵却没有办法了，因为十一真的序号被十一尤独占了，十二文的序号被十二侵独占了。怎么办呢？只有九的序号，由于九青列入八庚部，九佳半列六麻部、半列十灰部而闲着，便只好把真文排在第九部。这是九真部之一无奈也——因为只有如此，才能尽可能少地改变诗韵的原有排序。

真文二韵的韵母俱为 en（含 in、uen、ün，下同），包括对应的上去声韵，也是如此。但是，同样韵母为 en 的侵韵，却不与其通押。不论是四声说产生之前的先秦、两汉、魏晋、南北朝，还是其后的隋唐五代、宋元明清，侵韵都是独用的。偶有通押，均难免被垢病。此九真部之二无奈也。

《词林正韵》在将真、文合并的同时，还将十三元中韵母为 en 的字也并进来了。这样做的结果，押韵上倒没什么问题，却破坏了十三元的完整性。因为，十三元一向是可以独用的，现在被划归两部：韵母为 en 的字与真文同部，韵母为 an（包括 ian、uan、üan，下同）的字与寒、删、先同部，an、en 彻底分家。从形式上看，是分开了；但在实际上，十三元仍可独用（即内部两种韵母仍可互押）。正可谓，分亦难，合亦难，此九真部之三无奈也。

至于侵韵为什么要独用而不与真文互押，本书将在关于十二侵的章节中探索；十三元该不该分为两部，也将在“十三元”一节中回答。故本章节只谈真、文和元韵中韵母为 en 的这一半。

（一）真文元（半）之间的通押

如同东冬难分、庚青蒸易混一样，真文元（半）也是如此。同样读 jūn，均钧属真韵，军君则属文韵；同样读 jīn，巾津属真韵，斤筋则属文韵；同样读 zūn，遵属真韵，樽、尊则属元韵；同样读 cūn，皴属真韵，村则属元韵；

同样读 hūn，荤属文韵，昏浑则属元韵。还有个别的字，同属三韵，如垠字，既属真韵，又属文韵，还属元韵，读音、字义，全相同。

既然难分，在古诗中，真文元（半）的通押或独押都是很常见的。独押的，请阅《诗词举例》部分；通押的，或真文，或真元，或文元，或真文元，试举例叙之。

1. 真元通押

《诗经》中的《召南·何彼秾矣》有这样一节：

其钓维何，维丝伊缗（真）。
齐侯之子，平王之孙（元）。

2. 文元通押

《诗经·鄘风·鹑之奔奔》有一节曰：

鹊之彊彊，鹑之奔奔（元）。
人之无良，我以为君（文）。

3. 真文通押

曹子建的《薤露歌》：

天地无穷极，阴阳转相因（真）。
人居一世间，忽若风吹尘（真）。
愿得展功勤，输力于明君（文）。
怀此王佐才，慷慨独不群（文）。
鳞介尊神龙，走兽宗麒麟（真）。
虫兽犹知德，何况于士人（真）。
孔氏删诗书，王业粲已分（文）。
骋我径寸翰，流藻垂华芬（文）。

4. 真文元通押

齐梁后，四声分明，真文元（半）通押的古诗似乎少了，特别是李白、杜甫写的古诗，多不通押。如：李白的《古风（大雅久不作）》《拟古十二首（其九）》，杜甫的《奉赠韦左丞丈二十二韵》《丽人行》等均独押真韵。然而，白居易的古诗《村居苦寒》《宿紫阁山北村》却均是三韵通押。例如《村居苦寒》：

八年十二月，五日雪纷纷（文）。
竹柏皆冻死，况彼无衣民（真）。

回观村闾间，十室八九贫（真）。
北风利如剑，布絮不蔽身（真）。
唯烧蒿棘火，愁坐夜待晨（真）。
乃知大寒岁，农者尤苦辛（真）。
顾我当此日，草堂深掩门（元）。
褐裘覆絁被，坐卧有余温（元）。
幸免饥冻苦，又无垄亩勤（文）。
念彼深可愧，自问是何人（真）。

仄韵的古诗，独押轸吻阮（半）震问愿（半）各韵的，笔者尚未查到例子；而通押的例子，从《诗经》到近代，也只查到三首。兹举一例：

春庭聊纵望，楼台自相隐（吻）。
窗梅落晚花，池竹开初笋（轸）。
泉鸣知水急，云来觉山近（问）。
不愁花不飞，到畏花飞尽（轸）。
——［北朝·齐］萧悫《春庭晚望》

另两例见“诗词举例”部分。这说明，九真部的诗，似乎不宜于用仄声韵，偶有几首，也说明通押是完全可以的。这样看来，上去声六个韵部的划分，对于古诗意义并不大。

在近体诗，情况则大异：真文元（半）独押的律诗、绝句比比皆是；相互通押的则罕见，一般多用于首句。然而宋代著名诗人范成大有一首题为《重阳后菊花》的七绝，却是真文元（半）三韵通押的：

过了登高菊尚新（真），
酒徒诗客断知闻（文）。
恰如退士垂车后，
势利交亲不到门（元）。

明代“吴中四才子”之一的文征明有一首七律《秋日早朝待漏有感》，是文元（半）通押的：

钟鼓殷殷曙色分（文），紫云楼阁尚氤氲（文）。
常年待漏承明署，何日挂冠神武门（元）。
林壑秋清猿鹤怨，田园岁晚菊松存（元）。
若为久索长安米，白发青衫忝圣恩（元）。

这说明，近体诗中尽管不提倡真文元（半）通押，但也有人通押。

词的情况，押真韵的多于押文韵、元（半）韵的，两韵或三韵通押的最多。下面独押和通押各举一例：

莫向流萍托爱根，
侵阶罗袜怨黄昏。
单衾残烛与温存。

风定流尘栖绣榻，
街空斜月掩朱门。
秾华如水淡留痕。

这是清人蒋春霖的一首独押元（半）韵的《浣溪沙》。然而，还是这位蒋春霖，另一首《柳梢青》却是真文元（半）通押：

芳草闲门（元），
清明过了，酒滞香尘（真）。
白楝花开，海棠花落，容易黄昏（元）。

东风阵阵斜曛（文），
任倚遍、红阑未温（元）。
一片春愁，渐吹渐起，恰似春云（文）。

仄韵词的情况与古诗仿佛，独押轸吻阮（半）震问愿（半）各韵的词，笔者一首也未找到；数韵通押的词，数量似乎比古诗多一点，但也不易找。下面试举近代词人王国维的一首《蝶恋花》为例：

昨夜梦中多少恨（愿），
细马香车，两两行相近（问）。
对面似怜人瘦损，（阮）
众中不惜搴帷问（问）。

陌上轻雷听渐隐（吻），
梦里难从，觉后哪堪讯（震）？
蜡泪窗前堆一寸（愿），
人间只有相思分（问）。

八个韵脚，竟然五韵通押。

（二）九真部与方言的混押

在八庚部中，常有方言干扰的现象，即真文元侵盐等韵的字，杂入押庚青蒸韵的诗。从九真部的角度看也是这样。这是一个问题的两个方面，只是情况比八庚部为轻。

东晋杨方有《合欢诗五首》，其二是这样写的：

磁石招长针，阳燧下炎烟（先）。
宫商声相和，心同自相亲（真）。
我情与子合，亦如影追身（真）。
寝共织成被，絮用同功绵（先）。
暑摇比翼扇，寒坐并肩毡（先）。
子笑我必哂，子戚我无欢（寒）。
来与子共迹，去与子同尘（真）。
齐彼蛩蛩兽，举动不相捐（先）。
唯愿长无别，合形作一身（真）。
生有同室好，死成并棺民（真）。
徐氏自言至，我情不可陈（真）。

十一个韵脚，真韵六字，先寒韵五字，几乎难分是以何韵为主。

宋人韩驹的绝句组诗《九绝为亚卿作》，有一首是这样写的：

世上无情似有情，俱将苦泪点离樽。
人心真处君须会，认取侬家暗断魂。

二四句押元（半）韵，首句虽可放宽，但只宜放宽到真文，而“情”字却属庚韵。

清人叶燮的七绝《杨花》，二四句押真韵，首句也用的是“情”字：

小蛮腰瘦不胜情，断粉飘云殢舞裀。
莫使漫天飞不住，楼中尚有未归人。

填词中，八庚部杂入的情况稍多。试举平韵词、仄韵词各一例：

春到长门春草青（青）。
江梅些子破，未开匀（真）。
碧云笼碾玉成尘（真）。
留晓梦，惊破一瓯春（真）。

花影压重门（元）。
疏帘铺淡月，好黄昏（元）。
二年三度负东君（文）。
归来也，著意过今春（真）。

这是李清照的《小重山》，真文元（半）通押，却杂入了青韵的“青”字。

谁向椒盘簪彩胜（径）？
整整韶华，争上春风鬓（震）。
往日不堪重记省（梗），
为花长把新春恨（愿）。

春未来时先借问（问），
晚恨开迟，早又飘零近（问）。
今岁花期消息定（径），
只愁风雨无凭准（轸）。

辛弃疾的这首《蝶恋花·戊申元日立春席间作》，八个韵脚，轸震问愿（半）占五个，八庚部的梗径占三个。

这种方言扰乱押韵规则的倾向，尽管难以避免，也不应成为合理存在的借口，更不能加以提倡，因为它既不符合《平水韵》和《词林正韵》，也不符合国家推行的普通话语音标准。

（三）九真部与十二侵部的相押

真文元（半）与侵不相押，关于这一点本节不予探讨。但二者的韵母都是en，前人的诗词中也偶有通押的。这种情况虽为格律所不允许，但不同于八庚部的杂入，因为二者韵母相同，听起来如同部相押，丝毫没有不谐听之处。如元人虞集有一首七绝《题赠叶梅野》：

昔结丝纲侍帝宸（真），
青鞋今许向江津（真）。
凭君先对梅花说，
白发相看意更深（侵）。

宋人朱敦儒有一首《临江仙》，真文通押，又杂一侵韵的“沉”字，实际上等于真文侵通押：

堪笑一场颠倒梦，元来恰似浮云（文）。

尘劳何事最相亲（真）。
今朝忙到夜，过腊又逢春（真）。

流水滔滔无住处，飞光忽忽西沉（侵）。
世间谁是百年人（真）。
个中须著眼，认取自家身（真）。

朱氏的另一首《鹧鸪天》不仅真侵通押，又杂入了庚青二韵：

唱得梨园绝代声（庚），
前朝惟数李夫人（真）。
自从惊破霓裳曲，
楚奏吴歌扇里新（真）。

秦嶂雁，越溪砧（侵），
西风北客两飘零（青）。
尊前忽听当时曲，
侧帽停杯泪满巾（真）。

朱敦儒还有一首《西江月》，平声部分真文侵通押，两个仄声韵脚，用的却是八庚部的“命”字和“定”字：

世事短如春梦，
人情薄似秋云（文）。
不须计较苦劳心（侵），
万事原来有命（敬）。

幸遇三杯酒好，
况逢一朵花新（真）。
片时欢笑且相亲（真），
明日阴晴未定（径）。

看来这位朱先生在用韵方面是很不讲究的。

然而，以精通音律著称的宋代著名词人姜夔，有一首《鬲溪梅令》，用韵也如同他的前辈朱敦儒，既真文侵通押，又混有八庚部的字：

好花不与殢香人（真）。
浪粼粼（真）。
又恐春风归去绿成阴（侵）。

玉钿何处寻（侵）。

木兰双桨梦中云（文）。
小横陈（真）。
漫向孤山山下觅盈盈（庚）。
翠禽啼一春（真）。

看来，词的用韵比诗宽。当代人多不理解侵韵不与真文元（半）通押的原因，上面这些例子可以证明，我们的先人有时对此也是不甚理解的。

（2002 年 1 月 13 日）

九真部用字表

平声

［**真**］真彬槟豳镔攽邠斌濒滨宾缤春辰唇填莸莼椿栈醇臣辐抻晨瞋嗔蹲鹑湣淳宸陈尘皴纯均巾钧竣津璘磷抡轮辚膦嶙囵伦邻鳞麟遴粼沦潾燐论骣纶珉旻旼岷痻闽泯民缗玭蘋频颦螟贫嫔秦墐堇踆蓁困箘亲竣逡犉仁人纫珅莘申呻甡兟伸侁身神诜娠绅骃焞珣荀薪眴峋徇循旬郇辛新恂洵询驯紃巡堙垠鄞茵慭嚚因昀银氤筠狺匀夤阗訚湮寅諲䜣禋裀姻絪骃珍蓁榛甄震屯迍振臻眕侲肫忳遵溱窀谆

［简注］

槟 bīng，旧读 bīn。

攽 bīn，又读 bān，并属删韵。

填 chén，长久。又读 tiān，见先韵；又，堂练切，见霰韵。

栈 chén，［栈栈］众盛貌。又读 zhǎn，见潸韵、铣韵；又读 zhàn，见谏韵。

蹲 cún，［蹲蹲］舞貌，见《诗经·伐木》：“蹲蹲舞我。”又读 dūn，见元韵。

鹑 chún，鹌鹑。又读 tuán，见寒韵。

纯 chún，①丝，②纯一、纯粹，③美好。又读 tún，见元韵；又读 zhǔn，见轸韵。

竣 七伦切，今读 jùn。

磷 lín，［磷磷］色彩鲜明。又读 lìn，见震韵。

抡 lún，龙春切；又，卢昆切，并属元韵。

瞵 lín；又，良刃切，并属震韵。

嶙 lín；又，良忍切，并属轸韵。

遴 lín，谨慎地挑选。又读 lìn，见震韵。

燐 lín；又，良刃切，并属震韵。

论 lún，并属元韵；又读 lùn，并属愿韵。

纶 lún，①青丝绶带，②皇帝诏令。又读 guān，见删韵。

闽 武巾切；又，无分切，并属文韵；又，谟官切，并属寒韵。今读 mǐn。

泯 弥鄰切，又读 mǐn，并属轸韵。

玭 pín，又读 pián，并属先韵。

蠙 pín；又，婢忍切，并属轸韵；又，蒲眠切，并属先韵。

墐 qín，粘土。又读 jìn，见震韵。

堇 qīn，巨巾切；又，渠斤切，并属文韵。义同：粘土。又读 jǐn，见吻韵。

踆 qūn，①行走貌，②运行，③退。又读 cún，见元韵。

囷 qūn；又，巨陨切，并属轸韵。

箘 区轮切；又读 jùn，并属轸韵。

亲 qīn，亲属、亲密，疏的反义。又七遴切，见震韵。

竣 七伦切，音逡；又，逡缘切，并属先韵。今读 jùn。

纫 而邻切，音人，今读 rèn。

身 shēn，人体。又读 yuán，见先韵。

娠 shēn；又，章刃切，并属震韵。

眴 xún，[眴卷] 古县名，在今宁夏回族自治区。又读 shùn，见震韵。

徇 xún，顺从、偏护、曲从等义。又读 xùn，见震韵。

鄞、**狺** yín，鱼巾切；又，鱼斤切，并属文韵。

憖 yín，地名用字。又读 yìn，见震韵；又读 xìn，见问韵。

筠 yún，于伦切；又，于分切，并属文韵；又读 jūn。

湮、**禋** yīn，又读 yān，并属先韵。

甄 zhēn；又，诸延切，并属先韵。

震 之人切，音真，又读 zhèn，并属震韵。

屯 zhūn，艰难；卦名，震下坎上。又读 tún，见元韵。

振 zhēn，[振振] 群飞貌，众盛貌，仁厚貌。又读 zhèn，见震韵。

畛 侧邻切，又读 zhěn，并属轸韵。

侲 职邻切，又读 zhèn，并属震韵。

忳 zhūn，［忳忳］诚恳貌。又读 tún，见元韵；又读 dùn，见阮韵。
谆 zhūn；又，之闰切，并属震韵。

［**文**］文坟蕡贲黂芬棻梤焚枌雰豮蚡吩幩氛分颁馈馚羵羒濆汾纷荤筠筋斤麖军皲君闽堇芹勤瘽裙群雯蚊闻汶纹埙薰醺曛昕勋熏欣忻焄秐云芸鄞龂龈晕螼员郧氲筼殷狺煴沄纭缊

［**简注**］
文 wén，纹理，文明。又读 wèn，见问韵。
坟 fén，高地、堤岸、墓堆；指三坟典籍。又读 fèn，见吻韵。
贲 fén，大业。又读 bēn，见元韵。又读 féi，见微韵。又读 bì，见寘韵。
黂 fén，并属元韵。又读 fèi，并属未韵。
分 fēn，①分开、分离，②寸的十分之一。又读 fèn，见问韵。
颁 fén，头大貌。《诗经·鱼藻》："其首颁然。"又读 bān，见删韵。
筠 jūn，又读 yún，于分切；又，于伦切，并属真韵。
斤 jīn，①斧子②重量单位名。又，居烣切，见问韵。
闽 无分切；又，武巾切，并属真韵；谟官切，并属寒韵。今读 mǐn。
堇 qín，渠斤切；又，巨巾切，并属真韵。义同：粘土。又读 jǐn，见吻韵。
瘽 qín；又，其谨切，并属吻韵；渠遴切，并属震韵。
闻 wén，听见、知道等义。又，亡运切，见问韵。
汶 无分切，音文，又读 wèn，并属问韵，水名。又读 mén，见元韵。
埙 xūn；又，许元切，音暄，并属元韵。
云 yún。①空中水气，繁体作"雲"；②说，曰，此义不可繁化为"雲"。
鄞、**狺** yín，鱼斤切；又，鱼巾切，并属真韵。
龂 yín，①［龂龂］怒貌；争辩；象声词。②通"龈"。又读 yǐn，见吻韵。
螼 yūn，龙形，一说龙形貌。又读 ǎo，见皓韵。
员 yún，①增加，②众人；③相当于助词"云"。又读 yùn，见问韵；又读 yuán，见先韵。
殷 yīn，①多、盛、富裕，②朝代名，③姓，④［殷殷］象声词。又读 yǐn，见吻韵。又读 yān，见删韵。
沄 yún，并属元韵。
缊 yūn，［絪缊］阴阳合气；云烟弥漫貌。又读 wén，见元韵；又读 yùn，见问韵。

［元（半，指韵母为 en 的这一半）］贲奔村存踆墩蹲敦惇恩根跟魂榗昏馄痕惛阍浑溷婚髡琨坤昆鹍锟鲲焜裈抡仑论璊扪们穈亹门闷汶喷盆湓荪狲狲飧孙吞屯囤暾哼豚饨忳沌涒臀纯薀辒瘟温缊埙沄樽嶟尊

（另一半见十三元部）

［简注］

贲 bēn，①胃的上口叫贲门，②横膈膜。又读 fén，见文韵；又读 féi，见微韵；又读 bì，见寘韵。

奔 bēn，疾走。又读 bèn，见愿韵。

踆 cún，踢。又读 qūn，见真韵。

蹲 dūn，屈膝虚坐。又读 cún，见真韵。

敦 dūn，①厚实，②多、大，③崇尚，④和睦。又读 dùn，见愿韵。又读 tuán，见寒韵。又读 duī，见灰韵；又读 duì，见队韵。

溷 hún，①烦乱貌，②胡涂，犹“浑”。又读 hùn，见愿韵。

焜 kūn，又读 hǔn，并属阮韵。

抡 lún，卢昆切；又，龙春切，并属真韵。

论 lún，并属真韵；又读 lùn，并属愿韵。

亹 mén，峡岸对峙似门处。又读 wěi，见尾韵。

闷 mēn，气不通畅。又读 mèn，见愿韵。

汶 mén，［汶汶］玷污。又读 wèn，见问韵；又，无分切，见文韵。

喷 pēn；又，普闷切，愿韵。义同：吐气作声。又读 fèn，见问韵。

湓 pén，①水上涌，②水名。又读 pèn，见愿韵。

屯 tún，屯聚，村子。又读 zhūn，见真韵。

囤 tún，贮存。又读 dùn，见阮韵。

忳 tún，忧愁貌。又读 zhūn，见真韵；又读 dùn，见阮韵。

沌 tún，［沌沌］水波相随貌；圆转貌。又读 dùn，见阮韵。

纯 tún，①包裹，②丝帛一段。又读 chún，见真韵；又读 zhǔn，见轸韵。

薀 wēn，水草名。又读 yùn，见问韵。

缊 wēn，赤黄色。又读 yūn，见文韵；又读 yùn，见问韵。

埙 xūn，并属文韵。

沄 yún，并属文韵。

上声

［轸］轸膑蠢菌紧困箘侭窘尽嶙抿黾敏鳘悯闵泯湣愍螼牝忍蜃榫楯肾哂吮矧笋隼脤朄殒螾蚓狁尹引殒陨允缜畛昣赈稹胗疹准袗诊缜纯缜纼

［简注］

菌 jùn；又，窘远切，并属阮韵；巨卷切，并属铣韵。

囷 巨陨切；又读 qūn，并属真韵。

箘 jùn，又，区轮切，并属真韵。

窘 渠殒切，今读 jiǒng。

嶙 良忍切；又读 lín，并属真韵。

黾 mǐn，努力，勉强。又读 méng，见庚韵；又读 mǐng，见梗韵；又读 miǎn，见铣韵。

泯 mǐn；又，弥鄰切，并属真韵。

蠙 婢忍切，又读 pín，并属真韵；又，蒲眠切，并属先韵。

蜃 shèn，是忍切；又，时刃切，并属震韵。

吮 shǔn；又，租兖切，并属铣韵。

靷、**引** 俱读 yǐn，以忍切；又，羊进切，并属震韵。

畛 zhěn；又，侧邻切，并属真韵。

赈 zhèn，止忍切；又，之刃切，并属震韵。

诊 zhěn，章忍切；又，直刃切，并属震韵。

纯 zhǔn，镶边，边缘。又读 chún，见真韵。又读 tún，见元韵。

［吻］吻龀坋坟忿愤粉瑾堇槿仅近谨沓瘽揾抆刎韫苑蕴櫽龂殷瘾恽隐

［简注］

龀 chèn，初谨切；又，初觐切，并属震韵。

坋、**忿** 俱读 fèn，父吻切；又，符问切，并属问韵。

坟 fèn，①土质肥沃，②隆起。又读 fén，见文韵。

瑾 jǐn，几隐切；又，渠吝切，并属震韵。

堇 jǐn，①野菜名；②少，通“仅”。又读 qīn，见真韵、文韵。

近 jìn，巨谨切；又，巨靳切，并属问韵。

瘽 其谨切；又，渠遴切，并属震韵；又读 qín，并属文韵。

揾 wèn，於粉切；又，乌困切，并属愿韵。

抆 wěn，武粉切；又，亡运切，并属问韵。

苑 yǔn，郁结。又读 yuàn，见阮韵。

蕴 yùn，委陨切；又，纡问切，并属问韵。

龂 yǐn，①口上肉，②犬争斗。又读 yín，见文韵。

殷 yǐn，①震，②横越，③［殷殷］象声词。又读 yīn，见文韵；又读 yān，见删韵。

隐 yǐn，显的反义。又读 yìn，见震韵、问韵。

［阮（半，指韵母为 en 的这一半）］苯本笨畚忖趸盹囤盾遁忳沌棍辊鲧衮滚绲很鲩狠焜混壸梱捆啃悃阃垦恳损稳撙噂鳟

（另一半见十三元部）

［简注］

囤 dùn，用席箔围成的贮粮器具。又读 tún，见元韵。

遁 dùn，杜本切；又，徒困切，并属愿韵。

忳 dùn，［忳忳］无知貌。又读 zhūn，见真韵；又读 tún，见元韵。

沌 dùn，［沌沌］愚昧无知貌。又读 tún，见元韵。

鲩 户衮切，又读 huàn，并属潸韵、翰韵。

焜 hùn；又，胡昆切，并属元韵。

鳟 zùn，初本切；又，租闷切，并属愿韵。今读 zūn。

去声

［震］震鬓殡摈傧趁榇龀傺疢衬瑾进墐覲晋荩殣搢畯峻赆隽俊馑馂麐濬浚烬缙骏蔺磷膦躏吝遴燐瘽亲韧轫牣仞闰润认讱刃蜃蕣眴瞬顺舜慎殉信囟徇衅汛讯迅鄞靷憖瞚印衈胤引隐填圳振赈镇侲诊谆阵娠

［简注］

震 zhèn；又，之人切，并属真韵。

龀 chèn，初覲切；又，初谨切，并属吻韵。

瑾 jǐn，渠吝切；又，几隐切，并属吻韵。

墐 jìn，①用泥涂塞，②修砌，③沟上的路。又读 qín，见真韵。

隽 jùn，即慎切。通“俊”。又读 juàn，见铣韵。

磷 lìn，薄，损伤。又读 lín，见真韵。

膦 良刃切；又读 lín，并属真韵。

遴 lìn，因疑难而不实行；又通“吝”。又读 lín，见真韵。

燐 lìn，又读 lín，并属真韵。

瘽 渠遴切；又，其谨切，并属吻韵；又读 qín，并属文韵。

亲 七遴切，今读 qìng。［亲家］夫妻双方父母的互称。又读 qīn，见真韵。

蜃 shèn，时刃切；又，是忍切，并属轸韵。

眴 shùn，①以目示意，②惊貌，③通“瞬”。又读 xún，见真韵。

徇 xùn，巡行、安抚、谋求、从事等义。又读 xún，见真韵。

靷、**引** 俱读 yǐn，羊进切；又，以忍切，并属轸韵。

慭 yìn，①愿意，②损伤，③忧伤。又读 xìn，见问韵。又读 yín，见真韵。

隐 yìn，於刃切；又，於靳切，并属问韵。①凭倚，②筑。又读 yǐn，见吻韵。

振 zhèn，抖动、震撼、奋起等义。又读 zhēn，见真韵。

赈 zhèn，之刃切；又，止忍切，并属轸韵。

侲 zhèn；又，职邻切，并属真韵。

诊 zhěn，直刃切；又，章忍切，并属轸韵。

谆 这闰切；又读 zhūn，并属真韵。

娠 zhèn；又读 shēn，并属真韵。

［问］问坋奋拚喷偾份分忿粪靳捃斤近郡抆璺文紊闻汶绝慭焮训挥运
藴蕴酝员晕韵愠郓隐缊

［简注］

坋、**忿** 俱读 fèn，芳问切；又，抚吻切，并属吻韵。

拚 fèn，扫除。又读 pīn，见庚韵。又读 biàn，见霰韵。又读 fān，见元韵。

喷 fèn，吹奏。又读 pēn，见元韵。又，普闷切，见愿韵。

分 fèn，通“份”。又读 fēn，见文韵。

斤 居焮切，［斤斤］明察貌；谨慎貌；珍爱貌；又读 jīn，见文韵。

近 jìn，巨靳切；又，巨谨切，并属吻韵。

抆 wěn，亡运切；又，武粉切，并属吻韵。

文 wèn，修饰。又读 wén，见文韵。

闻 wèn，名誉、声望。又读 wén，见文韵。

汶 wèn；又，无分切，并属文韵。水名。又读 mén，见元韵。

慭 xìn，笑貌。又读 yìn，见震韵。又读 yín，见真韵。

蒀 yùn，积聚。又读 wēn，见元韵。

蕴 yùn，纡问切；又，委陨切，并属吻韵。

员 yùn，①通“运”，②姓。又读 yún，见文韵。又读 yuán，见先韵。

隐 yìn，於靳切；又，於刃切，并属震韵。义同：凭靠。又读 yǐn，见吻韵。

缊 yùn，①旧絮，乱麻，②乱，③通“蕴”。又读 yūn，见文韵；又读 wén，见元韵。

［**愿（半，指韵母为 en 的这一半）**］奔坌寸顿钝遁敦炖艮圂恩恨溷诨困论闷懑嫩喷湓褪揾喂潠巽逊鐏

（另一半见十三元部）

［**简注**］

奔 bèn，投向。又读 bēn，见元韵。

顿 dùn，以头叩地；以脚跺地。又读 dú，见沃韵。

遁 dùn，徒困切；又，杜本切，并属阮韵。

敦 dùn，①竖；②浑敦，愚昧，冥顽；③困敦，即太岁在子那一年的纪岁名称。又读 dūn，见元韵；读 tuán，见寒韵；又读 duī，见灰韵；又读 duì，见队韵。

溷 hùn，混乱、污浊等义。又读 hún，见元韵。

论 lùn，又读 lún，并属真韵、元韵。

闷 mèn，烦闷。又读 mēn，见元韵。

懑 mèn；又，母伴切，并属旱韵。

喷 普闷切，又读 pēn，并属元韵，义同：吐气作声。又读 fèn，见问韵。

湓 pèn，象声词。又读 pén，见元韵。

褪 tùn，脱掉。又读 tuì，见队韵。

揾 wùn，乌困切；又，於粉切，并属吻韵。

鐏 zùn，租闷切；又，初本切，并属阮韵。今读 zūn。

诗词例证

（一）古诗

真韵古诗：

子惠思我，褰裳涉溱。子不我思，岂无他人？

——《诗经·郑风·褰裳》

门有万里客，问君何乡人。褰裳起从之，果得心所亲。
挽裳对我泣，太息前自陈。本是朔方士，今为吴越民。
行行将复行，去去适西秦。

——［三国］曹植《门有万里客行》

仰视碧天际，俯瞰渌水滨。寥阒无涯观，寓目理自陈。
大矣造化功，万殊莫不均。群籁虽参差，适我无非新。

——［晋］王羲之《兰亭诗》

纨绔不饿死，儒冠多误身。丈人试静听，贱子请具陈。
甫昔少年日，早充观国宾。读书破万卷，下笔如有神。
赋料扬雄敌，诗看子建亲。李邕求识面，王翰愿卜邻。
自谓颇挺出，立登要路津。致君尧舜上，再使风俗淳。
此意竟萧条，行歌非隐沦。骑驴十三载，旅食京华春。
朝扣富儿门，暮随肥马尘。残杯与冷炙，到处潜悲辛。
主上顷见征，欻然欲求伸。青冥却垂翅，蹭蹬无纵鳞。
甚愧丈人厚，甚知丈人真。每于百僚上，猥诵佳句新。
窃效贡公喜，难甘原宪贫。焉能心怏怏，只是走踆踆。
今欲东入海，即将西去秦。尚怜终南山，回首清渭滨。
常拟报一饭，况怀辞大臣。白鸥没浩荡，万里谁能驯？

——［唐］杜甫《奉赠韦左丞丈二十二韵》

邈玄真，超隐沦。齐得丧，甘贱贫。
泛湖海，同光尘。宅渔舟，垂钓纶。
辅明主，斯若人。岂烟波，终此身。

——［唐］颜真卿《张志和碑铭诗》

文韵古诗：

吾希段干木，偃息藩魏君。吾慕鲁仲连，谈笑却秦军。
当世贵不羁，遭难能解纷。功成耻受赏，高节卓不群。
临组不肯绁，对珪宁肯分。连玺曜前庭，比之犹浮云。

——［晋］左思《咏史八首》

花钗芙蓉髻，双鬓如浮云。春风不知著，好来动罗裙。

——［南朝］清商曲辞《读曲歌八十九首》

元（半）韵古诗：

大车哼哼，毳衣如璊。岂不尔思，畏子不奔。

——《诗经·王风·大车》

遥遥天无柱，流漂萍无根。单身如萤火，持底报郎恩。

——［晋］清商曲辞《欢闻歌》

君不见益州城西门，陌上石笋双高蹲。
古来相传是海眼，苔藓蚀尽波涛痕。
雨多往往得瑟瑟，此事恍惚难明论。
恐是昔时卿相墓，立石为表今仍存。
惜哉俗态好蒙蔽，亦如小臣媚至尊。
政化错迕失大体，坐看倾危受厚恩。
嗟尔石笋擅虚名，后来未识犹骏奔。
安得壮士掷天外，使人不疑见本根。

——［唐］杜甫《石笋行》

真文元（半）通押的古诗：

坎坎伐轮兮（真），置之河之漘兮（真），
河水清且沦猗（真）。
不稼不穑，胡取禾三百囷兮（真）？
不狩不猎，胡瞻尔庭有县鹑兮（真）？
彼君子兮，不素飧兮（元）。

——《诗经·魏风·伐檀》

去者日以疏，生者日以亲（真）。出郭门直视，但见丘与坟（文）。
古墓犁为田，松柏摧为薪（真）。白杨多悲风，萧萧愁杀人（真）。

思还故里闾，欲归道无因（真）。

——［汉］佚名《古诗十九首》

桃叶复桃叶，桃树连桃根（元）。相怜两乐事，独使我殷勤（文）。

——［晋］清商曲辞《桃叶歌》

晨游紫阁峰，暮宿山下村（元）。村老见余喜，为余开一尊（元）。
举杯未及饮，暴卒来入门（元）。紫衣挟刀斧，草草十余人（真）。
夺我席上酒，掣我盘中飧（元）。主人退后立，敛手反如宾（真）。
中庭有奇树，种来三十春（真）。主人惜不得，持斧断其根（元）。
口称采造家，身属神策军（文）。主人慎勿语，中尉正承恩（元）。

——［唐］白居易《宿紫阁山北村》

牢江驱白云，流入苍龙门（元）。门高一千仞，拄天气何尊（元）。
荡荡百步中，水石互吐吞（元）。阿房广乐作，巨窌洪牛奔（元）。
馀波喷青壁，震怒不可驯（元）。眉水若处女，春风吹绿裙（文）。
迎门却挽去，碧入千花村（元）。我行始两日，异境壮旅魂（元）。
抉悬自何年，信有真宰存（元）。夕阳一反射，倒树明苍根（元）。
老蝠抱石花，红晕双车轮（真）。仰叹山水奇，俯蹑造化跟（元）。
想见混成日，待与见者论（真、元）。

——［清］郑珍《云门墱》

轸吻阮（半）震问愿（半）通押的古诗：

其类维何，家室之壶（阮）。君子万年，永锡祚胤（震）。

——《诗经·大雅·生民之什·既醉》

去远即相忘，归近不可忍（轸）。儿女已在眼，眉目略不省（梗）。
喜极不得语，泪尽方一哂（轸）。了知不是梦，忽忽心未稳（阮）。
（“省”字方言押韵，不规范。）

——［宋］陈师道《示三子》

（二）近体诗

真韵近体诗：

城阙辅三秦，风烟望五津。与君离别意，同是宦游人。
海内存知己，天涯若比邻。无为在歧路，儿女共沾巾。

——［唐］王勃《送杜少府之任蜀州》

移舟泊烟渚，日暮客愁新。野旷天低树，江清月近人。

——［唐］孟浩然《宿建德江》

洛阳访才子，江岭作流人。闻说梅花早，何如北地春。

——［唐］孟浩然《洛中访袁拾遗不遇》

独在异乡为异客，每逢佳节倍思亲。
遥知兄弟登高处，遍插茱萸少一人。

——［唐］王维《九月九日忆山东兄弟》

渭城朝雨浥轻尘，客舍青青柳色新。
劝君更尽一杯酒，西出阳关无故人。

——［唐］王维《送元二使安西》

纪叟黄泉里，还应酿老春。夜台无李白，沽酒与何人。

——［唐］李白《哭宣城善酿纪叟》

旧苑荒台杨柳新，菱歌清唱不胜春。
只今惟有西江月，曾照吴王宫里人。

——［唐］李白《苏台览古》

一片花飞减却春，风飘万点正愁人。
且看欲尽花经眼，莫厌伤多酒入唇。
江上小堂巢翡翠，苑边高冢卧麒麟。
细推物理须行乐，何用浮名绊此身。

——［唐］杜甫《曲江二首》

堂前扑枣任西邻，无食无儿一妇人。
不为困穷宁有此，只缘恐惧转须亲。
即防远客虽多事，便插疏篱却甚真。
已诉征求贫到骨，正思戎马泪盈巾。

——［唐］杜甫《又呈吴郎》

诗家清景在新春，绿柳才黄半未匀。
若待上林花似锦，出门俱是看花人。

——［唐］杨巨源《城东早春》

巴山楚水凄凉地，二十三年弃置身。
怀旧空吟闻笛赋，到乡翻似烂柯人。
沉舟侧畔千帆过，病树前头万木春。
今日听君歌一曲，暂凭杯酒长精神。

——［唐］刘禹锡《酬乐天扬州初逢席上见赠》

宴游寝食渐无味，杯酒管弦徒绕身。
宾客欢娱僮仆饱，始知官职为他人。

——［唐］白居易《自感》

日暮苍山远，天寒白屋贫。柴门闻犬吠，风雪夜归人。

——［唐］刘长卿《逢雪宿芙蓉山主人》

公子王孙逐后尘，绿珠垂泪滴罗巾。
侯门一入深如海，从此萧郎是路人。

——［唐］崔郊《赠婢》

细腰宫里露桃新，脉脉无言几度春。
至竟息亡缘底事，可怜金谷坠楼人。

——［唐］杜牧《题桃花夫人庙》

繁华事散逐香尘，流水无情草自春。
日暮东风怨啼鸟，落花犹似坠楼人。

——［唐］杜牧《金谷园》

誓扫匈奴不顾身，五千貂锦丧胡尘。
可怜无定河边骨，犹是春闺梦里人。

——［唐］陈陶《陇西行》

宣室求贤访逐臣，贾生才调更无伦。
可怜夜半虚前席，不问苍生问鬼神。

——［唐］李商隐《贾生》

钟陵醉别十余春，重见云英掌上身。
我未成名君未嫁，可能俱是不如人。

——［唐］罗隐《赠妓云英》

昨日入城市，归来泪满巾。遍身罗绮者，不是养蚕人。

——［宋］张俞《蚕妇》

寻得桃源好避秦，桃红又见一年春。
花飞莫遣随流水，怕有渔郎来问津。

——［宋］谢枋得《庆全庵桃花》

胜日寻芳泗水滨，无边光景一时新。
等闲识得东风面，万紫千红总是春。

——［宋］朱熹《春日》

有梅无雪不精神，有雪无诗俗了人。

日暮诗成天又雪，与梅并作十分春。

——［宋］卢梅坡《雪梅》

云绕前冈水绕村，忽惊空谷有佳人。
天寒日暮吹香去，尽是冰霜不是春。（首句用元韵）

——［宋］何应龙《见梅》

浮世浑如出岫云，南朝词客北朝臣。
传邮扰扰无虚日，吏俗区区老却人。
入眼青山看不厌，傍船白鹭自相亲。
举杯更欲邀明月，暂向尧封作逸民。（首句用文韵）

——［金］刘著《月夜泛舟》

玉树歌残迹已陈，南朝宫殿柳条新。
福王少小风流惯，不爱江山爱美人。

——［清］陈于王《桃花扇传奇题辞》

楚宫慵扫黛眉新，只自无言对暮春。
千古艰难惟一死，伤心岂独息夫人。

——［清］邓汉仪《题息夫人庙》

文韵近体诗：

绣带合欢结，锦衣连理文。怀情入夜月，含笑出朝云。

——［南朝·梁］萧衍《秋歌》

北风吹白云，万里渡河汾。心绪逢摇落，秋声不可闻。

——［唐］苏颋《汾上惊秋》

吾爱孟夫子，风流天下闻。红颜弃轩冕，白首卧松云。
醉月频中圣，迷花不事君。高山安可仰，徒此揖清芬。

——［唐］李白《赠孟浩然》

白也诗无敌，飘然思不群。清新庾开府，俊逸鲍参军。
渭北春天树，江东日暮云。何时一樽酒，重与细论文。

——［唐］杜甫《春日忆李白》

锦城丝管日纷纷，半入江风半入云。
此曲只应天上有，人间能得几回闻。

——［唐］杜甫《赠花卿》

岐王宅里寻常见，崔九堂前几度闻。

正是江南好风景，落花时节又逢君。

——［唐］杜甫《江南逢李龟年》

千里黄云白日曛，北风吹雁雪纷纷。
莫愁前路无知己，天下谁人不识君。

——［唐］高适《别董大》

暮雨潇潇江上村，绿林豪客夜知闻。
他时不用逃名姓，世上如今半是君。（首句用元韵）

——［唐］李涉《井栏砂宿遇夜客》

曾经沧海难为水，除却巫山不是云。
取次花丛懒回顾，半缘修道半缘君。

——［唐］元稹《离思五首》

一山门作两山门，两寺原从一寺分。
东涧水流西涧水，南山云起北山云。
前台花发后台见，上界钟声下界闻。
遥想吾师行道处，天香桂子落纷纷。（首句用元韵）

——［唐］白居易《寄韬光禅师》

薄罗轻剪越溪纹，鸦翅低从两鬓分。
料得相如偷见面，不应琴里挑文君。

——［唐］罗虬《比红儿诗》

尽日寻春不见春，芒鞋踏遍陇头云。
归来笑拈梅花嗅，春在枝头已十分。（首句用真韵）

——［宋］某尼《悟道诗》

翰墨场中老斫轮，真能一笔扫千军。
年年花月无闲日，处处山川怕见君。
箭在的中非尔力，风行水上自成文。
先生只可三千首，回施江东日暮云。（首句用真韵）

——［宋］姜夔《送〈朝天续集〉归诚斋时在金陵》

茫茫大陆起风云，举国昏沉岂足云。
最是伤心秋又到，虫声唧唧不堪闻。

——周恩来《次皞如夫子〈伤时事〉原韵》

沈老精研长寿术，却轻生死淑人群。
掀髯着意怜娇女，振臂无情斗暴君。
曾向滇云挥涕泪，真堪衡岳比芳芬。

示威长忆南京路，领队高歌义勇军。

——田汉《挽沈老》

元（半）韵近体诗：

大漠风尘日色昏，红旗半卷出辕门，
前军夜战洮河北，已报生擒吐谷浑。

——［唐］王昌龄《从军行》

白帝城中云出门，白帝城下雨翻盆。
高江急峡雷霆斗，古木苍藤日月昏。
戎马不如归马逸，千家今有百家存。
哀哀寡妇诛求尽，恸哭秋原何处村。

——［唐］杜甫《白帝》

清明时节雨纷纷，路上行人欲断魂。
借问酒家何处有，牧童遥指杏花村。（首句用文韵）

——［唐］杜牧《清明》

纱窗日落渐黄昏，金屋无人见泪痕。
寂寞空庭春欲晚，梨花满地不开门。

——［唐］刘方平《春怨》

虢国夫人承主恩，平明骑马入宫门。
却嫌脂粉污颜色，淡扫蛾眉朝至尊。

——［唐］张祜《集灵台》

江上阴云锁梦魂，江边深夜舞刘琨。
秋风万里芙蓉国，暮雨千家薜荔村。
乡思不堪悲橘柚，旅游谁肯重王孙。
渔人相见不相问，长笛一声归岛门。

——［五代］谭用之《秋宿湘江遇雨》

野水参差落涨痕，疏林攲倒出霜根。
扁舟一棹归何处，家在江南黄叶村。

——［宋］苏轼《书李世南所画秋景二首》

莫笑农家腊酒浑，丰年留客足鸡豚。
山重水复疑无路，柳暗花明又一村。
箫鼓追随春社近，衣冠简朴古风存。

从今若许闲乘月，拄杖无时夜叩门。

——［宋］陆游《游山西村》

衣上征尘杂酒痕，远游无处不消魂。
此身合是诗人未，细雨骑驴入剑门。

——［宋］陆游《剑门道中遇微雨》

寒空漠漠起愁云，玉笛吹残正断魂。
寂寞小楼帘半卷，雁烟蛩雨又黄昏。（首句用文韵）

——［宋］陈允平《小楼》

小雨丝丝欲网春，落花狼藉近黄昏。
车尘不到张罗地，宿鸟声中自掩门。（首句用真韵）

——［宋］李弥逊《春日即事》

石与人俱贬，人亡石尚存。却怜坚重质，不减浪花痕。
满酌中山酒，重添丈八盆。公兮不归北，万里一招魂。

——［宋］张舜民《苏子瞻哀辞》

我家洗砚池头树，朵朵花开淡墨痕。
不要人夸颜色好，只留清气满乾坤。

——［元］王冕《墨梅》

秋来何处最销魂，残照西风白下门。
他日差池春燕影，只今憔悴晚烟痕。
愁生陌上黄骢曲，梦远江南乌夜村。
莫听临风三弄笛，玉关哀怨总难论。

——［清］王士禛《秋柳四首》

真文元（半）通押的近体诗：

爱汝玉山草堂静，高秋爽气相鲜新（真）。
有时自发钟磬响，落日更见渔樵人（真）。
盘剥白鸦谷口栗，饭煮青泥坊底芹（文）。
何为西庄王给事，柴门空闭锁松筠（真、文）。

——［唐］杜甫《崔氏东山草堂》

过了登高菊尚新（真），酒徒诗客断知闻（文）。
恰如退士垂车后，势利交亲不到门（元）。

——［宋］范成大《重阳后菊花》

钟鼓殷殷曙色分（文），紫云楼阁尚氤氲（文）。

常年待漏承明署，何日挂冠神武门（元）。
林壑秋清猿鹤怨，田园岁晚菊松存（元）。
若为久索长安米，白发青衫忝圣恩（元）。

——［明］文征明《秋日早朝待漏有感》

故乡黯黯锁玄云（文），遥夜迢迢隔上春（真）。
岁暮何堪再惆怅，且持卮酒食河豚（元）。

——鲁迅《无题》

（三）词

真韵词：

春去也，多谢洛城人。
弱柳从风疑举袂，丛兰裛露似沾巾。
独坐亦含颦。

——［唐］刘禹锡《忆江南》

织锦机边莺语频，停梭垂泪忆征人。
塞门三月犹萧索，纵有垂杨未觉春。

——［唐］温庭筠《杨柳枝》

文韵词：

懒拂鸳鸯枕，休缝翡翠裙，罗帐罢炉熏。
近来心更切，为思君。

——［唐］温庭筠《南歌子》

谁道夔龙不致君，白头离乱不曾闻。
三秦碧树生春色，千里青山入暮云。

何事业，底功勋。百年五十已中分。
从今万八千场醉，莫酹刘伶荷锸坟。

——［元］姚燧《鹧鸪天》

元（半）韵词：

平沙芳草渡头村。绿遍去年痕。
游丝下上，流莺来往，无限销魂。

绮窗深静人归晚，金鸭水沉温。

海棠影下，子规声里，立尽黄昏。

——［宋］洪咨夔《眼儿媚》

好雨正重九，不上海山门。
螺岩却忆绝顶，霁色满乾坤。
少得白衣一个，赢得翠鬟千叠，罗立似儿孙。
独坐可忘老，何用更称尊。

龙山会，南徐戏，共谁论。
古今画里，且道还有几人存。
便拂六铢石尽，重见四空天堕，此处不交痕。
远水吞碧落，斜月吐黄昏。

——［明］金堡《水调歌头·忆翠岩霁色》

河水发昆仑，浩浩泉源。余波九里润犹存。
若问是谁家胄出，显德诸孙。

今日在清门，玉季金昆。能时夏凊与冬温。
直得銮坡褒一字，华衮休论。
［姚氏此词用的是完整的元韵，不是元（半）］

——［元］姚燧《浪淘沙》

真文元（半）通押的词：

一向年光有限身（真），等闲离别易销魂（元）。
酒筵歌席莫辞频（真）。

满目山河空念远，落花风雨更伤春（真）。
不如怜取眼前人（真），

——［宋］晏殊《浣溪沙》

平生为爱西湖好，来拥朱轮（真）。
富贵浮云（文），俯仰流年二十春（真）。

归来恰似辽东鹤，城郭人民（真），
触目皆新（真），谁识当年旧主人（真）。

——［宋］欧阳修《采桑子》

携手江村（元），梅雪飘裙。（文）情何限、处处销魂（元）。
故人不见，旧曲重闻（文）。
向望湖楼，孤山寺，涌金门（元）。

寻常行处，题诗千首，绣罗衫、与拂红尘（真）。
别来相忆，知是何人（真）。
有湖中月，江边柳，陇头云（文）。

——［宋］苏轼《行香子》

萋萋芳草忆王孙（元）。
柳外楼高空断魂（元）。
杜宇声声不忍闻（文）。
欲黄昏（元），雨打梨花深闭门（元）。

——［宋］李重元《忆王孙·春词》

何处水南村（元），绿是溪光白是云（文）。
飞过一双闲翡翠，柴门（元），
十里桃花不见人（真）。

双桨荡吟魂（元），来看扬州月二分（文）。
冷雨寒风兼小雪，黄昏（元），
一树梅花不算春（真）。

——［清］乐钧《南乡子》

山寺微茫背夕曛（文），鸟飞不到半山昏（元），
上方孤磬定行云（文）。

试上高峰窥皓月，偶开天眼觑红尘（真），
可怜身是眼中人（真）。

——［近代］王国维《浣溪沙》

轸吻阮（半）震问愿（半）通押的词：

倦游京洛风尘，夜来病酒无人问（问）。
九衢雪小，千门月淡，元宵灯近（问）。
香散眉梢，冻消池面，一番春信（震）。
记南楼醉里，西城宴阕，都不管、人春困（愿）。

屈指流年未几，早人惊、潘郎双鬓（震）。
当时体态，如今情绪，多应瘦损（阮）。
马上墙头，纵教瞥见，也难相认（震）。
凭阑干，但有盈盈泪眼，把罗襟揾（愿）。

——［宋］晁端礼《水龙吟》

卷絮风头寒欲尽（轸）
坠粉飘红，日日香成阵（震）。
新酒又添残酒困（愿），今春不减前春恨（愿）。

蝶去莺飞无处问（问），
隔水高楼，望断双鱼信（震）。
恼乱横波秋一寸（震），斜阳只与黄昏近（问）。

——［宋］赵令畤《蝶恋花》

香冷金炉，梦回鸳帐余香嫩（愿）。
更无人问（问），一枕江南恨（愿）。

消瘦休文，顿觉春衫褪（愿）。
清明近（问），杏花吹尽（轸），薄暮东风紧（轸）。

——［宋］赵鼎《点绛唇·春愁》

渺渺扁舟天一瞬（震），
极目空清，只觉云根近（问）。
片影参差浮复隐（吻），琉璃净挂青螺印（震）。

忆自嬴皇相借问（问），
尧女含嚬，兰珮悲荒燐（震）。
泪竹千竿垂紫晕（问），宾鸿不寄苍梧信（震）。

——［明］王夫之《蝶恋花·君山浮黛》

十年磨剑，五陵结客，把平生、涕泪都飘尽（轸）。
老去填词，一半是空中传恨（愿）。
几曾围、燕钗蝉鬓（震）？

不师秦七，不师黄九，倚新声、玉田差近（问）。
落拓江湖，且分付、歌筵红粉（吻）。
料封侯、白头无分（问）。

——［清］朱彝尊《解珮令·自题词集》

九真部平仄通押的词：

九转灵丹妙药，从来一点元真（真）。
仙家收得做大人（真），普度人人有分（问）。

本来硃砂一味，还元黑锡白银（真）。
河车搬运与心君（文），了见不离方寸（愿）。

——［元］高道宽《西江月》

第十章　奇特的十灰韵

词韵关于本部的平声部分标为“九佳（半）十灰（半）通用”，这里的“半”，指的是佳灰二韵中韵母为 ai（含 uai，下同）的这一“半”。本节所说的十灰，即指灰半佳半，同时又不能不说一下整个的十灰韵。

先说这个“半”。灰字的韵母是 ei（含 uei，下同），佳字的韵母是 ia，而佳半灰半的韵母却是 ai，这就出现了一个问题：韵目用字的韵母与该韵部的韵母不一致。这在《词林正韵》中是唯一的一个韵部。就连灰字，也不属于本部。灰半无灰，十灰部实实在在是一个奇特的韵部。

《平水韵》的十灰，由《广韵》的灰、咍二韵合并而成，咍读 hāi，韵母正是 ai，如果当初《平水韵》的作者用咍字作韵目，今天也就用不着笔者在这里饶舌了。

在仄声韵目中，《广韵》原有的韵母含有 ai 的韵目，有骇、海、怪、夬、代、泰六个，《平水韵》将骇韵并入了蟹韵，海韵并入了贿韵，怪韵、夬韵并入了卦韵，代韵并入了队韵，只保留了泰韵。可惜泰字不是平声，所以泰字无法取代灰字。

（一）少数韵母为 ai 的字的字音变异

本部的韵母是 ai，但也有少数字的韵母今天已演变成了 a、uei、e、ie。这些字是：

（1）变为 a 的，有佳韵的佳、叉、哇、洼、娃、厓、睚、崖、涯，蟹韵的罢，卦韵的卦、尬、挂、诖、褂、罣、画、话，泰韵的大。这些字的反切标音或旧读均与 ai 有关。其中：

佳，居膎切，音街（关于膎、街的读音，请看下页文字）；

叉，楚佳切；

哇、洼、娃，俱於佳切；

厓、睚、崖，旧读俱为 yái；

罢，部买切，应读 bǎi；

卦、挂、诖、褂，俱古卖切，应读 guài；

尬，古拜切，应读 gài；

画，胡卦切；话，户快切。均应读 huài；

绬，古画切，亦应读 guài；

罣、话二字又属祃韵，和今天《现代汉语词典》的读音一致。

大，徒盖切，应读 dài，音代。今在“大夫”“大王”等词汇中，仍读此音。白居易诗《问友》中有一节是：“香茎与臭叶，日夜俱长大。锄艾恐伤兰，溉兰恐滋艾。”艾，泰韵；大，显然读 dài。

（2）变为 uei 的，只有卦韵的聩字。聩，五怪切，应读 kuài。

（3）变为 e 的，只有灰韵的颏字。颏，今读 hé，旧读 hái。

（4）变为 ie 的，字稍多，如皆、鞋、解、戒、薤等，声母非 j 即 x。由于普通话读音中，ai 不能与 j、q、x 相拼，所以 ai 变成了 ie。在一些戏曲唱腔中，我们今天仍可欣赏到这种读音。如京剧《玉堂春》中有这样一句唱词：“苏三离了洪洞县，将身来在大街前。”这里的“街”字，演员必须唱出 jiāi 的发音，才算合格。

从反切标音法和方言中，我们亦可以发现这类字的字音演变。如：皆、喈、秸、湝、阶等字，俱居谐切，可知其韵母都与“谐”字有关，而谐为雄皆切，音骸，即 hái，故可推知这些字均应读 jiái；

前面提到的街、膎二字：

街字，居膎切，音皆，佳字亦居膎切，故街、皆、佳同音，俱应读 jiāi；

膎、鲑，俱户佳切，应读 hái；

还有：

玠、芥、界、介、届等字，俱居拜切，应读如 jiài。

在某些方言中，街读 gāi，鞋读 hái，秫秸读 shúgāi，螃蟹读 pánghài，解开读 gǎikāi，猪八戒读 zhūbāgài，黄洋界读 huángyánggài，街、鞋、秸、蟹、解、戒、界的韵母都由 ie 变成了 ai。

还有徘徊二字，有 páihuái 和 péihuí 两种读法。

可见，词韵第五部的韵母是清一色的 ai。

（二）完整的灰韵、佳韵

然而在实践中，问题却远不是这样简单。写诗不必说，自然是灰韵中 ai 与 ei 押，佳韵中 ai 与 a（含 ia、ua）押；就是填词也是如此。这就需要问一下：

（1）为什么会这样呢？

（2）把灰韵一分为二，是否就意味着不许原来的灰韵独用？

先说第一个问题。灰韵的韵母包括 ai、ei 两种，听起来似乎不太顺耳，但如同四支韵一样，其押韵感也是需要“品”的。试把读音拖长些，押韵感就会增强。鲁迅的七绝：“万家墨面没蒿莱，敢有歌吟动地哀。心事浩茫连广宇，于无声处听惊雷。”就是灰韵的莱、哀、雷相押，品一品，是不是很有一种特殊的押韵感？扑克牌上的字母 K，有的读“kèi”，有的读“kǎi”，韵母不一样，其实都是一个 K 字。从这里我们也可以体会灰韵中两种韵母的关系。

再说第二个问题。

《平水韵》承《切韵》《唐韵》《广韵》《集韵》等韵书之成果，并 206 韵为 106 韵，使韵部数量几乎减少一半，把旧韵中注明“同用”的韵果断归并在一起，如支脂之三韵统归支韵，真谆臻文欣五韵并为真文二韵，实在是诗韵史上之一大创举。然而保留下来的不尽合理之处，依然很多。如东冬、江阳、鱼虞、真文、寒删先、萧肴豪、庚青蒸、覃盐咸等，似仍应进一步合并。但，韵书是科考的金科玉律，诗人们绝不敢违背；他们只有在填词或写古体诗时，才能够撇开《平水韵》。直到数百年之后的清代，才有了戈载 19 部的《词林正韵》。19 部中，以平声统领对应的上去声，相当于平上去各 14 韵，加上入声 5 部，应该算是 47 韵，等于把 106 韵的《平水韵》又合并掉了一大半。这是诗韵史上又一次里程碑式的变革。其最大贡献是果断而有分寸地归并韵部，将平上去三声的韵部各减少 50%以上，入声则由 17 韵减至 5 韵，减掉 70%多。

词韵在大胆并韵的同时，又根据官话的发音实际，把《平水韵》的灰、佳、元三韵以及对应的上去声韵作了分劈，一韵变成两韵，然后再与相近的韵部合并。这就有了支微齐灰（半）通用、佳（半）灰（半）通用、佳（半）麻通用、真文元（半）通用、元（半）寒删先通用。这种做法无疑是有道理的。但是，麻烦也随之而来。

以十灰为例，原来韵母为 ei 的杯、摧、堆、瑰、回等字，可以与韵母为 ai 的哀、才、孩、开、来等字押韵；现在，它们被词韵分在两部，还可以互相押韵吗？

笔者试析戈载先生的原意，他在《词林正韵》中仍然保留诗韵原有韵目的序号，即暗含着允许佳半灰半通押，也允许十灰独用的意思。只有这样理解词韵，才符合戈载的本意。请读下面的诗句、词句：

李青莲诗曰：“君不见黄河之水天上来，奔流到海不复回。”

杜少陵诗曰：“风急天高猿啸哀，渚清沙白鸟飞回。”

辛稼轩词曰："快趁两三杯，河豚欲上来。"（《菩萨蛮》）

元人虞集词曰："随意且衔杯，莫惜春衣坐绿苔。"（《南乡一剪梅》）

明人叶小纨词曰："探得春回春已暮，枝头累累青梅。年光一瞬最堪哀。"（《临江仙》）

清人纳兰性德词曰："碎叶城荒，拂云堆远，雕外寒烟惨不开。踟蹰久，忽砯崖转石，万壑惊雷。"（《沁园春》）

大量诗词证明，灰韵中两种不同韵母的字是无须分开的。这就是词韵中保留诗韵韵目序号的主要原因。也就是说，不是灰韵无灰，而是灰韵还有灰。

因此，我们在体会佳半灰半通押的同时，一定不要忽略灰韵独用这种情况。

至于佳韵的独用，道理也是一样的。佳韵当然可以独用，但与灰韵通押时，只能是佳半，即韵母为 ai 的这一半，而不可能是完整的佳韵。因为佳韵另一半的韵母不是 ei，而是 a（请参阅"六麻"一节）。

（三）十灰部在古诗中的运用

大量典籍证明，灰韵的独用，只是在近体诗中较为明显。灰韵与邻韵通押的现象，从古至今，从诗到词，都很常见，而且不限于这一"半"或那一"半"。如汉乐府《古八变歌》：

北风初秋至，吹我章华台。
浮云多暮色，似从崦嵫来。
枯桑鸣中林，络纬响空阶。
翩翩飞蓬征，怆怆游子怀。
故乡不可见，长望始此回。

台、来、回属灰韵，阶、怀属佳韵，相当于佳半灰通押，而不是佳半灰半通押。

又如《苏武诗四首》其二，不仅灰与佳半通押，而且与支韵、微韵通押：

黄鹄一远别，千里顾徘徊（灰）。
胡马失其群，思心常依依（微）。
何况双飞龙，羽翼临当乖（佳）。
幸有弦歌曲，可以喻中怀（佳）。
请为游子吟，泠泠一何悲（支）。
丝竹厉清声，慷慨有余哀（灰）。

长歌正激烈，中心怆以摧（灰）。
欲展清商曲，念子不能归（微）。
俯仰内伤心，泪下不可挥（微）。
愿为双黄鹄，送子俱远飞（微）。

再如建安七子之一应玚的《侍五官中郎将建章台集诗》，更是支微齐佳半灰五韵通押：

朝雁鸣云中，音响一何哀（灰）。
问子游何乡，戢翼正徘徊（灰）。
言我塞门来，将就衡阳栖（齐）。
往春翔北土，今冬客南淮（佳）。
远行蒙霜雪，毛羽日摧颓（灰）。
常恐伤肌骨，身陨沉黄泥（齐）。
简珠堕沙石，何能中自谐（佳）。
欲因云雨会，濯羽陵高梯（齐）。
良遇不可值，伸眉路何阶（佳）。
公子敬爱客，乐饮不知疲（支）。
和颜既以畅，乃肯顾细微（微）。
赠诗见存慰，小子非所宜（支）。
为且极欢情，不醉其无归（微）。
凡百敬尔位，以副饥渴怀（佳）。

像这种十分宽泛的通押现象，在隋唐以前的古诗中是十分常见的。如孔北海的《六言诗三首》，曹子建的《七哀诗》，陶渊明《归鸟四章》之第三章、《饮酒》中的“清晨闻叩门”一章、《丙辰岁八月中于下潠田舍获》，谢康乐的《登石门最高顶》，谢惠连的《捣衣》，鲍明远的《代放歌行》，南朝乐府《懊侬曲》中的部分章节，均如此。相反，纯粹佳半灰半通押的古诗，倒不易找。

南朝梁代的江淹有两首佳半灰半通押的诗，一首《步桐台》附于文后，另一首《休上人怨别》如下：

西北秋风至，楚客心悠哉（灰）。
日暮碧云合，佳人殊未来（灰）。
露彩方泛艳，月华始徘徊（灰）。
宝书为君掩，瑶琴讵能开（灰）。
相思巫山渚，怅望阳云台（灰）。

膏炉绝沉燎，绮席生浮埃（灰）。
桂水日千里，因之平生怀（佳）。

纯佳半灰半通押的诗不易找，并不是因为哪条规则的限制，而是因为支微齐灰佳半通押本身，已经包含了灰半佳半在内，这是不言而喻的。

唐以后，灰韵与支微齐通押的现象大为减少，但与佳半通押仍不乏其例。如李白的《北风行》，以灰韵为主，掺入了一个佳韵的“鞋”字。宋人郭祥正有两首《怀友》诗，则是纯粹的佳半灰半通押，而且是以佳半为主，只有一个“来”字属灰韵。其一曰：

夕阳在窗户，凉气何处来。
微风泛庭柯，萧萧历空阶。
抱琴一写之，冰霜溅孤怀。
但惜对樽酌，而无良友偕。
聊将幽独思，滔滔寄长淮。

其二曰：

晚坐庭树下，凉飔经我怀。
亦有樽中物，佳人殊未来。
佳人隔重城，谁复为之侪。
瞻云云行天，步月月满阶。
想闻诵声作，崩腾满江淮。

押仄声韵的古诗，情况与此仿佛。

（四）十灰部在近体诗中的使用情况

佳灰通押的近体诗，先从首句通押谨慎地开始：

州桥南北是天街，父老年年等驾回。
忍泪失声询使者，几时真有六军来。

——［宋］范成大《州桥》

倚马休夸速藻佳，相如终竟压邹枚。
物须见少方为贵，诗到能迟转是才。
清角声高非易奏，优昙花好不轻开。
须知极乐神仙境，修炼多从苦处来。

——［清］袁枚《箴作诗者》

首句均用佳韵，其他属灰韵。

纯粹佳半灰半通押的近体诗比较罕见，陆放翁的七绝《夏日》是典型的一例：

山下柴荆昼不开（灰），
苔生古井暗楸槐（佳）。
新诗哦罢闲无事，
移取藤床睡去来（灰）。

宋人冯山的七律《山路梅花》，则在灰韵中掺入了一个支韵的“吹”字：

传闻山下数枝梅，不免车帷暂一开。
试向林梢亲手折，早知春意逼人来。
何妨归路参差见，更遣东风次第吹。
莫作寻常花蕊看，江南音信隔年回。

词韵所以把佳半灰半独列为一部，不过是为了使写出来的诗更谐听罢了。因为 ai、ei 相押，多少还是有些别扭的。这一点，许多诗人早就注意到了。他们在写近体诗时，常常把两种韵母分开。请看下面这些诗。

（1）韵母为 ai 的灰韵诗：

百亩庭中半是苔，桃花净尽菜花开。
种桃道士归何处，前度刘郎今又来。

——［唐］刘禹锡《再游玄都观》

瑶池阿母绮窗开，黄竹歌声动地哀。
八骏日行三万里，穆王何事不重来。

——［唐］李商隐《瑶池》

密锁重关掩绿苔，廊深阁迥此徘徊。
先知风起月含晕，尚自露寒花未开。
蝙拂帘旌终展转，鼠翻窗网小惊猜。
背灯独共余香语，不觉犹歌起夜来。

——［唐］李商隐《正月崇让宅》

霜角一声草木哀，云头对起石门开。
朔风虏酒不成醉，落叶归鸦无数来。
但使玄戈销杀气，未妨白发老边才。

勒名峰上吾谁与，故李将军舞剑台。

——［明］戚继光《盘山绝顶》

（2）韵母为 ei 的灰韵诗：

葡萄美酒夜光杯，欲饮琵琶马上催。
醉卧沙场君莫笑，古来征战几人回。

——［唐］王翰《凉州词》

隐隐江城玉漏催，劝君须尽掌中杯。
高楼明月清歌夜，知是人生第几回。

——［明］张灵《对酒》

（3）韵母为 ai 的佳韵诗：

钟山咫尺被云埋，何况南楼与北斋。
昨夜月明江上梦，逆随潮水到秦淮。

——［宋］王安石《江宁夹口》

有时相并立闲阶，芗泽微闻到玉钗。
不及铜炉烟一缕，随风摇飏入君怀。

——［清］黄任《梦到》

元微之的著名诗篇七律三首《遣悲怀》，第一首用佳（半）韵，第二首用灰（半）韵，是这方面的典型例子：

谢公最小偏怜女，自嫁黔娄百事乖。
顾我无衣搜荩箧，泥他沽酒拔金钗。
野蔬充膳甘长藿，落叶添薪仰古槐。
今日俸钱过十万，与君营奠复营斋。

昔日戏言身后事，今朝都到眼前来。
衣裳已施行看尽，针线犹存未忍开。
尚想旧情怜婢仆，也曾因梦送钱财。
诚知此恨人人有，贫贱夫妻百事哀。

还有第三首押支韵，与佳灰二韵亦属相邻韵部：

闲坐悲君亦自悲，百年都是几多时。
邓攸无子寻知命，潘岳悼亡犹费词。
同穴窅冥何所望，他生缘会更难期。

惟将终夜长开眼，报答平生未展眉。

（五）十灰部在词中的应用情况

填词则存在十灰独用、灰与佳（半）通押、灰与支微齐佳（半）通押等多种情况。纯佳半灰半通押的词例不多。这种现象与古诗相似。有关例证，可参看文后的“诗词例证”部分。

（六）小结

考察十灰部在古诗、近体诗、词中的使用情况，可以清楚地看出：

（1）在南北朝之前，灰韵与支微齐佳（半）通押的现象十分普遍，这在“四支”一节已经提及。应再次指出，这里的灰韵是完整的十灰，而不是 ai 这一半或 ei 那一半；这里的佳韵，却是半个佳韵，即韵母为 ai 的佳韵字。

（2）隋唐以来，不但近体诗用韵极少见上述情况，就是古诗中，五韵通押的现象也基本没有了。在古诗中，普遍存在的是灰与佳半通押；在近体诗中，一般只是利用首句通押。佳半灰半通押的近体诗比较少见。

（3）词的情况则如同隋唐以前的古诗一样，独押或五韵通押的现象都存在，但在多数情况下，是灰与佳半通押。这说明，佳半灰半通押不过是词韵编者戈载先生的一厢情愿罢了。

（4）尽管有少量古诗、近体诗和词是佳半灰半通押的，但那是支微齐灰佳（半）通押或佳（半）灰通押里已经包含了的一种规则，就像我们可以找到灰半独押、佳半独押的例证一样。笔者希望佳半灰半通押的诗词越多越好，同时认为佳半与灰的通押也是完全可以的，甚至搞支微齐灰佳（半）五韵通押也是无可非议的。——用韵宽一点，总比窄一点好，这有前辈诗家反复给我们提供的例证。

（2001 年 7 月 11 日）

十灰部用字表

平声

[佳（半，指韵母为 ai 的这一半）] 佳捱挨啀嵔溾鞍搋柴钗侪豺差叉荄乖娃埚槐骸怀淮楷皆喈锴秸街痎湝阶揩埋霾排牌俳簁哇洼娃歪呙鞋偕膎鲑谐厓睚崖涯崽斋

［简注］

佳 膎切，音街，又读 jiā。街，亦居膎切，音皆；皆，居谐切；谐，雄皆切，音骸；骸，读 hái，户皆切。据此，可知佳、街、皆俱应读如 jiái。

捱 ái，熬，遭受。又读 āi，通“挨”。

挨 āi，靠着；又读 ái，通“捱”。又读 ǎi，见蟹韵、贿韵。

靫 chāi，又读 chā，并属麻韵。

差 chāi，派遣；事务。又读 chā，见麻韵；又读 chà，见祃韵；又读 cī，见支韵。

叉 楚佳切，又读 chā，并属麻韵。

荄 gāi，居谐切；又，柯开切，并属灰韵。

絓 guāi，又读 guà，并属卦韵。

緺 guāi，又读 guō，并属歌韵；又，古华切，并属麻韵。

楷 居锴切，音皆；又读 kǎi，并属蟹韵。

皆、喈、湝、阶 俱居谐切，今俱读 jiē。

锴 居谐切，音皆；雄皆切，音谐。又读 kǎi，口骇切，音楷，并属蟹韵。

秸 居偕切；又读 jiē，并属黠韵。

街 居膎切，今读 jiē，方言读 gāi。又，均窥切，音规，并属支韵。

痎 居谐切；又，柯开切，并属灰韵；又，户代切，并属队韵。今读 jiē。

揩 kāi；又，苦戒切，并属卦韵。

埋 mái，掩埋。又读 mán，见删韵。

筛 shāi；又，霜夷切，并属支韵。

哇、洼 俱於佳切，又读 wā，并属麻韵。

娃 於佳切，又读 wá，并属麻韵。

鞋 户佳切，方言读 hái，今读 xié。

偕 雄皆切，今读 xié。

膎 户佳切，今读 xié。

鲑 户佳切，今读 xié，鱼类菜的总称。又读 guī，见齐韵。

谐 雄皆切，音骸，今读 xié。

厓 yái 或 ái；又鱼羁切，并属支韵。今读 yá。

睚 yái；又，牛解切，音懈，并属卦韵；鱼驾切，音迓，并属祃韵。今读 yá。

崖 yái；又，鱼羁切，并属支韵。今读 yá。

涯 yái；又，鱼羁切，并属支韵；又读 yá，并属麻韵。

崽 亦作“仔”，山皆切，又读 zǎi，并属贿韵。

［佳韵的另一半，韵母为 a，只有两个字，可与上述字互押，亦可与麻韵相押。这两个字是：

蛙娲

正确使用这两个字，请参阅“六麻部”。］

［灰（半，指韵母为 ai 的这一半）］ 埃磑唉皑哀诶欸掰裁才材财偲猜呆垓荄赅该陔咳咍徊颏孩开剀痎闿莱来郲崃倈徕涞徘思毸偲腮鳃苔抬跆胎鲐台炱邰骀栽哉灾

［简注］

磑 ái，［磑磑］高貌，光洁明亮貌，坚固貌。又读 wèi，见队韵。

诶 āi，［诶诒］倦怠貌。又读 xī，见支韵。

欸 āi；又，于改切，并属贿韵；许介切，并属卦韵。

偲 cāi，多才。又读 sī，见支韵。

荄 gāi，柯开切；又，居谐切，并属佳韵。

咳 hāi，叹声；又读 hái，小孩子笑。又读 ké，见队韵。

徊 huái，又读 huí。

颏 hái；又，古亥切，并属贿韵。今读 kē，又读 ké。

剀 古哀切，今读 kǎi。

痎 柯开切；又，居谐切，并属佳韵；户代切，并属队韵。今读 jiē。

闿 kāi，又读 kǎi，并属贿韵、泰韵。

莱 lái；又，落代切，音赖，并属队韵。

来 lái，由远走向近处；小麦。又读 lài，见队韵。

徕 lái，到来、招来。又读 lài，见队韵。

徘 pái，又读 péi。

思 sāi，［于思］多须貌。又读 sī，见支韵；又读 sì，见寘韵。

骀 tái，①马嚼子脱落，②劣马，③驼背。又读 dài，见贿韵。

［十灰的另一半，韵母为 ei，可与上述字互押，亦可与支微齐三韵相押。这些字是：

灰杯確摧崔催缞堆磓敦瑰茴𤸇虺蛔回迴徊鮰恢恛洄诙盔槐魁悝隗檑雷擂罍镭玫莓枚梅霉鋂脢煤媒坯培醅呸赔裴毰徘胚陪蓷推颓魋焞隤

桅嵬偎煨隈
正确使用这些字，请参阅“四支部”]

上声

[蟹] 蟹挨矮摆捭罢拐罫骇解楷锴荬买奶崴獬邂澥

[简注]
蟹 下买切，今读 xiè。
挨 ǎi，於骇切；又，於改切，并属贿韵。义同：击，推。又读 āi、ái，见佳韵。
罢 部买切；又读 bà，并属祃韵；又，补靡切，并属纸韵。
解 ①举蟹切，方言读 gǎi，今读 jiě。用刀锯分剖、融化、理解等义。②下买切，今读 xiè，姓；卦名，此义《辞海》读 jiě。又读 jiè，见卦韵。
楷 kǎi；又，居锴切，音皆，并属佳韵。
锴 kǎi；又，居谐切，音皆；雄皆切，音谐。并属佳韵。
獬、**澥** 俱下买切，今读 xiè。
邂 下买切；又，下解切，并属卦韵。今读 xiè。

[贿（半，指韵母为 ai 的这一半）] 毐挨欸茝採睬踩采彩歹殆待诒怠迨骀绐颏改醢亥海凯铠恺闿莓迺乃甩载在崽宰

[简注]
挨 ǎi，於改切；又，於骇切，并属蟹韵，又读 āi、ái，并属佳韵。
欸 于改切；又，许介切，并属卦韵；又读 āi，并属灰韵。
茝 chǎi，香草名，茎叶细嫩时曰蘼芜。又读 zhǐ，见纸韵。
诒 dài，欺骗。又读 yí，见支韵。
骀 dài，①无拘束，②疲钝。又读 tái，见灰韵。
颏 古亥切；又读 hái，并属灰韵。今读 kē，又读 ké。
闿 kǎi，苦荄切；又，口溉切，并属泰韵；又读 kāi，并属灰韵。
莓 母亥切，又读 méi，并属灰韵；又，莫代切，并属队韵。
载 zǎi，年；刊登。又读 zài，见队韵。
在 zài，昨宰切；又，昨代切，并属队韵。

崽 zǎi，亦作“仔”；又，山皆切，并属佳韵。

［贿韵的另一半，韵母为 ei，可与上述字相押，亦可与纸尾荠寘未霁六韵和泰韵中韵母为 ei 的 字相押，这些字是：

贿琲蓓倍璀漼熣悔傀蕾磊儡每浼餒腿萎猥隗罪

正确使用这些字，请参阅“四支部”。］

去声

［**泰（半，指韵母为 ai 的这一半）**］泰艾蔼霭馤乂蔡带大轪丐刽盖荟桧嗜会浍害绘侩郐脍鲙狯愒阊赖籁癞濑柰奈钹太汰外

［**简注**］

乂 ài，惩创。又读 yì，见队韵。

大 dài；又，吐卧切，并属个韵。今读 dà，但在“大夫”“大王”等词中，仍读 dài，徒盖切。

刽 古外切；又，古活切，音括，并属曷韵。今读 guì。

盖 gài，覆盖物，覆盖。又读 gì，见合韵。

荟 乌外切，今读 huì。

桧 古外切；又，古活切，并属曷韵。今读 huì（人名）、guì（木名）。

会 ①黄外切，今读 huì，相见、汇合、领悟等义。②kuài，［会稽］地名；［会计］管理财务。

浍 古外切；又，古迈切，并属卦韵。今读 huì。

狯 kuài，古外切；又，古卖切，并属卦韵。

愒 kài，荒废、贪羡、珍惜。又读 qì，见霁韵。

阊 kǎi，口溉切；又，苦萎切，并属贿韵；又读 kāi，并属灰韵。

钹 蒲盖切；又蒲拨切，并属曷韵。今读 bá。

［泰韵的另一半，韵母为 ei，可与上述字相押，亦可与纸尾荠寘未霁六韵，以及韵母为 ei 的贿韵字、队韵字相押。这些字是：

拔贝狈兑祋哕涉酹茷霈肺旆淠沛蜕晲蕞最

正确使用这些字，请参阅“四支部”。］

［**卦（半，即韵母为 ai 的这一半）**］卦噫嗌欬餲隘扒呗败拜稗惫虿瘥

噶尬挂诖褂怪夬坏浍话玠芥戒界蚧犗价介解疥诫届聩蒉蒯揩喟哙筷狯快卖迈劢湃派晒铩杀煞薤械睚邂廨懈瀣眦债瘵寨

［简注］

卦 古卖切，今读 guà。

噫 ài，①嗳气，②呼，吹。又读 yī，见支韵、微韵；又读 yì，见纸韵、寘韵。

嗌 ài，咽喉窒塞。又读 yì，见陌韵。

欸 许介切；又，于改切，并属贿韵；又读 āi，并属灰韵。

扒 布怪切，音拜，今读 pá，称窃贼叫“扒手”。又读 bā、pā，见黠韵。

惫 步拜切，今读 bèi。

瘥 chài；又，楚嫁切，并属祃韵。义同：病愈。又读 cuó，见歌韵；又，子邪切，见麻韵。

尬 古拜切，今读 gà。

挂、**诖**、**褂** 俱古卖切，今俱读 guà。

浍 古迈切；又，古外切，并属泰韵。今读 huì。

话 户快切，又读 huà，并属祃韵。

玠、**芥**、**界**、**蚧**、**犗**、**介**、**疥**、**诫**、**届** 俱居拜切，音戒，今读 jiè。

戒 居拜切，音介，今读 jiè。

价 居拜切，今读 jiè，①善，②通“介”。《诗经·大雅·板》：“价人维藩。”此义不可繁化为“價”。又读 jià，见祃韵。

解 居隘切，今读 jiè，向上行文、押送等义。又读 jiě、xiè，见蟹韵。

聩 五怪切，今读 kuì。

蒉 kuài，苦怪切；又，苦会切，并属队韵。义同：菜名。又读 kuì，见寘韵。

揩 苦戒切，又读 kāi，并属佳韵。

喟 苦怪切，又读 kuì，并属寘韵。

狯 kuài，古卖切；又，古外切，并属泰韵。

铩 所拜切；又，山戛切，并属黠韵；式列切，并属屑韵；所例切，并属霁韵。今读 shā。

杀 shài，凋落、割削、省、等差等义。又读 shā，见黠韵。又读 sà，见曷韵。

煞 所卖切，今读 shà；又读 shā，并属黠韵。

薤、**械**、**瀣** 俱胡介切，今读 xiè。

睚 牛解切，音懈；又，鱼驾切，音讶，并属祃韵；又读 yái，并属佳韵。今读 yá。

邂 下解切；又，下买切，并属蟹韵。今读 xiè。

廨、**懈** 俱居隘切，今读 xiè。

眦 七懈切，又读 zì，疾智切，并属寘韵；又，在诣切，并属霁韵。

［卦韵的另一半，韵母为 a，只有两个字，可与上述字相押，亦可与马祃二韵相押。这两个字是：

杷絓

正确使用这两个字，请参阅“六麻部”。］

［队（半，即韵母为 ai 的 这一半）］瑷叆薆碍暧僾爱媛菜玳逮戴埭棣
睫代岱贷黛袋襶逮概溉痎块蒉咳欬忾慨来赉睐徕莓耐鼐褦塞赛态载
再在

［**简注**］

棣 dài，雍容闲雅貌。《诗经·柏舟》：“威仪棣棣。”又读 dì，见霁韵。

痎 户代切；又，柯开切，并属灰韵；又，居偕切，并属佳韵。今读 jiē。

蒉 kuài，苦会切；又，苦怪切，并属卦韵。义同：菜名。又读 kuì，见寘韵。

咳 旧读 kài，今读 ké。义同：①谈笑、谈吐，②大声咳嗽。又读 hāi、hái，见灰韵。

来 lài，慰劳，勉励。又读 lái，见灰韵。

徕 lài，慰劳。又读 lái，见灰韵。

莓 莫代切，又读 méi，并属灰韵；又，母亥切，并属贿韵。

塞 sài，险要之地。又读 sè，见职韵。

载 zài，①用车船装运，②语助。又读 zǎi，见贿韵。

在 zài，昨代切；又，昨宰切，并属贿韵。

［队韵的另一半，韵母为 ei，可与上述字互押，亦可与纸尾荠寘未霁六韵，以及韵母为 ei 的贿韵字、泰韵字相押。这些字是：

队琲辈背悖焙褙啐倅焠淬綷碓敦憝对吠肺废晦喙秽悔诲愦溃礌擂耒瑁
抹昧痗妹内珮配佩碎谇退褪磓乂刈晬

正确使用这些字，请参阅“四支部”。］

诗词例证

（一）古诗

灰韵古诗：

殷忧不能寐，苦此夜难颓。明月照积雪，朔风劲且哀。
运往无淹物，年逝觉已催。

——［南朝·宋］谢灵运《岁暮》

朔风吹飞雨，萧条江上来。既洒百常观，复集九成台。
空蒙如薄雾，散漫似轻埃。平明振衣坐，重门犹未开。
耳目暂无扰，怀古信悠哉。戢翼希骧首，乘流畏曝鳃。
动息无兼遂，歧路多徘徊。方同战胜者，去翦北山莱。

——［南朝·齐］谢朓《观朝雨》

两人对酌山花开，一杯一杯复一杯。
我醉欲眠卿且去，明朝有意抱琴来。

——［唐］李白《山中与幽人对酌》

佳（半）灰通押的古诗：

年过五十，得免孩埋（佳）。情怡虑淡，岁月方来（灰）。
弹丸小邑，称是非才（灰）。日高犹卧，夜户长开（灰）。
年丰日永，波淡云回（灰）。乌鸢声乐，牛马群谐（佳）。
讼庭花落，扫积成堆（灰）。时时作画，乱石秋苔（灰）。
时时作字，古与媚皆（佳）。时时作诗，写乐鸣哀（灰）。
闺中少妇，好乐无猜（灰）。花下青童，慧黠适怀（佳）。
图书在屋，芳草盈阶（佳）。昼食一肉，夜饮数杯（灰）。
有后无后，听已焉哉（灰）。

——［清］郑燮《止足》

佳（半）灰（半）通押的古诗：

客子畏霜雪，忧至竟悠哉（灰）。绮帷生网罗，宝刀积尘埃（灰）。
思君出汉北，鞍马登楚台（灰）。岁彩合云光，平原秋色来（灰）。
寂听积空意，凝望信长怀（佳）。蕙芬自有美，光景讵徘徊（灰）。

山中忽缓驾，暮雪将盈阶（佳）。

——［南朝·梁］江淹《步桐台》

灰支微齐通押的古诗：

悲哉（灰），秋之为气也！萧瑟兮（齐），

草木摇落而变衰（支）。憭栗兮（齐），

若在远行，登山临水兮（齐），送将归（微）。

——［战国］宋玉《九辩》

衡纪无淹度，晷运倏如催（灰）。白露滋园菊，秋风落庭槐（灰）。

肃肃莎鸡羽，烈烈寒螀啼（齐）。夕阴结空幕，宵月皓中闺（齐）。

美人戎裳服，端饰相招携（齐）。簪玉出北房，鸣金步南阶（佳）。

栏高砧响发，楹长杵声哀（灰）。微芳起两袖，轻汗染双题（齐）。

纨素既已成，君子行未归（微）。裁用笥中刀，缝为万里衣（微）。

盈箧自余手，幽缄俟君开（灰）。腰带准畴昔，不知今是非（微）。

——［南朝·宋］谢惠连《捣衣》

常虑有贰意，欢今果不齐（齐）。枯鱼就浊水，长与清流乖（佳）。

——南朝乐府《子夜歌四十二首》

黄生无诚信，冥强将侬期（支）。通夕出门望，至晓竟不来（灰）。

——南朝乐府《黄生曲三首》

黄鹄参天飞（微），半道郁徘徊（灰）。腹中车轮转，君知思忆谁（支）。

——南朝乐府《黄鹄曲四首》

贿韵古诗：

精卫衔微木，将以填沧海。刑天舞干戚，猛志固常在。

同物既无虑，化去不复悔。徒设在昔心，良辰讵可待。

——［晋］陶渊明《读山海经十三首》

贿（半）韵古诗：

黄河走东溟，白日落西海。逝川与流光，飘忽不相待。

春容舍我去，秋发已衰改。人生非寒松，年貌岂长在。

吾当乘云螭，吸景驻光彩。

——［唐］李白《古风（黄河走东溟）》

前舟已渺渺，欲渡谁相待。秋山起暮钟，楚雨连沧海。

风波离思满，宿昔容鬓改。独鸟下东南，广陵何处在。

——［唐］韦应物《淮上即事寄广陵亲故》

泰韵古诗：

昔闻东陵瓜，近在青门外。连畛距阡陌，子母相钩带。
五色曜朝日，嘉宾四面会。膏火自煎熬，多财为患害。
布衣可终身，宠禄岂足赖。

——［魏］阮籍《咏怀八十二首》

泰（半）卦（半）队（半）通押的古诗：

开帘见新月，即便下阶拜（卦）。细语人不闻，北风吹裙带（泰）。

——［唐］李端《拜新月》

悠悠天地间，草木献奇怪（卦）。投老一蒲团，山中大自在（队）。

——［宋］文及翁《山中夜坐》

君不见诗人借车无可载（队），
留得一钱何足赖（泰）！
晚年更似杜陵翁，右臂虽存耳先聩（卦）。
人将蚁动作牛斗，我觉风雷真一噫（卦）。
闻尘扫尽根性空，不须更枕清流派（卦）。
大朴初散失浑沌，六凿相攘更胜坏（卦）。
眼花乱坠酒生风，口业不停诗有债（卦）。
君知五蕴皆是贼，人生一病今先瘥（卦）。
但恐此心终未了，不见不闻还是碍（队）。
今君疑我特佯聋，故作嘲诗穷险怪（卦）。
须防额痒出三耳，莫放笔端风雨快（卦）。

——［宋］苏轼《次韵秦太虚见戏耳聋》

蟹泰卦队寘通押的古诗：

寒鸡号荒林，山壁月倒挂（卦）。披衣起视夜，揽辔念行迈（卦）。
我来夏云初，素节今已届（卦）。高河泻长空，势落九州外（泰）。
微风动凉襟，晓气清余睡（寘）。缅怀京师友，文酒邀高会（泰）。
其间苏与梅，二子可畏爱（队）。篇章富纵横，声价相磨盖（泰）。
子美气尤雄，万窍号一噫（卦）。有时肆颠狂，醉墨洒滂沛（泰）。
譬如千里马，已发不可杀（卦）。盈前尽珠玑，一一难柬汰（泰）。

梅翁事清切，石齿漱寒濑（泰）。作诗三十年，视我犹后辈（队）。
文词愈清新，心意虽老大（泰）。譬如妖韶女，老自有余态（队）。
近诗尤古硬，咀嚼苦难嘬（卦）。初如食橄榄，真味久愈在（队）。
苏豪以气轹，举世徒惊骇（蟹）。梅穷独我知，古货今难卖（卦）。
二子双凤凰，百鸟之嘉瑞（寘）。云烟一翱翔，羽翮一摧铩（卦）。
安得相从游，终日鸣哕哕（泰）。问胡苦思之，对酒把新蟹（蟹）。

——［宋］欧阳修《水谷夜行寄圣俞、子美》

（二）近体诗

佳韵近体诗：

官事归来衣雪埋，儿童灯火小茅斋。
人家不必论贫富，惟有读书声最佳。

——［唐］翁承赞《书斋漫兴》

芦根渺渺望无涯，雁落圆沙几点排。
明月堕烟霜着水，行人今夜宿清淮。

——［清］厉鹗《宝应舟中月夜》

潮长波平岸，乌啼月满街。一声孤棹响，残梦落清淮。

——［明］潘高《秦淮晓渡》

灰韵近体诗：

避贤初罢相，乐圣且衔杯。为问门前客，今朝几个来。

——［唐］李适之《罢相作》

麻衣如雪一枝梅，笑掩微妆入梦来。
若到越溪逢越女，红莲池里白莲开。

——［唐］武元衡《赠道者》

不见李生久，佯狂真可哀。世人皆欲杀，吾意独怜才。
敏捷诗千首，飘零酒一杯。匡山读书处，头白好归来。

——［唐］杜甫《不见》

秋尽东行且未回，茅斋寄在少城隈。
篱边老却陶潜菊，江上徒逢袁绍杯。
雪岭独看西日落，剑门犹阻北人来。
不辞万里长为客，怀抱何时得好开。

——［唐］杜甫《秋尽》

风急天高猿啸哀，渚清沙白鸟飞回。
无边落木萧萧下，不尽长江滚滚来。
万里悲秋长作客，百年多病独登台。
艰难苦恨繁霜鬓，潦倒新停浊酒杯。

——［唐］杜甫《登高》

紫陌红尘拂面来，无人不道看花回。
玄都观里桃千树，尽是刘郎去后栽。

——［唐］刘禹锡《元和十年自朗州召至京戏赠看花诸君子》

九州生气恃风雷，万马齐喑究可哀。
我劝天公重抖擞，不拘一格降人才。

——［清］龚自珍《己亥杂诗（其二百二十）》

万家墨面没蒿莱，敢有歌吟动地哀。
心事浩茫连广宇，于无声处听惊雷。

——鲁迅《无题》

灰（半）韵近体诗：

心逐南云逝，形随北雁来。故乡篱下菊，今日几花开。

——［南朝·陈］江总《于长安归还扬州九月九日行薇山亭赋韵》

天上碧桃和露种，日边红杏倚云栽。
芙蓉生在秋江上，不向东风怨未开。

——［唐］高蟾《下第后上永崇高侍郎》

懒修珠翠上高台，眉月连娟恨不开。
纵使东巡也无益，君王自领美人来。

——［唐］章碣《东都望幸》

人间四月芳菲尽，山寺桃花始盛开。
长恨春归无觅处，不知转入此中来。

——［唐］白居易《大林寺桃花》

重重叠叠上瑶台，几度呼童扫不开。
刚被太阳收拾去，却教明月送将来。

——［宋］苏轼《花影》

僵卧孤村不自哀，尚思为国戍轮台。

夜阑卧听风吹雨，铁马冰河入梦来。

——［宋］陆游《十一月四日风雨大作》

半亩方塘一鉴开，天光云影共徘徊。
问渠那得清如许，为有源头活水来。

——［宋］朱熹《观书有感二首》

应怜屐齿印苍苔，小扣柴扉久不开。
春色满园关不住，一枝红杏出墙来。

——［宋］叶绍翁《游园不值》

头上红冠不用裁，满身雪白走将来。
平生不敢轻言语，一叫千门万户开。

——［明］唐寅《画鸡》

琼姿只合在瑶台，谁向江南处处栽。
雪满山中高士卧，月明林下美人来。
寒依疏影萧萧竹，春掩残香漠漠苔。
自去何郎无好咏，东风愁寂几回开。

——［明］高启《梅花九首》

民不敢言而敢怒，秦关百二一时开。
骊山兵马军容盛，可向咸阳救火来。

——冯友兰《题秦始皇兵马俑》

佳（半）灰（半）通押的近体诗：

年来鞍马困尘埃（灰），赖有青山豁我怀（佳）。
日暮北风吹雨去，数峰清瘦出云来（灰）。

——［宋］张耒《初见嵩山》

（三）词

灰韵词：

日照澄洲江雾开，淘金女伴满江隈。
美人首饰侯王印，尽是沙中浪底来。

——［唐］刘禹锡《浪淘沙》

一曲新词酒一杯，去年天气旧亭台。
夕阳西下几时回。

无可奈何花落去，似曾相识燕归来。
小园香径独徘徊。

——［宋］晏殊《浣溪沙》

带湖吾甚爱，千丈翠奁开。
先生杖履无事，一日走千回。
凡我同盟鸥鹭，今日既盟之后，来往莫相猜。
白鹤在何处？尝试与偕来。

破青萍，排翠藻，立苍苔。
窥鱼笑汝痴计，不解举吾杯。
废沼荒丘畴昔，明月清风此夜，人世几欢哀？
东岸绿阴少，杨柳更须栽。

——［宋］辛弃疾《水调歌头·盟鸥》

斗酒彘肩，风雨渡江，岂不快哉。
被香山居士，约林和靖，与坡仙老，驾勒吾回。
坡谓西湖，正如西子，浓抹淡妆临镜台。
二公者，皆掉头不顾，只管衔杯。

白云天竺去来，图画里，峥嵘楼观开。
爱东西双涧，纵横水绕，两峰南北，高下云堆。
逋曰不然，暗香浮动，争似孤山先探梅。
须晴去，访稼轩未晚，且此徘徊。

——［宋］刘过《沁园春·斗酒彘肩》

何处相逢，登宝钗楼，访铜雀台。
唤厨人斫就，东溟鲸脍，圉人呈罢，西极龙媒。
天下英雄，使君与操，余子谁堪共酒杯。
车千乘，载燕南赵北，剑客奇才。

饮酣画鼓如雷。谁信被晨鸡轻唤回。
叹年光过尽，功名未立，书生老去，机会方来。
使李将军，遇高皇帝，万户侯何足道哉。
披衣起，但凄凉感旧，慷慨生哀。

——［宋］刘克庄《沁园春·梦孚若》

佳（半）灰通押的词：

怅望送春杯（灰），渐老逢春能几回（灰）。
花满楚城愁远别，伤怀（佳），
何况清丝急管催（灰）。

吟断望乡台（灰），万里归心独上来（灰）。
景物登临闲始见，徘徊（灰），
一寸相思一雨灰（灰）。

——［宋］苏轼《南乡子·集句》

杯汝来前，老子今朝，点检形骸（佳）。
甚长年抱渴，咽如焦釜，于今喜睡，气似奔雷。（灰）
汝说刘伶，古今达者，醉后何妨死便埋（佳）。
浑如此，叹汝于知己，真少恩哉（灰）。

更凭歌舞为媒（灰），算合作人间鸩毒猜（灰）。
况怨无小大，生于所爱，物无美恶，过则为灾（灰）。
与汝成言，勿留亟退，吾力犹能肆汝杯（灰）。
杯再拜，道麾之即去，招则须来（灰）。

——［宋］辛弃疾《沁园春·将止酒戒酒杯使勿近》

留征辔，送离杯（灰）。羞泪下，捻青梅（灰）。
低声问道几时回（灰）。
秦筝雁促，此夜为谁排（佳）。

君去也，远蓬莱（灰）。千里地，信音乖（佳半）。
相思成病底情怀（佳半）。
和烦恼，寻个便，送将来（灰）。

——［宋］贺铸《芳草渡》

佳（半）灰（半）通押的词：

往事只堪哀（灰），对景难排（佳）。
秋风庭院藓侵阶（佳）。
一桁珠帘闲不卷，终日谁来（灰）。

金锁已沉埋（佳），壮气蒿莱（灰）。
晚凉天净月华开（灰）。

想得玉楼瑶殿影，空照秦淮（佳）。

——［南唐］李煜《浪淘沙》

灰微通押的词：

烟霏霏（微），雪霏霏（微）。雪向梅花枝上堆（灰），
春从何处回（灰）。

醉眼开（灰），睡眼开（灰），疏影横斜安在哉（灰）。
从教塞管催（灰）。

——［宋］吴淑姬《长相思令》

贿泰队通押的词：

苑边花外（泰），记得同朝退（队）。飞骑轧，鸣珂碎（队）。
齐歌云绕扇，赵舞风回带（泰）。
严鼓断，杯盘狼籍犹相对（队）。

洒泪谁能会（泰）。醉卧藤阴盖（泰）。人已去，词空在（队）。
兔园高宴悄，虎观英游改（贿）。
重感慨，波涛万顷珠沉海（贿）。

——［宋］黄庭坚《千秋岁》

贿（半）泰（半）卦（半）队（半）通押的词：

不剪春衫愁意态（队）。过收灯，有些寒在（队）。
小雨空帘，无人深巷，已早杏花先卖（卦）。

白发潘郎宽沈带（泰）。怕看山，忆他眉黛（队）。
草色拖裙，烟光惹鬓，常记故园挑菜（队）。

——［宋］史达祖《夜行船》

停杯不举，停歌不发，等候银蟾出海（贿）。
不知何处片云来，做许大，通天障碍（队）。

虬髯捻断，星眸睁裂，唯恨剑锋不快（卦）。
一挥截断紫云腰，仔细看，嫦娥体态（队）。

——［金］完颜亮《鹊桥仙》

十灰部平仄通押的词

日日深杯酒满，朝朝小圃花开（灰）。

自歌自舞自开怀（佳）。且喜无拘无碍（队）。

青史几番春梦，红尘多少奇才（灰）。

不须计较与安排（佳）。领取而今现在（队）。

——［宋］朱敦儒《西江月》

风月亭危致爽，管弦声脆休催（灰）。

主人只是旧情怀（佳），锦瑟旁边须醉（寘）。

玉殿何须侬去，沙堤正要公来（灰）。

看看红药又翻阶（佳），趁取西湖春会（泰）。

——［宋］辛弃疾《西江月·席上和陈安行舍人韵》

第十一章　十一尤最自由

（一）尤韵的应用

关关雎鸠，在河之洲。窈窕淑女，君子好逑。
参差荇菜，左右流之，窈窕淑女，寤寐求之。
…………

十一尤真是有幸，中国最早的诗集《诗经》中的第一篇《周南·关雎》的前两节，押的就是尤韵。这当然是碰巧，因为在《关雎》那个时代，根本没有什么一东二冬十一尤的概念。

不过，不论古诗还是近体诗，不论是诗还是词，诗人对十一尤似乎格外偏爱。在《平水韵》和《词林正韵》中，尤韵都是独立的。用尤韵写的诗词，又多又好。当用心品味下面这些佳篇时，很难不闭着眼，晃着头，击节再三，连连称好：

嘉会难再遇，三载为千秋。
临河濯长缨，念子怅悠悠。
远望悲风至，对酒不能酬。
行人怀往路，何以慰我愁。
独有盈觞酒，与子结绸缪。

——［汉］佚名《与苏武书》

白日依山尽，黄河入海流。
欲穷千里目，更上一层楼。

——［唐］王之涣《七绝·登鹳雀楼》

闺中少妇不知愁，春日凝妆上翠楼。
忽见陌头杨柳色，悔教夫婿觅封侯。

——［唐］王昌龄《七绝·闺怨》

细草微风岸，危樯独夜舟。

星垂平野阔，月涌大江流。
名岂文章著，官应老病休。
飘飘何所似，天地一沙鸥。

——［唐］杜甫《五律·旅夜书怀》

萧萧白发卧扁舟，死尽中朝旧辈流。
万里关河孤枕梦，五更风雨四山秋。
郑虔自笑穷耽酒，李广何妨老不侯。
犹有少年风味在，吴笺著句写清愁。

——［宋］陆游《七律·枕上作》

运交华盖欲何求，未敢翻身已碰头。
旧帽遮颜过闹市，破船载酒泛中流。
横眉冷对千夫指，俯首甘为孺子牛。
躲进小楼成一统，管他冬夏与春秋。

——鲁迅《自嘲》

汴水流，泗水流，
流到瓜洲古渡头。
吴山点点愁。

思悠悠，恨悠悠，
恨到归时方始休。
月明人倚楼。

——［唐］白居易《长相思》

红藕香残玉簟秋。
轻解罗裳，独上兰舟。
云中谁寄锦书来，雁字回时，月满西楼。

花自飘零水自流。
一种相思，两处闲愁。
此情无计可消除，才下眉头，却上心头。

——［宋］李清照《一剪梅》

何处望神州，
满眼风光北固楼。
千古兴亡多少事，悠悠，
不尽长江滚滚流。

年少万兜鍪，
坐断东南战未休。
天下英雄谁敌手，曹刘，
生子当如孙仲谋。

——［宋］辛弃疾《南乡子·登京口北固亭有怀》

照野江烽，连天海气，物华卷地休休。
残阳一霎，怎不为人留。
几点昏鸦噪晚，荒村外，鬼火星稠。
伤高眼，还同王粲，多难强登楼。

惊弓如塞雁，林间失侣，落影沙洲。
便青山纵好，何处吾丘。
夜夜还乡梦里，分飞阻，重到无由。
空城上，戍旗红闪，白日淡幽州。

——［清］张尔田《满庭芳·丁丑九月客燕京书感》

以上只是有选择地略举几例。实际上，诗词中有大量使用尤韵的脍炙人口的名篇佳制。诗人们用起尤韵来，仿佛得心应手，游刃有余，毫无顾忌和障碍。古诗如王粲的《从军行（悠悠涉荒路）》，曹植的《杂诗（仆夫早严驾）》，陶渊明的《游斜川》，李白的《江上吟》，杜甫的《同诸公登慈恩寺塔》，苏舜钦的《中秋夜吴江亭上对月怀前宰张子野及寄君谟蔡大》等；近体诗如王昌龄的《从军行（烽火城西百尺楼）》，王维的《和贾至舍人早朝大明宫之作》《山居秋暝》，李白的《黄鹤楼送孟浩然之广陵》《登金陵凤凰台》，崔颢的《黄鹤楼》，杜甫的《江村》《登岳阳楼》，刘禹锡的《西塞山怀古》《和乐天春词》，李贺的《南园（男儿何不带吴钩）》，许浑的《咸阳城西楼晚眺》，李商隐的《马嵬》《安定城楼》，黄庭坚的《夜发分宁寄杜涧叟》，徐渭的《题风鸢图（新生犊子鼻如油）》，潘耒的《广武》，章炳麟的《狱中赠邹容》等；长短句如李煜的《相见欢》，韦庄的《思帝乡》，李珣的《巫山一段云》，柳永的《八声甘州》，李清照的《武陵春》《凤凰台上忆吹箫》，陆游的《诉衷情》，辛弃疾的《丑奴儿》《木兰花慢（可怜今夕月）》，高启的《江城子》，黄景仁的《水调歌头》，等等。押仄声有宥二韵的古诗名篇，如《古诗十九首（青青河畔草）》，王维的《新晴野望》，曹邺的《官仓鼠》，苏轼的《石鼓歌》等；仄韵词的名篇，如欧阳修的《生查子》，李清照的《醉花阴》《如梦令》，辛弃疾的《粉蝶儿》，顾贞观的《金缕曲》等。诗人们无论怎么使用十一尤，只要分清平仄，就不会出韵。

（二）少数尤韵字读音的演变及使用情况

十一尤的韵母比较单一，只有 ou（含 iou，下同）。但是，其韵部表中，有少数字的韵母却是 ao（iao，下同），似应属二萧部；还有一些字的韵母是 u 或 ü，似应属七虞部。前者如：彪、矛、蟊、蝥、瞀、茂、懋、贸、鄮、袤等，后者如：芣、桴、蜉、罘、罦、稃、浮、枹、瓿、阜、负、妇、拇、牡、亩、母、取、畜、副、覆、复、富、姆、戊等。这是字音演变的结果。只要查阅这些字的反切标音，即可知道，它们过去的读音与今天是不一样的，那时候如果有拼音字母，它们的韵母都应该是 ou。例如：

彪，必幽切，幽的韵母正是 ou，幽属尤韵，故彪亦属尤韵。

茂，莫候切，候的韵母也是 ou，候属宥韵，故茂亦属宥韵。

懋、贸、鄮、袤，与茂同，故同属宥韵。

浮，缚谋切，谋的韵母是 ou，谋属尤韵，故浮亦属尤韵。

芣、蜉、罘、稃等字的反切标音与浮同，故同属尤韵。

矛，莫浮切，浮属尤韵，故矛亦属尤韵。

其他字，亦都是如此。详见韵字表注。

还应该指出，在字音演变之前，在专门的韵书产生之前，萧韵与尤韵的界限本来就是不很严格的。例如屈原的《山鬼》尾节四句：

> 雷填填兮雨冥冥，猿啾啾兮狖夜鸣。
> 风飒飒兮木萧萧，思公子兮徒离忧。

前两句属庚青通押，后两句则是“萧”字与“忧”字通押，那么，是“萧”字当时属尤韵，还是“忧”字当时属萧韵，抑或两韵偶然通押一次？都有可能。因为在屈原时代，韵书还没产生。

问题在于，既然这些字后来的读音已经变化了，是否可以按今音押韵，让它们分别自由地与二萧部和七虞部相押呢？答案是肯定的。本书在论述七虞部时已举过郑板桥的五律《招隐寺访旧》的例子，这里不妨再引述一遍：

> 禅房精笔砚，窗又碧纱糊。
> 吮墨情温细，吟诗味澹腴。
> 茶枪新摘蕊，莲露旋收珠。
> 小盏烹涓滴，青光浅浅浮。

尤韵的“浮”字与虞韵的糊、腴、珠相押，十分自然。

其实，起源于民间的敦煌曲子词，早就让“浮”字与七虞部通押了：

枕前发尽千般愿，
要休且待青山烂。
水面上秤锤浮（尤），
直待黄河彻底枯（虞）。

白日参辰现，
北斗回南面。
休即未能休，
且待三更见日头。

——《菩萨蛮》

再请看唐人张籍《野老歌》的前半首，十一尤部的“亩”字已与七虞部的“住、土”为韵：

老农家贫在山住，耕种山田三四亩。
苗疏税多不得食，输入官仓化为土。

这说明：

(1) 浮、亩等字的读音，并不是今天才变化的。浮字至晚在五代时期，亩字至晚在唐代就与今音无异了。

(2)《平水韵》《词林正韵》虽然规定了某字属某韵，并非绝对限制不同韵部之间的通押。就尤韵来说，内部可以“秋、浮、矛”互押，外部可以“珠、浮、枯”互押，“矛、茅”互押。

因此，没有必要改变这部分字的韵属。如果把那些字改归萧、虞二部，也只是用一种限制代替另一种限制而已。让它们多拥有些自由度，不是更好吗？请读毛润之词《沁园春·长沙》：

独立寒秋，湘江北去，橘子洲头。
看万山红遍，层林尽染，漫江碧透，百舸争流。
鹰击长空，鱼翔浅底，万类霜天竞自由。
怅寥廓，问苍茫大地，谁主沉浮？

携来百侣曾游，
忆往昔峥嵘岁月稠。
恰同学少年，风华正茂，书生意气，挥斥方遒。
指点江山，激扬文字，粪土当年万户侯。

曾记否，到中流击水，浪遏飞舟。

上片末句韵脚“浮”字，就仍在尤韵的范围里使用。

（2002 年 3 月 6 日）

十一尤部用字表

平声

［尤］尤彪滮酬抽挡畴踌帱赒稠愁筹筜俦儵仇雠犨瘳惆裯妯䌷绸丢兜芣桴枹不蜉罘罦稃浮涪纡耩枸购钩篝句勾痀沟缑喉锻篌齁侯猴瘊糇鬏赳樛揪摎啾噍鸠阄抠㧟眍弧琉耧蒌榴楼硫搂蝼螻喽䁖髅镠篓偻飗飕留鹠遛瘤刘旒㤠慺娄溜浏流鎏漻褛骝䝏眸蛑侔谋牟矛蟊蝥瞀鍪缪牛坵枢区瓯欧鸥呕吽沤讴朴抔掊裒瓿球璆艽鞦楸求裘逑捄蛷虯蝤虬崷囚赇铼秋鹙丘邱俅觩龟鳅馗馗厹犰酋遒泅湫驱绒猱鞣揉蹂糅柔蒐搜锼叟售飕馊廋涑漱溲收投骰输偷头媮鬏咻嗾休鸺修脩貅馐庥羞櫌莸樢楢揄輶卣嚘蚰蝣由邮呦幽优攸悠繇鲉犹鱿庮疣麀猷懮忧油滺瀀游訧郰掫辀翢咮啁赒俦舟周鲰邹州洲诹调诌陬缐驺

［简注］

彪 必幽切，今读 biāo。

滮 皮彪切，今读 biāo。

帱 chóu，帐子。又读 dào，见号韵。

儵 ①chóu，古地名。②yóu，又读 tiáo，并属萧韵，鱼名。

瘳 chōu；又，怜萧切，并属萧韵。

裯 chóu，单被。又读 dāo，见豪韵。

妯 chōu；又，卢谷切，屋韵；徒沃切，沃韵；亭历切，音迪，锡韵。义同：悲伤、激动。又读 zhóu，见屋韵。

桴 缚谋切，又读 fú，并属虞韵。

枹 房尤切，又读 fú，并属虞韵，义同：鼓槌。又读 bāo，见肴韵。

不 fōu，①姓，②鸟名，③疑问语气助词。又读 fū，见虞韵；又读 fǒu，见有韵。又读 bù，见物韵。又，必墨切，见职韵。

芣、蜉、罘、浮 俱缚谋切，今读 fú。

罦 缚谋切，又读 fú，并属虞韵。

桴 缚谋切，今读 fū。

涪 房尤切，又读 fú，并属虞韵。

枸 gōu，弯曲。又读 gǒu，见有韵；又读 jǔ，见麌韵。

购 居侯切，又读 gòu，并属宥韵。

句 gōu，①同“勾”，②姓。又读 jù，见遇韵。

痀 gōu，又读 jū，并属虞韵。

赳 jiū；又，居酉切，并属有韵。

摎 jiū，缠绕。又读 jiào，见巧韵。

噍 jiū，鸟鸣声。又读 jiāo，见萧韵；又读 jiào，见啸韵。

耧 lóu，农具名。又读 lǒu，见有韵。

蒌 lóu，又读 liǔ，并属有韵。

搂 lōu，又读 lóu；又读 lǒu，并属有韵。

蟉 liú，［蟉虬］曲屈盘绕貌；又，渠黝切，并属有韵，义同。又读 liào，见啸韵。

篓 郎侯切；又读 lǒu，并属有韵。

偻 lóu，又读 lǚ，并属麌韵。

飂 liú，又读 liù，并属宥韵，义同：①高风，②象声词。又读 liáo，见萧韵。

瘤 liú；又，力救切，并属宥韵。

恻 liú，①停留，②［恻栗］悲怆。又读 liǔ，见有韵。

溜 liū，又读 liù，并属宥韵。

浏 liú；又，力久切，并属有韵。

漻 liú；又，力救切，并属宥韵。义同：水清貌。又读 liáo，见萧韵；又，下巧切，见巧韵。

窭 lóu，［瓯窭］狭小的高地。又读 jù，见麌韵。

矛 莫浮切，今读 máo。

蟊 móu，食苗根虫；又读 máo，并属肴韵，义同。又读 méng，见东韵。

蝥 móu，食苗根虫；又读 máo，并属肴韵，义同。又读 wú，见虞韵。

瞀 迷浮切；又，莫候切，宥韵；亡遇切，遇韵；又读 mào，号韵；墨角切，觉韵；莫卜切，屋韵。义同。

缪 móu，在“绸缪”一词 的读音。又读 miù，见宥韵。

坄 ōu；又，於口切，并属有韵。

枢 ōu，木名，即刺榆。《诗经》有篇《唐风·山有枢》。又读 shū，见虞韵。

区 ōu，①［区脱］汉时边境土堡哨所，②姓。又读 qū，见虞韵。

呕 ōu，象声词。又读 ǒu，见有韵。

吽 óu，［吽牙］狗争斗。又读 hǒu，见有韵。又读 hōng，见东韵。

沤 ōu，水泡。又读 òu，见宥韵。

朴 披尤切，姓，今读 piáo。又读 pǔ、pò、pō，见觉韵。

掊 póu；又，蒲交切，并属肴韵。义同：扒、掘。又读 pǒu，见有韵。

瓿 蒲侯切；又，蒲口切，并属有韵；冯无切，并属虞韵。今读 bù。

艽 qiú，①荒远，②巢穴中的垫草。又读 jiāo，见肴韵。

捄 qiú，长而曲貌。又读 jū，见虞韵。

龟 qiú，［龟兹］西域国名。又读 guī，见支韵。

馗 qiú，又读 kuí，并属支韵。

驱 祛尤切，音丘；又读 qū，并属虞韵；又，区遇切，并属遇韵。

輮、揉、蹂、糅 俱读 róu；又，人九切，并属有韵；人又切，并属宥韵。

叟 sōu，①淘米声。《诗经・生民》：“释之叟叟”。②老者之称。此义又读 sǒu，并属有韵。

售 时流切；又 shòu，并属宥韵；又，神六切，并属屋韵。

涑 先侯切，音搜，又读 sòu，并属宥韵；又读 sù，并属沃韵，洗漱也。又见屋韵、沃韵。

漱 先侯切，又读 shù，并属宥韵。

溲 sōu，便溺。又，疏有切，见有韵。

咻 xiū，喧闹。又读 xǔ，见麌韵。

嗽 先侯切；又读 sǒu，并属有韵、宥韵；又，作木切，并属屋韵。

槱、卣、庮 俱夷周切，又读 yǒu，并属有韵。

揄 yóu，舀。《诗经・生民》：“或舂或揄。”又读 yú，见虞韵。

繇 yóu，通“由”“猷”“犹”“游”。又读 yáo，见萧韵。

慢 yōu，［慢慢］愁苦貌。又读 yǒu，见有韵。

浟 yóu，［浟浟］水流貌。又读 dí，见锡韵。

咮 张流切，又读 zhòu，并属宥韵。

啁 zhōu，鸟鸣。又读 zhāo，见肴韵；又读 diào，见啸韵。

诹 zōu；又，遵须切，并属虞韵。

调 zhōu，早晨。《诗经・汝坟》：“惄如调饥”。又读 tiáo，见萧韵；又读 diào，见啸韵。

上声

［**有**］有瓿魏杻醜偢丑枓抖蚪斗陡不否蝜缶阜负妇垢耇苟枸岣笱狗厚吽吼后郈犼瘊玖赳柏韭臼舅九久灸咎酒纠扣口叩耧塿蒌柳搂罶蟉嵝篓懰浏绺某拇牡亩母杻扭拗钮狃忸妞纽耦垭藕殴呕偶蔀掊瓿剖取糗鍒揉蹂糅寿薮授擞瞍嗾手叟受首溲守绶黈朽滫莠槱酉右友卣黝牖庮懮羑诱走肘帚纣

［**简注**］

瓿 蒲口切，今读 bù。

枓 dǒu，柱上承梁之方木。又读 zhǔ，见麌韵。

斗 dǒu，量器，星斗。又读 dòu，见宥韵。

不 fǒu，通“否”。又读 fōu，见尤韵。又读 fū，见虞韵。又读 bù，见物韵。又，必墨切，见质韵。

否 fǒu，不，不然。又读 pǐ，见纸韵。

蝜、**阜**、**负**、**妇** 并房久切，今俱读 fù。

枸 gǒu，［枸杞］木名。又读 jǔ，见麌韵；又读 gōu，见尤韵。

厚、**后** 俱读 hòu，胡口切；又，下遘切，并属宥韵。

吽 hǒu，怒气声。又读 ōu，见尤韵；又读 hōng，见东韵。

吼 hǒu，许后切；又，许候切，并属宥韵。

赳 居黝切；又，《集韵》：居虬切，平幽（尤），即今读 jiū。

灸 jiǔ，己有切；又，居宥切，并属宥韵。

纠 旧读 jiǔ，缠绕，矫正，今读 jiū。又读 jiǎo，见筱韵。

扣 kòu，去后切，音口；又，丘候切，并属宥韵。

耧 lǒu，耕。又读 lóu，见尤韵。

蒌 liǔ，又读 lóu，并属尤韵。

搂 lǒu，又读 lōu、lóu，并属尤韵。

蟉 渠黝切，又读 liú，并属尤韵，［蟉虯］曲屈盘绕貌。又读 liào，见啸韵。

嵝 lǒu，山巅。又读 lǚ，见麌韵。

篓 lǒu；又，郎侯切，并属尤韵。

懰 liǔ，美好貌，见《诗经·陈风·月出》。又读 liú，见尤韵。

浏 力六切，又读 liú，并属尤韵。

拇、**牡**、**亩**、**母** 并莫厚切，今读 mǔ。

拗 niù；又，乙六切，并属屋韵。义同：固执。又读 ǎo，见巧韵；又读 ào，见效韵。

妞 女九切，今读 niū。

坘 於口切，又读 ōu，并属尤韵。

呕 ǒu，吐。又读 ōu，见尤韵。

掊 pǒu，击打。又读 póu，见尤韵。又，蒲交切，见肴韵。

瓿 蒲口切，今读 bù；又，蒲侯切，并属尤韵；冯无切，并属虞韵。

剖 普后切，今读 pōu；又，芳武切，并属麌韵。

取 此苟切，又读 qǔ，并属麌韵。

鍒、揉、蹂、糅 并忍九切；又，如又切，并属宥韵；又读 róu，并属尤韵。

寿、绶 shòu，殖酉切；又，承呪切，并属宥韵。

嗾 sǒu，并属宥韵；又，先侯切，并属尤韵；作木切，并属屋韵。

叟 sǒu，老年男子，此义又读 sōu。又见尤韵。

溲 疏有切，淘洗，浸。又读 sōu，见尤韵。

守 shǒu，看护。又读 shòu，见宥韵。

槱、卣、庮 俱读 yǒu；又，夷周切，并属尤韵。

右 yòu，云久切；又，尤救切，并属宥韵。

懮 yǒu，［懮受］体柔美貌。《诗经 · 月出》："舒懮受兮。"又读 yōu，见尤韵。

去声

［**宥**］宥蔟辏臭腠畜湊豆逗脰饾痘斗窦读副覆复仆富冓觏遘彀构佝雊购够诟媾姤堠厚吼候后逅鲎柩救旧僦灸就鹫廄疚究瞉蔻扣寇霤镂飂馏瘤瘘廖溜漏漻窌陋茂懋戊贸鄮袤谬瞀姆缪耨怄沤踣鍒揉蹂糅寿授嗽嗾售狩瘦涑漱兽守绶透琇嗅岫锈秀宿袖绣柚酭右囿佑侑鼬狖褎祐又幼奏酎揍胄咒噣味毲籀憋皱宙昼骤绉

［**简注**］

蔟 còu，［大（tài）蔟］古十二乐律之一。又读 cù，见屋韵。

畜 丑救切，今读 chù，牲畜。又读 xù，见屋韵。

斗 dòu，争斗。又读 dǒu，见有韵。

读 dòu，句中的暂停。又读 dú，见屋韵。

副 敷救切，又读 fù，并属遇韵。义同：次，贰；符合。又读 pì，见职韵。又，芳福切，见屋韵。

覆 敷救切，又读 fù，并属屋韵、职韵。

复 扶富切，又读 fù，并属屋韵。

仆 敷救切；又读 fù，并属遇韵；又读 pū、pú，并属屋韵、沃韵。

富 方副切，今读 fù。

佝 许候切，今读 gōu。

购 gòu；又，居侯切，音钩，并属尤韵。

厚、**后** 俱读 hòu，下遘切；又，胡口切，并属有韵。

吼 hǒu，许候切；又，许后切，并属有韵。

灸 jiǔ，居宥切；又，己有切，并属有韵。

究 居祐切，旧读 jiù，今读 jiū。

扣 kòu，丘候切；又，去后切，并属有韵。

飂 liù，又读 liú，并属尤韵，义同：①高风，②象声词。又读 liáo，见萧韵。

瘤 力救切，又读 liú，并属尤韵。

廖 力救切，又读 liào，并属啸韵。

溜 liù，又读 liū，并属尤韵。

漻 力救切，又读 liú，并属尤韵，义同：水清貌。又读 liáo，见萧韵；又，下巧切，见巧韵。

窌 liù，[石窌] 春秋齐邑名。又读 liáo，见肴韵；又读 jiào，见效韵。

茂 莫候切，今读 mào。

戊 mòu，今读 wù。

懋、**贸**、**鄮**、**袤** 并莫候切，今读 mào。

瞀 莫候切；又，迷浮切，尤韵；亡遇切，遇韵；又读 mào，号韵；又，墨角切，觉韵；莫卜切，屋韵。义同。

姆 莫候切，今读 mǔ。

缪 miù，①通“谬”，②姓，此义今读 miào。又读 móu，见尤韵。

沤 òu，浸泡。又读 ōu，见尤韵。

踣 匹候切，又读 bó，并属职韵。

輮、**揉**、**蹂**、**糅** 俱人又切；又，人九切，并属有韵；又读 róu，并属尤韵。

寿、**绶** shòu，承呪切；又，殖酉切，并属有韵。

嗾 sǒu，并属有韵；又，先侯切，并属尤韵；作木切，并属屋韵。

售 shòu；又，时流切，并属尤韵；神六切，并属屋韵。

涑 sòu，又读 sù，并属沃韵；又，先侯切，并属尤韵。义同：洗漱也。又见屋韵、沃韵。

漱 苏奏切，通“嗽”，今读 shù。又，先侯切，并属尤韵。

守 shòu，太守，名词。又读 shǒu，见有韵。

宿 ①xiù，星辰。②xiǔ，计夜的量词。又读 sù，见屋韵。

右 yòu，尤救切；又，云久切，并属有韵。

咮 zhòu；又，张流切，并属尤韵。

诗词例证

（一）古诗

尤韵古诗：

淇水滺滺，桧楫松舟。驾言出游，以写我忧。

——《诗经·卫风·竹竿》

方茂尔恶，相尔矛矣。既夷既怿，如相酬矣。

——《诗经·小雅·节南山》

保厥美以骄傲兮，日康娱以淫游。
虽信美而无礼兮，来违弃而改求。

——屈原《离骚》

为天有眼兮何不见我独漂流？
为神有灵兮何事处我天南海北头？
我不负天兮天何配我殊匹？
我不负神兮神何殛我越荒州？
制兹八拍兮拟排忧，
何知曲成兮心转愁。

——［汉］蔡琰《胡笳十八拍》

悠悠涉荒路，靡靡我心愁。四望无烟火，但见林与丘。
城郭生榛棘，蹊径无所由。萑蒲竟广泽，葭苇夹长流。
日夕凉风发，翩翩漂吾舟。寒蝉在树鸣，鹳鹄摩天游。
客子多悲伤，泪下不可收。朝入谯郡界，旷然消人忧。
鸡鸣达四境，黍稷盈原畴。馆宅充廛里，士女满庄馗。
自非贤圣国，谁能享斯休？诗人美乐土，虽客犹愿留。

——［三国·魏］王粲《从军行五首》

大艑珂峨头，何处发扬州。借问艑上郎，见侬所欢不。

——［南朝·齐］释宝月《估客乐》

木兰之枻沙棠舟，玉箫金管坐两头。
美酒尊中置千斛，载妓随波任去留。
仙人有待乘黄鹤，海客无心随白鸥。
屈平词赋悬日月，楚王台榭空山丘。
兴酣落笔摇五岳，诗成笑傲凌沧洲。
功名富贵若长在，汉水亦应西北流。

——［唐］李白《江上吟》

人生识字忧患始，姓名粗记可以休。
何用草书夸神速，开卷惝怳令人愁。
我尝好之每自笑，君有此病何能瘳。
自言其中有至乐，适意无异逍遥遊。
近者作堂名醉墨，如饮美酒销百忧。
乃知柳子语不妄，病嗜土炭如珍羞。
君于此艺亦云至，堆墙败笔如山丘。
兴来一挥百纸尽，骏马倏忽踏九州。
我书意造本无法，点画信手烦推求。
胡为议论独见假，只字片纸皆藏收。
不减钟张君自足，下方罗赵我亦优。
不须临池更苦学，完取绢素充衾裯。

——［宋］苏轼《石苍舒醉墨堂》

有韵古诗：

青青河畔草，郁郁园中柳。盈盈楼上女，皎皎当窗牖。
娥娥红粉妆，纤纤出素手。昔为倡家女，今为荡子妇。
荡子行不归，空床难独守。

——［汉］《古诗十九首》

粟谷难舂付石臼，弊衣难护付巧妇。
男儿千凶饱人手，老女不嫁只生口。

——［北朝］横吹曲辞《捉搦歌四曲》

新晴原野旷，极目无氛垢。郭门临渡头，村树连溪口。
白水明田外，碧峰出山后。农月无闲人，倾家事南亩。

——［唐］王维《新晴野望》

老人七十仍沽酒，千壶百瓮花门口。
道傍榆荚仍似钱，摘来沽酒君肯否。

——［唐］岑参《戏问花门酒家翁》

官仓老鼠大如斗，见人开仓亦不走。
健儿无粮百姓饥，谁遣朝朝入君口。

——［唐］曹邺《官仓鼠》

郎年二十妾十九，郎姓黄，妾姓柳。
郎揭畚，妾箕帚。双芙蓉，何恻恻。
双鸳鸯，地下守。朝打孔雀夜逐狗，
孔雀雌雄狗牝牡，天上所无陌路有，
陌路何能避梃杻！闻我歌者泪一斗，
不谱吴筝谱燕缶。

——［清］姚燮《双鸩篇》

中华儿女好身手，取得女排冠军首。
比赛坛上显英姿，连战连捷雄无偶。
沉稳勇猛擅奇能，又善攻兮又善守。
鸾翔凤舞势翩跹，宛若游龙摘星斗。
观者动容气轩昂，全世喝采惊罕有。
洵为祖国争荣光，东亚睡狮声一吼。
老夫病起喜欲狂，挥毫濡墨龙蛇走。

——沈延毅《祝贺女排获冠军》

有宥通押的古诗：

南山有栲，北山有杻（有）。乐只君子，遐不眉寿（有、宥）。
乐只君子，德音是茂（宥）。

——《诗经·小雅·南山有台》

仲容青云器，实禀生民秀（宥）。达音何用深，识微在金奏（宥）。
郭奕已心醉，山公非虚觏（宥）。屡荐不入官，一麾乃出守（有）。

——［南朝·宋］颜延之《五君咏五首·阮始平》

万事问不知，山中一樽酒（有）。扫石坐松风，绿阴满巾袖（宥）。

——［宋］詹本《闲中》

（二）尤韵近体诗

太液沧波起，长杨高树秋。翠华承汉远，雕辇逐风流。

——［南朝·梁］柳恽《从武帝登景阳楼》

烽火城西百尺楼，黄昏独坐海风秋。
更吹羌笛关山月，无那金闺万里愁。

——［唐］王昌龄《从军行七首》

空山新雨后，天气晚来秋。明月松间照，清泉石上流。
竹喧归浣女，莲动下渔舟。随意春芳歇，王孙自可留。

——［唐］王维《山居秋暝》

故人西辞黄鹤楼，烟花三月下扬州。
孤帆远影碧空尽，惟见长江天际流。

——［唐］李白《黄鹤楼送孟浩然之广陵》

渡远荆门外，来从楚国游。山随平野尽，江入大荒流。
月下飞天镜，云生结海楼。仍怜故乡水，万里送行舟。

——［唐］李白《渡荆门送别》

凤凰台上凤凰游，凤去台空江自流。
吴宫花草埋幽径，晋代衣冠成古丘。
三山半落青天外，一水中分白鹭洲。
总为浮云能蔽日，长安不见使人愁。

——［唐］李白《登金陵凤凰台》

昔人已乘黄鹤去，此地空余黄鹤楼。
黄鹤一去不复返，白云千载空悠悠。
晴川历历汉阳树，芳草萋萋鹦鹉洲。
日暮乡关何处是，烟波江上使人愁。

——［唐］崔颢《黄鹤楼》

肠断春江欲尽头，杖藜徐步立芳洲。
颠狂柳絮随风舞，轻薄桃花逐水流。

——［唐］杜甫《漫兴》

清江一曲抱村流，长夏江村事事幽。
自去自来梁上燕，相亲相近水中鸥。
老妻画纸为棋局，稚子敲针作钓钩。
但有故人供禄米，微躯此外更何求。

——［唐］杜甫《江村》

城尖径仄旌旆愁，独立缥缈之飞楼。
峡坼云霾龙虎卧，江清日抱鼋鼍游。
扶桑西枝对断石，弱水东影随长流。
杖藜叹世者谁子，泣血迸空回白头。

——［唐］杜甫《白帝城最高楼》

昔闻洞庭水，今上岳阳楼。吴楚东南坼，乾坤日夜浮。
亲朋无一字，老病有孤舟。戎马关山北，凭轩涕泗流。

——［唐］杜甫《登岳阳楼》

细草微风岸，危樯独夜舟。星垂平野阔，月涌大江流。
名岂文章著，官应老病休。飘飘何所似，天地一沙鸥。

——［唐］杜甫《旅夜书怀》

王濬楼船下益州，金陵王气黯然收。
千寻铁锁沉江底，一片降幡出石头。
人世几回伤往事，山形依旧枕寒流。
今逢四海为家日，故垒萧萧芦荻秋。

——［唐］刘禹锡《西塞山怀古》

新妆宜面下朱楼，深锁春光一院愁。
行到中庭数花朵，蜻蜓飞上玉搔头。

——［唐］刘禹锡《和乐天春词》

男儿何不带吴钩，收取关山五十州。
请君暂上凌烟阁，若个书生万户侯。

——［唐］李贺《南园十三首》

一上高城万里愁，蒹葭杨柳似汀洲。
溪云初起日沉阁，山雨欲来风满楼。
鸟下绿芜秦苑夕，蝉鸣黄叶汉宫秋。
行人莫问当年事，故国东来渭水流。

——［唐］许浑《咸阳城西楼晚眺》

迢递高城百尺楼，绿杨枝外尽汀洲。
贾生年少虚垂涕，王粲春来更远游。
永忆江湖归白发，欲回天地入扁舟。
不知腐鼠成滋味，猜意鹓雏竟未休。

——［唐］李商隐《安定城楼》

海外徒闻更九州，他生未卜此生休。

空闻虎旅鸣宵柝，无复鸡人报晓筹。
此日六军同驻马，当时七夕笑牵牛。
如何四纪为天子，不及卢家有莫愁。

——［唐］李商隐《马嵬》

灵台无事日休休，安乐由来不外求。
细雨寒风宜独坐，暖天佳景即闲游。
松篁亦足开青眼，桃李何防插白头。
我以著书为职业，为君偷暇上高楼。

——［宋］司马光《和邵尧夫安乐窝中职事吟》

雄气堂堂贯斗牛，誓将直节报君仇。
斩除顽恶还车驾，不问登坛万户侯。

——［宋］岳飞《题青泥市萧寺壁》

天意诚难测，人言果有不。便令江海竭，未厌虎狼求。
独下伤时泪，谁陈活国谋。君王自神武，况乃富貔貅。

——［宋］章甫《即事十首》

山外青山楼外楼，西湖歌舞几时休。
暖风熏得游人醉，直把杭州作汴州。

——［宋］林升《题临安邸》

泉眼无声惜细流，树阴照水爱晴柔。
小荷才露尖尖角，早有蜻蜓立上头。

——［宋］杨万里《小池》

盖世英雄项与刘，曹奸马谲实堪羞。
阮生一掬西风泪，不为前朝楚汉流。

——［清］潘耒《广武》

谁不爱风流，家贫不自由。荆钗斜插鬓，蒲扇半遮羞。
洗脸盆为镜，梳头水作油。妾身非织女，郎岂是牵牛。

——［清］于华春《贫妇》

邹容吾小弟，被发下瀛洲。快剪刀除辫，干牛肉作糇。
英雄一入狱，天地亦悲秋。临命须掺手，乾坤只两头。

——章炳麟《狱中赠邹容》

（三）词

尤韵词：

无言独上西楼，月如钩。
寂寞梧桐深院锁清秋。

剪不断，理还乱，是离愁。
别是一般滋味在心头。

——［南唐］李煜《相见欢》

春日游，杏花吹满头。
陌上谁家年少，足风流。
妾拟将身嫁与，一生休。
纵被无情弃，不能羞。

——［晚唐/前蜀］韦庄《思帝乡》

古庙依清嶂，行宫枕碧流。
水声山色锁妆楼。往事思悠悠。

云雨朝还暮，烟花春复秋。
啼猿何必近孤舟。行客自多愁。

——［晚唐/前蜀］李珣《巫山一段云》

对潇潇暮雨洒江天，一番洗清秋。
渐霜风凄紧，关河冷落，残照当楼。
是处红衰翠减，苒苒物华休。
惟有长江水，无语东流。

不忍登高临远，望故乡渺邈，归思难收。
叹年来踪迹，何事苦淹留。
想佳人妆楼颙望，误几回，天际识归舟。
争知我，倚阑干处，正恁凝愁。

——［宋］柳永《八声甘州》

霜降水痕收，浅碧鳞鳞露远洲。
酒力渐消风力软，飕飕，
破帽多情却恋头。

佳节若为酬，但把清尊断送秋。

万事到头都是梦，休休。
明日黄花蝶也愁。

——［宋］苏轼《南乡子·重九涵辉楼呈徐君猷》

漠漠轻寒上小楼，晓阴无赖似穷秋。
淡烟流水画屏幽。

自在飞花轻似梦，无边丝雨细如愁。
宝帘闲挂小银钩。

——［宋］秦观《浣溪沙》

香冷金猊，被翻红浪，起来慵自梳头。
任宝奁尘满，日上帘钩。
生怕离怀别苦，多少事、欲说还休。
新来瘦，非干病酒，不是悲秋。

休休。
这回去也，千万遍阳关，也则难留。
念武陵人远，烟锁秦楼。
惟有楼前流水，应念我，终日凝眸。
凝眸处，从今又添，一段新愁。

——［宋］李清照《凤凰台上忆吹箫》

风住尘香花已尽，日晚倦梳头。
物是人非事事休，欲语泪先流。

闻说双溪春尚好，也拟泛轻舟。
只恐双溪舴艋舟，载不动许多愁。

——［宋］李清照《武陵春》

当年万里觅封侯，匹马戍梁州。
关河梦断何处，尘暗旧貂裘。

胡未灭，鬓先秋，泪空流。
此生谁料，心在天山，身老沧洲。

——［宋］陆游《诉衷情》

少年不识愁滋味，爱上层楼。
爱上层楼，为赋新词强说愁。

而今识尽愁滋味，欲说还休。

欲说还休，却道天凉好个秋。

——［宋］辛弃疾《丑奴儿·书博山道中壁》

欲上高楼去避愁，愁还随我上高楼。
经行几处江山改，多少亲朋尽白头。

归休去，去归休，不成人总要封侯。
浮云出处元无定，得似浮云也自由。

——［宋］辛弃疾《鹧鸪天》

洪迈被拘留，稽首垂哀告敌仇。
一日忍饥犹不耐，堪羞。
苏武争禁十九秋。

厥父既无谋，厥子安能解国忧。
万里归来夸舌辩，村牛。
好摆头时便摆头。

——［宋］绍兴太学生《南乡子》

天下奇观，江浮两山，地雄一州。
对晴烟抹翠，怒涛翻雪，离离塞草，拍拍风舟。
春去春来，潮生潮落，几度斜阳人倚楼。
堪怜处，怅英雄白发，空敝貂裘。

淮头，虏尚虔刘，谁为把中原一战收。
问只今人物，岂无安石，且容老子，还访浮丘。
鸥鹭眠沙，渔樵唱晚，不管人间半点愁。
危栏外，渺沧波无极，去去归休。

——［宋］李曾伯《沁园春·丙午登多景楼和吴履斋韵》

云步凌波小凤钩，年年星汉踏清秋。
只缘巧极稀相见，底用人间乞巧楼。

天外事，两悠悠，不应也作可怜愁。
开帘放入窥窗月，且尽新凉睡美秋。

——［金］党怀英《鹧鸪天》

风雨替花愁，风雨罢，花也应休。
劝君莫惜花前醉，今年花谢，明年花谢，白了人头。

乘兴两三瓯，拣溪山好处追游。

但教有酒身无事，有花也好，无花也好，选甚春秋。

——［金］赵秉文《青杏儿》

芙蓉裙衩最宜秋。柳边头，自撑舟。
一道眼波，斜共晚波流。
蓦地逢人回首笑，不识恨，却知羞。

夕阳犹在水西楼。漫归休，欲相留。
教唱弯弯，月子照湖洲。
不怕鸳鸯惊起了，怕江上，有人愁。

——［明］高启《江城子》

一事与君说，君莫苦羁留。
百年过隙驹耳，行矣复何求。
且耐残羹冷炙，还受晓风残月，博得十年游。
若待嫁娶毕，白发待人不。

离击筑，驩弹铗，粲登楼。
仆虽不及若辈，颇抱古今愁。
此去月明千里，且把离骚一卷，读下洞庭舟。
大笑揖君去，帆势破清秋。

——［清］黄景仁《水调歌头·仇二以湖湘道远且怜余病劝勿往词以谢之》

有韵词：

章台柳，章台柳，昔日青青今在否？
纵使长条似旧垂，也应攀折他人手。

——［唐］韩翃《章台柳》

鹤发开元叟。
也来看，荆高市上，卖浆屠狗。
万里风霜吹短褐，游戏侯门趋走。
卿与我，周旋良久。
绿鬓旧颜今改尽，叹婆娑，人似桓公柳。
空击碎，唾壶口。

江东折戟沉沙后。
过青溪，笛床烟月，泪珠盈斗。
老矣耐烦如许事，且坐旗亭呼酒。

判残腊，消磨红友。
花压城南韦杜曲，问球场，马弰还能否？
斜日外，一回首。

——［清］龚鼎孳《贺新郎·和曹实庵舍人赠柳敬亭词》

妾十九，妾十九，郎二九时妾始有。
月老当年早记名，赤绳系定鸳鸯偶。

——［清］蒲松龄《贺新郎·王子巽续弦即事戏赠》

宥韵词：

红日已高三丈透，金炉次第添香兽。
红锦地衣随步皱。

佳人舞点金钗溜，酒恶时拈花蕊嗅。
别殿遥闻箫鼓奏。

——［南唐］李煜《浣溪沙》

去年元夜时，花市灯如昼。
月上柳梢头，人约黄昏后。

今年元夜时，月与灯依旧。
不见去年人，泪满春衫袖。

——［宋］欧阳修《生查子·元夕》

薄雾浓云愁永昼，瑞脑消金兽。
佳节又重阳，玉枕纱厨，半夜凉初透。

东篱把酒黄昏后，有暗香盈袖。
莫道不消魂，帘卷西风，人比黄花瘦。

——［宋］李清照《醉花阴》

几股湘江龙骨瘦。
巧样翻腾，叠作湘波皱。
金缕小钿花草斗，翠条更结同心扣。

金殿珠帘闲永昼。
一握清风，暂喜怀中透。
忽听传宣颁急奏。轻轻褪入香罗袖。

——［金］完颜璟《蝶恋花·聚骨扇》

有宥通押的词：

燕子呢喃，景色乍长春昼（宥）。
睹园林、万花如绣（宥）。
海棠经雨胭脂透（宥）。
柳展宫眉，翠拂行人首（有）。

向郊原踏青，恣歌携手（有）。
醉醺醺，尚寻芳酒（有）。
问牧童，遥指孤村道：杏花深处，那里人家有（有）。

——［宋］宋祁《锦缠道》

昨夜雨疏风骤（宥），
浓睡不消残酒（有）。
试问卷帘人，却道海棠依旧（宥）。
知否（有），知否（有），
应是绿肥红瘦（宥）。

——［宋］李清照《如梦令》

昨日春如，十三女儿学绣（宥），
一枝枝、不教花瘦（宥）。
甚无情，便下得，雨僝风僽（宥），
向园林，铺作地衣红绉（宥）。

而今春似，轻薄荡子难久（有）。
记前时、送春归后（有、宥）。
把春波，都酿作，一江醇酎（宥）。
约清愁，杨柳岸边相候（宥）。

——［宋］辛弃疾《粉蝶儿·和晋臣赋落花》

销魂时候（宥）。
正落花成阵，可人分手（有）。
纵临别、重订佳期，恐软语无凭，盛欢难又（宥）。
雨外春山，会人意，与眉交皱（宥）。
望行舟渐隐，恨杀当年，手栽杨柳（有）。

别离事，人生常有（有）。
底何须，为著成个消瘦（宥）。
但若是两情长，便海角天涯，等是相守（有）。
潮水西流，肯寄我、鲤鱼双否（有）。

倘明岁，来游灯市，为侬沽酒（有）。

——［明］史鉴《解连环·送别》

战舰排江口（有）。
正天边，真王拜印，蛟螭蟠钮（有）。
征发棹船郎十万，列郡风驰雨骤（宥）。
叹闾左，骚然鸡狗（有）。
里正前团催后保，尽累累，锁系空仓后（有、宥）。
捽头去，敢摇手（有）？

稻花恰趁霜天秀（宥）。
有丁男，临歧诀绝，草间病妇（有）。
此去三江牵百丈，雪浪排樯夜吼（有）。
背耐得、土牛鞭否（有）？
好倚后园枫树下，向丛祠亟倩巫浇酒（有）。
神佑我，归田亩（有）。

——［清］陈维崧《贺新郎·纤夫词》

季子平安否（有）？
便归来，平生万事，那堪回首（有）。
行路悠悠谁慰藉，母老家贫子幼（宥）。
记不起，从前杯酒（有）。
魑魅搏人应见惯，总输他覆雨翻云手（有）。
冰与雪，周旋久（有）。

泪痕莫滴牛衣透（宥）。
数天涯，依然骨肉，几家能够（宥）？
比似红颜多命薄，更不如今还有（有）。
只绝塞，苦寒难受（有）。
廿载包胥承一诺，盼乌头马角终相救（宥）。
置此札，君怀袖（宥）。

——［清］顾贞观《金缕曲·寄吴汉槎宁古塔以词代书（一）》

我亦飘零久（有）。
十年来，深恩负尽，死生师友（有）。
宿昔齐名非忝窃，试看杜陵消瘦（宥）。
曾不减，夜郎僝僽（宥）。

薄命长辞知己别，问人生，到此凄凉否（有）。
千万恨，为君剖（有）。

兄生辛未我丁丑（有）。
共些时，冰霜摧折，早衰蒲柳（有）。
词赋从今须少作，留取心魂相守（有）。
但愿得，河清人寿（有、宥）。
归日急翻行戍稿，把空名料理传身后（有、宥）。
言不尽，观顿首（有）。

——［清］顾贞观《金缕曲·寄吴汉槎宁古塔以词代书（二）》

十一尤部平仄通押的词：

身世飘飘落叶，生涯泛泛孤舟（尤）。
客心未冷已成秋（尤）。况是凄凉重九。（有）

何处砧声村曲，谁家笛响楼头（尤）。
十千沽酒欲消愁（尤），不奈愁多于酒。（有）

——［清］孙自式《西江月》

海门空阔处，浮青一点，关锁六朝秋（尤）。
大江淘日夜，烟云飞敛，砥柱在中流（尤）。
芳树里，楼台金碧，列圣旧曾游（尤）。

新愁（尤）。
云颓铁瓮，月涌戈船，竟扬帆直走。（有）
最苦是，中泠泉水，浪饮夷酋（尤）。
当年瘗鹤今如在，恐仙禽，哀唳难收（尤）。
东望去，高歌与子同仇（尤）。

——［清］江开《渡江云·题董啸庵孝廉〈焦山望海图〉，时英夷犯顺，镇江失守》

第十二章　独立的十二侵

词韵以平声统摄上去声，将诗韵平上去 89 韵归并为 14 部（即平上去各 14 韵）。就平声而言，或二合一，如东冬，如江阳；或三合一，如萧肴豪，如庚青蒸；或四合一，如支微齐灰（半），如元（半）寒删先。未加归并，依然独立的，只五歌、十一尤、十二侵。

（一）侵韵独用的原因

然而，侵之独立不同于歌尤之独立。歌尤独立，是因为没有可合并的其他韵部；而侵韵，却似乎应与真文合并。

但是，十二侵却始终独立着，从不与真文相混。这是为什么呢?

其实这里并没有什么神秘的东西。侵与真文，虽然韵母同为 en（含 in、uen、ün，下同），之所以没被词韵划为一部，主要是出于以下两种原因。

1. 使含字多的韵部不过分庞大

韵母为 an（含 ian、uan、üan，下同）和 en 的两类汉字最多。在《广韵》中韵母为 an 的字，平声韵部多达 15 个；韵母为 en 的字，平声韵部多达 8 个。这里只说韵母 en（关于韵母 an，请看本书《死不了的十三元》和《窄韵十四盐》两章）。8 个韵部的名称是：真、谆、臻、文、欣、魂、痕、侵。分得这样细、这样多，显然是人为的因素起了相当大的作用，既无必要，也没太多的道理，徒增了限制与麻烦。因此，才有后来《平水韵》《词林正韵》的一并再并。《平水韵》将《广韵》的 8 韵并为 4 韵，即真谆臻并为真韵，文欣并为文韵，魂痕并入元韵，侵仍为侵韵。合并后，真韵稍大，文韵、元半（即原来的魂痕二韵）、侵韵字数相当。《词林正韵》再将 4 韵并为 2 部，即真文元（半）为一部，侵为一部。这就依然能够使韵母为 en 的字所集成的韵部不致过分庞大。

2. 出于对传统的敬畏

在《诗经》时代，虽然没有韵书之说，但押韵的规则已暗含其中。《诗经》里，侵韵字无一例与真文元（半）通押。如：

青青子衿，悠悠我心。
纵我不往，子宁不嗣音。

——《郑风·子衿》

又如：

翩彼飞鸮，集于泮林。
食我桑黮，怀我好音。
憬彼淮夷，来献其琛。
元龟象齿，大赂南金。

——《鲁颂·泮水》

当时，与侵韵偶有通押的是东韵。如：

二之日凿冰冲冲（东），
三之日纳于凌阴（侵）。

——《豳风·七月》

后稷不克，上帝不临（侵）。
耗斁下土，宁丁我躬（东）。

——《大雅·荡之什·云汉》

与侵韵通押的，还有后来属于覃韵的字，当时则是侵覃同韵，覃韵字包含在侵韵中。如下面三例：

摽有梅，其实三兮（覃）。
求我庶士，迨其今兮（侵）。

——《召南·摽有梅》

燕燕于飞，上下其音（侵）。
之子于归，远送于南（覃）。
瞻望弗及，实劳我心（侵）。

——《邶风·燕燕》

大姒嗣徽音（侵），
则百斯男（覃）。

——《大雅·文王之什·思齐》

有意思的是，“三”“南”“男”这部分字从侵韵中分离出来之后，也从来不与元（半）寒删先通押，就像侵韵从不与真文元（半）通押一样。

楚辞继承了《诗经》的传统，侵韵也是独立的。如：

怨灵修之浩荡兮，终不察夫民心。
众女嫉余之娥眉兮，谣诼谓余以善淫。

——屈原《离骚》

汉代名将马援只留下一首《武溪深行》传世，却正好是押侵韵：

滔滔五溪一何深。
鸟飞不度，兽不敢临。
嗟哉五溪多毒淫。

晋人左思有《招隐诗二首》，从听觉辨别，两首好像同韵，实际上分别押侵韵和真韵，从中更可以感受侵韵的独立性：

杖策招隐士，荒涂横古今。
岩穴无结构，丘中有鸣琴。
白云停阴冈，丹葩曜阳林。
石泉漱琼瑶，纤鳞或浮沉。
非必丝与竹，山水有清音。
何事待啸歌，灌木自悲吟。
秋菊兼糇粮，幽兰间重襟。
踌躇足力烦，聊欲投吾簪。（其一，侵韵）

经始东山庐，果下自成榛。
前有寒泉井，聊可莹心神。
峭蒨青葱间，竹柏得其真。
弱叶栖霜雪，飞荣流余津。
爵服无常玩，好恶有屈伸。
结绶生缠牵，弹冠去埃尘。
惠连非吾屈，首阳非吾仁。
相与观所尚，逍遥撰良辰。（其二，真韵）

南北朝中期，四声说诞生，到隋代就产生了《切韵》，诗人按诗韵要求来写诗，真谆臻文欣魂痕各韵时相通押，侵韵从不与之相混。例如下面两首唐诗：

翡翠巢南海，雄雌珠树林。
何知美人意，骄爱比黄金。
杀身炎洲里，委羽玉堂阴。
旖旎光首饰，葳蕤烂锦衾。
岂不在遐远，虞罗忽见寻。
多材信为累，叹息此珍禽。

——陈子昂《感遇三十八首》

意气骄满路，鞍马光照尘（真）。
借问何为者，人称是内臣（真）。
朱绂皆大夫，紫绶悉将军（文）。
夸赴军中宴，走马去如云（文）。
樽罍溢九酝，水陆罗八珍（真）。
果擘洞庭橘，脍切天池鳞（真）。
食饱心自若，酒酣气益振（真）。
是岁江南旱，衢州人食人（真）！

——白居易《轻肥》

两首都是古诗，前一首独押侵韵，后一首真文通押。

再看两首近体诗。

春岸桃花水，云帆枫树林。
偷生长避地，适远更沾襟。
老病南征日，君恩北望心。
百年歌自苦，未见有知音。

——杜甫《南征》

夜醉长沙酒，晓行湘水春。
岸花飞送客，樯燕语留人。
贾傅才未有，褚公书绝伦。
名高前后事，回首一伤神。

——杜甫《发潭州》

两首都是五律，作者也是同一人，听起来似乎同韵，实则前一首押侵韵，后一首押真韵，界限分明。

再看辛弃疾的两首《鹧鸪天》：

发底青青无限春（真），

落红飞雪谩纷纷（文）。
黄花也伴秋光老，
何似尊前见在身（真）。

书万卷，笔如神（真）。
眼看同辈上青云（文）。
个中不许儿童会，
只恐功名更逼人（真）。

——《鹧鸪天·发底青青无限春》

老病哪堪岁月侵，
霎时光景值千金。
一生不负溪山债，
百药难治书史淫。

随巧拙，任浮沉。
人无同处面如心。
不妨旧事从头记，
要写行藏入笑林。

——《鹧鸪天·不寐》

第一首真文通押，第二首独押侵韵。

纵观诗词用韵的历史，不论在诗韵产生之前还是在那之后，不论古诗、近体诗、词，侵韵从来都是独立的。尤其是一些吟坛大家，如曹植、竹林七贤、二陆、陶渊明、诸谢、鲍照、江淹、王维、孟浩然、杜甫、白居易、李商隐、杜牧、梅尧臣、王安石、苏轼、黄庭坚、陆游、辛弃疾、朱熹、吴文英、汪元量、元好问、前后七子、方以智、袁枚、朱彝尊、龚自珍等，都留下了侵韵名篇。最初，可能是因为侵韵在读音上与覃韵接近，所以不与真文元（半）通押；随着《诗经》的经典化，诗人们尽管不甚理解侵韵独用的原因，也极力加以模仿。这种因袭、模仿的做法，到产生《切韵》时已有千余年，编《切韵》的陆法言先生自然不能无视其存在，而只能小心谨慎地原样保留。后之学者，继续秉持着敬畏传统这一思维方式。于是，直到今天，写诗填词的人们仍因其旧制，并不去问太多的“为什么”，而任由十二侵独立着。实在说，其中并无什么奥秘；或者说，敬畏传统就是其中的奥秘。

（二）侵韵与其他韵部的关系

然而，凡事不可绝对化。在“九真 ”一节里，已举例说明了侵韵偶然与真文元（半）通押的现象。从侵韵的角度看，也可以找到个别的违反侵韵独用规则的例子。如辛弃疾有一首《鹧鸪天·和赵晋臣敷文韵》，不仅真文侵通押，还与方言“情”字通押：

绿鬓都无白发侵（侵），
醉时拈笔越精神（真）。
爱将芜语追前事，
更把梅花比那人（真）。

回急雪，遏行云（文）。
近时歌舞旧时情（庚）。
君侯要识谁轻重，
看取金杯几许深（侵）。

也许，正是由于运用方言押韵，稼轩才彻底撇开了侵韵独用的规则。

像这种不应通押而通押的现象，叫出韵，是作诗的大忌，素为论者所垢病。今日诗坛比任何时代都提倡放宽用韵，然亦应有度，绝非一味宽下去就好。尤其是用方言押韵，不仅违背诗韵、词韵，也不合于国家推广普通话的要求，是任何时候都不应提倡的。因为，如果宽到无边无界的地步，游戏规则也就破坏殆尽、无从谈起了。

以上所言，只涉及平声。至于仄声寝沁二韵的道理，举一反三，则不难索解。只是押寝沁韵的诗词极少极少，尤其是词 ，笔者一首也没查到。

（2002 年 1 月 17 日）

十二侵部用字表

平声

［**侵**］侵琛郴岑篸忱煁湛涔沉沈谌参禁金今襟衿祲琳林霖临惏淋綝琴芩檎擒黔噙嵚钦禽衾骎绶壬任鵀妊纴蔘森椮摻深参鬵镡鲟歆燖浔心寻郭荫蟫霪吟喑崟音愔淫阴斟椹砧针鍼簪箴

［**简注**］

侵 qīn，侵略。又读 qǐn，见寝韵。

湛 chén，隐没、沉陷、没灭等义。又读 dān，见覃韵。又读 zhàn，见豏韵。

涔 cén，①久雨成涝，②淌，③鱼池。又读 qián，见盐韵。

沈 chén，①污泥，②水田，③通“沉”。又读 shěn，见寝韵。又读 tán，见覃韵。

参 ①cēn，“参差”一词中的读音。②shēn，星名；人参。又读 cān，见覃韵。

禁 jīn，承受、牵缠、喜爱等义。又读 jìn，见沁韵。

祲 jīn，又读 jìn，并属寝韵、沁韵。

临 lín，居高望下、面对等义。又读 lìn，见沁韵。

黔 渠金切，又读 qián，并属盐韵。

骎 qīn；又，楚锦切，并属寝韵。

任 rén，①姓；周代国名，今山东济宁。②承当，担负。③放纵、任凭。②③义又读 rèn，见沁韵。

鵀 rén；又，汝鸩切，并属沁韵。

妊 如林切；又读 rèn，并属沁韵。

纴 rén；又读 rèn，并属沁韵。

槮 shēn，树高耸貌。又读 sǎn，见感韵。

掺 sēn，众多貌。又读 xiān，见咸韵。又读 shǎn，见豏韵。又读 càn，见勘韵。

镡 xín；又读 tán，并属覃韵。

燖 xún；又，徐廉切，并属盐韵。

荫 yīn，树阴，日影。又读 yìn，见沁韵。

蟫 ①yín，又读 tán，并属覃韵，蠹鱼。②xún，［蟫蟫］爬行貌。

吟 yín；又，宜禁切，并属沁韵。

喑 yīn；又，乌含切，并属覃韵。义同：①哑，通“瘖”；②忍受，忍耐。又读 yìn，见沁韵。

椹 zhēn，箭靶。又读 shèn，见寝韵。

鍼 zhēn，“针”的本字。又读 qián，见盐韵。

簪 侧吟切，今读 zān，并属覃韵。

上声

［**寝**］寝禀碜踸噤锦祲廪癛懔凛您品锓侵骎荏稔恁饪衽葚甚椹瞫淰沈

审谂婶蕈僸饮枕怎朕

［简注］

禀 笔锦切，今读 bǐng。

噤 jìn，渠饮切；又，巨禁切，并属沁韵。

祲 jìn，七稔切；又，子鸩切，并属沁韵；又读 jīn，并属侵韵。

侵 qǐn，貌丑。又读 qīn，见侵韵。

骎 楚锦切，又读 qīn，并属侵韵。

您 尼锦切，今读 nín。

甚 shèn，食荏切，音忍；又，时鸩切，并属沁韵。

椹 shèn，桑果。又读 zhēn，见侵韵。

沈 shěn，姓。又读 chén，见侵韵。又读 tán，见覃韵。

蕈 xùn，伞菌类植物。又读 tán，见覃韵。

僸 yǐn，仰首貌。又读 jìn，见沁韵。

饮 yǐn，①喝，②饮料，③含、没入。又读 yìn，见沁韵。

枕 zhěn，①枕头，②睡眠状态。又读 zhèn，见沁韵。

去声

［**沁**］沁闯谶禁噤僸浸祲妗临赁任赁衽妊纴甚瘮渗荫吟暗饮窨枕揕谮鸩

［简注］

闯 chèn，俗语读 chuǎng。

禁 jìn，禁止、禁令、禁区等义。又读 jīn，见侵韵。

噤 jìn，巨禁切；又，渠饮切，并属寝韵。

僸 jìn，我国古代北方少数民族乐曲名。又读 yǐn，见寝韵。

祲 jìn，子鸩切；又，七稔切，并属寝韵；又读 jīn，并属侵韵。

临 lìn，哭，哭吊。又读 lín，见侵韵。

任 rèn，任务、担当、任命、信任、放任等义。又读 rén，见侵韵。

赁 汝鸩切，又读 rén，并属侵韵。

妊 rèn；又，如林切，并属侵韵。

纴 rèn，又读 rén，并属侵韵。

甚 shèn，时鸩切；又，食荏切，音忍，并属寝韵。

荫 yìn，覆盖、庇护等义。又读 yīn，见侵韵。

吟 宜禁切，又读 yín，并属侵韵。
喑 yìn，声相应，叹词。又读 yīn，见侵韵；又，乌含切，见覃韵。
饮 yìn，强使喝。又读 yǐn，见寝韵。
枕 zhèn，使头着物而躺，亦可读 zhǐn。又见寝韵。

诗词例证

（一）古诗

侵韵古诗：

呦呦鹿鸣，食野之芩。我有嘉宾，鼓瑟鼓琴。
鼓瑟鼓琴，和乐且湛。我有旨酒，以燕乐嘉宾之心。

——《诗经·小雅·鹿鸣》

我所思兮在桂林，欲往从之湘水深，
侧身南望涕沾襟。

——［汉］张衡《四愁诗》

高台多悲风，朝日照北林。之子在万里，江湖迥且深。
方舟安可极，离思故难任。孤雁飞南游，过庭长哀吟。
翘思慕远人，愿欲托遗音。形影忽不见，翩翩伤我心。

——［三国·魏］曹植《杂诗七首》

轻车迅迈，息彼长林。春木载荣，布叶垂阴。
习习谷风，吹我素琴。交交黄鸟，顾俦弄音。
感悟驰情，思我所钦。心之忧矣，永啸长吟。

——［三国·魏］嵇康《赠秀才入军十八首》

朝登鲁阳关，狭路峭且深。流涧万余丈，围木数千寻。
咆虎响穷山，鸣鹤聒空林。凄风为我啸，百籁坐自吟。
感物多思情，在险易常心。劫来戒不虞，挺辔越飞岑。
王阳驱九折，周文走岑崟。经阻贵勿迟，此理著来今。

——［晋］张协《杂诗十首》

蔼蔼堂前林，中夏贮清阴。凯风因时来，回飚开我襟。
息交逝闲卧，坐起弄书琴。园蔬有余滋，旧谷犹储今。
营已良有极，过足非所钦。舂秫作美酒，酒熟吾自斟。
弱子戏我侧，学语未成音。此事真复乐，聊用忘华簪。

遥遥望白云，怀古一何深。

——［晋］陶渊明《和郭主簿二首》

嘉树出巫阴，分根徙上林。白华如散雪，朱实似悬金。

布影临丹地，飞香度玉岑。自有凌冬质，能守岁寒心。

——［隋］李贞孝《园中杂咏橘树》

江南有丹橘，经冬犹绿林。岂伊地气暖，自有岁寒心。

可以荐嘉客，奈何阻重深！运命惟所遇，循环不可寻。

徒言树桃李，此木岂无阴。

——［唐］张九龄《感遇十二首》

铁崖道人吹铁笛，宫徵含嚼太古音。

一声吹破混沌窍，一声吹破天地心。

一声吹开虎豹阏，彤庭跪献丹扆箴。

问君何以得此曲，妙谐律吕可以召阳而呼阴？

都将春秋一百四十二年笔削手，

谱成透天之窍，价重双南金。

掉头玉署不肯入，直上弁峰绝顶俯看东溟深。

王纲正统著高论，唾彼传癖兼书淫。

时人不识我不厌，会有使者徵球琳。

具区下浸三万六千顷之白银浪，

洞庭上立七十二朵之青瑶岑。

莫邪老铁作龙吼，丹山凤舞江蛟吟，曷哉宗彦吾所钦，

赤泉之盟犹可寻。

更吹一声振我清白祖，大鸣盛世，

载赓阜财解愠南风琴。

——［明］杨基《铁笛歌为铁崖先生赋》

寝韵古诗：

驾彼四骆，载骤骎骎。

岂不怀归，是用作歌，将母来谂。

——《诗经·小雅·鹿鸣之什·四牡》

乱离斯瘼，日月其稔。天子是矜，旰食晏寝。

主忧臣劳，孰不只懔？愧无献纳，尸素以甚。

——［晋］潘岳《关中诗》

（二）侵韵近体诗

西陆蝉声唱，南冠客思深。不堪玄鬓影，来对白头吟。
露重飞难进，风多响易沉。无人信高洁，谁为表予心。

——［唐］骆宾王《咏蝉》

人事有代谢，往来成古今。江山留胜迹，我辈复登临。
水落鱼梁浅，天寒梦泽深。羊公碑尚在，读罢泪沾襟。

——［唐］孟浩然《与诸子登岘山》

轩辕休制律，虞舜罢弹琴。尚错雄鸣管，犹伤半死心。
圣贤名古邈，羁旅病年侵。舟泊常依震，湖平早见参。
如闻马融笛，若倚仲宣襟。故国悲寒望，群云惨岁阴。
水乡霾白屋，枫岸叠青岑。郁郁冬炎瘴，濛濛雨滞淫。
鼓迎非祭鬼，弹落似鸮禽。兴尽才无闷，愁来遽不禁。
生涯相汩没，时物自萧森。疑惑樽中弩，淹留冠上簪。
牵裾惊魏帝，投阁为刘歆。狂走终奚适，微才谢所钦。
吾安藜不糁，汝贵玉为琛。乌几重重缚，鹑衣寸寸针。
哀伤同庾信，述作异陈琳。十暑岷山葛，三霜楚户砧。
叨陪锦帐座，久放白头吟。反朴时难遇，忘机陆易沉。
应过数粒食，得近四知金。春草封归恨，源花费独寻。
转蓬忧悄悄，行药病涔涔。瘗夭追潘岳，持危觅邓林。
蹉跎翻学步，感激在知音。却假苏张舌，高夸周宋镡。
纳流迷浩汗，峻址得嵚崟。城府开清旭，松筠起碧浔。
披颜争倩倩，逸足竞骎骎。朗鉴存愚直，皇天实照临。
公孙仍恃险，侯景未生擒。书信中原阔，干戈北斗深。
畏人千里井，问俗九州箴。战血流依旧，军声动至今。
葛洪尸定解，许靖力难任。家事丹砂诀，无成涕作霖。

——［唐］杜甫《风疾舟中伏枕书怀三十六韵奉呈湖南亲友》

国破山河在，城春草木深。感时花溅泪，恨别鸟惊心。
烽火连三月，家书抵万金。白头搔更短，浑欲不胜簪。

——［唐］杜甫《春望》

蜀相祠堂何处寻，锦官城外柏森森。
映阶碧草自春色，隔叶黄鹂空好音。
三顾频烦天下计，两朝开济老臣心。

出师未捷身先死，长使英雄泪满襟。

——［唐］杜甫《蜀相》

花近高楼伤客心，万方多难此登临。
锦江春色来天地，玉垒浮云变古今。
北极朝廷终不改，西山寇盗莫相侵。
可怜后主还祠庙，日暮聊为梁甫吟。

——［唐］杜甫《登楼》

玉露凋伤枫树林，巫山巫峡气萧森。
江间波浪兼天涌，塞上风云接地阴。
丛菊两开他日泪，孤舟一系故园心。
寒衣处处催刀尺，白帝城高急暮砧。

——［唐］杜甫《秋兴八首（其一）》

掖垣竹埤梧十寻，洞门对溜常阴阴。
落花游丝白日静，鸣鸠乳燕青春深。
腐儒衰晚谬通籍，退食迟回违寸心。
衮职曾无一字补，许身愧比双南金。

——［唐］杜甫《题省中院壁》

清晨入古寺，初日照高林。曲径通幽处，禅房花木深。
山光悦鸟性，潭影空人心。万籁此俱寂，但余钟磬音。

——［唐］常建《题破山寺后禅院》

孤灯照不寐，风雨满西林。多少关心事，书灰到夜深。

——［唐］李群玉《火炉前坐》

世人结交须黄金，黄金不多交不深。
纵令然诺暂相许，终是悠悠行路心。

——［唐］张谓《题长安壁主人》

吴蜀成婚此水浔，明珠步障幄黄金。
谁将一女轻天下，欲换刘郎鼎峙心。

——［唐］吕温《刘郎浦口号》

云母屏风烛影深，长河渐落晓星沉。
嫦娥应悔偷灵药，碧海青天夜夜心。

——［唐］李商隐《嫦娥》

春昼自阴阴，云容薄更深。蝶寒方敛翅，花冷不开心。
亚树青帘动，依山片雨临。未尝辜景物，多病不能寻。

——［宋］梅尧臣《春寒》

试说途中景，方知别后心。行人日暮少，风雪乱山深。

——［宋］孔平仲《寄内》

直将骚雅镇浇淫，琼贝千章照古今。
天地不能笼大句，鬼神无处避幽吟。
几逃兵火羁危极，欲厚民生意思深。
茅屋一间遗像在，有谁于世是知音。

——［宋］赵抃《题杜子美书室》

初惊鹤瘦不可识，旋觉云归无处寻。
三过门间老病死，一弹指顷去来今。
存亡惯见浑无泪，乡井难忘尚有心。
欲向钱塘访圆泽，葛洪川畔待秋深。

——［宋］苏轼《过永乐文长老已卒》

春宵一刻值千金，花有清香月有阴。
歌管楼台声细细，秋千院落夜沉沉。

——［宋］苏轼《春宵》

梦破南窗嬲水沉，卧看素壁挂瑶琴。
丝丝细雨晚烟合，阁阁鸣蛙蔓草深。
但得瓮边眠吏部，不妨胯下辱淮阴。
何时楼上登晴景，一醉聊舒万里心。

——［宋］邓肃《偶成》

蜀道如天夜雨淫，乱铃声里倍沾襟。
当时更有军中死，自是君王不动心。

——［宋］李觏《读长恨辞》

十万貔貅出羽林，横空杀气结层阴。
桑乾沙土初飞雪，未到幽州一丈深。

——［宋］陆游《雪中忽起从戎之兴戏作四首》

塞外初捐宴赐金，当时南牧已骎骎。
只知灞上真儿戏，谁谓神州遂陆沉。
华表鹤来应有语，铜盘人去亦何心。
兴亡谁识天公意，留着青城阅古今。

——［金］元好问《癸巳四月二十九日出京》

大泽高踪不可寻，古碑祠木自阴阴。
长江万里元无尽，白日千年此一临。

我已醉中巾屦岸，谁能梦里足长禁。
一加帝腹浑闲事，何用旁人说到今。

——［明］徐渭《严先生祠》

不受尘埃半点侵，竹篱茅舍自甘心。
只因误识林和靖，惹得诗人说到今。

——［宋］王淇《梅》

颓波难挽挽颓心，壮岁曾为九牧箴。
钟簴苍凉行色晚，狂言重起廿年瘖。

——［清］龚自珍《己亥杂诗》

市尘知避客，兀坐玩春深。火烬茶香细，书横竹个阴。
惜花生佛意，听雨养诗心。傲吏非真寂，虚空喜足音。

——［清］张佩纶《晚春》

（三）词

侵韵词：

秣陵江上多离别，雨晴芳草烟深。
路遥人去马嘶沉。
青帘斜挂，新柳万枝金。

隔江何处吹横笛，沙头惊起双禽。
徘徊一晌几般心。
天长烟远，凝恨独沾襟。

——［五代］冯延巳《临江仙》

闲把琵琶旧谱寻，四弦声怨却沉吟。
燕飞人静画堂深。

欹枕有时成雨梦，隔帘无处说春心。
一从灯夜到如今。

——［宋］贺铸《减字浣溪沙》

唤起一襟凉思，未成晚雨，先做秋阴。
楚客悲残，谁解此意登临。
古台荒，断霞斜照，新梦黯、微月疏砧。
总难禁。尽将幽恨，分付孤斟。

从今。
倦看青镜，既迟勋业，可负烟林。
断梗无凭，岁华摇落又惊心。
想莼汀、水云愁凝，闲蕙帐、猿鹤悲吟。
信沉沉。故园归计，休更侵寻。

——［宋］高观国《玉蝴蝶》

花深深，一钩罗袜行花阴。
行花阴，闲将柳带，细结同心。

日边消息空沉沉，画眉楼上愁登临。
愁登临，海棠开后，望到如今。

——［宋］郑文妻《忆秦娥》

滩声荡高壁，秋气静云林。
回头洛阳城阙，尘土一何深。
前日神光牛背，今日春风马耳，因见古人心。
一笑青山底，未受二毛侵。

问龙门，何所似，似山阴。
平生梦想佳处，留眼更登临。
我有一卮芳酒，唤取山花山鸟，伴我醉时吟。
何必丝与竹，山水有清音。

——［金］元好问《水调歌头·与李长源游龙门》

潇水深，湘水深。双双流水逐臣心。
潇水不如湘水好，将愁送去洞庭阴。

——［清］屈大均《潇湘神·零陵作》

十二侵部平仄通押的词：

千丈悬崖削翠，一川落日镕金（侵）。
白鸥来往本无心（侵），
选甚风波一任（沁）。

别浦鱼肥堪脍，前村酒美重斟（侵）。
千年往事已沉沉（侵），
闲管兴亡则甚（沁）。

——［宋］辛弃疾《西江月·江行采石岸戏作渔父词》

大江流日夜，空亭浪卷，千里起悲心（侵）。
问花花不语，几度轻寒，恁处好登临（侵）？
春幡颤袅，怜旧时，人面难寻（侵）。
浑不似，故山颜色，莺燕共沉吟（侵）。

销沉（侵）。
六朝裙屐，百战旌旗，付渔樵高枕（沁）。
何处有藏鸦细柳，系马平林（侵）？
钓矶我亦垂纶手，看断云、飞过荒浔（侵）。
天未暮，帘前只是阴阴（侵）。

——［清］谭献《渡江云·大观亭同阳湖赵敬甫江夏郑赞侯》

第十三章　死不了的十三元

与寒删先列在一部的十三元，后面括号内有个“半”字，意指只是半个十三元，即元韵中韵母为 an（含 ian、uan、üan，下同）的那些字。虽然如此，由于十三元的“知名度”和特殊性，笔者更乐意由它代表这一部。

（一）十三元的复杂性

清末有个叫高心夔的诗人，两次科考均因没能正确使用十三元韵，作诗出韵而落第。对此，当时的翰林院检讨王闿运有一副联语加以嘲讽：“平生双四等，该死十三元。”何谓“双四等”？按科举制，考中进士者共分三批发榜，又称三甲，相当于三个等级。高心夔名在三甲之外，故王翰林谑称其“四等”，两次落第，故曰“双四等”。此联以“死”对“生”，以“十三”对“双四”，可谓工巧至极。此后，“该死的十三元”便不胫而走，使十三元的名号远远高出其他韵目之上。

十三元为什么难以掌握呢？原因有二。

其一，其韵母一半为 an，另一半为 en（含 in、uen、üen，下同）。两种韵母听起来并不怎么押韵，这是十三元与其他韵目的最大不同。也就是说，元韵所含的字，并非像其韵目用字“元”那样，韵母全为 an，或主要为 an。不是的。其中韵母为 en 的字不仅居半，而且在使用频率上高于 an。如陆游的元韵七律《游山西村》，五个韵脚的韵母全是 en：

> 莫笑农家腊酒浑，丰年留客足鸡豚。
> 山重水复疑无路，柳暗花明又一村。
> 箫鼓追随春社近，衣冠简朴古风存。
> 从今若许闲乘月，拄杖无时夜叩门。

an、en 同韵确实很别扭。《词林正韵》索性把它一分为二，一半与真文通押，一半与寒删先通押。这在“九真部”已经谈过。

其二，韵母为 an 的字，不光一个十三元，还有寒删先三韵，又有覃盐咸三韵。你说麻不麻烦？难怪高心夔两次因此名落孙山了。

（二）十三元的范围有限

在词韵中，已经不存在完整意义上的十三元了。然而，这个“该死的十三元”真的就死了吗？问题远远不是这样简单的。“该死的十三元”其实是“死不了的十三元”。

依笔者看来，十三元麻烦的“病根”就在于它的两种韵母：an 与 en。两者虽说韵尾都是 n，但听起来并不顺耳，需要加入很多理解、会意的功夫，才能稍微品出点押韵的滋味来。这有些类似方言中庚韵与真韵的相押。不过，方言相押为押韵规则所不许，元韵内部 an、en 相押却是行家本色，为人称许。最著名的例子，是李商隐的五绝《乐游原》：

向晚意不适，驱车登古原。
夕阳无限好，只是近黄昏。

唐人朱庆馀的七绝《宫词》也是著名的一例：

寂寂花时闭院门，美人相并立琼轩。
含情欲说宫中事，鹦鹉前头不敢言。

说起十三元，《红楼梦》中有段故事：三小姐探春在秋爽斋中初结海棠诗社，稻香老农李纨出题，菱洲迎春限韵。迎春确定每人写一首七律后，向一个小丫头说：“你随口说个字来。”那丫头正倚门站着，便说了个“门”字。迎春笑道：“就是‘门’字韵，‘十三元’了。”由此开始，探春、宝钗、宝玉、黛玉各作一首，湘云作了两首，所用的韵脚，全是门、盆、魂、痕、昏五字。不懂得诗韵的人读到此处一定会纳闷：这些字韵母为 en，为什么起了个韵母为 an 的“十三元”的名字？

把两种不太押韵的字编在一个韵部，笔者认为主要是出于对传统的尊重和敬畏。既然先贤们留下的大量经典中，是樊园与门根相押，后生小子们率由旧章也就是了。但韵书编者们的聪明之处在于：尽管他们不可能知道我们今天使用的注音字母和拼音字母，但他们深谙 an、en 通押是不够规范的，于是，尽可能地缩小 an、en 通押的范围，把它们限制在十三元之内，而把更多的韵母为 an 的字划入寒删先覃盐咸各韵，把更多的韵母为 en 的字划入真文侵各韵。这样，an、en 通押的现象就大大减少了，从而形成了一种十三元内 an、en 通押为合法、时髦、正宗，在十三元外 an、en 通押为毛病、出韵、外行的局面。

下面是涉及 an、en 两类韵母的字数统计对比：

韵母	词韵韵部	平水韵目	字数	占同韵母字数比（%）	平水韵目	字数	占同韵母字数比（%）	平水韵目	字数	占同韵母字数比（%）
an（平声681字，上声379字，去声395字）	十四	覃	80	11.7	感	48	12.7	勘	25	6.3
		盐	81	11.9	琰	56	14.8	艳	40	10.1
		咸	33	4.8	豏	16	4.2	陷	20	5.1
	七（十三元部）	寒	127	18.7	旱	56	14.8	翰	112	28.4
		删	56	8.2	潸	37	9.8	谏	45	11.4
		先	237	34.8	铣	125	33.0	霰	124	31.4
		元	67	9.8	阮	41	10.8	愿	29	7.3
en（平声386字，上声156字，去声177字）	六（九真部）	元	72	18.6	阮	36	23.1	愿	28	15.8
		真	166	43.0	轸	57	36.5	震	84	47.5
		文	73	18.9	吻	27	17.3	问	37	20.9
	十三	侵	75	19.4	寝	36	23.1	沁	28	15.8

从上述统计可以看出，元韵实际上是由 9.8%的韵母为 an 的字，与 19%的韵母为 en 的字，组成的一个特殊韵目。这个范围是很有限的，按本表统计，总共才 139 个字，仅占韵母为 an、en 的平声字总数 1061 的 13.1%，下点功夫是不难掌握的。

（三）十三元独用时的情况

十三元的名气是由近体诗造成的。有一个现象值得注意，那就是，不论古诗还是近体诗，独押元韵时，多为 an、en 通押，纯押一种韵母的为少数。特别是韵母为 an 的古诗，笔者只找到《诗经》中的一个小节：

营营青蝇，止于樊。
岂弟君子，无信谗言。

——《小雅·青蝇》

韵母为 an 的元韵近体诗，也只找到两首七绝：

归老宁无五亩园，读书本意在元元。
灯前目力虽非昔，犹课蝇头二万言。

——［宋］陆游《读书二首》

灵台无计逃神矢，风雨如磐暗故园。
寄意寒星荃不察，我以我血荐轩辕。

——鲁迅《自题小像》

比较而言，韵母为 en 的元韵诗，倒有不少；尤其是近体诗中有不少名篇，如杜甫的《咏怀古迹五首》《白帝》，杜牧的《清明》，陆游的《剑门道中遇微雨》《游山西村》，王士祯的《秋柳四律》，等等。这些例子录在“九真”一节里。

不过，更多的元韵诗，还是 an、en 通押的。如南朝梁诗人任昉的《苦热行》：

旭日烟云卷，烈景入东轩。
倾光望转蕙，斜日照西垣。
既卷蕉梧叶，复倾葵藿根。
重簟无冷气，挟石似怀温。
霡霂类珠缀，喘吓状雷奔。

最著名的 an、en 通押的元韵诗，自然还得数近体诗，如前面所举李商隐、朱庆馀的两首绝句。再看两首律诗。

闲居少邻并，草径入荒园。
鸟宿池边树，僧敲月下门。
过桥分野色，移石动云根。
暂去还来此，幽期不负言。

这是唐代贾岛的《题李凝幽居》，颔联最为有名。宋人林逋的七律《山园小梅》，名句也在颔联：

众芳摇落独暄妍，占尽风情向小园。
疏影横斜水清浅，暗香浮动月黄昏。
霜禽欲下先偷眼，粉蝶如知合断魂。
幸有微吟可相狎，不须檀板共金樽。

许多诗坛大家，如杜甫、李商隐、王安石、苏轼、黄庭坚、晁补之、陆游、陈与义、杨万里、文天祥等，都留下了 an、en 通押的元韵诗，这就越发使十三元蒙上了一层权威的色彩。

不独古人，今人使用十三元也循着这样的轨迹。请看叶剑英的七律《夜宴》：

月满危楼花满园，花前月下宴王孙。
频移杯影浑忘醉，几次琼香对笑论。
兴爽春衣沾露湿，情高秋思落诗魂。
更怜良夜嫌更促，把剑长歌气压轩。

五个韵脚，园、轩韵母为 an，孙、论、魂韵母为 en。

用元韵填词，少而又少。笔者找不到独押韵母为 an 的词，仅找到的两首 an、en 通押的词，还是以 en 为主：

河水发昆仑，
浩浩泉源。
余波九里润犹存。
若问是谁家胄出，显德诸孙。

今日在清门，
玉季金昆。
能时夏凊与冬温。
直得銮坡褒一字，华衮休论。

——［元］姚燧《浪淘沙·为柴氏题》

八个韵脚，只“源”字韵母为 an。从中可以看出，词人们已基本上抛弃了 an、en 通押的诗家惯例。另一首附“诗词例证”中。

金词人蔡松年有一首《汉宫春·次高子文韵》，八韵中元韵居六，且 an、en 两种韵母都有，惜另两韵一先一文，有些不伦。不知高子文（士谈）首作有何妙处，值得蔡氏次韵相和。录此备查：

雪与幽人，正一年佳处，清晓开门（元）。
萧然半华鬓发，相与销魂（元）。
披衣倚柱，向轻寒、醽渌微温（元）。
端好在，垂鞭信马，小桥南畔烟村（元）。

呵手冻吟未了，烂银钩呼我，玉粒晨馈（文）。
六花做成蟹眼，风味香翻（元）。
小梅疏竹，际壁间、横出江天（先）。
那更有，青松怪石，一声鹤唳前轩（元）。

文、先皆有与元韵通押的理由，但文、先之间绝不可通押。这首词，显然是受方言影响的结果。

（四）元寒删先间的通押

元韵与寒删先的通押，大体上亦呈现古诗多为通押、近体诗极少通押、词类似古诗的状况。这与东冬、江阳、支微齐灰、鱼虞、真文元（半）通押的状况基本相似。

古诗中，寒、删、先独押的情况与元韵独押情况一样，虽然不多，总还可以找到例证，而元寒删先四韵通押的诗篇是大量的，如《诗经·郑风·将仲子》《诗经·魏风·伐檀》《诗经·卫风·氓》，曹丕的《燕歌行》，曹植的《美女篇》，王粲的《七哀诗》，鲍照的《拟行路难》，元稹的《古筑城曲》，白居易的《效陶潜体诗十六首》，范成大的《劳畲耕》，唐寅的《桃花庵歌》，等等。这里且举两例：

坎坎伐**檀**兮（寒），
置之河之**干**兮（寒），
河水清且**涟**猗（先）。
不稼不穑，胡取禾三百**廛**兮（先）。
不狩不猎，胡瞻尔庭有县**貆**兮（元、寒）。
彼君子兮，不素**餐**兮（寒）。

——《诗经·魏风·伐檀》

中秋三五夜，明月在前轩（元）。
临觞忽不饮，忆我平生欢（寒）。
我有同心人，邈邈崔与钱（先）。
我有忘形友，迢迢李与元（元）。
或飞青云上，或落江湖间（先）。
与我不相见，于今四五年（先）。
我无缩地术，君非驭风仙（先）。
安得明月下，四人来晤言（元）。
良夜信难得，佳期杳无缘（先）。
明月又不驻，渐下西南天（先）。
岂无他时会，惜此清景前（先）。

——［唐］白居易《效陶潜体十六首》

由于元韵的韵母中有 en，元寒删先通押的古诗中，也常杂有韵母为 en 的字在里面。如曹丕的《燕歌行》韵脚上有一“存”字：

别日何易会日难（寒）。
山川悠远路漫漫（寒），
郁陶思君未敢言（元）。
寄声浮云往不还（删），
涕零雨面毁形颜（删）。
谁能怀忧独不叹（寒），
展诗清歌聊自宽（寒）。
乐往哀来摧肺肝（寒），
耿耿伏枕不能眠（先）。
披衣出户步东西，
仰看星月观云间（删）。
飞鸽鸣晨声可怜（先），
留连顾怀不自存（元）。

曹植的《送应氏二首》之一，共八个韵脚，其中七个属元删先通押，中间夹了一个文韵的“焚”字：

步登北邙阪，遥望洛阳山（删）。
洛阳何寂寞，宫室尽烧焚（文）。
垣墙皆顿擗，荆棘上参天（先）。
不见旧耆老，但睹新少年（先）。
侧足无行径，荒畴不复田（先）。
游子久不归，不识陌与阡（先）。
中野何萧条，千里无人烟（先）。
念我平常居，气结不能言（元）。

晋人杨方《合欢诗五首》之三为元寒删通押，韵脚中却有一“群”字（属文韵）。这种韵母为 en 的字的混入，不论是十三元内的，还是十三元外的，均属方言混押现象。其中最出格的，莫过于南朝宋文学家谢惠连的《猛虎行二首》之二，诗仅四句，竟以山、风、伤为韵脚：

猛虎潜深山，长啸自生风。
人谓客行乐，客行苦心伤。

受方言混押之影响，有些唐宋大家也不免偶一为之。如杜甫的《彭衙行》和欧阳修的《菱溪大石》，竟然真文元寒删先六韵通押。这种情况，均不可效法。

与古诗相反，近体诗则忌通押。陆游的四首七律最能说明问题：

放臣不复望修门，身寄江头黄叶村。
酒渴喜闻疏雨滴，梦回愁对一灯昏。
河潼形胜宁终弃，周汉规模要细论。
自恨不如云际雁，南来犹得过中原。（元韵）

——《枕上偶成》

镜里流年两鬓残，寸心自许尚如丹。
衰迟罢试戎衣窄，悲愤犹争宝剑寒。
远戍十年临的博，壮图万里战皋兰。
关河自古无穷事，谁料如今袖手看。（寒韵）

——《书愤二首》

早岁那知世事艰，中原北望气如山。
楼船夜雪瓜洲渡，铁马秋风大散关。
塞上长城空自许，镜中衰鬓已先斑。
出师一表真名世，千载谁堪伯仲间。（删韵）

——《书愤》

今皇神武是周宣，谁赋南征北伐篇。
四海一家天历数，两河百郡宋山川。
诸公尚守和亲策，志士虚捐少壮年。
京洛雪消春又动，永昌陵上草芊芊。（先韵）

——《感愤》

四诗分押四韵，绝不相混，足见近体诗用韵之严。

同样是诗，古体诗以四韵通押为主，间或有方言混押，近体则尚独押。这是古近二体用韵上的重大区别。

尽管如此，元寒删先四韵确实难以区别，因此近体诗中也偶然有通押者。例如贾岛的五律《忆江上吴处士》，属寒先通押：

闽国扬帆去，蟾蜍亏复圆（先）。
秋风生渭水，落叶满长安（寒）。
此地聚会夕，当时雷雨寒（寒）。
兰桡殊未返，消息海云端（寒）。

杨万里的七绝《桑茶坑道中》则是元先通押：

田塍莫道细于椽（先），
便是桑园与菜园（元）。
岭脚置锥留结屋，
尽驱柿栗上山巅（先）。

至于首句的通押邻韵，更属常见，不独元寒删先为然。

词的用韵情况与古诗相同，独押与通押并存而以通押为主流。词的平仄规则与近体诗相仿，而用韵与古诗一致，是对近体诗用韵过严的一种摆脱，以及对古体诗用韵宽严适度的一种认同与回归。

须指出的一个事实是，韵母为 an 的元韵词，笔者尚未查到；查到的不多的 an、en 通押的元韵词，且以 en 为主，收在了“诗词例证”部分，可供查阅。

至于仄韵，尽管共有八个韵部，每韵所含字数也较多，但从古至今，用阮旱潸铣愿翰谏霰各韵创作的诗词并不多见，尤其是独押一韵的，例子十分难找。

以 an 为韵母的韵部，除元寒删先外，还有覃盐咸三韵。二者之间的关系，仿佛真文与侵。详述见《窄韵十四盐》一章。

（2002 年 6 月 22 日）

十三元部用字表

平声

［**元（半，指韵母为 an 的这一半）**］元璠墦蘩蕃藩樊镭矾拚蹯幡繁反番翻膰旛烦燔袢貆洹鞬犍圈蜿埙萱轩掀咺暄喧锨煊骞谖鼋垣袁芫楥原辕援鶢园蚖螈嗳爰猿眢怨鸳言沅源湲羱宛鹓冤嫄媛騵

［**简注**］

拚 fān，上下飞翔。《诗经·小毖》：“拚飞维鸟。”又读 biàn，见霰韵；又读 pīn，见庚韵；又读 fèn，见问韵。

繁 fán，多。又读 pó，见歌韵。

反 fān，纠正错案。又读 fǎn，见阮韵；又读 bǎn，见潸韵。

番 fān、fán；又，补过切，并属个韵。义同：①更替，②量词，③旧时称西部少数民族。又读 bō，见歌韵；又读 pān、pán，见寒韵。

袢 fán，又读 pàn，并属翰韵。

貆、洹 俱读 huán，于元切；又，胡官切，并属寒韵。

鞬 jiān，又读 jiàn，并属阮韵。

犍 jiān，阉过的牛。又读 qián，见先韵。

圈 quān，去爰切；又，驱圆切，并属先韵。义同：圆圈。又读 juàn，见阮韵、铣韵、愿韵、霰韵。

蜿 wān，又读 wǎn，并属阮韵。

埙 许元切，音喧；又读 xūn，并属文韵。

咺 xuān，又读 xuǎn，并属阮韵。

谖 xuān；又，火远切，并属阮韵。

援 yuán；又，玉眷切，并属霰韵。帮助。又读 huàn，见翰韵。

甗 yán；又读 yǎn，并属阮韵、铣韵、霰韵。

蚖 yuán，蝾螈。又读 wán，见寒韵。

眢 yuān，於袁切；又，乌丸切，并属寒韵。

怨 於袁切，又读 yuàn，并属愿韵。

沅 yuán；又，五远切，并属阮韵。

湲 yuán，于元切；又，胡鳏切，并属删韵；又，于权切，并属先韵。

豲 yuán，愚袁切；又，五官切，并属寒韵。

宛 yuān，古地名，如宛县、大宛。又读 wǎn，见阮韵。

媛 yuán，[婵媛] 牵缠貌；关切。又读 yuàn，见愿韵。

[十三元的另一半，韵母为 en（in、uen、ün），可与上述字互押，亦可与真韵、文韵互押，但不可与寒、删、先各韵通押。这些字是：

贲奔村存踆墩蹲敦惇恩根跟魂棔昏馄痕惛阍焜浑溷婚髡琨坤昆鹍崑锟鲲褌抡崙仑论璊扪们樠亹门闷汶喷盆溢荪搎狲飧孙吞屯囤暾哼豚饨忳沌涒臀纯蕰辒瘟温缊垠樽尊

正确使用这些字，请参阅“九真部”有关注释。]

[**寒**] 寒鞍豻安搬般瘢残攒撺餐巑爨殚箪丹瘅端单郸玕干玵莞杆棺矸竿倌肝官冠观鑵顸邗邯萑韩翰桓鼾貆犴豻獾汗洹欢刊髖宽看栏拦圞栾峦圝銮鸾阑兰滦澜谰鬗颟蔓瞒镘鳗馒闽漫谩难磻蹒蟠磐盘鞶槃番胖判潘弁珊酸蹒狻痠姗坛坍檀刳抟搏摊团啴叹貒敦鹑瘆瘫忭涔湍滩弹刓芄豌蚖岏丸汍完剜纨眢豲钻

［简注］

豻 án，古时北方的一种野狗。又读 àn，见翰韵。

般 bān，北潘切；又，布还切，并属删韵。义同：样，种类。又读 bō，见曷韵。

攒 cuán，聚，聚集。又读 zǎn，见旱韵。

爨 七丸切，音撺；又读 cuàn，并属翰韵、霰韵。

瘅 dān，热病。又读 dǎn，见旱韵；又读 dàn，见翰韵。

单 dān，单一，奇数。又读 chán，见先韵；又读 shàn，见铣韵、霰韵；又读 dǎn，见旱韵。

干 gān，①冒犯，②干燥，③河岸。又读 gàn，见翰韵。

玵 gān，［玵鹊］喜鹊。又读 hàn，见翰韵。

莞 guān，蒲草。又读 wǎn，见潸韵。又读 guàn，见翰韵。

矸 gān，［丹矸］朱砂。又读 gàn，见翰韵。

冠 guān，帽子。又读 guàn，见翰韵。

观 guān，看。又读 guàn，见翰韵。

翰 胡安切，又读 hàn，并属翰韵。

鼾 hān；又，侯旰切，音翰，并属翰韵。

貆、洹 俱读 huán，胡官切；又，于元切，并属元韵。

犴 hān，驼鹿。又读 àn，见翰韵。

汗 hán，在"可汗"一词中的读音，"可汗"的简称。又读 hàn，见翰韵。

看 kān，又读 kàn，并属翰韵。

脔 luán；又，力兖切，并属铣韵。

澜 lán；又，郎旰切，并属翰韵。

谰 lán；又，鲁旱切，并属旱韵；又，郎旰切，并属翰韵。

蔓 mán，［蔓菁］即芜菁，大头菜也。又读 màn，见愿韵。

镘 谟官切，又读 màn，并属翰韵。

鳗 mán；又，无贩切，并属愿韵。

闽 谟官切，又武巾切，并属真韵；又，无分切，并属文韵。今读 mǐn。

漫 谟官切，又读 màn，并属翰韵。

谩 mán，谟官切；又，免员切，并属先韵；又读 màn，并属翰韵、谏韵。

难 nán，易的反义。又读 nàn，见翰韵。又读 nuó，见歌韵。

番 ①pān，［番禺］广州旧称。②pán［番禾］地名，在甘肃。又读 fān，见元韵；又读 bō，见歌韵；又，补过切，见个韵。

胖 pán，安舒。《大学》：“富润屋，德润身，心广体胖。”又读 bǎn，见潸韵；又读 pàn，见翰韵；又读 pàng，身体肉多，应属漾韵。

判 普官切，不顾，豁出去。又读 pàn。见翰韵。

弁 pán，快乐。《诗经·小弁》“弁彼鸒斯。”又读 biàn，见霰韵。

坛 tán，土筑的高台；“壇”字的简体。又见覃韵。

剸 tuán；又，旨兖切，并属铣韵；又，之啭切，并属霰韵。

啴 tān，［啴啴］喘息貌，众盛貌，喜乐貌。又读 chān，见先韵；又读 chǎn，见铣韵。

叹 他干切，又读 tàn，并属翰韵。

敦 tuán ①聚貌，②通“团”。又读 duī，见灰韵；又读 duì，见队韵；又读 dūn，见元韵；又读 dùn，见愿韵。

鹑 tuán，雕。《诗经·四月》：“匪鹑匪鸢。”又读 chún，见真韵。

瘆 tān，疲乏。又读 shǐ，见纸韵。

弹 tán，弹射，弹劾。又读 dàn，见翰韵。

蚖 wán，毒蛇。又读 yuán，见元韵。

眢 yuān，乌丸切；又，於袁切，并属元韵。

豲 yuán，五官切；又，愚袁切，并属元韵。

钻 zuān，穿孔，钻研。又读 zuàn，见翰韵。

［**删**］删班斑扳般颁攽媥瘢僝潺孱擐鳏关纶环鬟还镮患圜镮阛澴寰嬛
菅菅间奸艰斓鬘埋蛮攀悭山舢疝闩汕讪潸顽弯湾瞷痫闲鹇娴殷颜潺

［**简注**］

般 bān，布还切；又，北潘切，并属寒韵。义同：样，种类。又读 bō，见曷韵。

颁 bān，颁布，赏赐。又读 fén，见文韵。

攽 bān，又读 bīn，并属真韵。

僝 chán，［僝僽］折磨，憔悴，烦恼。又读 zhuàn，见霰韵。

潺 chán，锄山切；又，锄连切，并属先韵。

孱 chán，昨闲切；又，锄连切，并属先韵。义同：狭窄、促迫、懦弱等义。又读 zhàn，见潸韵、铣韵。

擐 guān，又读 huàn，并属谏韵，穿戴。又读 juǎn，见铣韵。

纶 guān，青丝带做的头巾，叫纶巾。又读 lún，见真韵。

还 huán，①返回；归还；②仍然，已经，更加，此义今读 hái。又读 xuán，见先韵。

轘 huán，［轘辕］①险要的道路，②关名。又读 huàn，见谏韵。

患 胡关切，又读 huàn，并属谏韵；又，胡涓切，并属先韵。

圜 huán，环绕，通“环”。又读 yuán，见先韵。

间 jiān，中间，时间，房屋之量词 。又读 jiàn，见谏韵。

埋 mán，埋怨的埋。又读 mái，见佳韵。

疝、汕、讪 俱师间切，又读 shàn，并属谏韵。

潸 shān；又，数板切，并属潸韵。

瞯 xián，目上视。又读 jiàn，见谏韵。

殷 yān，①红色，②血染。又读 yīn，见文韵；又读 yǐn，见吻韵。

湲 yuán，胡鳏切；又，于元切，并属元韵；又，于权切，并属先韵。

［**先**］先鞭蔫蝙箯箯半鳊边编梴椽躔蝉啴遄篅传川儃船亶廛澶瀍潺单穿禅孱婵缠颠蹎巅瘨癫滇患幵髯戋鞯枅豜捐坚鹃镌键笺朘狷煎鬋涓浅溅湔肩娟琏联莲零连链鲢挛孪怜涟裢棉眠谩媔绵蔫年玭楩平蠙蹁骿篇便偏胼鳊扁翩谝骈鬈颧芊荃乾棬权牵扦揎揵虔跧踡蜷岍圈趼钱铅铨千迁牷犍筌仟佺泉愆全痊竣拳桊卷惓悛前汧搴褰骞诠缐阡瑌堧搁然燃栓拴搧膻羶煽天填磌搷田畋钿佃甸阗沺寘璇瑄葹还揎贤悬跹蠉蚿翾仙儇舷佡鲜旋玄懁籼涎漩泫宣祆弦駽焉鄢埏燕歅橼研鸢蜎蜒蝝咽员圆圜困筵延身胭悁阏烟湮沿渊湲禋妍嫣嫚嬛嬽缘专槫甄砖颛毡筌鳣馆鹯邅旃

［**简注**］

先 xiān；又，苏甸切，并属霰韵。

半 卑眠切，又读 bàn，并属翰韵。

啴 chán，［啴咺］古寓言人物。又读 tān，见寒韵，又读 chǎn，见铣韵。

传 chuán，传授，传达。又读 zhuàn，见霰韵。

亶 ①chán，［亶爰］山名。②zhān，［屯亶］行进艰难貌。又读 dǎn，见旱韵。

澶 chán，［澶湉］水安流貌。［澶渊］古湖名，在河南。又读 dàn，见翰韵。

潺 chán，锄连切；又，锄山切，并属删韵。

单 chán，［单于］匈奴主称号；［单阏］地支卯的别称。又读 dān，见寒韵；又读 dǎn，见旱韵；又读 shàn，见铣韵、霰韵。

禅 chán，佛事。又读 shàn，见霰韵。

孱 chán，锄连切；又，昨闲切，并属删韵，义同：狭窄、促迫、懦弱。又读 zhàn，见潸韵、铣韵。

缠 chán；又，持碾切，并属霰韵。

患 胡涓切，又读 huàn，并属谏韵；又，胡关切，并属删韵。

鬋 子仙切；又读 jiǎn，并属铣韵、霰韵。

枅 经天切，又读 jī，并属齐韵。

键 渠焉切，又读 jiàn，并属阮韵、铣韵、愿韵。

狷 圭玄切，又读 juàn，并属霰韵。

浅 jiān，［浅浅］水流疾貌。又读 qiǎn，见铣韵。

溅 jiān，［溅溅］流水声，或水流疾貌。又读 jiàn，见霰韵。

琏 lián，又读 liǎn，并属铣韵。

零 lián，［先零］古羌族一支。又读 líng，见青韵。

链 力延切，今读 liàn。

孪 luán；又，数患切，并属谏韵。

谩 mán，免员切；又，谟官切，并属寒韵；又读 màn，并属翰韵、谏韵。

玭 pián，又读 pín，并属真韵。

平 pián，①细辨，②［平平］治理有序。又读 píng，见庚韵。

蠙 蒲眠切；又读 pín，并属真韵；又，婢忍切，并属轸韵。

便 pián，安适；口才好。又读 biàn，见霰韵。

扁 piān，小。又读 biǎn，见铣韵。

芊 qiān，又读 qiàn，并属霰韵。

棬 quān，曲木，圆圈。又读 juàn，见霰韵。

揵 qián；又，纪偃切，并属阮韵。

圈 quān，逵员切；又，去爰切，并属元韵。义同：圆圈。又读 juàn，见阮韵、铣韵、愿韵、霰韵。

趼 轻烟切，又读 jiǎn，并属铣韵、霰韵。

钱 qián，货币。又读 jiǎn，见铣韵。

犍 qián，［犍为］古郡名。又读 jiān，见元韵。

竣 逡缘切，音诠；又，七伦切，并属真韵。今读 jùn。

弮 quān；又，古倦切，并属霰韵。

卷 quán，弯曲，美好，柔弱。又读 juǎn，见铣韵；又读 juàn，见霰韵。

汧 qiān；又，苦甸切，并属霰韵。
缐 此缘切，又读 quàn，并属霰韵。
膻 shān，牛羊肉气味。又读 dàn，见旱韵。
煽 shān；又，式战切，并属霰韵。
填 tiān；又，堂练切，并属霰韵。充塞。又读 chén，见真韵。
钿 tián，又读 diàn，并属霰韵。
佃 tián，耕种。又读 diàn，见霰韵。
甸 tián，①通“畋”；②车声，《孔雀东南飞》：“隐隐何甸甸”。又读 diàn，见霰韵。
寘 tián，[寘颜山] 古山名，在匈奴境内，今在蒙古国境内。又读 zhì，见寘韵。
还 xuán，疾速，轻捷貌。又读 huán，见删韵。
鲜 xiān，新鲜，新话。又读 xiǎn，见铣韵。
旋 xuán，①盘旋，②顷刻。又读 xuàn，见霰韵。
漩 xuán；又，随恋切，并属霰韵。
泫 xuán，[困泫] 水深广貌。又读 xuàn，见铣韵。
鄢 yān；又，隐幰切，并属阮韵。
燕 yān，古国名，地名。又读 yàn，见霰韵。
蜎 yuān；又，下兖切，并属铣韵；逵眷切，并属霰韵。
咽 ①yān，咽喉。②yuān，[咽咽] 有节奏的鼓声。又读 yàn，见霰韵；又读 yè，见屑韵。
员 yuán，人员及其量词。又读 yún，见文韵；又读 yùn，见问韵。
圜 yuán，天体；通“圆”。又读 huán，见删韵。
身 yuán，[身毒] 印度古译名。又读 shēn，见真韵。
悁 yān，气忿，忧愁。又读 juàn，见霰韵。
阏 yān，[阏氏] 匈奴王后号。又读 è，见月韵。
湮、禋 yān，又读 yīn，并属真韵。
湲 yuán，于权切；又，于元切，并属元韵；又，胡鳏切，并属删韵。
甄 诸延切，又读 zhēn，并属真韵。
鳣 zhān，大鲤鱼，鲟鳇鱼。又读 shàn，见铣韵。
邅 zhān；又，除善切，并属铣韵；直碾切，并属霰韵。

上声

[阮（半，指韵母为 an 的这一半）] 阮阪反返饭鲩菌鞬楗键圈蹇揵锩

绻琬菀挽晚畹晼踠蜿宛娩婉咺憾烜谖鄢远苑郾甗蝘巘偃鼴鰋沅

［简注］

阪 bǎn，甫远切；又，部版切，并属潸韵。

反 fǎn，正之对应义。又读 bǎn，见潸韵。又读 fān，见元韵。

饭 fàn，父远切；又，符万切，并属愿韵。

鲩 huàn，户衮切；又，户版切，并属潸韵；又，胡玩切，并属翰韵。

菌 窘远切；又，巨卷切，并属铣韵；又读 jùn，并属轸韵。

鞬 jiàn，又读 jiān，并属元韵。

键 jiàn，并属铣韵、愿韵；又，渠焉切，并属先韵。

圈 juàn，窘远切；又，巨卷切，并属铣韵；巨万切，并属愿韵；逵眷切，并属霰韵。义同：养畜之所。又读 quān，见元韵、先韵。

蹇 jiǎn；又，九辇切，并属铣韵。

揵 纪偃切，又读 qián，并属先韵。

绻 quǎn，苦远切；又，区愿切，并属愿韵。

菀 wǎn，药草名；又，於月切，并属月韵。又读 yù，见物韵。

畹 wǎn，武远切；又，无贩切，并属愿韵。

踠 wǎn，足胫相连处。又读 wò，见个韵。

蜿 wǎn，又读 wān，并属元韵。

宛 wǎn，屈曲。又读 yuān，见元韵。

娩 wǎn，［娩泽］面色光润。又读 miǎn，见铣韵。

咺 xuǎn，又读 xuān，并属元韵。

烜 xuǎn，盛大显著。又读 huǐ，见纸韵。

谖 火远切，又读 xuān，并属元韵。

鄢 隐幰切，又读 yān，并属先韵。

远 yuǎn，近之反义。又读 yuàn，见愿韵。

苑 yuàn，草木茂盛；姓。又读 yǔn，见吻韵。

郾 yǎn，隐幰切；又，於建切，并属愿韵。

甗 yǎn，语偃切；又，鱼蹇切，并属铣韵；又，鱼变切，并属霰韵；又读 yán，并属元韵。

蝘、**巘** 俱读 yǎn，隐幰切；又，於殄切，并属铣韵。

沅 五远切，又读 yuán，并属元韵。

［阮韵的另一半，韵母为 en（in、uen、ün），可与上述字互押，亦可与轸

韵、吻韵、震韵、问韵互押，但不能与旱、潸、铣、翰、谏、霰各韵互押。这些字是：

苯本笨畚忖趸盹囤盾遁饨沌棍辊鲧衮滚绲很鲩狠焜混壶梱捆悃阃焜垦
恳损稳撙噂鳟

正确使用这些字，请参阅“九真部”有关注释。]

［旱］旱拌伴靼短但膻觛亶疸瘅断单诞蛋缎瑄赶擀秆笴管盥馆痯暵瘓
悍浣罕缓款侃衎窾卵懒谰满懑暖散算伞馓坦睡疃袒碗脘瓒趱攒纂缵

［简注］

靼 侻旱切，音坦；又读 dá，并属曷韵；又，之列切，音浙，并属屑韵。

膻 dǎn，［膻中］又叫气海，人体胸腹间的横隔膜。又读 shān，见先韵。

亶 dǎn，诚信，忠厚。又读 chán、zhān，见先韵。

疸 dǎn，党旱切；又，得案切，并属翰韵。

瘅 dǎn，传播疫病之鬼。又读 dàn，见翰韵；又读 dān，见寒韵。

断 duàn，睹缓切；又，徒玩切，并属翰韵。

单 dǎn，诚厚。《诗经・天保》：“俾尔单厚。”又读 dān，见寒韵；又读 shàn，见铣韵、霰韵；又读 chán，见先韵。

笴 古旱切，又读 gě，并属哿韵。

盥 guàn，古缓切；又，古玩切，并属翰韵。

馆 guǎn，古缓切；又，古玩切，并属翰韵。

暵 hàn，许旱切，音罕；又，呼旰切，音汉，并属翰韵。

罕 hǎn，①捕鸟之长柄小网，②旌旗，③少。又读 hàn，见翰韵。

侃 kǎn，可旱切；又，袪干切，并属翰韵。

衎 kàn，空旱切；又，苦旰切，并属翰韵。

谰 鲁旱切；又读 lán，并属寒韵；又，郎旰切，并属翰韵。

懑 母伴切，又读 mèn，并属愿韵。

散 sǎn，又读 sàn，并属翰韵。

瓒 zàn，在坦切；则旰切，并属翰韵。

攒 zǎn，积蓄。又读 cuán，见寒韵。

［潸］潸坂板昄蝂钣版反舨胖阪划铲产浐皯晥鲩柬拣简裥赧戁汕莞皖
绾僴限眼盏栈栈撰馔孱

［简注］

潸 数板切，又读 shān，并属删韵。流泪貌。

反 bǎn，［反反］《诗经·宾之初筵》：“威仪反反。”慎重和善貌。又读 fǎn，见阮韵；又读 fān，见元韵。

胖 bǎn，胁下薄肉。又读 pàn，见翰韵；又读 pán，见寒韵；又读 pàng，应属漾韵。

阪 bǎn，部版切；又，甫远切，并属阮韵。

铲 chǎn，楚限切；又，初谏切，并属谏韵。

骭 gàn，下简切；又，居案切，并属翰韵；又，下晏切，并属谏韵。

鲩 huàn，户版切；又，户衮切，并属阮韵；又，胡玩切，并属翰韵。

拣 jiǎn，贾限切，音简；又，郎甸切，并属霰韵。

裥 jiǎn，贾限切，音简；又，居苋切，音涧，并属谏韵。

汕 shàn，所简切；又，所晏切，并属谏韵。

莞 wǎn，微笑貌。又读 guàn，见翰韵；又读 guān，见寒韵。

绾 wǎn，乌版切；又，乌患切，并属谏韵。

栈 zhǎn，①古乐器名，小钟。②存货之屋。③山岩上架木为路。又读 zhàn，见铣韵、谏韵；又读 chén，见真韵。

轏 zhàn；又，士谏切，并属谏韵。

撰 zhuàn，雏绾切；又，雏免切，并属铣韵；又，雏恋切，并属霰韵。

馔 zhuàn，雏绾切；又，扶万切，并属愿韵；又，士恋切，并属霰韵。

孱 zhàn，士限切；又，士免切，并属铣韵。［孱陵］在湖北。又读 chán，见删韵、先韵。

［铣］铣匾辨辩辫扁褊蒇喘啴幝舛颤阐典蜓蜒鬋茧戬菌枧擐趼践罥圈钱键筧伐件隽伐卷剪翦蹇搴謇谫琏脔娈丏勔眄冕黾偭腼免勉沔湎渑娩缅辇碾撵撚蹍浞犬畎遣浅缱软蝡愞熯墠吮膳鳝鳝善单殄觍町腆輤藓燹晛显晛跣蜎蚬岘铉选筅伣鲜狝癣冼洗泫渲甗蝘巘衍兖演宴谳嬿瑑刬栈转撰辗蹍篆邅展孱

［简注］

铣 xiǎn，最有光泽的金属。今在“铣床”一词 中读 xǐ，应属荠韵。

扁 biǎn，物平而薄状。又读 piān，见先韵。

啴 chǎn，舒缓貌。又读 chān，见先韵。又读 tān，见寒韵。

颤 chàn，旨善切；又，之膳切，并属霰韵。

蜓 diàn，［蝘蜓］壁虎。又读 tíng，见青韵。

鬋 jiǎn，子浅切；又，作甸切，并属霰韵；又，子仙切，并属先韵。

菌 巨卷切；又，窘远切，并属阮韵；又读 jùn，并属轸韵。

擐 juǎn，系，拴。又读 huàn，见谏韵；又读 guān，见删韵。

趼 jiǎn，吉典切；又，倪甸切，并属霰韵；又，轻烟切，并属先韵。

圈 juàn，巨卷切；又，窘远切，并属阮韵；巨万切，并属愿韵；逵眷切，并属霰韵。义同：养畜之所。又读 quān，见元韵、先韵。

钱 jiǎn，古农具。又读 qián，见先韵。

键 jiàn，九件切；又，纪偃切，并属阮韵；又，渠建切，并属愿韵；又，渠焉切，并属先韵。

隽 juàn，肥美。又读 jùn，即慎切，见震韵。

卷 juǎn，将物弯成筒形。又读 juàn，见霰韵；又读 quán，见先韵。

蹇 jiǎn；又，巨偃切，并属阮韵。

搴 九辇切，今读 qiān。

琏 liǎn，又读 lián，并属先韵。

脔 力兖切，又读 luán，并属寒韵。

娈 力兖切；又，力卷切，并属霰韵。今读 luán。

眄、**偭** 俱读 miǎn，弥殄切；又，莫甸切；并属霰韵。

黾 miǎn，［黾池］即渑池。又读 mǐn，见轸韵；又读 měng，见梗韵；又读 méng，见庚韵。

渑 miǎn，［渑池］县名，在河南省。又读 shéng，见蒸韵。

娩 miǎn，生孩子。又读 wǎn，见阮韵。

碾 niǎn，尼展切；又，女箭切，并属霰韵。

浅 qiǎn，深之反义。又读 jiān，见先韵。

缱 qiǎn，去演切；又，去战切，并属霰韵。

愞 而兖切，又读 nuò，并属个韵。

熯 rǎn，恭谨。《诗经·楚茨》：“我孔熯矣”。又读 hàn，见翰韵。

吮 徂兖切，又读 shǔn，并属轸韵。

膳 shàn，上演切；又，时战切，并属霰韵。

鳣 shàn，鳝鱼。又读 zhān，见先韵。

单 shàn，常演切；又，时战切，并属霰韵。义同：姓。又读 dǎn，见旱韵；又读 dān，见寒韵；又读 chán，见先韵。

町 他典切，又读 tīng，并属青韵；又读 tǐng，并属迥韵。

晛 xiàn，呼典切；又，形甸切，并属霰韵。

蜎 下兖切；又，逵眷切，并属霰韵；又读 yuān，并属先韵。

蚬 xiǎn，呼典切；又，苦甸切，并属霰韵。

选 xuǎn，思兖切；又，息绢切，并属霰韵。

伣 xiàn，古代船上测风之羽毛。又读 qiàn，见霰韵。

鲜 xiǎn，少。又读 xiān，见先韵。

洗 xiǎn，敬；淡泊安适；姓，同“冼”。又读 xǐ，见荠韵。

泫 xuàn，流滴，流泪。又读 xuán，见先韵。

甗 yǎn，鱼蹇切；又，语偃切，并属阮韵；鱼变切，并属霰韵；又读 yán，并属元韵。

蝘、**巘** 俱读 yǎn，鱼殄切；又，隐幰切，并属阮韵。

衍 yǎn，以浅切；又，延面切，并属霰韵。

宴、**嬿** 俱於殄切，又读 yàn，并属霰韵。

剸 旨兖切；又，之畴切，并属霰韵；又读 tuán，并属寒韵。

栈 zhàn，士免切；又，士谏切，并属谏韵，义同：①山岩上架木为路，②存货之屋。又读 chén，见真韵。又读 zhǎn，见潸韵。

谳 yǎn；又，鱼列切，并属屑韵。

转 zhuǎn，以车运输；转变。又读 zhuàn，见霰韵。

撰 zhuàn，雏免切；又，雏绾切，并属潸韵；又，雏恋切，并属霰韵。

邅 除善切；又，直碾切，并属霰韵；又读 zhān，并属先韵。

孱 zhàn，士免切；又，士限切，并属潸韵。［孱陵］地名，在湖北。又读 chán，见删韵、先韵。

去声

［**愿（半，指韵母为 an 的这一半）**］愿畈贩饭圈键毽健腱建蔓曼券劝绻万畹脕鳗楦献宪瑗远堰郾怨媛馔

［简注］

饭 fàn，符万切；又，父远切，并属阮韵。

圈 juàn，巨万切；又，逵眷切，并属霰韵；窘远切，并属阮韵；巨卷切，并属铣韵。义同：养畜之所。又读 quān，见元韵、先韵。

键 jiàn，渠建切；又，九件切，并属铣韵；又，纪偃切，并属阮韵；又，

渠焉切，并属先韵。

蔓 màn，蔓生植物的枝茎。又读 mán，见寒韵。

绻 quǎn，区愿切；又，苦远切，并属阮韵。

万 wàn，十千。又读 mò，见职韵。

畹 wǎn，无贩切；又，武远切，并属阮韵。

鳗 无贩切，又读 mán，并属寒韵。

瑗 yuàn，于愿切；又，于眷切，并属霰韵。

远 yuàn，疏远、离去。又读 yuǎn，见阮韵。

堰 yàn，於建切；又，于扇切，并属霰韵。

郾 yǎn，於建切；又，隐幰切，并属阮韵。

怨 yuàn；又，于袁切，并属元韵。

媛 yuàn，美女，美好。又读 yuán，见元韵。

馔 zhuàn，扶万切；又，雏绾切，并属潸韵；士恋切，并属霰韵。

［愿韵的另一半，韵母为 en（in、uen、ün），可与上述字互押，亦可与轸韵、吻韵、震韵、问韵互押，但不能与旱、潸、铣、翰、谏、霰各韵互押。这些字是：

奔坌寸顿钝遁敦炖艮圂慁恨溷诨困论闷懑嫩喷溢褪揾噀潠巽逊鳟

正确使用上述字，请参阅“九真部”有关注释。］

［**翰**］翰按岸豻犴案伴半绊璨粲爨灿窜椴掸旦鴠踹锻簖段但倬瑖疸瘅恒惮断澶弹妲缎瓘干鹳矸莞犴旰骭罐盥馆灌爟冠祼观毌贯鸨捍援换暵唤鼾皖奂悍闬汗瀚滤涣汉熯焕逭罕骭看侃衎瓓乱澜烂谰墁幔镘漫熳谩缦难畔胖判叛泮袢散蒜算叹炭彖玩腕惋垸晏瓒攥攒钻赞酂

［**简注**］

翰 hàn；又，胡安切，并属寒韵。

豻 àn，牢狱。又读 án，见寒韵。

犴 àn，牢狱。又读 hān，见寒韵。

半 bàn；又，卑眠切，并属先韵。

爨 cuàn，取乱切；又，取绢切，并属霰韵；又，七丸切，音撺，并属寒韵。

踹 duàn，蹬跳。又读 chuài，用力踩踏，当属泰韵。

疸 dǎn，得案切；又，党旱切，并属旱韵。

瘅 dàn，劳苦成病。又读 dǎn，见旱韵；又读 dān，见寒韵。

怛、妲 俱得案切，又读 dá，并属曷韵。

断 duàn，徒玩切；又，睹缓切，并属旱韵。

澶 dàn，［澶漫］①放纵，②平坦宽广。又读 chán，见先韵。

弹 dàn，弹弓，丸状物。又读 tán，见寒韵。

干 gàn，①树干，骨干；②做活。又读 gān，见寒韵。

莞 guàn，又读 guǎn，地名用字。又读 guān，见寒韵；又读 wǎn，见潸韵。

矸 gàn，形容山石的白净。又读 gān，见寒韵。

骭 gàn，居案切；又，下晏切，并属谏韵；又，下简切，并属潸韵。

盥 guàn，古玩切；又，古缓切，并属旱韵。

馆 guǎn，古玩切；又，古缓切，并属旱韵。

冠 guàn，戴帽子；居首。又读 guān，见寒韵。

观 guàn，道教的庙宇；楼台。又读 guān，见寒韵。

鳱 hàn，［鳱鴠］鸟名。又读 gān，见寒韵。

援 huàn，［畔援］亦作“畔换”、“畔涣”，跋扈、求取、改易等义。又读 yuán，见元韵；又，玉眷切，见霰韵。

暵 hàn，呼旰切；又，许旱切，并属旱韵。

鼾 侯旰切，音翰，又读 hān，并属寒韵。

鲩 huàn，胡玩切；又，户版切，并属潸韵；又，户衮切，并属阮韵。

汗 hàn，汗水。又读 hán，见寒韵。

熯 hàn，热。又读 rǎn，见铣韵。

罕 hàn，［枹罕］古县名，在甘肃。又读 hǎn，见旱韵。

看 kàn，又读 kān，并属寒韵。

侃 kǎn，祛干切；又，可旱切，并属旱韵。

衎 kàn，苦旰切；又，空旱切，并属旱韵。

澜 郎旰切，又读 lán，并属寒韵。

谰 郎旰切；又，鲁旱切，并属旱韵；又读 lán，并属寒韵。

镘 màn；又，谟官切，并属寒韵。

漫 màn，又谟官切，并属寒韵。

谩 màn，莫半切；又，莫晏切，并属谏韵；又读 mán，并属寒韵、先韵。

缦 màn，莫半切；又，莫晏切，并属谏韵。

难 nàn，灾难。又读 nán，见寒韵。又读 nuó，见歌韵。

胖 pàn，祭祀用的半边牲肉。又读 bǎn，见潸韵；又读 pán，见寒韵；又读 pàng，应属漾韵。
判 pàn，分，评判。又，普官切，见寒韵。
袢 pàn，又读 fán，并属元韵。
散 sàn，又读 sǎn，并属旱韵。
叹 tàn；又，他干切，并属寒韵。
玩 五换切，今读 wán。
晏 yàn，於旰切；又，於谏切，并属谏韵。
瓒 zàn，则旰切；又，在坦切，并属旱韵。
钻 zuàn，打眼工具。又读 zuān，见寒韵。

［**谏**］谏扮瓣办串铲篡孱掼骭惯丱镮擐患豢宦缳幻瞯锏间涧裥慢谩嫚缦盼襻栅孪疝汕讪蒜绾苋雁赝晏鷃栈钱绽

［简注］
铲 chǎn，初谏切；又，楚限切，并属潸韵。
骭 gàn，下晏切；又，下简切，并属潸韵；又，居案切，并属翰韵。
镮 huàn，古时酷刑。又读 huán，见删韵。
擐 huàn，又读 guān，并属删韵，穿戴。又读 juǎn，见铣韵。
患 huàn；又，胡关切，并属删韵；又，胡涓切，并属先韵。
缳 huàn，又读 huán。
瞯 jiàn，探视。又读 xián，见删韵。
间 jiàn，空隙。又读 jiān，见删韵。
裥 jiǎn，居苋切；又，贾限切，并属潸韵。
谩 màn，莫晏切；又，莫半切，并属翰韵；又读 mán，并属寒韵、先韵。
缦 màn，莫晏切；又，莫半切，并属翰韵。
栅 所晏切，又，楚革切，并属陌韵。今读 zhà。
孪 数患切，又读 luán，并属先韵。
疝、汕、讪 俱读 shàn；又，师间切，并属删韵。
绾 wǎn，乌患切；又，乌版切，并属潸韵。
晏 yàn，於谏切；又，於旰切，并属翰韵。
栈 zhàn，士谏切；又，士免切，并属铣韵。义同：①山岩上架木为路，②存货之屋。又读 zhǎn，见潸韵。又读 chén，见真韵。
钱 zhàn；又，士限切，并属潸韵。
绽 zhàn，直苋切；又，堂练切，并属霰韵。

［霰］霰抃拚昪便变卞忭汴遍弁钏爨颤缠靛电钿佃甸癜奠淀殿鬋荐棬趼拣鄄睊罥见贱圈箭倦狷饯悁眷桊卷溅绢蜎楝恋孪炼练面眄偭泯碾片骗茜芊蒨倩伣汧遣谴绩缐缱纤擅膳鄯单煽禅扇嬗缮瑱填现眩县睍蚬镟先选衙旋羡涀渲漩炫袨线绚瑗堰燕砚援掾甗咽唁衍彦宴谚院嫣钊转撰战啭传僝馔遭绽

［简注］

拚 biàn，拊手，鼓掌。又读 fèn，见问韵。又读 pīn，见庚韵。又读 fān，见元韵。

便 biàn，便利、方便等义。又读 pián，见先韵。

弁 biàn，帽子，戴帽子。又读 pán，见寒韵。

爨 cuàn，取绢切；又，取乱切，并属翰韵；又，七丸切，音撺，并属寒韵。

颤 chàn，之膳切；又，旨善切，并属铣韵。

缠 持碾切，又读 chán，并属先韵。

钿 diàn，又读 tián，并属先韵。

佃 diàn，租种土地。又读 tián，见先韵。

甸 diàn，郊野。又读 tián，见先韵。

鬋 jiǎn，作甸切；又，子浅切，并属铣韵；又，子仙切，并属先韵。

棬 juàn，牛鼻环。又读 quān，见先韵。

趼 jiǎn，倪甸切；又，吉典切，并属铣韵；又，轻烟切，并属先韵。

拣 jiǎn，郎甸切；又，贾限切，音简，并属潸韵。

圈 juàn，逵眷切；又，窘远切，并属阮韵；巨卷切，并属铣韵；巨万切，并属愿韵。义同：养畜之所。又读 quān，见元韵、先韵。

狷 juàn；又，圭玄切，并属先韵。

悁 juàn，急躁。又读 yuān，见先韵。

桊 古倦切，又读 quān，并属先韵。

卷 juàn，书籍，书画。又读 juǎn，见铣韵；又读 quán，见先韵。

溅 jiàn，水喷落。又读 jiān，见先韵。

蜎 逵眷切；又，下兖切，并属铣韵；又读 yuān，并属先韵。

孪 力卷切；又，力兖切，并属铣韵。今读 luán。

眄、偭 俱读 miǎn，莫甸切；又，弥殄切，并属铣韵。

泯 miǎn，目不明貌。又读 mǐn，见轸韵；又，弥鄰切，见真韵。

碾 niǎn，女箭切；又，尼展切，并属铣韵。

芊 qiàn，又读 qiān，并属先韵。

倩 qiàn，①含笑貌，②男子的美称。又读 qìng，见敬韵。

伣 qiàn，譬如。又读 xiàn，见铣韵。

汧 苦甸切，又读 qiān，并属先韵。

缐 quàn；又，此缘切，并属先韵。

缱 qiǎn，去战切；又，去演切，并属铣韵。

纤 qiàn，牵船的绳索。又读 xiān，见盐韵。

膳 shàn，时战切；又，上演切，并属铣韵。

单 shàn，时战切；又，常演切，并属铣韵。义同：姓。又读 dǎn，见旱韵；又读 dān，见寒韵；又读 chán，见先韵。

煽 式战切，又读 shān，并属先韵。

禅 shàn，①帝王祭天地，②帝王让位。又读 chán，见先韵。

填 堂练切，又读 tián，并属先韵。义同：充塞。又读 chén，见真韵。

晛 xiàn，形甸切；又，呼典切，并属铣韵。

蚬 xiǎn，苦甸切；又，呼典切，并属铣韵。

先 苏甸切，又读 xiān，并属先韵。

选 xuǎn，息绢切；又，思兖切，并属铣韵。

旋 xuàn，圆圈形的。又读 xuán，见先韵。

漩 随恋切，又读 xuán，并属先韵。

瑗 yuàn，于眷切；又，于愿切，并属愿韵。

堰 yàn，于扇切；又，于建切，并属愿韵。

燕 yàn，鸟名。又读 yān，见先韵。

援 玉眷切，又读 yuán，并属元韵，牵拉，帮助。又读 huàn，见翰韵。

甗 yǎn，鱼变切；又，语偃切，并属阮韵；鱼蹇切，并属铣韵；又读 yán，并属元韵。

咽 yàn，吞下。又读 yān、yuān，见先韵。又读 yè，见屑韵。

衍 yǎn，延面切；又，以浅切，并属铣韵。

宴、**嬿** 俱读 yàn，伊甸切；又，於殄切，并属铣韵。

刬 之啭切；又，旨兖切，并属铣韵；又读 tuán，并属寒韵。

转 zhuàn，环转运动。又读 zhuǎn，见铣韵。

撰 zhuàn，雏恋切；又，雏绾切，并属潸韵；雏免切，并属铣韵。

传 zhuàn，符信；传记。又读 chuán，见先韵。

僝 zhuàn，表见；具备。又读 chán，见删韵。

馔 zhuàn，士恋切；又，雏绾切，并属潸韵；扶万切，并属愿韵。
邅 直碾切；又，除善切，并属铣韵；又读 zhān，并属先韵。
绽 zhàn，堂练切；又，直苋切，并属谏韵。

诗词例证

（一）古诗

元韵古诗：

少年好驰侠，旅宦游关源。既践终古迹，聊讯兴亡言。
隆周为薮泽，皇汉成山樊。久没离宫地，安识寿陵园。
仲秋边风起，孤蓬卷霜根。白日无精景，黄沙千里昏。
显轨莫殊辙，幽途岂异魂。圣贤良已矣，抱命复何怨。

——［南朝·宋］王僧达《和琅琊王依古》

觉闻繁露坠，开户临西园。寒月上东岭，泠泠疏竹根。
石泉远逾响，山鸟时一喧。倚楹遂至旦，寂寞将何言。

——［唐］柳宗元《中夜起望西园值月上》

何处访吴画，普门与开元。开元有东塔，摩诘留手痕。
吾观画品中，莫如二子尊。道子实雄放，浩如海波翻。
当其下手风雨快，笔所未到气已吞。
亭亭双林间，彩晕扶桑暾。
中有至人谈寂灭，悟者悲涕迷者手自扪。
蛮君鬼伯千万万，相排竞进头如鼋。
摩诘本诗老，佩芷袭芳荪。
今观此壁画，亦若其诗清且敦。
祇园弟子尽鹤骨，心如死灰不复温。
门前两丛竹，雪节贯霜根。
交柯乱叶动无数，一一皆可寻其源。
吴生虽妙绝，犹以画工论。
摩诘得之于象外，有如仙翮谢笼樊。
吾观二子皆神俊，又于维也敛衽无间言。

——［宋］苏轼《王维吴道子画》

寒韵古诗：

庶见素**冠**兮，棘人栾**栾**兮，劳心慱**慱**兮。

——《诗经·桧风·素冠》

孤衾引思绪，独枕怅忧端。深庭秋草绿，高门白露寒。
思君起清夜，促柱奏幽兰。不怨飞蓬苦，徒伤蕙草残。

——［南朝·梁］柳恽《捣衣》

遥夜方远时既寒，秋风萧瑟白露团。
佳期不待岁欲阑，念此迟暮独无欢，
鸣弦流管增长叹。

——［南朝·梁］张率《白纻歌九首》

泠泠七弦上，静听松风寒。古调虽自爱，今人多不弹。

——［唐］刘长卿《听弹琴》

此地别燕丹，壮士发冲冠。昔时人已没，今日水犹寒。

——［唐］骆宾王《于易水送人一绝》

四郊未宁静，垂老不得安。子孙阵亡尽，焉用身独完。
投杖出门去，同行为辛酸。幸有牙齿存，所悲骨髓干。
男儿既介胄，长揖别上官。老妻卧路啼，岁暮衣裳单。
孰知是死别，且复伤其寒。此去必不归，还闻劝加餐。
土门壁甚坚，杏园度亦难。势异邺城下，纵死时犹宽。
人生有离合，岂择衰盛端。忆昔少壮日，迟回竟长叹。
万国尽征戍，烽火被冈峦。积尸草木腥，流血川原丹。
何乡为乐土，安敢尚盘桓。弃绝蓬室居，塌然摧肺肝。

——［唐］杜甫《垂老别》

我欲登天云盘盘，我欲御风无羽翰。
我欲陟山泥洹洹，我欲涉江忧天寒。
琼弁玉蕤珮珊珊，蕙桡桂棹凌回澜。
泽中何有多红兰，天风日暮徒盘桓。
芳草盈箧怀所欢，美人何在青云端。
衣玄绡衣冠玉冠，明珰垂纴乘六鸾。
欲往从之道路难，相思双泪流轻纨。
佳肴旨酒不能餐，瑶琴一曲风中弹。
风急弦绝摧心肝，月明星稀斗阑干。

——［明］夏完淳《长歌》

删韵古诗：

十亩之间兮，桑者闲闲兮，行与子还兮。

——《诗经·魏风·十亩之间》

崔子信桑条，馁去都馁还。为欢复摧折，命生丝发间。

——［南朝］清商曲辞《黄生曲三首》

明月出天山，苍茫云海间。长风几万里，吹度玉门关。

汉下白登道，胡窥青海湾。由来征战地，不见有人还。

戍客望边色，思归多苦颜。高楼当此夜，叹息未应闲。

——［唐］李白《关山月》

先韵古诗：

舍旃舍旃，苟亦无然。人之为言，胡得焉。

——《诗经·唐风·采苓》

皇天之不纯命兮，何百姓之震愆？

民离散而相失兮，方仲春而东迁。

——屈原《哀郢》

河清不可俟，人命不可延。顺风激靡草，富贵者称贤。

文籍虽满腹，不如一囊钱。伊优北堂上，肮脏倚门边。

——［汉］赵壹《疾邪诗二首》

失群寒雁声可怜，夜半单飞在月边。

无奈人心复有忆，今暝将渠俱不眠。

——［北周］庚信《秋夜望单飞雁》

家住金陵县前，嫁得长安少年。

回头望乡泪落，不知何处天边。

胡尘几日应尽，汉月何时更圆。

为君能歌此曲，不觉心随断弦。

——［北周］庚信《怨歌行》

知章骑马似乘船，眼花落井水底眠。汝阳三斗始朝天，

道逢曲车口流涎，恨不移封向酒泉。左相日兴费万钱，

饮如长鲸吸百川，衔杯乐圣称避贤。宗之潇洒美少年，

举觞白眼望青天，皎如玉树临风前。苏晋长斋绣佛前，

醉中往往爱逃禅。李白一斗诗百篇，长安市上酒家眠，

天子呼来不上船，自称臣是酒中仙。张旭三杯草圣传，
脱帽露顶王公前，挥毫落纸如云烟。焦遂五斗方卓然，
高谈雄辩惊四筵。

——［唐］杜甫《饮中八仙歌》

元（半）寒删先通押的古诗：

乘彼垝垣（元），以望复关（删）。不见复关，泣涕涟涟（先）。
既见复关，载笑载言（元）。尔卜尔筮，体无咎言（元）。
以尔车来，以我贿迁（先）。

——《诗经·卫风·氓》

陟彼景山（删），松柏丸丸（寒）。是断是迁（先），方斫是虔（先）。
松桷有梴（先），旅楹有闲（删）。寝成孔安（寒）。

——《诗经·商颂·殷武》

君子防未然，不处嫌疑间（删）。瓜田不纳履，李下不正冠（寒）。
嫂叔不亲授，长幼不比肩（先）。劳谦得其柄，和光甚独难（寒）。
周公下白屋，吐哺不及餐（寒）。一沐三握发，后世称圣贤（先）。

——［汉］相和歌辞《君子行》

飞观百余尺，临牖御棂轩（元）。远望周千里，朝夕见平原（元）。
烈士多悲心，小人媮自闲（删）。国仇亮不塞，甘心思丧元（元）。
拊剑西南望，思欲赴太山（删）。弦急悲声发，聆我慷慨言（元）。

——［三国·魏］曹植《杂诗七首》

结庐在人境，而无车马喧（元）。问君何能尔，心远地自偏（先）。
采菊东篱下，悠然见南山（删）。山气日夕佳，飞鸟相与还（删）。
此中有真意，欲辨已忘言（元）。

——［晋］陶渊明《饮酒二十首》

我质本瑚琏（先），宗庙供蘋蘩（元）。
一朝婴祸难，失身戎马间（删）。
宁当血刃死，不作衽席完（寒）。汉上有王猛，江南无谢安（寒）。
长号赴洪流，激烈摧心肝（寒）。

——［宋］韩希孟《练裙带诗》

桃花坞里桃花庵，桃花庵下桃花仙（先）。
桃花仙人种桃树，又摘桃花换酒钱（先）。
酒醒只在花前坐，酒醉还来花下眠（先）。

半醒半醉日复日，花落花开年复年（先）。
但愿老死花酒间，不愿鞠躬车马前（先）。
车尘马足富者趣，酒盏花枝贫者缘（先）。
若将富贵比贫贱，一在平地一在天（先）。
若将贫贱比车马，他得驱驰我得闲（删）。
别人笑我忒疯癫，我笑别人看不穿（先）。
不见五陵豪杰墓，无花无酒锄做田（先）。

——［明］唐寅《桃花庵歌》

阮（半）韵古诗：

既不我嘉，不能旋反。视而不臧，我思不远。

——《诗经·鄘风 ·载驰》

苍苍竹林寺，杳杳钟声晚。荷笠带夕阳，青山独归远。

——［唐］刘长卿《送灵澈上人》

旱韵古诗：

莫厌夏日长，莫悲冬日短。欲识短复长，君看寒又暖。
城中百万家，冤哀杂丝管。草没奉诚园，轩车昔曾满。

——［唐］元稹《遣兴十首》

清江抱孤村，杜子昔所馆。虚堂尘不扫，小径门可款。
公诗岂纸上，遗句处处满。人皆欲拾取，志大才苦短。
计公客此时，一饱得亦罕。阨穷端有自，宁独坐房琯。
至今壁间像，朱绶意萧散。长安貂蝉多，死去谁复算。

——［宋］陆游《草堂拜少陵遗像》

潸韵古诗：

阶上香入怀，庭中花照眼。春心郁如此，情来不可限。

——［南朝·梁］王金珠《子夜四时歌八首》

铣韵古诗：

我心匪石，不可**转**也。我心匪席，不可**卷**也。
威仪棣棣，不可**选**也。

——《诗经·邶风·柏舟》

翰韵古诗：

角枕粲兮，锦衾烂兮。予美亡此。谁与独旦。

——《诗经·唐风·葛生》

美人赠我锦绣段，何以报之青玉案。
路远莫致倚增叹，何为怀忧心烦惋。

——［汉］张衡《四愁诗》

遥夜忘寐起长叹，但望云中双飞翰。明月入牖风吹幔，
终夜悠悠坐申旦。谁能知我心中乱，终然有怀岁方晏。

——［南朝·梁］张率《白纻歌九首》

垂钓绿湾春，春深杏花乱。潭清疑水浅，荷动知鱼散。
日暮待情人，维舟绿杨岸。

——［唐］储光羲《钓鱼湾》

何处哀筝随急管，樱花永巷垂杨岸。
东家老女嫁不售，白日当天三月半。
溧阳公主年十四，清明暖后同墙看。
归来展转到五更，梁间燕子闻长叹。(首句用旱韵)

——［唐］李商隐《无题四首》

雷起龙门山，雨洒赤城观。萧骚山木高，浩荡尘路断。
鱼龙喜新波，燕雀集虚幔。开户微风兴，倚杖众云散。

——［元］虞集《赤城馆》

霰韵古诗：

如彼雨雪，先集维霰。死丧无日，无几相见。
乐酒今夕，君子维宴。

——《诗经·小雅·頍弁》

望长楸而太息兮，涕淫淫其若霰。
过夏首而西浮兮，顾龙门而不见。

——屈原《哀郢》

婕妤去辞宠，淹留终不见。寄情在玉阶，托意唯团扇。
春苔暗阶除，秋草芜高殿。黄昏履綦绝，愁来空雨面。

——［晋］陆机《班婕妤》

东山气象太猛悍，万马骎骎来楚甸。
中分不肯割鸿沟，锻砺戈矛期一战。

西山折北如西汉，独余绛灌奔而殿。
谁为刘项决雌雄，赖有韩彭力相援。
卢沟直下两水合，泯泯暗流通一线。
突为瀑布出山口，流沫成轮浪成漩。
前逾百步落石瓮，黛蓄膏渟那敢眄。
沉沉南去若白虹，为屿为泜互隐现。
凿开混沌几千秋，世俗虽见如不见。
今人谁有笔如椽，为写佳名传宇县。
人间佳节重清明，呼儿折简招诸彦。
一生能著几两屐，佳处每欲经行遍。
山灵着意劝人游，吞吐烟霞生万变。
山阿玉女跪焚香，岩畔仙人一笑倩。
居者俨若帝王尊，剑佩雍容侍闲宴。
植者磊落如钜人，聚立广庭议封禅。
拱者矫矫如勇夫，执戈夹陛著綦弁。
平滩浅濑乍可揭，溪路曲随峰势转。
葛履偏宜苔藓滑，行襟时被蔷薇罥。
当面烟岚舞翠蛟，出岫闲云飘素练。
群行不复事拘检，眼正明时脚还倦。
班荆共坐溪上石，粔籹浊醪具时馔。
良辰无奈夕阳催，羽觞正要清歌荐。
醒心况复有寒泉，玉池遍返成三咽。
三分春色二分休，风外飞花时一片。
古人行乐欲及时，半百之前犹掣电。
惟有爱山缘未断，梦寐孱颜添健羡。
一穷到骨不自治，虚负胸中书万卷。
漫向山中老却人，生来不识荆州面。
肝胆槎枒须酒浇，顾我非狂亦非狷。
纷纷世无真是非，齐置从渠若秋扇。
归来新月偃林梢，寂寞衡门掩深院。（首句用翰韵）

——［金］段克己《乙巳清明游青阳峡》

阮（半）旱潸铣愿（半）翰谏霰通押的古诗：

女曰鸡鸣，士曰昧旦（翰）。子兴视夜，明星有烂（翰）。
将翱将翔，弋凫与雁（谏）。

——《诗经·郑风·女曰鸡鸣》

婉兮娈兮（霰），总角丱兮（谏）。
未几见兮（霰），突而弁兮（霰）。

——《诗经·齐风·甫田》

人生譬朝露，居世多屯蹇（铣）。忧艰常早至，欢会常苦晚（阮）。
今当奉时役，去尔日遥远（阮）。遣车迎子还，空往复空返（阮）。
省书情凄怆，临食不能饭（阮、愿）。独坐空房中，谁与相劝勉（铣）。
长夜不能眠，伏枕独展转（铣）。忧来如循环，匪席不可卷（铣）。

——［汉］秦嘉《留郡赠妇诗三首》

平生无志意，少小婴忧患（谏）。如何乘苦心，矧复值秋晏（谏）。
皎皎天月明，奕奕河宿烂（翰）。萧瑟含风蝉，寥唳度云雁（谏）。
寒商动清闺，孤灯暧幽幔（翰）。耿介繁虑积，展转长宵半（翰）。
夷险难豫谋，倚伏昧前算（翰）。虽好相如达，不如长卿慢（谏）。
颇悦郑生偃，无取白衣宦（谏）。未知古人心，且从性所玩（翰）。
宾至可命觞，朋来当染翰（翰）。高台骤登践，清浅时陵乱（翰）。
颓魄不再圆，倾羲无两旦（翰）。金石终销毁，丹青暂雕焕（翰）。
各勉玄发欢，无贻白首叹（翰）。因歌遂成赋，聊用布亲串（谏）。

——［南朝·宋］谢惠连《秋怀》

我昔南行舟系汴（霰），逆风三日沙吹面（霰）。
舟人共劝祷灵塔，香火未收旗脚转（霰）。
回头顷刻失长桥，却到龟山未朝饭（阮、愿）。
至人无心何厚薄，我自怀私欣所便（霰）。
耕田欲雨刈欲晴，去得顺风来者怨（愿）。
若使人人祷辄遂，造物应须日千变（霰）。
我今身世两悠悠，去无所逐来无恋（霰）。
得行固愿留不恶，每到有求神亦倦（霰）。
退之旧云三百尺，澄观所营今已换（翰）。
不嫌俗土污丹梯，一看云山绕淮甸（霰）。

——［宋］苏轼《泗州僧伽塔》

山前壁如削，山后崖复断（翰）。向吾达陇首，如海到彼岸（翰）。
那知下岭处，慄甚履冰战（霰）。牵前带相挽，縋后衣尽绽（霰）。
健倒辄寻丈，徐行廑分寸（愿）。上疑缘竹竿，下剧滚金弹（翰）。
岂惟蛇退舍，飞鸟望崖反（阮）。稍喜一径平，犹有千石乱（翰）。
仍逢新烧畲，约略似耕畔（翰）。心知人境近，犟末百忧散（翰）。
山民茅数把，鬼质犊子健（愿）。腰镵走迎客，再拜复三叹（翰）。
谓匪人所蹊，官来定何干（翰）。倘为饥火驱，平地岂无饭（阮、愿）。
意者官事迫，如马就羁绊（翰）。我乃不能答，付以一笑粲（翰）。
（此诗第五韵“寸”字，属愿韵的“另一半”。）

——［宋］范成大《蛇倒退》

（二）近体诗

元韵近体诗：

莫以今时宠，能忘旧日恩。看花满眼泪，不共楚王言。

——［唐］王维《息夫人》

牛羊下来久，各已闭柴门。风月自清夜，江山非故园。
石泉流暗壁，草露滴秋根。头白灯明里，何须花烬繁。

——［唐］杜甫《日暮》

海山兜率两茫然，古寺无人竹满轩。
白鹤不留归后语，苍龙犹是种时孙。
两丛却似萧郎笔，十亩空怀渭上村。
欲把新诗问遗像，病维摩诘更无言。（首句用先韵）

——［宋］苏轼《竹阁》

汉土西看白日昏，伤心胡虏据中原。
衣冠谁有先朝制，东海翻然认故园。

——［明］朱之瑜《避地日本感赋》

半日山中路，车声叫不喧。野云多在树，春水不离村。
诘屈乡音换，艰难战垒存。麦田含宿雨，作意向人翻。

——［清］陈沆《孝感途中》

灵台无计逃神矢，风雨如磐暗故园。

寄意寒星荃不察，我以我血荐轩辕。

——鲁迅《自题小像》

寒韵近体诗：

今夜鄜州月，闺中只独看。遥怜小儿女，未解忆长安。
香雾云鬟湿，清辉玉臂寒。何时倚虚幌，双照泪痕干。

——［唐］杜甫《月夜》

故园东望路漫漫，双袖龙钟泪不干。
马上相逢无纸笔，凭君传语报平安。

——［唐］岑参《逢入京使》

瞿唐嘈嘈十二滩，人言道路古来难。
长恨人心不如水，等闲平地起波澜。

——［唐］刘禹锡《竹枝词九首》

惆怅阶前红牡丹，晚来唯有两枝残。
明朝风起应吹尽，夜惜衰红把火看。

——［唐］白居易《惜牡丹花》

相见时难别亦难，东风无力百花残。
春蚕到死丝方尽，蜡炬成灰泪始干。
晓镜但愁云鬓改，夜吟应觉月光寒。
蓬山此去无多路，青鸟殷勤为探看。

——［唐］李商隐《无题》

来来先上上方看，眼界无穷世界宽。
岩溜喷空晴似雨，林萝碍日夏多寒。
众山迢递皆相叠，一路高低不记盘。
清峭关心惜归去，他时梦到亦难判。

——［唐］方干《题报恩寺上方》

一自胡尘入汉关，十年伊洛路漫漫。
青墩溪畔龙钟客，独立东风看牡丹。（首句用删韵）

——［宋］陈与义《牡丹》

金炉香烬漏声残，翦翦轻风阵阵寒。
春色恼人眠不得，月移花影上栏干。

——［宋］王安石《夜直》

六十年中事，凄凉到盖棺。不将两行泪，轻为汝曹弹。

——［清］翁同龢《甲辰五月二十日绝笔》

爱好由来下笔难，一诗千改始心安。
阿婆还似初笄女，头未梳成不许看。

——［清］袁枚《遣兴》

删韵近体诗：

黄河远上白云间，一片孤城万仞山。
羌笛何须怨杨柳，春风不度玉门关。

——［唐］王之涣《凉州词》

朝辞白帝彩云间，千里江陵一日还。
两岸猿声啼不住，轻舟已过万重山。

——［唐］李白《早发白帝城》

流水何太急，深宫尽日闲。殷勤谢红叶，好去到人间。

——［唐］韩氏《题红叶》

青海长云暗雪山，孤城遥望玉门关。
黄沙百战穿金甲，不破楼兰终不还。

——［唐］王昌龄《从军行》

秦时明月汉时关，万里长征人未还。
但使龙城飞将在，不教胡马度阴山。

——［唐］王昌龄《出塞》

尽室林塘涤暑烦，旷然如不在尘寰。
谁人敢议清风价？无乐能过百日闲。
水鸟得鱼长自足，岭云含雨只空还。
酒阑何物醒魂梦？万柄莲香一枕山。

——［宋］韩琦《北塘避暑》

京口瓜洲一水间，钟山只隔数重山。
春风又绿江南岸，明月何时照我还。

——［宋］王安石《泊船瓜洲》

终日看山不厌山，买山终待老山间。
山花落尽山长在，山水空流山自闲。

——［宋］王安石《游钟山》

早岁哪知世事艰，中原北望气如山。

楼船夜雪瓜洲渡，铁马秋风大散关。
塞上长城空自许，镜中衰鬓已先斑。
出师一表真名世，千载谁堪伯仲间。

——［宋］陆游《书愤》

呢喃燕子语梁间，底事来惊梦里闲。
说与旁人浑不解，杖藜携酒看芝山。

——［宋］刘季孙《题饶州酒务厅屏》

千锤万击出深山，烈火焚烧若等闲。
粉骨碎身全不怕，要留清白在人间。

——［明］于谦《石灰吟》

春愁难遣强看山，往事惊心泪欲潸。
四百万人同一哭，去年今日割台湾。

——［清］丘逢甲《春愁》

东林讲学继龟山，事事关心天地间。
莫谓书生空议论，头颅掷处血斑斑。

——邓拓《过东林书院》

先韵近体诗：

寒山转苍翠，秋水日潺湲。倚杖柴门外，临风听暮蝉。
渡头余落日，墟里上孤烟。复值接舆醉，狂歌五柳前。

——［唐］王维《辋川闲居赠裴秀才迪》

单车欲问边，属国过居延。征蓬出汉塞，归雁入胡天。
大漠孤烟直，长河落日圆。萧关逢候骑，都护在燕然。

——［唐］王维《使至塞上》

新丰美酒斗十千，咸阳游侠多少年。
相逢意气为君饮，系马高楼垂柳边。

——［唐］王维《少年行》

客路青山外，行舟绿水前。潮平两岸阔，风正一帆悬。
海日生残夜，江春入旧年。乡书何处达，归雁洛阳边。

——［唐］王湾《次北固山下》

鸣筝金粟柱，素手玉房前。欲得周郎顾，时时误拂弦。

——［唐］李端《鸣筝》

日照香炉生紫烟，遥看瀑布挂前川。

飞流直下三千尺，疑是银河落九天。

——［唐］李白《望庐山瀑布》

隐隐飞桥隔野烟，石矶西畔问渔船。
桃花尽日随流水，洞在清溪何处边。

——［唐］张旭《桃花溪》

一封朝奏九重天，夕贬潮州路八千。
欲为圣明除弊事，肯将衰朽惜残年。
云横秦岭家何在，雪拥蓝关马不前。
知汝远来应有意，好收吾骨瘴江边。

——［唐］韩愈《左迁至蓝关示侄孙湘》

月落乌啼霜满天，江枫渔火对愁眠。
姑苏城外寒山寺，夜半钟声到客船。

——［唐］张继《枫桥夜泊》

两个黄鹂鸣翠柳，一行白鹭上青天。
窗含西岭千秋雪，门泊东吴万里船。

——［唐］杜甫《绝句四首》

独上江楼思渺然，月光如水水如天。
同来望月人何处，风景依稀似去年。

——［唐］赵嘏《江楼感旧》

钓罢归来不系船，江村月落正堪眠。
纵然一夜风吹去，只在芦花浅水边。

——［唐］司空曙《江村即事》

缀玉联珠六十年，谁教冥路作诗仙。
浮云不系名居易，造化无为字乐天。
童子解吟长恨曲，胡儿能唱琵琶篇。
文章已满行人耳，一度思卿一怆然。

——［唐］李忱《吊白居易》

锦瑟无端五十弦，一弦一柱思华年。
庄生晓梦迷蝴蝶，望帝春心托杜鹃。
沧海月明珠有泪，蓝田日暖玉生烟。
此情可待成追忆，只是当时已惘然。

——［唐］李商隐《锦瑟》

黑云翻墨未遮山，白雨跳珠乱入船。

卷地风来忽吹散，望湖楼下水如天。（首句用删韵）

——［宋］苏轼《六月二十七日望湖楼醉书五绝》

三万里河东入海，五千仞岳上摩天。
遗民泪尽胡尘里，南望王师又一年。

——［宋］陆游《秋夜将晓出篱门迎凉有感二首》

梦断香销四十年，沈园柳老不吹绵。
此身行作稽山土，犹吊遗踪一泫然。

——［宋］陆游《沈园二首》

南浦春来绿一川，石桥朱塔两依然。
年年送客横塘路，细雨垂杨系画船。

——［宋］范成大《横塘》

老去无心听管弦，病来杯酒不相便。
人生难得秋前雨，乞我虚堂自在眠。

——［宋］姜夔《平甫见招不欲往二首》

绿遍山原白满川，子规声里雨如烟。
乡村四月闲人少，才了蚕桑又插田。

——［宋］翁卷《乡村四月》

樱花红陌上，柳叶绿池边。燕子声声里，相思又一年。

——周恩来《春日偶成》

相逢萍水亦前缘，负笈津门岂偶然。
扪虱倾谈惊四座，持螯下酒话当年。
险夷不变应尝胆，道义争担敢息肩。
待得归农功满日，他年预卜买邻钱。

——周恩来《送蓬仙兄返里有感》

元（半）寒删先通押的近体诗：

独住三峰下，年深学炼丹（寒）。一间松叶屋，数片石花冠（寒）。
酒待山中饮，琴将洞口弹（寒）。开门移远竹，剪草出幽兰（寒）。
荒壁通泉架，晴崖晒药坛（寒）。寄知骑省客，长向白云闲（删）。

——［唐］张籍《和卢常侍寄华山郑隐者》

闽国扬帆去，蟾蜍亏复圆（先）。秋风生渭水，落叶满长安（寒）。
此地聚会夕，当时雷雨寒（寒）。兰桡殊未返，消息海云端（寒）。

——［唐］贾岛《忆江上吴处士》

朔风吹雪透刀瘢（寒），饮马长城窟更寒（寒）。
半夜火来知有敌，一时齐保贺兰山（删）。

——［唐］卢汝弼《和李秀才边庭四时怨》

红豆秋枝靓可怜（先），坐中惊见李龟年（先）。
江南风景今全别，不似乾元与上元（元）。

——［明］李世熊《闻南曲》

青青莫道有情天（先），隔着银河便可怜（先）。
修到神仙犹课织，聘如天帝尚论钱（先）。
绛河傥许微波托，灵鹊何劳恨海填（先）。
岂独王昌阻消息，红墙相望是人间（删）。

——［清］曹元忠《银河》

红军不怕远征难（寒），万水千山只等闲（删）。
五岭逶迤腾细浪，乌蒙磅礴走泥丸（寒）。
金沙水拍云崖暖，大渡桥横铁索寒（寒）。
更喜岷山千里雪，三军过后尽开颜（删）。

——毛泽东《七律·长征》

（三）词

元韵词：

若论修养事，知有几多门。谛当归宿处，是虚源。
至真至道，简易合乾坤。
坎离并水火，止是筌蹄，萃然一点长存。

——［元］无名氏《促拍满路花》

久别情尤热，交深语更繁。故人留我饮芳罇。
已到鸦栖时候，窗影渐黄昏。

拂面东风冷，漫天春雪翻。醉归不怕闭城门。
一路琼瑶，一路没车痕。一路远山近树，妆点玉乾坤。

——［清］顾太清《喝火令》

［注：此二词韵脚韵母以 en 为主。因以 an 为主或纯以 an 为韵母的元韵词，无例证，故以此权充篇幅。］

寒韵词：

酒罢歌余兴未阑，小桥秋水共盘桓。
波摇梅蕊当心白，风入罗衣贴体寒。
且莫思归去，须尽笙歌此夕欢。

——［南唐］冯延巳《抛球乐》

紫塞月明千里，金甲冷，戍楼寒，
梦长安。

乡思望中天阔，漏残星亦残。
画角数声呜咽，雪漫漫。

——［唐］牛峤《定西番》

暮云收尽溢清寒，银汉无声转玉盘。
此生此夜不长好，明月明年何处看。

——［宋］苏轼《阳关曲·中秋月》

莫炼丹难。黄河可塞，金可成难。
休辟谷难。吸风饮露，长忍饥难。

劝君莫远游难。何处有、西王母难。
休采药难。人沉下土，我上天难。
（此词属独木桥体）

——［宋］辛弃疾《柳梢青·辛酉生日前两日，梦一道士话长年之术，梦中痛以理折之，觉而赋八难之辞》

删韵词：

胡尘犯阙冲关，金辂提携玉颜。
云雨此时萧散，君王何日归还。
伤心朝恨暮恨，回首千山万山。
独望天边初月，蛾眉犹自弯弯。

——［唐］窦弘余《广谪仙怨》

归来茅屋三间，桃花流水潺潺。
莫向窗前种竹，先生要看西山。

——［明］杨基《清平乐》

先韵词：

洞庭波浪飐晴天，君山一点凝烟。
此中真境属神仙。玉楼珠殿，相映月轮边。

万里平湖秋色冷，星辰垂影参然。
橘林霜重更红鲜。罗浮山下，有路暗相连。

——［五代］牛希济《临江仙》

堤上游人逐画船，拍堤春水四垂天。
绿杨楼外出秋千。

白发戴花君莫笑，六幺摧拍盏频传。
人生何处似樽前。

——［宋］欧阳修《浣溪沙》

斜月下，北风前，万杵千砧捣欲穿。
不为捣衣勤不睡，破除今夜夜如年。

——［宋］贺铸《夜如年》

天，休使圆蟾照客眠。
人何在，桂影自婵娟。

——［宋］蔡伸《苍梧谣》

春汝归欤，风雨蔽江，烟尘暗天。
况雁门阨塞，龙沙渺莽，东连吴会，西至秦川。
芳草迷津，飞花拥道，小为蓬壶借百年。
江南好，问夫君何事，不少留连。

江南正是堪怜，但满眼杨花化白毡。
看兔葵燕麦，华清宫里，蜂黄蝶粉，凝碧池边。
我已无家，君归何里，中路徘徊七宝鞭。
风回处，寄一声珍重，两地潸然。

——［宋］刘辰翁《沁园春·送春》

酒冷灯青夜不眠。寸肠千万缕，两相牵。
鸳鸯秋雨半池莲。分飞苦，红泪晓风前。

天远雁翩翩。雁来人北去，远如天。
安排心事待明年。无情月，看待几时圆。

——［金］元好问《小重山》

元（半）寒删先通押的词：

清晓妆成寒食天（先），柳球斜袅间花钿（先），
卷帘直出画堂前（先）。

指点牡丹初绽朵，日高犹自凭朱栏（寒），
含嚬不语恨春残（寒）。

——［唐］韦庄《浣溪沙》

菡萏香消翠叶残（寒），
西风愁起绿波间（删）。
还与韶光共憔悴，不堪看（寒）。

细雨梦回鸡塞远，
小楼吹彻玉笙寒（寒）。
多少泪珠无限恨，倚阑干（寒）。

——［南唐］李璟《摊破浣溪沙》

帘外雨潺潺（删），春意阑珊（寒）。
罗衾不耐五更寒（寒）。
梦里不知身是客，一晌贪欢（寒）。

独自莫凭栏（寒），无限江山（删）。
别时容易见时难（寒）。
流水落花春去也，天上人间（删）。

——［南唐］李煜《浪淘沙令》

莫攀我，攀我太心偏（先）。
我是曲江临池柳，这人折了那人攀（删）。
恩爱一时间（删）。

——敦煌曲子词《望江南》

明月几时有，把酒问青天（先）。
不知天上宫阙，今夕是何年（先）。
我欲乘风归去，又恐琼楼玉宇，高处不胜寒（寒）。
起舞弄清影，何似在人间（删）。

转朱阁，低绮户，照无眠（先）。
不应有恨，何事长向别时圆（先）。
人有悲欢离合，月有阴晴圆缺，此事古难全（先）。
但愿人长久，千里共婵娟（先）。

——［宋］苏轼《水调歌头·丙辰中秋，
欢饮达旦，大醉，作此篇，兼怀子由》

琅然（先），
清圆（先），
谁弹（寒），
响空山（删）。
无言（元），
惟翁醉中知其天（先）。
月明风露娟娟（先），
人未眠（先）。
荷蒉过山前（先），
曰有心也哉此贤（先）。

醉翁啸咏，声和流泉（先）。
醉翁去后，空有朝吟夜怨（元）。
山有时而童巅（先），
水有时而回川（先）。
思翁无岁年（先），
翁今为飞仙（先）。
此意在人间（删），
试听徽外三两弦（先）。

——［宋］苏轼《醉翁操》

雅燕飞觞，清谈挥麈，使君高会群贤（先）。
密云双凤，初破缕金团（寒）。
窗外炉烟自动，开瓶试、一品香泉（先）。
轻涛起，香生玉乳，雪溅紫瓯圆（先）。

娇鬟（删），
宜美盼，双擎翠袖，稳步红莲（先）。
座中客翻愁，酒醒歌阑（寒）。
点上纱笼画烛，花骢弄、月影当轩（元）。
频相顾，余欢未尽，欲去且留连（先）。

——［宋］米芾《满庭芳·咏茶》

故将军饮罢夜归来，长亭解雕鞍（寒）。
恨灞陵醉尉，匆匆未识，桃李无言（元）。
射虎山横一骑，裂石响惊弦（先）。

落魄封侯事，岁晚田园（元）。

谁向桑麻杜曲，要短衣匹马，移住南山（删）。
看风流慷慨，谈笑过残年（先）。
汉开边，功名万里，甚当时，健者也曾闲（删）。
纱窗外，斜风细雨，一阵轻寒（寒）。
——［宋］辛弃疾《八声甘州·夜读李广传不能寐因念晁楚老杨民瞻约同居山间戏用李广事赋以寄之》

听鸣驺入谷，怕惊动、北山猿（元）。
且放浪形骸，支持岁月，点检田园（元）。
先生结庐人境，竟不知、门外市尘喧（元）。
醉后清风到枕，醒来明月当轩（元）。

伏波勋业照青编（先）。薏苡又何冤（元）。
笑蕞尔倭奴，抗衡上国，挑祸中原（元）。
分明一盘棋势，谩教人、着眼看师言（元）。
为问鲲鹏瀚海，何如鸡犬桃源（元）。
——［元］白朴《木兰花慢·题阙》

沉沉一枕扶头睡，直到黄昏（元），
犹掩重门（元）。门外梨花有湿痕（元）。

薰篝萧瑟炉烟少，不道衣单（寒），
却道春寒（寒）。丝雨蒙蒙独倚阑（寒）。
（此词上阕用元韵，下阕用寒韵，an、en通押，既是元、寒通押，又属过桥格。）
——梁启超《采桑子》

大雨落幽燕（先），白浪滔天（先），
秦皇岛外打鱼船（先）。
一片汪洋都不见，知向谁边（先）？

往事越千年（先），魏武挥鞭（先），
东临碣石有遗篇（先）。
萧瑟秋风今又是，换了人间（删）。
——毛泽东《浪淘沙·北戴河》

霰韵词：

小径红稀，芳郊绿遍。高台树色阴阴见。
春风不解禁杨花，蒙蒙乱扑行人面。

翠叶藏莺，珠帘隔燕。炉香静逐游丝转。
一场愁梦酒醒时，斜阳却照深深院。

——［宋］晏殊《踏莎行》

阮（半）旱潸铣愿（半）翰谏霰通押的词：

春日宴（霰），绿酒一杯歌一遍（霰），
再拜陈三愿（愿）。

一愿郎君千岁，二愿妾身常健（愿），
三愿如同梁上燕（霰），岁岁长相见（霰）。

——［南唐］冯延巳《长命女》

燕语莺啼三月半（翰），烟蘸柳条金线乱（翰）。
五陵原上有仙娥，携歌扇（霰），
香烂漫（翰），留住九华云一片（霰）。

犀玉满头花满面（霰），负妾一双偷泪眼（潸）。
泪珠若得似珍珠，拈不散（翰），
知何限（潸），串向红丝应百万（愿）。

——敦煌曲子词《天仙子》

露花倒影，烟芜蘸碧，灵沼波暖（旱）。
金柳摇风树树，系彩舫龙舟遥岸（翰）。
千步虹桥，参差雁齿，直趋水殿（霰）。
绕金堤，曼衍鱼龙戏，簇娇春罗绮，喧天丝管（旱）。
霁色荣光，望中似睹，蓬莱清浅（铣）。

时见（霰）。
凤辇宸游，鸾觞禊饮，临翠水，开镐宴（霰）。
两两轻舠飞画楫，竞夺锦标霞烂（翰）。
罄欢娱，歌鱼藻，徘徊宛转（铣）。
别有盈盈游女，各委明珠，争收翠羽，相将归远（阮）。
渐觉云海沉沉，洞天日晚（阮）。

——［宋］柳永《破阵乐》

池塘水绿风微暖（早），记得玉真初见面（霰）。
重头歌韵响琤琮，入破舞腰红乱旋（霰）。

玉钩阑下香阶畔（翰），醉后不知斜日晚（阮）。
当时共我赏花人，点检如今无一半（翰）。

——［宋］晏殊《木兰花》

烛影摇红，向夜阑，乍酒醒，心情懒（早）。
尊前谁为唱阳关，离恨天涯远（阮）。

无奈云沉雨散（早），
凭阑干，东风泪眼（潸）。
海棠开后，燕子来时，黄昏庭院（霰）。

——［宋］王诜《忆故人》

冰肌玉骨，自清凉无汗（翰）。
水殿风来暗香满（早）。
绣帘开，一点明月窥人，人未寝，攲枕钗横鬓乱（翰）。

起来携素手，庭户无声，时见疏星渡河汉（翰）。
试问夜如何，夜已三更，金波淡，玉绳低转（铣）。
但屈指西风几时来，又不道流年暗中偷换（翰）。

——［宋］苏轼《洞仙歌》

春涨一篙添水面（霰）。
芳草鹅儿，绿满微风岸（翰）。
画舫夷犹湾百转（铣），横塘塔近依前远（阮）。

江国多寒农事晚（阮），
村北村南，谷雨才耕遍（霰）。
秀麦连冈桑叶贱（霰），看看尝面收新茧（铣）。

——［宋］范成大《蝶恋花》

我有五重深深愿（愿）。第一愿，且图久远（阮）。
二愿恰如雕梁双燕（霰）。岁岁后，长相见（霰）。

三愿薄情相顾恋（霰）。第四愿，永不分散（翰）。
五愿奴哥收因结果，做个大宅院。（霰）

——［宋］无名氏《雨中花》

君如梁上燕（霰），妾如手中扇（霰）。
团团青影双双伴（翰）。
秋来肠欲断（翰），秋来肠欲断（翰）。

黄昏泪眼，青山隔岸（翰）。但咫尺如天远（阮）。
病来只谢旁人劝（愿）。
龙华三会愿（愿），龙华三会愿（愿）。

——［宋］辛弃疾《东坡引》

绿杨丝绾（潸）。勒马处一程云栈（潸）。
慢伫想安排此夜，知入谁家泪眼（潸）。
试说与宿雨餐沙，三秋禁断闲箫管（旱）。
更止酒新盟，攀花密祝，青鬟偎人不暖（旱）。

向有限关河里，偏只见悲欢聚散（旱）。
记粉巾鸳字，歌裙凤缕，寻思误把归期缓（旱）。
不干缘浅（铣）。
要迷踪困影，山尖海角填情满（旱）。
自欢自惜，莫负风亭月馆（旱）。

——［清］曹溶《薄倖》

十三元部平仄通押的词：

晚秋天（先），
一霎微雨洒庭轩（元）。
槛菊萧疏，井梧零乱，惹残烟（先）。
凄然（先），望江关（删），
飞云黯淡夕阳间（删）。
当时宋玉悲感，向此临水与登山（删）。
远道迢递，行人凄楚，倦听陇水潺湲（元）。
正蝉鸣败叶，蛩响衰草，相应喧喧（元）。

孤馆度日如年（先）。
风露渐变，悄悄至更阑（寒）。
长天净，绛河清浅，皓月蝉娟（先）。
思绵绵（先）。
夜永对景，那堪屈指，暗想从前（先）。

未名未禄，绮陌红楼，往往经岁迁延（先）。

帝里风光好，当年少日，暮宴朝欢（寒）。
况有狂朋怪侣，遇当歌、对酒竞留连（先）。
别来迅景如梭，旧游似梦，烟水程何限（潸）。
念利名、憔悴长萦绊（翰）。
追往事，空惨愁颜（删）。
漏箭移，稍觉轻寒（寒）。
渐呜咽，画角数声残（寒）。
对闲窗畔，停灯向晓，抱影无眠（先）。

——［宋］柳永《戚氏》

明月别枝惊鹊，清风半夜鸣蝉（先）。
稻花香里说丰年（先），听取蛙声一片（霰）。

七八个星天外，两三点雨山前（先）。
旧时茅店社林边（先），路转溪桥忽见（霰）。

——［宋］辛弃疾《西江月·夜行黄沙道中》

第十四章　窄韵十四盐

韵的宽窄，在“三江”一节已经涉及。覃盐咸三韵，覃盐属窄韵，咸属险韵（依王力先生的观点）。本节既用十四盐通称三韵，故一概视为窄韵。

（一）十四盐部的使用情况

韵既窄，用的人就少，例子也不易找。以古诗而言，不论平韵仄韵，不论独押一韵还是三韵通押，除在《诗经》中可以查到几例外，在其他典籍中均很难发现。像王昌龄的《奉赠张荆州》独押咸韵，简直是凤毛麟角了：

祝融之峰紫云衔，翠如何其雪崭岩。
邑西有路缘石壁，我欲从之卧穹嵌。
鱼有心兮脱网罟，江无人兮鸣枫杉。
王君飞舄仍未去，苏耽宅中意遥缄。

再看词：

江南好，风景旧曾谙（覃）。
日出江花红胜火，春来江水绿如蓝（覃）。
能不忆江南（覃）。

——［唐］白居易《忆江南》

九曲池头三月三（覃），
柳毵毵（覃）。
香尘扑马喷金衔（咸），
涴春衫（咸）。

苦笋鲥鱼乡味美，梦江南（覃）。
阊门烟水晚风恬（盐），
落归帆（咸）。

——［宋］贺铸《梦江南》

白词独押覃韵，贺词三韵通押。然而，不论独押还是通押，两种词的例子都是少而又少的。相对应的仄韵词，情况更甚。

尽管如此，覃盐咸的用韵规律，亦如东冬、江阳、萧肴豪、庚青蒸等韵部一样，即古诗和词以三韵通押为主，独押一韵的少；近体诗的情况则相反。请读下面近体诗的例子：

（1）覃韵：

厌攀杨柳临清阁，闲采芙蕖傍碧潭。
走马台边人不见，拂云堆畔战初酣。

——［唐］王涯《秋思赠远二首》

柳叶鸣蜩绿暗，荷花落日红酣。
三十六陂春水，白头想见江南。

——［宋］王安石《题西太一宫壁》

风急啼乌未了，雨来战蚁方酣。
真是真非安在，人间北看成南。

——［宋］黄庭坚《次韵王荆公题西太一宫壁》

断云一片洞庭帆，玉破鲈鱼金破柑。
好作新诗寄桑苎，垂虹秋色满东南。（首句用咸韵）

——［宋］米芾《垂虹亭》

欲挽长条已不堪，都门无复旧毵毵。
此时愁杀桓司马，暮雨秋风满汉南。

——［明］高启《秋柳》

（2）盐韵：

黄昏犹作雨纤纤，夜静无风势转严。
但觉衾裯如泼水，不知庭院已堆盐。
五更晓色来书幌，半夜寒声落画檐。
试扫北台看马耳，未随埋没有双尖。

——［宋］苏轼《雪后书北台壁二首》

（3）咸韵：

同宿高斋换时节，共看移石复栽杉。
送君江浦已惆怅，更上西楼看远帆。

——［唐］韦应物《送王校书》

（4）十四盐部通押：

汴水日驰三百里，扁舟东下更开帆（咸）。
旦辞杞国风微北，夜泊宁陵月正南（覃）。
老树挟霜鸣窣窣，寒花垂露落毵毵（覃）。
茫然不悟身何处，水色天光共蔚蓝（覃）。

——［宋］韩驹《夜泊宁陵》

上述例子中，覃韵诗稍多，但常用的韵脚，也不过是南、酣、潭、毵几个字。尤其是“南”字，几乎离不开“江南”一词：

断肠春色在江南（韦庄《古离别》）
对床孤枕话江南（韦庄《寄江南逐客》）
白头想见江南（王安石《题西太一宫壁》）
且容残梦到江南（关澥《绝句二首》）
强言风物胜江南（吕本中《连州阳山归路》）
一年一度到江南（杨万里《初入淮河四绝句》）
忽听春雨忆江南（虞集《听雨》）
春风先我到江南（季达《过临江府》）
可怜江北望江南（吴骐《书李舒章诗后》）
载将春色过江南（陆娟《代父送人之新安》）
屏风十幅写江南（刘大櫆《西山》）
起看山色是江南（孙景贤《抵浦口》）

由此，也可见十四盐部之“窄”了。

（二）与十三元部的区别

覃盐咸三韵的韵母都是 an（含 ian、uan、üan，下同），与元寒删先相同，何以分成两部，彼此不许通押呢？关于此问题，大致同真文元（半）与侵的关系相仿。简言之，还是两个原因：

一是有意识地使各韵部大体均衡，字数相差不过分悬殊。韵母为 an 的字，在汉字中数量最多，比韵母为 en（含 in、uen、ün）的字（真文侵韵）还多许多。既然真文与侵分开没有什么困难，那么十三元部与十四盐部分开，也就更好理解了。

二是出于对传统的尊重和敬畏。这是中国诗人乃至文人一种重要的思维方式。请看近代诗人胡朝梁的两首七律：

人生快意是会合，尽日好风来东南。
芳塘半亩水清浅，茅屋一间人两三。
看水看山殊未厌，栽桑栽竹粗已谙。
青云可致不须致，我愿食贫如荠甘。

——《夏日即事》

双塘之水明如镜，一带垂杨青可攀。
得意醉而非醉候，游身材与不材间。
有时嚄唶仰天语，消得寻常负手闲。
幸有中年健腰脚，短衣匹马好还山。

——《夏居漫兴》

听起来，两首诗好像押同一韵，其实前一首用覃韵，后一首用删韵，界限严格。这种现象值得我们认真思考。

（三）与十三元部的有限通押

毕竟十四盐部与十三元部韵母相同，诗中不通押，词中却时相通押。这与词起于民间有关。请看下面几例：

漠漠春阴酒半酣（覃）。
风透春衫，雨透春衫（咸）。
人家蚕事欲眠三（覃）。
桑满筐篮，柘满筐篮（覃）。

先自离怀百不堪（覃）。
樯燕呢喃，梁燕呢喃（咸）。
篝灯强把锦书看（寒）。
人在江南，心在江南（覃）。

——［宋］无名氏《一剪梅》

全词以覃咸通押为主，杂一寒韵的“看”字。

明朝分手秋潭（覃），
霜清月皎波寒（寒）。
摇醒芦边归梦，一帆风送江南（覃）。

——［清］江昉《清平乐》（下阕）

三个韵脚，两个覃韵字夹一个寒韵字，应视为寒覃通押。

从十三元部的角度看，杂有十四盐部的情况更多。如姜夔著名的平韵《满江红》，寒删通押，下阕却有一“南”字：

仙姥来时，正一望，千顷翠澜（寒）。
旌旗共，乱云俱下，依约前山（删）。
命驾群龙金作轭，相从诸娣玉为冠（寒）。
向夜深，风定悄无人，闻佩环（删）。

神奇处，君试看（寒），
奠淮右，阻江南（覃）。
遣六丁雷电，别守东关（删）。
却笑英雄无好手，一篙春水走曹瞒（寒）。
又怎知，人在小红楼，帘影间（删）。

须知，覃属窄韵，词中虽只一个“南”字，亦应视为两部通押。又如稼轩词《南乡子·舟行记梦》：

欹枕橹声边（先）。
贪听咿哑聒醉眠（先）。
梦里笙歌花底去，依然（先）。
翠袖盈盈在眼前（先）。

别后两眉尖（盐）。
欲说还休梦已阑（寒）。
只记埋冤前夜月，相看（寒），
不管人愁独自圆（先）。

寒先通押中夹一盐韵的“尖”字，亦应视为十三元部与十四盐部通押。

如果我们认可这样的观点，那么在仄韵词中，两部通押的现象就更为常见了。如张炎的《解连环·孤雁》：

楚江空晚（阮）。
怅离群万里，恍然惊散（翰）。
自顾影、欲下寒塘，正沙净草枯，水平天远（阮）。
写不成书，只寄得，相思一点（琰）。
料因循误了，残毡拥雪，故人心眼（潸）。

谁怜旅愁荏苒（琰）。

谩长门夜悄，锦筝弹怨（愿）。
想伴侣，犹宿芦花，也曾念春前，去程应转（铣）。
暮雨相呼，怕蓦地，玉关重见（霰）。
未羞他，双雁归来，画帘半卷（铣）。

十个韵脚，八个属十三元部，两个（点、苒）属十四盐部的琰韵。

还有周邦彦的《过秦楼》《齐天乐》《拜星月慢》，刘过的《贺新郎》，姜夔的《踏莎行》，王沂孙的《南浦》《醉蓬莱》《长亭怨慢》，滕宾的《鹊桥仙》，徐未的《离亭燕》，王鹏运的《三姝媚》，文廷式的《永遇乐》，况周颐的《苏武慢》，等等，都是以十三元部仄声韵为主，通押十四盐部的一两个仄声字。

邑乡贤于华春先生有咏春柳的七律三首，韵脚限用覃韵的蚕、蓝、南、三、岚五字，且步韵，其难度可想而知。予甚爱之，录在下面，结束此篇。

输与桑柔去课蚕，赢来草色几分蓝。
清明雨细迷瓯北，村店客明送剑南。
谁唱阳关诗第二，自开眉样月初三。
笑渠常怕春风懒，镇日撩拖碧搅岚。

东风不爱理桑蚕，日向垂条刷翠蓝。
汉帝江山馀罨画，苏家楼阁压东南。
乡愁沉在北村北，诗稿呈于三月三。
可记灞桥留别处，枝头一例带朝岚。

要将眉样学春蚕，渲染枝头借水蓝。
佛海莺花倾塞北，儿家门巷在江南。
怀人楼畔条千万，送别桥边客两三。
懊恼春山遮不住，随风划破几重岚。

（2002 年 7 月 20 日）

十四盐部用字表

平声

［覃］覃菴鹌啽馣盦馣腤庵闇谙媕蚕鐕憯参骖聃耽酖担眈儋甔湛妉坩甘柑弇痁泔琀酣晗蚶含颔谽淦涵憨凾堪龛戡蓝婪岚篮襤楠南男三鬖毵

蕈探昙蟫醰罈镡锬倓贪馂痰惔郯潭澹沈谭谈驔喑簪篸賸

［简注］

覃 tán，长，《诗经·生民》：“实覃实訏，厥声载路。”又读 yǎn，见琰韵。

媕 ān，［媕婀］①依违取容，②犹豫不决。又读 yǎn，见琰韵。

鏨 cán，财甘切；又，锄咸切，并属咸韵；又读 zàn，并属感韵、琰韵、勘韵。

参 cān，参与、弹劾等义。又读 shēn、cēn，见侵韵。

担 dān，肩挑，担当。又读 dàn，见勘韵。

儋 dān，肩挑，承受。又读 dàn，见勘韵。

湛 dān，①喜乐，通“耽”，②徐缓。又读 zhàn，见豏韵。又读 chén，见侵韵。

弇 gān，又读 yǎn，并属琰韵，覆盖。又读 yān，见盐韵。

泔 gān，淘米水。又读 hàn，见感韵。

琀 hán；又，胡绀切，并属勘韵。

颔 胡男切，又读 hàn，并属感韵。

淦 hán，［淦澹］水深沉回旋貌。又读 gàn，见勘韵。

憨 hān；又，呼滥切，并属勘韵。

函 hán，胡男切；又，胡谗切，并属咸韵。

三 sān，数词。又读 sàn，见勘韵。

蕈 tán，芦苇类。又读 xùn，见寝韵。

探 他含切，又读 tàn，并属勘韵。

蟫 tán，又读 yín，并属侵韵，义同：蠹鱼。又读 xún，见侵韵。

罈 tán，今简化为“坛”，陶制的容器。坛，又见寒韵。

镡 tán，又读 xún，并属侵韵。

倓 tán；又，吐感切，并属感韵。

馂 tán，加剧，增加。又读 dàn，见勘韵。

澹 ①tán，［澹台］复姓。②dān，［澹林］古东北少数民族名。又读 dàn，见感韵、勘韵。

沈 tán，［沈沈］宫室深邃貌。又读 shěn，见寝韵。又读 chén，见侵韵。

驔 tán，［骖驔］，马行相属貌。又读 diàn，见琰韵。

喑 乌含切，又读 yín，并属侵韵，义同：①哑，通“瘖”，②忍受。又读 yìn，见沁韵。

簪 zān，又读 zēn，并属侵韵。
臜 zān，又读 zā。

［**盐**］盐砭觇蟾幨襜掂敁蒹歼尖兼鹣熸渐缣鬑奁蠊镰敛猃廉濂帘拈唸鲇鲶粘拑槧黔钳鍼钤箝签佥焊燂潜涔谦髯柟蚺苫痁甜恬添湉挦暹铦锨忺嫌纤严醃檐厌恹奄崦弇腌恹阉阎炎淹阽瞻占噡詹沾譫

［**简注**］
砭 biān；又，方艳切，并属艳韵。
觇 chān；又，丑艳切，并属艳韵。
幨 chān，车帷，床帐。又读 chàn，见艳韵。
襜 chān；又，昌艳切，并属艳韵。
兼 jiān；又，古念切，并属艳韵。
渐 jiān，流入、浸渍、沾湿等义。又读 jiàn，见琰韵。又读 chán，见咸韵。
敛 lián，［敛盂］古邑名。又读 liǎn，见琰韵。
猃 离盐切，音廉；又读 xiǎn，并属琰韵、艳韵。
拈 niān，奴兼切；又，职琰切，并属琰韵。
唸 牛廉切，又读 yǎn，并属琰韵、艳韵。
槧 千廉切，又读 qiàn，并属琰韵、艳韵；又读 zàn，并属感韵。
黔 qián；又，巨金切，并属侵韵。
鍼 qián，［鍼虎］人名。又读 zhēn，见侵韵。
燂 qián，用滚水烫过的半熟的肉；火烧。又读 yàn，见艳韵。
潜《辞源》、《辞海》俱读 qián。《汉语大词典》："qián，《广韵》昨盐切，平盐，从。又慈艳切，去艳，从。"《康熙字典》在平声义下有"藏也"一解；在各种平声义后曰："并慈艳切，义同。一曰伏流。"《中华大字典》在平声义下有"伏也"一解；在去声义下曰："藏也。一曰伏流。见《集韵》。"今参各家之说，并考时人口语多读作 qiǎn，故采用《康熙字典》和《汉语大字典》之说。
涔 qián，聚柴于水中捕鱼。又读 cén，见侵韵。
苫 shān，茅苫编的覆盖物。又读 shàn，见艳韵。
痁 shān，又读 diàn，并属艳韵。
焊 徐廉切，又读 xún，并属侵韵。
纤 xiān，细小。又读 qiàn，见霰韵。

厌 yān，［厌厌］安静，和悦。又读 yàn，见艳韵；又读 yā，见叶韵、洽韵。

奄 yān，气息微弱。又读 yǎn，见琰韵。

崦、阉 yān；又，衣检切，并属琰韵。

弇 yān，山名。又读 gān，见覃韵；又读 yǎn，见琰韵。

腌 yān；又，又业切，并属叶韵；今读 ā，又读 ān。《汉语大词典》由腌字组成的 12 个词条，11 个读 ā。

阽 yán，又读 diàn，并属艳韵。

占 zhān，占卜、选择、占据等义。占据、占领之义，平仄两属。如罗隐七绝《蜂》："不论平地与山尖，无限风光尽被占。采得百花成蜜后，为谁辛苦为谁甜。"此诗中之占字，只能作占有解，只能读平声。又见艳韵。

［**咸**］咸欃鏨搀巉镵獑毚劖馋渐瀺谗帆凡氾艦函堿椷监缄喃嵌鸽芟杉彡衫掺衔岩黯

［**简注**］

鏨 cán，锄咸切；又，财甘切，并属覃韵；又读 zàn，并属感韵、琰韵、勘韵。

巉、瀺 俱读 chán；又，士减切，并属豏韵。

渐 chán，同"巉"，叠用，《诗经》有《渐渐之石》一篇。又读 jiān，见盐韵；又读 jiàn，见琰韵。

谗 chán；又，士忏切，并属陷韵。

帆 fān，船上利用风力的布篷。又读 fàn，见陷韵。

函 hán，胡谗切；又，胡男切，并属覃韵。

监 jiān，①监察，②掌管，③牢狱。又读 jiàn，见陷韵。

嵌 qiān，又读 qiàn，并属感韵。

彡 shān，［彡彡］散乱貌。又读 xiǎn，见琰韵。

掺 xiān，［掺掺］女子手纤美貌。又读 shǎn，见豏韵；又读 càn，见勘韵；又读 sēn，见侵韵。

黯 乙咸切，又读 àn，并属豏韵。

上声

［**感**］感揞唵黲憯惨毵萏啖黮黕胆憺澹淡禫统橄赣敢菡撼喊颔颐阚泔

坎砍轗轁壈榄揽览罱蝻椠嵌槮糁菼醓忐喷毯倓錾昝

［简注］

啖 dàn，徒览切；又，徒滥切，并属勘韵。

黮 dǎn，深黑。又读 tàn，见勘韵。

澹 dàn，徒敢切；又，徒滥切，并属勘韵。义同：安静。又读 tán、dān，见覃韵。

淡 dàn，徒敢切；又，徒滥切，并属勘韵。义同：浓之反义。又读 yǎn，见琰韵；又读 yàn，见艳韵。

赣 gǎn，箱子。又读 gōng，见东韵。

颔 hàn；又，胡男切，并属覃韵。

阚 hǎn，虎览切；又，火斩切，并属豏韵；许鉴切，并属陷韵。义同：虎怒貌。又读 kàn，见勘韵。

泔 hàn，［泔淡］盛满。又读 gān，见覃韵。

椠 zàn，又读 qiàn，并属琰韵、艳韵；又，千廉切，并属盐韵。

嵌 qiàn，又读 qiān，并属咸韵。

槮 sǎn，积柴水中以诱捕鱼。又读 shēn，见侵韵。

倓 吐感切，又读 tán，并属覃韵。

錾 zàn，才敢切；又，慈染切，并属琰韵；昨滥切，并属勘韵；又读 cán，并属覃韵、咸韵。

［琰］琰贬谄玷蔵点簟驔检捡睑俭渐蔹敛脸潋拈捻芡椠嗛慊歉苒冉染闪剡陕栝舔忝崄彡猃险覃湒魇奄掩罨唵崦俨弇阉渰淡剡扊嬐錾崭飐

［简注］

琰 yǎn，美玉名。

簟 diàn，徒点切；又，徒念切，并属艳韵。

驔 diàn，脚胫上有白色长毛的马。又读 tán，见覃韵。

渐 jiàn，逐步、逐渐等义。又读 jiān，见盐韵。又读 chán，见咸韵。

敛 liǎn，收聚。又读 lián，见盐韵。

潋 liàn，力冉切；又，力验切，并属艳韵。

拈 职琰切，又读 niān，奴兼切，并属盐韵。

捻 niǎn，①用指揉搓，②［捻军］清代农民起义军。又读 niē，见屑韵、叶韵。

堑 qiàn，疾染切；又，七艳切，并属艳韵；又读 zàn，并属感韵；又，千廉切，并属盐韵。

慊 qiàn，①怨恨，②不足，③羡慕。又读 qiè，见叶韵。

歉 qiàn，苦簟切；又，口减切，并属豏韵；口陷切，并属陷韵。

栝 tiǎn，又读 tiàn，并属艳韵，拨火棍。又读 kuò，见曷韵。

彡 xiǎn，［彡姐（zǐ）］汉代少数民族，属陇西羌。又读 shān，见咸韵。

猃 xiǎn，虚检切；又，力验切，并属艳韵；离盐切，并属盐韵。

覃 yǎn，通“剡”，锋利。《诗经・大田》：“以我覃耜，俶载南亩。”又读 tán，见覃韵。

魇 yǎn；又，益涉切，并属叶韵。

奄 yǎn，覆盖、忽然等义。又读 yān，见盐韵。

唫 yǎn，鱼检切；又，鱼窆切，音验，并属艳韵；牛廉切，并属盐韵。

崦 衣检切，又读 yān，并属盐韵。

弇 yǎn，又读 gān，并属覃韵，覆盖。又读 yān，见盐韵。

阉 衣检切，又读 yān，并属盐韵。

淡 yǎn，［淡淡］水势平满貌。又读 yàn，见艳韵；又读 dàn，见勘韵。

媕 yǎn，美。又读 ān，见覃韵。

錾 zàn，慈染切；又，才敢切，并属感韵；昨滥切，并属勘韵；又读 cán，并属覃韵、咸韵。

［豏］豏黯巉瀺范犯阚槛轞舰减歉掺黵斩湛

［简注］

豏 xiàn，下斩切。豆半生。又见陷韵。

黯 àn；又，乙咸切，并属咸韵。

巉、瀺 俱士减切，又读 chán，并属咸韵。

阚 hǎn，火斩切；又，虎览切，并属感韵；许鉴切，并属陷韵。义同：虎怒貌。又读 kàn，见勘韵。

歉 qiàn，口减切；又，苦簟切，并属琰韵；口陷切，并属陷韵。

掺 shǎn，持、执。又读 càn，见勘韵；又读 xiān，见咸韵。又读 sēn，见侵韵。

湛 zhàn，①清澈，②露浓貌。又读 dān，见覃韵。又读 chén，见侵韵。

去声

［勘］勘暗摻担啖儋饮澹淡赣淦绀琀憾憨瞰阚滥缆三探赕黮暂錾

［简注］

勘 苦绀切，今读 kān。

摻 càn，［摻挝］古鼓曲。又读 shǎn，见豏韵；又读 xiān，见咸韵；又读 sēn，见侵韵。

担 dàn，①担子、扁担，②量词。又读 dān，见覃韵。

啖 dàn，徒滥切；又，徒览切，并属感韵。

儋 dàn，①量词，两石为儋，②小口大肚的瓦瓶。又读 dān，见覃韵。

饮 dàn，饼类食品。又读 tán，见覃韵。

澹 dàn，徒滥切；又，徒敢切，并属感韵。义同：安静。又读 tán、dān，见覃韵。

淡 dàn，徒滥切；又，徒敢切，并属感韵。义同：浓之反义。又读 yǎn，见琰韵；又读 yàn，见艳韵。

赣 gàn，江西简称。又读 gòng，见送韵。

淦 gàn，水名，赣江支流。又读 hán，见覃韵。

琀 胡绀切，又读 hán，并属覃韵。

憨 呼滥切，又读 hān，并属覃韵。

阚 kàn，窥视。又读 hǎn，见感韵、豏韵、陷韵。

三 sàn，多次，再三。又读 sān，见覃韵。

探 tàn，又，他含切，并属覃韵。

黮 tàn，［黮暗］不明貌。又读 dǎn，见感韵。

錾 zàn，昨滥切；又，才敢切，并属感韵；才染切，并属琰韵；又读 cán，并属覃韵、咸韵。

［艳］艳俺窆觇蟾襜坫垫簟店痁惦阽砭僭兼殓潋埝念堑椠潜苫掞赡栝
掭猃酽厌餍唫焰焖焱滟淡验占

［简注］

俺 ǎn，於赡切；又，於剑切，并属陷韵。

觇 丑艳切，又读 chān，并属盐韵。
幨 chàn，衣襟。又读 chān，见盐韵。
襜 昌艳切，又读 chān，并属盐韵。
簟 diàn，徒念切；又，徒点切，并属琰韵。
痁 diàn，又读 shān，并属盐韵。
阽 diàn，又读 yán，并属盐韵。
砭 方艳切，又读 biān，并属盐韵。
兼 古念切，又读 jiān，并属盐韵。
潋 liàn，力验切；又，力冉切，并属琰韵。
椠 qiàn，七艳切；又，疾染切，并属琰韵；又读 zàn，并属感韵；又，千廉切，并属盐韵。
潜 慈艳切，又读 qián。详见盐韵注。
苫 shàn，覆盖、遮盖。又读 shān，见盐韵。
栝 tiàn，又读 tiǎn，并属琰韵，拨火棍。又读 kuò，见曷韵。
猃 xiǎn，力艳切；又，虚检切，并属琰韵；离盐切，并属盐韵。
厌 yàn，憎恶，厌倦。又读 yān，见盐韵。又读 yā，见叶韵、洽韵。
噞 yǎn，鱼窆切，音验；又，鱼检切，并属琰韵；又，牛廉切，并属盐韵。
爓 yàn，火焰。又读 qián，见盐韵。
淡 yàn，［淡淡］隐隐约约。又读 yǎn，见琰韵；又读 dàn，见感韵、勘韵。
占 zhàn，占领、占据、位居等义。又读 zhān，见盐韵。

［**陷**］陷俺忏谗梵帆泛汎阚监鉴剑欠歉豏钐馅蘸赚站

［**简注**］
俺 ǎn，於剑切；又，於赡切，并属艳韵。
谗 士忏切，又读 chán，并属咸韵。
帆 fàn，张帆行驶。又读 fān，见咸韵。
阚 hǎn，许鉴切；又，虎览切，并属感韵；火斩切，并属豏韵。义同：虎怒貌。又读 kàn，见勘韵。
监 jiàn，①古官名，②太监。又读 jiān，见咸韵。
歉 qiàn，口陷切；又，苦簟切，并属琰韵；口减切，并属豏韵。
豏 xiàn，乎韽切。饼中的豆馅。又见豏韵。

诗词例证

（一）古诗

覃韵古诗：

盗言孔甘，乱是用餤。

——《诗经·小雅·巧言》

雁还高柳北，春归洛水南。日照茱萸领，风摇翡翠篸。
桑间视欲暮，闺里遽饥蚕。相思君助取，相望妾那堪。

——［南朝·梁］姚翻《同郭侍郎采桑诗》

秦关望楚路，灞岸想江潭。几人应落泪，看君马向南。

——［北周］庚信《和侃法师三绝》

盐韵古诗：

终朝采蓝，不盈一襜。五日为期，六日不詹。（首句用覃韵）

——《诗经·小雅·采绿》

覃盐咸通押的古诗：

泰山岩岩（咸），鲁邦所詹（盐）。

——《诗经·鲁颂·闷宫》

乱之初生，僭始既涵（覃）。乱之又生，君子信谗（咸）。

——《诗经·小雅·巧言》

感韵古诗：

大车槛槛，毳衣如菼。岂不尔思，畏子不敢。（首句用豏韵）

——《诗经·王风·大车》

琰韵古诗：

皋皋訿訿，曾不知其玷。
兢兢业业，孔填不宁，我位孔贬。

——《诗经·大雅·召旻》

感琰通押的古诗：

彼泽之陂，有蒲菡萏（感）。有美一人，硕大且俨（琰）。

——《诗经·陈风·泽陂》

（二）近体诗

覃韵近体诗：

夕照红于烧，晴空碧胜蓝。兽形云不一，弓势月初三。
雁思来天北，砧愁满水南。萧条秋气味，未老已深谙。

——［唐］白居易《秋思》

晴烟漠漠柳毵毵，不那离情酒半酣。
更把玉鞭云外指，断肠春色在江南。

——［唐］韦庄《古离别》

凭陵岁月固难堪，食蘖多来味却甘。
时雨才闻遍中外，卧龙相继起东南。
天边鹤驾瞻仙袂，云里诗笺带海岚。
重见门生应不识，雪髯霜鬓两毵毵。

——［宋］李之仪《次韵东坡还自岭南》

屏风围坐鬓毵毵，绛蜡摇光照暮酣。
京国多年情尽改，忽听春雨忆江南。

——［元］虞集《听雨》

西山过雨染朝岚，千尺平冈百顷潭。
啼鸟数声深树里，屏风十幅写江南。

——［清］刘大櫆《西山》

十分学七要抛三，各有灵苗各自探。
当面石涛还不学，何能万里学云南？

——［清］郑燮《题画》

盐韵近体诗：

不论平地与山尖，无限风光尽被占。
采得百花成蜜后，为谁辛苦为谁甜。

——［唐］罗隐《蜂》

梦兰前事悔成占，却羡归飞拂画檐。

锦瑟惊弦愁别鹤，星机促杼怨新缣。
舞腰罢试收纨袖，博齿慵开委玉奁。
几夕离魂自无寐，楚天云断见凉蟾。

——［宋］杨亿《代意二首》

怕碍清风入，丁宁莫下帘。地皆宜避暑，人自要趋炎。
竹色水千顷，松声风四檐。此中有幽致，多取未伤廉。

——［宋］真山民《山亭避署》

牛羊散漫落日下，野草生香乳酪甜。
卷地朔风沙似雪，家家行帐下毡帘。

——［元］萨都剌《上京即事五首》

冒雨去阳朔，沿途异景瞻。几程漓水曲，万点桂山尖。
船下湍无碍，车迴路不沾。地方在跃进，胜迹更时添。

——董必武《游阳朔》

咸韵近体诗：

炉峰绝顶楚云衔，楚客东归栖此岩。
彭蠡湖边香橘柚，浔阳郭外暗枫杉。
青山不断三湘道，飞鸟空随万里帆。
常爱此中多胜事，新诗他日伫开缄。

——［唐］刘长卿《送孙逸归庐山得帆字》

乘兴南游不戒严，九重谁省谏书函。
春风举国裁宫锦，半作障泥伴作帆。（首句用盐韵）

——［唐］李商隐《隋宫》

当年乘醉举归帆，隐隐前山日半衔。
好是满江涵返照，水仙齐著谈红衫。

——［宋］李觏《忆钱塘江》

谁栽瑶草满仙岩，误被风师半夜芟。
松盖擎高鸦乱扑，梅花压倒鹤争衔。
贫愁猎酒嫌僧访，醉劝烹茶笑客馋。
我自爱充裴子野，朗吟佳句代瑶函。

——［清］于华春《雪十三首》

覃盐咸通押的近体诗：

曾作关中客，频经伏毒岩（咸）。晴烟沙苑树，晚日渭川帆（咸）。
昔是青春貌，今悲白雪髯（盐）。郡楼空一望，含意卷高帘（盐）。

——［唐］刘禹锡《贞元中侍郎舅氏牧华州时余再忝科第前后……因成篇题旧寺》

昔闻南国容华少，今日东邻姊妹三（覃）。
妆阁相看鹦鹉赋，碧窗应绣凤凰衫（咸）。
红芳满院参差折，绿醑盈杯次第街（咸）。
恐向瑶池曾作女，谪来尘世未为男（覃）。
文姬有貌终堪比，西子无言我更惭（覃）。
一曲艳歌琴杳杳，四弦轻拨语喃喃（咸）。
当台竞斗青丝发，对月争夸白玉簪（覃）。
小有洞中松露滴，大罗天上柳烟含（覃），
但能为雨心长在，不怕吹箫事未谙（覃）。
阿母几嗔花下语，潘郎曾向梦中参（覃）。
暂持清句魂犹断，若睹红颜死亦甘（覃）。
怅望佳人何处在，行云归北又归南（覃）。

——［唐］鱼玄机《光威裒姊妹三人少孤而始妍乃有是作精粹难俦虽谢家联雪何以加之有客自京师来者示予因次其韵》

风头才北忽成南（覃），转眼黄田到谢潭（覃）。
仿佛一峰船外影，褰帏急看紫巉岩（咸）。

——［宋］杨万里《舟过谢潭三首》

诗人安得有青衫（咸），今岁和戎百万缣（盐）。
从此西湖休插柳，剩栽桑树养吴蚕（覃）。

——［宋］刘克庄《戊辰即事》

日西江口落征帆（咸），却望城楼泪满衫（咸）。
从此梦归无别路，破头山北北山南（覃）。

——［宋］王安石《江宁夹口二首》

（三）词

覃韵词：

亭亭画舸系春潭，直到行人酒半酣。

不管烟波与风雨，载将离恨过江南。

——［宋］郑文宝《柳枝词》

日丽花酣。土风清润，到处幽探。
石坞支筇，水村唤渡，沙岸乘篮。

渔罾蟹簖澄潭。痕一抹，烟梢嫩岚。
稻饭红莲，莼羹碧涧，好个江南。

——［清］马曰琯《柳梢青·效许圭塘体》

盐韵词：

晓日压重檐。斗帐春寒起未忺。
天气困人梳洗懒，眉尖。淡画春山不喜添。

闲把绣丝挦。认得金针又倒拈。
陌上游人归也未，恹恹。满院杨花不卷帘。

——［宋］孙道绚《南乡子·春闺》

十步宫香出绣帘，恼人帘底月纤纤。
五花骄马垂杨渡，孤负仙郎侧帽檐。

秋澹澹，酒厌厌，新诗和恨入香奁。
相思恰似鸳鸯锦，一夜新凉一夜添。

——［金］元好问《鹧鸪天·效朱希真体》

要饮香津，唾尽稠粘。将华池，神水相兼。
东西浇溉，上下抽添。便景星呈，明月正，太阳暹。

渐入亨通，方识甘甜。器珍成，不用锤钤。
闲中转寂，静里加恬。得住晴空，居物外，出山尖。

——［金］王哲《行香子》

熊罴佳兆应神签，何必梦中占。
看取隆颀犀角，不愁长守齑盐。

今朝满晬，诸般排比，笔墨先拈。
休道添丁无用，能教乃祖掀髯。

——［元］蒲道源《朝中措·张允济子满晬》

覃盐咸通押的词：

小桃灼灼柳鬖鬖（覃），春色满江南（覃）。

雨晴风暖烟淡，天气正醺酣（覃）。

山泼黛，水挼蓝（覃），翠相搀（咸）。
歌楼酒旆，故故招人，权典青衫（咸）。

——［宋］黄庭坚《诉衷情》

一曲吴歌酒半酣（覃），声声字字是江南（覃）。
书凭仙苑青鸾递，花助妆楼粉蝶衔（咸）。

飞燕瘦，宝儿憨（覃）。已妍还慧更岩岩（咸）。
无因剪得湘江水，与蘸春云作舞衫（咸）。

——［元］张翥《鹧鸪天·为朱氏小妓绣莲赋》

春柳暮烟含（覃），燕醉莺酣（覃）。
飘绵舞絮恨相兼（盐）。
雨打风吹收不了，又上眉尖（盐）。

系马弄金衔（咸），斜日厌厌（盐）。
梦中归路又谁谙（覃）。
渺渺茫茫花一簇，说是江南（覃）。

——［清］张台柱《浪淘沙·咏烟》

感琰豏勘艳陷通押的词：

春艳艳（艳），江上晚山三四点（琰），
柳丝如剪花如染（琰）。
香闺寂寂门半掩（琰），愁眉敛（琰），
泪珠滴破胭脂脸（琰）。

——［南唐］冯延巳《归自谣》

举头西北浮云，倚天万里须长剑（陷）。
人言此地，夜深长见，斗牛光焰（艳）。
我觉山高，潭空水冷，月明星淡（感）。
待燃犀下看，凭栏却怕，风雷怒，鱼龙惨（感）。

峡束苍江对起，过危楼，欲飞还敛（琰）。
元龙老矣，不妨高卧，冰壶凉簟（琰）。
千古兴亡，百年悲笑，一时登览（感）。
问何人又卸，片帆沙岸，系斜阳缆（勘）。

——［宋］辛弃疾《水龙吟·过南剑双溪楼》

澹烟横，层雾敛（琰）。胜概分雄占（艳）。
月下鸣榔，风急怒涛飐（琰）。
关河无限清愁，不堪临鉴（陷）。
正霜鬓，秋风尘染（琰）。

漫登览（感）。极目万里沙场，事业频看剑（陷）。
古往今来，南北限天堑（艳）。
倚楼谁弄新声，重城正掩（琰）。
历历数，西州更点（琰）。

——［宋］岳珂《祝英台近·北固亭》

凭画槛（豏），雨洗秋浓人淡（感）。
隔水残霞明冉冉（琰），小山三四点（琰）。

艇子几时同泛（陷）？待折荷花临鉴（陷）。
日日绿盘疏粉艳（艳），西风无处减（豏）。

——［清］厉鹗《谒金门·七月既望湖上雨后作》

沙外斜阳车影淡（感），
红杏深深，人语黄茅店（艳）。
陌上马尘吹又暗（勘），柳花风里征衣减（豏）。

屋后筝弦莺语艳（艳）。
浊酒孤琴，门对春寒掩（琰）。
鸦背残霜侵短剑（陷），纸窗梦破疏灯飐（琰）。

——［清］蒋春霖《蝶恋花·北游道上》

十四盐部平仄通押的词：

不在拳头指上，何劳眼尾眉尖（盐）。
本来一点要安恬（盐），点缀丝毫即玷（琰）。

莫殢蒲团竹椅，休耽象轴牙签（盐）。
此心冥处贯洪纤（盐）。妙用头头有验（艳）。

——［元］姬翼《西江月》

第十五章　入声开端十五屋

十五屋部是词韵的序列。在诗韵中，一屋二沃，是十七个入声韵的开端。

（一）何为入声

何为入声？今人很感困惑，北方人尤甚。《康熙字典》云：“平声平道莫低昂，上声高呼猛烈强。去声分明哀远道，入声短促急收藏。”短是多长？急为何状？《新华字典》中，“屋”与“乌”的读音并无分别，一例标作 wū，但“乌”属平声，“屋”却为仄声。而且，困惑犹不止此。同属仄声的“午”“务”等字，却不得与“屋”相押，因为“屋”又属入声，而“午”“务”分属上声、去声。上声、去声之间可以互押，但不得与入声互押。

简单地说，入声是一种特殊的、带有方言色彩、一发即收的一种声调。其特点有四：

（1）音短而急，许多字的声调具有不确定性。如“七”“八”两个字，仅北方方言就有一声、二声、三声三种读法。

（2）属仄声，却不得与上去声通押，当然更不得与平声通押。

（3）普通话四声中都有入声。以屋沃二韵为例，如：叔、孰、蜀、束四字，普通话分别标作一、二、三、四声，却全属入声，即上声、去声之外的第三种仄声。

（4）入声字的韵母只限于 ɑ（含 iɑ、uɑ）、o（含 uo）、e（含 ie、üe）、i（含 zh、ch、sh、r、z、c、s 的韵母－i）、u、ü 六种。屋、沃二韵中的字，韵母即为 u、ü。

（二）十五屋部的韵母和押屋沃韵的诗词

在入声五大韵部中，十五屋部的韵母是最简单的，只有 u 和 ü。u、ü 通押的道理，在前面“七虞”一节已说过，本节不再重复。有少数字，韵母为 ou 或 uo，推其最初的反切标音法，韵母也应是 u 或 ü。如韵目用字“沃”，今读 wò，反切标为乌酷切，显然应读 wù。又如“六”，力竹切，应读 lù；“肉”，如六切，“六”的韵母既为u，“肉”的韵母自然也应是u，应读rù。还有“粥”“嗾”“缩”“啄”等字，都是这样。

《文心雕龙》的作者刘勰认为，《吴越春秋》中的一篇《弹歌》，是黄帝时的歌谣；果然如此，那就是中国最早的诗了。这首诗押的就是屋韵：

断竹，续竹。
飞土，逐肉。

黄帝时代，传说史官仓颉始造书契文字。由此可见，入声的历史是很古老的。

由于近体诗以押平声韵为通例，故押入声韵的诗，只有古诗和词二种。词中亦无平入通押之体。古诗中有独押屋韵或沃韵的，也有屋沃通押的，后者似乎更多一些；而填词，则基本上都是屋沃通押的。

《诗经》中押屋韵的诗篇，有《正月》《小宛》等。如：

忧心茕茕，念我无禄。
民之无辜，并其臣仆。
哀我人斯，于何从禄。
瞻乌爰止，于谁之屋。

这是《小雅·正月》的第三节。南朝宋诗人鲍照的《拟古八首》之三也是独押屋韵的：

幽并重骑射，少年好驰逐。
毡带佩双鞬，象弧插雕服。
兽肥春草短，飞鞚越平陆。
朝游雁门上，暮还楼烦宿。
石梁有余劲，惊雀无全目。
汉虏方未和，边城屡翻覆。
留我一白羽，将以分符竹。

独押沃韵的诗，以陶渊明的《归田园居五首》之五为例：

怅恨独策还，崎岖历榛曲。
山涧清且浅，遇以濯吾足。
漉我新熟酒，只鸡招近局。
日入室中暗，荆薪代明烛。
欢来苦夕短，已复至天旭。

屋沃通押的诗，有《诗经》中《行露》《野有死麕》《墙有茨》《汾沮洳》《黄鸟》等篇的部分章节，《古诗十九首》之十二，左芬的《啄木诗》，张协的《杂诗十首》之一、之四，杜甫的《佳人》，柳宗元的《渔翁》，聂夷中的《伤田家》，梅尧臣的《田家语》，苏试的《书林逋诗后》，高启的《水上盥手》，张问陶的《丰都山》，等等。其中最有名的，是唐代聂夷中的《伤田家》：

二月卖新丝，五月粜新谷（屋）。
医得眼前疮，剜却心头肉（屋）。
我愿君王心，化作光明烛（沃）。
不照绮罗筵，只照逃亡屋（屋）。

最有名的词，应属王荆公的《桂枝香》：

登临送目（屋），
正故国晚秋，天气初肃（屋）。
千里澄江似练，翠峰如簇（屋）。
征帆去棹残阳里，背西风酒旗斜矗（屋）。
彩舟云淡，星河鹭起，画图难足（沃）。

念往昔，繁华竞逐（屋）。
叹门外楼头，悲恨相续（沃）。
千古凭高对此，谩嗟荣辱（沃）。
六朝旧事随流水，但寒烟衰草凝绿（沃）。
至今商女，时时犹唱，后庭遗曲（沃）。

（三）十五屋部与其他入声韵部的关系

押屋沃韵的诗词，偶有觉、药、职、锡等韵的字掺入韵脚。其中最常见的是觉韵的浊、岳、觉、角、剥、爆、朔等字，职韵的国、北、织等字，还有锡韵的笛字。

1. 浊、岳

汉代郦炎的《见志诗二首》其一：

大道夷且长，窘路狭且促（沃）。
修翼无卑栖，远趾不步局（沃）。
舒吾陵霄羽，奋此千里足（沃）。
超迈绝尘驱，倏忽谁能逐（屋）。

贤愚岂尝类，禀性在清浊（觉）。
富贵有人籍，贫贱无天录（沃）。
通塞苟由己，志士不相卜（屋）。
陈平敖里社，韩信钓河曲（沃）。
终居天下宰，食此万钟禄（屋）。
德音流千载，功名重山岳（觉）。

通篇押屋沃韵，只有浊、岳二字属觉韵。浊，直角切，音濯。岳，逆角切，音鹫。二字古音与今音相同，韵母都不是 u 或 ü。杜甫诗《佳人》十二韵，十一字属屋沃通押，只有一“浊”字属觉韵：

绝代有佳人，幽居在空谷（屋）。
自云良家子，零落依草木（屋）。
关中昔丧乱，兄弟遭杀戮（屋）。
官高何足论，不得收骨肉（屋）。
世情恶衰歇，万事随转烛（沃）。
夫婿轻薄儿，新人美如玉（屋）。
合昏尚知时，鸳鸯不独宿（屋）。
但见新人笑，那闻旧人哭（屋）。
在山泉水清，出山泉水浊（觉）。
侍婢卖珠回，牵萝补茅屋（屋）。
摘花不插发，采柏动盈掬（屋）。
天寒翠袖薄，日暮倚修竹（屋）。

2. 觉

陶渊明的《拟挽歌词三首》其一：

有生必有死，早终非命促（沃）。
昨暮同为人，今旦在鬼录（沃）。
魂气散何之，枯形寄空木（屋）。
娇儿索父啼，良友抚我哭（屋）。
得失不复知，是非安能觉（觉）。
千秋万岁后，谁知荣与辱（沃）。
但恨在世时，饮酒不得足（沃）。

觉字此处作觉察解，正属觉韵。古岳切，音角，古音、今音相同，韵母不是 u、ü。

3. 角、爆、剥、朔

清代张问陶诗《丰都山》：

死人大笑生人哭（屋），浪指丰都作地狱（沃）。
凿山起殿山为缩（屋），殿中沉沉暗如椟（屋）。
人来惊拜僧灭烛（沃），阎罗怖人悍双目（屋）。
鬼卒狰狞头有角（觉），长枷大杻堆成屋（屋）。
锯声辚辚火声爆（觉），刀锯鼎镬恣烹剥（觉）。
椎扬磨转碓可筑（屋），毒蛇满河方食肉（屋）。
雪山晶莹差不俗（沃），蹋凌一滑冰穿腹（屋）。
男跃女跪婴儿伏（屋），照眼骷髅千万束（沃）。
九州茫茫人鬼畜（屋），一山收之无不足（沃）。
万里遐哉南与朔（觉），极天况有要荒服（屋）。
洎乎一死全入蜀（沃），蜀人便之来亦速（屋）。
东走瞿塘北褒谷（屋），众鬼争来声肃肃（屋）。
近者牵扶远者逐（屋），呼号叫跳想归宿（屋）。
千头万头猛于镞（屋），蜀哉蜀哉鬼之鹄（沃）。
殿前古井谁敢黩（屋），纸钱下飞如转毂（屋）。
通神使鬼罪可赎（沃），鬼无心肝神有欲（沃）。
大杖年年易新竹（屋），聚人无算供敲扑（屋）。
山僧踞寺狠如蝮（屋），王不答之讶其秃（屋）。
吁嗟乎，九幽功罪无荣辱（沃），
土偶安之作威福（屋）。
君不见，方平洞口仙云绿（沃）。

该诗句句押韵，殊不易也。39 个韵脚，屋韵 24，沃韵 11，觉韵 4，应视为屋沃觉三韵通押。四个觉韵字的反切标音分别为：

角，讫岳切，音觉；
爆，北解切，音剥；
剥，北解切，音驳；
朔，色角切，音槊。

也就是说，四个字的古音与今音是一致的，韵母均不是 u 或 ü。

4. 北、织

五代孙光宪词《风流子》：

茅舍槿篱溪曲（沃），
鸡犬自南自北（职）。
菰叶长，水葓开，门外春波涨绿（沃）。
听织（职），
声促（沃），
轧轧鸣梭穿屋（屋）。

小令虽短，却有六个韵脚。北、织两个职韵字：北，必墨切，读如 bò；织，质力切，音职。韵母均不是 u、ü。

姜夔的名篇《疏影》用屋沃韵，韵脚上却也有一个“北”字：

苔枝缀玉（沃），
有翠禽小小，枝上同宿（屋）。
客里相逢，篱角黄昏，无言自倚修竹（屋）。
昭君不惯胡沙远，但暗忆江南江北（职）。
想佩环，月夜归来，化作此花幽独（屋）。

犹记深宫旧事，那人正睡里，飞近蛾绿（沃）。
莫似春风，不管盈盈，早与安排金屋（屋）。
还教一片随波去，又却怨玉龙哀曲（沃）。
等恁时，重觅幽香，已入小窗横幅（屋）。

5. 国

周邦彦词《大酺·春雨》：

对宿烟收，春禽静，飞雨时鸣高屋（屋）。
墙头青玉旆，洗铅霜都尽，嫩梢相触（沃）。
润逼琴丝，寒侵枕障，虫网吹黏帘竹（屋）。
邮亭无人处，听檐声不断，困眠初熟（屋）。
奈愁极频惊，梦轻难记，自怜幽独（屋）。

行人归意速（屋）。
最先念，流潦妨车毂（屋）。
无奈向、兰成憔悴，卫玠清羸，等闲时、易伤心目（屋）。
未怪平阳客，双泪落，笛中哀曲（沃）。

况萧索，青芜国（职）。
红糁铺地，门外荆桃如菽（屋）。
夜游共谁秉烛（沃）?

除“国”字外，通篇屋沃通押。国，古或切，与今音同，属职韵。韵母不是u、ü。

6. 笛

黄庭坚词《念奴娇·八月十七日同诸生步自永安城楼过张宽夫园待月偶有名酒因以金荷酌众客客有孙彦立善吹笛援笔作乐府长短句不加点》:

断虹霁雨，净秋空，山染修眉新绿（沃）。
桂影扶疏，谁便道，今夕清辉不足（沃）。
万里青天，姮娥何处，驾此一轮玉（沃）。
寒光零乱，为谁偏照醽醁（沃）。

年少从我追游，晚凉幽径，绕张园森木（屋）。
共倒金荷，家万里，难得尊前相属（沃）。
老子平生，江南江北，最爱临风笛（锡）。
孙郎微笑，坐来声喷霜竹（屋）。

此亦屋沃通押，只“笛”字属锡韵。笛，亭历切，音狄，韵母是i不是u、ü。

上述现象，从汉语拼音的角度分析显然是不规范的。但是，由于这种现象发生在入声，原因更难分析。觉、岳、浊、角、剥、爆、朔、国等字，与屋沃二韵中的缩、啄、沃等字的普通话读音相近（啄字并属屋觉二韵）；北字的反切标音，韵母应为o，也与缩、啄、沃字音相近；而织、笛二字，可能是因其韵母-i、i与ü有较强的押韵感，故也时与屋沃通押。

在入声范围内，押韵之规律，多数情况下与平上去相同，即只要韵母相同，或听起来顺耳，一般可通押；而另一方面，在许多时候，却毫无规律可循。

话说回来，十五屋部与别部入声字混押的现象，同另外四个入声韵部相比，尚属较轻的。

为什么会是这样?

答曰：不为别的，只因为它们是入声，其发音急促，与拖音比较长的字声比，押韵感相对较弱，对整首诗词的押韵感影响不大，故韵部之间的界限就不甚严格。

（四）屋沃之外韵母为 u、ü 的入声字

屋沃二韵的韵母为 u 或 ü，但也有些韵母为 u 或 ü 的入声字，并不属屋韵或沃韵，而分属质、物、月、缉各韵。兹录于次：

1. 质韵：出、黜、术、述、秫、怵、捽、崒、箻、戌、率、繂、律、聿、恤、橘、潏、獝、鹬、遹、繘、鮛。

2. 物韵：物、勿、不、髴、拂、茀、弗、艴、佛、绋、黻、绂、祓、菀、屈、郁、尉、蔚、熨。

3. 月韵：骨、榾、搰、鹘、汩、卒、猝、矻、窟、笏、忽、惚、兀、杌、屼、凸、突、窣、腯。

4. 缉韵：入、煜。

这些字与十五屋通押，显然是不成问题的。但，如同 浊、角、国、北、织等字与十五屋相押并不常见一样，上述字与十五屋的通押也不常见。兹举一例：

> 一天清翠，混阳和微密，寂寥无物（物）。
> 致静颐心开上窍，通化灵明虚谷（屋）。
> 育养元神，真人出现，放旷无拘束（沃）。
> 皇天道父，赐余无限清福（屋）。
>
> 天心正法盟威，紫虚道德，上品三乘箓（沃）。
> 金简玄科封慧剑，心印清光无欲（沃）。
> 已病先除，心邪摄正，百怪皆潜伏（屋）。
> 不繁法信，自然被褐怀玉（沃）。
>
> ——［金］侯善渊《酹江月》

第一个韵脚“物”字属物韵，多数情况下与韵母为 o、e 的字通押，故词韵将物、月、曷、黠、屑、叶六韵划归一部。但是，在今天看来，物韵与屋沃二韵划归一部才更合理。侯氏这首《酹江月》说明，最晚在宋金之际，物字的读音已经变得与今天的普通话没有差别了。

关于这些字的读音、特点、用法，在下面的相关章节中再予辨析。

（2002 年 8 月 9 日）

十五屋部用字表

［屋］ 屋醭卜蓫蔟槭蹙矗搐踧蹴簇俶斶瘯纛镯椟碡殰黩髑犊牍独渎读讟茯菔楅栿副覆辐輹蝠蝮幅箙馥复伏腹服鵩鳆匐洑澓宓福袱毂縠穀谷豰觳槲斛熇壳哭蓼麓䩮碌辘睩螰稑簏甪角鹿六漉禄陆戮坶苜木霂目睦蚞牧穆沐毣楘瞀拗樸醭扑曝蹼仆瀑濮剥肉璹蔌菽樕速叔嗾簌倏售夙觫餗孰塾熟数涑淑宿谡肃鹔骕缩秃鹜柷逐轴凿啄镞竹竺筑舳族祝粥妯

（以上字韵母为 u）

鞫鞠菊椈掬踘恧衄麯麴薁蓄蓿畜慉彧毓郁昱奥育懊煜燠澳淯鬻隩

（以上字韵母为 ü）

［简注］

蔟 cù，①供蚕作茧的设备；②巢。又读 coù，见宥韵。

槭 cù，木名。今读 qī。又读 sè，见陌韵。

踧 cù，惊；恭敬；挤压，逼迫。又读 dí，见锡韵。

纛 dú，杜谷切；又，徒沃切，并属沃韵；又读 dào，并属皓韵、号韵；又，徒刀切，并属豪韵。

碡 dú，今读 zhóu。

读 dú，阅读，学习。又读 dòu，见宥韵。

菔 fū；又，蒲北切，并属职韵。

楅 fū，又读 bí，并属职韵。

副 芳福切，又读 pì，并属职韵。剖开。《诗经·大雅·生民》："不拆不副。"又读 fù，见遇韵、宥韵。

覆 fù；又，匹北切，并属职韵；又，敷救切，并属宥韵。

复 fù；又，扶富切，并属宥韵。

伏 fú，屈服，姓。又，蒲北切，音匐，见职韵。

服 fú，衣装。又读 bì，见职韵。

匐 fú；又，蒲北切，并属职韵。

鳆 fú；又，弼角切，并属觉韵。

宓 fú，［宓羲］即伏羲。又读 mì，见质韵。

谷 gǔ，山谷。又读 yù，见沃韵。

熇 呼木切；又，火酷切，沃韵；又读 hè，药韵。义同：炽盛。又读 xiāo，见萧韵。

壳 空谷切；又读 ké，并属觉韵。又读 qiào。

蓼 lù，［蓼蓼］长大貌。《蓼莪》《蓼萧》俱《诗经》篇名。又读 liǎo，见筱韵。

角 lù，同“甪”，韵［角里］地名、人名。又读 gǔ，见沃韵；又读 jué，见觉韵。

六 lù，又读 liù。

瞀 莫卜切；又读 mào，并属号韵；又，墨角切，并属觉韵；亡遇切，并属遇韵；迷浮切，并属尤韵；莫候切，并属宥韵。

拗 乙六切，今读 niù，并属有韵，义同：固执。又读 ǎo，见巧韵；又读 ào，见效韵。

樸 pú，丛生的树木，简化作“朴”。朴，又见觉韵。

仆 pū、pú，并属沃韵；又读 fù，并属遇韵；又，敷救切，并属宥韵。

剥 pú，通“扑”。《诗经・七月》：“八月剥枣。”又读 bō，见觉韵。

肉 如六切，今读 ròu。

嗾 作木切，又读 sǒu，并属有韵、宥韵；又，先侯切，并属尤韵。

售 神六切，又读 shòu，并属宥韵；又，时流切，并属尤韵。

熟 shú，又读 shóu。

数 苏谷切，音速：迫、速。又读 cù，细密，亦屋韵，并属沃韵。又读 shuò，见觉韵；又读 shǔ，见麌韵；又读 shù，见遇韵。

涑 sù，苏谷切；又，须玉切，并属沃韵。义同：水名。又读 sòu，见宥韵；又，先侯切，见尤韵。

宿 sù，①停住，住所，早先；②一夜，量词，此义今读 xiǔ。又读 xiù，见宥韵。

缩 所六切，今读 suō。

轴 zhú，又读 zhóu。

凿 昨木切，又读 zuò，并属药韵，今又读 záo。

啄 丁木切，又读 zhuó，并属觉韵。

粥 之六切，今读 zhōu。

妯 ①伫六切，兄弟的妻子之间称妯娌，今读 zhóu；②卢谷切，悲伤、激动。又，徒沃切，见沃韵；又，亭历切，见锡韵；又读 chōu，见尤韵。

畜 xù，饲养。又读 chù，见宥韵。

奥 yù，浊；腌制。又读 ào，见号韵。

懊 yù，［懊咿］内心悲伤。又读 ào，见号韵。

煜 yù；又，为立切，并属缉韵。

澳 yù，水边之地。又读 ào，见号韵。

燠 yù；又，乌皓切，并属皓韵；乌到切，并属号韵。

［**沃**］沃襮亍促触数毒纛顿督笃幞梏告角鹄熇嚣酷喾菉酥箓渌录逯琭瑁仆辱蓐溽褥缛粟束蜀赎俗涑属妯鋈瞩躅足嘱瘃烛斸

（以上字韵母为 u）

挶跼锔局绿蛩曲蛐顼蕢勖旭续玉峪钰谷欲鹆狱浴

（以上字韵母为 ü）

［**简注**］

沃 乌酷切，今读 wò。

襮 博沃切，又读 bó，并属药韵。

数 cù，细密，细小，并属屋韵。又读 shuò，见觉韵；又读 shǔ，见麌韵；又读 shù，见遇韵；又，苏谷切，见屋韵。

纛 dú，徒沃切；又，杜谷切，并属屋韵；又读 dào，并属皓韵、号韵；徒刀切，音陶，并属豪韵。

顿 dú，［冒顿］汉初匈奴单于名。又读 dùn，见愿韵。

告 gù，［告朔］诸侯于月初祭庙。又读 gào，见号韵。

角 gǔ，［角角］象声词。李廓《鸡鸣曲》：“胶胶角角鸡初鸣。”又读 lù，见屋韵；又读 jué，见觉韵。

熇 火酷切；又，呼木切，屋韵；又读 hè，药韵。义同：炽盛。又读 xiāo，见萧韵。

嚣 胡沃切，又读 hè，并属觉韵。

瑁 莫沃切，又读 mào，并属号韵；又，莫佩切，并属队韵。

仆 pū、pú，并属屋韵；又读 fù，并属遇韵；又，敷救切，并属宥韵。

涑 sù，①洗漱；②水名，并属屋韵。又读 sòu，见宥韵；又，先侯切，见尤韵。

妯 徒沃切；又，卢谷切，并属屋韵；亭历切，并属锡韵；又读 chōu，并属尤韵。义同：悲伤，激动。又读 zhóu，见屋韵。

蛩 区玉切，音曲；又读 qóng，并属冬韵；又，立勇切，并属肿韵；枯江切，并属江韵。

谷 yù，［吐谷浑］古鲜卑族建立的政权名。又读 gǔ，见屋韵。

诗词例证

（一）古诗

屋韵古诗：

温温恭人，如集于木。惴惴小心，如临于谷。

——《诗经·小雅·小宛》

善贾笑蚕渔，巧宦贱农牧。远养遍关市，深利穷海陆。
乘轺实金羁，当垆信珠服。居无逸身伎，安得坐粱肉。
徒承属生幸，政缓吏平睦。春畦及耘艺，秋场早芟筑。
泽阅既繁高，山营又登熟。抱锸垄上餐，结茅野中宿。
空识己尚淳，宁知俗翻覆。

——［南朝·宋］鲍照《观圃人艺植》

锦江近西烟水绿，新雨山头荔枝熟。
万里桥边多酒家，游人爱向谁家宿。（首句用沃韵）

——［唐］张籍《成都曲》

葬我于高山之上兮，望我大陆。
大陆不可见兮，只有痛哭。

——于右任《望大陆》

沃韵古诗：

结宇夕阴街，荒幽横九曲。迢递南川阳，迤逦西山足。
辟馆临秋风，敞窗望寒旭。风碎池中荷，霜剪江南菉。
既无东都金，且税东皋粟。

——［南朝·齐］谢朓《治宅》

蕃州部落能结束，朝暮驰猎黄河曲。
燕歌未断塞鸿飞，牧马群嘶边草绿。

——［唐］李益《塞下曲》

春日迟迟春草绿，野棠开尽飘香玉。
绣岭宫前鹤发翁，犹唱开元太平曲。

——［唐］李洞《绣岭宫词》

屋沃通押的古诗：

墙有茨，不可**束**也（沃）。
中冓之言，不可**读**也（屋）。
所可读也，言之**辱**也（沃）。

——《诗·鄘风·墙有茨》

黄鸟黄鸟，无集于榖（屋），无啄我粟（沃）。
此邦之人，不我肯穀（屋）。言旋言归，复我邦族（屋）。

——《诗·小雅·黄鸟》

令薜荔以为理兮，惮举趾而缘木（屋）。
因芙蓉而为媒兮，惮蹇裳而濡足（沃）。

——［战国］屈原《思美人》

东城高且长，逶迤自相属（沃）。回风动地起，秋草萋已绿（沃）。
四时更变化，岁暮一何速（屋）！晨风怀苦心，蟋蟀伤局促（沃）。
荡涤放情志，何为自结束（沃）！燕赵多佳人，美者颜如玉（沃）。
被服罗裳衣，当户理清曲（沃）。音响一何悲，弦急知柱促（沃）。
驰情整巾带，沉吟聊踯躅（沃）。思为双飞燕，衔泥巢君屋（屋）。

——［汉］《古诗十九首》之十二

南山有鸟，自名啄木（屋）。饥则啄树，暮则巢宿（屋）。
无干于人，惟志所欲（沃）。此盖禽兽，性清者荣，性浊者辱（沃）。

——［晋］左芬《啄木诗》

渔翁夜傍西岩宿（屋），晓汲清湘燃楚竹（屋）。
烟销日出不见人，欸乃一声山水绿（沃）。
回看天际下中流，岩上无心云相逐（屋）。

——［唐］柳宗元《渔翁》

吴侬生长湖山曲（沃），呼吸湖光饮山绿（沃）。
不论世外隐君子，佣儿贩妇皆冰玉（沃）。
先生可是绝俗人，神清骨冷无由俗（沃）。
我不识君曾梦见，瞳子瞭然光可烛（沃）。
遗篇妙字处处有，步绕西湖看不足（沃）。
诗如东野不言寒，书似留台差少肉（屋）。
平生高节已难继，将死微言犹可录（沃）。
自言不作封禅书，更肯悲吟白头曲（沃）。
我笑吴人不好事，好作祠堂傍修竹（屋）。

不然配食水仙王，一盏寒泉荐秋菊（屋）。

——［宋］苏轼《书林逋诗后》

盥手爱春水，水香手应绿（沃）。沄沄细浪起，杳杳惊鱼伏（屋）。
惆怅坐沙边，流花去难掬（屋）。

——［明］高启《水上盥手》

（二）词

屋沃通押的词：

洞口春红飞簌簌（屋），仙子含愁眉黛绿（沃）。
阮郎何事不归来，懒烧金，慵篆玉（沃），
流水桃花空断续（沃）。

——［五代］和凝《天仙子》

乳燕飞华屋（屋）。
悄无人，桐阴转午，晚凉新浴（沃）。
手弄生绡白团扇，扇手一时似玉（沃）。
渐困倚，孤眠清熟（屋）。
帘外谁来推绣户，枉教人梦断瑶台曲（沃）。
又却是，风敲竹（屋）。

石榴半吐红巾蹙（屋）。
待浮花浪蕊都尽，伴君幽独（屋）。
秾艳一枝细看取，芳心千重似束（沃）。
又恐被西风惊绿（沃）。
若待得君来向此，花前对酒不忍触（沃）。
共粉泪，两簌簌（屋）。

——［宋］苏轼《贺新郎·夏景》

月光飞入林前屋（屋），风策策，度庭竹（屋）。
夜半江城击柝声，动寒梢栖宿（屋）。

等闲老去年华促（沃），只有江梅伴幽独（屋）。
梦绕夷门旧家山，恨惊回难续（沃）。

——［宋］孙道绚《滴滴金·梅》

月未到诚斋，先到万花川谷（屋）。
不是诚斋无月，隔一庭修竹（屋）。

如今才是十三夜，月色已如玉（沃）。
未是秋光奇绝，看十五十六（屋）。

——［宋］杨万里《好事近》

敲碎离愁，纱窗外，风摇翠竹（屋）。
人去后，吹箫声断，倚楼人独（屋）。
满眼不堪三月暮，举头已觉千山绿（沃）。
但试把一纸寄来书，从头读（屋）。

相思字，空盈幅（屋）。相思意，何时足（沃）。
滴罗襟点点，泪珠盈掬（屋）。
芳草不迷行客路，垂杨只碍离人目（屋）。
最苦是，立尽月黄昏，阑干曲（沃）。

——［宋］辛弃疾《满江红》

情刀无斸（沃），割尽相思肉（屋）。
说后说应难尽，除非是，写成轴（屋）。

帖儿烦付祝（屋），休对旁人读（屋）。
恐怕那潇知后，和它也泪瀑漱（屋）。

——［宋］华岳《霜天晓角》

拂拭残碑，敕飞字，依稀堪读（屋）。
慨当初，倚飞何重，后来何酷（沃）。
果是功成身合死，可怜事去言难赎（沃）。
最无辜，堪恨更堪悲，风波狱（沃）。

岂不念，疆圻蹙（屋）。
岂不念，徽钦辱（沃）。
但徽钦既返，此身何属（沃）。
千载休谈南渡错，当时自怕中原复（屋）。
笑区区，一桧亦何能，逢其欲（沃）。

——［明］文征明《满江红》

秋容初肃（屋）。向城南道，细访幽躅（沃）。
春风柳七曾吊，寻仙掌路，亲携醽醁（沃）。
欲酹秋坟，寂寞处，应荐寒菊（屋）。
更唤取、谁按红牙，唱彻当年晓风曲（沃）。

那知望、古空萦目（屋）。

剩凄迷、野草年年绿（沃）。
无人解道陈迹，惟只见、乱鸦相逐（屋）。
指点吟魂，一缕斜阳、挂在疏木（屋）。
但怅望、无语江潮，暗打寒山麓（屋）。

——［清］凌廷堪《雨霖铃·真州城南访柳三变墓询之居人并无知者》

第十六章　反切溯源十六叶

十六叶是诗韵的序列。词韵的这一部共包括六韵：五物、六月、七曷、八黠、九屑、十六叶，是词韵对诗韵合并力度最大的一部。

十六叶部最令人困惑的是复杂的韵母。以其中的月韵为例，既有韵母为e、ie、üe、o、uo等互相押韵的字，也有一些韵母为a、i、u、ü等不相押韵的字。一韵之内，且如此复杂，六韵合一就更复杂了。不过，如果逐字追寻每一字的原始反切标音，就会理解其中的道理，并发现十六叶部的主要韵母是o、e（含uo、ie、üe，下同）。

（一）部内各韵韵母的分析

1. 物韵

韵母主要为u、ü。u、ü互相押韵，主要是方言所致。新诗中ü与i相押，前人也偶有“醉”字与“絮”字相押的现象（参阅“七虞”一节）。因此物韵中还包括一些韵母为i的字，如：契、吃、乞、迄、讫、屹、肸等 。

词韵前十四部中，没有u、ü、i与o、e相押的现象，而在入声中，u、ü不仅与屋沃通押，而且与叶、月、屑、曷通押，其原因有三：

①物韵字音在演变过程中，出现了由u、ü向o、e转变的趋向。如佛字，古音为符勿切，今读fó；厥、掘、崛、倔、孓等字，古音俱为九勿切，或渠勿切，今俱读jué；颭，古音为纡勿切，今读yuè。

②有的物韵字有多种读音，其中一种与韵母o、e有关。如契字，读qì，属物韵、霁韵；读qiè、xiè，则属屑韵。肸字，属物韵、质韵时读xī，属屑韵则为显结切。菀字，物韵读yù，阮韵读wǎn，月韵则为於月切。艴字，有fú、bó两种读音。

③物韵字很少能在韵脚派上用场。因此，尽管与十六叶部整体不太协调，却没有对全局产生大的妨碍。

2. 月韵

韵母共有o、e和a、i、u几种。但a、i、u三类字，古音均与o、e有关，故也可归入 o、e 类。

如罚、伐、筏、阀等字，俱房越切，可推知其古音的韵母应该是 üe 或 o。今日北方口语中，“头髮”一词，读如 tóufò，就保留着古音的影子。髮、發二字，俱方伐切，而伐字为房越切，可知髮、發二字的韵母也应该与越字相同。袚字，勿發切，或勿拨切，可知袚、發、越、拨的韵母是一致的。

如“荸”字，蒲没切，音孛。

又如榾、搰、骨、鹘、汩、滑等字，俱古忽切，音骨；或胡骨切，音近“活”。说明骨、忽、活等字的韵母是相近的，皆可读如 huó。

3. 曷韵

韵母比月韵简单，没有 u、ü，相当数量韵母为 a 的字，亦与月韵的情况相同，可归入 o、e 类。如拔字，蒲拨切；拨字的韵母为 o，反切为北末切；末字的韵母亦为 o。其余茇、钹、跋、鲅、魃、达、呾、怛、妲、鸹、辖、剌、喇、萨、撒、杂、挞、獭、闼等字，俱可从反切标音中找到与韵母 o、e 的关系。

4. 黠韵

韵母单一，都是 a 类，但反切标音都与 o、e 有关。这里关键字是“八”字。八，布拔切，而拔字为蒲拨切，可知八、拔、拨韵母相同，都应是 o。黠韵字多数反切涉及“八”字，详见韵字后的注释。

5. 屑韵

屑韵是十六叶部的主体部分，韵字最多，使用频率也最高，韵母又单一，都是 o、e。

6. 叶韵

字数仅次于屑韵，韵母情况与曷韵相仿，没有 u、ü，而韵母为 a 的字，追溯其反切标音，韵母均应是 o、e。

（二）各韵独押的情况

十六叶部的诗词，独押一韵的少，数韵通押的是常例。

独押物韵、黠韵的诗，难以查到例证。曷韵诗极罕见。叶韵诗、月韵诗也很少。屑韵诗稍多。

1. 月韵诗

> 薄暮有所思，终持泪煎骨。
> 春风惊我心，秋露伤君发。
>
> ——［南朝·梁］吴均《有所思》

松生数寸时，遂为草所没。
未见笼云心，谁知负霜骨。
弱干可摧残，纤茎易凌忽。
何当数千尺，为君覆明月。

——［南朝·梁］吴均《赠王桂阳》

第一首，韵脚中的骨、发二字，上文已经提及属月韵的原因，即骨读如huó，发读如 fò，押韵是没问题的。

第二首中的忽字，呼骨切，骨字既读 huó，忽字也应读如 huó。这样，没、骨、忽、月就很押韵了。

其实，像这样用反切标音方法去追溯某一字的古音，再用拼音字母加以分析，似乎是在强作解人。宋人王令一首题为《假山》的月韵诗，五个韵脚分别是捽、突、骨、窟、揬，可以给我们另一些启示：

鲸牙鲲鬣相摩捽，巨灵戏撮天凹突。
旧山风老狂云根，重湖冻脱秋波骨。
我来谓怪非得真，醉揭碧海瞰蛟窟。
不然禹鼎魑魅形，神颠鬼胁相撑揬。

显然，韵脚上的五个月韵字是经过精心选择的，韵母都与 u 有关。这说明，宋代的王令遇到了和我们一样的问题，他也对月韵中那些听起来并不押韵的字感到困惑，于是着意选择那些比较押韵的字用在韵脚上。在这种情况下，我们再去追寻这些字的读音与 o、e 的关系，就是多余的了。这个例子还说明，至晚在宋代，这些字的读音多数已变得与今音无异了。

杜甫《兵车行》有句云："长者虽有问，役夫敢申恨。且如今年冬，未休关西卒。县官急索租，租税从何出。信是生男恶，反是生女好。生女犹得嫁比邻，生男埋没随百草。"其中"卒、出"为韵，属月、质通押，相当于十六叶部与十九锡部通押，而不是十六叶部之内的两韵通押。这说明杜甫在用韵上很重视谐听的因素，只要是入声，哪怕只有两个韵脚，也敢于大胆地让不同韵部相互通押。

还有曷韵、黠韵中那些韵母为 ɑ 的字，如果集中使用，情况也与此相仿：

做修行，细搜刷（黠）。
清净家风，便是大乘妙法（洽）。
下无为，无作真功，心镜上搬抹（曷）。

自然明，自然达（曷）。
把九玄七祖，尽行救拔（黠）。
向蓬瀛，坦荡逍遥，冠裳似菩萨（黠）。

——［金］马钰《清心镜·赠薛道清》

这个例子同样说明，韵脚上的五个字（法字除外），最晚在宋金之际已变得与今音无异了。在这种情况下，显然不必追溯这些字的反切标音。

2. 叶韵诗

桃叶复桃叶，渡江不用楫。
但渡无所苦，我自来迎接。

这是南朝乐府诗《桃叶歌三首》中的第三首。韵脚上的“楫”字，即涉切，读如 jié，与叶、接是押韵的。

南朝梁简文帝的《雍州曲·北渚》，宋人王迈的《观猎行》，也是押叶韵的。

3. 屑韵诗

春隰荑绿柳，寒墀积皓雪。
依依往纪盈，霏霏来思结。
思结缠岁晏，曾是掩初节。
初节曾不掩，浮荣逐弦缺。
弦缺更圆合，浮荣永沉灭。
色随夏莲变，态与秋霜耋。
道迫无异期，贤愚有同绝。
衔恨岂云忘，天道无甄别。
功名识所职，竹帛寻摧裂。
生外苟难寻，坐为长叹设。

这是四声说的创立者之一、南朝梁代最著名的声韵学家沈约的《长歌行》，纯用屑韵写成。齐梁以来，用屑韵写诗的不乏其人，如萧衍、江总、张九龄、孟郊、白居易、柳宗元、苏轼、李梦阳等。其中最为脍炙人口的名篇，要属柳宗元的《江雪》了：

千山鸟飞绝，万径人踪灭。
孤舟蓑笠翁，独钓寒江雪。

（三）六韵通押的情况

相比之下，十六叶部数韵通押的诗，常见得多。《诗经》中的《草虫》《甘棠》《匏有苦叶》《硕人》《君子于役》《东方之日》《蓼莪》《车辖》《长发》等篇，均有这样的章节。如《王风·君子于役》的第二章，就是月曷屑三韵通押的：

君子于役，不日不月（月）。
曷其有佸，鸡栖于桀（屑）。
日之夕矣，羊牛下括（曷）。
君子于役，苟无饥渴（曷）。

汉代两位女诗人——班婕妤和蔡文姬，都有押这一韵部的诗篇。如蔡文姬《胡笳十八拍》的第十拍：

城头烽火不曾灭（屑），
疆场征战何时歇（月）。
杀气朝朝冲塞门，
胡风夜夜吹边月（月）。
故乡隔兮音尘绝（屑），
哭无声兮气将咽（屑）。
一生辛苦兮缘离别（屑），
十拍悲深兮泪成血（屑）。

大诗人陶渊明《和郭主簿二首》的第二首，也是月屑通押的：

和泽周三春，清凉素秋节。
露凝无游氛，天高肃景澈。
陵岑耸逸峰，遥瞻皆奇绝。
芳菊开林耀，青松冠岩列。
怀此贞秀姿，卓为霜下杰。
衔觞念幽人，千载抚尔诀。
检素不获展，厌厌竟良月。

诗中除尾韵月字属月韵外，余皆属屑韵。月亮是历代诗人词人最为钟情的意象，所以月字的使用率极高。南朝梁代女诗人王金珠的一首《春歌》，虽然只有两个韵脚，却也是月屑通押，其中一个韵脚就是月字：

朱日光素水，黄华映白雪。
折梅待佳人，共迎阳春月。

唐人孟浩然、孟郊、施肩吾，宋人司马光、楼钥、姜夔、罗与之、林景熙均有十六叶部数韵通押的诗作。兹举一例：

扬舲下大江，日日风雨雪（屑）。
留滞鳌背洲，十日不得发（月）。
岸冰一尺厚，刀剑触舟楫（叶）。
岸雪一丈深，屹如玉城堞（叶）。
同舟二三士，颇壮不恐慑（叶）。
蒙毡闭篷卧，波里任倾侧（职）。
晨兴视毡上，积雪何皎洁（屑）。
欲上不得梯，欲留岸频裂（屑）。
扳援始得上，幸有人见接（叶）。
荒村两三家，寒苦衣食缺（屑）。
买猪祭波神，入市路已绝（屑）。
如今得安坐，闲对妻儿说（屑）。

这是姜夔的《昔游诗十五首》中的第七首。诗中第六个韵脚“侧”字，属职韵，情况特别，详见后文。

词的情况与诗相仿，只是独押一韵更为少见，而数韵通押的又多于诗。例如，李白的《忆秦娥》，就是月屑通押的：

箫声咽（屑），
秦娥梦断秦楼月（月）。
秦楼月（月）。
年年柳色，灞陵伤别（屑）。

乐游原上清秋节（屑），
咸阳古道音尘绝（屑）。
音尘绝（屑）。
西风残照，汉家陵阙（月）。

李白被奉为“百代词曲之祖”，这就是说，词从起源时就是尚通押的。

岳武穆的千古绝唱《满江红》也是月屑通押的：

怒发冲冠，凭栏处，潇潇雨歇（月）。

抬望眼，仰天长啸，壮怀激烈（屑）。
三十功名尘与土，八千里路云和月（月）。
莫等闲，白了少年头，空悲切（屑）。

靖康耻，犹未雪（屑）。
臣子恨，何时灭（屑）。
驾长车，踏破贺兰山缺（屑）。
壮志饥餐胡虏肉，笑谈渴饮匈奴血（屑）。
待从头，收拾旧山河，朝天阙（月）。

（四）十六叶部与其他入声韵部的关系

不论诗词，以十六叶部为韵时，时常又有质、陌、锡、职、缉、合、洽、药等韵与之通押。

屈原《国殇》的首二句：“操吴戈兮被犀甲，车错毂兮短兵接。”属叶（接）洽（甲）通押。辛弃疾词《菩萨蛮·赵晋臣席上》首二句：“看灯元是菩提叶，依然曾说菩提法”亦然。黄巢诗《赋菊》，系黠（八、杀）洽（甲）通押：

待到秋来九月八，我花开后百花杀。
冲天香气透长安，满城尽带黄金甲。

宋人戴复古的《大热五首》，其一是月曷屑与职韵通押：

天地一大窑，阳炭烹六月（月）。
万物此陶镕，人何怨炎热（屑）。
君看百谷秋，亦自暑中结（屑）。
田水沸如汤，背汗湿如泼（曷）。
农夫方夏耘，安坐吾敢食（职）。

杜甫的两首长诗《自京赴奉先县咏怀五百字》和《北征》是典型的例子。《咏怀》50韵：物韵1，月韵12，曷韵8，黠韵2，屑韵19，质韵8，应视为叶锡两部通押。《北征》70韵：物韵2，月韵13，曷韵16，屑韵20，质韵18，锡韵1，亦属叶锡两部通押。兹举《北征》为例：

皇帝二载秋，闰八月初吉（质），
杜子将北征，苍茫问家室（质）。
维时遭艰虞，朝野少暇日（质）。

顾惭恩私被，诏许归蓬荜（质）。
拜辞诣阙下，怵惕久未出（质）。
虽乏谏诤姿，恐君有遗失（质）。
君诚中兴主，经纬固密勿（物）。
东胡反未已，臣甫愤所切（屑）。
挥涕恋行在，道途犹恍惚（月）。
乾坤含疮痍，忧虞何时毕（质）。
靡靡逾阡陌，人烟眇萧瑟（质）。
所遇多被伤，呻吟更流血（屑）。
回首凤翔县，旌旗晚明灭（屑）。
前登寒山重，屡得饮马窟（月）。
邠郊入地底，泾水中荡潏（质）。
猛虎立我前，苍崖吼时裂（屑）。
菊垂今秋花，石戴古车辙（屑）。
青云动高兴，幽事亦可悦（屑）。
山果多琐细，罗生杂橡栗（质）。
或红如丹砂，或黑如点漆（质）。
雨露之所濡，甘苦齐结实（质）。
缅思桃源内，益叹身世拙（屑）。
坡陀望鄜畤，岩谷互出没（月）。
我行已水滨，我仆犹木末（曷）。
鸱鸟鸣黄桑，野鼠拱乱穴（屑）。
夜深经战场，寒月照白骨（月）。
潼关百万师，往者散何猝（月）。
遂令半秦民，残害为异物（物）。
况我堕胡尘，及归尽华发（月）。
经年至茅屋，妻子衣百结（屑）。
恸哭松声回，悲泉共幽咽（屑）。
平生所娇儿，颜色白胜雪（屑）。
见爷背面啼，垢腻脚不袜（曷）。
床前两小女，补绽才过膝（质）。
海图坼波涛，旧绣移曲折（屑）。
天吴及紫凤，颠倒在短褐（曷）。

老夫情怀恶，呕泄卧数日（质）。
那无囊中帛，救汝寒凛慄（质）。
粉黛亦解包，衾绸稍罗列（屑）。
瘦妻面复光，痴女头自栉（质）。
学母无不为，晓妆随手抹（曷）。
移时施朱铅，狼藉画眉阔（曷）。
生还对童稚，似欲忘饥渴（曷）。
问事竞挽须，谁能即嗔喝（曷）。
翻思在贼愁，甘受杂乱聒（曷）。
新归且慰意，生理焉得说（屑）。
至尊尚蒙尘，几日休练卒（月）。
仰观天色改，坐觉妖氛豁（曷）。
阴风西北来，惨澹随回纥（月）。
其王愿助顺，其俗善驰突（月）。
送兵五千人，驱马一万匹（质）。
此辈少为贵，四方服勇决（屑）。
所用皆鹰腾，破敌过箭疾（质）。
圣心颇虚伫，时议气欲夺（曷）。
伊洛指掌收，西京不足拔（曷）。
官军请深入，蓄锐伺俱发（月）。
此举开青徐，旋瞻略恒碣（月）。
昊天积霜露，正气有肃杀（曷）。
祸转亡胡岁，势成擒胡月（月）。
胡命其能久，皇纲未宜绝（屑）。
忆昨狼狈初，事与古先别（屑）。
奸臣竟菹醢，同恶随荡析（锡）。
不闻夏殷衰，中自诛褒妲（曷）；
周汉获再兴，宣光果明哲（屑）。
桓桓陈将军，仗钺奋忠烈（屑）。
微尔人尽非，于今国犹活（曷）。
凄凉大同殿，寂寞白兽闼（曷）。
都人望翠华，佳气向金阙（月）。
园陵固有神，扫洒数不缺（屑）。

煌煌太宗业，树立甚宏达（曷）。

宋人向子諲词《秦楼月》是月屑职通押：

芳菲歇（月），
故园目断伤心切（屑）。
伤心切（屑），
无边烟水，无穷山色（职）。

可堪更近乾龙节（屑），
眼中泪尽空啼血（屑）。
空啼血（屑），
子规声外，晓风残月（月）。

辛弃疾与陈亮曾相互步韵唱和四首《贺新郎》，通押月曷屑质合五韵。兹举稼轩首作为例：

把酒长亭说（屑）。
看渊明，风流酷似，卧龙诸葛（曷）。
何处飞来林间鹊？蹙踏松梢微雪（屑）。
要破帽多添华发（月）。
剩水残山无态度，被疏梅料理成风月（月）。
两三雁，也萧瑟（质）。

佳人重约还轻别（屑）。
怅清江，天寒不渡，水深冰合（合）。
路断车轮生四角，此地行人销骨（月）。
问谁使君来愁绝（屑）。
铸就而今相思错，料当初费尽人间铁（屑）。
长夜笛，莫吹裂（屑）。

宋人无名氏有一首《踏莎行》，是月屑叶药通押：

殢酒情怀，恨春时节（屑）。
柳丝巷陌黄昏月（月）。
把君团扇卜君来，近墙扑得双蝴蝶（叶）。

笑不成言，喜还生怯（叶）。
颠狂绝似前春雪（屑）。

夜寒无处著相思，梨花一树人如削（药）。

清代曹贞吉有一首《百字令·咏史》，是物月屑叶陌通押：

田光老矣，笑燕丹宾客，都无人物（物）。
马角乌头千载恨，匕首匣中如雪（屑）。
落日苍凉，羽声慷慨，壮士冲冠发（月）。
咄哉孺子，武阳色怒而白（陌）。

试问击筑渐离，此时安在，何不同车发（月）。
负剑祖龙惊掣袖，六尺屏风堪越（月）。
贯日长虹，绕身铜柱，天意留秦劫（叶）。
萧萧易水，至今犹为呜咽（屑）。

清代女词人李佩金有一首怀友词《金缕曲》，曷屑叶六韵，陌职缉六韵，竟然分不出是以哪一部为主：

月照梨花白（陌）。
背银屏，疏檠黯淡，薄寒犹怯（叶）。
烟暝星摇青欲堕，几树香桃红湿（缉）。
恰正是，销魂时节（屑）。
梦影迷离归路远，听啼鹃，染遍春山碧（陌）。
飞不度，沧江阔（曷）。

柔肠细缀丁香结（屑）。
想如今，去原有恨，住还无益（陌）。
两地相思终不见，何似翻然轻别（屑）。
怕此后，更无消息（职）。
一点墨痕千点泪，看蛮笺，都渍殷红色（职）。
数虬箭，四更彻（屑）。

周恩来的《为江南死国难者志哀》诗，只两个韵脚，却十六叶部和十九锡部各一：

千古奇冤，江南一叶。（叶部：叶韵）
同室操戈，相煎何急。（锡部：缉韵）

在十六叶部与其他入声韵通押的问题上，苏东坡大概是一个典型。下面举他的诗词各一例：

不饮胡为醉兀兀（月），此心已逐归鞍发（月）。
归人犹自念庭帏，今我何以慰寂寞（药）。
登高回首坡垅隔，但见乌帽出复没（月）。
苦寒念尔衣裘薄，独骑瘦马踏残月（月）。
路人行歌居人乐，僮仆怪我苦凄恻（职）。
亦知人生要有别，但恐岁月去飘忽（月）。
寒灯相对记畴昔，夜雨何时听萧瑟（质）。
君知此意不可忘，慎勿苦爱高官职（职）。

——《辛丑十一月十九日既与子由别于郑州西门之外马上赋诗一篇寄之》

大江东去，浪淘尽，千古风流人物（物）。
故垒西边，人道是，三国周郎赤壁（锡）。
乱石崩云，惊涛裂岸，卷起千堆雪（屑）。
江山如画，一时多少豪杰（屑）。

遥想公瑾当年，小乔初嫁，了雄姿英发（月）。
羽扇纶巾，谈笑间，樯橹灰飞烟灭（屑）。
故国神游，多情应笑，我早生华发（月）。
人间如梦，一尊还酹江月（月）。

——《念奴娇·赤壁怀古》

例中的诗，有论者认为单句的兀、隔、薄、乐、别、昔也属韵脚，因此讥东坡用韵不严。此说不可取。句句押韵之诗属柏梁体，此诗第三、第十五两句未用韵，首句“兀”算不算韵脚都行，其余单句用韵属偶合。至于词，堪称千古第一，物月屑锡通押，不仅无人讥为出韵，千百年来步韵之作曷可胜数！

上述这种情况，与十五屋部相比，本部与别部的通押更为严重，但也比较易于理解。那就是，与十六叶部通押的字，分两种情况：一部分字韵母为 ɑ、i、u、ü，与十六叶部的主要韵母 o、e 不协调，这是由于入声发音短促，押韵感不强，因而对押韵影响较弱而产生的现象，为入声所特有；一部分字韵母为 o、e，与十六叶部的主要韵母相同，因而时常与十六叶部通押。前文引用的姜夔诗中，有一个韵脚属职韵的“侧”字，就属后一种情况。对于第一种情况，可以理解而不宜提倡；对于第二种情况，应该提倡而不宜限制。毛泽东词《念奴娇·昆仑》屑职通押，读者丝毫不感别扭，也是这个原因：

横空出世，莽昆仑，阅尽人间春色（职）。

飞起玉龙三百万，搅得周天寒彻（屑）。
夏日消融，江河横溢，人或为鱼鳖（屑）。
千秋功罪，谁人曾与评说（屑）？

而今我谓昆仑，不要这高，不要这多雪（屑）。
安得倚天抽宝剑，把汝裁为三截（屑）。
一截遗欧，一截赠美，一截还东国。（职）
太平世界，环球同此凉热。（屑）

（2002年8月27日）

十六叶部用字表

［**物**］物芾不髴茀拂黻佛怫沸祓袚弗艴绂绋厥掘崛倔孓契吃乞迄汔诎讫屈勿魆肸菀蔚欝黦屹尉熨

［**简注**］

芾 fú，古礼服的蔽膝。又读 fèi，见未韵。

不 bù；又，必墨切，并属职韵。否定词。又读 fōu，见尤韵；又读 fǒu，见有韵；又读 fū，见虞韵。

佛 ①符勿切，今读 fó。如，佛教、佛经。②fú，［仿佛］好象。

沸 敷勿切，又读 fèi，并属未韵。

艴 fú，又读 bó，并属月韵。

厥 九勿切，［突厥］古族名。今读 jué。又见月韵。

掘 衢物切，又读 jué，并属月韵。

崛、**倔** 俱渠勿切，今俱读 jué。

孓 九勿切，今读 jué，并属月韵。

契 qì，①［契丹］古族名，②雕刻，③契约。并属霁韵。又读 qiè、xiè，见屑韵。

吃 ①qī，［吃吃］笑声。②jí，结巴。又读 chī，见锡韵。

乞 qǐ，求也。又读 qì，见未韵。

肸 xī，许迄切；又，黑乙切，并属质韵；显结切，并属屑韵；巨至切，并属寘韵。

菀 yù，茂盛，郁结。又读 wǎn，见阮韵；又，於月切，见月韵。

蔚 yù，①蔚县，在河北，②草名。又读 wèi，见未韵。
䶳 纡勿切，又读 yuè，并属月韵。
尉 yù，［尉迟］复姓。又读 wèi，见未韵。
熨 yù，今读 yùn，用熨斗烫平衣服。又读 wèi，见未韵。

［**月**］月荸孛䳊勃脖饽悖浡渤艴猝窣柮咄阏罚筏伐垡阀发榾搰骨鹘汩滑覈齕匢囫笏忽惚纥蕨橛碣厥劂撅揭掘蹶镢鳜獗竭羯讦孓矻窟硉殁没呐讷阙窣棁挨凸腯突杌兀卼扤嗢屼袜歇蝎越菀樾轨曰暍䶳唠钺粤刖谒捽崒卒

［**简注**］
荸 蒲没切，今读 bí。
悖 蒲没切，又读 bèi，并属队韵。
艴 bó，又读 fú，并属物韵。
猝 苍没切，今读 cù。
窣 苍没切，今读 sū。
咄 duō，当没切；又，都括切，并属曷韵。
阏 è，於歇切；又，乌割切，并属曷韵。义同：阻绝等义。又读 yān，见先韵。
罚、**筏**、**伐**、**垡**、**阀** 俱房越切，今俱读 fá。
发 方伐切，①今读 fà，繁体字作“髪”。参读“伐”字注。②今读 fā，繁体作“發”。发射、出发、发扬等义。［发发］象疾风声。《诗·小雅·蓼莪》：“飘风发发”。参读“伐”字注。又读 bō，见曷韵。
榾 古忽切，音骨，今读 gǔ。参读“搰、骨、滑”等字注。
搰 古忽切，音骨；又，胡骨切，音近活。今读 kū。
骨 古忽切，音汩。《释名》：“骨，滑也，骨坚而滑也。”（《康熙字典》）可见骨、滑同音（骨因其坚硬而光滑，所以读滑的字音）。今读 gǔ。
鹘 ①古忽切，今读 gǔ，并属黠韵，鸠也。②胡骨切，今读 hú，隼也。
汩 古忽切，参读“搰”字注，今读 gǔ，治理、沉沦、水流貌等义。又读 yù，见质韵。
覈 hé，恨竭切；又，胡结切，并属屑韵；下革切，并属陌韵。
滑 古忽切，又，户骨切。［滑稽］幽默，善辩。今读 gǔ。又读 huá，见黠韵。

龁 hé，恨竭切；又，奚结切，并属屑韵。

囫 呼骨切，今读 hú。

笏 呼骨切，今读 hù。

匢、忽、惚 俱呼骨切，今俱读 hū。

碣 jié，恨竭切；又，巨列切，并属屑韵。

厥 jué，其，乃。又，九勿切，见物韵。

揭 jiē，居谒切；又，巨列切，并属屑韵。义同：高举，掀开。又读 qì，见霁韵。

掘 jué，又衢物切，并属物韵。

蹶 jué，跌倒，灭亡，疾行。又读 guì，见霁韵。

鳜 jué，小鱼。又读 guì，见霁韵。

讦 jié，居谒切；又，蹇列切，并属屑韵；居例切，并属霁韵。

孓 jué；又，九勿切，并属物韵。

矻、窟 俱苦骨切，今俱读 kū。

硉 勒没切，今读 lù。

呐 nè，奴骨切；又，又劣切，并属屑韵。今在“唢呐”“呐喊”等词中读 nà。

讷 nè，奴骨切；又，张滑切。亦读 nà。

窣 苏骨切，今读 sū。

棁 tuō，他骨切；又，他括切，并属曷韵。义同：木棒。又读 zhuó，见屑韵。

揬 陀没切，今读 tú。

凸 陀没切；又，徒结切，并属屑韵。今读 tú。

腯 陀骨切，今读 tú。

突 他骨切，今读 tū。

杌、兀、卼、扤、屼 俱五忽切，今俱读 wù。

嗢 乌没切；又乌八切，并属黠韵。今读 wà。

袜 勿发切，今读 wà，袜子。又读 mò，见曷韵。

菀 於月切，又读 wǎn，并属阮韵，药草名。又读 yù，见物韵。

䮽 yuè；又，纡勿切，并属物韵。

哕 yuì，打呃，呕吐。又读 huì，见泰韵。

捽 zuó；又，即律切，并属质韵。

崒 昨没切，又读 zú，并属质韵。

卒 臧没切，①士兵，②匆遽。今读 zú。又见质韵。

［曷］曷茇犮拔拨跋钵钹魃般鲅皱发撮靼奓达掇哒呾咄怛裰妲遏阏聒葛桧鸹刽疙割鹖喝佸涉活豁褐栝磕括适筈阔渴剌铩捋喇辣粝末茉靺抹秣沫袜妹枬捺旆泼萨撒杀棁挩脱獭闼斡挖辖捋咱

［简注］

茇 北末切，今读 bá，草根等义。又读 pèi，见泰韵。

犮 蒲拨切，今读 bá；又，蒲盖切，并属泰韵。

拔 蒲拨切，今读 bá，提拔、拔除等义，并属黠韵。又读 bèi，见泰韵。

跋 北末切，今读 bá。

魃 蒲拨切，今读 bá。

般 bō，［般若］梵语，犹智慧。又读 bān，见寒韵、删韵。

鲅 北末切，今读 bà。

发 bō，［发发］众多貌，鱼跃声。《诗经·卫风·硕人》："鳣鲔发发"。又读 fā、fà，见月韵。

鞑 他达切，今读 dá。

靼 dá，当割切；又，之列切，音浙，并属屑韵；又，傥旱切，并属旱韵。

达 唐割切，今读 dá。

哒 当割切，今读 dá。

呾 当割切，今读 dá，并属黠韵。

咄 duō，都括切；又，当没切，并属月韵。

怛、**妲** 俱当割切、得案切，并属翰韵，今读 dá。

阏 è，乌割切；又，於歇切，并属月韵。义同：阻绝等义。又读 yān，见先韵。

桧 古活切；又，古外切，并属泰韵。今读 huì（人名）、guì（木名）。

刽 古活切；又，古外切，并属泰韵。今读 guì。

鸹 古活切；又，古刹切，并属黠韵。今读 guā。

涉 huò，［涉涉］撒网入水声。又读 huì，见泰韵。

栝 kuò，木名。又读 tiǎn，见琰韵；又读 tiàn，见艳韵。

磕 kē；又，苦盍切，并属合韵。

适 kuò，人名用字，不可繁化为"適"。又读 shì，见陌韵。

剌 郎达切，今读 lá、là。

轹 卢达切；又，卢各切，并属药韵；又读 lì，并属锡韵。
喇 郎达切，今读 lǎ。
辣 卢达切，今读 là。
粝 郎达切，又读 lì，并属霁韵。
袜 mò，兜肚。又读 wà，见月韵。
捺 乃曷切，今读 nà。
旆 蒲掇切，又读 pèi，并属泰韵。
萨 桑葛切，今读 sà。
撒 桑葛切，今读 sā、sǎ。
杀 桑葛切，今读 sà，暗淡貌。又，所八切，见黠韵。又读 shài，见卦韵。
棁 tuō，他括切；又，他骨切，并属月韵。义同：木棒，又读 zhuó，见屑韵。
挞、闼 他达切，今读 tà。
獭 他达切，今读 tǎ，并属黠韵。
挖 翁豁切，今读 wā。
辖 何葛切；又，下瞎切，并属黠韵。今读 xiá。
拶 子末切，今读 zǎn。
咱 子葛切；又，兹沙切，并属麻韵。今读 zán。

［黠］黠拔捌叭八擦刹察呾嘎刮鸹鹘猾滑恝劼戛秸帕扒叭铩杀煞刷獭嗢辖瞎鞂辖轧揠猰茁札扎嘶铡炸

［简注］
黠 下八切，今读 xiá，狡猾。八，布拔切；拔，蒲拨切。故，八的古音应读 bō。下八切，即应读如“协”或“穴”。
拔 蒲八切；又，蒲拨切，并属曷韵。今读 bá，拔除、提拔等义。又读 bèi，见泰韵。
捌、八 布拔切，今读 bā。
擦 初戛切，今读 cā。
刹 初辖切，今读 chà。
察 初八切，今读 chá。
呾 乙辖切，今读 dá，并属曷韵。
嘎 古黠切，今读 gá。
刮 古刹切，今读 guā。

鸹 古刹切；又，古活切，并属曷韵。今读 guā。

鹘 户八切，gǔ，并属月韵，鸠也。

猾 户八切，今读 huá。

滑 户八切，今读 huá，光溜。又读 gǔ，见月韵。

恝 讫黠切，今读 jiá。

劼 jié；又，去吉切，并属质韵。

戛 古黠切，今读 jiá。

秸 jiē；又，居偕切，并属佳韵。

帕 mò，裹头巾。又读 pà，见祃韵。

扒 布拔切，①刨挖，今读 bā；②伏卧，今读 pā。又读 pá，见卦韵。

叭 普拔切，今读 bā、pā。

铩 所八切；又，式列切，并属屑韵；所拜切，并属卦韵；所例切，并属霁韵。今读 shā。

杀 所八切，今读 shā，使死掉生命。又，桑葛切，见曷韵；又读 shài，见卦韵。

煞 山戛切，今读 shā；又，所卖切，今读 shà，并属卦韵。

刷 所八切；又，所列切，并属屑韵。今读 shuā。

獭 狄辖切；又，他达切，并属曷韵。今读 tǎ。

唱 乌八切；又，乌没切，并属月韵。今读 wà。

辖 下瞎切；又，何葛切，并属曷韵。今读 xiá。

瞎 许辖切，今读 xiā。

鞈 胡瞎切，今读 xiá。

轧、揠 俱乙黠切，今俱读 yà。

猰 乙黠切，今读 yà；又，烟奚切，并属齐韵；又，壹计切，并属霁韵。

茁 zhuó，侧滑切；又，租悦切，并属屑韵；徵笔切，并属质韵。

札 侧八切，今读 zhá。

扎 侧八切，今读 zhā。

哳 陟鎋切，今读 zhā。

铡 士戛切，今读 zhá。

炸 读如札，今读 zhá，油煎食物。又读 zhà，见祃韵。

［**屑**］ 屑蓟别瘪闭蹩鳖憋辍撤啜掣彻惙澈歠垤耋咥跌迭瓞绖覈龁絜玦颉截节绝桔杰碣拮揭抉趹偈觖桀疖决洁潏讦诀谲袺鴂駃孑结绝埒蒴栵栗列裂烈捩蛚锊冽劣蔑威灭蠛幭篾蘖糵孽苶捏捻蜺啮呐嵲辥臬鶂阑

涅隉批撇瞥嫳契挈朅切锲沏缺窃阕爇热逝揲舌设说铩刷餮蛈凸铁蠛
薛楔榍雪撷趄瞲咉血肸亵泄渫泬穴襭媟缬绁页拽噎咽悦阅谳鞂茁棁
拙折哲晢蜇辙啜浙

［简注］

闭 必结切，又读 bì，并属霁韵。

掣 chè；又，尺制切，并属霁韵。

咥 dié，咬。又读 xì，见质韵、寘韵、未韵；又，虚其切，见支韵。

覈 hé，胡结切；又，下革切，并属陌韵；恨竭切，并属月韵。

龁 hé，奚结切；又，恨竭切，并属月韵。

碣 jié，巨列切；又，其谒切，并属月韵。

拮 jié；又，居质切，并属质韵。

揭 jiē，巨列切，又，居谒切，并属月韵。义同：高举，掀开。又读 qì，见霁韵。

偈 jié，勇武貌。又读 jì，见霁韵。

潏 jué，水名。又读 yù，见质韵。

讦 jié，蹇列切；又，居谒切，并属月韵；居例切，并属霁韵。

孑 jié；又，激质切，并属质韵。

栗 liè，通“裂”。《诗经・东山》：“烝在栗薪。”又读 lì，见质韵。

捩 liè，拗折。又读 lì，见霁韵。

苶 nié，乃结切；又，诺协切，并属叶韵。

捻 niē，乃结切；又，诺协切，并属叶韵。义同：捏，持。又读 niǎn，见琰韵。

蜺 五结切，又读 ní，并属齐韵。

呐 nè，又列切；又，奴骨切，并属月韵。今在“呐喊”、“唢呐”等词中读 nà。

批 蒲结切；又读 pī，并属齐韵；又，普弭切，并属纸韵。

契 ①qiè［契阔］离别、亲密等义。②xiè，帝喾子，商始祖。又读 qì，见物韵、霁韵。

锲 qiè；又，结计切，并属霁韵。

沏 qiè，又读 qì，并属质韵。

逝 食列切，又读 shì，并属霁韵。

揲 shé，食列切；又，悉协切，并属叶韵；直甲切，并属洽韵。

说 shuō，言讲，解释。又读 shuì，见霁韵。

铩 式列切；又，所八切，并属黠韵；所拜切，并属卦韵；所例切，并属霁韵。今读 shā。

刷 所列切；又，所八切，并属黠韵。今读 shuā。

凸 徒结切，今读 tú，并属月韵。

枻 细列切，又读 yì，并属霁韵。

肸 显结切；又读 xī，并属物韵、质韵；又，巨至切，并属寘韵。

泄 xiè，漏出。又读 yì，见霁韵。

渫 xiè，除去污秽。又读 dié，见叶韵。

噎 yē；又，益悉切，并属质韵。

咽 yè，声音涩滞。又读 yān、yuān，见先韵。又读 yàn，见霰韵。

谳 鱼列切，又读 yǎn，并属铣韵。

靼 之列切，音浙；又，当割切，并属曷韵；又读 dàn，并属旱韵。

茁 zhuó，租悦切；又，侧滑切，并属黠韵；徵笔切，并属质韵。

棁 zhuō，梁上短柱。又读 tuō，见月韵、曷韵。

畷 陟劣切，又读 zhuì，并属霁韵。

［叶］叶葉堞楪碟喋蹀蝶牒艓鰈慴渫谍褋叠劫荚梜楫颊捷接睫蛱铗笈倢寁袷裌婕鬣躐猎聂苶捻嗫蹑踥镊谖唼箧妾怯惬慊牃蓮霎摄揲拾箑歙慑濄涉跕帖贴怗协挟躞侠燮屟胁浃䙝厌靥厣魇业邺晔嵥锞腌馌裛烨霅詟辄摺褶褶

［简注］

叶 ①yè，树叶、草叶，姓；繁体作“葉”。②shè，姓，县名；繁体作“葉”。③xié，和，合，通“协”，此义不可繁化为“葉”。

喋 dié，［喋喋］多语，啰嗦。又读 zhá，见洽韵。

渫 dié，［浃渫］［渫渫］水波连续貌。又读 xiè，见屑韵。

梜、蛱 俱吉协切，又读 jiá，并属洽韵。

楫 即涉切，又读 jí，并属缉韵。

荚、颊、铗 俱吉协切，今读 jiá。

笈 极业切，又读 jí，并属缉韵；又，测洽切，并属洽韵。

袷 jié，上衣的交领。又读 jiá，见洽韵。

苶 nié，诸协切；又，乃结切，并属屑韵。

捻 niē，诸协切；又，乃结切，并属屑韵。义同：捏，持。又读 niǎn，见琰韵。

唼 qiè，［唼喋（dié）］低语，又读 shà，见洽韵。

慊 qiè，满足。又读 qiàn，见琰韵。

萐、**箑** 山辄切，又读 shà，并属洽韵。

霎 子叶切，又读 shà，并属洽韵。

揲 shé，悉协切；又，食列切，并属屑韵；直甲切，并属洽韵。

拾 shè，通"涉"，登阶。又读 shí，见缉韵。

歙 shè，地名，在安徽。又读 xī，见缉韵。

侠 胡颊切，今读 xiá。

浃 即协切，音挟；又读 jiā，并属洽韵。

厌 於叶切，又读 yā，并属洽韵，抑制。又读 yàn，见艳韵；又读 yān，见盐韵。

魇 益涉切，又读 yǎn，并属琰韵。

腌 又业切，又读 yān，并属盐韵。今读 ā 或 ān；《汉语大词典》的 12 个词条中，11 个读音为 ā。

裛 yè；又，乙及切，并属缉韵。

霅 之涉切，今读 zhá，并属洽韵。［霅溪］水名，在浙江。又读 xiá，见洽韵；又读 sà，见合韵。

褶 ①zhě，衣裙的皱褶。②dié，夹衣、上衣。又读 xí，见缉韵。

诗词例证

（一）古诗

月韵古诗：

渐渐之石，维其**卒**矣。山川悠远，曷其**没**矣。

——《诗经·小雅·渐渐之石》

朝搴苑中兰，畏彼霜下歇。暝还云际宿，弄此石上月。

鸟鸣识夜栖，木落知风发。异音同至听，殊响俱清越。

妙物莫为赏，芳醑谁与伐。美人竟不来，阳阿徒晞发。

——［南朝·宋］谢灵运《石门岩上宿》

玉阶生白露，夜久侵罗袜。却下水晶帘，玲珑望秋月。

——［唐］李白《玉阶怨》

曷韵古诗：

采采芣苢，薄言掇之。采采芣苢，薄言捋之。

——《诗经·周南·芣苢》

屑韵古诗：

蜉蝣掘阅，麻衣如雪。心之忧矣，於我归说。

——《诗经·曹风·蜉蝣》

谁言生离久，适意与君别。衣上芳犹在，握里书未灭。
腰中双绮带，梦为同心结。常恐所思露，瑶华未忍折。

——［南朝·梁］萧衍《有所思》

天津桥下冰初结，洛阳陌上人行绝。
榆柳萧疏楼阁闲，月明直见嵩山雪。

——［唐］孟郊《洛桥晚望》

千山鸟飞绝，万径人踪灭。孤舟蓑笠翁，独钓寒江雪。

——［唐］柳宗元《江雪》

窗前暗响鸣枯叶，龙公试手行初雪。
映空先集疑有无，作态斜飞正愁绝。
众宾起舞风竹乱，老守先醉霜松折。
恨无翠袖点横斜，只有微灯照明灭。
归来尚喜更鼓永，晨起不待铃索掣。
未嫌长夜作衣棱，却怕初阳生眼缬。
欲浮大白追余赏，幸有回飙惊落屑。
模糊桧顶独多时，历乱瓦沟裁一瞥。
汝南先贤有故事，醉翁诗话谁续说。
当时号令君听取，白战不许持寸铁。

——［宋］苏轼《聚星堂雪》

叶韵古诗：

岸阴垂柳叶，平江含粉堞。好值城旁人，多逢荡舟妾。
绿水溅长袖，浮苔染轻楫。

——［南朝·梁］萧纲《雍州曲·北渚》

落日飞山上，山下人呼猎。出门纵步观，无遑需屐屧。
至则闻猎人，喧然肆牙颊。或言歧径多，御者困追蹑。
或言御徒希，声势不相接。或言器械钝，驰逐无所挟。
或言卢犬顽，兽走不能劫。余笑与之言，善猎气不慑。
汝方未猎时，战气先萎苶。弱者力不支，勇者胆亦怯。
微哉一雉不能擒，虎豹之血其可喋。
汝不闻去岁淮甸间，熊罴百万临危堞。
往往被甲皆汝曹，何怪师行无凯捷。
呜呼，安得善猎与善兵，使我一见而心惬。

——［宋］王迈《观猎行》

物月曷黠屑叶通押的古诗：

南山律律，飘风弗弗（物）。民莫不穀，我独不卒（月）。

——《诗经·小雅·蓼莪》

间关车之舝兮（黠），思娈季女逝兮（屑）。
匪饥匪渴（曷），德音来括（曷）。

——《诗经·小雅·车舝》

桂棹兮兰枻（屑），斫冰兮积雪（屑）。
采薜荔兮水中，搴芙蓉兮木末（曷）。
心不同兮媒劳，恩不甚兮轻绝（屑）。

——屈原《湘君》

新裂齐纨素，鲜洁如霜雪（屑）。裁为合欢扇，团团似明月（月）。
出入君怀袖，动摇微风发（月）。常恐秋节至，凉飙夺炎热（屑）。
弃捐箧笥中，恩情中道绝（屑）。

——［汉］班婕妤《怨歌行》

江上气早寒，仲秋始霜雪（屑）。从军乏衣粮，方冬与家别（屑）。
萧条背乡心，凄怆清渚发（月）。凉埃晦平皋，飞潮隐修樾（月）。
孤光独徘徊，空烟视升灭（屑）。途随前峰远，意逐后云结（屑）。
华志分驰年，韶颜惨惊节（屑）。推琴三起叹，声为君断绝（屑）。

——［南朝·宋］鲍照《发后渚》

幼女才六岁，未知巧与拙（屑）。向夜在堂前，学人拜新月（月）。

——［唐］施肩吾《幼女词》

不饮胡为醉兀兀（月），此心已逐归鞍发（月）。

归人犹自念庭帏，今我何以慰寂寞（月）。
登高回首坡垅隔，但见乌帽出复没（月）。
苦寒念尔衣裘薄，独骑瘦马踏残月（月）。
路人行歌居人乐，僮仆怪我苦凄恻（职）。
亦知人生要有别，但恐岁月去飘忽（月）。
寒灯相对记畴昔，夜雨何时听萧瑟（质）。
君知此意不可忘，慎勿苦爱高官职（职）。

——［宋］苏轼《辛丑十一月十九日既与子由别于郑州西门之外马上赋诗一篇寄之》

北上太行东禹穴（屑），雁荡山中最奇绝（屑）。
龙湫一派天下无，万众赞扬同一舌（屑）。
行行路入两山间，踏碎苔痕屐将折（屑）。
山穷路断脚力尽，始见银河落双阙（屑）。
矩罗宴坐看不厌，骚人弄词困搜抉（屑）。
谢公千载有遗恨，李杜复生吟不彻（屑）。
我游石门称胜地，未信此湫真卓越（月）。
一来气象大不侔，石屏倚天惊鬼设（屑）。
飞泉直自天际来，来处益高声益烈（屑）。
溟池倒泻三峡流，到此谁能定优劣（屑）。
雁山佳趣须要领，一日尽游神恶亵（屑）。
骊龙高卧唤不应，自愧笔端无电掣（屑）。
轮囷萧索湍不怒，非雾非烟亦非雪（屑）。
我闻冻雨初霁时，喷击生风散空阔（屑）。
更期雨后再来看，净洗一身烦恼热（曷）。

——［宋］楼钥《大龙湫》

（二）词

屑韵词：

杨柳枝，芳菲节。所恨年年赠离别。
一叶随风忽报秋，纵使君来岂堪折。

——［唐］柳氏（韩翃妻）《杨柳枝》

雨后晓寒轻，花外早莺啼歇。

愁听隔溪残漏，正一声凄咽。

不堪西望去程赊，离肠万回结。
不似海棠阴下，按凉州时节。

——［宋］魏夫人《好事近》

夜倚读书床，敲碎唾壶，灯晕明灭。
多事西风，把斋铃频掣。
人共语、温温芋火，雁孤飞、萧萧桧雪。
遍阑干外，万顷鱼天，未了予愁绝。

鸡边长剑舞，念不到、此样豪杰。
瘦骨棱棱，但凄其衾铁。
是非梦、无痕堪记，似双瞳、缤纷翠缬。
浩然心在，我逢着梅花便说。

——［宋］蒋捷《尾犯·寒夜》

物月曷黠屑叶通押的词：

寒蝉凄切（屑）。对长亭晚，骤雨初歇（月）。
都门帐饮无绪，留恋处，兰舟摧发（月）。
执手相看泪眼，竟无语凝噎（屑）。
念去去，千里烟波，暮霭沉沉楚天阔（曷）。

多情自古伤离别（屑），
更那堪冷落清秋节（屑）。
今宵酒醒何处，杨柳岸晓风残月（月）。
此去经年，应是良辰好景虚设（屑）。
便纵有千种风情，更与何人说（屑）。

——［宋］柳永《雨霖铃》

霜余已失长淮阔（曷），空听潺潺清颍咽（屑）。
佳人犹唱醉翁词，四十三年如电抹（曷）。

草头秋露流珠滑（黠），三五盈盈还二八（黠）。
与余同是识翁人，惟有西湖波底月（月）。

——［宋］苏轼《木兰花令·次欧公西湖韵》

绿树听鹈鴂（屑）。
更那堪，鹧鸪声住，杜鹃声切（屑）。

啼到春归无寻处，苦恨芳菲都歇（月）。
算未抵，人间离别（屑）。
马上琵琶关塞黑，更长门翠辇辞金阙（屑）。
看燕燕，送归妾（叶）。

将军百战声名裂（屑）。
向河梁，回头万里，故人长绝（屑）。
易水萧萧西风冷，满座衣冠似雪（屑）。
正壮士，悲歌未彻（屑）。
啼鸟还知如许恨，料不啼清泪长啼血（屑）。
谁共我，醉明月（月）。

——［宋］辛弃疾《贺新郎·别茂嘉十二弟》

我来牛渚，聊登眺，客里襟怀如豁（曷）。
谁著危亭当此处，占断古今愁绝（屑）。
江势鲸奔，山形虎踞，天险非人设（屑）。
向来舟舰，曾扫百万胡羯（月）。

追念照水燃犀，男儿当似此英雄豪杰（屑）。
岁月匆匆留不住，鬓已星星堪镊（叶）。
云暗江天，烟昏淮地，是断魂时节（屑）。
栏干捶碎，酒狂忠愤俱发（月）。

——［宋］吴渊《念奴娇》

洞庭青草，近中秋，更无一点风色（职）。
玉鉴琼田三万顷，着我扁舟一叶（叶）。
素月分辉，明河共影，表里俱澄澈（屑）。
悠然心会，妙处难与君说（屑）。

应念岭表经年，孤光自照，肝胆皆冰雪（屑）。
短发萧疏襟袖冷，稳泛沧溟空阔（曷）。
尽吸西江，细斟北斗，万象为宾客（陌）。
扣舷独啸，不知今夕何夕（陌）。
（此词属叶、锡两部通押）

——［宋］张孝祥《念奴娇·过洞庭》

太液芙蓉，浑不似，旧时颜色（职）。
曾记得、春风雨露，玉楼金阙（屑）。

名播兰馨妃后里，晕潮莲脸君王侧（职）。
忽一声颦鼓揭天来，繁华歇（月）。

龙虎散，风云灭（屑）。千古恨，凭谁说（屑）。
对山河百二，泪盈襟血（屑）。
客馆夜惊尘土梦，宫车晓辗关山月（月）。
问姮娥，于我肯从容，同圆缺（屑）。
（此词属叶、锡两部通押）

——［宋］王清惠《满江红·题南京夷山驿》

乌瞻三足，蟾看膰腹（屋）。矫首惊虬突兀（月）。
走来便吸绣江波，却只是、陶泓旧物（物）。

玄卿如故，毛生未秃（屋）。老楮犹堪一拂（物）。
此时才气斗谁先，看个个、骊珠吐出（质）。
（此词属叶、屋、锡三部通押，十分谐听）

——［元］刘敏中《鹊桥仙·张古斋送古铜研滴书此为谢》

漠漠轻阴，正梅子弄黄时节（屑）。
最恼是，欲晴还雨，乍寒又热（屑）。
燕子梨花都过也，小楼无奈伤春别（屑）。
傍阑干，欲说更沉吟，终难说（屑）。

一点点，杨花雪（屑）。一片片，榆钱荚（叶）。
渐西垣日隐，晚凉清绝（屑）。
池面盈盈清浅水，柳梢淡淡黄昏月（月）。
是何人，吹彻玉参差，情凄切（屑）。

——［明］文征明《满江红》

秋色到空闺，夜扫梧桐叶（叶）。
谁料同心结不成，翻就相思结（屑）。

十二玉阑干，风有灯明灭（屑）。
立尽黄昏泪几行，一片鸦啼月（月）。

——［明］夏完淳《卜算子》

第十七章　十七洽韵最窄

（一）十七洽部的韵母及 a、e 之间的关系

由合洽二韵组成的十七洽部，主要韵母是 a（含 ia，下同）。合、盍等字，韵母虽为 e，究其反切标音，也均可寻见其与 a 的关系。如合字，一种反切法标为古沓切，可知合、沓二字古音韵母相同，有 a 的影子。清人梁绍壬著《两般秋雨庵随笔・答》载：

> 古无答字，合即答也。《释诂》："合，对也。"《左传・宣公二年》："对曰：'非马也，其人也，既合而来奔。'"杜注："合，犹答也。叔牂言毕，遂奔鲁。"

在这里，合又读 dá，成了答的通假字。其实，对于汉字的古音，原不必过分较真。合、沓等字，古音韵母大约介于 a、e 之间，非 a 非 e，亦 a 亦 e。今天习惯了普通话读音的人们，不易理解这一点。古时无拼音字母，用今天的拼音方法去责难古人，是没有道理的。

明乎此，就可以知道，十七洽部与六麻部有相似之处：主要韵母是 a，又有少量字的韵母为 e（含 ie、uo，下同）；在六麻部，好像是歌麻通押，也确有诗人搞歌麻通押；在入声部，包括十七洽、十六叶两部，a、e 两种韵母的通押也十分普遍。请看下面各例：

> 明年岂无年，心事恐蹉跎（歌）。
> 努力尽今夕，少年犹可夸（麻）。

这是苏轼《守岁》诗的最后四句，属歌麻通押。

> 飒飒秋雨中，浅浅石溜泻（马）。
> 跳波自相溅，白鹭惊复下（祃）。

这是王维诗《栾家濑》，属六麻部马祃通押，但韵脚泻、下二字并不合谐，仿佛是个祃通押。

玉阶生白露，夜久侵罗袜（月）。
却下水晶帘，玲珑望秋月（月）。

李白的这首《玉阶怨》用月韵写成。“袜”字，勿发切，今读 wà。

上述三例，不论押平声韵、上去声韵，还是押入声韵，俱属 a、e 通押。虽不涉及合洽，但道理是一样的。这种在今天普通话语言环境下很不谐调的现象，究其古音，不过是一音之转罢了。

（二）为什么说十七洽韵最窄

入声韵部本无宽窄之说，但即使是最窄的江、佳、肴、咸等韵，也可以找到一些诗词例证，而用合洽二韵写成的诗词，无论是独押一韵，还是二韵通押，都是少而又少的。在笔者手边有限的资料中，只找到一首合韵诗，还是四声说创始人之一的沈约先生写的；洽韵诗，找不到例证；合洽通押的诗词，例证也很难找。十七洽部实在是最窄的一部。

沈约的诗，题为《石塘濑听猿》，全诗如下：

噭噭夜猿鸣，溶溶晨雾合。
不知声远近，唯见山重沓。
既欢东岭唱，复伫西岩答。

合洽通押的诗，也只找到杨万里的一首《插秧歌》：

田夫抛秧田妇接（叶），小儿拔秧大儿插（洽）。
笠是兜鍪蓑是甲（洽），雨从头上湿到胛（洽）。
唤渠朝餐歇半霎（洽），低头折腰只不答（合）。
秧根未牢莳未匝（合），照管鹅儿与雏鸭（洽）。

此诗句句用韵，算首句，可视为叶合洽通押。但一般对诗的首句用韵要求不严，故此诗也可视为合洽通押的诗。

合洽通押的词，可举元人欧阳玄的《渔家傲》为例：

五月都城犹衣夹（洽），
端阳蒲酒新开腊（合）。
月傍西山青一掐（洽），
荷花夹（洽），
西湖近岁过苕霅（洽）

血色金罗轻汗浃（洽），

宫中画扇传油法（洽）。
雪腕彩丝红玉甲（洽），
添香鸭（洽），
凉糕时候秋生榻（合）

金代著名道士王喆的《苏幕遮》以合洽通押为主，并与黠韵通押：

五台峰，三耀刹（黠）。
八识俱明，四象灵光匝（合）。
罗汉回头看菩萨（黠）。
佛果圆成，这里无言答（合）。

证虚无，腾可恰（洽）。
清净全扶，澄湛尤相洽（洽）。
休衮神珠分等甲（洽）。
彩色传辉，再现黄金塔（合）。

八个韵脚，合洽 6，黠韵 2。虽然超出了十七洽部，却十分谐听，一点也不勉强。这种以一部为主，兼通别部甚至数部通押的现象，在入声五部中都存在，不独十七洽为然，是入声韵的共同特点。

（三）与其他入声韵部的关系

十七洽部作韵脚，多是参与十六叶部。此一点，在十六叶一章已经涉及，下面再举三例：

双浆莼波，一蓑松雨，暮愁渐满空阔（曷）。
呼我盟鸥，翩翩欲下，背人还过木末（曷）。
那回归去，荡云雪，孤舟夜发（月）。
伤心重见，依约眉山，黛痕低压（洽）。

采香径里春寒，老子婆娑，自歌谁答（合）。
垂虹西望，飘然引去，此兴平生难遏（曷）。
酒醒波远，政凝想、明珰素袜（月）。
如今安在，唯有阑干，伴人一霎（叶、洽）。

这是姜夔词《庆宫春》，以押十六叶部为主，杂一合韵字（答）、一洽韵字（压），霎字兼属叶洽二韵。

酒群花队，攀得短辕折（屑）。
谁怜故山归梦，千里莼羹滑（黠）。
便整松江一棹，点检能言鸭（洽）。
故人欢接（叶）。
醉怀霜橘，堕地金圆醒时觉（觉）。

长喜刘郎马上，肯听诗书说（屑）。
谁对叔子风流，直把曹刘压（洽）
更看君侯事业，不负平生学（觉）。
离觞愁怯（叶）。
送君归后，细写茶经煮香雪（屑）。

这是辛弃疾的《六幺令·用陆氏事送玉山令陆德隆侍亲东归吴中》。同题共两首，其二为步韵之作。韵脚上，十六叶部六韵，十七洽部二韵，十八药部二韵。

个人人，二旬八（黠）。
勿肯回头，性命成搜刷（黠）。
扑入沉沦常坠压（洽）。
镜子前来，著甚言谈答（合）。

是神仙，何不察（黠）。
劈破凡心，认取佛菩萨（黠）。
一颗明珠频擦抹（曷）。
七宝宫中，垒起真金塔（合）。

——［金］王喆《苏幕遮》

这首词亦是以十六叶部为主，但韵脚韵母全为 ɑ（含 iɑ、uɑ），显然是精心挑选的，好像属于同一韵部。这说明，八、刷、察、萨、抹等字的读音，至少在宋金之际就已经与今天无异了。像这种参与，对十七洽部来说当然是最适合的，应该积极提倡。不然，十七洽部实在难有作为。

（2002 年 9 月 13 日）

十七洽部用字表

［合］合荅奄搭嗒答褡匌儑姶韐鞈蛤匒鸽閤盖盍颌盒郃阖洽榼磕瞌嗑

溘垃拉蜡腊邋衲纳卡卅靸霅趿飒圾塔塌鞳軩鞜榻拓搨遢蹋蹹踏遝沓阘溻漯唈砸匝咂杂

［简注］

合 曷閤切。閤，古沓切，故，合亦可作曷沓切，读如 hà。今读 hé。

姶 遏合切，今读 è。

軩 葛合切，今读 gé；又，讫洽切，并属洽韵。

蛤 古沓切，今读 gé。

鸽 葛合切，今读 gē。

閤 古沓切，今读 gě。

盖 古沓切，今读 gě。①古邑名，在山东，②姓。又读 gài，见泰韵。

盍 辖腊切，今读 hé。

盒 侯閤切，今读 hé。

阖 胡腊切，今读 hé。

洽 葛合切，今读 hé，古水名，黄河支流。《诗・大明》："在洽之阳。"又读 qià，见洽韵。

榼、**瞌** 俱克盍切，今读 kē。

磕 苦盍切，今读 kē，并属曷韵。

嗑 谷盍切，今读 kè，用牙咬开有壳物。又读 xiá，见洽韵。

溘 克盍切，今读 kè。

蜡 là，蜡烛。又读 zhà，见祃韵；又读 qù，见御韵。

卡 qiǎ，又读 kǎ，并属祃韵。

霅 sà，［霅霅］象声词。又读 zhá、xiá，见洽韵。

拓 tà，将金石器物上的文字、图案摩印下来，本作"搨"。又读 tuò，见药韵。

唈 乌荅切，又读 yì，并属缉韵。

［洽］洽阿插扱锸臿筬㭘乏法梜柙夹鵊郏甲跲蛱岬钾筴胛浃袷韐掐帢恰萐霎㗘哈唼歃箑翣凹霅硖匣嗑呷峡狭狎祫压厌押鸭眨喋闸煠

［简注］

洽 qià，滋润，合谐。又读 hé，见合韵。

阿 ā，吴语呼人之发声词，如阿姐阿妹等，并属麻韵。又读 ē，见歌韵。

又读 ě，见哿韵。

笈 测洽切，又读 jí，并属缉韵；又，极业切，并属叶韵。

柣、蛱 俱读 jiá；又，俱吉协切，并属叶韵。

浃 jiā；又，即协切，并属叶韵。

袷 jiá，①次，副；②衬。又读 jié，见叶韵。

韐 讫洽切；又，葛合切，并属合韵。今读 gé。

萐、箑 俱读 shà；又，俱山辄切，并属叶韵。

霎 shà；又，子叶切，并属叶韵。

牃 直甲切，又读 shé，食列切，并属屑韵；悉协切，并属叶韵。

哈 shà，以唇啜饮；同“歃”。又读 hā，见麻韵；又读 hǎ，见马韵。

唼 shà，［唼喋（zhá）］鱼或水禽吃食。又读 qiè，见叶韵。

凹 乌洽切，又读 āo，并属肴韵。

霅 ①xiá，众言。②zhá，［霅溪］水名，在浙江。此意又之涉切，并属叶韵。又读 sà，见合韵。

嗑 xiá，笑声。又读 kè，见合韵。

厌 yā，又，於叶切，并属叶韵。抑制。又读 yān，见盐韵；又读 yàn，见艳韵。

喋 zhá，［喋呷］水鸟或鱼类聚食貌。又读 dié，见叶韵。

诗词例证

（一）古诗

合韵古诗：

噭噭夜猿鸣，溶溶晨雾合。不知声远近，唯见山重沓。
既欢东岭唱，复伫西岩答。

——［南朝·梁］沈约《石塘濑听猿》

合洽通押的古诗：

田夫抛秧田妇接（叶），小儿拔秧大儿插（洽），
笠是兜鍪蓑是甲（洽），雨从头上湿到胛（洽）。
唤渠朝餐歇半霎（洽），低头折腰只不答（合）。

秧根未牢莳未匝（合），照管鹅儿与雏鸭（洽）。

——［宋］杨万里《插秧歌》

（二）词

合洽通押的词：

翠苔轻搭（合），
南枝逗暖，乍收渐霎（洽）。
乱插繁花，快张华宴，绕衣千匝（合）。

玉堂无限风流，但只欠、些儿雪压（洽）。
任选一枝，折归相伴，绣屏花鸭（洽）。

——［元］柯九思《柳梢青·和杨元咎梅词》

岚翠浓于草鞋夹（洽）。
绕坡西流，潆潆暗通苕霅（洽）。
谷声遝（合）。
下落乱泉声里，愀悄如相答（合）。
此间景，纯得关仝巨然法（洽）。

赤松三百本，雨溜苍皮，霜凋黛甲（洽）。
秃干争欹压（洽）。
笑语同游，黄叶鸣檐，丹枫裹寺，如何不荷埋身锸（洽）。

——［清］陈维崧《过涧歇·显德寺前看枫叶》

第十八章　十八药词多于诗

十八药是《广韵》里的排序，采用这一序号，无奈与巧合兼而有之，因为《平水韵》中入声只有 17 韵。

药字，今读 yào，《辞海》并注：读音 yuè。方言中也有此读音。就诗韵来说，读 yuè 才是。

觉药二韵所含的字，韵母非 o（含 uo，下同）即 e（含 üe，下同）。从听觉上辨别，是很押韵的。其中有一部分字，在普通话读音中，韵母为 ao 或 u，究其反切标音，均属 o 或 e。如雹字，今读 báo，反切标为蒲角切；郝字，今读 hǎo，反切为呵各切；璞字，今读 pú，反切为匹角切；等等。

（一）十八药部的使用情况

觉韵字少，药韵字多，因为药韵是由《广韵》的药铎二韵合并而成的。无论诗词，独押觉韵的，难以找到例证。独押药韵或觉药通押的也偏少。诗词相比，词多于诗。

1. 就诗来说，独押药韵的，《诗经》中可以找到几例，如《小雅·巧言》的第四章：

奕奕寝庙，君子**作**之。
秩秩大猷，圣人**莫**之。
他人有心，予忖**度**之。
跃跃毚兔，遇犬**获**之。

从《郑风·溱洧》《豳风·七月》《小雅·皇皇者华》《大雅·板》中的有关章节，也可找到药韵的例子。晋人卢谌，南朝人谢朓、释宝月、江淹、张率，唐人王维、李白、崔国辅等，也写过药韵诗。如李白的《横江词六首》其一：

人道横江好，侬道横江恶。
猛风吹倒天门山，白浪高于瓦官阁。

清人朱昆田的《海棠叹五首》中有一首用的是药韵：

名花生得地，其奈反萧索。
春风十日中，自开还自落。

觉药通押的诗，如《诗经》中的《秦风·晨风》第二章前四句：

山有苞栎，隰有六駮。
未见君子，忧心靡乐。

栎、乐属药韵，駮属觉韵。还有《诗·邶风·简兮》中的第三章，晋人庾阐的《三月三日临曲水》，也是觉药通押的。

2. 就词而论，作品多于诗，是因为词牌子多数要求押仄声韵，其中又有相当数量的词牌子要求押入声韵，这就为药韵词或觉药通押的词提供了表现的空间。而对诗，则无此种严苛规定。

药韵词以陆游、唐琬的两首《钗头凤》最为有名：

红酥手，黄縢酒，满城春色宫墙柳。
东风恶，欢情薄，一怀愁绪，几年离索。错，错，错。

春如旧，人空瘦，泪痕红浥鲛绡透。
桃花落，闲池阁，山盟虽在，锦书难托。莫，莫，莫。

——陆游

世情薄，人情恶，雨送黄昏花易落。
晓风干，泪痕残，欲笺心事，独语斜栏。难，难，难。

人成各，今非昨，病魂常似秋千索。
角声寒，夜阑珊，怕人寻问，咽泪装欢。瞒，瞒，瞒。

——唐琬

两首词中押入声韵的部分——恶、薄、索、错、落、阁、托、莫、各、昨，都属药韵。

岳飞那首“怒发冲冠”的《满江红》，脍炙人口，用的是月屑韵。其另一首《满江红》则很少有人提及，用的恰是纯粹的药韵：

遥望中原，荒烟外、许多城郭。
想当年、花遮柳护，凤楼龙阁。
万岁山前珠翠绕，蓬壶殿里笙歌作。
到而今、铁骑满郊畿，风尘恶。

兵安在，膏锋锷。

民安在，填沟壑。
叹江山如故，千村寥落。
何日请缨提锐旅，一鞭直渡清河洛。
却归来、再续汉阳游，骑黄鹤。

——岳飞《满江红·登黄鹤楼有感》

至于觉药通押的词，就更为常见了。如张先的《满江红》、周邦彦的《解连环》、张元干的《点绛唇》、吴文英的《澡兰香》、蔡松年的《石州慢》、许有壬的《满江红》、周僖的《疏影》、项延纪的《兰陵王》等。

由于觉韵字偏少，并且多数在韵脚派不上用场，因此，所谓觉药通押，基本上是以药为主，觉韵只一个"角"字参与。如王安石的《千秋岁引》：

别馆寒砧，孤城画角。
一派秋声入寥廓。
东归燕从海上去，南来燕向沙头落。
楚台风，庾楼月，宛如昨。

无奈被些名利缚，
无奈被他情担阁，
可惜风流总闲却。
当初漫留华表语，而今误我秦楼约。
梦阑时，酒醒后，思量着。

像这种只有一个"角"字属觉韵，其余韵脚皆属药韵的词，十分常见。如周邦彦的《瑞鹤仙》、姜夔的《凄凉犯》、黄机的《忆秦赋》、吴潜的《满江红》、汪元量的《传言玉女》、王庭筠的《谒金门》、顾德辉的《青玉案》、陈维崧的《好事近》、袁祖惠的《金缕曲》、蒋春霖的《琵琶仙》，等等。

（二）本部与其他入声韵部的关系

由于十八药部的韵母与十六叶部的主要韵母相同，所以常有两部通押的情形。相关例证可参阅"十六叶部"一章。十九锡部里也有相当数量韵母为 o 或 e 的字，因此，十八药也时常与之通押。如南朝乐府《上声歌八首》之五：

三月寒暖适，杨柳可藏雀。
未言涕交零，如何见君隔。

两个韵脚，雀属药韵，隔属十九锡部的陌韵。

即使韵母不相同，五个入声韵部也时有混押现象。这在前文十五屋、十六叶、十七洽中均有涉及。从十八药的角度看，同样如此：

（1）与十五屋通。如陶渊明的《拟挽歌词》、张问陶的《丰都山》。原诗请阅“十五屋”一节。

（2）与十七洽通。如晏几道的《六幺令》：

绿阴春尽，飞絮绕香阁（药）。
晚来翠眉宫样，巧把远山学（觉）。
一寸狂心未说，已向横波觉（觉）。
画帘遮匝（合）。
新翻曲妙，暗许闲人带偷掐（洽）。

前度书多隐语，意浅愁难答（合）。
昨夜诗有回文，韵险还慵押（洽）。
都待笙歌散了，记取来时霎（洽）。
不消红蜡（合）。
闲云归后，月在庭花旧栏角（觉）。

十个韵脚，十八药 4 个，十七洽 6 个。

（3）与十九锡通。如《古诗十九首》之三：

青青陵上柏（陌），磊磊涧中石（陌）。
人生天地间，忽如远行客（陌）。
斗酒相娱乐，聊厚不为薄（药）。
驱车策驽马，游戏宛与洛（药）。
洛中何郁郁，冠带自相索（药）。
长衢罗夹巷，王侯多第宅（陌）。
两宫遥相望，双阙百余尺（陌）。
极宴娱心意，戚戚何所迫（陌）。

9 个韵脚，6 个属十九锡部的陌韵，3 个属药韵。

又如南宋家铉翁的词《念奴娇·送陈正言》：

南来数骑，问征尘、正是江头风恶（药）。
耿耿孤忠磨不尽，惟有老天知得（职）。
短棹浮淮，轻毡渡汉，回首觚棱泣（缉）。
缄书欲上，惊传天外清跸（质）。

路人指示荒台，昔汉家使者，曾留行迹（陌）。
我节君袍雪样明，俯仰都无愧色（职）。
送子先归，慈颜未老，三径有余乐（药）。
逢人问我，为说肝肠如昨（药）。

八个韵脚，药部 3 个，锡部 5 个。

以上三种情况，均是入声用韵的独有现象，虽不甚谐听，亦无可指摘，但今人不宜刻意效仿。

《诗经·大雅·皇矣》的第一章，用《词林正韵》分析，也属药锡通押，但读起来十分谐听：

皇矣上帝！临下有赫（陌）。
监观四方，求民之莫（药）。
维此二国，其政不获（药）。
维彼四国，爰究爰度（药）。
上帝耆之，憎其式廓（药）。
乃眷西顾，此维于宅（陌）。

《诗经》时代并无韵书可言，这个例子又一次说明：

(1) 入声历史久远，在早期诗歌中就是存在的。

(2) 在入声中，只要听起来顺耳，是不必考虑什么韵部划分的。

（2002 年 10 月 13 日）

十八药部用字表

［觉］觉雹趵鳆爆剥驳駮逴龊踔娖戳嚣珏桷捔较傕角壳荦烁眊邈晉掉搦璞朴埆縠悫榷确搠箾数朔槊稍握龌喔幄偓渥莺学泶岳乐鷟琢菿椓棹斫捉擢卓桌啄晫啅镯櫡倬鷟涿浞浊灂汋濯诼翟鹤

［简注］

觉 jué，醒悟。又读 jiào，见效韵。

雹 蒲角切，今读 báo。

趵 bō，蹄声。又读 bào，见效韵。

鳆 弼角切，又读 fú，并属屋韵。

爆 bó，［爆烁（luò）］犹剥落。又读 bào，见效韵。

剥 bō，去掉外皮。又读 pú，见屋韵。

駮 bó。①传说中的猛兽。②树名。《诗经·秦风·晨风》："山有苞栎，隰有六駮。"③驳的异体字。但①②义，不可简化为"驳"。

踔 chuō；又，丑教切，并属效韵。

翯 hè；又，胡沃切，并属沃韵。

较 jué，①车箱上扶手的横木，②法，③通"角"，竞赛。又读 jiào，见效韵。

角 jué，①动物头上之骨状突出物，今读 jiǎo；②较量；③古酒器；④五音之一；⑤角色。又读 lù，见屋韵。又读 gǔ，见沃韵。

壳 ké，苦角切，今又读 qiào；又，空谷切，并属屋韵。

烁 luò，［爆（bó）烁］犹剥落。并属药韵。又读 shuò，见药韵。

眊 莫角切，今读 mào。

邈 莫角切，今读 miǎo。

瞀 墨角切；又莫卜切，屋韵；又读 mào，号韵；又，亡遇切，遇韵；又，迷浮切，尤韵；又，莫候切，宥韵。义同。

掉 女角切；又读 diào，徒了切，并属筱韵；徒弔切，并属啸韵。

璞 匹角切，今读 pú。

朴 匹角切。①pǔ，"樸"的简化字；②pò，木皮；③pō，"朴刀"一词中的读音。又，披尤切，见尤韵。

数 shuò，多次。又读 cù，见屋韵、沃韵。又读 shù，见遇韵。又读 shǔ，见麌韵。

乐 yuè，音乐。又读 lè，见药韵。又读 yào，见效韵。

棹 zhuō，木名。又读 zhào，见效韵。

斫 zhuó，侧角切；又，之若切，并属药韵。

啄 zhuó；又，丁木切，并属屋韵。

啅 zhuó，鸟啄食。又读 zhào，见效韵。

灂 zhuó，水声。又读 jiào，见啸韵。

汋 zhuó，仕角切；又，职略切，并属药韵。

翟 直角切，又读 dí，并属锡韵，长尾雉，同"鸐"。又读 zhái，见陌韵。

鸐 直角切，又读 dí，并属锡韵。

［药］药博薄礴搏髆镈簙箔膊泊亳襮厝踖错婥绰踱铎度堮萼垩恶噩咢
鹗遌鄂崿锷鳄腭愕谔缚欂搁咯胳各郭阁郝藿劐霍靃瓠攉壑矐蠖镬籰貉

臛臒鄗熇濩涸鹤醵攫矍噱蹻蹻蠼噱嚼镬皭爵脚臄玃戄爝屩鞟霩扩廓恪
漷彍珞落栎酪硌铄掠略雒乐烙泺洛络骆莫幕鄚摸瞙镆膜瘼漠寞谟虐
疟诺粕却鹊碏踖雀若惹蒻喏箬弱嫋芍杓索铄勺烁妁萚柝槖拓托箨侂魄
饦沰讬削谑跃钥籰籥龠瀹礿约著酢酌柞斫凿昨筰作彴着怍焯汋灼禚缴

［简注］

药 yuè，今读 yào。

襮 bó；又，博沃切，并属沃韵。

厝 cuò；又，仓故切，并属遇韵。

躇 chuò，越级，不按阶次。又读 chú，见鱼韵；又，丈吕切，见语韵；又，迟据切，见御韵。

度 duó，计算，揣测。又读 dù，见遇韵。

恶 è，罪过。又读 wù，见遇韵；又读 wū，见虞韵。

遌 è，抵触。又读 wù，见遇韵。

缚 伏约切；又，符卧切，并属个韵。今读 fù。

郝 呵各切，今读 hǎo，姓。又读 shì，见陌韵。

靃 huò，飞声。又读 suǐ，见纸韵。

瓠 huò，［瓠落］①大而空貌，②孤寂。又读 hú，见鱼韵；又读 hù，见遇韵。

矱 yuè，又读 huò，并属陌韵。

鄗 呵各切，又读 hào，并属皓韵，古地名，在山东。又读 qiāo，见肴韵。

熇 hè；又，呼木切，屋韵；火酷切，沃韵。义同：酷热。又读 xiāo，见萧韵。

濩 huò，煮、浸沤、水大等义。又读 hù，见遇韵。

醵 极虐切，又读 jù，并属御韵；又，求於切，并属魚韵。

嚼 jué，今又读 jiáo。

皭 即约切，又读 jiào，并属啸韵。

脚 居勺切，①脚色，通“角”；②足也，此义今读 jiǎo。

栎 ①历各切，又读 lì，并属锡韵，木名。②yuè，［栎阳邑］战国时地名，曾为秦都。

酪 卢各切，今读 lào。

铄 卢各切；又，卢达切，并属曷韵；又读 lì，并属锡韵。

乐 lè，欢乐，高兴。又读 yuè，见觉韵；又读 yào，见效韵。

烙 luò，今又读 lào。

莫 mò，否定副词，无指代词。又读 mù，见遇韵。

幕 末各切，今读 mù。

鄚 mò，又读 mào。

谟 末各切；又，莫故切，并属遇韵；又读 mó，并属虞韵。

踖 què，［踖陵］在河南光山县东南。又读 jí，见陌韵。

惹 ruò，［惹惹］轻盈貌。又读 rě，见马韵。

喏 rě，俗酌切；又，尔者切，并属马韵。

芍 ①shuò，今读 sháo。［芍药］花名。②què，［芍陂（bēi）］古淮河流域著名水利工程，在安徽。

杓 实若切，今读 sháo ，勺子。又读 biāo，见萧韵。又读 dí，见锡韵。又，多啸切，见啸韵。

索 suǒ；又，山戟切，并属陌韵。

勺 实若切，今读 sháo。

烁 ①shuò，热。②luò，［爆（bó）烁］犹剥落，并属觉韵。

拓 tuò，开辟。又读 tà，见合韵。

魄 tuò，［落魄］穷困失意，又作“落泊”、“落薄”、“落讬”。又读 pò，见陌韵。

削 xué，①一种小刀，②斜切。又读 qiào，见啸韵。又读 xiāo，见萧韵。

著 zhuó，①“着”的本字，②土著。又读 zhù，见御韵。又读 chú，见鱼韵。

柞 zuò，木名。又读 zé，见陌韵。

斫 zhuó，之若切；又，侧角切，并属觉韵。

凿 zuò；又，昨木切，并属屋韵。今又读 záo。

作 ①zuó，［作料］调味品。②zuò，兴起、振作等义，并属个韵，通“做”。又读 zǔ，见御韵。

汋 zhuó，职略切；又，仕角切，并属觉韵。

缴 zhuó，系在箭上的丝绳。又读 jiǎo，见筱韵。

诗词例证

（一）古诗

药韵古诗：

天之方虐，无然谑谑。老夫灌灌，小子蹻蹻。
匪我言耄，尔用忧谑。多将熇熇，不可救药。

——《诗经·大雅·板》

亹亹圆象运，悠悠方仪廓。忽忽岁云暮，游原采萧藿。
北逾芒与河，南临伊与洛。凝霜沾蔓草，悲风振林薄。
摵摵芳叶零，蕊蕊芬华落。下泉激洌清，旷野增辽索。
登高眺遐荒，极望无崖崿。形变随时化，神感因物作。
澹乎至人心，恬然存玄漠。

——［晋］卢谌《时兴诗》

列坐华筵纷羽爵，清曲未终月将落。
歌舞及时酒常酌，无令朝露坐销铄。

——［南朝·梁］张率《白纻歌九首》

妾有罗衣裳，秦王在时作。为舞春风多，秋来不堪著。

——［唐］崔国辅《怨词二首》

觉药通押的古诗：

左手执籥（药），右手秉翟（觉）。赫如渥赭，公言锡爵（药）。

——《诗经·邶风·简兮》

暮春濯清汜，游鳞泳一壑（药）。高泉吐东岑，洄澜自净荥（觉）。
临川叠曲流，丰林映绿薄（药）。轻舟沉飞觞，鼓枻观鱼跃（药）。

——［晋］庾阐《三月三日临曲水》

手莫伸，伸手必被捉（觉）。
党与人民在监督，万目睽睽难逃脱（曷）。
汝言惧捉手不伸，他道不伸能自觉（觉）。
其实想伸不敢伸，人民咫尺手自缩（屋）。
岂不爱权位，权位高高耸山岳（觉）。
岂不爱粉黛，爱河饮尽犹饥渴（曷）。

岂不爱推戴，颂歌盈耳神仙乐（觉）。
第一想到不忘本，来自人民莫作恶（药）。
第二想到党培养，无党岂能有所作（药）？
第三想到衣食住，若无人民岂能活（曷）？
第四想到虽有功，岂无过失应惭怍（药）？
吁嗟乎，九牛一毫莫自夸，骄傲自满必翻车。
历览古今多少事，成由谦逊败由奢。
（此诗押入声韵的部分，以觉、药为主，杂有曷、屋二韵）

——陈毅《手莫伸》

（二）词

药韵词：

一叶落，搴珠箔。
此时景物正萧索。
画楼月影寒，西风吹罗幕。
吹罗幕，往事思量着。

——［五代］李存勖《一叶落》

笑拍洪崖，问千丈、翠岩谁削？
依旧是、西风白鸟，北村南郭。
似整复斜僧屋乱，欲吞还吐林烟薄。
觉人间、万事到秋来，都摇落。

呼斗酒，同君酌。更小隐，寻幽约。
且丁宁休负，北山猿鹤。
有鹿从渠求鹿梦，非鱼定未知鱼乐。
正仰看、飞鸟却应人，回头错。

——［宋］辛弃疾《满江红·游南岩和范廓之韵》

春水迷天，桃花浪、几番风恶。
云乍起、远山遮尽，晚风还作。
绿卷芳洲生杜若，数帆带雨烟中落。
傍向来、沙嘴共停桡，伤飘泊。

寒犹在，衾偏薄。肠欲断，愁难著。
倚篷窗无寐，引杯孤酌。

寒食清明都过却，最怜轻负年时约。
想小楼、终日望归舟，人如削。

——［宋］张元干《满江红·自豫章阻风吴城山作》

觉药通押的词：

江天云薄（药），江头雪似杨花落（药）。
寒灯不管人离索（药）。
照得人来，真个睡不著（药）。

归期已负梅花约（药），又还春动空飘泊（药）。
晓寒谁看伊梳掠（药）。
雪满西楼，人在阑干角（觉）。

——［宋］周紫芝《醉落魄》

万里西风，吹我上、滕王高阁（药）。
正槛外、楚山云涨，楚江涛作（药）。
何处征帆木末去，有时野鸟沙边落（药）。
近帘钩、暮雨掩空来，今犹昨（药）。

秋渐紧，添离索（药）。天正远，伤漂泊（药）。
叹十年心事，休休莫莫（药）。
岁月无多人易老，乾坤虽大愁难着（药）。
向黄昏，断送客魂消，城头角（觉）。

——［宋］吴潜《满江红·豫章滕王阁》

双喜鹊（药），几报归期浑错（药）。
尽做旧愁都忘却（药），新愁何处着（药）。

瘦雪一痕墙角（觉），青子已妆残萼（药）。
不道枝头无可落（药），东风犹作恶（药）。

——［金］王庭筠《谒金门》

木落霜清，水底见，金陵城郭（药）。
都莫问，南朝兴废，人生哀乐（药）。
载酒时时寻伴侣，倚阑处处皆楼阁（药）。
对溪云，试放醉时狂，浑如昨（药）。

沙洲外，轻鸥落（药）。

风帘下，扁舟泊（药）。
更寒波摇漾，绿蓑青箬（药）。
为向九原江总道，繁华何似今凉薄（药）。
怕素衣，京洛染缁尘，从新濯（觉）。

——［元］许有壬《满江红·次汤碧山清溪》

翩然唳鹤（药）。
任俊游海内，鸥鹭相约（药）。
一舸春寒，几度寻诗，吟踪到处飘泊（药）。
归与且醉苕溪月，奈似此、江山寥落（药）。
把怨情、托赋梅花，待补楚骚疏略（药）。

还问南朝鼓吹，大晟旧谱失，谁振宫乐（觉）。
一笑仙魂，携笛重来，响遏飞云低阁（药）。
尊前我自心香爇，算一样、布衣萧索（药）。
甚夜深、天上诗星，独耀贯虹芒角（觉）。

——［清］周僖《疏影·题姜白石像》

第十九章　入声小结十九锡

一百个人中，有九十九个人觉得学诗的难点在入声。在笔者看来，入声既是学诗的难点，也是学诗的捷径。

十九锡，序号如同九真，是无奈的安排，又是入声和全部《诗词同韵》的最后一部。该部由质、陌、锡、职、缉五韵合并而成，合并力度仅次于十六叶部，所含字数却胜之，为入声第一大部。其主要韵母为 i、－i，兼有少量的 ü 和 e、o、uo。韵母为 i、－i 的入声字，除极少量属物韵外，统统在这一部，这是十九锡与屋、叶、洽、药四部的最大不同。

十九锡部，因其字数较多，诗词例证随处可见，在一定程度上，可使我们更加充分地认识入声的特点。

（一）i、－i、ü 的关系

i、－i 相押的原因，在《品四支》一章中已论过。入声中的 i、－i 相押，道理是一样的。故不重述。

i 与 ü 相押很顺耳。但在平上去三声中，不存在 i 与 ü 的相押。而在入声当中，i、ü 相押则很常见。

其实，我们今天说某字的韵母是某某，用的是当代人使用的拼音方法。如果使用中国传统的反切标音法，那么情况就大不一样了：一些我们认为韵母是 ü 的字，韵母可能是 i；还有一些韵母本来是 ü 的字，今天韵母已变成了 u。例如：

（1）在质韵的，韵母 u 应该是 ü：

出字，赤律切；

黜字，敕律切；

怵字，亦敕律切；

术、述、秫，俱食聿切或食律切；

卒字，作终竟、死亡解时，子聿切；

崒字，昨律切。

（2）在陌韵的，只一个“剧”字，为竭戟切，韵母应是 i。

（3）在职韵的：

域、棫、蜮、罭、緎、阈，俱为雨逼切，韵母应是 i；

淢，况逼切，韵母应是 i；

不，必墨切，韵母应是 o。

菔、伏、匐，俱蒲北切，韵母应是 o。

（4）在缉韵的，只两个字：

入，人执切，韵母应是－i；

煜，为立切，韵母应是 i。

从以上分析可以看出，十九锡当中，那些今天韵母为 u 的字，最初大多数韵母都应该是 ü 或－i、i；这些字，互相押韵本来是不成问题的。

（二）i 与 o、e 的关系

质、锡、缉三韵中韵母为 o 或 e（含 uo，以下简称 e）的字，推其反切标音，韵母应是 i 或－i。这些字是：

拮，居质切；诘，去吉切；瑟，所栉切。以上属质韵。

摘，他历切，属锡韵。

涩，色立切；蛰，直立切。以上属缉韵。

但是，陌韵和职韵中韵母为 e 的字，就不是这样了。它们的反切标音与今天普通话的读音是基本一致的，无论你怎样琢磨，也找不到与韵母 i（或－i、ü）的关系。如陌韵的陌、帛、策、册、厄、革、赫、客、莫、魄、责、泽等，职韵的侧、国、得、劾、克、勒、色、特、仄等。这就需要寻找另外的解释方法。

这种方法在分析其他入声韵部时已经遇到过。那就是，在入声字当中，如果实在找不到两种字互相押韵的原因时，就不要硬找，不要去强做解人；相反地，我们应该懂得这样一个道理，入声发音的特点是“短促急收藏”，即便押韵，也不像平上去三声那样明显、确定，倘若不押韵，也只是一带而过，并不会对整首诗词的押韵感产生明显的破坏。

用这样的观点看待入声的押韵问题，十九锡部中，i 与 e 的相押，以及与 ü 与 e 的相押，就统统不是问题了。

陌韵中，还有一些韵母为 ai 的字，推其反切标音，韵母俱应是 o 和 uo。这些字是：柏、白、百、拆、麦、霡、脉、拍、宅、窄、翟。还有画、嫿、划三字，俱胡麦切；麦为莫获切，读如 mò，因此这三字俱应读如 huò。

职韵中，北、黑二字，普通话读音韵母为 ei，而北字为博墨切，读如 bò，黑为呼北切，读如 huò。

有一点可以肯定，十九锡部，没有韵母为 ie、üe 的字。

（三）独押与通押

质、陌、锡、职、缉五韵独用时，大约是职韵最宽，质、陌次之，缉韵较窄，锡韵最窄。其中最著名的诗篇，当数《诗经》中《伐檀》的一节和杜甫《梦李白二首》中的第一首，用的都是职韵：

坎坎伐辐兮，置之河之侧兮。
河水清且直兮。
不稼不穑，胡取禾三百亿兮？
不狩不猎，胡瞻尔庭有悬特兮？
彼君子兮，不素食兮。

——《诗·魏风·伐檀》

死别已吞声，生别长恻恻。
江南瘴疠地，逐客无消息。
故人入我梦，明我长相忆。
君今在罗网，何以有羽翼。
恐非平生魂，路远不可测。
魂来枫林青，魂返关塞黑。
落月满屋梁，犹疑照颜色。
水深波浪阔，无使蛟龙得。

——杜甫《梦李白二首（其一）》

值得注意的是，《梦李白二首》的第二首：

浮云终日行，游子久不至。
三夜频梦君，情亲见君意。
告归常局促，苦道来不易。
江湖多风波，舟楫恐失坠。
出门搔白首，若负平生志。
冠盖满京华，斯人独憔悴。
孰云网恢恢，将老身反累。
千秋万岁名，寂寞身后事。

两首诗的韵脚很相似，却一属入声陌韵，一属去声寘韵；两首诗都有十分有名的佳句，是学习入声韵的极好例诗。

独押质、陌、锡、缉韵的诗，都可以举出一些例证。如南朝宋鲍照的《从庾中郎游园山石室》、齐谢朓的《高斋视事》、梁何逊的《从镇江州与游故别》、明高叔嗣的《送别袁永之》，都是质韵诗；南朝宋湛茂之的《历山草堂应教》、梁刘孝绰的《登云阳楼》、唐韦应物的《寄全椒山中道士》、柳宗元的《溪居》，都是陌韵诗；《诗经》中《陈风·防有鹊巢》的第二章，是锡韵诗；曹子建的《七步诗》、谢朓的《秋夜》、梁萧绎的《夜宿柏斋》、宋陆游的《夏夜不寐有赋》，都是缉韵诗。本文后附有“诗词例证”部分，可以参看。

词的情况稍有不同。独押某一韵的词，笔者只查到两首缉韵词，绝大多数都是两韵或数韵通押的。两首缉韵词，一首附于文后，一首为刘克庄的《满江红·夜雨凉甚忽动从戎之兴》：

金甲琱戈，记当日辕门初立。
磨盾鼻，一挥千纸，龙蛇犹湿。
铁马晓嘶营壁冷，楼船夜渡风涛急。
有谁怜，猿臂故将军，无功级。

平戎策，从军什。
零落尽，慵收拾 。
把茶经香传，时时温习。
生怕客谈榆塞事，且教儿诵花间集。
叹臣之壮不如人，今何及。

其实，不论诗词，通押的才是主流。

请看《诗经·小雅·菀柳》的第一章：

有菀者柳，不尚**息**焉。
上帝甚蹈，无自**暱**焉。
俾予靖之，后予**极**焉。

韵脚息、极属职韵，暱属质韵。

汉代的《古诗十九首》之七，则属陌锡通押：

明月皎夜光，促织鸣东壁（锡）。
玉衡指孟冬，众星何历历（锡）。
白露沾野草，时节忽复易（陌）。

秋蝉鸣树间，玄鸟逝安适（陌）。
昔我同门友，高举振六翮（陌）。
不念携手好，弃我如遗迹（陌）。
南箕北有斗，牵牛不负轭（陌）。
良无磐石固，虚名复何益（陌）。

晋人陶渊明的《移居》也是陌锡通押：

昔欲居南村，非为卜其宅（陌）。
闻多素心人，乐为数晨夕（陌）。
怀此颇有年，今日从兹役（陌）。
敝庐何必广，取足蔽床席（陌）。
邻曲时时来，抗言谈在昔（陌）。
奇文共欣赏，疑义相与析（锡）。

唐代白居易的长诗《琵琶行》，开头两句“浔阳江头夜送客，枫叶荻花秋瑟瑟”之后，即换押平声先韵。这两句的韵脚，客属陌韵，瑟属质韵。这说明，即使仅有两个韵脚的诗节，在十九锡部搞通押，也是正常的。

宋人王迈的长诗《简同年刁时中俊卿诗》，共35韵，为质、陌、锡、职四韵通押：

读君老农诗，一读三太息（职）。
君方未第时，忧民真恳恻（职）。
直笔诛县官，言言虹贯日（质）。
县官怒其讪，移文加诮斥（陌）。
君笑答之书，抗词如矢直（职）。
旁观争吐舌，此士勇无匹（质）。
今君已得官，一饭必念国（职）。
民为国本根，岂不思培植（职）。
其如边事殷，赋役烦且亟（职）。
虎营间二千，鸠工日数百（陌）。
硬土烧炽窑，高岗舆巨石（陌）。
山骨惨无青，犊皮腥带赤（陌）。
羸者赪其肩，饥者菜其色（职）。
憔悴动天愁，搬移惊地脉（陌）。
吏饕鹰隼如，攫拏何顾惜（陌）。

交炭不论斤，每十必加一（质）。
量竹不计围，每丈必赢尺（陌）。
军则新有营，谁念民无室（质）。
吏则日饱鲜，谁悯民艰食（职）。
州家费不赀，帑藏空储积（陌）。
间有小人儒，旁献生财策（陌）。
大帅今龚黄，岂愿闻此画（陌）。
夏潦苦不多，秋旱势如炙（陌）。
愿君在莒心，端不渝畴昔（陌）。
蔡人即吾人，一视孰肥瘠（陌）。
筑事宜少宽，纾徐俟农隙（陌）。
至如浮屠宫，底用吾儒力（职）。
彼役犹有名，何名尸此役（陌）。
君言虽怂恿，帅意竟缩瑟（质）。
同年义弟兄，王事同休戚（锡）。
相辨色如争，相与情似昵（质）。
余言似太戆，有君前日癖（陌）。
责人斯无难，亦合受人责（陌）。
我既规君过，君盍砭我失（质）。
面谀皆相倾，俗子吾所疾（质）。

清初吴梅村的《清凉山赞佛诗》之二，为质、陌、职、缉四韵通押，请参看文后“诗词例证”部分。

至于词，从百代词祖李白的《菩萨蛮》开始，绝大部分词都是通押的：

平林漠漠烟如织（职），
寒山一带伤心碧（陌）。
暝色入高楼（尤），
有人楼上愁（尤）。

玉阶空伫立（缉），
宿鸟归飞急（缉）。
何处是归程（庚），
长亭更短亭（青）。

——李白《菩萨蛮》

十九锡部最著名的词，当推李清照的《声声慢》：

寻寻觅觅（锡），
冷冷清清，凄凄惨惨戚戚（锡）。
乍暖还寒时候，最难将息（职）。
三杯两盏淡酒，怎敌他晓来风急（缉）。
雁过也，正伤心，却是旧时相识（职）。

满地黄花堆积（陌），
憔悴损，如今有谁堪摘（陌）。
守着窗儿，独自怎生得黑（职）。
梧桐更兼细雨，到黄昏，点点滴滴（锡）。
这次第，怎一个愁字了得（职）。

相当一部分押仄声韵的词，词谱要求其须押入声韵。如《兰陵王》《忆秦娥》《满江红》《贺新郎》《念奴娇》等。其中，《满江红》用十九锡部韵最为常见。试举辛弃疾、史达祖、刘克庄、毛泽东词各一例：

过眼溪山，怪都似、旧时曾识（职）。
还记得，梦中行遍，江南江北（职）。
佳处径须携杖去，能消几两平生屐（陌）。
笑尘劳、三十九年非，长为客（陌）。

吴楚地，东南坼（陌）。
英雄事，曹刘敌（锡）。
被西风吹尽，了无尘迹（陌）。
楼观才成人已去，旌旗未卷头先白（职）。
叹人间、哀乐终相寻，今犹昔（陌）。

——辛弃疾《满江红·江行和杨济翁韵》

好领青衫，全不向、诗书中得（职）。
还也费、区区造物，许多心力（职）。
未暇买田清颍尾，尚须索米长安陌（陌）。
有当时黄卷满前头，多惭德（职）。

思往事，嗟儿剧（陌）。
怜牛后，怀鸡肋（职）。
奈稜稜虎豹，九重九隔（陌）。
三径就荒秋自好，一钱不值贫相逼（职）。

对黄花常待不吟诗，诗成癖（陌）。

——史达祖《满江红·书怀》

怪雨盲风，留不住江边行色（职）。
烦问讯、冥鸿高士，钓鳌词客（陌）。
千百年传吾辈语，二三子系斯文脉（陌）。
听王郎一曲玉萧声，凄金石（陌）。

晞发处，怡山碧（陌）。
垂钓处，沧溟白（职）。
笑而今拙宦，他年遗直（职）。
只愿常留相见面，未宜轻屈平生膝（质）。
有狂谈欲吐且休休，惊邻壁（锡）。

——刘克庄《满江红·和王实之韵送郑伯昌》

白云山头云欲立（缉）。
白云山下呼声急（缉）。
枯木朽株齐努力（职）。
枪林逼（职），飞将军自重霄入（缉）。

七百里驱十五日（质），
赣水苍茫闽山碧（陌），
横扫千军如卷席（陌）。
有人泣（缉），为营步步嗟何及（缉）。

——毛泽东《渔家傲·反第二次大“围剿”》

辛词为陌锡职通押，史词为陌职通押，刘词为质陌锡职通押，毛词为质陌职缉通押。

（四）与其他入声韵部的通押

（1）与十五屋部的通押。

《诗经·卫风·有狐》第三章：

有狐绥绥，在彼淇侧（职）。
心之忧矣，之子无服（屋）。

《诗经·曹风·候人》第二章：

维鹈在梁，不濡其翼（职）。
彼其之子，不称其服（屋）。

上两例中的服字，都作衣装解，属屋韵。顺便提及，《诗经》首篇《周南·关雎》中也有一节是侧服为韵：

求之不得，寤寐思服（职）。
悠哉悠哉，辗转反侧（职）。

这里的服字，不是衣装，而通“腷”（bì），有郁结义，属职韵，与侧字同韵。

五代孙光宪词《谒金门》，属锡屋通押：

留不得（职）!
留得也应无益（陌）。
白纻青衫如雪色（职），
扬州初去日（质）。

轻别离，甘抛掷（陌）。
江上满帆风疾（质）。
却羡彩鸳三十六（屋），
孤鸾还一只（陌）。

（2）与十六叶部的通押。

陶渊明诗《责子》，六质韵一物韵：

白发被两鬓，肌肤不复实（质）。
虽有五男儿，总不好纸笔（质）。
阿舒已二八，懒惰故无匹（质）。
阿宣行志学，而不爱文术（质）。
雍端年十三，不识六与七（质）。
通子垂九龄，但觅梨与栗（质）。
天运苟如此，且尽杯中物（物）。

谢朓诗《春思》，五质韵一曷韵：

茹溪发春水，阰山起朝日（质）。
兰色望已同，萍际转如一（质）。
巢燕声上下，黄鸟弄俦匹（质）。
边郊阻游衍，故人盈契阔（曷）。
梦寐借假簧，思归赖倚瑟（质）。

幽念渐郁陶，山楹永为室（质）。

李贺诗《官街鼓》，质职4，月屑2：

晓声隆隆催转日（质），暮声隆隆呼月出（质）。
汉城黄柳映新帘，柏陵飞燕埋香骨（月）。
磓碎千年日长白，孝武秦皇听不得（职）。
从君翠发芦花色，独共南山守中国（职）。
几回天上葬神仙，漏声相将无断绝（屑）。

金代段克己词《满江红》，十九锡部七韵，十六叶部两韵：

雨后荒园，群卉尽，律残无射（陌）。
疏篱下，此花能保，英英鲜质（质）。
盈把足娱陶令意，夕餐谁似三闾洁（屑）。
到而今，狼藉委苍苔，无人惜（陌）。

堂上客，须空白（陌）。
都无语，怀畴昔（陌）。
恨因循过了，重阳佳节（屑）。
飒飒凉风吹汝急，汝身孤特应难立（缉）。
谩临风，三嗅绕芳丛，歌还泣（缉）。

（3）与十七洽部、十八药部的通押。

例如稼轩词《千年调·开山径得石壁因名曰苍壁事出望外意天之所赐邪喜而赋》，八韵中锡部占四，叶部占二，洽部、药部各一：

左手把青霓，右手挟明月（月）。
吾使丰隆前导，叫开阊阖（合）。
周游上下，径入寥天一（质）。
览玄圃，万斛泉，千丈石（陌）。

钧天广乐，燕我瑶之席（陌）。
帝饮予觞甚乐，赐汝苍壁（锡）。
嶙峋突兀，正在一丘壑（药）。
余马怀，仆夫悲，下恍惚（月）。

以上例证说明，十九锡这个韵部，不仅内部五韵互押是通例，与其他入声韵部通押也很常见。这不仅不能视为出韵，而且是一种常见的现象。

（五）小结

十九锡为入声最后一部。回顾十五屋、十六叶、十七洽、十八药各韵部，并与十九锡加以比较，虽各有特点，但共同的特点也是明显的。

第一，每部之内，数韵通押是主流，独押一韵的诗词偏少。

第二，只要听起来有点押韵感，可以打破屋、叶、洽、药、锡的界限，而去自由相押。

入声韵部的这两大特点，是由于近体诗不押入声韵、基本上只押平声韵形成的。入声字只能用来写古诗和填词，其用韵规则比近体诗宽松。与平上去三声对比，入声虽发音难以琢磨，但在整个入声内部，押韵的自由度远远大于平上去三声。所以笔者认为，入声既是学诗的一个难点，也是学诗的一个捷径。弄懂了入声字，可以获得写诗的更多自由，喜欢写诗的人又怎么可以把入声视为畏途呢?

（2003 年 2 月 16 日）

十九锡部用字表

［质］质珌铧荜苾鷩毕跸罼铋筚笔馝泌必弼驳抶叱髻吉劼蒺楖拮唧佶疾姞嫉诘孑栗鹲篥傈溧蔤宓蜜密谧暱昵袓尼匹七漆柒沏日驲瑟失室实虱咥螅蟋悉膝肸窸一壹轶噎镒佚佾逸钇泆溢乙姝茁栉桎礩踬郅蛭帙铚锧秩侄窒骘

（以上字韵母为-i、i）

黜出怵绌橘獝律率垒绛术述摔帅蟀秫戌獝恤欰汩潏聿鹬骊矞遹繘捽崒卒绌

（以上字韵母为 u、ü）

［简注］

泌 bì，又读 mì，并属寘韵。

髻 jì，灶神。又见霁韵。

劼 去吉切，又读 jié，并属黠韵。

拮 居质切，又读 jié，并属屑韵。

唧 jī，子悉切；又，节力切，并属职韵。

诘 去吉切，今读 jié。

孑 激质切，又读 jié，并属屑韵。

栗 lì，木名。又读 liè，见屑韵。

宓 mì，安静。又读 fú，见屋韵。

尼 nǐ，止息。又读 ní，见支韵。

泧 qì，又读 qiè，并属屑韵。

瑟 所栉切；又，疏吏切，音驶，并属寘韵。今读 sè。

咥 xì，阋吉切；又，许四切，并属寘韵；许既切，并属未韵；虚其切，并属支韵。义同：大笑。又读 dié，见屑韵。

肸 xī，黑乙切；又，许讫切，并属物韵；显结切，并属屑韵；巨至切，并属寘韵。

噎 益悉切，又读 yē，并属屑韵。

茁 徵笔切，又读 zhuó，并属黠韵、屑韵。

栉 zhì，阻瑟切，旧读 jié。

踬 zhì，职日切；又，陟利切，并属寘韵。

黜、怵 俱敕律切，今读 chù。

出 所律切；又，尺类切，并属寘韵。今读 chū。

率 ①所律切；又，力遂切，音类，今读 shuài，并属寘韵。遵循、楷模、率领等义。②lǜ，比率、效率的率。

垒 lǜ，［郁垒］门神。又读 lěi，见纸韵。

术 ①食聿切，今读 shù，学术、方法。②直律切，今读 zhū，草名。

述 食律切，今读 shù。

摔 朔律切，今读 shuāi。

帅 所律切；又，所类切，并属寘韵。今读 shuài。

蟀 所律切，今读 shuài。

秫 食聿切，今读 shú。

汩 yù，迅疾貌。《离骚》："汩余若将不及兮，恐年岁之不吾与。"又读 gǔ，见月韵。

潏 yù ①人造的洲渚，②［潏潏］水涌出貌。又读 jué，见屑韵。

捽 昨律切，又读 zuó，并属月韵。

崒 昨律切；又，昨没切，并属月韵。今读 zú。

卒 昨律切，终，死，究竟，今读 zú，又见月韵。

绌 竹律切，今读 chù。

［**陌**］陌蘗柏百佰伯白帛舶檗擘坼拆策册厄轭扼搤哑呃额阨革槅格掴蝈帼骼假虢膈觡鸪馘隔砉剨赫获核画翮覈划嚄吓矱嫿可喀峈客麦蓦霡貘貊脉珀拍魄迫槭索硕摵责赜柞栅磔摘择齚啧喑蚱咋帻箦舴泽宅窄谪翟

（以上字韵母为 e、o、uo）

碧辟璧躄襞赤刺哧斥彳尺墒藉戟喑踖蹐积籍借脊鹡迹瘠剧屐逆霹擗僻癖螫碛郝石奭适鬩释祏髢昔蓆舄夕席惜潟汐郤穸隙媳绤埸醳掖易蜴嗌峄射役腋亦弈奕帟疫麝怿益液译斁驿绎摭擿掷跖蹢踯只炙

（以上字韵母为 i、—i）

［**简注**］

柏、百 俱博陌切，今读 bǎi。

白 薄陌切，今读 bái。

拆 耻格切，今读 chāi。

哑 è，笑声。又读 yā，见麻韵；又读 yǎ，见马韵；又读 yà，见祃韵。

假 gé，至，到。《诗经·玄鸟》：“四海来假。”又读 xiá，见麻韵；又读 jiǎ，见马韵；又读 jià、xià，见祃韵。

砉 胡麦切，又读 xū，并属锡韵。

画 胡麦切，又读 huà，并属卦韵。

覈 hé，下革切；又，胡结切，并属屑韵；恨竭切，并属月韵。

划 胡麦切，今读 huà，划分、计划、忽然等义。又读 huá，见麻韵。

吓 hè，又读 xià，并属祃韵。

矱 huò，又读 yuè，并属药韵。

嫿 胡麦切，今读 huà。

可 kè，古少数民族最高统治者称“可汗”。又读 kě，见哿韵。

喀 kè，呕吐声。又读 kā，译音字。

麦、霡、脉 俱莫获切，今俱读 mài。

拍 普伯切，今读 pāi。

魄 pò，魂魄、气魄的魄。又读 tuò，见药韵。

槭 sè，枝叶凋零貌。又读 cù、qī，见屋韵。

索 山戟切；又读 suǒ，苏各切，并属药韵。

柞 zé，伐木。又读 zuò，见药韵。

栅 楚革切；又，所谏切，并属谏韵。今读 zhà。

摘 zhé 或 zhái；又读 tì，并属锡韵。采，取。又见锡韵。

啧 ①zè，又读 jí，大声呼，鸟鸣声。②资昔切，音积，又读 jiè，并属祃韵。赞叹词。

蚱 侧格切，又读 zhà，并属祃韵。

宅 场伯切，今读 zhái。

窄 侧伯切，今读 zhǎi。

翟 场伯切，今读 zhái，姓。又读 dí，见锡韵。

刺 七迹切，又读 cì，并属寘韵。

尺 chǐ，又读 chě。

藉 jí，践踏，凌辱；绳；姓。又读 jiè，见祃韵。

唶 jí，又读 jiè，并属祃韵。义同：鸟鸣声，赞叹声。又读 zè，大声呼，亦陌韵。

踖 jí，①跨越。②［踖踖］恭敬而敏捷貌；惭愧貌。又读 què，见药韵。

借 资昔切，音积；又读 jiè，并属祃韵。

剧 竭戟切，音屐，今读 jù。

霹 pī，匹辟切；又，匹历切，并属锡韵。

郝 shì，［郝郝］耕地翻土的声音。又读 hǎo，见药韵。

石 shí。①石头；②重量单位，一百二十斤，此义今读 dàn。

适 shì，至，往；适合。又读 kuò，见曷韵。

髢 思积切，音惜；又，他计切，并属霁韵。今读 dí。

掖 羊益切，今读 yè。

易 yì，变化，交换；地名用字。又见寘韵。

嗌 yì，①咽喉。②［嗌嗌］笑声。又读 ài，见卦韵。

射 ①食亦切，又读 shè，并属祃韵，用弓发箭。②yì，［无射］十二律之一。又读 yè，见祃韵。

腋、液 俱羊益切，今读 yè。

麝 食亦切，又读 shè，并属祃韵。

斁 yì，厌弃，盛貌。又读 dù，见遇韵。

擿 zhì，搔，挠；通“掷”。又读 tì，见锡韵。

蹢 zhí，［蹢躅］徘徊不进貌。又读 dí，见锡韵。

只 zhī，鸟一只，量词“隻”的简体。又见支韵、纸韵“只”字注。

炙 zhì；又，之夜切，并属祃韵。

［锡］锡壁吃荼药荻杓觌迪踧蹢镝敌笛篴的籴狄甋滌涤滴嫡翟鸐勣击
鵙激寂绩苈枥栎雳鬲郦砾历轹轹呖皪疬沥塓觅汨幂惄溺霹澼甓鸊劈
戚阒趯摘擿剔逷踢躍倜逖惕妯砉檄析晳觋殈晰蜥阋淅裼鹝艗鷁

［简注］

吃 chī，食也。又读 jí、qī，见物韵。

荼 dí，盛谷器。又读 diào，见啸韵；又读 tiáo，见萧韵。

杓 dí，标准。又读 sháo，见药韵。又读 biāo，见萧韵。又，多啸切，见啸韵。

踧 dí，［踧踧］平坦貌。又读 cù，见屋韵。

蹢 dí，兽蹄。又读 zhí，见陌韵。

滌 dí，［滌滌］贪利貌。又读 yóu，见尤韵。

翟 dí，长尾雉；通“狄”。又读 zhái，见陌韵。

鸐 dí；又，直角切，并属觉韵。

栎 lì；又，历各切，并属药韵。

郦 lì；又，吕支切，并属支韵。

轹 lì；又，卢达切，并属曷韵；又，卢各切，并属药韵。

霹 pī，匹历切；又，匹辟切，并属陌韵。

摘 tì，①采，取。②发动、搅扰，亦属锡韵。又读 zhé 或 zhái，见陌韵。

擿 tī，挑拨，指使。又读 zhì，见陌韵。

躍 tì，［躍躍］疾跳貌。《诗经·小雅·巧言》：“躍躍毚兔，遇犬获之。”不可简化为“跃”。

妯 亭历切，音迪；又，卢谷切，屋韵；徒沃切，沃韵；又读 chōu，尤韵。义同：悲伤、激动。又读 zhóu，见屋韵。

砉 xū；又，胡麦切，并属陌韵。

析 xī，分，剖。又读 sī，见支韵。

［职］职楅逼皕腷服愊愎敕鹏饬极棘殛唧稷鲫褀即亟屴力匿嶷副械式
轼拭食蚀饰湜识侐息熄洫域蒠棫杙弋抑蜮噫罭臆亿翊忆阈減翼翌绒
埴直植殖值陟织

（以上字韵母为－i、i、ü、iü）

僰不北踣堿冔侧恻测德得国或惑黑勀阂克剋刻勒扐仂肋泐万冒墨默
缧菔伏匐啬穑色塞忒慝忒特螣仄昃崱则贼

（以上字韵母为 e、o、uo）

［简注］

楅 bī，又读 fú，并属屋韵。

服 bì，［服臆］气郁结貌。又读 fú，见屋韵。

唧 jī，节力切；又，子悉切，并属质韵。

嶷 nì，高峻貌。又读 yí，见支韵。

副 pì；又，芳福切，并属屋韵。裂开。《诗经·大雅·生民》："不拆不副。"又读 fù，见遇韵、宥韵。

食 shí，吃。又读 yì，见寘韵。

洫 况逼切，今读 xù。

薏 yì，乙力切；又，於记切，并属寘韵。

域、**棫**、**蜮**、**罭**、**阈**、**淢**、**緎** 俱雨逼切，今俱读 yù。

噫 yì，通"抑"，表示转折语气。又见纸韵、寘韵。又读 yī，见支韵、微韵；又读 ài，见卦韵。

殖 zhí，繁殖。又读 shì，见寘韵。

值 zhí；又，直吏切，并属寘韵。

织 zhī，制作布帛，动词。又读 zhì，见寘韵。

不 必墨切，又读 bù，并属物韵，义同：否定词。又读 fōu，见尤韵；又读 fǒu，见有韵；又读 fū，见虞韵。

北 博墨切，今读 běi。

踣 bó；又，匹候切，并属宥韵。

黑 呼北切，今读 hēi。

肋 卢则切，今读 lèi。

万 mò，［万俟］姓。又读 wàn，见愿韵。

冒 mò，［冒顿］匈奴单于名。又读 mào，见号韵。

菔 蒲北切，又读 fú，并属屋韵。

伏 蒲北切，音匐，义同"匐"；又读 fú，见屋韵。

匐 蒲北切，又读 fú，并属屋韵。

塞 sè，堵，阻隔。又读 sài，见队韵。

螣 tè，食苗害虫。又读 téng，见蒸韵。

贼 zé，疾则切，又读 zéi。

［**缉**］缉圾蕺芨楫霵辑戢岌笈伋集急及濈潗汲给级苙笠立粒葺泣廿入十拾什湿涩卌袭霅吸翕歙潝褶隰习揖挹邑唈裛悒熠熠浥执蛰絷汁咠

［简注］

楫 jí；又，即涉切，并属叶韵。

笈 jí；又，极业切，并属叶韵；又，测洽切，并属洽韵。

廿 日执切，音入，今读 niàn。

入 人执切，今读 rù。

拾 shí，捡取，十的大写。又读 shè，见叶韵。

涩 色立切，今读 sè。

歙 xī，合；通“吸”。又读 shè，见叶韵。

褶 xí，骑服。又读 zhě、dié ，见叶韵。

唈 yì；又，乌答切，并属合韵。

裛 乙及切，又读 yè，并属叶韵。

煜 为立切，又读 yù，并属屋韵。

蛰 直立切，今读 zhé。

诗词例证

（一）古诗

质韵古诗：

山有**漆**，隰有**栗**。子有酒食，何不日鼓**瑟**？
且以喜乐，且以永**日**。
宛其死矣，他人入**室**。

——《诗经·唐风·山有枢》

椅梧倾高凤，寒谷待鸣律。影响岂不怀，自远每相匹。
婉彼幽闲女，作嫔君子室。峻节贯秋霜，明艳侔朝日。
嘉远既我从，欣愿自此毕。

——［南朝·宋］颜延之《秋胡行》

陌韵古诗：

王事**适**我，政事一埤**益**我。我入自外，室人交遍**谪**我。

——《诗经·邶风·北门》

今朝郡斋冷，忽念山中客。涧底束荆薪，归来煮白石。

欲持一瓢酒，远慰风雨夕。落叶满空山，何处寻行迹。

——［唐］韦应物《寄全椒山中道士》

锡韵古诗：

中唐有甓，邛有旨鹝。谁侜予美，心焉惕惕。

——《诗经·陈风·防有鹊巢》

职韵古诗：

肃肃鸨翼，集于苞棘。王事靡盬，不能蓺黍稷。

父母何食？悠悠苍天，曷其有极。

——《诗经·唐风·鸨羽》

橘柚垂华实，乃在深山侧。闻君好我甘，窃独自雕饰。

委身玉盘中，历年冀见食。芳菲不相投，青黄忽改色。

人傥欲我知，因君为羽翼。

——［汉］无名氏《古诗三首》

失我焉支山，令我妇女无颜色。

失我祁连山，使我六畜不蕃息。

——［汉］杂歌谣辞《匈奴歌》

盈盈河水侧，朝朝长叹息。不吝渐衰苦，波流讵可测。

秋期忽云至，停梭理容色。束衿未解带，回銮已沾轼。

不见眼中人，谁堪机上织。愿逐青鸟去，暂因希羽翼。

——［北朝·齐］邢邵《七夕》

家临九江水，来去九江侧。同是长干人，生小不相识。

——［唐］崔颢《长干曲》

缉韵古诗：

中谷有蓷，暵其湿矣。有女仳离，啜其泣矣。

啜其泣矣，何嗟及矣。

——《诗经·王风·中谷有蓷》

枯鱼过河泣，何时悔复及。作书与鲂屿，相教慎出入。

——［汉］杂曲歌辞《枯鱼过河泣》

煮豆燃豆萁，漉豉以为汁。萁在釜下燃，豆在釜中泣。

本是同根生，相煎何太急。

——［三国·魏］曹植《七步诗》

忽雨初过天宇湿，大星磊落才数十。
饥鹘掠檐飞磔磔，冷萤堕水光熠熠。
丈夫无成忽老大，箭羽凋零剑锋涩。
徘徊欲睡复起行，三更犹凭阑干立。

——［宋］陆游《夏夜不寐有赋》

质陌锡职缉通押的古诗：

硕鼠硕鼠，无食我麦（陌）。三岁贯女，莫我肯德（职）。
逝将去女，适彼乐国（职）。乐国乐国，爰得我直（职）。

——《诗经·魏风·硕鼠》

东门之栗（质），有践家室（质）。岂不尔思，子不我即（职）。

——《诗经·郑风·东门之墠》

北方有佳人，绝世而独立（缉）。一顾倾人城，再顾倾人国（职）。
宁不知倾城与倾国，佳人难再得（职）。

——［汉］李延年《歌》

屋上春鸠鸣，村边杏花白（陌）。持斧伐远扬，荷锄觇泉脉（陌）。
归燕识故巢，旧人看新历（锡）。临觞忽不御，惆怅远行客（陌）。

——［唐］王维《春中田园作》

伤怀惊凉风，深宫鸣蟋蟀（质）。严霜被琼树，芙蓉凋素质（质）。
可怜千里草，萎落无颜色（职）。孔雀蒲桃锦，亲自红女织（职）。
殊方初云献，知破万家室（质）。瑟瑟大秦珠，珊瑚高八尺（陌）。
割之施精蓝，千佛庄严饰（职）。持来付一炬，泉路谁能识（职）。
红颜尚焦土，百万无容惜（陌）。小臣助长号，赐衣或一袭（缉）。
只愁许史辈，急泪难时得（职）。从官进哀诔，黄纸抄名入（缉）。
流涕卢郎才，咨嗟谢生笔（质）。尚方列珍膳，天厨供玉粒（缉）。
官家未解菜，对案不能食（职）。黑衣召志公，白马驮罗什（缉）。
焚香内道场，广坐楞伽译（陌）。资彼象教恩，轻我人王力（职）。
微闻金鸡诏，亦由玉妃出（质）。高原营寝庙，近野开陵邑（缉）。
南望仓舒坟，掩面添凄恻（职）。戒言秣我马，遨游凌八极（职）。

——［清］吴伟业《清凉山赞佛诗》

（二）词

缉韵词：

东风急，惜别花时手频执。罗帏愁独入。
马嘶残雨青芜湿，倚门立。
寄语薄情郎，粉香和泪泣。

——［晚唐/前蜀］牛峤《望江怨》

质陌锡职缉通押的词：

晴野鹭鸶飞一只（陌），水蘋花发秋江碧（陌）。
刘郎此日别天仙，登绮席（陌），
泪珠滴（锡）。十二晚峰青历历（锡）。

——［唐］皇甫松《天仙子》

空相忆（职），无计得传消息（职）。
天上嫦娥人不识（职），寄书何处觅？（锡）

新睡觉来无力（职），不忍把伊书迹（陌）。
满院落花春寂寂（锡），断肠芳草碧（陌）。

——［晚唐/前蜀］韦庄《谒金门》

别岸扁舟三两只（陌），葭苇萧萧风淅淅（锡）。
沙汀宿雁破烟飞，溪桥残月和霜白（陌）。
渐渐分曙色（职）。路遥山远多行役（陌）。
往来人，只轮双桨，尽是利名客（陌）。

一望乡关烟水隔（陌），转觉归心生羽翼（职）。
愁云恨雨两牵萦，新春残腊相催逼（职）。
岁华都瞬息（职）。浪萍风梗诚何益（职）。
归去来，玉楼深处，有个人相忆（职）。

——［宋］柳永《归朝欢》

愁脉脉（陌），目断江南江北（职）。
烟树重重芳信隔（陌），小楼山几尺（陌）。

细草孤云斜日（质），一向弄晴天色（职）。
帘外落花飞不得（职），东风无气力（职）。

——［宋］陈克《谒金门》

春雨细如尘，楼外柳丝黄湿（缉）。

风约绣帘斜去，透窗纱寒碧（陌）。

美人慵剪上元灯，弹泪倚瑶瑟（质）。
却卜紫姑香火，问辽东消息（职）。

——［宋］朱敦儒《好事近》

旧时月色（职），算几番照我，梅边吹笛（锡）。
唤起玉人，不管清寒与攀摘（陌）。
何逊而今渐老，都忘却，春风词笔（质）。
但怪得，竹外疏花，香冷入瑶席（陌）。

江国（职），正寂寂（锡）。
叹寄与路遥，夜雪初积（陌）。
翠尊易泣（缉），
红萼无言耿相忆（职）。
长记曾携手处，千树压，西湖寒碧（陌）。
又片片、吹尽也，几时见得（职）。

——［宋］姜夔《暗香》

直节堂堂，看夹道冠缨拱立（缉）。
渐翠谷、群仙东下，珮环声急（缉）。
谁信天峰飞堕地，傍湖千丈开青壁（锡）。
是当年、玉斧削方壶，无人识（职）。

山木润，琅玕湿（缉）。秋露下，琼珠滴（锡）。
向危亭横跨，玉渊澄碧（陌）。
醉舞且摇鸾凤影，浩歌莫遣鱼龙泣（缉）。
恨此中、风物本吾家，今为客（陌）。

——［宋］辛弃疾《满江红·题冷泉亭》

无边春色（职）。人情苦向南山觅（锡）。
村村箫鼓家家笛（锡）。
祈麦祈蚕，来趁元正七（质）。

翁前子后孙扶掖（陌）。商行贾坐农耕织（职）。
须知此意无今昔（陌）。
会得为人，日日是人日（质）。

——［宋］魏了翁《醉落魄·人日南山约应提刑懋之》

古道棠梨寒恻恻（职），子规满路东风湿（缉）。
留连好景为谁愁，归潮急（缉），

暮云碧（陌），和雨和晴人不识（职）。

北望音书迷故国（职），一江春雨无消息（职）。
强将此恨问花枝，嫣红积（陌），
莺如织（职），侬泪未弹花泪滴（锡）。

——［明］陈子龙《天仙子》

沽酒南徐，听夜雨江声千尺（陌）。
记当年阿童东下，佛狸深入（缉）。
白面书生成底用，萧郎裙屐偏轻敌（锡）。
笑风流北府好谈兵，参军客（陌）。

人事改，寒云白（陌）。旧垒废，神鸦集（缉）。
尽沙沉浪洗，断戈残戟（陌）。
落日楼船鸣铁锁，西风吹尽王侯宅（陌）。
任黄芦苦竹打荒潮，渔樵笛（锡）。

——［清］吴伟业《满江红·蒜山怀古》

沧海横流，方显出，英雄本色（职）。
人六亿，加强团结，坚持原则（职）。
天垮下来擎得起，世披靡矣扶之直（职）。
听雄鸡一唱遍寰中，东方白（陌）。

太阳出，冰山滴（锡）。真金在，岂销铄（药）。
有雄文四卷，为民立极（职）。
桀犬吠尧堪笑止，泥牛入海无消息（职）。
迎东风，革命展红旗，乾坤赤（陌）。
（此词并与十八药部通押）

——郭沫若《满江红》

附　录

附录一

《广韵》韵目表（206韵）

声类＼序号	一	二	三	四	五	六	七	八	九	十	十一	十二	十三	十四	十五	十六	十七	十八	十九	二十	二十一	二十二	二十三	二十四	二十五	二十六	二十七	二十八	二十九	三十
上平	东	冬	钟	江	支	脂	之	微	鱼	虞	模	齐	佳	皆	灰	咍	真	谆	臻	文	欣	元	魂	痕	寒	桓	删	山		
下平	先	仙	萧	宵	肴	豪	歌	戈	麻	阳	唐	庚	耕	清	青	蒸	登	尤	侯	幽	侵	覃	谈	盐	添	严	咸	衔	凡	
上	董	肿	讲	纸	旨	止	尾	语	麌	姥	荠	蟹	骇	贿	海	轸	准	吻	隐	阮	混	很	旱	缓	潸	产	铣	狝	筱	小
去	送	宋	用	绛	寘	至	志	未	御	遇	暮	霁	祭	泰	卦	怪	夬	队	代	废	震	稕	问	焮	愿	慁	恨	翰	换	谏
入	屋	沃	烛	觉	质	术	栉	物	迄	月	没	曷	末	黠	鎋	屑	薛	药	铎	陌	麦	昔	锡	职	德	缉	合	盍	叶	帖

声类＼序号	三十一	三十二	三十三	三十四	三十五	三十六	三十七	三十八	三十九	四十	四十一	四十二	四十三	四十四	四十五	四十六	四十七	四十八	四十九	五十	五十一	五十二	五十三	五十四	五十五	五十六	五十七	五十八	五十九	六十
上平																														
下平																														
上	巧	皓	哿	果	马	养	荡	梗	耿	静	迥	拯	等	有	厚	黝	寝	感	敢	琰	忝	俨	豏	槛	范					
去	裥	霰	线	啸	笑	效	号	个	过	祃	漾	宕	映	诤	劲	径	证	嶝	宥	候	幼	沁	勘	阚	艳	掭	酽	陷	鉴	梵
入	洽	狎	业	乏																										

附录二

《平水韵》韵目表（106 韵）

序号＼声类	上平	下平	上	去	入
一	东	先	董	送	屋
二	冬	萧	肿	宋	沃
三	江	肴	讲	绛	觉
四	支	豪	纸	寘	质
五	微	歌	尾	未	物
六	鱼	麻	语	御	月
七	虞	阳	麌	遇	曷
八	齐	庚	荠	霁	黠
九	佳	青	蟹	泰	屑
十	灰	蒸	贿	卦	药
十一	真	尤	轸	队	陌
十二	文	侵	吻	震	锡
十三	元	覃	阮	问	职
十四	寒	盐	旱	愿	缉
十五	删	咸	潸	翰	合
十六			铣	谏	叶
十七			筱	霰	洽
十八			巧	啸	
十九			皓	效	
二十			哿	号	
二十一			马	个	
二十二			养	祃	
二十三			梗	漾	
二十四			迥	敬	
二十五			有	径	
二十六			寝	宥	
二十七			感	沁	
二十八			琰	勘	
二十九			豏	艳	
三十				陷	

附录三

《词林正韵》韵部表（19 部）

声类 序号	平	上	去	入
第一部	一东 二冬	一董 二肿	一送 二宋	
第二部	三江 七阳	三讲 二十二养	三绛 二十三漾	
第三部	四支 五微 八齐 十灰(半)	四纸 五尾 八荠 十贿(半)	四寘 五未 八霁 九泰(半) 十一队(半)	
第四部	六鱼 七虞	六语 七麌	六御 七遇	
第五部	九佳(半) 十灰(半)	九蟹 十贿(半)	九泰(半) 十卦(半) 十一队(半)	
第六部	十一真 十二文 十三元(半)	十一轸 十二吻 十三阮(半)	十二震 十三问 十四愿(半)	
第七部	十三元(半) 十四寒 十五删 一先	十三阮(半) 十四旱 十五潸 十六铣	十四愿(半) 十五翰 十六谏 十七霰	
第八部	二萧 三肴 四豪	十七筱 十八巧 十九皓	十八效 十九啸 二十号	
第九部	五歌	二十哿	二十一个	
第十部	九佳(半) 六麻	二十一马	十卦(半) 二十二祃	
第十一部	八庚 九青 十蒸	二十三梗 二十四迥	二十四敬 二十五径	
第十二部	十一尤	二十五有	二十六宥	
第十三部	十二侵	二十六寝	二十七沁	
第十四部	十三覃 十四盐 十五咸	二十七感 二十八琰 二十九豏	二十八勘 二十九艳 三十陷	
第十五部				一屋 二沃
第十六部				三觉 十药
第十七部				四质 十一陌 十二锡 十三职 十四缉
第十八部				五物 六月 七曷 八黠 九屑 十六叶
第十九部				十五合 十七洽

附录四

入声字之外平仄比较特殊的常用字表

嘤鸣轩主人按：汉字的读音，除了入声，一字有平仄两种读音的，数量相当大，如重、空、长、教、降、思、为、更、兴、调、干，等等。其读音不同，含义、韵属也不同。这对于大多数人来说，基本上属于常识范畴。本书对这些字，已在注明韵属的同时，作了简单的释义。故不再列表。但是，由于方言因素而造成分不清平仄的现象，却会给创作和研究带来障碍。本表所列出的下面三种情况，研究旧体诗词的人们需要特别注意：（一）把平声字常常当作仄声字用（见表 1）。（二）把仄声字常常当作平声字用（见表 2）。（三）一字虽有平仄两种读法，但其含义不变。这种亦平亦仄的状况常常被现代汉语所忽视，大多数诗词爱好者和作者不知道料、望、忘、畏、墓、震、购、叹、半、看等仄声字可作平声用，不知道批、污、如、听、先、兼等平声字可作仄声用，因而失去许多创作自由，并给欣赏和研究带来障碍。（见表 3）故，本书将上述三种字分别列表附上。笔者在此特别需要啰嗦的是，受方言影响而读错平仄的现象，极难克服，因为实际上每一个中国人都是先讲方言、后学普通话的。本书及本表所谓方言，仅以辽南、营口、盖州一带为限，出此范围，情况定会有异。

表 1　平声而易误读为仄声的常用字（116 字）

字	韵属	备注	字	韵属	备注
崇	东	chóng	**聊**	萧	liáo
丛	东	cóng	**撬**	萧	牵幺切
筒	东	徒东切，tóng，今多读 tǒng，亦平声。只在作“洞萧”解时，读 dòng，属去声送韵	**艘**	萧、豪	sāo、sōu
			韶	萧	sháo
笼	东	只在“箱笼”一词中，读 lǒng，属上声，董韵	**跳**	萧	徒聊切
			跑	肴	蒲交切
佣	冬	yōng	**敖**	豪	áo
纵	冬	竖、直，与横相对。今多读为 zòng。其实，只在作“即使”、“放弃”解时，读 zòng，属去声宋韵	**遨**	豪	áo
			褒	豪	bāo

续表1

字	韵属	备注	字	韵属	备注
篙	豪	gāo	蓖	齐	边兮切
皋	豪	gāo	篦	齐	边兮切
场	阳	仲良切	嵇	齐	jī
岗	阳	古郎切	跻	齐	jī
冈	阳	古郎切	齑	齐	jī
框	阳	曲王切	疴	歌	kē
眶	阳	曲王切	唆	歌	suō
伥	阳	chāng	戈	歌	gē
而	支	ér	苛	歌	kē
茨	支	cí	鸦	麻	yā
持	支	chí	袈	麻	jiā
雌	支	cí	储	鱼	直鱼切
脂	支	zhī	闾	鱼	lǘ
淄	支	zī	榈	鱼	lǘ
缁	支	zī	渠	鱼	qú
熹	支	xī	祛	鱼	qū
裨	支	pí	袪	鱼	qū
嘻	支	xī	舆	鱼	yú
禧	支	许其切	俱	虞	举朱切
嬉	支	xī	瞿	虞	qú
仪	支	yí	瑜	虞	yú
彝	支	yí	迂	虞	yú
窥	支	kuī	禺	虞	yú
危	支	wēi	逾	虞	yú
韦	微	wéi	愉	虞	yú
违	微	wéi	渝	虞	yú

续表 1

字	韵属	备注	字	韵属	备注
隅	虞	yú	纫	真	而邻切
逋	虞	bū	岷	真	mín
刍	虞	chú	缗	真	mín
符	虞	fú	驯	真	xún
肤	虞	fū	焚	文	fén
驽	虞	nú	氛	文	fēn
蒲	虞	pú	隈	灰	wéi
儒	虞	rú	皑	灰	ái
无	虞	wú	篝	尤	gōu
梧	虞	wú	遛	尤	力求切
吾	虞	wú	牟	尤	móu
鼯	虞	wú	邹	尤	zōu
毋	虞	wú	侵	侵	qín
撑	庚	chēng	樊	元	fán
拼	庚	Pīn，北萌切	犍	元	jiān
荆	庚	jīng	链	先	力延切
茎	庚	jīng	闇	覃	ān
睛	庚	jīng	惭	覃	cán
晶	庚	jīng	蚺	盐	rán
泾	青	jīng	髯	盐	rán
扃	青	jiōng	暹	盐	xiān
憎	蒸	zēng	凡	咸	fán
仍	蒸	réng	尴	咸	gān
惩	蒸	chéng	缄	咸	jiān
闽	真、文、寒	武巾切、无分切，谟官切			

表 2　仄声而易误读为平声的常用字（88 字）

字	韵属	备注
拥	肿	委勇切
综	宋	zòng
悄	筱	qiǎo
沼	筱	zhǎo
疗	啸	力照切
召	啸	zhào、shào
诏	啸	zhào
稍	巧、效	山巧切、所教切
操	号	七到切。品德、琴曲，名词。作“持握”“操练”等动词词义解时，读 cāo，属平声豪韵
糙	号	七到切
耗	号	hào
镪	养	qiǎng
襁	养	qiǎng
享	养	xiǎng
诓	漾	渠放切
诳	漾	居况切
脏	漾	心脏。作不洁解时，亦属漾韵。在“肮脏”（kǎng kǎng）一词中，属养韵。
俚	纸	lǐ
弛	纸	赏是切
捶	纸	之累切
揆	纸	求癸切
髓	纸	suǐ
韪	尾	wěi
蕾	贿	lěi
鼻	寘	毗至切
哩	寘	lì
眯	荠、寘	mǐ、mì
异	寘	yì
谊	寘	yì
恣	寘	zì
置	寘	zhì
值	寘、职	直吏切、丞职切
稚	寘	zhì
燧	寘	suì
遂	寘	suì
坷	哿	kě
棵	哿	苦果切
颗	哿	苦果切
嬷	哿	忙果切
播	哿、个	补火切、补过切
堁	个	kè
踝	马	户瓦切
暇	祃	xià
稼	祃	jià
蔗	祃	zhè
抒	语	神语切
估	麌	果五切
诂	麌	gǔ
剖	麌、有	芳武切、普后切
撸	麌	郎古切
噜	麌	笼五切
侮	麌	wǔ
庾	麌	yǔ
矩	麌	jǔ

续表 2

字	韵属	备注
芋	遇	yù
喻	遇	yù
坞	遇	wù
附	遇	fù
睁	梗	疾郢切
茗	迥	mǐng
酩	迥	mǐng
挣	敬	侧迸切
赠	径	zèng
诊	轸、震	zhěn
鳟	阮、愿	zùn
殡	震	bìn
妇	有	fù、房久切
妞	有	女久切
赳	有	居黝切
灸	有、宥	jiǔ
究	宥	居祐切
撚	铣	niǎn
搴	铣	九辇切
娈	铣、霰	力兖切、力卷切
玩	翰	五换切
缳	谏	huàn
钏	霰	chuàn
绢	霰	juàn
炫	霰	xuàn
眩	霰	xuàn
渲	霰	xuàn
瑗	愿、霰	yuàn
蝻	感	nǎn
范	豏	fàn
勘	勘	苦绀切
焰	艳	yàn
梵	陷	fàn

表 3　平仄两属而字义相同的常用字（199 字）

字	平韵	仄韵	备注
讽	东	送	
瞳	东	绛	
憧	东、冬	送	
攻	东、冬	送	
讧	东、江	送	
拢	东	董	
供	冬	宋	
溶	冬	肿	
跫	冬、江	肿、沃	
鹩	萧	啸	
瞭	萧	筱	
嘹	萧	啸	
镣	萧	啸	
撩	萧	筱、啸	
哨	萧	啸	
料	萧	啸	

续表 3

字	平韵	仄韵	备注	字	平韵	仄韵	备注
缭	萧	筱、啸		司	支	寘	
挠	萧、豪	巧		治	支	寘	
摇	萧	啸		郦	支	锡	
坳	肴	效		萎	支	贿	
敲	肴	效		只	支	纸	繁体为“隻”时，属陌韵
抓	肴	巧、效		诽	微	尾	
凹	肴	洽		岿	支、微	纸、尾	
哮	肴	效		畏	微	未	
姣	肴	巧、效		欷	微	未	
纛	豪	皓、号、屋		缔	齐	纸、寘、霁	
焘	豪	号		谜	齐	霁	
捞	豪	号		诋	齐	荠	
骜	豪	号		霓	齐	霁、屑	
撞	江	绛		蜺	齐	屑	
抗	阳	漾		批	齐	纸、屑	
望	阳	漾		翳	齐	霁	
忘	阳	漾		莓	灰	贿、队	
飏	阳	漾		隗	灰	贿	
鞅	阳	养		嵬	灰	贿	
慷	阳	漾		过	歌	个	作姓氏、国名时只读 guō，属歌韵
障	阳	漾		轲	歌	哿、个	
怆	阳	漾		逻	歌	个	
妨	阳	漾		么	歌	哿	
吭	阳	漾	读 kēng 时，应属庚韵	傩	歌	哿	
抢	阳	漾		颇	歌	哿、个	
酾	支、鱼	纸、寘		拖	歌	哿、个	
伺	支	寘		睚	佳	卦、祃	

续表 3

字	平韵	仄韵	备注	字	平韵	仄韵	备注
阿	麻	洽	读 ē 时，属歌韵	孺	虞	遇	
岔	麻	祃		邬	虞	麌、御	
桦	麻	祃		污	虞	遇	
胯	麻	祃、遇		并	庚	敬	只在“并州”一词中，读 bīng，属庚韵
妈	麻	麌		盯	庚	梗、敬	
咤	麻	祃		瞪	庚	径	
吒	麻	祃		颈	庚	梗	
咱	麻	曷		埂	庚	梗	
爹	麻	哿		轰	庚	梗	
狙	鱼	御		莹	庚	径	
欤	鱼	语、御		狰	庚	梗	
瘀	鱼	御		瞑	青	迥、径	
誉	鱼	御		暝	青	径	
躇	鱼	语、御	读 chuò 时，见药韵	订	青	迥、径	
茹	鱼	语、御		听	青	径	
如	鱼	御		廷	青	径	
嘘	鱼	御		醒	青	迥	
龉	鱼、虞	语		惺	青	梗	
懦	虞	个		凭	蒸	径	
蠕	虞	铣		扔	蒸	径	
吁	虞	遇		凝	蒸	径	
粗	虞	麌		嶙	真	轸	
瓿	虞、尤	有		燐	真	震	
酤	虞	麌、遇		论	真、元	愿	
瓠	虞	遇	在“瓠落”一词，读 huò，属药韵	泯	真	轸	
墓	虞	遇		囷	真	轸	
驱	虞、尤	遇		娠	真	震	

续表 3

字	平韵	仄韵	备注	字	平韵	仄韵	备注
震	真	震		**吟**	侵	沁	
谆	真	震		**鞬**	元	阮	
喷	元	愿	读 fèn 时，见问韵	**蜿**	元	阮	
焜	元	阮		**谖**	元	阮	
秸	佳	黠		**援**	元	霰	
揩	佳	卦		**怨**	元	愿	
楷	佳	蟹		**沅**	元	阮	
崽	佳	贿		**犴**	寒	翰	
挨	佳	蟹、贿		**豻**	寒	翰	
欸	灰	贿、卦		**翰**	寒	翰	
颏	灰	贿		**看**	寒	翰	
莱	灰	队		**鼾**	寒	翰	
购	尤	宥		**腐**	寒	铣	
搂	尤	有		**澜**	寒	翰	
蒌	尤	有		**谰**	寒	旱、翰	
篓	尤	有		**漫**	寒	翰	
叟	尤	有	《诗经》“释之叟叟”，只读 sōu	**谩**	寒、先	翰、谏	
瘤	尤	宥		**叹**	寒	翰	
溜	尤	宥		**患**	删、先	谏	
浏	尤	有		**汕**	删	谏	
揉	尤	有、宥		**讪**	删	谏	
蹂	尤	有、宥		**潸**	删	潸	
售	尤	宥、屋		**先**	先	霰	
咮	尤	宥		**半**	先	翰	
嗾	尤	有、宥、屋		**缠**	先	霰	
骎	侵	寝		**鬋**	先	铣、霰	
妊	侵	沁		**键**	先	愿、铣、阮	

续表 3

字	平韵	仄韵	备注	字	平韵	仄韵	备注
狷	先	霰		兼	盐	艳	
孪	先	谏		潜	盐	艳	
芊	先	霰		阉	盐	琰	
煽	先	霰		崦	盐	琰	
钿	先	霰		腌	盐	叶	
漩	先	霰		觇	盐	艳	
錾	覃、咸	感、琰、勘		巉	咸	豏	
颔	覃	感		谗	咸	陷	
憨	覃	勘		嵌	咸	感	
探	覃	勘		黯	咸	豏	
砭	盐	艳					

附录五

汉语拼音索引[注]
A			嗳 泰	263		婩 覃	371		**āng**	
			毐 贿	262		啽 覃	371		肮 阳	52
ā			挨 蟹贿	262		腤 覃	371		**áng**	
阿 麻洽	143		**ài**			谙 覃	371		卬 阳	52
腌 叶盐	421		噫 卦	263		闇 覃	371		昂 阳	52
āi			嗌 卦	263		罯 覃	371		**àng**	
捱 佳	259		隘 卦	263		盦 覃	371		盎 养漾	55
漼 佳	259		餲 卦	263		腌 盐叶	373		**āo**	
挨 佳	259		鎎 泰	263		安 寒	326		凹 肴洽	26
哀 灰	261		乂 泰	263		鞍 寒	326		爊 豪	27
埃 灰	261		艾 泰	263		**án**			**áo**	
唉 灰	261		暖 队	265		豻 寒	326		嚣 豪	27
诶 灰	261		碍 队	265		**ǎn**			敖 豪	27
欸 灰贿	261		爱 队	265		俺 艳陷	377		骜 豪号	27
ái			僾 队	265		唵 感	374		嗷 豪	27
挨 佳	259		瑷 队	265		揞 感	374		謷 豪	27
捱 佳	259		嗳 队	265		**àn**			廒 豪	27
喕 佳	259		薆 队	265		犴 翰	337		璈 豪	27
硙 灰	261		嫒 队	265		豻 翰	337		獒 豪	27
皑 灰	261		**ān**			岸 翰	337		滶 豪	27
ǎi			庵 覃	371		案 翰	337		遨 豪	27
䨠 泰	263		菴 覃	371		按 翰	337		熬 豪	27
蔼 泰	263		馣 覃	371		暗 勘	377		聱 豪	27
			鹌 覃	371		黯 豏咸	376

注：准确掌握某字属某韵，还需参阅正文中的简注，不可单凭此索引。并属多韵的字，只注前韵属页码。

菢	号	33	愙	卦	263		bǐ		陛	荠	84

字	韵	页	字	韵	页	字	韵	页	字	韵	页
菢	号	33	愙	卦	263		bǐ		陛	荠	84
报	号	33		bēn		匕	纸	82	髀	荠	84
暴	号	33	奔	元	233	秕	纸支	82	敝	霁	88
爆	效	32	贲	元	233	妣	纸	82	弊	霁	88
趵	效	32		běn		鄙	纸	82	币	霁	88
豹	效	32	本	阮	235	彼	纸	82	蔽	霁	88
刨	效	32	苯	阮	235	俾	纸	82	毙	霁	88
铇	效	32	畚	阮	235	罢	纸	82	婢	霁	88
鲍	巧	29		bèn		比	纸	82	薜	霁	88
	bēi		笨	阮	235	笔	质	458	闭	霁	88
悲	支	76	坌	愿	237		bì		必	质	458
卑	支	76	奔	愿	237	陂	寘	86	珌	质	458
碑	支	76		bēng		贲	寘	86	泌	质	458
鹎	支	76	绷	庚	199	畀	寘	86	苾	质	458
陂	支	76	绷	庚	199	赑	寘	86	铋	质	458
杯	灰	81	旁	庚	199	奰	寘	86	飶	质	458
	běi		傍	庚	199	秘	寘	86	驷	质	458
北	职	462	祊	庚	199	闷	寘	86	毕	质	458
	bèi		崩	蒸	202	臂	寘	86	罼	质	458
琲	贿队	85		běng		避	寘	86	筚	质	458
倍	贿	85	埲	董	8	诐	寘	86	荜	质	458
蓓	贿	85	琫	董	8	鄨	寘	86	跸	质	458
备	寘	86	菶	董	8	庇	寘	86	耤	质	458
被	寘	86		bèng		婢	纸	82	觱	质	458
鞴	寘	86	迸	敬	204	裨	支	76	弼	质	458
邶	队	90		bī		菌	职	462	碧	陌	460
背	队	90	楅	职	462	愎	职	462	辟	陌	460
褙	队	90	逼	职	462	腷	职	462	璧	陌	460
辈	队	90		bí		幅	职	462	襞	陌	460
悖	队	90	荸	月	415	服	职	462	躄	陌	460
焙	队	90	鼻	寘	86	篦	齐	80	壁	锡	462
贝	泰	90				蓖	齐	80		biān	
狈	泰	90				狴	荠	84	边	先	329
									笾	先	329

帛 陌 460
孛 月 415
浡 月 415
鹁 月 415
脖 月 415
勃 月 415
渤 月 415
钹 曷 417
驳 觉 440
駮 觉 440

bǒ

跛 哿 118
簸 哿 118

bò

擘 陌 460
檗 陌 460
蘗 陌 460
簸 个 119

bū

晡 虞 170
逋 虞 170
铺 虞 170

bú

醭 屋 394

bǔ

卜 屋 394
补 麌 173
哺 遇 176
捕 遇 176

bù

不 物 414
瓿 有虞 284
部 麌 173
簿 麌 173
布 遇 176
佈 遇 176
怖 遇 176
步 遇 176
埠 遇 176

C

cā

擦 黠 418

cāi

猜 灰 261
偲 灰 261

cái

才 灰 261
材 灰 261
财 灰 261
裁 灰 261

cǎi

采 贿 262
採 贿 262
彩 贿 262
睬 贿 262
踩 贿 262

cài

菜 队 265
蔡 泰 263

cān

餐 寒 326
参 覃 371
骖 覃 371

cán

残 寒 326
蚕 覃 371
鏨 覃咸 371
惭 覃 371

cǎn

惨 感 374
黪 感 374
憯 感 374

càn

掺 勘 377
粲 翰 337
璨 翰 337
灿 翰 337

cāng

伧 庚 199
仓 阳 52
沧 阳 52
舱 阳 52
苍 阳 52
鸧 阳 52

cáng

藏 阳 52

cāo

操 豪 27
糙 号 33

cáo

曹 豪 27
嘈 豪 27
槽 豪 27
漕 豪 27
螬 豪 27
艚 豪 27

cǎo

草 皓 30
慅 皓 30
懆 皓 30

cè

畟 职 462
堿 职 462
测 职 462
侧 职 462
恻 职 462
册 陌 460
策 陌 460
厕 寘 85

cēn

参 侵 306
篸 侵 306

cén

岑 侵 306
涔 侵 306

céng

曾 蒸 202
嶒 蒸 202
层 蒸 202

cèng

蹭 径 205

chā

艖 麻 143
嗏 麻 143
杈 麻 143
叉 麻 143
靫 麻 143

chǎo		谌	侵	306	澄	蒸	202	媸	支	76

Let me reconstruct as four columns.

Col1 char	rhyme	page	Col2 char	rhyme	page	Col3 char	rhyme	page	Col4 char	rhyme	page
	chǎo		谌	侵	306	澄	蒸	202	媸	支	76
吵	巧	29	沉	侵	306	惩	蒸	202	绨	支	76
炒	巧	29	沈	侵	306	伥	庚	199	鸱	支	76
	chē		忱	侵	306	呈	庚	199		**chí**	
车	麻	143		**chěn**		埕	庚	199	弛	纸	82
砗	麻	143	踸	寝	307	珵	庚	199	踟	支	76
	chě		硶	寝	307	脭	庚	199	匙	支	76
尺	陌	460		**chèn**		程	庚	199	墀	支	76
扯	马	145	龀	震	235	醒	庚	199	迟	支	76
	chè		趁	震	235	橙	庚	199	坻	支	76
坼	陌	460	偁	震	235	成	庚	199	蚳	支	76
彻	屑	419	榇	震	235	城	庚	199	篪	支	76
澈	屑	419	衬	震	235	宬	庚	199	池	支	76
撤	屑	419	疢	震	235	诚	庚	199	驰	支	76
掣	屑	419	称	径	205	盛	庚	199	茌	支	76
	chēn		谶	沁	308	裎	庚	199	持	支	76
嗔	真	230		**chēng**			**chěng**			**chǐ**	
瞋	真	230	称	蒸	202	逞	梗	203	豉	寘	85
抻	真	230	偁	蒸	202	骋	梗	203	齿	纸	82
琛	侵	306	噌	蒸	202	裎	梗	203	耻	纸	82
郴	侵	306	铛	庚	199		**chèng**		侈	纸	82
	chén		枪	庚	199	秤	径	205	褫	纸	82
辰	真	230	瞠	庚	199		**chī**		哆	纸	82
宸	真	230	撑	庚	199	哧	陌	460	尺	陌	460
晨	真	230	蛏	庚	199	吃	锡	462		**chì**	
陈	真	230	柽	庚	199	眵	支	76	赤	陌	460
蔯	真	230	赪	庚	199	痴	支	76	彳	陌	460
填	真	230	玎	庚	199	螭	支	76	斥	陌	460
臣	真	230		**chéng**		摛	支	76	傺	霁	88
尘	真	230	塍	蒸	202	魑	支	76	敕	职	462
湛	侵	306	乘	蒸	202	笞	支	76	鷘	职	462
煁	侵	306	丞	蒸	202	蚩	支	76	饬	职	462
			承	蒸	202	嗤	支	76	啻	寘	85

豉	真	85	笤	尤	281	橱	虞	170		chuǎi
翅	真	85	犨	尤	281	蹰	虞	170		
饎	真	85	瘳	尤	281	刍	虞	170	揣	纸 82
炽	真	85		chóu		雏	虞	170		chuài
抶	质	458	俦	尤	281	锄	鱼	169	嘬	卦 264
叱	质	458	畴	尤	281	蜍	鱼	169		chuān
	chōng		筹	尤	281	滁	鱼	169	川	先 329
充	东	6	踌	尤	281	篨	鱼	169	穿	先 329
艟	东	6	帱	尤	281	除	鱼	169		chuán
冲	东	6	儵	尤	281	蹰	鱼语	169	椽	先 329
翀	东	6	愁	尤	281	屠	鱼	169	船	先 329
忡	东	6	酬	尤	281		chǔ		传	先 329
憧	东冬	7	仇	尤	281	储	鱼	169	篙	先 329
罿	东冬	7	雠	尤	281	杵	语	173	遄	先 329
舂	冬	7	惆	尤	281	褚	语	173		chuǎn
傭	冬	7	稠	尤	281	楮	语	173	喘	铣 334
冲	冬	7	裯	尤	281	础	语	173	舛	铣 334
	chóng		绸	尤	281	楚	语	173		chuàn
崇	东	6		chǒu		处	语	173	串	谏 339
漴	东	6	魋	有	284		chù		钏	霰 340
虫	东	6	丑	有	284	亍	沃	396		chuāng
种	东	6	杻	有	284	触	沃	396	创	阳 52
重	冬	7	偢	有	284	蓄	屋	394	疮	阳 52
	chǒng			chòu		蓫	屋	394	窗	江 52
宠	肿	9	臭	宥	285	俶	屋	394	扐	江 52
	chòng			chū		搐	屋	394		chuáng
铳	送	10	出	质	458	㑛	屋	394	噇	江 52
	chōu		初	鱼	169	绌	质	458	幢	江 52
妯	尤	281	㧓	鱼	169	怵	质	458	漴	江 52
抽	尤	281	樗	鱼	169	黜	质	458	床	阳 52
绉	尤	281	貙	虞	170	畜	宥	285		chuǎng
挏	尤	281		chú		处	御	175	闯	沁 308
			厨	虞	170		chuāi			
						搋	佳	259

chuàng

怆 漾阳 56
创 漾 56

chuī

吹 支 76
炊 支 76

chuí

棰 纸 82
捶 纸 82
垂 支 76
倕 支 76
陲 支 76
锤 支 76
椎 支 76
槌 支 76

chuì

吹 寘 86

chūn

春 真 230
椿 真 230
輴 真 230

chún

纯 真 230
肫 真 230
莼 真 230
唇 真 230
漘 真 230
淳 真 230
醇 真 230
鹑 真 230

chǔn

蠢 轸 233

chuō

戳 觉 440
踔 觉 440

chuò

绰 药 441
婥 药 441
啜 屑 419
惙 屑 419
辍 屑 419
歠 屑 419
逴 觉 440
龊 觉 440
娖 觉 440

cī

疵 支 76
玼 支 76
差 支 76

cí

兹 支 76
磁 支 76
糍 支 76
鹚 支 76
慈 支 76
瓷 支 76
茨 支 76
雌 支 76
祠 支 76
词 支 76
辞 支 76

cǐ

此 纸 82
佌 纸 82
泚 纸 82

cì

赐 寘 85
次 寘 85
佽 寘 85
伺 寘支 85
刺 寘 85

cōng

匆 东 6
囱 东 6
葱 东 6
璁 东 6
蟌 东 6
聪 东 6
骢 东 6
鏦 东 6
从 冬 7
瑽 冬 7
枞 冬 7
苁 冬 7

cóng

丛 东 6
潨 东 6
从 冬 7
琮 冬 7
淙 冬 7
悰 冬 7

còu

凑 宥 285
辏 宥 285
腠 宥 285
蔟 宥 285

cū

粗 虞麌 170

cú

徂 虞 170
殂 虞 170

cù

猝 月 415
促 沃 396
数 沃 396
醋 遇 176
瘯 屋 394
簇 屋 394
蹴 屋 394
蹙 屋 394
槭 屋 394
蔟 屋 394
踧 屋 394

cuān

撺 寒 326

cuán

巑 寒 326
攒 寒 326

cuàn

窜 翰 337
爨 翰 337
篡 谏 339

cuī

崔 灰 81
催 灰 81
磪 灰 81
縗 灰 81
摧 灰 81

dǒu			蠹	屋	394	磓	灰	81	多	歌	116

字	韵	页	字	韵	页	字	韵	页	字	韵	页
dǒu			蠹	屋	394	磓	灰	81	多	歌	116
斗	有	284	毒	沃	396	敦	灰	81	**duó**		
枓	有	284	顿	沃	396	**duì**			铎	药	441
抖	有	284	**dǔ**			祋	泰	90	踱	药	441
蚪	有	284	肚	麌	173	兑	泰	90	度	药	441
陡	有	284	赌	麌	173	怼	寘	86	夺	曷	417
dòu			堵	麌	173	敦	队	90	掇	曷	417
窦	宥	285	睹	麌	173	对	队	90	**duǒ**		
读	宥	285	笃	沃	396	碓	队	90	埵	哿	118
豆	宥	285	**dù**			憝	队	90	亸	哿	118
脰	宥	285	杜	麌	173	队	队	90	朵	哿	118
痘	宥	285	肚	麌	173	**dūn**			垛	哿	118
逗	宥	285	妒	遇	176	蹲	元	233	躲	哿	118
饾	宥	285	度	遇	176	敦	元	233	鬌	哿	118
斗	宥	285	渡	遇	176	惇	元	233	**duò**		
dū			镀	遇	176	墩	元	233	剁	个	119
督	沃	396	敚	遇	176	**dǔn**			驮	个	119
阇	虞	170	蠹	遇	176	盹	阮	235	垛	哿	118
都	虞	170	**duān**			趸	阮	235	跺	哿	118
嘟	虞	170	端	寒	326	**dùn**			堕	哿	118
dú			**duǎn**			盾	阮	235	惰	哿	118
椟	屋	394	短	旱	333	囤	阮	235	舵	哿	118
殰	屋	394	**duàn**			沌	阮	235	堕	哿	118
渎	屋	394	段	翰	337	忳	阮	235	沱	哿	118
牍	屋	394	椴	翰	337	敦	愿	237	柮	月	415
犊	屋	394	瓳	翰	337	顿	愿	237	**E**		
读	屋	394	缎	翰	337	遁	愿	237	**ē**		
黩	屋	394	锻	翰	337	炖	愿	237	阿	歌	116
讟	屋	394	断	翰	337	钝	愿	237	婀	歌	116
独	屋	394	簖	翰	337	**duō**			**é**		
髑	屋	394	踹	翰	337	咄	曷	415	囮	歌	116
韣	屋	394	**duī**			裰	曷	417			
碡	屋	394	堆	灰	81

F

鲂	阳	52	悱	尾	84	蕡	文	232	疯	东	6

字	韵	页	字	韵	页	字	韵	页	字	韵	页
鲂	阳	52	悱	尾	84	蕡	文	232	疯	东	6
房	阳	52	篚	尾	84	坟	文	232	风	东	6
防	阳	52	菲	尾	84	幩	文	232		**féng**	
	fǎng		诽	尾微	84	渍	文	232	逢	冬	8
纺	养	55	翡	未	88	羵	文	232	缝	冬	8
仿	养	55	蜚	未	88	粉	文	232	沨	东	6
昉	养	55		**fèi**		蒶	文	232	冯	东	6
枋	漾	56	蒉	未	88	黂	文	232		**fěng**	
邡	漾	56	痱	未	88	蕡	文	232	唪	肿	9
舫	漾	56	狒	未	88	豶	文	232	讽	送东	10
访	漾	56	沸	未	88		**fěn**			**fèng**	
	fàng		费	未	88	粉	吻	234	奉	肿	9
放	漾	56	芾	未	88		**fàn**		俸	宋	10
	fēi		肺	队	90	喷	问	236	葑	宋	10
妃	微	80	吠	队	90	分	问	236	缝	送	10
非	微	80	废	队	90	坋	问	236	风	送	10
扉	微	80		**fēn**		忿	问	236	凤	送	10
绯	微	80	饹	文	232	份	问	236		**fó**	
霏	微	80	馈	文	232	奋	问	236	佛	物	414
骓	微	80	分	文	232	粪	问	236		**fōu**	
飞	微	80	菜	文	232	偾	问	236	不	尤	281
菲	微	80	氛	文	232	坟	吻	234		**fóu**	
	féi		雰	文	232	愤	吻	234	纡	尤	281
肥	微	80	芬	文	232		**fēng**			**fǒu**	
淝	微	80	纷	文	232	丰	冬	8	不	有	284
腓	微	80	吩	文	232	葑	冬	8	否	有	284
蒉	微	80		**fén**		封	冬	8	缶	有	284
	fěi		焚	文	232	峰	冬	8		**fū**	
朏	尾	84	枌	文	232	烽	冬	8	敷	虞	170
匪	尾	84	梦	文	232	蜂	冬	8	夫	虞	170
榧	尾	84	汾	文	232	锋	冬	8	玞	虞	170
斐	尾	84	蚡	文	232	沣	东	6			
			颁	文	232	酆	东	6			
						枫	东	6

G

肝 寒 326
竿 寒 326
尴 咸 374
甘 覃 371
坩 覃 371
柑 覃 371
泔 覃 371
疳 覃 371
弇 覃 371

gǎn

擀 旱 333
秆 旱 333
赶 旱 333
敢 感 374
橄 感 374
篢 感 374
感 感 374

gàn

淦 勘 377
赣 勘 377
绀 勘 377
旰 翰 337
矸 翰 337
骭 翰 337
干 翰 337

gāng

冈 阳 52
刚 阳 52
纲 阳 52
钢 阳 52
罡 阳 52
岗 阳 52
亢 阳 52
伉 阳 52
杠 江 52
扛 江 52
矼 江 52
缸 江 52
釭 江 52

gǎng

港 讲 55

gàng

杠 绛 56

gāo

櫜 豪 27
皋 豪 27
槔 豪 27
羔 豪 27
糕 豪 27
高 豪 27
篙 豪 27
膏 豪 27

gǎo

杲 皓 30
槁 皓 30
稿 皓 30
缟 皓 30

gào

膏 号 33
告 号 33
郜 号 33
诰 号 33

gē

鸽 合 432
匌 合 432
割 曷 417
疙 曷 417
咯 药 441
搁 药 441
胳 药 441
駉 歌 116
哥 歌 116
歌 歌 116
戈 歌 116

gé

蛤 合 432
韐 合洽 432
鞈 合 432
阁 药 441
葛 曷 417
觡 陌 460
鵅 陌 460
革 陌 460
骼 陌 460
格 陌 460
槅 陌 460
膈 陌 460
隔 陌 460
假 陌 460

gě

舸 哿 118
哿 哿 118
笴 哿 118
盖 合 432
葛 曷 417

gè

个 个 119
各 药 441

gēn

根 元 233
跟 元 233

gèn

亘 径 250
艮 愿 237

gēng

庚 庚 199
鹒 庚 199
赓 庚 199
耕 庚 199
更 庚 199
羹 庚 199
𬘘 蒸 202

gěng

埂 梗庚 203
哽 梗 203
梗 梗 203
绠 梗 203
鲠 梗 203
耿 梗 203

gèng

更 敬 204
恒 径 205
亘 径 205
𬘘 径 205

gōng

蚣 冬 7
供 冬 7
龚 冬 7
恭 冬 7
肱 蒸 202

hén

痕 元 233

hěn

很 阮 235
狠 阮 235

hèn

恨 愿 237

hēng

亨 庚 199
哼 庚 199

héng

姮 蒸 202
恒 蒸 202
珩 庚 199
衡 庚 199
蘅 庚 199
桁 庚 199
横 庚 199

hèng

横 敬 204

hōng

吽 东 6
谾 东 6
哄 东 6
烘 东 6
薨 蒸 202
轰 庚敬 199
訇 庚 199
锘 庚 199

hóng

洚 东 6
鸿 东 6
舼 东 6
玒 东 6
虹 东 6
红 东 6
荭 东 6
洪 东 6
篊 东 6
蕻 东 6
䧆 东 6
呟 庚 199
汯 庚 199
翃 庚 199
纮 庚 199
䆖 庚 199
闳 庚 199
宏 庚 199
浤 庚 199
黉 庚 199
泓 庚 199
弘 蒸 202
鞃 蒸 202

hǒng

哄 冬 7
唝 董 8

hòng

蕻 送 10
澒 送 10
讧 送东 10
鸿 董 8

hōu

齁 尤 281

hóu

侯 尤 281
喉 尤 281
猴 尤 281
瘊 尤 281
篌 尤 281
糇 尤 281
鍭 尤 281

hǒu

吼 有 284
犼 有 284

hòu

候 宥 285
堠 宥 285
逅 宥 285
鲎 宥 285
厚 宥 285
后 宥 285
郈 有 284

hū

乎 虞 170
呼 虞 170
滹 虞 170
幠 虞 170
膴 虞 170
戏 虞 170
匫 月 415
忽 月 415
惚 月 415

hú

囫 月 415
鹘 月 415
壶 虞 170
弧 虞 170
狐 虞 170
瓠 虞 170
沍 虞 170
胡 虞 170
瑚 虞 170
猢 虞 170
湖 虞 170
蝴 虞 170
糊 虞 170
葫 虞 170
醐 虞 170
鹕 虞 170
縠 屋 394
觳 屋 394
斛 屋 394
槲 屋 394
鹄 沃 396

hǔ

虎 麌 173
唬 麌 173
琥 麌 173
许 麌 173
浒 语 173

hù

笏 月 415
戽 遇 176
护 遇 176
頀 遇 176
互 遇 176
冱 遇 176
沍 遇 176

恛 灰 81
蛔 灰 81
茴 灰 81
鮰 灰 81
徊 灰 81

huǐ

悔 贿队 85
烜 纸 82
毁 纸 82
燬 纸 82
虺 尾 84

huì

恚 寘 86
卉 未 88
讳 未 88
汇 未 88
喙 队 90
秽 队 90
晦 队 90
诲 队 90
会 泰 90
桧 泰 90
浍 泰 90
荟 泰 90
绘 泰 90
哕 泰 90
濊 泰 90
惠 霁 88
蟪 霁 88
蕙 霁 88
彗 霁 88
嘒 霁 88
篲 霁 88
慧 霁 88
贿 贿 85

hūn

昏 元 233
婚 元 233
棔 元 233
惛 元 233
阍 元 233
荤 文 232

hún

浑 元 233
馄 元 233
魂 元 233

hùn

圂 愿 237
溷 愿 237
慁 愿 237
诨 愿 237
混 阮 235
焜 阮 235

huō

剨 陌 460
劐 药 441

huó

佸 曷 417
活 曷 417

huǒ

火 哿 118
伙 哿 118

huò

货 个 119
祸 哿 118
或 职 462
惑 职 462
霍 药 441
擭 药 441
矐 药 441
藿 药 441
靃 药 441
瓠 药 441
蠖 药 441
镬 药 441
矱 药陌 441
濩 药 442
臒 药 442
臛 药 442
嚄 陌 460
获 陌 460
豁 曷 417
㳚 曷 417

J

jī

唧 质职 462
其 支 76
居 支 76
姬 支 76
期 支 76
箕 支 76
萁 支 76
基 支 76
奇 支 76
剞 支 76
犄 支 76
畸 支 76
肌 支 76
羁 支 76
几 微 80
饥 微 80
叽 微 80
玑 微 80
机 微 80
矶 微 80
畿 微 80
讥 微 80
𫐄 微 80
鸡 齐 80
乩 齐 80
赍 齐 80
枅 齐 80
跻 齐 80
嵇 齐 80
稽 齐 80
跻 齐 80
齑 齐 80
笄 齐 80
绩 锡 462
勣 锡 462
激 锡 462
击 锡 462
缉 缉 463
圾 缉 463
芨 缉 463
积 陌 460
屐 陌 460
迹 陌 460

jí

吃 物 414
急 缉 463
及 缉 463

赆 震 235
殣 震 235
觐 震 235
晋 震 235
搢 震 235
缙 震 235
妗 沁 308
浸 沁 308
祲 沁 308
禁 沁 308
僸 沁 308
噤 沁 308
尽 轸 233
斤 问 236
近 问 236
靳 问 236

jīng

荆 庚 199
晶 庚 199
京 庚 199
鲸 庚 199
惊 庚 199
茎 庚 199
旌 庚 199
粳 庚 199
眼 庚 199
蜻 庚 199
䴖 庚青 199
精 庚 199
泾 青 201
经 青 201
青 青 201
菁 青 201
兢 蒸 202
矜 蒸 202

jǐng

井 梗 203
阱 梗 203
儆 梗 203
警 梗 203
景 梗 203
璟 梗 203
憬 梗 203
颈 梗庚 203
刭 迥 204

jìng

境 梗 203
静 梗 203
靖 梗 203
痉 梗 203
径 径 205
迳 径 205
胫 径 205
婧 敬 204
劲 敬 204
檠 敬 204
净 敬 204
靓 敬 204
敬 敬 204
竟 敬 204
竞 敬 204
獍 敬 204
镜 敬 204

jiōng

坰 青 201
駉 青 201
扃 青 201

jiǒng

冏 梗 203
窘 轸 233
炅 迥 204
褧 迥 204
泂 迥 204
炯 迥 204
迥 迥 204
颎 迥 204

jiū

究 宥 285
鸠 尤 281
樛 尤 281
啾 尤 281
湫 尤 281
揪 尤 281
鬏 尤 281
阄 尤 281
摎 尤 281
噍 尤 281
纠 有 284
赳 有 284

jiǔ

纠 有 284
酒 有 284
久 有 284
玖 有 284
灸 有 284
九 有 284
韭 有 284

jiù

究 宥 285
旧 宥 285
柩 宥 285
疚 宥 285
廐 宥 285
就 宥 285
僦 宥 285
鹫 宥 285
救 宥 285
咎 有 284
臼 有 284
桕 有 284
舅 有 284

jū

拘 虞 170
驹 虞 170
娵 虞 170
捄 虞 170
俱 虞 170
车 鱼 169
且 鱼 169
狙 鱼御 169
沮 鱼 169
砠 鱼 169
疽 鱼 169
罝 鱼 169
苴 鱼 169
趄 鱼 169
睢 鱼 169
居 鱼 169
琚 鱼 169
椐 鱼 169
据 鱼 169
裾 鱼 169
䴗 鱼 169
锔 沃 396

怜 先 329
连 先 329
涟 先 329
裢 先 329
莲 先 329
鲢 先 329

liǎn

敛 琰 375
脸 琰 375
蔹 琰 375
琏 铣 334

liàn

链 先 329
炼 霰 340
楝 霰 340
练 霰 340
恋 霰 340
殓 艳 377
潋 艳 377

liáng

凉 阳 53
梁 阳 53
粱 阳 53
良 阳 53
莨 阳 53
粮 阳 53
踉 阳 53
量 阳 53

liǎng

两 养 55
俩 养 55
裲 养 55
魉 养 55

liàng

踉 漾 56
量 漾 56
凉 漾 56
辆 漾 56
晾 漾 56
亮 漾 56
喨 漾 56
悢 漾 56

liāo

撩 萧 24

liáo

漻 萧 24
憀 萧 24
飂 萧 24
僚 萧 24
嘹 萧啸 24
寥 萧 24
缪 萧 24
膋 萧 24
缭 萧筱 24
獠 萧 24
潦 萧 24
燎 萧 24
憭 萧 24
嶚 萧 24
寮 萧 24
撩 萧 24
蟟 萧 24
辽 萧 24
镣 萧啸 24
鹩 萧啸 24
聊 萧 24

疗 啸 30

liǎo

了 筱 28
嫽 筱 28
瞭 筱萧 28
僚 筱 28
燎 筱 28
憭 筱 28
蓼 筱 28
漻 巧 29

liào

燎 啸 30
廖 啸宥 30
蟉 啸 30
料 啸萧 30

liè

劣 屑 419
列 屑 419
冽 屑 419
栵 屑 419
烈 屑 419
蛚 屑 419
裂 屑 419
茢 屑 419
埒 屑 419
栗 屑 419
捩 屑 419
猎 叶 421
躐 叶 421
鬣 叶 421

līn

拎 青 201

lín

嶙 真轸 230
遴 真 230
瞵 真 230
璘 真 230
燐 真震 230
潾 真 230
磷 真 230
粼 真 230
辚 真 230
邻 真 230
驎 真 230
鳞 真 230
麟 真 230
林 侵 306
琳 侵 306
淋 侵 306
惏 侵 306
綝 侵 306
霖 侵 306
临 侵 306

lǐn

廪 寝 307
懔 寝 307
癝 寝 307
凛 寝 307

lìn

躏 震 235
吝 震 235
蔺 震 235
磷 震 235
遴 震 235
临 沁 308

轳 虞 170
颅 虞 170
鸬 虞 170
鲈 虞 170
泸 虞 170
炉 虞 170
胪 虞 170
芦 虞 170

lǔ

虏 麌 173
掳 麌 173
卤 麌 173
鲁 麌 173
橹 麌 173
噜 麌 173

lù

六 屋 394
角 屋 394
谷 屋 394
蓼 屋 394
甪 屋 394
鹿 屋 394
漉 屋 394
螰 屋 394
辘 屋 394
麓 屋 394
禄 屋 394
碌 屋 394
睩 屋 394
稑 屋 394
陆 屋 394
戮 屋 394
渌 沃 396
菉 沃 396
醁 沃 396
逯 沃 396
录 沃 396
箓 沃 396
𫘧 沃 396
绿 沃 396
辂 遇 176
赂 遇 176
路 遇 176
璐 遇 176
簬 遇 176
露 遇 176
鹭 遇 176
硉 月 415

lú

驴 鱼 169
榈 鱼 169
闾 鱼 169
藘 鱼 169

lǚ

履 纸 82
旅 语 172
膂 语 172
穞 语 172
吕 语 172
侣 语 172
梠 语 172
屡 遇 176
偻 麌 173
褛 麌 173
缕 麌 173

lǜ

垒 质 458
率 质 458
繂 质 458
律 质 458
嵂 质 458
虑 御 175
滤 御 175
绿 沃 396

luán

娈 铣霰 334
挛 先 329
孪 先谏 329
脔 寒铣 326
鸾 寒 326
峦 寒 326
栾 寒 326
圞 寒 326
滦 寒 326
銮 寒 326

luǎn

卵 旱 333

luàn

乱 翰 337

lüè

略 药 441
掠 药 441
锊 屑 419

lún

仑 元 233
伦 真 230
囵 真 230
轮 真 230
沦 真 230
纶 真 230
抡 真元 230
论 真元 230

lùn

论 愿 237

luō

捋 曷 417

luó

螺 歌 116
骡 歌 116
罗 歌 116
㑩 歌 116
啰 歌 116
箩 歌 116
萝 歌 116
锣 歌 116
逻 歌个 116

luǒ

蓏 哿 118
裸 哿 118
蠃 哿 118

luò

烙 药 441
珞 药 441
洛 药 441
硌 药 441
落 药 441
络 药 441
雒 药 441
骆 药 441
泺 药 441
荦 觉 440

M

美	纸	82	甿	庚	199	孊	纸	82	冕	铣	334
渼	纸	82	虻	庚	199	渳	纸	82	勉	铣	334
	mèi		盟	庚	199	籹	纸	82	眄	铣	334
袂	霁	88	萌	庚	199	靡	纸	82	娩	铣	334
妹	队	90	黾	庚	199	米	荠	84	黾	铣	334
抹	队	90	岷	庚	199	洣	荠	84	渑	铣	334
昧	队	90		měng		眯	荠	84	泯	霰	340
痗	队	90	懵	董	8		mì			miàn	
魅	寘	86	蠓	董	8	汨	锡	462	面	霰	340
寐	寘	86	蒙	董	8	觅	锡	462		miáo	
媚	寘	86	猛	梗	203	幂	锡	462	苗	萧	24
	mēn		蜢	梗	203	塓	锡	462	描	萧	24
闷	元	233	艋	梗	203	秘	寘	86	鹋	萧	24
	mén		黾	梗	203	泌	寘	86		miǎo	
汶	元	233		mèng		眯	寘	86	杪	筱	28
穈	元	233	梦	送	10	蔤	质	458	眇	筱	28
璊	元	233	孟	敬	204	宓	质	458	秒	筱	28
门	元	233		mí		蜜	质	458	淼	筱	28
们	元	233	弥	支	76	密	质	458	缈	筱	28
扪	元	233	猕	支	76	谧	质	458	藐	筱	28
	mèn		采	支	76		mián		邈	觉	440
懑	愿	237	麋	支	76	婂	先	329		miào	
闷	愿	237	麇	支	76	棉	先	329	庙	啸	30
	méng		縻	支	76	绵	先	329	妙	啸	30
蒙	东	6	醾	支	76	眠	先	329	缪	宥	285
曚	东	6	靡	支	76		miǎn			miē	
濛	东	6	劚	支	76	丏	铣	334	乜	马	145
朦	东	6	蘪	支	76	沔	铣	334		miè	
艨	东	6	迷	齐	80	勔	铣	334	威	屑	419
饛	东	6	谜	齐霁	80	渑	铣	334	灭	屑	419
甍	东蒸	6		mǐ		腼	铣	334	蠛	屑	419
甍	庚	199	芈	纸	82	缅	铣	334	幭	屑	419
			弭	纸	82	免	铣	334

O

弸 庚 199
棚 庚 199
搒 庚 199
硼 庚 199
朋 蒸 203
堋 蒸 203
鬅 蒸 203
鹏 蒸 203
逢 东 6
篷 东 6
蓬 东 6
芃 东 6

pěng

捧 肿 9

pèng

碰 敬 204

pī

披 支 76
坯 支 76
纰 支 76
丕 支 76
駓 支 76
伾 支 76
狉 支 76
秠 支 76
邳 支 76
铍 支 76
劈 锡 462
霹 锡陌 462
批 齐纸 80
砒 齐 80

pí

鞞 齐 80
鼙 齐 80
埤 支 76
脾 支 76
陴 支 76
琵 支 76
枇 支 76
毗 支 76
纰 支 76
貔 支 76
皮 支 76
疲 支 76
罴 支 76
蚍 支 76
裨 支 76
比 支 76
仳 支 76
陂 支 76

pǐ

仳 纸 82
否 纸 82
圮 纸 82
嚭 纸 82
痞 纸 82
匹 质 458
擗 陌 460
癖 陌 460

pì

譬 寘 86
屁 寘 86
淠 寘 86
俾 霁 88
睥 霁 88
媲 霁 88
僻 陌 460
甓 锡 462
澼 锡 462
䴙 锡 462

piān

扁 先 329
偏 先 329
篇 先 329
翩 先 329

pián

平 先 329
便 先 329
楩 先 329
蹁 先 329
谝 先 329
胼 先 329
骿 先 329
骈 先 329

piàn

骗 霰 340
片 霰 340

piāo

嘌 萧 24
彯 萧 24
嫖 萧 24
飘 萧 24
漂 萧 24
摽 萧 24

piáo

嫖 萧 24
瓢 萧 24
薸 萧 24
朴 尤 281

piǎo

漂 筱 28
殍 筱 28
瞟 筱 28
缥 筱 28
醥 筱 28

piào

票 啸 30
剽 啸 30
漂 啸 30
骠 啸 30

piē

撇 屑 420
瞥 屑 420

piě

撇 屑 420

piè

嫳 屑 420

pīn

拚 庚 199
拼 庚 199
姘 青 201

pín

嫔 真 230
蠙 真先 230
贫 真 230
频 真 230
蘋 真 230
颦 真 230
嚬 真 230

pǐn

品 寝 307

pìn

牝 轸 233
聘 敬 204

pīng

乒 庚 199
砯 蒸 202
俜 青 201
娉 青 201

píng

凭 蒸径 202
冯 蒸 202
平 庚 199
坪 庚 199
枰 庚 199
苹 庚 199
评 庚 199
萍 青 201
帡 青 201
瓶 青 201
荓 青 201
洴 青 201
軿 青 201
屏 青 201

pō

朴 觉 440
泊 药 441
坡 歌 116
陂 歌 116
颇 歌 116
泼 曷 417

pó

婆 歌 116
繁 歌 116
皤 歌 116
鄱 歌 116

pǒ

叵 哿 118
笸 哿 118
驳 哿 118
颇 哿 118

pò

粕 药 442
珀 陌 460
迫 陌 460
魄 陌 460
破 个 119
颇 个 119
朴 觉 440

pōu

剖 有 284

póu

抔 尤 281
裒 尤 281
掊 尤 281

pǒu

瓿 有 284
掊 有 284
蔀 有 284

pū

剥 屋 394
仆 屋 394
扑 屋 394
痛 虞 170
铺 虞 170

pú

璞 觉 440
仆 沃 396
濮 屋 394
菩 虞 170
匍 虞 170
葡 虞 170
蒱 虞 170
蒲 虞 170
酺 虞 170
莆 虞 170
脯 虞 170

pǔ

朴 觉 440
蹼 屋 394
埔 麌 173
圃 麌 173
溥 麌 173
普 麌 173
谱 麌 173

pù

曝 屋 394
瀑 屋 394
铺 遇 176

Q

qī

戚 锡 462
槭 屋 394
吃 物 414
七 质 458
柒 质 458
沏 质 458
漆 质 458
攲 支 76
桤 支 76
欹 支 76
踦 支 76
期 支 76
欺 支 76
僛 支 76
倛 支 76
妻 齐 80
凄 齐 80
悽 齐 80
萋 齐 80
栖 齐 80
蹊 齐 80
鸂 齐 80

qí

骑 支 76
跂 支 76
其 支 76
耆 支 76
岐 支 76
歧 支 76
伎 支 76
琪 支 76
棋 支 76
淇 支 76
旗 支 76
祺 支 76
蜞 支 76
萁 支 76
骐 支 76

羌	阳	53	桥	萧	24	箧	叶	421	寝	寝	307

字	韵	页	字	韵	页	字	韵	页	字	韵	页
羌	阳	53	桥	萧	24	箧	叶	421	寝	寝	307
蜣	阳	53	荞	萧	24	妾	叶	421	锓	寝	307
将	阳	53	苆	萧	24	踥	叶	421	**qìn**		
枪	阳	53	趫	萧	24	怯	叶	421	沁	沁	308
抢	阳	53	樵	萧	24	喋	叶	421	**qīng**		
跄	阳	53	劁	萧	24	朅	屑	420	菁	庚	199
qiáng			憔	萧	24	窃	屑	420	轻	庚	199
强	阳	53	瞧	萧	24	切	屑	420	清	庚	199
墙	阳	53	谯	萧	24	挈	屑	420	卿	庚	199
嫱	阳	53	翘	萧	24	契	屑	420	倾	庚	199
樯	阳	53	**qiǎo**			锲	屑	420	青	青	201
蔷	阳	53	巧	巧	29	**qīn**			鲭	青	201
戕	阳	53	悄	筱	28	侵	侵	306	蜻	青	201
qiǎng			愀	筱	28	绶	侵	306	**qíng**		
抢	养	55	**qiào**			骎	侵寝	306	勍	庚	199
强	养	55	翘	啸	30	钦	侵	306	黥	庚	199
襁	养	55	削	啸	30	嵚	侵	306	擎	庚	199
镪	养	55	俏	啸	30	衾	侵	306	晴	庚	199
qiàng			峭	啸	30	亲	真	230	情	庚	199
跄	漾	56	鞘	啸	30	**qín**			榮	庚	199
qiāo			窍	啸	30	芩	侵	306	**qǐng**		
骹	肴	26	撬	萧	24	禽	侵	306	请	梗	203
碃	肴	26	壳	屋觉	440	噙	侵	306	顷	梗	203
敲	肴效	26	**qiē**			檎	侵	306	苘	梗	203
郻	肴	26	切	屑	420	擒	侵	306	謦	迥	204
锹	萧	24	**qié**			琴	侵	306	**qìng**		
跷	萧	24	伽	歌	116	菫	文	232	倩	敬	204
橇	萧	24	茄	歌	116	勤	文	232	请	敬	204
qiáo			**qiě**			芹	文	232	清	敬	204
峤	萧	24	且	马	145	墐	真	230	庆	敬	204
乔	萧	24	**qiè**			秦	真	230	綮	径	205
侨	萧	24	惬	叶	421	螓	真	230	磬	径	205

què

埆 觉 440
㱿 觉 440
悫 觉 440
榷 觉 440
确 觉 440
芍 药 442
却 药 442
雀 药 442
碏 药 442
鹊 药 442
阕 屑 420
阙 月 415

qūn

逡 真 230
囷 真轸 230
箘 真 230
踆 真 230

qún

裙 文 232
群 文 232
麇 文 232

R

rán

蚺 盐 373
髯 盐 373
然 先 329
燃 先 329

rǎn

冉 琰 375
苒 琰 375
染 琰 375
熯 铣 334

ráng

瀼 阳 53
穰 阳 53
禳 阳 53
瓤 阳 53

rǎng

壤 养 55
嚷 养 55
攘 养 55
穰 养 55

ràng

让 漾 56
瀼 漾 56
懹 漾 56

ráo

娆 萧 24
桡 萧 24
荛 萧 24
饶 萧 24

rǎo

娆 筱 28
扰 筱 28

rào

绕 筱 28

rě

喏 药马 442
惹 马 145

rè

热 屑 420

rén

仁 真 230
人 真 230
壬 侵 306
任 侵 306
鵀 侵沁 306
纴 侵 306

rěn

忍 轸 233
荏 寝 307
稔 寝 307

rèn

刃 震 235
仞 震 235
牣 震 235
轫 震 235
讱 震 235
韧 震 235
认 震 235
衽 沁 308
妊 沁侵 308
纴 沁 308
任 沁 308
饪 寝 307
恁 寝 307

rēng

扔 蒸径 202

réng

仍 蒸 202
陾 蒸 202

rì

日 质 458
驲 质 458

róng

容 冬 7
瑢 冬 7
榕 冬 7
溶 冬肿 7
褣 冬 7
蓉 冬 7
镕 冬 7
茸 冬 7
荣 庚 199
嵘 庚 199
戎 东 6
狨 东 6
绒 东 6
駥 东 6
融 东 6
肜 东 6

rǒng

冗 肿 9
氄 肿 9

róu

柔 尤 281
糅 尤宥 281
鞣 尤 281
揉 尤有 281
輮 尤有 281
蹂 尤有 281

ròu

肉 屋 394

rú

儒 虞 170

S

杀 黠 418
铩 黠屑 418
砂 麻 143
纱 麻 143
沙 麻 143
裟 麻 143
鲨 麻 143
莎 麻 143

shá

奢 麻 143

shǎ

傻 马 145

shà

厦 马 145
嗄 祃 147
啥 祃 147
箑 洽 433
萐 洽 433
唼 洽 433
霎 洽 433
翣 洽 433
歃 洽 433
哈 洽 433
煞 卦 146

shāi

筛 佳 259
酾 支 76

shài

晒 卦 264
杀 卦 264

shān

彡 咸 374
芟 咸 374
杉 咸 374
衫 咸 374
山 删 328
舢 删 328
潸 删潸 328
删 删 328
膻 先 329
煽 先霰 329
搧 先 329
痁 盐 373
苫 盐 373
姗 寒 326
珊 寒 326
跚 寒 326

shǎn

陕 琰 375
闪 琰 375
掺 豏 376

shàn

剡 琰 375
单 霰 340
禅 霰 340
膳 霰 340
鄯 霰 340
缮 霰 340
扇 霰 340
嬗 霰 340
擅 霰 340
鳣 铣 334
墠 铣 334
善 铣 334
鳝 铣 334
钐 陷 378
汕 谏删 339
疝 谏删 339
讪 谏删 339
掞 艳 377
赡 艳 377
苫 艳 377

shāng

商 阳 53
汤 阳 53
伤 阳 53
殇 阳 53
觞 阳 53

shǎng

上 养 55
赏 养 55
晌 养 55

shàng

上 漾 56
尚 漾 56

shāo

稍 效 32
弰 肴 26
蛸 肴 26
艄 肴 26
鞘 肴 26
梢 肴 26
捎 肴 26
烧 萧 24

sháo

勺 药 442
杓 药 442
芍 药 442
韶 萧 24

shǎo

少 筱 28

shào

少 啸 30
哨 啸 30
召 啸 30
邵 啸 30
卲 啸 30
劭 啸 30
烧 啸 30
绍 筱 28
袑 筱 28

shē

猞 祃 147
奢 麻 143
畲 麻 143
赊 麻 143

shé

阇 麻 143
佘 麻 143
舌 屑 420
折 屑 420
揲 屑叶 420
蛇 歌麻 116

shě

捨 马 145

shè

摵 陌 460
社 马 145
厍 祃 147

赦 祃 147
舍 祃 147
射 祃 147
麝 祃 147
滠 叶 421
摄 叶 421
慑 叶 421
涉 叶 421
韘 叶 421
歙 叶 421
设 屑 420

shéi

谁 支 77

shēn

身 真 230
娠 真震 230
甡 真 230
侁 真 230
兟 真 230
诜 真 230
𬳽 真 230
申 真 230
呻 真 230
珅 真 230
神 真 230
绅 真 230
伸 真 230
蓡 侵 306
椮 侵 306
莘 侵 306
参 侵 306
深 侵 306

shén

神 真 230

shěn

矧 轸 233
哂 轸 233
审 寝 307
瞫 寝 307
淰 寝 307
沈 寝 307
谂 寝 308
婶 寝 308

shèn

渗 沁 308
瘆 沁 308
甚 沁 308
椹 寝 307
葚 寝 307
蜃 震 235
慎 震 235
脤 轸 233
肾 轸 233

shēng

升 蒸 202
昇 蒸 202
胜 蒸 202
声 庚 199
生 庚 199
狌 庚 199
牲 庚 199
甥 庚 199
笙 庚 199
鼪 庚 199

shéng

绳 蒸 202
渑 蒸 202

shěng

省 梗 203
眚 梗 203

shèng

盛 敬 204
晟 敬 204
圣 敬 204
嵊 径 205
剩 径 205
胜 径 205
乘 径 205

shī

失 质 458
虱 质 458
酾 支寘 76
施 支 76
诗 支 76
蓍 支 76
褷 支 76
师 支 76
狮 支 76
尸 支 76
鸤 支 76
絁 支 76
葹 支 76
湿 缉 463

shí

十 缉 463
什 缉 463
拾 缉 463
实 质 458
石 陌 460
祏 陌 460
鼫 陌 460
识 职 462
蚀 职 462
湜 职 462
食 职 462
提 支 76
时 支 76
鲥 支 76
莳 支 76

shǐ

史 纸 82
驶 纸 82
使 纸 82
始 纸 82
矢 纸 82
弛 纸 82
豕 纸 82
屎 纸 82
瘃 纸 82

shì

似 纸 82
是 纸 82
士 纸 82
仕 纸 82
恃 纸 82
市 纸 82
柿 纸 82
舐 纸 82
视 纸 82
戺 纸 82
氏 纸 82
嗜 寘 85
谥 寘 85

试 寘 85
弑 寘 85
寺 寘 85
侍 寘 85
事 寘 85
示 寘 85
莳 寘 85
殖 寘 85
势 霁 88
世 霁 88
筮 霁 88
噬 霁 88
澨 霁 88
誓 霁 88
贳 霁 88
逝 霁 88
适 陌 460
螫 陌 460
奭 陌 460
释 陌 460
室 质 458
饰 职 462
式 职 462
栻 职 462
轼 职 462

shōu

收 尤 281

shǒu

手 有 284
首 有 284
守 有 284

shòu

受 有 284
授 宥 285
寿 宥 285
狩 宥 285
兽 宥 285
瘦 宥 285
售 宥尤 285
绶 宥 285

shū

倏 屋 394
叔 屋 394
淑 屋 394
菽 屋 394
姝 虞 170
殊 虞 170
输 虞 170
殳 虞 170
毹 虞 170
枢 虞 170
梳 鱼 169
纾 鱼 169
除 鱼 169
疏 鱼 169
蔬 鱼 169
𫄸 鱼 169
书 鱼 169
舒 鱼 169
摅 鱼 169
抒 语 173

shú

秫 质 458
孰 屋 394
塾 屋 394
𪻐 屋 394
熟 屋 394
赎 沃 396

shǔ

鼠 语 173
癙 语 173
暑 语 173
黍 语 173
署 御 175
曙 御 175
薯 御 175
蜀 沃 396
属 沃 396
数 麌 173

shù

术 质 458
述 质 458
束 沃 396
嗽 宥 285
漱 宥 285
竖 麌 173
墅 语 173
数 遇 176
树 遇 176
澍 遇 176
戍 遇 176
诉 遇 176
庶 御 175
恕 御 175

shuā

刷 黠屑 418

shuǎ

耍 马 145

shuāi

衰 支 76
摔 质 458

shuǎi

甩 贿 262

shuài

帅 质 458
率 质 458
蟀 质 458

shuān

闩 删 328
拴 先 329
栓 先 329

shuāng

鹴 阳 53
霜 阳 53
孀 阳 53
骦 阳 53
泷 江 52
双 江 52
艭 江 52

shuǎng

爽 养 55

shuí

谁 支 77

shuǐ

水 纸 82

shuì

睡 寘 86
帨 霁 88
税 霁 88

wāi

呙 佳 259
歪 佳 259

wǎi

崴 蟹 262

wài

外 泰 263

wān

蜿 元 325
剜 寒 326
豌 寒 326
弯 删 328
湾 删 328

wán

丸 寒 326
汍 寒 326
芄 寒 326
纨 寒 326
刓 寒 326
岏 寒 326
完 寒 326
蚖 寒 326
顽 删 328
玩 翰 337

wǎn

宛 阮 332
婉 阮 332
琬 阮 332
晼 阮 332
晚 阮 332
挽 阮 332
蜿 阮 332
菀 阮 332
踠 阮 332
娩 阮 332
畹 阮 332
惋 翰 337
碗 旱 333
脘 旱 333
皖 潸 333
莞 潸 333
绾 潸 333

wàn

脕 愿 336
万 愿 336
薍 谏 339
腕 翰 337

wāng

尪 阳 53
汪 阳 53

wáng

亡 阳 53
王 阳 53

wǎng

往 养 55
枉 养 55
罔 养 55
惘 养 55
网 养 55
魍 养 55

wàng

妄 漾 56
旺 漾 56
忘 漾阳 56
王 漾 56
望 漾阳 56

wēi

危 支 77
蜲 支 77
逶 支 77
倭 支 77
萎 支 77
巍 微 80
威 微 80
葳 微 80
微 微 80
薇 微 80
偎 灰 81
煨 灰 81
隈 灰 81

wéi

圩 虞 170
桅 灰 81
嵬 灰贿 81
为 支 77
唯 支 77
帷 支 77
惟 支 77
维 支 77
潍 支 77
緌 支 77
韦 微 80
帏 微 80
违 微 80
闱 微 80
围 微 80
涠 微 80

wěi

伟 尾 84
玮 尾 84
炜 尾 84
韪 尾 84
苇 尾 84
尾 尾 84
亹 尾 84
娓 尾 84
纬 未 88
伪 寘 86
诿 寘 86
唯 纸 82
委 纸 82
䓕 纸 82
洧 纸 82
鲔 纸 82
隗 贿 85
萎 贿 85
猥 贿 85
痿 支 77

wèi

位 寘 86
为 寘 86
遗 寘 86
熨 未 88
尉 未 88
畏 未微 88
魏 未 88
慰 未 88
蔚 未 88
未 未 88
味 未 88

X

釐 支 76
僖 支 76
嘻 支 76
嬉 支 76
熹 支 76
禧 支 76
郗 支 76
𫄨 支 76
熙 支 76
嚱 支 76
巇 支 76
羲 支 76
曦 支 76
牺 支 76
肸 质 458
膝 质 458
悉 质 458
窸 质 458
螅 质 458
蟋 质 458
醯 齐 80
兮 齐 80
奚 齐 80
徯 齐 80
螇 齐 80
蹊 齐 80
谿 齐 80
鼷 齐 80
溪 齐 80
㶉 齐 80
鑴 齐 80
撕 齐 80
犀 齐 80
樨 齐 80
西 齐 80
栖 齐 80
携 齐 80
粞 齐 80
吸 缉 463
翕 缉 463
潝 缉 463
歙 缉 463
希 微 80
唏 微 80
狶 微 80
晞 微 80
浠 微 80
稀 微 80
豨 微 80
欷 微未 80
夕 陌 460
汐 陌 460
穸 陌 460
昔 陌 460
惜 陌 460
析 锡 462
晰 锡 462
淅 锡 462
晳 锡 462
蜥 锡 462
裼 锡 462
锡 锡 462
息 职 462
熄 职 462

xí

媳 陌 460
席 陌 460
蓆 陌 460
檄 锡 462
觋 锡 462
习 缉 463
隰 缉 463
袭 缉 463
褶 缉 463
霫 缉 463

xǐ

玺 纸 82
喜 纸 82
蟢 纸 82
屣 纸 82
蓰 纸 82
葸 纸 82
徙 纸 82
洗 荠 85

xì

绤 陌 460
郤 陌 460
舄 陌 460
潟 陌 460
隙 陌 460
咥 寘质 86
屃 寘 86
戏 寘 86
嚱 寘 86
阋 锡 462
饩 未 88
禊 霁 88
系 霁 88
细 霁 88

xiā

瞎 黠 418
呷 洽 433
虾 麻 143

xiá

袷 洽 433
柙 洽 433
狎 洽 433
匣 洽 433
嗑 洽 433
峡 洽 433
硖 洽 433
狭 洽 433
假 麻 143
瑕 麻 143
赮 麻 143
遐 麻 143
霞 麻 143
斜 麻 143
暇 祃 147
侠 叶 421
辖 曷黠 417
黠 黠 418

xià

暇 祃 147
下 祃 147
夏 祃 147
吓 祃 147
罅 祃 147
假 祃 147
厦 马 145

xiān

祆 先 329
跹 先 329
先 先霰 329

籼 先 329
仙 先 329
仚 先 329
莶 先 329
鲜 先 329
暹 盐 373
铦 盐 373
忺 盐 373
纤 盐 373
骞 元 325
掀 元 325
锨 元 325
掺 咸 374

xián

蚿 先 329
舷 先 329
弦 先 329
涎 先 329
贤 先 329
衔 咸 374
咸 咸 374
嫌 盐 373
挦 盐 373
闲 删 328
鹇 删 328
痫 删 328
瞯 删 328

xiǎn

狝 铣 334
燹 铣 334
冼 铣 334
筅 铣 334
跣 铣 334
铣 铣 334
显 铣 334
藓 铣 334
睍 铣 334
伣 铣 334
洗 铣 334
蚬 铣 334
鲜 铣 334
崄 琰 375
猃 琰 375
险 琰 375
幰 阮 332

xiàn

僩 潸 333
限 潸 333
献 愿 336
宪 愿 336
陷 陷 378
馅 陷 378
豏 豏 376
羡 霰 340
线 霰 340
现 霰 340
霰 霰 340
晛 霰 340
蚬 霰 340
苋 谏 339

xiāng

舡 江 52
相 阳 53
香 阳 53
厢 阳 53
湘 阳 53
箱 阳 53
缃 阳 53
襄 阳 53
镶 阳 53
骧 阳 53
乡 阳 53
芗 阳 53

xiáng

降 江 52
庠 阳 53
祥 阳 53
翔 阳 53
详 阳 53

xiǎng

享 养 55
想 养 55
响 养 55
饷 养 55
鲞 养 55
饷 漾 56

xiàng

向 漾 56
相 漾 56
蚼 讲 55
项 讲 55
巷 绛 56
象 养 55
像 养 55
橡 养 55

xiāo

嚣 萧 24
削 萧 24
肖 萧 24
翛 萧 24
呺 萧 24
枵 萧 24
鸮 萧 24
歊 萧 24
哓 萧 24
骁 萧 24
枭 萧 24
骄 萧 24
宵 萧 24
消 萧 24
硝 萧 24
绡 萧 24
逍 萧 24
霄 萧 24
销 萧 24
魈 萧 24
箫 萧 24
萧 萧 24
橚 萧 24
潇 萧 24
蟏 萧 24
烋 肴 26
哮 肴效 26
硣 肴 26
窙 肴 26
虓 肴 26
虓 肴 26
髇 肴 26
骹 肴 26

xiáo

崤 肴 26
淆 肴 26

xuě

雪 屑 420

xuè

决 屑 420
吷 屑 420
泬 屑 420
瞲 屑 420
血 屑 420
谑 药 442

xūn

埙 文元 232
焄 文 232
荤 文 232
熏 文 232
薰 文 232
醺 文 232
曛 文 232
勋 文 232

xún

𬊈 侵 306
寻 侵 306
浔 侵 306
鄩 侵 306
鲟 侵 306
旬 真 230
峋 真 230
洵 真 230
荀 真 230
恂 真 230
郇 真 230
询 真 230
循 真 230
驯 真 230
巡 真 230
𬘓 真 230

xùn

蕈 寝 308
徇 震 235
殉 震 235
汛 震 235
讯 震 235
迅 震 235
巽 愿 239
噀 愿 239
潠 愿 239
逊 愿 239
训 问 236

Y

yā

哑 麻 143
丫 麻 143
桠 麻 143
枒 麻 143
呀 麻 143
雅 麻 143
鸦 麻 143
压 洽 433
押 洽 433
鸭 洽 433

yá

厓 佳 143
崖 佳 143
睚 佳祃 143
涯 佳麻 143
衙 麻 143
牙 麻 143
岈 麻 143
蚜 麻 143
芽 麻 143
琊 麻 143
邪 麻 143

yǎ

雅 马 145
哑 马 145
娅 马 145

yà

亚 祃 147
桠 祃 147
迓 祃 147
哑 祃 147
娅 祃 147
鍻 黠 418
轧 黠 418
揠 黠 418
猰 黠 418

yān

腌 盐 373
阉 盐琰 373
弇 盐 373
奄 盐 373
崦 盐琰 373
淹 盐 373
㤿 盐 373
恹 盐 373
咽 先 329
鄢 先 329
燕 先 329
胭 先 329
烟 先 329
焉 先 329
嫣 先 329
湮 先 329
歅 先 329
阏 先 329
殷 删 328

yán

延 先 329
埏 先 329
蜒 先 329
筵 先 329
妍 先 329
研 先 329
沿 先 329
严 盐 373
檐 盐 373
盐 盐 373
阎 盐 373
炎 盐 373
岩 咸 374
言 元 325
颜 删 328

yǎn

衍 铣 334
兖 铣 334
演 铣 334
眼 潸 333
黤 豏 375
覃 琰 375
弇 琰 375
媕 琰 375
𪡏 琰盐 375

釾 麻 143
邪 麻 143
斜 麻 143

yě

冶 马 145
也 马 145
野 马 145

yè

夜 祃 147
射 祃 147
液 陌 460
腋 陌 460
掖 陌 460
谒 月 415
咽 屑 420
拽 屑 420
页 屑 420
擪 叶 421
靥 叶 421
馌 叶 421
叶 叶 421
葉 叶 421
业 叶 421
嶫 叶 421
邺 叶 421
晔 叶 421
馌 叶 421
曳 霁 88

yī

一 质 458
壹 质 458
伊 支 76
咿 支 76
漪 支 76
医 支 76
祎 支 76
猗 支 76
噫 支 76
揖 缉 463
衣 微 80
依 微 80

yí

匜 支 76
夷 支 76
姨 支 76
胰 支 76
痍 支 76
怡 支 76
贻 支 76
饴 支 76
宜 支 76
颐 支 76
彝 支 76
扅 支 76
移 支 76
簃 支 76
疑 支 76
仪 支 76
圯 支 76
鷖 支 76
诒 支 76
迤 支 76
蛇 支 76
嶷 支 76
遗 支 76
沂 微 80

yǐ

乙 质 458
鳦 质 458
苢 纸 82
以 纸 82
苡 纸 82
已 纸 82
倚 纸 82
椅 纸 82
齮 纸 82
旖 纸 82
猗 纸 82
矣 纸 82
蚁 纸 82
舣 纸 82
迤 纸 82

yì

乂 队 90
刈 队 90
屹 物 414
殪 霁 88
曀 霁 88
艺 霁 88
呓 霁 88
瘗 霁 88
羿 霁 88
裔 霁齐 88
诣 霁 88
翳 霁 88
枻 霁 88
泄 霁 88
曳 霁 88
饐 寘 86
懿 寘 86
鹢 寘 86
勚 寘 86
意 寘 86
异 寘 86
缢 寘 86
劓 寘 86
肄 寘 86
义 寘 86
议 寘 86
谊 寘 86
食 寘 86
施 寘 86
衣 未 88
毅 未 88
易 陌寘 460
嗌 陌 460
射 陌 460
役 陌 460
疫 陌 460
亦 陌 460
奕 陌 460
帟 陌 460
弈 陌 460
埸 陌 460
蜴 陌 460
益 陌 460
峄 陌 460
斁 陌 460
怿 陌 460
绎 陌 460
醳 陌 460
译 陌 460
驿 陌 460

妷 质 458
佚 质 458
泆 质 458
轶 质 458
镒 质 458
溢 质 458
佾 质 458
逸 质 458
弋 职 462
杙 职 462
亿 职 462
臆 职 462
忆 职 462
翼 职 462
翊 职 462
翌 职 462
抑 职 462
噫 职 462
薏 职 462
熠 缉 463
邑 缉 463
唈 缉 463
浥 缉 463
挹 缉 463
悒 缉 463
裛 缉 463
艗 锡 462
鹢 锡 462
鹝 锡 462

yīn

喑 侵 306
荫 侵 306
阴 侵 306
音 侵 306
愔 侵 306
堙 真 230
湮 真 230
禋 真 230
𬤇 真 230
𬮱 真 230
因 真 230
姻 真 230
氤 真 230
裀 真 230
茵 真 230
𬘡 真 230
骃 真 230
殷 文 232

yín

䜣 真 230
银 真 230
寅 真 230
夤 真 230
嚚 真 230
鄞 真 230
訚 真 230
垠 真 230
狺 真文 232
龈 文 232
吟 侵沁 306
淫 侵 306
霪 侵 306
浔 侵 306
蟫 侵 306

yǐn

引 轸震 233
靷 轸震 233
蚓 轸 233
尹 轸 233
螾 轸 233
𬙂 轸 233
饮 寝 308
僸 寝 308
龂 吻 234
殷 吻 234
隐 吻 234
檃 吻 234
瘾 吻 234

yìn

饮 沁 308
喑 沁 308
窨 沁 308
荫 沁 308
胤 震 235
印 震 235
䲟 震 235
隐 震 235
慭 震 235

yīng

央 庚 199
英 庚 199
媖 庚 199
瑛 庚 199
䓨 庚 199
莺 庚 199
婴 庚 199
嘤 庚 199
璎 庚 199
樱 庚 199
撄 庚 199
缨 庚 199
鹦 庚 199
罂 庚 199
膺 蒸 202
鹰 蒸 202
应 蒸 202

yíng

莹 庚径 199
迎 庚 199
茔 庚 199
营 庚 199
濴 庚 199
萦 庚 199
潆 庚 199
嬴 庚 199
赢 庚 199
瀛 庚 199
籯 庚 199
盈 庚 199
楹 庚 199
荧 青迥 201
濙 青迥 201
萤 青 201
蝇 蒸 202

yǐng

郢 梗 203
瘿 梗 203
影 梗 203
颍 梗 203
颖 梗 203

yìng

映 敬 204
硬 敬 204

迎 敬 204
滢 径 205
媵 径 205
应 径 205

yōng

壅 肿 9
拥 肿 9
雍 冬 7
噰 冬 7
臃 冬 7
饔 冬 7
邕 冬 7
嗈 冬 7
痈 冬 7
庸 冬 7
佣 冬 7
墉 冬 7
慵 冬 7
鄘 冬 7
镛 冬 7
鳙 冬 7

yóng

喁 冬 7
颙 冬 7

yǒng

甬 肿 9
俑 肿 9
恿 肿 9
蛹 肿 9
涌 肿 9
勇 肿 9
踊 肿 9
永 梗 203

咏 敬 204
泳 敬 204

yòng

用 宋 10

yōu

麀 尤 281
攸 尤 281
悠 尤 281
滺 尤 281
呦 尤 281
幽 尤 281
忧 尤 281
优 尤 281
耰 尤 281
懮 尤 281

yóu

尤 尤 281
疣 尤 281
訧 尤 281
偹 尤 281
楢 尤 281
猷 尤 281
輶 尤 281
犹 尤 281
莸 尤 281
游 尤 281
蝣 尤 281
由 尤 281
油 尤 281
蚰 尤 281
鲉 尤 281
櫌 尤 281
飍 尤 281

揄 尤 281
繇 尤 281
浟 尤 281

yǒu

羑 有 284
有 有 284
友 有 284
牖 有 284
莠 有 284
黝 有 284
酉 有 284
庮 有 284
槱 有 284
卣 有 284
懮 有 284

yòu

右 宥 285
佑 宥 285
祐 宥 285
幼 宥 285
又 宥 285
褎 宥 285
柚 宥 285
鼬 宥 285
狖 宥 285
侑 宥 285
囿 宥 285
宥 宥 285
酭 宥 285
诱 有 284

yū

纡 虞 170
迂 虞 170

淤 鱼 169
瘀 鱼御 169

yú

窬 虞 170
于 虞 170
圩 虞 170
盂 虞 170
竽 虞 170
俞 虞 170
瑜 虞 170
榆 虞 170
渝 虞 170
愉 虞 170
褕 虞 170
羭 虞 170
覦 虞 170
逾 虞 170
揄 虞 170
娱 虞 170
虞 虞 170
禺 虞 170
嵎 虞 170
愚 虞 170
隅 虞 170
臾 虞 170
楰 虞 170
腴 虞 170
萸 虞 170
谀 虞 170
雩 虞 170
於 鱼 169
予 鱼 169
畲 鱼 169
欤 鱼御 169

楥 元 325
蚖 元 325
媛 元 325
援 元霰 325
湲 元先 325
羱 元寒 325

yuǎn

远 阮 332

yuàn

愿 愿 336
媛 愿 336
怨 愿元 336
远 愿 336
垸 翰 337
院 霰 340
掾 霰 340
瑗 霰愿 340
苑 阮 332

yuē

曰 月 415
约 药 442

yuě

哕 月 415

yuè

岳 觉 440
乐 觉 440
鸑 觉 440
悦 屑 420
阅 屑 420
黦 月 415
钺 月 415
越 月 415
樾 月 415
月 月 415
刖 月 415
粤 月 415
𫐄 月 415
药 药 441
栎 药 442
籰 药 442
礿 药 442
跃 药 442
龠 药 442
瀹 药 442
籥 药 442
钥 药 442

yūn

氲 文 232
煴 文 232
蝹 文 232
晕 文 232
缊 文 232

yún

匀 真 230
筠 真 230
云 文 232
沄 文元 232
耘 文 232
芸 文 232
纭 文 232
筼 文 232
员 文 232

yǔn

允 轸 233
狁 轸 233
殒 轸 233
陨 轸 233

yùn

孕 径 205
熨 物 414
韵 问 236
晕 问 236
𫖳 问 236
郓 问 236
运 问 236
愠 问 236
酝 问 236
蕰 问 236
缊 问 236
员 问 236
恽 吻 234
蕴 吻 234
菀 吻 234

Z

zā

匝 合 433
咂 合 433
臜 覃 372

zá

咱 麻曷 143
砸 合 433
杂 合 433

zāi

灾 灰 261
栽 灰 261
哉 灰 261

zǎi

崽 贿佳 262
仔 贿 263
宰 贿 262
载 贿 262

zài

再 队 265
载 队 265
在 队 265

zān

臜 覃 372
簪 覃 372
篸 覃 372

zán

咱 麻曷 143

zǎn

攒 旱 333
趱 旱 333
拶 曷 417
昝 感 375

zàn

暂 勘 377
錾 勘感 377
赞 翰 337
酂 翰 337
瓒 翰 337

zāng

臧 阳 53
赃 阳 53
牂 阳 53
脏 漾 56

崭 琰 375
展 铣 334
辗 铣 334
蹍 铣 334
栈 潸 333
輚 潸谏 333
盏 潸 333
斩 豏 376

zhàn

湛 豏 376
蘸 陷 378
站 陷 378
占 艳 377
战 霰 340
孱 潸铣 333
栈 谏 339
绽 谏霰 339

zhāng

章 阳 53
彰 阳 53
嫜 阳 53
璋 阳 53
樟 阳 53
獐 阳 53
漳 阳 53
鄣 阳 53
粻 阳 53
伥 阳 53
张 阳 53

zhǎng

仉 养 55
掌 养 55
涨 养 55
黨 养 55
长 养 55

zhàng

丈 养 55
仗 漾 56
杖 漾 56
幛 漾 56
嶂 漾 56
瘴 漾 56
帐 漾 56
胀 漾 56
账 漾 56
涨 漾 56
障 漾阳 56

zhāo

昭 萧 24
招 萧 24
朝 萧 24
钊 萧 24
啁 肴 26
嘲 肴 26

zhǎo

沼 筱 28
找 筱 28
爪 巧 29
蚤 皓 30

zhào

笊 效 32
啅 效 32
棹 效 32
兆 筱 28
旐 筱 28
肇 筱 28
赵 筱 28
召 啸 30
诏 啸 30
曌 啸 30

zhē

遮 麻 143
蜇 屑 420

zhé

辄 叶 421
詟 叶 421
哲 屑 420
晢 屑 420
蜇 屑 420
折 屑 420
辙 屑 420
蛰 缉 463
磔 陌 460
谪 陌 460
摘 陌 460

zhě

摺 叶 421
褶 叶 421
者 马 145
赭 马 145

zhè

浙 屑 420
嗻 祃 147
蔗 祃 147
鹧 祃 147
柘 祃 147
这 马 145

zhēn

振 真 230
甄 真 230
珍 真 230
溱 真 230
榛 真 230
臻 真 230
蓁 真 230
真 真 230
椹 侵 306
砧 侵 306
斟 侵 306
针 侵 306
贞 庚 199
侦 庚 199
桢 庚 199
祯 庚 199

zhěn

枕 寝 308
胗 轸 233
眕 轸 233
畛 轸 233
疹 轸 233
袗 轸 233
紾 轸 233
轸 轸 233
稹 轸 233
缜 轸 233

zhèn

圳 震 235
瑱 震 235
震 震真 235
阵 震 235
镇 震 235
振 震 235

zhōng

中 东 6
盅 东 6
忠 东 6
衷 东 6
螽 东 6
终 东 6
鼨 冬 7
钟 冬 7

zhǒng

冢 肿 9
尰 肿 9
肿 肿 9
种 肿 9
踵 肿 9

zhòng

中 送 10
仲 送 10
众 送 10
重 宋 10
种 宋 10

zhōu

州 尤 281
㴷 尤 281
洲 尤 281
周 尤 281
赒 尤 281
诌 尤 281
舟 尤 281
侜 尤 281
啁 尤 281
调 尤 281
粥 屋 394

zhóu

妯 屋 394
轴 屋 394

zhǒu

帚 有 284
肘 有 284

zhòu

咒 宥 285
咮 宥尤 285
噣 宥 285
籀 宥 285
宙 宥 285
皱 宥 285
绉 宥 285
僽 宥 285
甃 宥 285
昼 宥 285
酎 宥 285
骤 宥 285
纣 有 284

zhū

朱 虞 170
硃 虞 170
侏 虞 170
珠 虞 170
株 虞 170
洙 虞 170
蛛 虞 170
茱 虞 170
邾 虞 170
诛 虞 170
铢 虞 170
猪 鱼 169
橥 鱼 169
潴 鱼 169
诸 鱼 169

zhú

瘃 沃 396
斸 沃 396
烛 沃 396
躅 沃 396
竹 屋 394
竺 屋 394
筑 屋 394
逐 屋 394
轴 屋 394
术 质 458

zhǔ

主 麌 173
拄 麌 173
麈 麌 173
枓 麌 173
属 沃 396
嘱 沃 396
瞩 沃 396
渚 语 173
煮 语 173
褚 语 173

zhù

除 御 175
助 御 175
翥 御 175
箸 御 175
著 御 175
住 遇 176
炷 遇 176
蛀 遇 176
驻 遇 176
注 遇 176
铸 遇 176
柱 麌 173
杼 语 173
伫 语 173
苎 语 173
纻 语 173
羜 语 173
贮 语 173
柷 屋 394
祝 屋 394
筑 屋 394

zhuā

抓 肴巧 26
檛 麻 143
簻 麻 143
挝 麻 143

zhuān

专 先 329
砖 先 329
篿 先 329
颛 先 329

zhuǎn

转 铣 334

zhuàn

僎 霰 340
传 霰 340
转 霰 340
啭 霰 340
撰 潸霰 333
馔 潸霰 333

再版跋

出书，有序就应有跋；再版了，再序则再跋。此篇再跋，除结尾一段外，内容都是重述原跋。

本书写作非一次完成。十九部分内容，一东、二萧两篇写于1991年，其余十七篇从2001年动笔，2003年2月写完最后一篇。之后，又用了两年多时间作修改、补充和完善。中间相隔了整整十年，主要是因为前两篇写出之后，感到有些写不下去了，笔者知道自己需要“充电”。

每一篇均由三部分构成：一是体会文章，二是该韵部所拥有的常用字，三是前人用该韵写的诗词例证。从“充电”耗费的精力看，后两部分形成的难度，要远远超过第一部分。实在讲，没有后两部分是不可能有第一部分的；有了后两部分，第一部分似乎并不十分烦难。打个比方，第一部分是花，第二部分是枝叶，第三部分是根。三个部分是不可分开的。

就是十九篇体会文字，虽说可以独立成篇，也是互相关联的，因为十九个韵部是一个整体，每一韵部都是整体的有机组成部分。笔者在探求某一韵部内的奥秘后，时常在另一韵部也发现相同或相似的东西，因而就不可避免地写出了一些重复的文字。这不仅是不可避免的，而且是十分必要的。这种需要多次重复的东西，就是规律，就是使笔者坚信自己观点的理由。因此，请读者对十九个部分也不要孤立地去看，甚至也不必按一二三四的顺序去读。在此建议您：

将一东与八庚连在一起读；

将二萧、七虞与十一尤连在一起读；

将四支与十灰、十九锡连在一起读，兼读七虞、十五屋、十六叶；

将五歌与十六叶、十八药连在一起读，兼读六麻、七虞；

将六麻与十七洽连在一起读，兼读十灰；

将七虞与十五屋连在一起读；

将九真与十二侵、十三元连在一起读；

将十三元与十四盐连在一起读。

这样读，将比您从头至尾按顺序地读，加倍得益。

本书在初版和再版过程中，2004年得中华诗词学会顾问王充闾先生作序，2007年得中华诗词学会顾问周笃文先生题诗，并因周先生之力得中华诗词学会会长孙铁青先生题写书名。并且，我又分别按照中国书籍出版社和四川大学出版社专家们的意见，进行了修改、润色。在此，我一并深表谢意。自感才疏学浅，诚望读者批评、指谬。

党学谦

2020年12月20日